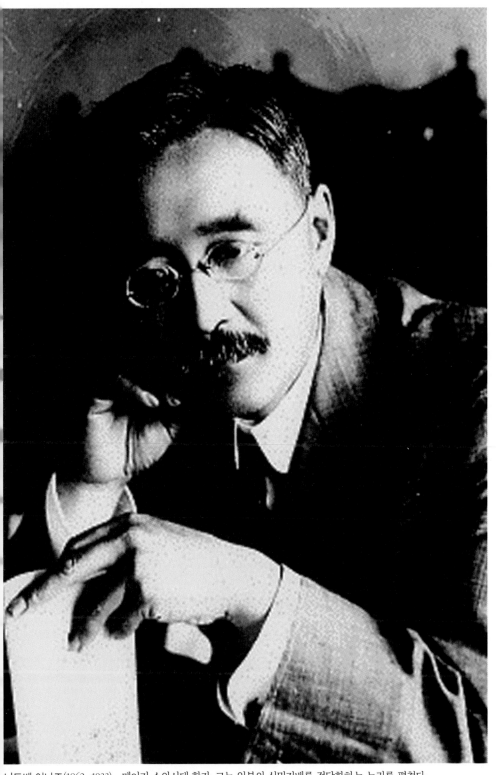

니토베 이나조(1862~1933) 메이지·쇼와시대 학자. 그는 일본의 식민지배를 정당화하는 논리를 펼쳤다.

도쿠가와 막부 형사도감 할복 장면 《무사도》에서 니토베는 한 장을 할애하여 할복을 소개했다.

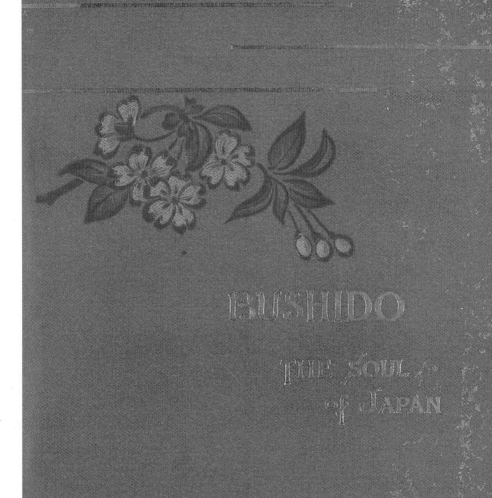

BUSHIDO

THE SOUL of JAPAN

INAZO NITOBE

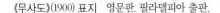
《무사도》(1900) 표지 영문판. 필라델피아 출판.

세계사상전집101
武士道
무사도
니토베 이나조·미야모토 무사시 지음/추영현 옮김

동서문화사

무사도
차례

《오륜서》의 혼

'대망'에서 읽는 무사도의 혼

무사도란 무엇인가

《무사도》의 혼

니토베 이나조

머리말
제1판

10년쯤 전의 일인데 나는 벨기에의 저명한 법학자이고 이미 고인이 된 라블레 씨네 자택에 머물러 환대를 받은 적이 있다. 산책길에서의 대화가 우연히 종교로 옮겨지자 이 노학자는 아래와 같은 질문을 해왔다.

'일본의 학교에서는 종교교육 같은 것은 하지 않는다고 들었습니다만?'

'그렇습니다' 내가 대답을 하자 그는 놀랍다는 듯이 걸음을 멈추고는 '종교 없이 어떻게 도덕교육을 합니까?' 몇 번이나 되물었다. 그때 그 목소리가 이제껏 귀에 쟁쟁해 쉽게 잊히지 않는다.

이 질문에 충격을 받아, 순간 아무런 대답도 할 수 없었다. 돌이켜보면 내가 어릴 적에 배운 도덕 가르침은 학교에서 배운 것이 아니었기 때문이다.

정사(正邪)와 선악(善惡)의 관념, 그리고 내 안에 형성되어 있는 여러 가지 요소를 분석해 보고 이런 것들을 내 안에 불어넣어 준 것이 무사도(武士道)임을 비로소 깨달았다.

거기에다 실은 아내가 '이런저런 사상이나 풍습을 일본 어디에서나 볼 수 있게 된 이유'에 대하여 때때로 질문을 해온 것이 이 작은 책을 쓰게 된 직접적인 동기가 되었다.

라블레 씨와 아내를 만족시킬 수 있는 해답을 내 볼 생각을 하면서 나는 비로소 깨달았다. 일본의 봉건제도와 무사도─이 두 가지를 이해하지 않으면 현대 일본의 도덕관념은 봉인이 된 두루마리나 다름이 없어 명확해질 수 없다는 것을.

오랜 병치레로 하는 일 없이 세월을 보내는 기회를 이용해, 집에서 나눈 대화 속에서 내가 대답한 내용을 정리해 이와 같은 형식으로 공개하기로 했다. 이것들은 주로 내가 소년시절, 봉건제도가 아직 살아 있던 무렵에 전해지고 가르침을 받았던 것들이다.

오른쪽에는 라프카디오 한 씨와 휴 프레이저 부인이 있고, 왼쪽에는 어니스트 사토 씨와 체임벌린 교수가 있다. 그 사이에서 일본에 관해 무언가를 영문으로 쓴다는 것은 정말로 기가 죽는 일이다. 하지만 나에게도 오직 하나, 그들에게는 없는 유리한 점이 있다. 그것은 이들 저명한 저자는 일본에 관하여 기껏해야 대리인이거나 변호인인 데 비하여 나는 한 피고인의 입장을 취할 수 있다는 것이다. '만일 나에게 그들과 똑같은 어학 재능이 있다면, 더욱 명확하게 언어를 구사해 일본을 위해서 진술을 할 수 있을 텐데.' 이 같은 생각을 몇 번이나 했다. 그러나 남의 언어로 말하는 입장인데 어찌 되었든 상대가 이해만 해준다면 그것으로 만족해야 할 것이다.

이 저술 전체를 통해서 나는 논증하려고 하는 포인트를 유럽의 역사, 문학에서 유례를 들어 설명하려고 했다. 그렇게 함으로써 외국인 독자에게는 문제가 친근하게 느껴지고 더욱 이해하기 쉽게 되지 않을까 생각했기 때문이다.

종교상의 문제나 종교관계 일에 종사하는 분들에게 내가 논하는 내용이 만일 무례한 일로 받아들여지게 되는 일이 있어도, 그리스도교 그 자체에 대한 나의 태도까지 문제시되는 일은 없다고 나는 확신한다.

교단의 전도방법이나 그리스도의 가르침을 모호하게 하는 여러 형식에는, 나 자신이 아무래도 친숙해질 수 없다는 생각은 하고 있지만, 그리스도가 가르친 것, 그리고 신약성서를 통해 오늘날까지 전해져 온 종교 그 자체를 믿고 있으며 내 마음에 새겨진 율법을 믿는다. 그리고 신은 이방인이건 유대인이건 묻지 않고 크리스천이건 이교도이건 묻지 않으며, 모든 민족, 모든 국민과의 사이에 '구약'으로 불러야 할 계약을 맺으신 것으로 나는 믿는다. 나의 신앙문제에 대하여 여러분에게 굳이 관용을 요구할 필요는 전혀 없다. 나의 친구인 안나 C. 하츠혼에게 귀중한 조언 및 아름다운 디자인의 표지를 완성해 준 데 대해 깊은 감사를 드린다.

1899년 12월
펜실베이니아주 멜버른에서
니토베 이나조

머리말
증보 제10판

필라델피아에서 이 책의 초판이 간행된 뒤 이미 6년 남짓 지났는데, 그 사이에 이 책은 예기치 못했던 경과를 더듬어왔다. 일본판은 8판을 거듭하고 이것은 영어판으로 제10판이 된다. 이 판은 뉴욕 출판사(조지 H. 퍼트넘 선즈)에서 미국과 영국에서 동시에 발행됐다.

그동안에도 《무사도》는 칸데슈[1]의 데브 씨가 마라티어로, 함부르크의 카우프만 양이 독일어로, 시카고의 호러 씨가 보헤미아어로, 렘베르크[2]의 '과학과 생명협회'가 폴란드어로 번역했다. 다만 이 폴란드어판은 러시아 당국으로부터 엄격한 질책을 받았다. 한편 노르웨이어와 프랑스어 번역이 진행 중이다. 그리고 중국어 번역도 계획되고 있다.

현재 일본에 포로로 있는 러시아 장교가 러시아어 번역 원고를 출판사에 건네주는 데 그치고 있다. 그 원고의 일부는 헝가리 국민에게 공개되고 상세한 주해서라고 해도 좋을 정도의 평론이 일본어로 출판되었다. 나의 친구인 H. 사쿠라이(櫻井) 씨의 손에 의해서 젊은 학생들에게 도움이 되도록 완벽한 학문적 주해가 편찬되었다. 그 분에게는 여러 가지 면에서 많은 지원을 받았다. 나의 졸저가 지금까지 광범한 분야에서 공감을 주며 받아들여진 것은 이 책의 주제가 넓은 세계에 무언가 흥미를 주었다는 것이 입증되어진 셈이다. 감사한 마음을 이루 다 말할 수 없다.

어느 확실한 경로로 들어온 정보에 의하면 미국의 루스벨트 대통령이 이 책을 읽어주었을 뿐만 아니라 많은 양을 구매해 친구분들에게 증정했다는 과분한 소식이 나에게 전해졌다. 참으로 분에 넘치는 영광이다.

---

1) 인도 뭄바이주 데칸고원에 있다. 뭄바이시의 북방 약 300km.
2) 우크라이나의 북서부, 폴란드와의 국경 가까이에 있는 옛도시.

이 판의 개정증보를 함에 있어 나는 주로 구체적인 실례를 추가하는 데 그쳤다. 다만 지금 유감스럽게 생각해 마지않는 것은 '효행의 덕'에 대해서 한 장을 추가할 수 없었던 점이다. '효'는 '충'과 함께 일본도덕의 두 수레바퀴를 이루는 것으로 생각되기 때문이다.

'효의 장'을 추가하기 어려웠던 이유로는 일본 국민 자신이 아직 이와 같은 비교론을 써내지 못했기 때문이다.

이 문제와 그 밖의 것에 대해서는 다음에 추가로 보완하고 싶다. 이 책 가운데서 거론되는 문제 전반에 대해서도 더욱 논의를 진행하거나 범위를 넓히거나 할 여지가 남겨져 있다. 그러나 이 책을 현재 이상으로 크게 하는 것이 지금으로서는 과연 좋은 일일지 고민된다.

1905년 5월 22일
교토에서
나토베 이나조

제1장 도덕체계로서의 무사도

무사도(武士道)는 일본의 상징인 벚꽃과 함께 같은 일본 토양에 뿌리를 내려 꽃피운 고유한 꽃이다. 또 무사도는 지금은 골동품이나 다름없어진 도덕의 표본으로서 이른바 일본 역사란 '식물표본집' 속에 보존된 것과 같은 것이 아니다. 무사도는 아직도 우리들 사이에서 힘이 되고 또 미적인 것으로서 구체적으로 살아 있다. 촉각으로 느낄 수 있는 형태는 취하고 있지 않을지언정 그 이상으로 도덕적 향기를 발산하고 있으며 지금도 우리는 그 위력의 영향 아래에 있음을 자각하게 된다.

무사도를 낳고 키워온 사회환경은 아득히 먼 옛날에 사라졌다. 그러나 먼 밤하늘에 빛나는 수없는 별들이 아직도 우리들 위에 그 빛을 계속 비추고 있는 것처럼 봉건제도의 유물인 무사도는 그 모체의 사후에도 살아남아 아직도 우리가 나아갈 도덕의 길을 밝게 비추고 있다.

이 주제에 대하여 버크 씨[1]의 모국어인 영어로 기술하는 것은 나에게 있어서 즐거운 일이 아닐 수 없다. 그 이유는 유럽에서는 이미 버려져 돌보지 않게 된 기사도의 관(棺) 위에 버크 씨는 그 유명한 감동적인 찬사를 보냈기 때문이다.

박학하기로 유명한 조지 밀러[2]쯤 되는 학자조차도 동양에는 고대나 현대나 기사도는 말할 것도 없고 이와 비슷한 제도는 절대 존재하지 않았다고 단언해 그 무렵 극동에 관한 정보의 무지를 그대로 드러냈다.[3]

그러나 그와 같은 무지도 밀러 박사의 저서 제3판이 쇄국 일본의 빗장을 페리 제독이 열게 한 그 같은 해에 출판된 것을 생각하면 충분히 이해가 된다.

---

1) 에드먼드 버크(1729~97)는 영국의 정치가이고 왕권에 대항해 의회의 권리를 옹호하는 입장에서 활동한 사람.
2) 1764~1848. 아일랜드의 역사가·철학자.
3) 조지 밀러 《역사철학예증》 1853년, 제3판 제2권 p.2.

벚꽃을 보고 있는 무사. 우타가와 구니요시 그림. 짧은 시간 피었다가 지는 벚꽃은 무사의 삶을 잘 상징하고 있다.

그 뒤 10년 이상이 지나 일본의 봉건제도가 종막을 고하려 할 무렵, 카를 마르크스는 그의 저서 《자본론》에서 봉건제도의 사회적·정치적 여러 제도 연구에는 각별한 이익이 있다는 것, 더구나 그 무렵, 봉건제도의 살아 있는 형태는 일본에서만 볼 수 있다고 말해 독자의 주의를 환기했다. 나도 마찬가지로 역사연구, 윤리연구를 지향하는 서유럽 학도에 대하여 현대일본에서의 무사도 연구를 권하고 싶다.

한편 유럽과 일본의 봉건제도나 기사도의 비교사론에는 매우 매력을 느끼는 바가 있는데, 그 상세한 내용에 파고드는 것은 이 책의 목적이 아니다.

나의 의도는 오히려 첫째로 일본 무사도의 기원과 근원, 둘째로 그 특성과 가르침, 셋째로 그 민중에게 미친 감화(感化), 그리고 넷째로 그 감화의 지속성과 영속성에 대하여 말하는 데에 있다.

첫째에 관해서는 간단히 서둘러 쓰는 데 머문다. 그렇지 않으면 일본역사의 굴곡이 많은 샛길로 독자를 끌어들이게 될지도 모른다. 둘째 점에서는 조금 오래 걸음을 멈추자. 국제적인 윤리관이나 민족정신의 비교연구를 지향하려는 연구자들에게는 우리의 사고나 행동양식에 대하여 흥미를 느낄 수 있다고 생각하기 때문이다. 그리고 나머지 점은 여론(餘論)으로 둔다.

이제까지 나는 대체로 '시벌리(chivalry)'라는 영어로 표현해 왔는데 그것에 해당하는 일본어 '무사도(武士道)'에는 호스맨십(horsemanship ; 기사도)보다 깊은 뜻이 함축되어 있다.[4]

'무사도'는 글자 그대로 '싸우는·기사의·도' 즉 전사(戰士)인 고결한 지사(志士)가 그들의 천직에서 또 일상생활에서 지켜야 할 길을 뜻한다.

한마디로 말해서 '무사 된 자의 규범'(기사계급의 노블레스 오블리주)인 것이다.[5]

이와 같이 글자의 뜻을 명확히 했으므로 앞으로는 이해를 얻어 '무사도(武士道)'란 일본어를 그대로 사용하기로 한다. 원어를 그대로 사용하는 데에는 다음과 같은 이유에서 상책으로 생각되는 점이 몇 가지 있다.

무사도는 매우 유니크하고 독자적인 점이 많은 가르침이고 또 독특한 정신

---

4) '시벌리'도 '호스맨십'과 함께 '기사도'로 번역된다.
5) 노블레스 오블리주란, 고귀한 자에게는 그 나름대로 의무가 생긴다는 것. 사람은 지위가 높아질수록 책임이 무거워져 경솔한 일을 할 수 없게 된다.

과 성격을 낳은 지방적인 가르침이기 때문에 그 머리 위에 특수성을 나타내는 배지를 달고 있을 필요가 있다.

말은 일종의 국민적 음색을 지니고 있어 민족적인 특성을 뚜렷하게 표현하고 있으므로 아무리 우수한 번역자라도 그 참된 뜻을 외국어로 옮겨 나타내는 것은 매우 어렵다. 때에 따라서는 역으로 부당하고 부정확한 뉘앙스를 덧붙이고 마는 일조차 없다고 말할 수 없다. 예를 들어 독일어의 '게뮈트'[6]를 만족스럽게 외국어로 번역할 수 있는 사람이 있을까? 영어의 젠틀맨(gentleman)과 프랑스어의 장틸옴(gentilhommes)은 언어적으로는 매우 가깝지만 이들 두 말의 개성의 차이를 느끼는 사람이 있을까?

앞서 말한 것처럼 무사도는 도덕적 원리의 규범이고 무사가 지켜야 할 것으로 요구되고 또는 가르침을 받는다.

그것은 성문법(成文法)이 아니다. 기껏해야 입에서 입으로 전해지거나 또는 누군가 유명한 무사나 학자의 기록에 의해서 전해져 온 약간의 격언으로 성립된 것에 지나지 않는다. 오히려 그것은 '정하지 않고 기록되지 않는 규범'으로서 존재한다. 그렇기 때문에 그것은 '마음에 새겨진 율법'으로서 참된 실천에 의해 강력한 지지를 널리 얻고 있다. 무사도는 아무리 유능한 인물이 있었다고 해도 인간 한 사람의 두뇌창조에 근원을 갖는 것이 아니고 한 인간의 삶에 기초를 두는 것도 아니다.

무사도는 무사의 생활에서 수십 년, 수백 년에 걸쳐서 낳게 된 유기적 발육의 결실이다. 도덕사상 무사도가 차지하는 지위는 거의 정치사상 영국헌법이 차지하는 지위와 같다. 그러나 무사도에는 마그나카르타나 헤비어스 코퍼스 액트[7] 등에 비할 만한 것은 아무것도 없다.

17세기 초에 무가(武家)의 여러 법도[8]가 공포된 것은 확실한데 그 13개 조의

---

6) 독일어인 Gemüt는 영어로 mind, heart, spirit 등.

7) 마그나카르타(Magna Carta)는 체포권이나 과세권 등으로 국왕의 전횡을 막아 정당한 재판권을 보장하는 것 등을 목적으로 1215년에 제정된 63개 조의 규정이고 국민의 권리와 자유 보장을 구축한 것으로 역사에 남는 대헌장이다. 헤비어스 코퍼스 액트(Habeas Corpus Act)는 왕정복고 뒤에 피구속자의 신병을 재판정에 인도하게 해 신체의 자유를 보장한 영미법 가운데서 뛰어난 제도로 1679년에 제정된 인신보호법.

8) 무가의 여러 법도는 도쿠가와 이에야스(德川家康)가 다이묘(大名)의 마음가짐, 거처하는 성의 보수와 신축 제한, 도당 금지, 혼인 허가 등을 정한 13개 조로 1615년에 공포했다.

짧은 항목은 혼인, 성곽, 도당(徒黨) 등에 관한 것에 지나지 않고 교훈적인 규범은 약간만 언급했다.

그러므로 우리는 특정 때와 장소를 가리켜 '이곳에 무사도의 원천이 있다'고 말할 수는 없는 것이다. 다만 그것은 봉건시대에 자각된 것이므로 시대에 관한 한 그 기원은 봉건시대와 동일하다고 보아도 좋을 것이다.

그렇지만 봉건제도 그 자체가 많은 곡절로 엮어진 것이고 무사도 역시 그 얽히고설킨 성질을 이어받았다. 영국에서는 봉건제하의 정치적 여러 제도가 노르만 정복[9] 시대에 시작되었다고 해도 좋은데, 일본에서도 그 기원은 12세기 말 미나모토 요리토모(源賴朝)의 패권성립과 시대를 같이 한다고 말할 수 있다. 그러나 영국에서는 봉건제의 사회적 여러 요소가 정복왕 윌리엄보다도 그 이전 시대로 거슬러 올라가는 것과 마찬가지로 일본에서 봉건제의 싹틈도 위에서 말한 시대보다 훨씬 이전부터 존재하고 있었다.

일본에 봉건제가 공식적으로 시작되었을 때 유럽과 마찬가지로 프로 전사 계급이 자연히 대두하기 시작했다. 그들은 '사무라이(侍)'로 알려졌다. '사무라이'의 글자 뜻은 영어의 고어인 '크니흐트(cniht)'와 마찬가지로 호위라든가 종자(從者)를 의미한다.

그 성격은 카이사르가 아키타니아에 존재했다고 기록한 솔두리이(soldurii)가, 타키투스에 의하면 그 무렵 게르만의 수장(首長)을 따르던 코미타티(comitati)에서, 또 더욱 그 뒤의 역사에서 예를 들자면 중세 유럽역사에 등장하는 밀리테스 메디(milites medii) 등과 그 성질이 일맥상통한다. 한자의 '무가(武家)' 또는 '무사(武士)'란 용어도 흔하게 사용했다. 그들은 특권계급이고 원래는 전투를 업으로 삼는 거칠고 천한 신분 출신이었음이 틀림없다.

이 계급은 오랜 기간에 걸쳐서 끊임없이 전투가 되풀이되는 사이에 가장 용감하고 모험적인 자들 가운데서 자연스럽게 징집된 자이고, 그 과정에서 차츰 도태되어 겁 많고 유약한 자는 자연스럽게 밀려났다.

에머슨[10]의 말을 빌린다면 '완전히 남성적이고 야수와도 같은 힘을 지닌 사나운 종족'만이 생존해 '사무라이'의 가족과 계급을 형성해 나갔던 것이다. 이윽고 커다란 명예와 커다란 특권과 또 당연히 그것들에 따르는 큰 책임을 갖

---

9) 1066년 정복왕 윌리엄 공이 이끄는 노르만인의 잉글랜드 정복을 말한다.
10) 랠프 월도 에머슨(1803~82)은 미국의 사상가.

게 됐는데, 그 단계에서 그들은 행동을 규제하는 공통의 기준이 필요하다고 통감했다. 특히 그들은 언제나 상호 교전자로 마주 대하면서 다른 씨족에 속해 있었기 때문에 그 필요성은 더욱 컸다. 마치 의사가 동료 의사 간의 경쟁을 직업적 예의로 제한하듯이, 또 변호사가 동료 간의 규범을 깼을 때 징계위원회에 출두해야 하는 것처럼 무사도 또한 그들의 단정치 못한 품행에 대한 최종 재결(裁抉)을 받아야 할 무언가의 기준이 없어서는 안 되었다.

싸움에서의 페어플레이! 이 원시적인 감각에는 야만과 어린애 같은 순박함이 잠재하고 있을지라도 그 안에는 풍부한 도덕의 싹틈이 잠재하고 있다.

이것이야말로 온갖 문무 덕의 근원이 아닐까? 어린 영국인 톰 브라운[11]이 사내아이다운 포부를 이렇게 말했다.

"어린애를 못살게 군 적은 없다, 큰 아이에게 등을 돌린 적도 없었던 놈이다, 라는 이름을 뒤에 남기고 싶다."

이 말을 듣고 우리는 흐뭇한 미소를 짓는다. 마치 완전히 성숙해서 그런 일은 이미 모두 지나쳐버렸다는 듯이.

하지만 이 소망이야말로 위대한 도덕적 건축물이 그 기반 위에 굳건하게 세워져야 할 '값진 돌'[12]임을 모르는 사람은 없을 것이다.

가장 부드럽고 또한 가장 평화를 사랑하는 종교조차도 이와 같은 포부에는 박수를 보낼 것이라고 내가 말한다면 그것이 지나친 말일까? 톰의 이와 같은 소망이 기반이 되어 그 위에 위대한 영국이 굳건하게 서 있다. 그리고 무사도가 서 있는 주춧돌도 이보다 작지 않다는 것이 머지않아 명확해질 것이다.

전투 그 자체는 공격적이건 방어적이건 부정한 것임을 퀘이커 교도[13]들이 증언한 것이 틀림이 없다고 해도 우리는 레싱과 함께 이렇게 말할 수 있다고

---

11) 영국 작가 토머스 휴즈의 소설 《톰 브라운의 럭비 학교생활》의 주인공.

12) 구약성서 〈이사야〉 28장 16절에 있는 말. '주 야훼께서 이렇게 말씀하신다. "보아라 내가 시온에 주춧돌을 놓는다. 값진 돌을 모퉁이에 놓아 기초를 튼튼히 잡으리니 이 돌을 의지하는 자는 마음 든든하리라."'

13) 니토베 이나조는 퀘이커파의 크리스천이었다. 이것은 영국의 종교가 조지 폭스에 의해서 시작된 그리스도교의 일파이고 프렌드회라고도 한다. 개인의 체험과 묵도(默禱)에 의해 맺어진 공동체적 사상을 본질로 하여 예배나 성직제도를 모두 배제하고 철저한 평화와 비전투주의를 주장한다. 그들의 경건한 기도는 때때로 그 몸이 떨리는 것으로 알려져 그것에서 퀘이크(떨림)를 다른 이름으로 부르게 되었다고 한다. 고트홀트 에프라임 레싱(1729~81)은 독일 극작가·비평가. 그의 《현자 나탄》 등이 유명하다.

생각한다.

'나는 안다, 어떤 결점이건 우리의 덕의 원천이 아닌 것은 없다.'

'비열'하다거나 '비겁'하다거나 하는 말은 건전하고 단순한 인간에게는 최고로 모욕적인 말이다.

사람은 어릴 적에 이런 생각으로 인생의 첫걸음을 내딛는다. 무사도 또한 같다. 그러나 생활무대가 커지고 관여하는 곳이 여러 방면에 걸침에 따라서 초기의 신념은 더욱 높은 권위와 더욱 합리적인 근거에 입각한 보증을 요구하고, 그것으로 자신을 시인해 만족을 얻어 더욱 자기 계발을 도모할 생각을 하게 된다.

만일 전투가 규칙적으로 이루어진다는 목적에만 시종해 그 이상으로 고상한 도덕적 동기가 전혀 없었다면, 무사의 이상은 혼미해 도저히 무사도 같은 것은 태어나지 않았을 것이다.

유럽에서는 그리스도교가 그 해석상 기사도에 편리하도록 양보를 인정했음에도 불구하고 여전히 그 그리스도교는 기사도에 영적인 소재를 몇 가지 불어넣었다.

'종교와 전쟁, 명예란 완전한 크리스천 기사의 세 가지 혼이다'라고 라마르틴[14]은 말했는데, 일본에서도 무사도의 근원으로 생각되는 것이 몇 가지 있었다.

[해설]

저자는 한동안 보통 '기사도'로 번역되는 '시벌리(chivalry)'란 영어를 '무사도' 대신으로 사용하였다. 그러다가 나중에 설명을 붙여서 일본어 발음대로 '무사도(武士道)'를 로마자(bushido)로 표기하게 된다.

그런데 이 장의 마지막쯤에 레싱의 말을 인용했다.

'나는 안다. 어떤 결점이건 우리가 지닌 덕의 원천이 아닌 것은 없다.'

이 말의 참뜻은 어디에 있을까? 인간의 미덕에 대한 철학이라고 나는 생각한다. 덕을 단순히 덕으로서 관조(觀照)할 때 인간은 교만해진다. 거기에는 언

---

14) 1790~1869, 프랑스의 낭만파 시인·정치가.

제나 경쟁의 원리가 작용하고 배타적인 금지가 문화를 지배하게 된다.

레싱은 덕의 근원을 부족한 곳, 약한 곳에서 발견했다. 결점, 약점, 실패와 어리석음, 암중모색과 시행착오가 '신의 은총으로' 미덕의 모체가 되어 선한 것을 이룩하게 된다, 신의 손에 의하여!

영웅이나 천재가 단독으로 인간의 힘만으로 영광을 쌓아 올리는 것은 아니다. 한 개인의 영예 따위는 삼켜버리고 커다란 영광이 원대한 역사의 축적 끝에 자라난다. 사람에게는 결점으로 보이고 약점으로 보이는 것, 유치하고 잘못이기도 한 일들이 모체가 되어 미덕을 낳는다. 미덕 탄생의 아버지는 신이다.—그는 그렇게 말하고 있다.

무사도를 하나의 꽃, 즉 덕으로 보는 니토베는 이 꽃 이전에 줄기라든가, 가지 등이 있고 더 나아가 그 가지나 줄기를 보이지 않는 곳에서 키우는 뿌리가 깊고 넓게 퍼져 있음을 말하고 싶었던 것이 아닐까?

따라서 무사도는 일본인이 자랑할 만한 것은 아니고 신에게 감사해야 하는 것이다. 왜냐하면 그것은 일본인 누군가가 자각하고 의식하고 노력해서 다듬어 마침내 이룩한 것과 같은 미덕의 일종이 아니기 때문이다.

니토베 자신은 경건한 퀘이커파 크리스천이었다. 다 아는 바와 같이 퀘이커 크리스천은 절대적 평화주의, 무저항 비폭력주의로 일관하는 사람들이다. 저자 자신이 평화주의자이므로 전쟁이나 무력투쟁을 인정할 리가 없다. 그러나 그다음에 톰 브라운의 미숙하면서도 흐뭇한 포부를 예로 들어 '싸움에서의 페어플레이! 이 원시적인 감각에는 야만과 어린애 같은 유치함이 숨겨져 있을지라도 그 내면에는 무언가 풍부한 도덕의 싹틈이 잠재하고 있다!'라고까지 말하는 것, 그리고 그렇게 말할 수 있는 것은 신의 힘과 지혜를 믿기 때문이다. 레싱의 말 뒤에 원저에는 각주(脚註)로서 다음과 같은 문장이 실려 있다.

러스킨은 역사상 가장 마음이 온화하고 평화를 사랑하는 사람 가운데 하나였다. 그러나 그는 분투하는 삶을 예찬하는 사람의 열정을 담아 전쟁의 가치를 믿었다. 그는 그의 저서 《야생의 올리브 왕관》 가운데서 이렇게 말했다. '전쟁은 온갖 예술의 기초이다. 이렇게 말하는 나의 참뜻은 전쟁이 인간의 온갖 높은 덕과 능력의 기초라는 데 있다. 이것을 깨닫고 실은 나 자신이 매우 기이하게 느끼고 아울러 매우 두렵게 느끼면서도 한편 그것은 완전혀 부정할 수 없는 사실임을 알았다. 내가 안 것을 간단히 말하자면 이와 같다. 모든 위대한 국민은 그들의 말의 진리와 사상의 힘을 전쟁 속에서 배운다. 그들은 전쟁 속에서 자양분을 얻었는데 평화에 의해서 낭비하고, 전쟁으로 가르침을 받고, 평화에 의해서 기만당하고, 전쟁에 의해서 훈련되고, 평화에 의해서 배신당한다. 요컨대 그들은 전쟁 속에서 태어나고 평화 속에서 숨져간다.'

앞에 인용된 레싱의 말은 그런대로 이해할 수 있지만 러스킨의 말에 이르러서는 오해를 낳을 위험을 다분히 내포하고 있다. 만일 니토베가 절대 비전주의(非戰主義)를 주장하고 또한 비폭력주의를 관철한 사람이라는 사실을 모르면 러스킨의 참뜻을 오해 없이 이해하는 일은 누구에게도 기대할 수 없다.

니토베는 '실은 나 자신 매우 기이하게 느끼고 아울러 매우 두렵게 느끼면서' 이같이 말하는 러스킨의 말을 깊은 공감 속에 읽었을 것이다. '전쟁은 온갖 예술의 기초이다'라는 말은 니토베가 아니라도 두렵게 느끼는 것이 당연하다. 그러나 그것은 그렇다 치고 현대의 우리가 중요한 메시지로서 지나쳐버려서는 안 될 것이 하나 있다. 그것은 마지막에 말한 '평화 속에 숨져간' 민족이 역사 속에는 얼마든지 있었다는 것이다. 참된 평화란 무엇인가에 대하여 우리는 끊임없이 물어야 할 필요가 있다.

단순히 전쟁에서 멀어져가고 있다는 것뿐인 평화감각으로는 러스킨이 남긴 말에서 참된 교훈을 찾아내지 못한다.

라마르틴이 말하는 '완전한 크리스천 기사'란 무엇을 가리키는 것일까? 그것은 그가 품고 있었던 하나의 이상적인 이미지가 아니었을까?

'산다는 것은 싸움이다'라고 하였다. 삶 그 자체가 일종의 싸움이다. 그렇기 때문에 그가 말하고 있는 것은 그리스도를 따라서 생애를 다 하려는 자의 삶의 모습과 나아가야 할 길을 가리킨다고 생각한다.

그가 내거는 세 가지는 '종교와 전쟁과 명예'이다. 이것은 무엇을 가리키는 것일까? 그것은 바로 이 위대한 사상가의 혼에 깃든 종교론이고, 전쟁론이고, 또 영광관(榮光觀)이기도 했다. 그 사고방식은 니토베 이나조에게서도 모습은 다를지언정 공통적으로 볼 수 있다. 예를 들어 무사도만 해도 그것을 일본인이 발명한 독특한 사상체계인 듯이 자랑하는 것이 아니고 여러 가지 결점을 지닌 일본인에 대하여, 그럼에도 신이 부여한 은혜인 것이고 신이 갖추어주신 일종의 '구약'이라고 니토베는 느꼈다. 라마르틴이 말하는 명예, 즉 영광도 같은 사상을 배경으로 한다.

'구약'이란 '신약'에 대비되는 말이다. 신약성서에 계시한 보편적 구원의 진리, 즉 그리스도교의 복음이 그 이전에 유대인이 받은 '구약'으로 불리는 오랜 약속을 완성시킨 것이라고 생각할 때 그 '구약'은 유대인이 받은 것만으로 한정하지 않고 어느 민족에게도 신은 평등하게 '구약'에 상당한 계시를 주었다고 니토베는 믿었다.

고작 반세기 동안 단순히 '전쟁이 없다'는 것뿐인 평화가 일본인의 정신을 이토록 좀먹고 타락시켰다. 우리는 저자가 인용한 존 러스킨의 통찰을 현실로 주변에서 경험하고 있다. 전쟁과 평화에 대하여 깊이 사색하지 않으면 안 된다. 진정한 평화란 과연 무엇일까?

무사도는 '전해지지도 않고 기록되지도 않는 규범으로서 존재하고 《그 마음에 새겨진 율법》으로서 참된 실행에 의해 널리 지지받는 것'이라고 말한 니토베의 말 이면에는 그의 종교론까지도 겹쳐서 말했다고 볼 수 있다.

'교회에서 도덕을 가르치는' 수준의 그리스도교 또는 '학교에서의 도덕교육은 그리스도교에서 실시한다'고 생각하는 수준의 그리스도교를 니토베 박사는 이미 통과해버렸다. 그는 구약성서의 역사를 성취한 살아 있는 예수 그리스도의 '신약' 즉 '은총의 복음을 일본인 혼의 토양에도 신이 평등하게 대비해주신—그 일본의 '구약'이란 토대 위에 확실하게 수용했다. 그리스도교라고 한마디로 말하지만 그 그리스도교 안의 무엇을 우리들의 무엇에 수용할 것인지? 이것은 니토베 이나조도, 우치무라 간조(內村鑑三)도 똑같이 마음속 깊이 생각하고 기도하였던 심각한 문제였다.

제2장 무사도의 근원

일본의 무사도에는 몇 개의 근원이 있다. 우선 불교에서부터 시작하자.

불교가 무사도에 이바지한 점을 말하자면 다음과 같은 것을 생각할 수 있다. 즉 운명에 맡기는 평정한 마음, 회피할 수 없는 것에 대한 조용한 순종, 위험이나 재해에 직면했을 때의 금욕, 극기주의자적인 침착성, 그리고 목숨을 가볍게 여기고 조용히 죽음에 임하는 마음과 같은 것이다.

어느 검도의 달인[1]이 제자에게 무도의 깊은 뜻과 검의 비법을 가르칠 때 이렇게 말했다.

"이 이상의 일은 내 가르침이 미치는 바가 아니다. 나머지는 선(禪)의 가르침에 미룰 뿐이다."

선이란 '디야나(Dhyāna)'를 일본어로 음역한 것으로, 이는 '말로는 표현할 수 없는 사상의 영역에 명상으로 이르려는 인간의 노력을 의미하는 것'[2]이다.

선은 명상을 수단으로 한다. 내가 이해하는 바에 따르면 선의 목적은 모든 현상의 밑바탕에 존재하는 원리를 깨닫는 것, 만일 가능하다면 절대자 그 자체를 확신하고 자신을 이 절대자와 조화시키는 것이다.

이와 같이 정의해 본다면 선의 가르침은 한 종파의 교의(敎義 ; 도그마) 이상의 것이고 이 절대자에 대하여 터득한 자는 누구건 이 세상의 사상(事象)을 초월해 '새로운 천지'[3]로 향해 영혼의 눈을 뜨게 된다.

불교가 줄 수 없었던 것을 신도(神道)가 충족시켜 주었다.

다른 어느 교의도 절대 가르치지 않는 주군에 대한 충성, 조상에 대한 공경, 또 부모에 대한 효도가 모두 신도의 교의에 의해서 몸에 배게 되었다. 그 덕택에 사무라이의 교만한 성격에 인종(忍從)의 마음이 부여된 것이다.

---

1) 야규 무네노리(柳生宗矩).
2) 라프카디오 칸 《이국적인 것과 회상적인 것》 p.84.
3) 신약성서 〈요한계시록〉 21장 1절의 말.

미나모토노 요리토모(1147~1199). 가마쿠라 막부를 열었으며 초대 쇼군이 되었다.

신도의 신학에는 '원죄'의 교의가 빠져 있다. 반대로 인간은 태어날 때부터 선하고 사람의 영혼을 신의 뜻이 깃든 거룩한 곳으로 여겨 숭배했다.

찾는 사람의 이목을 끌게 되는, 신사에는 예배의 대상이나 기구 등이 보이지 않는다. 거울이 하나 안채에 걸려 있을 뿐이다. 주요한 비품이래야 이것뿐이다.

놓여 있는 거울에 대하여는 쉽게 설명할 수 있다. 그것은 사람의 마음을 나타내고 마음이 완전히 평정명징(平靜明澄)하면 신의 모습을 비추게 된다. 따라서 신 앞에 서서 예배하는 자는 거울 면의 반짝임 속에 내 모습의 반영을 본다. 그 예배행위는 '너 자신을 알라'고 말하는 고대 델포이의 신의 계시와 같다.

그러나 그리스건 일본이건 그 가르치는 바는 같고 너 자신을 알라는 것이 인간의 육체적 부분의 지식을 말하는 것은 아니다. 즉 해부학이나 정신적 물리학은 아니고 도덕적인 지식이고 사람의 도덕적 성질의 반성을 말한다.

그리스인과 로마인을 비교해서 몸젠[4]은 이렇게 말했다.

'그리스인은 눈을 하늘로 향해 예배했다. 그 기도는 심사묵고(深思默考)이기 때문이다. 로마인은 머리를 가리고 예배했다. 그 기도는 내성적이기 때문이다.'

본질적으로는 로마인의 종교관념과 같고 일본인의 내성은 개인의 도덕적 의식보다도 오히려 국민적 의식을 뚜렷하게 했기 때문이다. 신도의 자연숭배는 일본인의 혼 깊숙한 곳에 국토를 사랑해야 한다는 감정을 뿌리내리게 했다. 또 신도의 조상숭배는 계도(系圖)에서 계도로 거슬러 올라가 황실을 전 국민의 먼 조상으로 떠받들게 했다.

일본인에게 있어서 국토는 금을 채굴하거나 곡물을 수확하거나 하는 토지나 토양 이상의 것이다. 그것은 신들, 즉 조상의 영혼이 깃들어 있는 거룩한 곳이다. 일본인에게 있어서 천황은 단순한 법치국가의 경찰청 장관이 아니고 문화국가의 보호자도 아니며 이 지상에서 육체를 지닌 하늘의 대표자이고 하늘의 힘과 하늘의 자애를 그 한 몸에 갖춘 존재이다. M. 부토미가 영국 왕실에 대하여 '그것은 권위의 상징일 뿐만 아니라 국민통합의 창조자이고 또한 그 표상이다.'[5]라고 말한 것이 사실이라면—나는 그것을 믿고 있는데—이것은 일본의 황실에 대해서도 두 배, 세 배는 강조해야 한다.

4) 테오도어 몸젠(1817~1903)은 독일의 역사가. 노벨문학상 수상자.
5) 부토미 《영국 국민》 p.188.

신도의 교의에는 일본민족의 생활감정을 지배하는 두 개의 특색이 포함되어 있다. 그것은 애국심과 충성심이다.

A.M. 크내프는 '히브리 문학에서는 신에 대하여 말하고 있는지, 국가에 대하여 말하고 있는지, 천국에 대한 것인지, 예루살렘에 대한 것인지, 메시아에 대한 것인지, 그 민족 자체인지, 이를 판단하기가 때때로 어렵다.'[6]고 말했는데 이것은 사실이다.

똑같은 혼란을 일본인의 신앙에 관한 각종 명칭 가운데서도 발견할 수 있다. 혼란이라고 말한 이유는 그 용어의 모호함 때문에 논리적인 두뇌에는 혼란으로 받아들여지기 때문이다.

그러나 신도란 국민적 본능이나 민족적 감정을 내포하는 틀을 짜는 것이므로 굳이 철학과 같은 체계나 신학과 같은 합리성을 가장하진 않는다.

이 종교는—오히려 이 종교가 표현한 민족감정이라고 하는 것이 더 정확할지도 모르겠는데—어쨌든 신도는 무사도 속에 주군에 대한 충성과 애국의 정신을 철저하게 불어넣은 것이다.

이런 것들은 교의가 될 수는 없어 언제나 '어찌할 수 없는 감정'으로서 작용한다. 신도는 중세 그리스도교와는 달리 '크레덴다'[7]를 규정해 신자에게 명하거나 하는 일은 하지 않고 단순명쾌한 '어젠다'를 공급한다.

무사도에 엄밀한 뜻에서의 윤리적인 가르침을 심어준 것으로 말한다면 공자의 가르침이 첫째이다.

공자가 역설한 이른바 오륜(五倫)의 길, 즉 군신, 부자, 부부, 장유 및 붕우라고 하는 다섯 면에서의 도덕관계는 공자의 문서가 중국에서 수입되기 이전부터 일본의 민족본능이 인정하고 있었던 것이다. 그것을 공자의 가르침이 인정한 것에 지나지 않는다.

정치도의에 관한 공자의 가르침은 평정인자함을 바탕으로 하고 또 처세의 지혜가 풍부했으므로 지배계급을 구성한 무사에게는 그야말로 꼭 어울리는 것이었다. 공자의 귀족적이고 보수적인 기풍이 무사인 정치가의 요구에 적합하게 된 것이다.

---

6) 아서 메이 크내프 《봉건일본과 근대일본》 제1권 p.183.
7) 신학의 용어이며 믿는 내용을 조목으로 쓴 것. 즉 '신앙의 조목', 그것에 대하여 어젠다 (agenda)는 실천해야 할 행동의 항목표와 같은 것.

공자에 이어서 맹자 또한 무사도 위에 권위를 행사한다. 맹자의 주장은 힘찬 반면에 매우 민주적이었기 때문에 배려하는 마음이 두터운 사람들 사이에 깊이 침투해 갔다. 그것은 현존하는 사회질서에 있어서는 반역적인 위험사상으로 생각되어 그의 저서는 장기간에 걸쳐서 금서가 되었다. 그럼에도 이 거장(巨匠)의 말은 무사의 마음에 영구히 둥지를 틀었다.

공자·맹자의 책은 청소년의 주요 교과서이고 어른들에게는 최고의 논의대상이었다. 그러나 공자·맹자의 고전을 알고 있는 것만으로는 사람들로부터 높은 평가를 받지 못했다. '논어를 읽으면서 논어를 모른다'는 유명한 속담은 공자를 지적(知的)으로 알고 있는 것에 지나지 않는 인간들을 비웃은 말이다.

어느 전형적인 무사(사이고 난슈 ; 西鄕南洲)는 문학의 대가인 양 행동하는 인간을 '책벌레'로 불렀다. 또 학문을 강한 냄새가 나는 푸성귀에 비유해 이렇게 말한 사상가(미우라 바이엔 ; 三浦梅園)도 있었다. '학문은 강한 냄새가 나는 푸성귀와 같다. 잘 삶아서 냄새를 제거하지 않으면 먹을 수 없다. 조금 책을 읽은 사람은 조금 학자 행세를 하고, 많이 책을 읽은 사람은 더더욱 학자 행세를 한다. 모두가 역겨운 일이다.'

그 참뜻은 지식이란 배우는 자의 마음에 동화되고 그 사람의 품성이 되어 밖으로 표출됨으로써 비로소 지식이 된다는 것이다.

지적 전문가는 기계와 같은 존재로 간주하였다. 지적 능력 그 자체는 도덕적 감정의 하위에 붙는 것으로 생각되었기 때문이다. 인간도 우주도 다 같이 영적이고 도덕적인 것으로 생각되었다. 우주의 진행은 도덕과 무관하다는 헉슬리[8]의 단정을 무사도는 용인할 수가 없었다.

무사도는 이와 같은 지식을 위한 지식을 가볍게 여겼다. 지식은 그 자체를 목적으로 해서 추구하는 것이 아니고 어디까지나 예지(叡智)를 얻는 수단으로써 추구해야 하는 것으로 간주했기 때문이다. 따라서 이 목적에 이르지 않고 끝나는 자는 요구에 따라서 시가(詩歌)이건 격언이건 즉석에서 읊조리는 편리한 기계 이외에 아무것도 아닌 것으로 간주하였다.

삶 속에서 실천한 지식이야말로 지식이라고 말할 수 있는 지식이라고 무사도는 생각했다. 실천실행을 역설한 소크라테스의 가르침은 중국의 철학자 왕

---

8) 토머스 헨리 헉슬리(1825~95)는 영국의 생물학자.

양명(王陽明)에게서 최대의 창도자(唱導者)를 발견하였다. 그는 '지행합일(知行合一, 아는 것과 행하는 것은 하나이다)'을 평생 역설해 마지않았던 사람이다.

여기에서 잠시 샛길로 접어드는 것을 이해하기 바란다. 실은 가장 고결한 무사들 가운데 이 철학자의 가르침에서 강한 영향을 받은 사람이 적지 않기 때문이다.

서양의 독자는 왕양명의 저술 가운데 신약성서와 비슷한 점이 수없이 있음을 곧 깨닫게 될 것이다.

양자에게 독특한 특수용어상 차이가 있음을 용인만 한다면 '너희는 먼저 하느님의 나라와 하느님께서 의롭게 여기시는 것을 구하여라. 그러면 이 모든 것도 곁들여 받게 될 것이다.'[9]라는 말은 왕양명의 저서 가운데 모든 페이지에서 발견되는 사상이다.

양명학파인 미와 싯사이[10]는 이렇게 말했다.

"천지 만물을 주재하고 사람에게 깃들면 마음이 된다. 따라서 마음은 살아 있어 언제나 빛을 낸다."

또 '그 본체의 영적인 빛은 언제나 빛을 낸다. 그 영적인 빛이 사람의 의지가 아닌 자연에서 발현해 그 선악을 비춤을 양지(良知)라 하고 하늘의 광명이라'고도 한다. 이런 말들은 아이작 페닝턴 등의 신비주의 철학자가 남긴 문장과 비슷한 여운을 지니고 있지 않은가?

신도의 단순한 교의에 나타난 것과 같은 일본인의 마음은 양명의 가르침을 받아들이기에 특히 적합했다고 나는 생각한다.

왕양명은 '인간의 양심에는 절대로 오류가 없다'는 설을 주장하고 그 학설을 극단적인 초월론으로까지 밀고 나가 단순히 선악의 식별만이 아니고 심리적 사실에서 물리적 현상에 이르기까지 그와 같은 성질을 인식하는 능력이 양심에는 있다고 역설했다. 그는 버클리나 피히테에게 뒤지지 않을 정도로 이상주의에 몰입해 인지 이외에 사물의 존재를 부정했다. 유아론(唯我論)에는 여러 가지 논리적 오류가 있다는 것이 지적되고 있는데 그와 같은 모든 오류가 왕

---

9) 신약성서 〈마태복음〉 6장 33절.
10) 三輪執齋(1669~1744). 양명학에 심취하고 사사한 사토 나오카타(佐藤直方)로부터 한 번은 절교를 통고받았는데 그 동기의 순수함과 열정을 인정받아 입장을 달리한 채 화해했다는 일화가 있다.

양명의 학설에 들어맞는다고 해도 그것을 웃도는 도덕적 공적이 있었음을 인정하지 않을 수 없다. 즉 굳건한 확신의 힘을 견지하면서 강한 개성과 평정(平靜)한 기질 등을 발달시킨 그의 도덕상 공적은 부정할 수 없다.

이와 같이 무사도의 근원은 여러 가지로 지적할 수 있다. 무사도가 그런 것에서 흡수하거나 동화하거나 한 본질적 원리는 적으면서도 단순했다. 그러나 그 적으면서도 단순한 것이 일본의 역사상 가장 불안정한 시대의 가장 불안한 일상에서조차 일본인이 안정된 삶을 누릴 수 있는 처세의 길을 보장하기에는 충분했다.

우리의 선조인 무인의 건전하고도 순수한 기질은 고대사상의 정도(正道)나 샛길에서 이삭을 줍는 것처럼 주워 모은 평범한 단편적 교훈에서 그들의 정신을 충분히 함양할 만한 마음의 양식을 이끌어낸 것이다. 그리고 시대의 요구에 자극을 받아 이러한 교훈에서 새로운 독특한 형태의 남성기질을 형성해갔다.

프랑스의 예민한 석학 드 라 마즐리에르(de la Mazelière)는 16세기 일본의 인상을 다음과 같이 요약했다.

16세기 중반에 이르기까지 일본에서는 정치도 사회도 종교도 모두 혼란의 소용돌이 속에 있었다. 계속되는 내란과 야만시대로 되돌아가는 듯한 생활상이 이어져 자기 권리는 스스로 지키는 수밖에 없는 정당방위의 시대였다. 그러나 그것이 실은 그 H.A. 텐[11]이 상찬해 마지않았던 16세기 이탈리아인에 견줄 만한 인물을 일본에서도 만들어냈다. 텐이 상찬한 인물이란 용감하고 진취적인 기상, 순간에 결단을 내려 결사적인 결행으로 옮기는 습관, 실행하고 인내하는 위대한 능력을 갖춘 인물을 말한다.

이탈리아와 마찬가지로 일본에서도 중세의 거칠고 야만적인 생활풍습이 인간을 '완전히 전투적이고도 반항적인' 위대한 동물로 만들어냈다. 그리고 이것이야말로 일본민족의 주요한 특성, 즉 그들의 정신과 기질의 두드러진 다양성이 16세기에서 가장 고도로 꽃피우게 된 이유이다.

---

11) Hippolyte Adolphe Taine(1828~93). 프랑스의 실증주의 철학자·비평가·역사가.

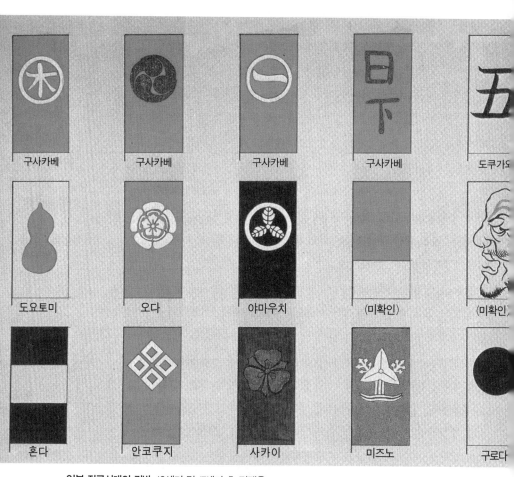

구사카베　　구사카베　　구사카베　　구사카베　　도쿠가ㅇ

도요토미　　오다　　야마우치　　（미확인）　　（미확인）

혼다　　안코쿠지　　샤카이　　미즈노　　구로다

일본 전국시대의 깃발. 16세기 및 17세기 초 전쟁을
가장 다채로운 색깔로 표현한 것이 깃발이었다. 이
것을 갑옷 뒷면에 꽂았다.

인도에서 또 중국에서조차 사람과 사람의 개성적 차이가 기껏해야 지능이나 정력이 다른 정도에 지나지 않는 데 비하여, 일본에서는 그와 같은 것 외에 개개인이 성격면에서의 독창성에 뚜렷한 차이를 나타낸다.

그리고 개인 간에 개성적 차이를 찾아볼 수 있는 것이야말로 우수한 민족의 표상이고 그들 가운데서 이미 문명이 발달하고 있음을 말해준다.

니체가 즐겨 사용한 표현을 빌려 말한다면 이렇게 말할 수 있을 것이다. '아시아에서는 민족에 대하여 말할 때 그 평원을 비유해서 말하는데, 일본민족만은 유럽과 마찬가지로 무엇보다도 먼저 인물을 산악에 비유하게 된다'고 말할 수 있다.

마즐리에르가 평론을 쓴 일본인의 일반적인 기질에 대하여 이번에는 우리가 스스로를 이야기하면서 집필을 진행해 나가기로 한다. 우선 '의(義)'부터 시작한다.

[해설]

저자는 이 장에서 무사도의 근원에 대하여 말해 왔다. 어느 문명이건 또 문화이건 그것을 알려면 우선 그 근원을 탐지할 필요가 있다. 시선을 사로잡는 눈부신 모습의 이면에는 땅속 깊숙이 그물처럼 둘러친 뿌리가 있어 이를 기르고 있을 것이고, 그리고 이를 낳기에 이른 씨앗인 모체가 오랜 역사를 짊어진 채 잠재하고 있는 것이 틀림없다.

저자는 무사도에 대하여도 우선 그 근원을 찾는 것에서부터 시작했다.

무사도의 근원인 세 뿌리가 소개된다. 즉 불교와 신도, 그리고 유교의 세 가지이다. 저자는 이것들을 단순한 종교로서 소개하는 것이 아니고 우리의 선조가 이런 것들을 어떻게 흡수하고 소화해 스스로 자양분으로 삼아왔는지 그 사실을 말한다.

최초로 한 사람의 검도 달인이 등장한다. 이것은 야규 무네노리(柳生宗矩)를 말한다. 무네노리는 제자에게 오의(奧義)를 전수할 때에 이렇게 말했다.

'이 이상의 일은 내 가르침이 미치는 바가 아니다. 나머지는 선(禪)의 가르침으로 미룰 뿐이다.'

일본의 선인은 기술이라든가, 직능을 그것으로만 보지는 않았다고 말할 수 있다. 기술은 고도의 정신으로 마무리해야 한다. 기술만 단독으로 서 있을 때 그 기술은 없는 거나 다름없다 ─ 일본인의 인생철학은 그렇게 생각되어 왔다.

일본인에게 있어서는 적을 쓰러뜨리고 목숨을 구하는 검술조차도 단순히 적을 쓰러뜨리면 좋다는 기술로만 그쳐서는 안 된다. 그것은 검의 기술이 아니고 검의 도, 즉 검에 의한 사람의 도(道)인 것이다. 강하기만 해서는 안 된다. 아름다워야 한다. 죽이는 것만으로는 안 된다. 살리는 길도 동시에 생각해야 한다.

검도의 오의는 웬만해서는 검을 빼지 않는, 검을 사용하지 않는다는, 검에 의한 검을 초월한 경지까지 자신을 높일 것을 요구하기에 이른다. 불교가 이를 가져온 것은 아니다. 불교를 접한 일본인이 불교라는 것에서 받은 자극의 발동으로 이와 같은 것을 낳게 되었다.

불교 다음에 저자는 신도(神道)를 소개한다.

일찍이 나는 어느 기회에 문득 깨달았는데 불교의 절을 찾기보다는 신사(神社)에 몸을 두는 것이 왠지 모르게 안정이 된다. 나의 참뜻은 절에서 보게 되는 엄청난 불상이나 그것들을 둘러싼 요란한 장식품이 신사에는 전혀 없다는 것에 일종의 마음의 평안을 느낀다고나 할까, 그때에는 깨닫지 못했는데 나에게 있어서 불교는 외래의 것이고 이국에서 전래한 이교일지도 모른다. 이것은 내 머릿속의 문제는 아니고 이른바 혈(血)의 문제이다.

니토베는 신사의 안채 깊숙한 곳에 걸려 있는 소박한 거울을 지적하고 신도의 단순한 철리를 말했다.

인간의 도덕적 본질의 내용이 일본인에게 있어서 본래의 혼을 기르는 힘이 되었던 것을 이 말 없는 거울이 말해준다. 거울 앞에서의 반성은 부모에 대한 사랑, 조상에 대한 공경, 주군에 대한 충성을 낳았다. 거울은 일본인의 혼을 비추고 그 국토를 단순한 경작지 이상의 것으로 직감(直感)시켰다. 일본인에게 있어서 국토는 금을 채굴해 재산을 모으거나 또는 곡물을 수확하기 위한 물질적 자본이 아닌 먼 조상의 영혼이 깃든 신성한 삶의 터전으로 인식하게 되었다.

니토베가 지적하듯이 신도에는 교의(敎義 ; 도그마)라고 말할 수 있는 것은 없고 중세 그리스도 교회와 같은 신앙의 조목도 없는 것이다. 신도는 '교의로서보다도 자극으로서 작용하는' 매우 단순한 행위의 기준을 공급할 뿐이다,

라고 말하는 니토베의 통찰은 시사하는 바가 풍부하지 않은가?

무미건조한 교의에 묶여 꼼짝도 못하는 현대 일본의 조직집단화한 그리스도교가 왜 일본인의 혼에 파고들 정도의 힘과 생명을 갖지 못하는지 여기에도 하나의 힌트가 숨겨져 있는 것 같다.

니토베 이나조는 크리스천이라고 했는데 그는 온갖 그리스도 교파 가운데서 가장 조용하고 개인적이며 더할 나위 없이 경건하기로 알려진 퀘이커파의 신자였다.

이와 관련해서 니토베 박사와 절친했던 우치무라 간조는 어느 의미에서 그와 완전히 같은 입장에 선 크리스천이었다. 후세에 우치무라는 '무교회주의'의 창시자인 것처럼 세간에 알려져 그것이 어느새 정설이 되었는데, 무교회주의를 그리스도교의 유력한 한 파로 만든 것은 우치무라의 수제자로 지목되던 쓰카모토 도라지(塚本虎二)였다. 무교회주의 진영이라는 구체적인 세력이 새롭게 형성되는 것을 혐오한 우치무라는 죽음 직전에 쓰카모토와 결별할 결심을 굳혔다. 우치무라가 '그대는 어떻게 생각하나?'라고 의견을 묻자 야마모토 야스지로(山本泰次郎)는 뒤에 '우치무라는 마지막 사력을 다해 쓰카모토와의 결별을 실행에 옮기고 그리스도 복음의 본질을 지켜내 신에게로 개선하고 말았다'[12]라고 말했다.

니토베 이나조와 우치무라 간조 두 사람에게는 공통된 점이 있다. 그것은 그리스도교를 수용한 방법이다. 서유럽 역사에 휩쓸리면서도 때로는 그 원동력이 되고 때로는 그곳에 형성된 서양문명을 몸에 걸쳐온 역사적인 그리스도교를 고스란히 그대로 받아들이지 않고 역사 속에 그것들을 낳게 한 원동력이라고도 할 수 있는 것—그리스도교의 씨앗, 또는 중핵(中核)을 그대로 '일본의 정신토양' 깊숙한 곳에 받아들이는 것이 중요하다고 믿었다.

그들의 말에 따르면 '그리스도의 복음 그 자체를 일본인의 혼에 직접 받아들이는' 것이다. 순수한 일본인의 혼이 순수한 그리스도의 정신을 접하면 어떤 결과를 낳게 되는지. 그것은 신만이 아는 일로서 신에게 맡기면 된다—두 사람은 대담하게도 이렇게 생각했다. 서유럽의 선교사들 가운데 이런 생각을 한 인물은 드물다. 오히려 그들의 눈에는 이렇게 믿는 일본인 크리스천이 배타적

---

12) 야마모토 야스지로 《우치무라 간조 신앙·생애·우정》 p.270 이하.

인 인간으로 비쳐졌을 것이다.

일찍이 불교가 전래했을 때도 일본의 정치가들은 이를 대륙문명 수용의 일익을 담당하는 것으로밖에 보지 않았다. 불교 또한 문화의 하나에 지나지 않았다. 선진국의 문물을 수입하기 위해 불교는 이용되었을 뿐이다. 그것은 결과적으로 미술공예의 이입과 부흥을 가져왔으며, 사람의 혼에 호소하는 사상으로서의 불교가 일본인의 혼을 사로잡은 것은 실로 그 후 몇백 년이 지난 뒤의 일이고, 연마된 혼의 소유자인 몇몇 인물들에 의한 피를 피로 씻는 듯한 고난 끝에서야 일어난 일이었다.

일본인의 그리스도교는 아직도 로쿠메이칸(鹿鳴館) 시대의 '서유럽문화 흡수 방식'의 영역에서 벗어나지 못한 것도 많다. 그리스도교가 활발하지 못한 이면에는 이와 같은 중대한 문제가 잠재하고 있다.

한편 마지막으로 소개되는 것은 공자와 맹자의 가르침이다. 그러나 이것도 일본에서는 똑같은 것이 학문으로서 인기가 있었던 중국이나 조선 등과는 전혀 다르게 수용이 되어 전혀 다른 결과를 낳기에 이르렀다.

저자는 문학에 박식한 자를 '책벌레'로 불러 경멸한 사이고 다카모리를 '무사의 전형'으로서 존경하고 학문을 썩은 채소에 비유한 미우라 바이엔(三浦梅園)을 예로 인용한다. 바이엔(1723~89)은 에도시대의 철학자이고 한학자이며 의사로 지낸 사람이다. 분고(豊後)의 구니사키(國東), 지금의 오이타현(大分縣) 사람이고 고향에서는 밖으로 거의 나오는 일이 없었다고 한다. 완전히 독학으로 서양의 천문학을 비롯한 중국의 고전·과학·문학·경제학 등의 학문에 정통한 인물이다.

바이엔은 '반관합일(反觀合一)의 법'을 주장한 것으로 알려져 있다. 그는 오늘날의 말로 표현한다면 참된 의미에서 과학정신으로 산 인물이기도 했던 것 같다. 그가 제자에게 가르친 것을 요약하면 '우선 자기 마음에서 버릇이 되어 버린 사고나 선입견을 없애고 모든 것에 의문을 가질 것. 선인성현의 말이 아니고 천연천지 그 자체를 판단의 기준으로 삼을 것, 그런 다음 정확한 증거에 바탕을 두고 천지의 조리를 달관하라'는 것이다. 그때 조리를 파악하기 위한 방법을 바이엔은 '반관합일'로 불렀다.

간단히 말해서 온갖 존재는 상반하는 두 개의 합일로 보는 철학인데 그 자신이 예수회의 수도사로부터 전해진 서양천문학을 비롯한 여러 과학을 중국

전통의 기(氣)의 철학에 바탕을 두고 해석하면서 독자(獨自)의 조리철학(條理哲學)을 낳게 된 것이다. 자연계에는 법칙이 있다고 가르친 사람이란 것만으로도 그는 세계 역사에 그 이름을 남길 만한 인물이었던 것이 확실하다.

일본의 선인들이 지식만을 위한 지식을 얼마나 경멸했는지를 현대의 우리는 곱씹어볼 필요가 있다고 생각한다. 그들은 지식 그 자체를 언제나 도덕 밑에 두어 왔다.

이와 같이 일본인의 혼에 강한 감화를 준 인물 가운데 한 사람으로서 왕양명(1472~1528)이 등장한다. '지행합일'은 양명학의 중핵이다. 소크라테스(기원전 470~399)에 견줄 만한 왕양명이 드디어 일본에서 많은 열매를 맺게 되는 경과를 니토베 이나조는 말하려 한다. 서유럽의 신비주의 철학이나 이상주의에 뒤지지 않는 정신의 고양이 중세 일본에서 꽃피운 사실을 아는 사람들이 그다지 많지는 않을 것으로 생각한다.

그 가운데 한 사람을 저자는 프랑스의 학자 가운데서 골라 소개한다. 니토베가 고른 학자란 드 라 마즐리에르이다. 사실 밖에서 바라본 눈으로 16세기 일본의 인상을 감동적인 말로 요약해서 소개하였다. 그 말은 날카롭고 특히 그 마지막 말은 과연 식자다운 말로 매우 감동을 주었다. 개개인의 개성이 풍부하게 표출되는 것은 문명의 문명다운 증좌이다. 이 문명의 척도로 측정하면 16세기 일본의 문명은 아시아를 초월해 있었다고 말할 수 있다.

니체가 즐겨 한 말이 그 무렵의 일본에 잘 들어맞는다고 그는 말한다. 평원인가 그렇지 않으면 산악인가. 아시아의 경우 휴머니티를 말하는 것은 평원을 말하는 것과 같다. 그 이유는 그곳에는 엄청난 사람들이 무리 지어 사는 무한한 대평원이고 개성은 없어 개인이라고 말할 수 있는 것이 존재하지 않기 때문이다. 그러나 일본에 오면 이곳은 유럽이 아닌가 하고 순간 눈을 의심할 정도로 그곳에 평원은 없고 산악을 보는 생각이 든다고 말해 그는 감탄사를 연발한다. 우뚝 솟은 험준한 산이 이어져 보인다! 그 프랑스인 석학은 일본에는 개성을 지닌 개인이 많다고 통찰했다.

일본을 산악으로 만든 것 그것이 무사도이고 또 무사도를 키운 신도, 불교 그리고 유교 등이다. 그것은 단순히 불교나 신도, 유교 그 자체는 아니고 그것들을 흡수하고, 안으로 소화하고, 결국 그것들을 일본인의 것으로 해 풍부하게 독자적으로 바깥 세계로 꽃피게 한 '그것'으로 시선을 돌리지 않으면 안 된다. 그러면 '그것'이란 무엇일까?

신이 그 백성에게 준 풍성한 은혜가 그것이다, 니토베는 말한다.

제3장 정직 또는 의에 대하여

'의(義)'는 무사가 지녀야 할 가장 강력한 규범이다.

음험하고 비열한 행동, 왜곡된 부정수단만큼 무사에게 혐오해 마지않는 것은 없다. 정직하려면 잘못된 길로 들어설지도 모르고 지나치게 좁은 길일지도 모른다.

정직(義)을 결단력이라고 정의를 내린 유명한 무사가 있다. 하야시 시헤이(林子平)라는 이 무사는 이렇게 말했다. '무언가 일을 함에 있어서 도리에 입각해 주저함이 없이 결단을 내리는 힘―이것이 정직이다. 죽어야 할 때에 죽고, 베어야 할 때에 베는 것이다.'

또 어떤 사람[1]은 다음과 같이 말했다. '의는 뼈이고 몸은 이것으로 지탱이 된다. 뼈가 없으면 목도 바르게 자리잡지 못하고 손도 움직일 수 없으며 다리도 설 수 없다. 마찬가지로 의가 없으면 비록 재능과 학문이 있어도 무사로서 인정을 받을 수 없다. 의가 있으면 비록 지식과 교양에 부족함이 있어도 아무런 지장이 없다.'

맹자는 '인(仁)은 사람의 마음이고 의(義)는 사람의 길이다'라고 말했다. 그는 개탄한 나머지 이렇게도 말했다. '아아, 슬프도다. 사람의 길을 버리고 길을 추구하지 않는다. 마음을 잃었으면서 마음을 되찾으려고 하지 않는다. 닭이나 개를 잃으면 그것을 되찾으려고 찾아 헤매는데, 마음을 잃어도 그것을 찾을 생각을 하지 않는다.'

맹자보다 300년 늦게 다른 나라에서 더욱 위대한 스승[2]이 나타나 자신을 '의에 이르는 길'이라 하고 '나는 길이요 진리요 생명이다. 나를 거치지 않고서

---

1) 마키 이즈미(眞木和泉 ; 1813~64). 구르메천궁(久留米水天宮) 신관. 막부 말의 지사로서 수차례 막부 타도를 기도했는데 실패하고 마지막에는 금문의 변(禁門の 變)에서 패해 자진.
2) 예수그리스도를 가리킴.

《헤이케 이야기(平家物語)》에서 다이라노 다다노
리를 배웅하는 스승 후지와라노 도시나리.

는 아무도 아버지께 갈 수 없다'[3]고 말했다. '거울에 비추어 보듯이 희미하게 보지만'[4] 그 비유가 함축한 뜻을 맹자의 말 속에서 찾을 수 있지 않을까?

조금 샛길로 벗어나는 것 같지만 맹자의 말에 따르면 의는 곧고도 좁은 길이고 인간이 잊어버린 낙원을 회복하기 위해 거쳐야만 할 길이다.

봉건시대 말기에는 평화가 오랫동안 이어졌기 때문에 무사계급의 생활에 여가가 생기고 그것에 따라 온갖 잡다한 취미가 생겼다. 그러나 그와 같은 시대에도 '의사(義士)'[5]로 불리는 것은 학식이라든가 거장(巨匠)을 표현하는 그 어떤 존칭보다도 뛰어난 것으로 평가되었다. 일본의 대중교육에서 커다란 공헌을 해온 '47인의 충의의 사'는 흔히 47인의 의사, 또는 47사로 불린다.

그 무렵은 약삭빠른 책략이 전술로 통용되고 명백한 허위가 마치 전략인 듯이 통하던 시대였다. 그와 같은 시절에 이 정직한 사내다움은 보석과도 같은 빛을 발해 가장 큰 찬사를 받았다.

의, 그리고 용(勇), 이 두 가지는 이른바 쌍둥이처럼 모두 무인이 갖추어야 할 덕이다.

나는 이 용에 대하여도 말하려고 하는데, 그 전에 얼마간 '의리'에 대하여 시간을 할애하려고 한다.

의리는 원래 '의'에서 파생한 말이고 처음에는 의와 그다지 차이는 없었는데 차츰 멀리 벗어나 결국에는 전혀 다른 뜻으로 일반에 통용하게 되었다.

의리란 글자대로라면 '정의의 도리'이지만, 세월이 지남에 따라서 그것은 세속에서 일반적으로 이행을 기대하는 막연한 의무감 같은 것을 의미하게 되었다.

순수하고 단순한 의무 그 자체가 의리이고 본래의 뜻 역시 그랬을 것이다. 그렇기 때문에 부모나 윗사람, 또는 일반사회 등에 대하여 우리는 '의리가 있다'는 등 말을 한다.

이러한 때 '의리'란 의무이다. 왜냐하면 '정의의 도리'가 우리에게 해야 할 일을 요구하거나 명령하거나 하는 것을 제외하면 달리 의무라고 할 만한 것

---

3) 〈요한복음〉 14장 6절.
4) 〈고린도전서〉 13장 12절.
5) 정직한 사(士)란 뜻. 이를테면 '아카호의사(赤穗義士)' 등.

이 없기 때문이다. '정의의 도리'야말로 우리의 카테고리컬 임페러티브[6]가 아닐까?

'의리'란 본래 의무를 의미하고 그 이외의 의미는 없었다. 그러면 의리란 말이 왜 생겼을까?—그것은 다음과 같은 사실에서 비롯됐다고 나는 생각한다.

우리의 행위, 이를테면 부모에 대한 행위에서 유일한 동기는 사랑이어야 하는데, 만일 그것이 결여되어 있으면 부모에게 효도하도록 하기 위해 무언가 다른 권위가 필요하게 된다. 그래서 사람들은 이 권위를 '의리'라는 형태로 구성했다.

'의리'라고 하는 이 권위를 구성한 것은 정당했다. 그 이유는 만일 사랑이 강하지 않아서 선행을 기대할 수 없게 된 경우에는 인간의 지성에 호소해 그 이성을 되살려서 올바른 행동을 취할 필요가 있다는 것을 뼈아프게 느끼게 해야 하기 때문이다.

똑같은 말을 다른 도덕적 의무에도 적용할 수 있다. 의무가 귀찮게 느껴지면 즉시 '의리'가 개입해 우리가 의무를 게을리하지 않도록 한다. 이렇게 해석한다면 '의리'는 엄격한 현장감독과 같고 게으른 인간을 채찍질해 그 의무를 다하게 한다.

'의리'는 도덕에서 제2의적인 힘이고 동기로서는 크리스천이 지닌 사랑의 가르침에 비해 훨씬 떨어진다. 그리스도교의 사랑은 '엄격한 율법'이다.

나는 '의리'란 인간이 만들어낸 사회의 여러 가지 모순이 낳은 것이라고 보고 있다.

우연히 좋은 집안에 태어났기 때문이라든가, 또는 집안이 나쁘다는 이유만으로 부당한 대우를 해 계급차별이 생기고, 어느 특정한 가족이 사회적 특권을 장악하게 되어, 개인의 뛰어난 실력보다도 단순히 연장자라는 이유나 출신 성분을 중요시하고, 자연스러운 애정이 때때로 인간이 만든 '관습'에 짓밟히게 된다. 이와 같은 인위적인 사회의 여러 가지 조건이 '의리'를 낳기에 이르렀다.

'의리'가 원래 인위적이기 때문에 그것은 시대의 경위와 함께 타락해간다. 그리고 이를테면 어머니가 맏아들을 도울 필요가 있을 때 다른 아이를 모두 희생해야만 하는 이유는 무엇인가라든가 또는 아버지의 외도 비용을 대주기 위

---

[6] categorical imperative(독일어 kategorischer Imperativ). 칸트의 용어이며 '지상명령'으로 번역된다. 양심의 절대 무조건적 도덕률.

해 딸이 자기 몸을 팔아야만 하는 이유는 무엇인가 하는 문제를 설명하거나 시인하거나 할 때 의리는 막연한 납득의 근거로까지 전락하고 만다.

'의리'는 처음에 '정의의 도리'에서 출발했는데 차츰 궤변이라는 '억지'에 져 굴복했다는 것이 나의 의견이다. 결국 비난을 두려워하는 겁쟁이로 전락해 버린다.

월터 스콧[7]은 애국심에 대하여 다음과 같이 말했다.

'애국심은 가장 아름다운 것이며 동시에 때때로 가장 의심스러운 것이다. 애국심이 다른 감정의 가면일 때도 많다.'

애국심에 관한 스콧의 이 말은 '의리'에도 적용할 수 있다고 나는 생각한다.

'의리'라는 것을 '정의의 도리'보다 위로, 또는 밑으로 가져갈 경우 '의리'란 말은 두려워할 만한 남용이 되어 기괴한 행동을 취하기 시작한다. '의리'는 그 날개 밑에 온갖 궤변과 위선을 끌어안고 만다.

만일 단연코 결행할 정신과 어디까지나 인내로 일관하는 정신에서 볼 수 있는 것과 같은 날카롭고 올바른 용기가 무사도에 없었다면 '의리'는 순식간에 비겁한 자의 둥지가 되고 말았을 것이다. 다음은 이 용기에 대하여 이야기를 진행한다.

[해설]

니토베 이나조이건, 우치무라 간조이건, 또는 오카쿠라 덴신(岡倉天心)이건 그들 메이지의 선인들은 격조 높은 영문을 구사했다. 일본어로 옮긴다면 한문에 소양이 있는 메이지·다이쇼의 독자를 대상으로 하는 문어문으로 옮기는 면이 걸맞을 것 같은 고루하고 낡은 용어가 이어져 있다.

인용문만 해도 널리 고금동서의 고전에 걸쳐 있다. 《논어》와 《맹자》가 나오는가 하면 일본의 봉건시대 사상가나 승려, 검객이 나오고 19세기 유럽의 사상가·철학자·정치가 등이 어깨를 나란히 하고 등장한다.

가능하면 쉽게 번역하자.—나의 처음 뜻도 때때로 꺾일 위험에 빠지게 된다. 그러나 모처럼 시작한 것이므로 참고 일을 마치자고 매일 자신을 채찍질하고

---

7) Walter Scott(1771~1832). 영국의 시인.

무사의 죽음. 가스가 곤겐 그림. 격심한 전투 끝에
등과 허벅지에 활을 맞고 전사했다.

있다.

비교적 짧은 제3장은 '의(義)'에 대하여이다.

'의'를 나타내는 영어에는 여러 낱말이 있다. 저자는 여기에서 다음과 같이 두 낱말을 연결한다. 'rectitude or justice'이다.

저스티스 쪽은 '의·정의·올바른 일' 그 전에 놓여 있는 렉티튜드는 '올곧음·정직' 등으로 사전에 나온다.

니토베는 한 무사의 말을 인용했다. 그 무사란 하야시 시헤이(林子平)로서 그는 '의'를 다음과 같이 정의했다.

'의는 용의 상대이고 재단(裁斷)하는 마음이다. 도리에 맡겨 결심하고 주저하지 않는 마음을 말한다. 죽어야 할 때 죽고 베어야 할 때 베는 것이다.'

하야시 시헤이(1738~93)는 에도 중기의 경세가로서 알려진 무사이다. 에도에서 태어난 후 센다이번사(仙臺藩士)가 된 형에 이끌려 센다이로 이주했다. 신분은 봉록이 없는 불우한 무사였음에도 오히려 그 자유로움을 이용해 에도로 나오고, 그 후 나가사키로 가 견문을 넓혀 신지식을 흡수한다. 유학을 간 나가사키에서 때마침 러시아의 남하정책 등, 해외사정을 귀동냥해 곧바로 홋카이도(北海道) 각지를 탐험하거나 류큐와 조선, 또 오가사와라 제도 등의 지리까지도 저술해 자비로 출판했다.

그러나 이 우국·애국의 저작도 세상에 나온 것이 수십 년 빨랐기 때문에 간세이(寬政) 4년(1792) 막부로부터 칩거 명령을 받고 판목·제본까지 모두 몰수되어 불우한 가운데 그 이듬해 병사하고 말았다.

'절의(節義)는 비유해서 말하자면 몸의 뼈와 같다. 뼈가 없으면 목도 바르게 위에 있을 수 없고, 손도 움직일 수 없다. 그러므로 사람은 재능이 있어도, 학문이 있어도 절의가 없으면 세상에서 일을 할 수 없고 절의가 있으면 학문이 없어도 사(士)가 되기에 부족함이 없다'

제3의 인용은 맹자의 말이다. 이것도 원문은 다음과 같이 되어 있다.

'인은 사람의 마음이고 의는 사람의 길이다. 아아, 슬프도다. 사람이 길을 버리고 길을 추구하지 않는다. 마음을 잃었으면서 마음을 되찾으려고도 하지 않는다. 닭이나 개를 잃으면 그것을 되찾으려고 찾아 헤매는데, 마음을 잃어도 그것을 찾을 생각을 하지 않는다. 슬픈 일이로다.'

이와 같은 고전으로부터의 인용은 오늘날의 일본인에게는 어려울 것이 틀림없다. 오히려 니토베의 영어 번역으로 읽는 것이 이해하기 쉽다. 인용한 문장은 오래된 것이라곤 하지만 일본어로 니토베가 번역한 문장은 우리에게 있어서는 외국어인 영어이다. 그것을 생각하면 우리의 교육이라든가 문화는 실로 수명이 짧다고 하지 않을 수 없다. 영어라면 외국어이지만 100년, 200년 전의 문헌이라도 읽을 수 있는데, 자국어인 일본어 책은 50년 전만이 아니고 20년 전의 것도 이제 낡아서 읽기 어렵다. 이래도 되는 것일까? 뜻하지 않게 화제가 빗나가고 말았다. 요컨대 이러한 인용에서 저자가 명백히 밝히려고 했던 것은 '의의 길은 좁고 동시에 잘못될지도 모른다. 그래도 여전히 그 길을 걷는다. 비열한 행동은 취하지 않는다. 잘못된 굽은 길은 걷고 싶지 않다. 이해타산이 아니고 똑바른 길을 주저 없이 택하는 것이다.' 그 같은 기개이다.

하야시 시헤이는 다카야마 히코쿠로(高山彦九郎)와 가모 군페이(蒲生君平)와 함께 '간세이(寬政)의 세 기인(奇人)'으로 알려진 인물이다.

의의 길을 걸으면 그 좁은 길의 압박으로 하야시 시헤이처럼 잘못 삶을 마칠지도 모른다. 그래도 입신출세, 영달, 성공, 이득 같은 것보다는 의를 버리지 않고 의의 길을 택한다. 끝까지 길을 추구하는 마음의 구도자를 저자는 이들 가운데서 보고 있다.

'지금은 거울에 비추어 보듯이 희미하게 보지만……' 이같이 신약성서 〈고린도전서〉 13장 12절의 말을 인용하면서 니토베는 그리스도가 열어준 길의 '희미한 모습'을 이들 선인의 언동 속에서도 비춰볼 수 있지 않느냐고 암시한다. 의의 험난한 길을 굳이 걸은 이들 일본 무사도 중국의 성현 맹자와 함께 넓은 의미에서는 그리스도의 길에 이르게 되는 일종의 원형으로 보아도 좋지 않을까? 니토베는 그 '원형(原型)'을 성서의 말에 연관해서 '구약'으로 불렀다.

그런데 니토베는 '의리'란 그 동기로 볼 때 크리스천이 지닌 사랑의 가르침에 비하면 훨씬 떨어진다고 지적한 뒤에 그 그리스도교의 사랑은 '정관사가 붙는 율법'이라고 말했다.

'율법'이란 이스라엘에 주어진 '모세의 십계'를 비롯해서 구약성서에 포함되는 '신의 백성에게 주어진 신의 명령' 모두를 가리키는 말이다.

히브리어에서는 '토라'로 총칭된다. 이른바 모세 5경이나, 넓은 의미에서는 그 이외의 책이라도 내용이 신으로부터의 명령으로 이해할 수 있는 것으로 생각되면 그것들까지도 '율법' 속에 포함하게 되었다. 요컨대 유대교 세계에서 나온 예수는 그 무렵 유대인이 번잡스럽기 짝이 없는 규범의 중압 아래 있는 것을 보고 깊이 동정을 느껴 율법의 중핵은 '사랑'임을 가르치고 모든 율법이 사랑에 그친다고 역설했다.

어느 때 유대교의 율법학자들이 예수를 둘러싸고 어느 계명이 가장 중요하냐고 물었는데 이에 대해 예수는 이렇게 대답했다.

"'네 마음을 다하고 목숨을 다하고 뜻을 다하여 주님이신 너희 하느님을 사랑하라.' 이것이 가장 크고 첫째가는 계명이고, 둘째도 이와 같다. '네 이웃을 네 몸같이 사랑하라'는 둘째 계명도 이에 못지않게 중요하다. 이 두 계명이 모든 율법과 예언서의 골자이다."[8]

저자가 여기에서 '정관사가 붙은 율법'이라고 말하는 것은 구약성서라는 유대교 율법의 모두가 이 '사랑하라'는 한 마디에 응축되어 있다는 의미를 담아 단수도 아니고 복수도 아닌 정관사를 붙여서 불러야 할 '율법'임을 강조하고 싶었기 때문이다.

의에 이르는 길에 대하여—'맹자보다 300년 늦게 다른 나라에서 더욱 위대한 스승이 나타나 자신을 의에 이르는 길이라고 말하고 나를 거쳐서 버려진 자가 발견될 것이라고 말했다…….'

'버려진 자'란 성서에서 온 말이고 그리스도 복음의 중핵을 이루는 사상이다. 엄밀하게 말해서 신약성서 〈누가복음〉 15장의 주제이다. 창조자이고 하늘의 아버지인 신의 시선 속에 잡히는 인간은 무지한 탓에, 약한 탓에, 신의 품 안에서 흘러나온 분실물과 같은 것으로 설명이 된다. 〈누가복음〉 15장은 이 '버려진' 신의 아들이 재발견되어 다시 아버지인 신의 품 안으로 회복될 때의 신의 기쁨을 주제로 해서 가르치고 있다.

성서가 말하는 '의'란 도덕행위에 의한 정의는 아니고 '의로운 신과의 융화'이다. 그런 의미에서 예수는 자신을 가리켜 나는 '의, 즉 신과의 융화를 성취하는 길이다'라고 말했다. '버려진 것'이란 신의 사랑의 시야에서 본 인간을 예수가 한 말임을 모르면 이 부분은 의미가 불확실해지고 만다.

47사(士)에 대하여—이 뒤에 저자는 47사를 세계에 소개했다. 봉건시대는

---

8) 신약성서 〈마태복음〉 22장 34절 이하.

겐로쿠(元禄) 무렵 세상이 태평함에 익숙해진 지 오래된 가운데 일어난 사건으로서 의사의 쾌거가 이루어졌다고 짧게 언급했다.

일본인이 주신구라(忠臣藏)를 좋아한다는 말을 자주 듣는다. 그러고 보니 지금도 영화나 TV로 상영되거나 연극으로도 상연되고 있다. 문화의 변천이 심한 이 나라에서 주신구라만이 대중 속에 불변의 지위를 유지하고 있는 것은 주목할 만한 일이다.

니토베는 일본인의 대중교육에 있어서 주신구라가 수행해 온 역할에 주목한 것 같다. 교육은 학교에서 이루어진다. 또 교육은 가정에서도 큰 비중을 차지해 이루어진다. 그러나 그것만이 아니다.

니토베가 말하는 대중교육이란 무엇일까? 대부분 교육은 감화의 힘에 의해서 이루어진다고 나는 생각한다. 그렇다면 대중은 학교나 가정 이상으로 사회로부터, 즉 동시대의 대중으로부터 의식, 무의식 중에 영향과 감화를 받으므로 대중이 주고 있는 교육을 도외시하고는 교육도 교육정책도 성립이 되지 않는다.

대중교육에는 과거의 역사가 산 스승이 된다. 그러므로 그 나라의 역사 속에 뛰어난 인물을 많이 가진 국민은 행복하다. 그와 같은 행복한 국민 속에 우리 일본인도 포함되어 있다는 것은 감사해야 할 일이다.

니토베의 말을 빌린다면 이 나라가 역사 속에 쌓아 온 '정의의 도리'의 구체적인 수많은 예는 그 어느 교육기관보다도, 수많은 대학의 학자보다도 훨씬 효율적인 교육을 실시해 왔고 그 실적을 남기고 있다.

확실히 니토베의 말처럼 아카호에서 나온 47인의 의사는 도덕적으로는 암흑의 시대였던 겐로쿠의 대에 '가장 큰 빛을 지닌 눈부신 보석'이었을 뿐만 아니라 지금도 대중의 마음에 '이득만으로는 움직이지 않고 정의의 도리에 죽는다'는 내면의 충동을 맥을 끊지 않고 계속 공급해주는 '의의 원천'이다.

특히 덧붙이고 싶은 것은 패전 후에 일본이 무언가를 잃고 지금 사랑하는 조국이 무너지는 상황을 경험했다. 이렇게 된 원인은 결코 한둘에 그치지 않겠지만 적어도 그 가운데 하나로 나는 여기에서 니토베가 말하는 대중교육을 상기해 덧붙이고 싶다.

물론 학교 교육이나 가정교육도 확실하게 생각해 나가지 않으면 안 된다. 아울러 이 대중교육의 문제도 중요한 의미를 지니고 있다고 생각한다. 학교나 교사를 책하기 전에 교육이란 사회 전체에서 착실하게 진행해야 하는 것임을 국민 전체가 깊이 생각해야 한다.

오늘날의 일본은 사회가 모두 악의 유혹을 장려하는 듯한 혼란상을 보인다. 반드시 대중교육의 재정립을 지향해야 한다.

의리에 대하여—이 짧은 장의 절반을 저자는 의리의 문제에 할애했다.

저자는 우선 '의리'는 '의'에서 파생한 것이고 당초 이 두 말은 거의 같은 의미였다고 말하면서 '정의의 도리'야말로 인간 모두에게 보편적인 절대적 지상명령이라고 말한다.

이하는 그 의리'가 어떻게 타락하고 그 의미 내용을 바꿔나가는지—이 역사적 경과를 분석한 것으로 이 가운데에는 통찰의 번득임이 있다. 내 모자란 번역문에서 그런 빛나는 보석을 발견할 수 있을지 아무래도 일말의 불안이 있으므로 감히 내가 느낀 그대로를 참고삼아 쓰려고 한다.

'의'에서 '의리'가 파생한 동기에 대하여—선행의 동기는 오직 하나, 사랑인데 태어날 때부터 인간 모두에게 '사랑'이 충만한 것은 아니다. 신의 영(靈)이 작용해 그리스도의 새로운 생명에 우리의 심혼(心魂)이 접붙임 되는 것이 아니면 사랑에 의한 선행을 모든 인간에게 기대하는 것은 헛된 일이다.

그래서 인간은 선을 자발적으로 행하지 않는 자에 대하여 그 선을 명하기 위한 권위를 만들어 낼 필요성이 생기게 된다. 이 권위는 사람의 지성과 이성에 호소해 그 사람에게 선으로의 충동을 촉구한다. 이것이 '의'에서 파생한 의리의 사명이었던 것이다.

도덕적 의무를 게을리하는 자, 의무를 무거운 짐으로 느껴 게을리하는 인간을 채찍으로 교정하는 현장감독이 의리라고 니토베는 유머를 섞어서 말한 뒤, '의리는 도덕에서 부차적인 힘에 지나지 않고 크리스천이 지닌 사랑의 가르침에는 훨씬 미치지 못한다'고 확실하게 단언한다. 과연 그리스도를 '주님'으로 모시고 산 무사의 아들다운 말이라고 생각한다.

인간이 만든 '현장감독·의리'는 잘 기능해 고용주의 의향을 좇는 듯했으나 곧 약점을 드러내고 만다. 인위적인 것은 반드시 타락한다. 이 점을 지적한 저자의 통찰도 빛을 내고 있다.

'정의의 도리'로서 출발한 '의리'는 언젠가 궤변의 노예로 전락하고 만다.

사회의 왜곡에 빌붙은 의리에 대하여—인간악이 사회를 왜곡한다. 우연히 명문집안에 태어났다는 이유만으로 부를 독점하거나 권리나 권위를 장악하는 인간이 나타난다. 무능한 인간이라도 나이가 위이다, 그곳에 오래 있었다는 것만으로 권력을 행사해 약한 처지에 있는 사람이나 젊은이를 좌절하게 하고 제압해 사회 분위기를 흐리게 한다.

누가 만든 것인지도 모르는 관례, 인습이 장벽이 되어 자연스러운 사랑을 가로막거나 떼놓을 수 없는 정애(情愛)의 유대를 무참하게 단절하거나 한다. 무리가 통하면 도리가 통할 수 없다는 것은 현실을 꿰뚫은 말이다.

인위적으로 만들어진 '의리'는 이와 같은 사회의 왜곡을 바로잡는 대신에 그것에 절조를 팔아넘겨 아첨하게 된다. 이렇게 해서 모체인 '의'라는 완전히 동떨어진 '의리'를 낳게 되어 사회의 왜곡을 조장하는 임무를 수행하게 된다.

저자는 스코틀랜드의 시인이고 또 문학자인 월터 스콧의 '애국심은 가장 아름다운 것이지만 동시에 때때로 가장 의심스러운 것이다. 애국심이 다른 감정의 가면일 때도 많다'라는 말을 인용했다.

저자는 이 말을 '의리'에도 적용할 수 있다고 해 의리라는 미명하에 많은 위선과 궤변이 버젓이 통하는 현실을 증오하고 또한 진심으로 슬퍼하고 있다.

무사도가 두려워할 만한 의리의 마수에서 벗어날 뿐만 아니라 '의리'를 다시 그 모체인 '의' 즉 '정의의 도리'에 한없이 접근할 수 있게 된 것은 무엇 때문이었을까?

무사도에는 '의' 외에 또 하나 '용(勇)'이 관계하고 있다. 의리가 의에서 벗어나 있음에도 불구하고 그 의리의 궤변이나 위선을 감연히 뿌리치고 의에 붙게 된 것은 무사의 용기에 따랐기 때문이다. 이 용기는 '신의 전사'이어야 할 크리스천에게 있어서 똑같이 빼놓을 수 없는 것이다. 다음 장에서는 그 '용기'에 대하여 배우게 된다.

제4장 용기-단행하고 인내하는 정신

용기는 정의를 위해 행하는 것이 아니면 덕목 가운데 가르침을 받을 자격 따위가 없다고 생각했다. 공자는 《논어》 가운데서 용기의 정의를 다음과 같이 설명했다.

올바른 일인 줄 알면서 그것을 행하지 않는 것은 용기가 없다는 증거이다.

이와 같이 소극적인 논법으로 정의를 내리는 것이 공자의 방식이지만 이 가르침을 적극적인 표현으로 바꾸면 '용기란 정의를 행하는 것'이 된다. 온갖 위험을 무릅쓰고 결사적으로 사지(死地)에 뛰어드는—그와 같은 일이 때때로 무용(武勇)과 동일시되어 무기를 든 직업전사들 사이에서는 이와 같은 저돌적인 행위가 부당하게 격찬을 받았다. 셰익스피어는 그와 같은 용기를 '무용의 사생아'라고 불렀다.

그러나 '무사도'가 가르치는 것은 그런 것이 아니다. 죽음을 무릅쓸 만한 가치가 없는 일을 위해 죽는 것은 개죽음이다. '격전의 장에서 돌진해 전사하는 것은 쉬운 일, 가장 비천한 도적도 할 수 있다'고 말한 사람은 도쿠가와 미쓰쿠니(德川光國)인데 그는 계속해서 이렇게 말했다. '그러나 살아야 할 때 살고 죽어야만 할 때 죽는 것—이것이 진정한 용기이다.'

플라톤은 용기를 정의해서 이렇게 말했다. '두려워해야 할 것과 두려워할 만한 것이 아닌 것을 분별하는—이것을 용기라고 말한다.' 그러나 도쿠가와 미쓰쿠니는 이와 같은 말을 남긴 플라톤의 이름조차 들은 적이 없었다.

서양에서는 도덕적 용기와 육체적 용기를 명확하게 구별한다. 일본인 사이에서도 오랜 옛날부터 이 둘은 확실하게 구별해왔다. 적어도 무사 집안의 소년이라면 '진정한 용기'(大義의 勇)와 '천한 사내의 용기'(匹夫의 勇)의 차이에 대하여 배우지 못한 자는 한 사람도 없었다.

무사의 모습. 전형적인 무사의 모습을 볼 수 있다.
큰 투구, 궁수용 장갑, 왼쪽 소매에만 입은 갑옷,
여분을 담은 패를 볼 수 있다.

용맹·강직·호기·용기 등의 정신은 소년의 마음을 가장 잘 파악하기 쉽고 또 모범을 보여서 실천하면 훈련할 수 있다. 젊은이 사이에서는 이런 덕목이 가장 인기가 있어 그것을 서로 겨루었다. 사내라면 아직 어머니 슬하를 떠나기 전부터 싸움터에서 공을 세운 이야기를 들으면서 자랐다. 어린아이라도 '아프다'는 등 울음을 터뜨리면 '겁쟁이로구나, 이 정도로 울다니! 싸움터에서 팔을 잘리면 어떻게 하겠니. 할복하라면 어떻게 하겠니?' 하면서 아이를 꾸짖는다.

가부키(歌舞伎)의 《센다이하기(先代萩)》 가운데서 지마쓰(千松)가 어린 마음에 '먹이를 물고 둥지로 다가오는 어미 새에게 달려드는 새끼 새를 부러워하는 것도 당연하다. 하지만 그것을 참는 것이 무사의 아들이다'라고 타일러 애처롭게 인내로 일관하게 한 이야기는 일본인들이 다 알고 있다.[1]

인내와 용기를 전하는 이야기는 아이에게 들려주는 옛날이야기 속에도 많이 있다. 그러나 과감하게 일을 실천하는 정신이나 두려움을 모르는 마음을 어릴 적부터 기르는 방법이 이와 같은 이야기만은 아니었다.

때로는 잔혹하리만큼 엄격하게 부모들은 아이들 속에 잠재한 담력을 모두 이끌어내기 위해 그들을 연마하였다. 무사의 자제는 험준한 산악의 골짜기로 내던져져 그들이 늘 입에 담고 있던 '사자는 새끼를 천 길 낭떠러지 아래로 떨어뜨린다'는 말로 시시포스[2]와 같은 고난으로 내몰았다.

때로는 먹을 것을 주지 않고 추운 곳에 세워두거나 하는 것도 아이를 인내에 익숙해지도록 하는 데 매우 효과적인 시련으로 생각하였다. 아직 나이도 어린 아이를 전혀 모르는 사람에게 심부름을 보내거나, 해뜨기 전에 깨워서 식사 전에 책을 읽는 훈련을 받도록 하기 위해 맨발로 스승에게 가도록 했다.

한 달에 한두 번 학문의 신(덴만구 ; 天滿宮)의 제삿날이 되면, 작은 동아리로 모여서 밤을 새워 돌아가면서 크게 낭독하거나 으슥한 곳, 이를테면 처형장이나 묘지, 유령이 나온다는 집 등을 돌면서 걷는 것은 소년들이 즐기던 놀이

---

1) 오슈(奧州) 다테번(伊達藩)의 소동을 소재로 한 가부키 각본 《메이보쿠센다이하기(伽羅先代萩)》 가운데서 노녀 마사오카(政岡)가 아들 지마쓰(千松)를 희생해 쓰루키요(鶴喜代)의 목숨을 구하는 장면의 대사. '무사의 아들이므로 배고픔도 견디어 참을성을 기르는 것도 충성이다'라고 타이른다.
2) 시시포스는 그리스신화에 등장하는 코린토스의 사악한 왕이고 사후 지옥에 떨어졌다. 벌을 받아 산 위로 큰 돌을 밀어 올려야 했는데 산꼭대기에 가까워질 때마다 돌은 제자리로 굴러떨어지고 만다. 이 신화에서 끝이 없는 헛수고를 할 때에 이 이름이 거론된다.

였다.

참수형이 실시되던 시대에는 어린 사내아이들에게 그 무서운 광경을 보게 했을 뿐만 아니라 밤늦게 혼자서 현장을 찾아 방치된 주검의 목에 표시하고 돌아오라는 명령을 하기도 했다.

이와 같은 초스파르타식 '담력단련법'은 현대의 교육학자에게는 두려움과 회의를 안게 할지도 모른다. 어쩌면 이와 같은 경향은 사람의 마음에 싹트는 상냥한 정서를 꽃봉오리째 따버리고 마는 것이 아닐까 하는 의문을 품게 하지 않았을까?

혼(魂) 깊숙이 용기가 깃들어 있다면 그것은 마음의 안정—평정침착이 되어 밖으로 표출된다. 용기가 능동적으로 표출된 것이 과감하게 실천하는 모습인데 반하여 같은 용기가 멈춘 모습으로 표출된 것이 평정안태(平靜安泰)이다. 참으로 용기가 있는 사람은 언제나 티 없이 맑은 마음의 소유자이고, 놀란 나머지 마음의 평정을 잃거나 하는 일은 절대 없다. 어떤 일이 있어도 정신의 평정침착함이 흐트러지는 일이 없다. 격렬한 전투의 와중에서도, 또는 천재지변이 일어나도 마음의 평정을 유지한다.

위험이 다가오고 죽음의 두려움이 엄습할 때 변함없이 자제심을 유지하는 인간이야말로 참으로 위대한 인물이라고 우리는 상찬한다. 닥쳐오는 위험을 앞두고 시를 읊고, 또는 죽음에 임해서 시를 읊는 인물이야말로 진정한 용기를 지닌 사람이다.

붓을 들어도 필적이 흐트러지지 않고, 시를 읊어도 목소리가 흐트러지지 않는, 평상시와 조금도 다름없는 넓은 마음이야말로 큰 인물임을 말해주는 확실한 증거로 생각된다. 우리는 그것을 '여유'라고 부른다. 쫓기지 않고 혼란에 빠지지 않으며 언제나 무언가 더 많은 것을 받아들일 만한 여지를 마음에 남기고 있는 것을 말한다.

충분히 믿을 만한 사실(史實)로서 지금도 우리들 사이에 전해지는 사실—에도성(江戶城)을 세운 오타 도칸[3]이 창에 찔렸을 때 자객은 상대가 가인임을 알고 있었기 때문에 창으로 찌른 뒤 다음과 같은 시를 읊었다.

---

3) 太田道灌(1432~86). 무로마치시대(室町時代)의 무장이고 가인(歌人). 현재의 가나가와현 이세하라 땅에서 자객의 습격으로 절명.

때가 이르렀으니 목숨을 아쉬워하지 마라.

순간 숨이 끊어질 듯한 이 영웅은 옆구리를 찔린 치명상에도 전혀 흔들리지 않은 채 다음의 시구를 덧붙였다.

평소에 없는 몸이라 여겼으니 아쉬운 것 없네.

용기에는 스포츠에도 통하는 요소가 있다. 보통 인간에게는 큰일이라도 용기 있는 자에게는 장난에 지나지 않을 때도 있다. 그렇기 때문에 옛날 싸움에서는 싸우는 자끼리 즉석에서 재치 있는 응답을 하거나, 시로 대결을 시작하거나 하는 것이 결코 드문 일이 아니었다. 싸움이란 것은 오로지 야만적인 힘의 투쟁만이 아니라 때로는 동시에 지적인 승부이기도 했다.

11세기 말, 고로모강(衣川) 강가에서 벌어진 전투는 그와 같은 성질의 것이었다. 동국(東國)의 군사는 패주하고 그 장수인 아베노 사다토(安倍貞任)는 도주했다. 추격군의 대장 미나모토 요시이에(源義家)가 그의 뒤로 돌아 소리높이 외쳤다.

"적에게 등을 보이다니 무사에게는 치욕이다(더럽게 등을 보이다니. 어서 돌아서지 못할까?)."

사다토가 말머리를 돌리는 것을 보자 요시이에는 큰 소리로 즉석에서 시 한 구절을 읊었다.

옷의 실밥이 터져 남루하구나.

그 목소리가 채 끝나기도 전에 패군의 장은 침착하게 아래의 구절을 붙여 그 시를 완성했다.

오랜 세월을 거치면서 실이 낡았나 보오.

그때까지 바짝 당겨졌던 활시위를 갑자기 풀고 요시이에는 그 자리를 떠나 죽일 수 있었던 적을 살려 보냈다. 이 이해할 수 없는 행동의 이유를 묻자 요시이에는 이렇게 대답했다고 한다.

'적에게 쫓기면서도 결코 마음의 평정을 잃지 않는 인물에게 차마 치욕을 당하게 하고 싶지는 않았소.'

마르쿠스 유니우스 브루투스[4]의 죽음을 애도한 안토니우스와 옥타비아누스의 슬픔은 모든 용기 있는 자에게 공통적인 것이었다.

우에스기 겐신(上杉謙信)은 14년 동안이나 다케다 신겐(武田信玄)과 싸웠다. 그러나 신겐의 죽음을 듣고 '적 가운데 가장 뛰어난 인물'을 잃었다며 대성통곡을 했다. 이 겐신은 신겐에 대한 태도로 언제나 고귀한 모범을 보여주었다.

신겐의 영지는 바다에서 멀리 떨어진 오지였다. 그래서 소금 공급을 도카이도(東海道)의 호조 씨(北條氏)의 영지에서 받고 있었다. 호조 씨와 신겐은 표면상 교전 중은 아니었으나 신겐을 약화할 목적으로 호조 씨는 이 필수품인 소금 통상을 중단시켰다.

신겐의 곤경을 전해 들은 겐신은 자신의 영지에서 소금 공급을 받게 하는 것이 가능함을 알고 신겐에게 서간을 보내 이같이 말했다.

'호조 씨는 매우 비열한 수단을 썼다고 나는 생각하오. 나는 귀공과 교전 중이긴 하지만 가신에게 명해 충분한 소금을 귀공에게 공급하도록 지시해 두었소. 나는 소금으로 싸우는 것이 아니오. 검으로 싸우고 있는 것이오.'

'우리 로마인은 금(金)으로 싸우지 않고 철(鐵)을 가지고 싸운다'고 말한 마르쿠스 푸리우스 카밀루스[5]의 말과 비교해도 겐신의 이 말은 조금도 뒤지지 않

---

4) Marcus Junius Brutus(기원전 85~42). 로마의 정치가이고 카이사르 암살의 주모자. 로마를 떠나 동방으로 가서 세력 만회를 꾀하고 거병(擧兵), 안토니우스, 옥타비아누스와 싸우다가 패해 자결했다.

5) Marcus Furius Camillus(기원전 446?~365). 로마의 장군이면서 정치가. 네 번 로마에 승리를 가져왔다.

는다고 말할 수 있다.

니체도 또 자주 사무라이의 마음을 전해주는 말을 남겼다. 즉 '네 적을 자랑스럽게 생각하라. 그러면 적의 성공이 바로 너의 성공이다.' 용기와 명예는 진실로 가치 있는 인물만을 평화로울 때 벗으로서 택하고, 똑같이 전시에는 그와 같은 인물만을 적으로 삼을 것을 요구한다. 용기가 그 높이에까지 이르면 그것은 거의 '인애'—슬픔을 아는 마음—에 가까운 것이 된다. 다음 장은 이 '인애'에 대하여 배운다.

[해설]

정의가 주인이고 용기는 그 종복(從僕)이라고 무사도는 생각했다. 니토베는 무사도의 근원에 대하여 말하면서 공자의 영향에 대하여 말했다. 여기에서 그가 인용한 것은 유명한 다음의 한 구절이다.

신이 아닌데 제를 지냄은 아첨이고 의를 보고 행하지 않음은 용기가 없음이라.(제2 위정)

이 고전이 말하려는 참뜻은 이런 것이다.

'인간에게는 엄연히 해야 할 일이 있다. 해야 할 일은 과감하게 이를 행한다. 그러나 해서 안 될 일은 단연코 하지 않는다.'

그런데 해서 안 될 일에도 여러 가지가 있다. 예컨대 제사에 대하여 말한다면 제사를 지낼 일이 아닌데 제사를 지내는 것은 존숭하는 뜻을 표하는 것이 아니라 다만 아첨해서 복을 얻으려는 것이다.

신은 비례(非禮)의 제사는 받지 않는다. 따라서 그와 같은 자에게 축복을 줄 리가 없다. 또 엄연히 해야 할 일이 있다. 여기에도 여러 가지가 있다. 그러나 대체로 말해서 의가 된다. 적어도 그 의는 이것이다. 이제야말로 그 의를 행할 때로 보고 있으면서 머뭇거리고 태도를 정하지 못해 단행하지 않는다면 그것은 용기가 없는 것이다.

공자가 말하는 '제(祭)'를 '종교'로 생각한다면 이것은 크리스천의 본보기라고도 할 수 있는 계율이 아닐까? 그 정신에 대하여 본다면 현대의 그리스도 교도는 공자가 역설한 계명에 거스르는 자가 없지 않을까 생각한다.

종교에도 용기가 있다고 무사는 생각하였다. 이익만이 목적이라 여기며 신이 아닌 것에 예배하는 것은 용기가 없는 인간이 하는 짓이다. 용기는 의에 봉사하는 종복이므로 의가 명하지 않는 것은 절대로 하지 않는다. 그 대신 의가 명하는 것은 반드시 행해야 한다고 《논어》를 애독한 무사들은 그렇게 자신에게 다짐하였다.

저돌형의 만용을 셰익스피어는 '무용(武勇)의 사생아'라고 야유했다. 그런 것은 정당한 용기가 아니라고 말하고 싶었던 것이 아닐까?

저자는 '미도(水戶)의 다이묘(大名)' 말을 인용했다. 그것은 도쿠가와 미쓰쿠니(德川光國 ; 1628~1700)를 말하고 미도번(水戶藩) 2대 번주, 미토 고몬(水戶黃門)으로 알려진 사람을 말한다. 형인 요리시게(賴重)를 제치고 상속자가 된 것을 마음 아프게 생각해 형의 아들을 자신의 후계자로 삼은 일은 널리 알려져 있다. 또 명(明)나라의 유학자 주순수(朱舜水)를 초청해 극진히 사제의 예를 다한 것도 유명한 일이다. 그는 미도 쇼코칸(水戶彰考館)을 창시해 많은 학자를 모아 미도학(水戶學)의 원조가 되었다. 저자가 여기에 인용한 미도 공이 말한 원문은 다음과 같다.

한 목숨을 가볍게 여기는 것은 무사의 직분인데 그다지 드문 일이 아니다. 혈기의 용(勇)이나 도적도 이를 한다. 사무라이의 사무라이다움은 그곳에서 물러나 충절이 될 때도 있고 그곳에서 싸워서 죽어 충절이 될 때도 있다. 이를 죽어야 할 때 죽고 살아야 할 때 사는 것이라고 한다.

또 말을 이어서 '싸움터로 달려가 싸워서 죽는 일은 쉬운 일이고 어떤 아랫사람도 할 수 있는 것, 살아야 할 때에 살고 죽어야 할 때에 죽는 것을 진정한 용기라고 한다'

미도 공은 물론 플라톤 등의 이름조차 들은 적이 없다. 그 플라톤이 남긴 명언 '두려워해야 할 것과 두려워할 만한 것이 못 되는 것을 분별하는 것이 용기'라고 같은 말을 남겼다. 진리에 고금동서의 구별 따위는 없다는 말은 사실이다.

육체적 용기와 도덕적 용기는 일본에서도 일찍부터 구별해 왔고 무사도가 그 구별을 명확하게 가르쳐 왔다. 저자는 일본 젊은이들의 그 용기가 어떻게 육성되었는지를 구체적으로 예를 들어 소개한다.

저자는 자신이 경험한 일을 떠올린 것 같다. 엄동설한 아침 일찍 일어나 맨발에 소독(素讀 ; 뜻보다는 글자만 소리 내어 읽는 것) 연습을 하러 다닌 것은 다분히 니토베 소년의 일상이었을 것이다.

소독하는 '방법'은 이제는 거의 시행하지 않는 교육법이다. 내가 받은 교육에는 아직 그 소독이 있었다. 현대의 교육평론가는 소독과 같은 방법을 어떻게 평가할까? 그런 것은 교육이라고 말할 수 없다는 혹평도 듣게 될지 모른다.

그러나 옛날 일본교육은 읽기·쓰기·주판과 같은 것이었다. 나 또한 그 방법으로 훈육받았다.

지성에서, 이성에서, 자질에서 세계에 자랑할 만한 인재를 일본은 이 교육법으로 많이 배출한 것이 사실이다. 그들 가운데에는 과학자·수학자·역사가·사상가·경세가·문호, 그리고 종교가가 있었다. 불가사의한 결과를 낳은 불가사의한 교육이 아닌가?

나에게 가장 큰 스승은 아버지였다. 그 아버지에게는 근대적인 학교제도가 아직 낯설게 여겨진 모양이다. 어쨌든 아버지는 낡은 세대의 인간이었다.

'학교라는 곳은 바보가 가는 곳이다.' 이것이 아버지의 입버릇이었다. 그러나 이 매우 난폭한 말의 바탕에는 어떤 존귀한 사상이 잠재해 있었다고 나는 지금 느낀다.

'교육은 개인의 인격에 혼을 주입하는 일이다. 인격을 집단이나 덩어리 속에서 파악하려고 해서는 안 된다. 개인에 주목하고 이를 존중하지 않는 교육은 있을 수 없다'는 사고방식이 그것이다.

아버지 앞에 단정하게 앉아서 일 대 일로 지내야 하는 시간은 어린 나에게 있어서 즐거울 리가 없다. 오히려 고통 이외에 아무것도 아니었을 것이다. 현대의 교육이 두 번째로 '즐겁게 배우자'는 말을 슬로건으로 내세운 것은 과연 어떤 정신에 바탕을 둔 것일까? 고통과 인내가 따르지 않는 교육이 있을 수 있을까? 이와 같은 말을 하면 나도 또 옛날 사람이란 말을 듣게 될 것이다.

초등학교 4학년 때 아버지는 나에게 '이제 학교는 가지 말라'고 명했다. 담임이 찾아와 아버지와 면담하였던 것을 기억하고 있다. 어떻게 아버지를 설득했는지 그것은 알 까닭이 없지만 곧 나는 학교에 복귀했다. 의무교육이라고 말했을지도 모른다. 일단 학교에 가기로 된 이후에도 아버지 앞에 꿇어앉아 받는 맨투맨 소독교육은 계속되었다.

폐번(廢藩)의 변동으로 가록(家祿)을 잃고 어느 마을의 촌장에게 양자로 들어간 하급무사의 아들을 아버지로 태어난 아버지가 사랑하는 아들을 직접 교육하는 데는 자신이 받고 자란 소독이란 교육밖에 생각할 수 없었을 것이다. 《논어》와 《십팔사략》, 거기에 《맹자》 등의 한서, 《법화경》이라든가 《관음경》 등의 불전, 《유니온 리더》 제4권이나 토머스 하디, 존 스튜어트 밀 등의 문장을 처음에는 의미도 전혀 모르고 아버지의 뒤를 따라 음독으로 낭독하는 것뿐이었다. 질문 따위는 전혀 허용되지 않는다. 때로는 스승의 설명도 있는데 그 뒤에는 '알았느냐!' '네!'라는 말의 교환이 있을 뿐이다.

아버지의 서당에 준비된 비품 가운데 칼과 송곳이 있었다. 이것은 지금도 잊지 못한다. '너는 무사의 아들이다, 알겠느냐. 학문을 하는 사람이 스승 앞에서 졸거나 하면 무사의 아들로서 당치도 않은 일이다. 졸리면 이 송곳으로 네 무릎을 찔러라! 알았느냐. 이 칼을 앞에 두고 학문을 하라. 이것은 할아버지가 차고 다니셨던 칼이다. 깜박 졸거나 하면 네 이마가 베인다!'

소독이 주는 효과는 스승에 대하여 주의를 기울이는 것과 진리를 향해 성실하게 자신을 직면하게 하는 자질 등이다. 외우자, 이해하자, 지식을 몸에 익히자는 것을 생각하기 이전에 문제로서 학문을 받아들일 자신의 소양을 갖추는 것이 소독의 목적이고 또 성과일지도 모른다.

현대의 교육이 지식 일변도로 치우쳐 급우들과 헛된 경쟁만을 유발하고 소양이나 소질이 전혀 고려하지 않고 주입해 난잡한 지식만이 넘쳐나는 인간을 낳고 있는 현실을 문제로 거론하는 사람은 이제 없는 것인가?

초등학교 4, 5학년 때였다고 생각한다. 아버지는 연필과 칫솔 등을 사 와서 나에게 이렇게 말했다. '오토후케(音更)에서 저 건너편 기노(木野)로 가서 이것을 팔아 오라. 다 팔면 돌아오너라.'

가장 가까운 오토후케 마을까지는 1리 반, 다음의 기노까지도 1리 반쯤

된다. 사이에 있는 아이누 마을도 겁이 나서 조심조심 지나고 해가 질 무렵 어쨌든 조금 팔다 남은 것을 안고 내 집에 이르렀을 때는 완전히 지쳤던 일을 기억하고 있다. 기노역 근처에서는 사나운 개가 짖어 비명을 지르면서 신을 신은 채 어느 집에 뛰어들었는데, 깊은 동정과 함께 친절하게 대해주었던 일 등을 지금도 잊지 않고 있다.

간난(艱難)은 그대를 옥으로 만든다고 한다. 오래된 격언인데 옛날에는 가르치려는 교육의 이면에 이와 같은 진리가 숨겨져 있었던 것이 틀림없다. 나중에 아버지는 나에게 이렇게 말했다. '팔리건 안 팔리건 그것은 상관이 없다. 그런 너를 대하는 사람들이 여러 태도를 보이게 된다. 그것을 네가 확실하게 보고 인정이란 것이 어떤 것인지 알면 된다.'

니토베 이나조는 이 장 가운데서 일본인이라면 누구나 알고 있는 가부키쿄겐(歌舞伎狂言)이나 닌교조루리(人形淨瑠璃)로 유명한 《센다이하기(先代萩)》 속에 등장하는 지마쓰(千松)의 대사를 소개했다. 거기에서 쓰루키요(鶴喜代)는 '저것 봐요 어미 참새가 새끼에게 무언가를 먹이고 있어요. 나도 저렇게 빨리 밥을 먹고 싶어요'라고 말한다. 이를 들은 마사오카(政岡)가 '참새를 부러워하는 마음은 당연하다'고 말하고 싶지만 꾹 참고 떨리는 목소리로 이렇게 말하였다. '내 아들인 지마쓰, 지마쓰…… 왜 우나? 너는 어려도 사무라이다.'

사자는 그 새끼를 천 길 골짜기 밑으로 떨어뜨린다고 말하지만 그것은 어디까지나 격언이고 실제로 그런 것은 아니다. 그러나 그와 같은 격언이 생겨난 배경에는 그 정도의 결심으로 참된 사랑을 실행하지 않으면 안 된다는 교육자에 대한 교훈이 숨겨져 있는 것이 아닐까?

현대인은 용기에 대하여 가르침을 받거나 훈련이나 예절교육을 받는 일이 적다. 현대가 지닌 약점 가운데 하나일지도 모른다. 그런 의미에서 이 장에서 배워야 할 것이 많이 있을 것이다.

용기와 마음의 평정, 평안은 하나라는 통찰은 훌륭하다고 생각한다. 일반적으로 용기라고 하면 밖으로 드러내 보이는 것, 뭇사람에게 자랑할 만한 것인 것처럼 단편적으로 이해되기 쉽다. 그러나 참된 용기는 자신의 내적 문제이고 나에 대하여 맞서는 힘이다.

여기에 '여유'라는 말이 나왔다. 저자는 이를 일본어 발음 그대로 로마자로

'요유우'로 썼다. 서유럽의 독자에게 자랑할 만한 말의 하나로서 그는 그것을 택했다고 생각된다. 그런데 얄궂게도 이 책이 서유럽 독자에게 전해진 지 100년도 채 되기 전에 그 말의 의미를 현대의 일본인은 상실한 것이 아닌지 우려된다.

그러나 니토베 이나조가 소개하려고 한 일본인의 마음, 또는 R. 칸이 동경하고 또한 존경한 일본인의 마음은 아직 완전히 모습을 감추고 만 것이 아님을 나는 믿는다. 이 장에서 배운 일본인의 용기는 세계에 통용하는 용기이다. 우에스기 겐신은 로마인 카밀루스나 또는 니체와도 서로 통할 수 있는 용기와 명예를 지녔다고 니토베 이나조는 단언한다.

다음 장에서 저자는 '인애'에 대하여 말하려 한다. 우리의 마음속에 확실하게 간직되어 있다고 그가 말하는 그 보배를 저자와 함께 캐어 보기로 하자.

제5장 인애-슬픔을 아는 마음

사랑이나 도량이 넓다는 것, 남에 대한 애정, 동정 또는 연민 등은 일찍부터 최고의 덕목으로 불렸다. 인간의 혼에 깃드는 온갖 덕성 가운데서도 최고의 것으로 간주했다.

인애는 제왕의 덕으로 생각되었는데 거기에는 두 가지 이유가 있다. 우선 고귀한 인간이 지닌 다양한 덕성 가운데서 인애가 으뜸을 차지한다는 의미가 하나, 이어서 인애가 왕자인 자의 길에 걸맞은 덕이란 의미도 있다.

자비로운 마음은 왕관보다도 왕자에게 어울린다고 한다. 또 자비로운 마음은 왕권에 의한 지배보다도 뛰어나다고도 한다. 그것을 말로 표현하려면 셰익스피어가 필요할지도 모른다. 그것을 마음에 느끼려고 굳이 그를 기다릴 것까지는 없는 일이고 전 세계에 공통된 일로서 우리는 모두 자비로운 마음이 무엇인지를 알고 있다.

사람을 다스리는 자에게 있어서 가장 중요한 요건은 인(仁)의 마음이라고 공자도 맹자도 거듭 강조했다.

공자가 말하기를 '군자는 무엇보다도 덕을 쌓아야 한다. 덕이 있으면 사람이 있고, 사람이 있으면 땅이 있고, 땅이 있으면 재물이 있고, 재물이 있으면 쓰임새가 있다. 그러므로 덕은 근본이고 재물은 말단이다.'《대학》[1]라고 했다.

또 공자는 이렇게도 말했다. '통치자가 인애를 가까이하는 사람일 때, 백성이 정의를 사랑하지 않은 예는 일찍이 없었다.'《대학》. 또 맹자는 공자의 사상을 이어받아 이렇게 말했다. '인애가 없는데도 한 나라를 손에 넣은 자의 예가 기록에 있으나, 인애의 덕이 없는 인물이 천하를 손에 넣은 예를 나는 아직 들어본 적이 없다.' 또 이렇게도 말했다. '백성이 심복하지 않는 사람이 통치자가 되는 것은 불가능한 일이다.'

---

1) 《대학》은 《논어》에 이은 유교의 경전으로 4서 가운데 하나. 교육의 이상과 과정을 담고 있다.

다이라노 기요모리(1118~1181), 헤이안 말기 헤이시 정권을 세우고, 호겐과 헤이시 난을 통해 미나모토 가를 제압하고 권력을 쥐었다.

공자나 맹자나 모두 통치자에게 반드시 필요한 이 요건을 정의해 이렇게 말했다. '인애야말로 사람이다.'《중용》[2])

자칫하면 무력에 의한 전제정치로 빠지기 쉬운 것이 봉건제하의 정치이다. 그와 같은 체제하에서 최악의 부류에 속하는 전제로부터 우리를 구해준 것은 인애였다. 통치받는 쪽이 생명과 몸을 완전히 넘겨주면 통치하는 쪽에서는 자신의 의지 이외에는 아무것도 남지 않게 된다. 매우 자연스러운 결과로서 그것은 절대주의를 낳게 된다. 이와 같은 절대주의는 때때로 '동양적 전제'로 불린다. 서양역사에는 전제군주 따위가 한 사람도 없었다는 듯이!

어떤 종류의 전제정치도 나는 단연코 지지하지 않는다. 그러나 봉건제도를 전제정치와 똑같이 생각하는 것은 잘못이라고 생각한다.

'왕은 국가 제일의 공복이다'라고 프리드리히 대제가 그 저서 가운데서 말한 시점에 역사는 자유의 진전을 향해 새로운 시대로 접어들었다고 법률학자는 믿었다.[3]) 그리고 공교롭게도 그것과 때를 같이해 동북 일본의 벽지 요네자와(米澤)의 우에스기 요잔[4])은 완전히 이와 똑같은 선언을 표명해 봉건제도는 결코 포학한 정치가 아님을 보여줬다.

그의 말은 '국가는 인민을 위한 국가이고 결코 군주를 위한 국가가 아니다'라는 것이다.

봉건군주는 가신에 대하여 상호적 의무를 진다고 생각지 않았을지라도 자기 조상과 '하늘'에 대해서는 더욱 높은 책임감을 느꼈다. 하늘로부터 보호를 위임받은 가신들 입장에서 볼 때 봉건군주는 이른바 아버지와 같은 존재였다. 보통 의미와는 조금 다르게 무사도는 부권정치(父權政治)를 받아들이고 확인했다.

전제정치와 부권정치의 차이는 아래와 같은 점에 있다.

즉 전제정치는 백성이 마지못해 복종하는 데 비해 부권정치는 '자긍심이 높은 복종, 기품이 있는 순종, 예속임에는 틀림이 없을지라도 기품 있는 자유로

---

2) 《중용》은 유교의 경전으로 4서 가운데 하나. 성실한 길에 의한 천인합일(天人合一)을 역설한다.
3) 프로이센 왕 프리드리히 2세(1712~86)는 신교의 자유, 학교 교육 개선 등에 계몽군주로서의 면목을 발휘하고 국가 근대화에 노력했다.
4) 上杉鷹山(1751~1822). 요네자와 번주. 이름은 하루노리(治憲), 요잔은 호. 그의 번정개혁은 산업의 진흥, 황무지 개척, 문무 장려, 빈민 구제에까지 미쳤다.

운 정신의 고양이 지속되는 복종[5]인 것이다.

또 옛 속담에 영국 국왕을 '악마의 왕이다. 왜냐하면 그의 신하는 때때로 군주에 대하여 모반을 해 자리를 빼앗기 때문이다'라고 말하고, 또 프랑스 군주를 '당나귀의 왕이다, 왜냐하면 세금 등의 무거운 짐을 한 없이 지우기 때문이다'라고 말하면서, 에스파냐 왕에 대하여만은 '사람의 임금님'이란 칭호를 부여하였다. 그 이유는 '신하가 기꺼이 복종하고 있기 때문이다'라고 말한다. 이와 같은 옛 속담이 말해주는 것을 완전히 잘못되어 있다고 말할 수는 없다.

앵글로색슨 사람들의 마음에는 덕과 절대권력의 조화가 불가능하게 보였는지도 모른다. K.P. 포베도노스체프[6]는 영국과 다른 유럽 제국은 그 사회의 성립 기반이 대조적으로 다르다고 말하고 그 점을 명확히 해주었다. 유럽 제국 사회가 공동이해라는 기초 위에 성립하는데 비하여 영국 사회는 발달한 독립된 인격을 기반으로 하는 것이 특색이라고 이 러시아 정치가는 지적했다.

'유럽 제국 사이에서는—그 가운데서도 특히 슬라브계 여러 국민 사이에서는 개인의 인격이 무언가 사회적 결부에 의존하고 있으며 궁극적으로는 국가에 의존하고 있다'고 그는 말한다. 그것이 일본인의 경우에는 더욱 강하게 들어맞는다.

군주가 권력을 자유롭게 행사해도 일본인은 유럽에서와 마찬가지로 그다지 고통스럽지 않을 뿐만 아니라 군주가 백성의 감정을 아버지와 같은 입장에서 배려하기 때문에 권력행사의 중압감은 일반적으로 훨씬 완화된다.

비스마르크는 '절대주의 정치의 첫째 요건은 무엇인가—통치자 쪽에 공평무사와 정직과 의무를 받드는 마음, 그리고 정력적인 활동과 내적 겸손이 갖추어져 있는 것'이라고 말했다.

이에 대하여 또 하나 예를 인용한다면 나는 코블렌츠에서 독일 황제가 행한 연설에서 그 일부를 인용하려고 한다. 그는 '왕위는 신의 은총에 의해 주어진 것, 창조주이신 신에 대하여만 무거운 의무와 책임이 따르는 것, 어떤 사람도 대신도 의회도 국왕으로부터 이런 것들을 면제할 수는 없다'라고 말했다.

---

5) 버크 《프랑스혁명사》.

6) Konstantin Petrovich Pobedonostsev(1827~1907). 러시아의 정치가. 모스크바 대학교 교수와 정부 요직에 올랐다. 알렉산드르 3세, 니콜라이 2세가 각각 황태자일 때 양육의 임무를 맡고 크게 사상적 감화를 주었다고 한다.

인애란 어머니처럼 부드러운 덕임을 누구나 알고 있다. 가령 올곧음·정직과 엄격한 정의가 특별히 남성적이라고 한다면 자애는 여성적인 온유함과 설득력을 지니고 있다고 말할 수 있다.

'맹목적인 자애에 빠져서는 안 된다. 정의와 도의로 단단히 무장해야 한다'는 경고는 끊임없이 이루어져 왔다. 이것은 자주 인용되는 격언으로, 다테 마사무네(伊達政宗)는 그것을 다음과 같이 말했다.

'도의도 지나치면 굳어지고 만다. 인애도 깊이 빠져서 궤도를 벗어나면 침체해 약해진다.'

다행히 자애는 아름다울 뿐만 아니라 그렇게 드문 일도 아니다. '최고로 용기가 있는 자는 최고로 어진 자, 사랑이 있는 자야말로 용기 있는 자'라는 보편적인 진리이다. '무사의 정'이란 말은 '전사에게 갖추어진 부드러움'이란 의미로서 일본인의 고귀한 마음을 정확히 파악한 말이다.

사무라이의 자애가 다른 사람들의 자애와 다르다는 것이 아니라, 무사의 경우에는 감정적인 충동이 아니고 정의에 대하여 적정한 배려를 하는 자애라는 뜻이다. 자애가 단순히 마음의 한 상태로서만 있는 것이 아니라 구해서 살려줄 것인가, 그렇지 않으면 죽여서 멸망으로 내몰 것인가?—그것으로만 뒷받침되는 자애라는 것이다.

경제학자는 수요를 분석해 유효수요와 그렇지 않은 것으로 구별한다. 똑같은 의미에서 무사의 자애도 '유효한 것'으로 부를 수 있지 않을까 생각한다. 왜냐하면 그것은 상대방에게 이익이나 불이익을 가져다줄 만한 실천력을 지닌 자애이기 때문이다.

무사는 그가 보유한 무력과 그 무력을 행사하는 특권을 긍지로 여기면서도 동시에 맹자가 가르친 사랑의 힘을 충심으로 신봉한다. 맹자는 이렇게 말한다. '인(仁)이 불인(不仁)을 이기는 것은 물이 불을 이기는 것과 같다. 지금 인을 행하는 자는 한 바가지의 물로 수레 가득한 나뭇단의 불을 끄는 것과 같다.'

그는 또 이렇게도 말했다.

'남을 배려하는 마음은 인의 시초이다.'

애덤 스미스는 동정이야말로 도덕철학의 기초라고 말했다. 맹자는 스미스보다도 훨씬 이전에 똑같은 말을 하였다.

어느 한 나라에 전해진 무사의 명예에 관한 규범이 고스란히 다른 나라의 전통으로서 존재하는 것은 큰 놀라움이 아닐 수 없다. 호되게 비난을 받아온 동양의 도덕관념이면서도 그 가운데에는 유럽 문학이 가장 고귀한 격언으로서 자랑하는 말에서조차 어깨를 나란히 할 수 있는 것을 얼마든지 발견할 수 있다.

다음과 같은 유명한 한 구절을 보자.

> 패배한 자에게 자애를 베풀고 오만한 자에게 좌절을,
> 그리고 평화의 길을 닦는 것.
> 이것이야말로 그대가 할 일이다.

만일 이것을 일본인에게 보인다면 주저 없이 이 시를 쓴 만토바 태생의 시인 베르길리우스[7]가 일본의 문학을 표절했다고 비난할지도 모른다. 약한 자, 짓밟히는 자, 말살된 자들에 대한 인애는 특히 사무라이에게 걸맞은 미덕으로서 상찬을 받았다. 일본 미술 애호가라면 누구나 알고 있을 그림이 있다. 그것은 등을 보인 채 말을 탄 승려의 그림이다.

이 승려는 일찍이 무사였던 사람이고 사람들은 그 이름을 듣기만 해도 두려움에 사로잡혔을 정도의 호걸이었다. 스마(須磨)의 격전이라고 하면 일본 역사상 최대의 결전이다. 그때 그(구마가이 나오자네 ; 熊谷眞實)는 적 한 사람과 맞붙어서 일 대 일의 싸움 끝에 상대를 제압했다. 이런 경우 상대가 신분이 높은 사람이거나 또는 제압하는 자에 비해서 역량이 떨어지지 않는 사람이라면 피를 흘리지 않는 것이 싸움의 관행이었다.

이 호걸은 밑에 깔고 앉은 자의 이름을 알려고 했다. 적은 끝까지 이름을 밝히지 않아 그의 투구를 벗기고 보니 뜻밖에 수염도 없는 홍안의 미소년이었다. 놀란 무사는 잡았던 팔의 힘이 빠지면서 소년을 일으켜 세우고는 아버지와 같은 부드러운 목소리로 그 자리에서 떠나라고 말했다.

'젊은이는 어머니의 곁으로 어서 돌아가라, 이 칼을 너의 젊은 피로 물들일 수는 없다. 적이 나타나기 전에 어서 떠나라.'

그러나 이 젊은이는 떠나기를 거부하고 서로의 명예를 위해 이 자리에서 목

---

7) 기원전 70~19년 사람. 아우구스투스에게 인정을 받아 궁정시인이 되었다.

을 쳐달라고 간청했다. 늙은 무사가 머리 위로 내리치는 칼날은 이제까지 무수한 명맥을 끊어왔다. 하지만 지금 그의 용맹한 마음도 기가 꺾인다. 첫 출전에 공을 세우겠다고 내 아이가 용약 출진을 했다―그 모습이 눈에 선하다. 무사의 팔이 떨렸다. '어서 몸을 피해 목숨을 보전하라'고 타이른다. 젊은 무사 타이라노 아쓰모리(平敦盛)가 완강하게 거부하는 것을 알고 또 아군의 군병이 다가오는 말발굽소리도 들리자 그는 외친다. '누군가의 손에 머리가 떨어진다면 나보다도 더 천한 자에게 걸릴지도 모른다. 오, 신이시여! 그의 영혼을 받아주소서!'[8]

그 순간 칼날은 허공을 가르고 내리친 칼날은 눈 깜짝할 사이에 젊은 무사의 피로 물든다. 싸움은 끝나고 구마가이 나오자네는 개선하지만 그에게는 이제 훈공, 명예 따위가 필요치 않았다. 그는 머리를 깎고 승려가 되는 길을 택했다. 그리고 죽을 때까지 서쪽으로는 등을 돌리지 않겠다는 굳은 맹세와 함께 그 여생을 신성한 행각에 바쳤다.

이 이야기의 결점을 지적하는 비평가도 있을 것이다. 흠집을 캐려고 든다면 약점은 얼마든지 있다. 그것을 감수하지 않으면 안 된다. 어쨌든 부드러움, 연민의 정, 사랑 등이 무사의 가장 피비린내 나는 공명(功名)을 미화하는 특성에 지나지 않음을 이 이야기가 말해주고 있기 때문이다.

'쫓기는 새가 품 안에 들어오면 사냥꾼도 잡지 않는다'는 오랜 격언이 무사 사이에는 있었다. 크리스천에게만 독특한 것으로 생각되는 적십자운동인데 왜 일본인 사이에 그것이 예사롭게 받아들여지고 쉽게 뿌리를 내렸는지―그 이유를 설명하자면 대체로 이와 같다.

제네바조약(만국적십자조약) 얘기를 듣게 되기 수십 년 전에 다키자와 바킨[9]이란 일본 최고의 소설가에 의해서 일본인은 쓰러진 적을 치료하는 이야기에 친숙하다.

상무(尙武) 정신과 교육으로 유명한 사쓰마번(薩摩藩)에서는 청년 사이에서

---

8) 《헤이케 이야기(平家物語)》 9권 '아쓰모리(敦盛)의 최후' 등에서 똑같은 기사를 볼 수 있으나 저마다 조금의 차이가 있다.

9) 瀧澤馬琴(1767~1848). 에도 후기의 희작가(戱作家). '쓰러진 적을 치료하는 이야기'라고 저자는 말했는데 저속하게 타락한 희작의 세계에 유교의 권선징악주의를 도입하고 무사도 정신의 고양을 꾀함으로써 유명해진 작가. 자애의 왕국을 실현하려고 악과 싸우는 이야기 등을 저자는 염두에 두고 이렇게 말했는지도 모른다.

음악을 즐기는 풍습이 널리 퍼져 있었다. 음악이라고 해도 나팔을 불고 북을 치면서 호랑이처럼 행동하도록 부추기는 음악이 아니다.

비파에 맞추어 구슬프고 우아한 선율로 거친 마음을 누그러뜨리고 전쟁터의 참혹함에서 벗어나게 하려는 것이었다.

폴리비오스[10]의 말에 따르면 아르카디아 헌법은 30세 이하의 청년에게 예외 없이 음악을 시켰다고 한다. 그 목적은 거친 풍토에서 오는 잔인성을 이 온유한 예술로 완화하려는 것이다. 아르카디아 산맥에 있는 이 지방에서 잔인성을 볼 수 없었던 것은 음악에 감화됐기 때문이라고 그는 보았다.

일본에서 무사계급 사이에 우아한 기품이 길러진 것은 사쓰마만의 일은 아니다. 시라카와(白河)의 군주[11]가 마음에 떠오르는 대로 적어 둔 수상(隨想) 가운데 다음과 같은 문장이 있다.

고요한 밤, 잠에서 깬 당신 곁으로 살며시 다가오는 것이 있어도 내쫓을 생각은커녕 오히려 간직하고 싶다는 생각조차 들게 하는 것이 있다—그것은 다름 아닌 꽃의 향기, 멀리서 들려오는 종소리, 추운 밤하늘에 울어대는 벌레소리이다.

또 이렇게도 말했다. '다음 세 가지는 당신의 감정을 해칠지도 모르지만 용서하는 수밖에 없다, 당신의 꽃을 흩날리게 하는 바람, 당신의 달을 가리는 구름, 당신에게 시비를 거는 사람.'

이와 같은 우아한 감정을 밖으로 표출하기 위해서 오히려 내적인 함양이 필요하기에 시가의 마음가짐을 장려했다. 일본 시가의 밑바탕에는 비장(悲壯)과 우아함이 흐르고 있다.

어느 시골 사무라이에 관련된 유명한 일화가 그것을 잘 말해준다.

'휘파람새'라는 시제로 하이쿠(俳句)를 지어보라는 권유에 마지못해서 그는

---

10) Polybios(기원전 200쯤~120쯤). 그리스의 역사가·정치가. 아르카디아 지방은 펠로폰네소스 반도의 중앙부이고 다른 지방으로부터는 멀리 떨어져 있으며, 그 온화한 기풍에 그리스의 파라다이스로 불리었다.

11) 마쓰다이라 사다노부(松平定信 ; 1758~1829). 호는 낙옹(樂翁).

다음과 같은 서툰 시를 스승에게 내놓았다.

무사는 휘파람새의 첫 소리를 듣는 귀를 따로 두었나 보다.

스승은 그의 서툰 감성에도 놀라지 않고 이 청년을 계속 격려해 끝내 그의 혼은 홀연히 음악에 눈을 떠 휘파람새의 오묘한 소리에 따라 다음과 같은 시구를 낳았다.

휘파람새 소리에 멈춰 선 무사의 걸음.

카를 쾨르너[12]의 짧은 생애에 일어난 그 영웅적인 행위를 우리는 상찬해 마지않고 또 자주 이야기한다. 그는 싸움터에서 상처를 입어 쓰러졌을 때 그 유명한 '생명에 대한 결별'을 메모로 남겼다. 그러나 비슷한 사건은 일본의 전투에서도 결코 드문 일이 아니었다. 일본의 간결하고 의미심장한 시의 형식은 순간의 감흥을 즉석에서 읊조리는데 특히 적합하다. 조금이라도 교양이 있는 사람은 단가(短歌), 하이쿠에 친숙했다. 싸움터로 달려가는 무사가 문득 걸음을 멈추고 허리에 찬 전통(箭筒)에서 필묵을 끄집어내 시를 짓는다. 나중에 싸움터의 이슬로 사라진 용사의 유해라든가 투구나 갑옷 안에서 그런 시구를 적은 초고가 발견되는 일은 아주 흔했다.

두려움이 소용돌이치는 전쟁터에 있으면서 깊은 연민의 마음을 들끓게 하는 것, 그것은 무엇일까? 유럽에서는 그리스도교가 그 역할을 수행했지만 일본에서는 그 역할을 음악이나 문학을 사랑하는 마음이 맡았다. 온유한 감정을 길러 고통 속에 있는 남에 대한 동정심을 키울 수 있었다. 남의 감정을 존경하는 것이 모체가 되어 겸손하고 신중한 마음, 예의 바르고 간절한 마음을 낳게 되고 그것이 뿌리가 되어 '예(禮)'를 낳게 된다.

다음에는 그 '예'에 대하여 배운다.

---

12) 1791~1813. 독일의 시인·극작가. 의용병으로 자유전쟁에 참가, 전사.

일본과 동양을 대표하는 듯이 저자가 온축(蘊蓄)을 기울여 만장의 기염을 토한—그와 같은 느낌이 강하다. 진·선·미라고 하면 그것은 모두 서양의 것, 윤리도덕이라고 하면 그것은 모두 유럽의 가치척도가 되고, 문화문명이라고 하면 그런 것들은 모두 서유럽의 전매특허—그와 같은 시대가 있었다. 그리고 지금도 대세는 그렇다고 말할 수 있다. 특히 일본의 프로테스탄트 그리스도교의 여러 파 가운데에는 그와 같은 편견에서 벗어나지 못한 사람들이 많은 것 같다. 거의 구미의 그리스도교 선교사의 감화에 따른 것으로 생각된다.

더구나 거기에는 언제나 하나의 덤이 붙는다. 즉 이처럼 아름다운 것, 선한 것, 진리라고 말할 수 있는 것은 모두 '그리스도교'에서 온 것이고 그리스도교 문화권 외에는 이교의 세계이고 암흑의 세계라는 편견이다. 그때 말하는 '그리스도교'란 서유럽의 문화와 문명 속에 모습을 비춘 '그리스도교 문화'이다.

사상에 있어서의 식민지주의·제국주의는 아직 완전히 끝나지 않았다. 내가 굳이 니토베 이나조를 끄집어낸 것은 그것을 고려해서 한 일이다.

니토베는 일본 쪽이 좋다거나 동양 쪽이 뛰어나다고 말하지 않았다. 어디까지나 '참된 가치는 보편적인 것'임을 증명하려고 했다. 말에 의한 표현은 셰익스피어에 양보한다고 해도 그 마음은 '세계 공통의 것으로서 셰익스피어를 기다릴 필요도 없이 일본인이나 동양인이나 알고 있었던 것'이라고 그는 단언한다. 이렇게 말할 수 있는 것은 참된 보편적 진리를 알게 된 인물에게만 허용되는 특권이라고 믿는다.

크리스천답게 니토베는 '구약이란 어느 민족에게나 신이 널리 부여한 것이고 결코 이스라엘에만 한정된 것은 아니며 먼저 그리스도교를 받아들인 서유럽 민족에게만 부여된 특수한 것은 아니다'라고 말했다. 이 주장은 아직도 앞으로 소리높이 외쳐야 할 진리라고 나는 믿는다.

'동양적 전제'를 그는 논한다. '동양적'이라고 말하기만 해도 서유럽인은 전제 정치를 떠올린다. 봉건제도에서 탈피한 서양에 전제는 있을 수 없다. 봉건제도가 온존하는 동양은 아직도 야만이고 전제적이라고 그들은 미리 단정한다. 거기에 대하여 봉건제가 즉 전제라고 생각하는 것은 단편적이라고 주장해 니토베는 강하게 경고하고 계몽한다.

제6장 예의

외국인 관광객은 일본인이 예의 바르고 성품이 좋은 점에 주목하고 그것을 일본인의 특성이라고 인식했다.

만일 성품을 좋게 보이기 위한 이유에서 예의를 지킨다면 그것은 질이 낮은 덕이지만, 참된 예의는 남의 감정에 대한 깊은 배려가 밖으로 표출된 것이다. 참된 예의에는 사물에 잠재한 가치를 인정한 다음 그것에 걸맞은 존경을 표시하는 의미가 담겨 있다. 사회적 지위에 대한 정당한 존경도 예의 중의 하나이다. 사회적 지위는 결코 금권정치가 낳은 차별을 의미하는 것이 아니고 원래는 실제생활에서 거둔 공로를 인정한 연후의 구별이다.

예의가 가장 높은 형태까지 올라가면 그것은 거의 사랑으로 발전한다. 경건한 마음을 담아 다음과 같이 말하는 것이 허용된다고 생각한다. 예의는 '오래 참는다. 친절하다. 시기하지 않는다. 자랑하지 않는다. 교만하지 않다. 무례하지 않다. 사욕을 품지 않는다. 성을 내지 않는다. 앙심을 품지 않는다. 불의를 보고 기뻐하지 아니하고 진리를 보고 기뻐한다.'[1]

딘 교수[2]는 인간성의 여섯 요소를 거론한 가운데서 예의를 높게 다루었고, 인간의 교류가 낳은 것 가운데서 최고로 성숙한 것이 예의라고 말했다. 매우 당연한 일이다.

이와 같이 예의를 격찬하기는 했으나, 나는 결코 예의를 덕의 훨씬 앞자리에 둘 생각은 없다. 예의를 분석해 보면 더욱 상급이라 할 몇 개의 덕과 관련이 있음을 알 수 있다. 맨 처음부터 홀로 존재할 수 있는 덕은 없다.

예의는 무사계급의 독특한 덕으로서 칭찬을 받고 오히려 지나친 존경을 받았는데—그 때문에 거짓 예의가 나타났다. 음향과 음악은 별개인 것처럼 외부에 보이는 부속물(즉 허례)이지만 이것은 예절과 무관하다고 공자는 되풀이

---

1) 신약성서 〈고린도전서〉 13장의 말.
2) 배시포드 딘(1867~1928). 미국의 동물학자.

오다 노부나가(1534~1582)의 갑옷. 군청색 실크 레이스로 장식되어 있다. 투구 견장에 노부나가의 문장을 금으로 그려 넣었다.

해서 역설했다. 예절이 사교에 불가결한 요건으로 거론이 되면 청소년에게 올바른 사교상의 예의범절을 가르치기 위해 자질구레한 예법의 체계가 유행하게 되는 것은 당연하다. 사람에게 접근해 말을 걸 때에는 어떻게 인사를 해야 하는지, 어떤 걸음걸이로 걸어야 하는지, 어떤 자세로 앉아야 하는지를 최대의 관심을 담아 가르침을 받고 배우게 된다.

식탁의 예의가 학문의 한 분야로까지 발달해 차를 달이거나 마시거나 하는 것이 예법으로까지 높아졌다. 교양인으로 불리는 자는 당연히 이러한 모든 것을 철저하게 터득한 인물임이 틀림없는 것으로 기대된다.

베블런은 그의 저서 《유한계급론》[3] 가운데서 '예의는 유한계급의 생활에서 태어난 산물이고 그 실증이다'라고 말했다. 그야말로 핵심을 찌르는 말이다.

일본의 까다로운 예의범절을 서양인이 깔보고 비평하는 것을 자주 듣게 된다. '일본인의 예의범절은 지나치게 사람의 사고를 빼앗는다. 그렇기 때문에 그것을 엄격하게 지키는 것은 바보 같은 짓이다'라고 비난한다.

예의범절 가운데에는 없어도 될 자질구레한 것이 있는 것을 나는 인정한다. 그러나 서양이 끊임없이 변화를 그치지 않는 유행을 추구하는 것과 어느 쪽이 바보 같은 짓일까 하는 문제는 쉽게 단정할 수 없다는 생각이 든다.

나는 유행을 미치광이의 허영에 지나지 않는다고는 생각하지 않는다. 오히려 나는 아름다움에 대한 인간의 끊임없는 탐구로 본다. 하물며 나는 정성을 들인 예의범절을 전혀 하찮은 것으로는 생각하지 않는다.

어느 일정한 결과를 이룩하기 위해 가장 적절한 방법을 추구하고 여러 해에 걸친 실험과 관측을 거듭하고 얻은 성과이다. 무언가를 하려고 생각한다면 반드시 그것을 이룩하는 데 가장 좋은 길이 있다. 그 가장 좋은 길이란 가장 낭비가 적고 또한 가장 고상하고 아름다운 길이다.

스펜서[4]는 고상함을 정의해 '가장 낭비가 없는 동작이다'라고 말했다. 차의 예법은 찻잔이나 찻숟가락, 다포(茶布) 등을 다루는 데 일정한 방식을 정해 두었다. 초심자에게는 그것이 따분하게 보이지만, 정해진 그 방식이 결국은 시간과 노력을 더는 데 있어서 최적의 방법임을 이내 깨닫게 된다. 다시 말해서 그것은 가장 낭비가 없는—그러므로 스펜서의 정의에 따르면 가장 고상한 방법

---

3) 1899년에 출판된 베블런의 저서 p.46.
4) 허버트 스펜서(1820~1903). 영국 철학자.

임을 깨닫게 된다.

사교적 예법은 외견상의 모습으로 사람들을 감복시킨다. 예법의 정신적 의의가 훨씬 그것을 초월하는 가치를 지니게 된다. 칼라일의 《의상철학》에서 말을 빌린다면 예의범절은 정신적 규율의 외면을 치장하는 의상에 지나지 않는다고 말해도 좋다.

스펜서의 예를 따라, 나는 일본인의 예법에 대하여 그 기원을 더듬어 이를 성립시킨 도덕적 동기의 자취를 더듬고 싶다는 생각을 하지 않은 것은 아니다. 그러나 그것은 내가 이 저작 가운데서 꼭 이루고 싶다고 생각하는 것이 아니다. 내가 특히 중점을 두려는 것은 예의를 엄격하게 지키는 가운데 얼마나 도덕적 훈련을 할 수 있느냐 하는 것이다.

예의범절이 아주 미세한 것까지 공을 들여서 지엽말단에 이르렀다는 것은 이미 말했다. 그 결과 다른 방식을 주장하는 유파를 낳게 되었지만 궁극적인 본질에 있어서 그것들은 모두 일치한다.

가장 저명한 예법의 유파인 오가사와라류(小笠原流) 종가(宗家)는 이를 다음과 같이 말했다. '예도(禮道)의 목적은 마음을 단련하는 데 있다. 예로서 단정하게 앉아 있으면 흉악한 자가 검을 들고 덤벼도 해치질 못한다.'[모든 예법이 지향하는 바는 마음을 단련하는 데 있다. 예법에 따라서 정좌하면 흉악한 자가 검을 가지고 덤벼도 위해를 가할 수가 없다.]

다시 말해서 끊임없이 올바른 예법을 수련함으로써 몸의 온갖 부분과 기능이 완전히 질서가 잡혀, 이윽고 몸과 환경이 완전히 조화를 이루고 그 결과 정신이 몸을 지배할 수 있게 된다는 것이다.

프랑스어의 '비앵새앙스'[5]는 얼마나 참신하고 깊은 의미를 지니고 있는지 모른다.

우아함이란 힘의 경제를 의미한다고 앞서 한 말이 진실이라면, 논리적인 당연한 귀결로서 이렇게 말할 것이 틀림없다. 즉 '우아한 예법을 끊임없이 실행할 때는 힘의 비축을 가져오게 된다'는 것이다. 따라서 우아한 예법은 휴식상태에서의 힘을 의미한다.

야만족인 골인(人)이 로마를 약탈하고 개회 중인 원로원에 난입해 무례하

---

5) bienséance. 예의는 본디 정좌(正坐)를 의미했다.

게도 원로들의 수염을 잡아끌거나 해서 온갖 행패를 부렸으나, 이때 원로들은 위엄과 강한 태도를 취하지 못했다고 한다. 그것으로 원로들이 비난을 받아도 어쩔 수 없다고 생각한다. 그러면 예의범절로 숭고한 정신적 경지에 이를 수 있을까? '모든 길은 로마로 통한다'고 하므로 가능할 것이다.

매우 단순한 일이라도 하나의 예술이 되고 또 정신수양도 될 수 있는 한 예로서 나는 다도(茶道)를 들고 싶다. 차를 마시는 행위가 예술이 될 수 있다고 말하면 놀라는 사람이 있을지도 모른다. 그러나 그래서 안 될 이유는 없다.

모래 위에 그림을 그리는 유아, 또는 바위에 조각하는 미개인 중에 라파엘로나 미켈란젤로와 같은 예술가의 소질이 싹튼다. 그렇다면 힌두교 은자의 명상에서부터 시작된 차의 마심이 이윽고 종교와 도덕에 보조적인 역할을 하는 데까지 발전했다고 해서 각별히 이상해할 것은 없다.

다도의 기본은 평정한 마음, 티 없이 맑은 감정, 조용한 행동거지이다. 이런 것들은 그대로 올바른 사색, 순수한 감정의 제일 요건이라는 것은 의심할 여지가 없다. 이런 것들은 여유가 없는 악착같은 세속의 시끄러움에서 벗어난 작은 다실이 지닌 소박한 청결함, 그 자체가 우리의 마음을 세속 밖으로 이끌어 준다. 서양의 객실에는 수많은 회화나 골동품이 있어 손님의 이목을 빼앗는다. 그러나 다실 내부에는 장식 같은 것도 없고 족자는 빛깔보다도 오히려 구도의 우아함이 손님의 마음을 사로잡는다.

최고로 세련된 좋은 취향에만 마음이 쏠리고 그 반면에 조금이라도 과장된 듯한 허식에 대해서는 종교적인 혐오감으로 이를 거부하는 것이 다도이다.

전쟁과 전쟁의 소문이 끊이지 않는 시대에 홀로 명상적인 은둔자 센노리큐(千利休)에 의해서 다도가 연구되었다는 사실 그 자체가 이 예법이 오락이나 놀이 이상의 것임을 잘 말해준다.

초청을 받아 다석에 자리를 함께 한 사람들은 정적인 다실세계로 들어가기에 앞서 검을 밖에 풀어놓는다. 이와 동시에 전쟁터의 참혹함이나 정치상의 번잡한 일들을 밖에 두고 다실 안에서 평화와 우정을 발견한다.

다도는 예법 이상의 것이고 그것은 바로 예술이다. 그것은 절도 있는 동작에서 리듬을 낳는 시이다. 그리고 혼을 기르는 '실천방식'이다. 이 마지막에 내건 점에 바로 다도 가장 큰 가치가 간직되어 있다. 다인으로 불리는 자라고 해서 다도 이외의 일에 마음을 빼앗기지 않는 것은 아니다. 그렇다고 해서 다도의 본질이 정신적인 것이 아니라고 생각하면 잘못이다.

예의는 기껏해야 행동거지에 우아함을 더하는 데 지나지 않는다고 말하는 사람도 있다. 하지만 그것이 가져오는 커다란 이익을 부정할 수는 없다. 예의의 영향은 그 정도에 그치지 않는다. 예절은 인애와 겸손한 마음에서 비롯되고, 남에게 보내는 깊은 배려에서 오는 따뜻한 마음에 의해 움직인다. 따라서 예절은 언제나 내재한 감정이 밖으로 우아하게 표출된다. 예가 가르치는 것은 '기뻐하는 사람이 있으면 함께 기뻐해 주고 우는 사람이 있으면 함께 울어 주는 것'[6]이다.

이와 같은 교훈이 일상의 사소한 생활면에 미치게 되면 사람 대부분은 눈치를 채지 못하는 사소한 일에 그치고 만다. 만일 남이 눈치를 채는 일이 있어도, 일본 거주 20년이 넘은 어느 여선교사의 말처럼 '두렵고 우스꽝스러운 일!'로 보이게 되고 만다.

당신이 양산을 쓰지 않고 땡볕이 내리쬐는 길을 걷다가 아는 사람을 만난다. 당신이 말을 걸자 그 사람은 곧 모자를 벗는다―거기까지는 매우 자연스럽다. 그러나 그녀가 얘기하는 동안 양산을 접고 그 역시 땡볕에 서 있었다. 이런 행동이 '정말로 우스꽝스러운' 일로 보인다. 어떤 면에서 볼 때 어리석은 짓이 아닐 수 없다. 만일 그녀의 동기가 다음과 같은 것이 아니라면 더더욱 그렇다. '당신은 땡볕에 서 있습니다. 나는 당신을 동정합니다. 가능하면 양산을 같이 쓰고 싶은데 양산이 지나치게 작습니다. 그것이 설사 크더라도 당신과는 절친한 사이가 아니고…… 당신을 가려주지 못할 바에는 차라리 당신과 불편함을 함께 나누겠습니다.'

이와 똑같은, 이보다 더 우스꽝스러운 행위가 있겠지만, 그런 일들은 단순한 행동이나 관습에 지나지 않는 것이 아니고 남이 기뻐하길 바라는 사려 깊은 심정이 '구현'한 것이다.

일본의 예의범절로서 정해져 있는 습관 중에 또 하나 '매우 우스꽝스러운' 예가 있다. 일본을 수박 겉핥기식으로만 소개하는 많은 책은 이것을 일본인 특유의 '무엇이건 뒤집어 생각하는 이중적인 습관'의 하나로 치부해 버린다. 이 습관에 접한 적이 있는 어느 외국인은 누구라도 적당한 대답을 못 해 곤혹스

---

6) 신약성서 〈로마서〉 12장 15절의 말.

러웠다고 고백할 것이다. 미국에서는 선물할 때에 받는 사람에게 그 선물을 자랑한다. 그러나 일본에서는 그 선물을 별것 아니라고 깎아내려서 말한다.

선물을 보내는 미국인의 심정은 이렇다. '이것은 좋은 선물입니다. 좋지 않으면 당신에게 이것을 보낼 리가 없습니다. 좋지 않은 물건을 당신에게 선물하는 것은 모욕이기 때문에.'

이와는 대조적으로 일본인의 논리는 이렇다. '당신은 훌륭한 분이십니다. 아무리 훌륭한 선물이라도 당신에게 어울리지 않습니다. 당신에게 드리는 선물은 우리가 표시하는 감사의 뜻 정도입니다. 이 선물을 물건 자체의 가치가 아니라 제 마음의 표시로 거두어 주십시오. 아무리 훌륭한 물건이라도 당신에게 꼭 맞는 선물이라고 한다면 당신의 가치에 대한 모욕이 될 것입니다.'

이 두 가지 사고방식을 비교, 대조해 보면 궁극적인 사상은 똑같음을 알 수 있다. 어느 쪽이나 '크게 이상한' 것은 아니다. 미국인은 선물의 물질에 대하여 말하고 일본인은 선물을 보내는 마음을 말하고 있다.

일본인의 예의에 대한 감각은 일상적인 온갖 동작의 사소한 것에 이르기까지 나타난다. 그 가운데서 사소한 것에 지나지 않은 것만을 골라서 이것이 전형이라고 말해 그것을 근거로 원리 그 자체를 재단하고 마는 것은 짓궂은 결론의 도출이 아닐까?

식사 그 자체와 식사의 예법을 지키는 것, 어느 쪽이 중요할까?

중국의 성현인 맹자는 이렇게 대답했다. '식사를 중히 여기는 것과 예를 가볍게 여기는 것을 비교하면서 어찌 식사만 중하다고 할 수 있을까?' '쇠가 깃털보다 무겁다는 것이 어찌 갈고리의 쇠와 한 수레의 깃털을 비교해 말하는 것이겠는가?'

두께가 한 치인 나무토막을 5층탑 꼭대기에 놓았다고 해서 그 나무토막이 탑보다 높다고는 아무도 말하지 않을 것이다.

'진실을 말하는 것과 예의 바른 것과 어느 쪽이 더 중요한가?'라는 질문에 대하여 일본인은 틀림없이 미국인과 전혀 반대의 대답을 할 것이라고 말하는 사람이 있다.

그러나 나는 다음의 장에서 '진실·성실'에 관해서 얘기를 진행할 생각이므로 그때까지 이 문제에 대하여 비평하는 것은 접어두기로 한다.

이 장을 번역하면서 절실하게 생각한 것이 몇 가지 있었다. 우선은 문화에 대해서다.

저자도 말하는 바와 같이 예의·예법도 정신문화의 일종이다. 즉 겉으로 드러나 눈에 보이는 형태는 내부에 있는 정신이나 사상의 결과이다. 그와 같은 밑바탕에 있는 정신이나 사상을 외형을 투시해 통찰할 수 없다면 문화는 논할 수 없다 — 그렇게 생각되지 않는가?

그런데 문화는 변천하기 쉽다. 내가 절실하게 생각한 것은 그것이다. 이 장의 주제인 '예의'를 말하기 시작한 저자는 일본인의 습관인 예의를 그 무렵 외국인 관광객의 냉소에서 벗어나려고 크게 변호하고 있다.

그러나 불과 100년 남짓한 세월을 거쳐 니토베 이나조의 변호를 번역하는 나의 눈에는, 그 무렵 외국인의 눈을 놀라게 한 '일본적 예의범절'의 습관 등은 잇따라 그 모습을 감췄다. 문화는 변천하기 쉽다고 생각한 이유이다.

만일 그뿐이라면 니토베의 변호론만큼 허무한 것은 없고 내가 일부러 이를 번역하면서까지 보여드릴 의미 또한 없다. 하물며 일본인의 습관 쪽이 훌륭하다거나 뛰어나다는 등 주장을 하는 건 아니다. 과연 그는 일본이 낳은 일류의 국제인이다. 어디까지나 문화의 내면에 잠재한 정신을 거론해 그곳에 독자의 시선을 끌려고 한다. 그 무렵 외국인의 눈만이 아니다. 오늘날의 우리 일본인의 시선까지도 이곳으로 향해 쏟게 하려 한다. 그렇게 생각하기 때문에 언뜻 보기에 무미건조해 보이는 이 낡은 저서의 번역을 생각해 낸 것이다.

힌두교의 은자가 즐기던 차가 일본으로 건너와 '다도'가 되어 대성했다. 차 대접은 일본이 낳은 문화이다. 그렇게 말하는 저자가 어느 정도로 차 대접에 친숙했는지는 알 수 없다. 여기에 소개되는 약간의 평론으로 보아도 그가 다도의 정신을 잘 이해하고 있었던 것은 엿볼 수 있다.

그가 다도의 예법 그 자체에 정통하고 있었는지 물을 생각은 없다. 니토베가 다도의 본질이 정신함양에 있음을 통찰하고 이 정신감화 때문에 다도가 일본이란 경계를 넘어 보편적인 의의를 지니기에 이른 것이라고 하는 점에 그의 문화론의 가치가 있다고 생각한다.

'예의 따위의 하찮은 일로 생각해서는 안 된다. 예의가 가져오는 위대한 이익을 잊어서는 안 된다. 타인의 깊은 심성에 보내는 친절한 배려로 움직이는 것이 예절이고, 예의의 바탕에는 인애와 겸손이 잠재하고 있다. 예의란 《기뻐하는 사람이 있으면 함께 기뻐해 주고 우는 사람이 있으면 함께 울어 준다》'고까지 언급하며 저자는 성서의 말 그 자체를 예절 속에서 간파했다.

옛날에는 방문하는 외국인들로부터 정말로 예의 바른 국민이라고 감탄을 받은 일본인이 지금은 어디로 그 모습을 감춘 것일까? 니토베 이나조가 현대의 일본에 있다면 그렇게 말하고 눈을 의심해 쓸쓸하게 서 있지 않을까?

어쩌면 겉으로는 좋은 예절이 사라진 것같이 보여도 그것들을 있게 한 보편적인 정신은 아직도 남아 있다는 것을 니토베 정도의 인물이 지나쳐버릴 리가 없다. 이사야의 말을 빌려 말한다면 낡고 좋은 것은 모두 태워버리고 도덕적 폐허에 서 있는 것처럼 보이는 일본인인데, 타다 남은 그루터기에서 새싹이 움트는 것을 굳게 믿고 니토베는 이사야를 아는 사람으로서 이 책을 쓴 것이 아닐까?

니토베가 애독했을 구약성서의 〈이사야〉에는 이런 말이 있다.

'주민의 십분의 일이 그 땅에 남아 있다 하더라도 그들마저 상수리나무, 참나무가 찍히듯이 쓰러지리라. 이렇듯 찍혀도 그루터기는 남을 것인데 그 그루터기가 곧 거룩한 씨이다.'(6장 13절). 두보는 '나라가 망해도 산하는 있다'고 노래했는데 이사야는 '나라가 망해도 그루터기 즉 씨는 남는다'고 예언했다. 기초가 된 정신만 남아 있으면 그 그루터기에서 새로운 시대에 걸맞은 새로운 형식의 예법을 낳게 될 것이다. 같은 정신이 자유롭게 다른 형식의 표현법을 낳게 될 때가 반드시 올 것이다.

그와 같이 믿을 수 있는 것은 밑바탕에 잠재한 '정신'을 믿기 때문이다. 그러면 그 '정신'이란 무엇일까? 또 무엇에 의해서 길러지는 것일까?

표면에 부침(浮沈)하는 일상의 사소한 범절 습관보다도 이쪽이 훨씬 중대하다. 저자는 크리스천이었다. 따라서 그에게는 성서가 있었다. 그에게 있어서 정신이란 당연하게 성서이고 성서가 계시하는 그리스도의 복음이다. 일본인의 혼에 성서가 깊이 뿌리내리길 그 역시 불굴의 희망을 품고 계속 기도했을 것이다.

일본에 20년이나 거주하면서 사람들의 사소한 언동의 피상적인 것밖에 보지 못한 선교사가 있다고 그는 말한다. 저자는 그녀가 때때로 입 밖에 낸 '정말 우스꽝스럽다!'는 말이 좀처럼 잊히지 않았던 것 같다. 길에서 양산을 접고 인사하는 모습이나 선물할 때에 하는 인사에 관한 저자의 해설은 가벼운 터치이면서도 아주 중요한 문명비평이 아닐까?

내가 중요한 문명비평이라고 느낀 이유이다. 어느 세상이나 이문화가 지닌 정신의 내면까지 이해하려 하지 않는 사람이 많기 때문이다. 습관의 표면적 차이만을 거론해 따지려는 사람은 끊이질 않고 지금도 그 때문에 심각한 분쟁이 끊이질 않는다. 이런 점에서 우리 일본인도 죄는 같다.

맹자의 말을 인용하면서까지 저자가 말하는 이 장의 결론을 제대로 음미하고 싶다. '먹는 것과 식사의 예절 중 어느 것이 중요한가?' 하는 설문에서부터 그것은 시작되었다.

'진리는 하나의 중심을 지닌 둥근 원이 아니고 두 개의 중심을 지닌 타원과 같다'라고 우치무라 간조는 말했다. 백인가, 그렇지 않으면 흑인가. 선인가, 그렇지 않으면 악인가. 둘 중 하나로 정해야만 하는 흑백논리를 서양의 사상은 선호하는 것으로 생각된다.

그러나 진실과 정의는 백뿐이고 악과 선이 아닌 것은 언제나 흑에만 있다고 단정하지 말고 흑에도 선은 있고 백에도 불의가 있을 수 있다는 것을 인정하는 것이 필요하지 않을까? 다음의 장에서 저자가 말하려는 '성실·진실'에 유의해서 귀를 기울여야 할 것 같다.

제7장 성실 또는 진실

이 성실과 진실이 빠져 있으면 예의는 광대놀음에 지나지 않는다. 다테 마사무네(伊達政宗)는 '예가 지나치면 아첨이 된다'고 말했다.

옛날의 가인(歌人)에게 다음과 같이 가르친 사람이 있다. '그 마음이 참되면 기도하지 않아도 신은 지켜주신다.' 이 가인은 셰익스피어의 《햄릿》에 등장하는 폴로니우스를 능가하는 인물이다.

공자는 그의 저서 《중용》 가운데서 성실을 우러르고 여기에 초자연적인 힘을 인정해 거의 신과 다름없이 보았다. 그리고 이렇게 말했다. '성(誠)은 사물의 시종이고 성이 없으면 사물이 없다.'

공자는 더욱 말을 이어서 성의 본질이 얼마나 깊고 끊이지 않는 감화를 미치는지, 또 성이라는 것은 스스로는 움직이지 않고 변화를 낳아 오직 존재할 뿐이고 목적을 쉽게 이룩하고 마는 힘을 지녔음을 구구절절 논했다.

'성'이란 한자는 말을 뜻하는 언(言)과 완성을 뜻하는 성(成)의 결합으로 되어 있다. 이것을 보면 신플라톤학파의 로고스설[1]과 일맥상통하는 바가 있음을 느낀다. 공자는 이만한 높이까지 그 비범한 신비적 비상(飛翔)을 높여나갔던 것이다.

거짓을 말하거나 교묘한 말로 발뺌하거나 하는 것은 모두 비겁한 일로 간주했다. 무사는 자신들이 높은 사회적 지위를 차지하고 있는 이상 농민이나 소상인보다 높은 수준의 성실이 요구되고 있음을 자각하였다. 무사의 한마디, 즉 '사무라이의 말'—독일어의 리테르보르트[2]가 바로 이것에 해당하는데 이

---

1) 로고스는 그리스어로 사상이나 의지전달을 위한 표현으로서의 말, 설명, 변설 등을 뜻한다. 신약성서 〈요한복음〉 첫머리에 '태초에, 천지가 창조되기 전부터 말씀이 있었다. 말씀은 하느님과 함께 계셨고 하느님과 똑같은 분이셨다'는 유명한 말이 있다. 소크라테스 이후에는 이성이라든가 사고, 정신 등의 뜻을 로고스(말씀)에 포함하게 된다.

2) Ritterwort. 기사의 말.

화재를 진압하는 무사. 무사는 화재를 진압하는 임무를 자주 맡았다.

한마디만으로 앞선 말의 진실성이 충분히 보증된다.

무사가 입 밖에 내는 말은 이처럼 무거웠기 때문에 약속은 일반적으로 증서 없이 맺어지고 또한 이행되었다. 일부러 증서를 쓰는 일은 무사의 품위를 욕되게 하는 것으로 간주하였다.

두 마디 즉 거짓말을 죽음으로 보상한 감동적인 이야기가 많이 전해져오고 있다. 성실을 이토록 높게 존중하였기 때문에 참된 사무라이는 맹세가 무사의 명예를 훼손한다고 생각했다. 이 점에서 '거짓 맹세를 하지 말라'[3]고 가르치는 주의 엄격한 훈계를 끊임없이 깨뜨리고 있는 일반 크리스천과는 다르다.

무사가 수많은 신들을 불러 그 이름에 맹세하고, 또는 자기 칼에 걸고 맹세한 일을 나는 물론 알고 있다. 그러나 무사의 맹세는 결코 건성으로 하는 형식이나 경건하지 못한 낱말을 입에 올릴 정도로 타락하는 일은 없었다. 서약의 말을 강화하기 위해 글자 그대로 혈판(血判 ; 손가락을 잘라서 그 피로 손도장을 찍음)을 한 적도 때때로 있었다. 이와 같은 방법의 설명을 요구한다면 나의 독자에게는 괴테의 《파우스트》[4]를 읽도록 권하는 것만으로도 족하다.

최근 어느 미국인이 다음과 같은 견해를 저서 가운데서 발표했다. '만일 일반 일본인에게 거짓을 말하는 것과 실례를 하는 것 중 어느 쪽이 좋으냐고 질문을 하면 주저 없이 거짓을 말하는 것이라고 반드시 대답할 것이다.'[5]

저서가 말하는 것에는 정확한 내용도 있으나 동시에 잘못된 내용도 있다. 일반 일본인뿐만 아니라 무사까지도 그가 지적한 것처럼 대답할 것이란 것은 정확하다. 일본어에서 말하는 '거짓'이란 말을 영어의 '폴스후드'[6]의 번역어로 바꾸어 놓고 거기에 과한 비중을 두는 것은 잘못이다.

'거짓'이란 일본어는 진실이 아닌 것, 사실이 아닌 것이라면 무엇에건 쓰는 말이다.

---

3) 예수의 가르침에 '아예 맹세하지 말라. 하늘을 두고도 맹세하지 말라. 하늘은 하느님의 옥좌이다. 땅을 두고도 맹세하지 말라. 땅은 하느님의 발판이다. 예루살렘을 두고도 맹세하지 말라. 예루살렘은 위대한 임금님의 도성이다. 네 머리를 두고도 맹세하지 말라. 너는 머리카락 하나도 희게나 검게 할 수 없다.'(《마태복음》 5장 34절 이하)고 했다.

4) 《파우스트》 제1부 서재 장면에서 파우스트는 메피스토 펠레스와 혈판의 계약했음을 가리킨다.

5) 피리 《일본의 요점(The Gist of Japan)》 p.86.

6) falsehood. 거짓, 거짓말이라는 뜻.

'워즈워스[7]는 진실과 사실을 구별하지 못했다'고 제임스 러셀 로웰[8]은 평한다. 이 점에 관해서 일반적으로 일본인은 시인 워즈워스와 다를 바가 없다.

일본인에게 물어보자. 그럴 것 없이 조금이라도 교양이 있는 미국인에게 물어보자. '내가 싫습니까?'라든가, 또는 '속이라도 안 좋은가요?'라고 묻는 것이다.

그 사람은 주저 없이 피리 박사가 말하는 '폴스후드'로 이렇게 대답할 것이다. '나는 당신을 좋아합니다.' 또 '고맙습니다. 대단히 건강합니다'라고.

이에 반해서 예의만을 강조하려고 진실을 희생하는 것은 일본어에서 말하는 '허례'이고 '감언에 의한 기만'이며 전혀 변명의 여지가 없는 것으로 간주한다.

나는 지금 무사도의 성실관에 대하여 얘기하는 중임을 잘 알고 있다. 여기서 일본의 '상업도덕'에 대하여 말하는 것을 이해해주기 바란다. 실은 외국의 서적이나 신문, 잡지 가운데 일본의 상업도덕에 대하여 많은 불평과 불만을 싣고 있다.

비즈니스 도덕상 의리가 없다는 것이 일본 국민의 명예에 있어서는 최악의 오점이다. 그러나 그것을 비방하고 그 일 하나로 속단해 전 국민을 비난하는 것은 좀 심하지 않을까?—그 전에 그 점에 대하여 냉정하게 연구해보는 것이 어떨까? 그렇게 함으로써 그와 같은 비난을 장차 누그러뜨릴 수도 있을 것이다.

대체로 인생의 직업으로서 내세울 수 있는 것 가운데 상업만큼 무사계급과 동떨어진 것은 없다. 사농공상(士農工商)이라고 해서 상인은 직업의 귀천을 따질 때 최하위에 놓았다.

무사는 그 수입을 토지에서 얻을 수 있었고 만일 그럴 생각만 있으면 농업에 종사하는 것조차 가능했다. 그러나 계산대에 앉는 것과 주판알을 튕기는 일에는 질색이었다.

이와 같은 사회적 계약에는 현명한 지혜가 숨겨져 있었다. 귀족계급을 상업 이윤을 추구하는 것에서 멀리 두면 권력자의 손에 부가 집중되는 것을 막을

---

7) 윌리엄 워즈워스(1770~1850). 영국의 계관시인.
8) 1819~91. 미국의 시인·평론가.

수 있다고, 상찬해야 할 사회정책임을 통찰한 사람은 몽테스키외[9]였다.

권력을 부에서 분리해 두는 것이 부의 분배를 더욱 공평하고도 균등하게 한다. 딜 교수[10]는 그의 저서《서로마제국 마지막 세기의 로마사회》에서 다음과 같이 지적해 우리의 마음의 눈을 뜨게 해주었다. 즉 귀족계급이 상업에 종사하도록 허용했기 때문에 소수의 원로들과 그 가족이 부와 권력을 독점하는 결과를 낳았고 그것이 로마제국 쇠망의 원인 가운데 하나가 되었다고 말했다.

봉건시대에 일본의 상업은 이와 같은 제약 아래 있었기 때문에, 더 자유로운 상황 속에 있었다면 이를 수 있는 높이까지 이르지 못했다. 상업을 비하하는 일반의 통념이 결국 세평 따위에는 전혀 개의치 않는 무뢰함만을 상업의 세계로 불러들이게 되었다. '사람을 도적이라고 불러라. 그러면 그는 도적이 된다'는 말이 있지만, 어느 직업을 비하하는 평가를 해버리면 그 직업에 종사하는 사람은 자신의 도덕심을 그 평가에 맞추고 만다. 휴 블랙(Huge Black)은 '일반인의 양심은 그것에 요구되는 높이까지는 상승하는데, 기대가 낮게 억제되면 쉽게 거기까지 하강하고 만다'고 말했다. 그것은 매우 자연스러운 일이다.

상업만이 아니라 어느 직업이건 무언가의 도덕률이 없이는 성립할 수 없음은 말할 나위도 없다.

일본의 봉건시대 상인들도 동료들 사이에서는 규범이 있었다. 그것이 없으면 그들 사이에 발달한 동업조합, 은행의 기능을 한 환전상, 시세를 다루는 거래소, 보험의 역할을 하는 서명, 거기에 어음, 환(換)과 같은 기본적인 상업제도는 있을 수 없었을 것이다. 그러나 동료상인 이외의 사람들에 대해서는 그 생활 형편이 상인계급이란 이런 것이라는 세평의 테두리 이상은 되지 못했다. 따라서 일본이 외국무역에 문호를 개방했을 때 개항한 곳으로 달려온 것은 어쩌면 한 밑천 잡겠다는 요행을 바라는 자들뿐이고 존경할 만한 건실한 상가(商家)는 막부로부터 거듭 개점 요청을 받으면서도 이를 계속 거부하였다.

상업계에서 보게 된 이와 같은 불명예로운 조류를 막는 데 있어서 무력했다는 것일까? 그 점에 대해 생각해보자.

일본 역사에 밝은 분들이라면 기억하는 바와 같이 봉건제도가 무너진 것은

---

9) Charles de Secondat Montesquieu(1689~1755). 프랑스의 철학자·정치학자. 그의 저서 《법의 정신》은 삼권분립론 등으로 후세의 사회사상에 큰 감화를 주었다.
10) Samuel Dill(1884~1924). 아일랜드의 고전학자·역사가·교육자.

조약에 의한 개항이 외국무역을 위해 이루어진 지 몇 해 후의 일이었다. 그와 동시에 무사계급의 봉록이 몰수되고 그 보상으로 공채가 주어졌다. 무사에게 는 이 공채를 상거래에 투자할 자유가 부여됐다. 그러면 여기에서 당연히 의문 이 있을 것으로 생각한다.

'왜 그들은 무사의 긍지로 삼아온 성실을 여기에서 새롭게 손을 대게 된 상 업에 살려 낡은 악폐를 개혁하지 못했을까?'

경험이 없고 익숙하지 못한 상업·공업 분야에 진출한 고결하고 정직한 사무 라이들이 빈틈없는 상재가 결여된 채 약삭빠른 인간들의 경쟁에서 패해 되돌 릴 수 없는 타격을 입었으므로 하소연할 곳도 없이 애만 태울 뿐이었다.

미국 같은 나라에서도 실업가의 80%는 실패한다고 하므로 실업이라는 새 로운 직업분야에 진출한 사무라이가 설사 100명에 한 사람밖에 성공하지 못 했다고 해도 별로 놀랄 일은 아니다.

무사도의 도덕을 상거래 세계에 적용하려고 했기 때문에 과연 어느 정도 많 은 무사들이 희생되고 그 재산을 잃었는지는 더욱 긴 세월이 지나지 않으면 명확해지지 않을 것이다.

그러나 부의 길은 명예로운 길이 아니라는 것을 양식이 있는 사람들의 통찰 앞에 명확해지기까지는 그다지 긴 시간이 걸리지 않았다.

그러면 부의 길은 명예로운 길과 어떤 점에서 다른지 생각해보자.

레키[11]는 성실을 이끌어내는 3가지 유인을 들었다. 즉 경제적 유인(誘因)과 정치적 유인, 그리고 철학적 유인이다.

처음에 든 경제적 유인은 무사도 가운데에 완전히 결여되어 있었다. 다음에 든 정치적 유인은 봉건제도하에 있는 정치사회에 있어서는 거의 발전할 여지 가 없었다.

일본인의 여러 도덕 가운데 정직이 덕목의 상위를 획득한 것은 철학적 유인 에 따른 것이고, 레키의 분류에 따르면 그 최고의 것에 따르게 된다. 앵글로색 슨 민족이 높은 상업도덕을 지니고 있음을 인정해 나는 진정으로 경의를 표한 다. 그들의 상업습관에서 볼 수 있는 성실이 무엇에 기인하는지 묻는다면 '정 직은 최선의 방책이다.'(Honesty is the best policy.)라고 대답할 것이다. 다시 말해서

---

11) 윌리엄 레키(1838~1903)는 아일랜드 태생의 역사가. 주요 저서로 《유럽도덕사》.

정직하면 본전을 건지고, 정직은 이익을 남긴다는 것에 지나지 않는다.

그러면 덕의 보수는 그 덕 자체라고 말할 수 있지 않을까? 만일 정직이 허위보다 많은 현금수입을 얻게 한다면 무사도 등은 오로지 거짓에만 골몰하게 되지 않을지 나는 두렵다.

퀴드 프로 쿠오(quid pro quo)의 원칙이란 것이 있다. 이것은 '어떤 사물에 대해서는 어떤 사물을'로서 이른바 보수·대가의 법칙이다.

무사도가 만일 이 법칙을 부정하는 것이라면 잇속이 빠른 상인들은 기꺼이 이를 받아들일 것이다. 레키가 '성실은 그 성장의 기인(起因) 가운데 대부분을 상업과 공업에 지고 있다'고 지적한 것은 바른 말이다. 니체가 한 말처럼 '정직은 덕 가운데 가장 젊은 덕'이다.

다시 말해서 근세 산업이야말로 정직을 양자로 삼아 키운 계모이다. 성실은 이른바 명문귀족의 고아와 같다. 웬만큼 교양이 높은 자가 아니면 그를 양자로 맞이해 양육할 수 없다. 그러므로 이 양부모인 근세산업이 없었다면 성실은 자라지 못했을 것이다.

사무라이 계급 사이에서는 널리 인정되고 있는 성실이지만 더욱 평민적이고 실리적인 양모를 발견하지 못했기 때문에 이 허약한 유아는 자라지 못했던 것이다.

산업이 발달함에 따라서 성실은 쉽게 실행할 수 있는 덕으로 이해하게 되었을 뿐만 아니라 이를 실행하는 것이 이익이 된다고 알려지게 되었다.

생각해보기 바란다. 비스마르크[12]가 독일제국의 재외영사들에게 훈령을 보내 '독일에서 선적되는 화물이 품질, 수량의 두 가지 면에서 매우 신뢰를 받지 못하는 것은 참으로 통탄할 일이다'라고 경고한 것은 1880년 11월의 일이므로 아직 최근의 일이다. 오늘날에는 상거래상에서 독일인이 부주의하다거나 부정직하다고 비난을 받는 일은 비교적 적어졌다.

최근 20년간 독일 상인은 결국 정직이 채산이 맞는다는 것을 배웠다. 이 이상의 일에 관해서는 최근 간행된 2권의 책을 읽기 바란다. 이 책의 저자는 이것과 관련해서 공정한 판단을 내렸다.

---

12) 1815~98. 독일 제2제국의 '철혈재상'으로서 알려지고 독일 산업자본 확립기를 지도한 인물.

크내프(Knapp) 지음 《봉건일본과 근대일본(Feudal and Modern Japan)》 제1권 제4장

랜섬(Ransome) 지음 《전환기의 일본(Japan in Transition)》 제8장

이와 관련해서 또 하나 흥미 깊은 일을 덧붙여둔다. 그것은 상거래의 채무자조차도 정직이라든가 명예가 약속어음의 형태로 제출할 수 있는 가장 성실한 보증을 의미했다는 사실이다.

다음과 같은 문장을 기재하는 것은 아주 흔하게 이루어진 일이었다. '빌린 돈의 변제를 게을리했을 때에는 공중의 면전에서 비웃음을 당한다 해도 아무 불만이 없습니다'라든가, 또는 '변제를 못 한 경우에는 바보라고 불러도 좋습니다.'와 같은 것이다.

동기에 대하여 생각할 때 무사도의 성실은 과연 무사의 용기를 초월할 정도로 높은 동기에서 비롯된 것인지 나는 아무래도 의문으로 생각한다.

'거짓 증언을 못 한다.'[13]는 적극적인 경고가 없었기 때문에 거짓을 말하는 것 자체가 죄로 단죄되는 일이 없이 단순히 약한 것으로 경멸당하고 비난받는 것만으로 그치고 말았다.

약하다는 것은 매우 불명예로 간주하였다. 실제문제로서 정직을 무겁게 여기는 마음은 명예를 존중하는 마음과 밀접하게 얽히고 뒤섞여 있어 분리할 수 없게 되었다.

라틴어나 독일어에서 '정직'은 '명예'와 같은 어원에서 나왔다. 그러므로 나도 이쯤 해서 '무사도의 명예관'으로 화제를 옮겨 고찰을 진행하고자 한다.

[해설]

앞의 장에서 '예의'를 거론한 저자는 화제를 예의에서 '성실'로 옮겼다. 니토베 이나조가 이 장에서 '성실'에 적용한 영어는 '정직, 진실, 신실, 참, 솔직, 올곧음' 등등, 상당한 수에 이른다.

'예의조차도 만일 성실이 빠져 있으면 공허한 것이 된다'라고 그는 다테 마

---

13) 구약성서 〈출애굽기〉 20장 모세의 십계 중의 제9계 '이웃에게 불리한 거짓 증언을 못 한다.'

사무네의 말을 이 장의 첫머리에 인용했다. 저자가 옛날의 가인(歌人)으로 인용한 사람은 스가와라노 미치자네(菅原道眞)이다.

신도와 국학, 또는 유교 등의 사상적 감화에서 자란 무사도가 얼마나 성실을 생활행동의 규범으로 삼았는지를 그는 명확히 했다.

피리 박사가 그 무렵의 신간에서 일본인은 거짓말쟁이라고 비판한 것에 대하여 저자의 변호는 문화론으로서도 흥미롭다고 생각한다. 여기에서는 '폴스후드(falsehood)'라는 영어를 직접 일본어의 거짓에 적용하면 오해를 가져오기 쉽다고 지적하면서 저자는 일단 변호를 시도했다. 그것은 그렇다 치고 끝까지 읽어보면 저자의 심경이 복잡한 것으로 생각된다.

복잡하다는 것은, 밖으로부터의 비판에 대해서는 변호를 시도하면서도 국내로 향해서는 지적되는 점을 인정하면서 가슴 아파하는 저자의 모습을 그 행간에서 엿볼 수 있었기 때문이다.

저자는 반드시 이대로가 좋다고 말하는 게 아니다. 오히려 일본인이 무사도의 성실을 키워가면서 더욱 성장을 이루길 바라는 것이 틀림없다. 그와 같은 저자의 마음이 행간에서 맥맥히 전해져 온다.

어니스티 이즈 더 베스트 폴리시(Honesty is the best policy.)란 영어의 격언을 인용했지만 그렇다고 저자가 영국인의 상업도덕을 비웃은 것은 아니다. 말 그대로 '진심으로 경의를 표하고' 있는 것이 틀림없다. 다만 저자는 '덕의 보수는 그 덕 자체이다'라는 최고의 도덕관을 이상으로 삼고 말했다.

여기에서 잊어서는 안 될 것은 니토베 이나조 자신이 가난한 하급무사의 아들로 태어나서 자랐다는 사실이다. '경험이 없고 낯선 상업·공업 분야에 손을 댄 고결하고 정직한 무사들'의 영락한 모습에 대하여 '울어도 눈물은 마르지 않고 동정해도 아직 채워지지 못한 생각'을 하는 것은 다른 누구보다도 실은 저자 자신임을 아는 사람은 그저 나뿐이 아닐 것이다.

저자는 아일랜드의 저명한 사회역사학자인 윌리엄 레키를 인용했다. 레키의 대표적 저작은 《18세기 영국사》, 《18세기 아일랜드사》 외에도 많다. 일본인의 전통적인 정직이 영국상인과 같은 베스트 폴리시 즉 '최선의 방책'으로서가 아니고 레키의 분류에 따르면 최고인 철학적 유인에 바탕을 둔 것이라고까지 변증해 두었다. 그리고 마지막에 니토베는 무사도가 '이웃에게 불리한 거짓 증언을 못 한다'는 모세의 계율이 없었기 때문에 '무사도의 성실이 결국 무사의 용기 이상의 높은 동기로 지탱되지도 않고 그 결과 거짓을 말하는 것이 죄로 간주하지 않아 단순한 약함으로 경멸될 수준으로 그치고 만 것'이라고 통찰했다. 이 점에 감탄하지 않을 수 없다. 니토베의 박식뿐만 아니라 오히려 그의 공평과 위대함을 그 성서에 입각한 신앙 때문임을 인정하면서 나는 깊은 존경심을 안게 된다.

근세의 산업혁명과 그것에 따르는 생산성 향상, 상공업 발달이 정직이란 덕의 '양모(養母)'이고 성실은 명문귀족에서 나온 고아와 같다는 비유는 참으로 깊은 통찰이고 또 이제까지 들은 적이 없던 재미있는 평론이라고 생각한다. 요컨대 저자는 정직하다는 것과 성실하다는 것이 최고라고는 평가하지 않는다.―그보다는 그것을 최고로 삼는 '어떤 것'을 지녔기 때문에 자신이 무사 출신이면서 단순한 무사 이상일 수 있었던―그것이 존귀한 것이라고 나는 믿는다.

제8장 명예

개인의 존엄과 개인의 가치를 자각하는 사람은 또 명예를 중요하게 여기는 마음을 지닌 사람이기도 하다. 따라서 명예를 중요하게 여기는 마음은 당연히 무사를 무사답게 한다.

무사는 자기 신분에 뒤따르는 의무와 특권이 중요하다는 것을 태어날 때부터 알고 있고, 또 그렇게 하도록 훈육을 받는다.

'명예'란 본디 영어에서 번역된 말로 널리 일반적으로 사용하게 되었지만 그 이전에는 '이름'이라든가 '면목' 또는 '평판' 등이 명예란 의미로 사용되었다.

이들 세 낱말은 저마다 성서에서 사용하는 세 말을 연상시킨다. 즉 '네임'(이름), 그리스어인 '마스크·가면'에서 나온 '퍼스널리티'(인격), 그리고 '페임'(소문·명성) 등이다.

'좋은 이름'이란 사람의 명성을 뜻한다. 그것은 그 사람 자신의 불사(不死)의 부분이고 그것을 빼면 나머지는 짐승과 같다는, 그것이 '좋은 이름'이었다. 그 결백함이 조금이라도 침해되는 것을 자신에 대한 최고의 부끄러움으로 느끼는 것은 매우 당연한 일로 생각되었다.

염치를 아는 마음은 유소년기 교육에서 맨 먼저 양성되어야만 했다. '다른 사람이 비웃는다.' '체면을 더럽히지 마라.' '그런 일을 하고도 창피하지 않은가.' 등등의 말은 무언가 잘못을 저지른 소년을 향해 올바른 행동을 하도록 촉구하는 마지막 카드였다.

마치 그 아이가 어머니의 배 속에 있을 때부터 명예에 기반을 두고 길러진 것처럼 아이의 명예심에 호소하는 말이 그의 심금을 울린다. 틀림없이 명예심이란 강한 가족의식과 밀접하게 결부되므로 그것은 정말로 태어나기 전에 받는 감화라고 말할 수 있다. 발자크[1]는 '가족의 연대를 잃음으로써 사회는 몽

---

1) 1799~1850. 프랑스의 소설가.

미나모토노 요시이에. 겐지 가문의 위대한 영웅 중의 한 사람. 그는 전쟁의 신이자 겐지의 신격 존재인 하치만의 첫번째 아들로 '하치만 다로'라고 불렸다.

테스키외가 명예라고 말한 근본적인 힘을 잃고 말았다'고 말했다.

부끄러움은 인류에게 있어서 최초의 도덕적 자각이라고 나에겐 생각된다. '금단의 나무 열매'를 맛본 결과 인류에게 내린 처음이자 최악의 벌은 출산의 고통이나, 엉겅퀴 가시의 아픔이 아니라 정말로 부끄럽다는 감각의 싹틈이었다고 나는 생각한다.

인류 최초의 어머니 하와가, 자기 때문에 우수에 잠긴 남편이 따온 무화과 잎을 어설픈 손놀림으로 엮어내는 광경을 떠올려 본다. 이보다 더 마음을 슬프게 하는 사건이 역사 속에 또 있을까?

최초의 불복종이 낳은 열매―즉 이 부끄러운 마음은 다른 무엇과도 비기지 못할 정도로 끈질기게 우리에게 달라붙었다. 인류의 온갖 재봉기술로도 우리의 부끄러움을 완전히 가려줄 만한 앞치마를 이제껏 만들어내지 못하였다.

어느 무사[2]가 소년시절에 매우 사소한 일로 굴욕을 당했는데, 그는 자신의 품격만은 절대로 타협하지 않겠다고 결의하고 이를 거부했다. 그러고는 이렇게 말했다. '왜냐하면 불명예는 나무에 새겨진 상처와 같기 때문이다. 시간도 이것을 지우지 못할 뿐 아니라 도리어 그것을 확대해나간다.'

'부끄러움은 모든 덕의 토양이고 좋은 매너, 좋은 도덕의 토양이다'라고 토머스 칼라일[3]은 말했다. 그러나 그것과 거의 다름없는 말로 그보다 약 2천 년이나 전에[4] 맹자는 똑같이 가르쳤다.

셰익스피어가 노퍽 백작[5]의 입을 빌려 말한 웅변은 일본문학에는 빠져 있을지 모르지만 그래도 부끄러움을 두려워하는 마음은 대단해서 다모클레스의 검처럼 부끄러움에 대한 두려움은 무사에게 때때로 병적인 성질조차 띠게 했다.

---

2) 어느 무사란 아라이 하쿠세키(新井白石 ; 1657~1725)를 가리킨다. 에도시대의 주자학자·정치학자로, 6대 쇼군 이에노부(家宣)를 보좌해 막부정치에 참여하였다. 《서양기문(西洋紀聞)》등의 저서가 있다.

3) 1795~1881. 영국의 사상가·평론가·역사가.

4) 원저에는 '수백 년 전'으로 되어 있으나 사실에 비추어서 이렇게 고쳤다. 맹자의 가르침이란 '부끄러워하는 마음은 의(義)의 시작이다.'라는 말을 뜻한다.

5) 노퍽 백작은 셰익스피어의 희곡 《존 왕》의 등장인물. '다모클레스의 검'이란 전전긍긍해 정신을 긴장시킨다는 뜻의 비유로 사용된다. 어느 날 다모클레스는 왕의 초청을 받아 연회석에 참석했는데, 자기 머리 위에 가는 실에 달린 흰 칼날이 늘어뜨려져 있는 것을 깨닫는다. 왕이 그의 입장을 암시해 꾸민 일이었다.

무사도의 규범과 전혀 양립할 수 없는 행위가 명예란 이름 아래 굳이 이루어졌다. 하찮은 모욕이라기보다는 모욕을 당했다는 망상에서, 혈기로 과격해진 자들은 순간적으로 칼을 뽑는 데까지 이르러 수많은 불필요한 자상(刺傷) 사태를 불러일으켜 무고한 인명을 앗아갔다. 어느 무사의 등에 벼룩이 뛰어다니는 모습을 보고 한 시민이 호의로 주의를 주었는데 순간에 베어버렸다는 이야기조차도 있을 정도이다.

벼룩은 짐승에 기생하는 벌레이므로 귀하신 무사를 짐승과 동일시하는 것은 용서할 수 없는 모욕이라는 단순하고도 기괴한 이유에 따른 행동이었다. 너무나 어처구니없는 이야기여서 도저히 믿어지지 않는다. 그러나 이와 같은 이야기가 유포된 이면에는 다음의 세 가지를 생각할 수 있다.

① 평민이나 농민을 위압하기 위해 꾸며낸 이야기라는 것.

② 무사계급의 명예를 특권화하기 위해 남용된 악습이었다.

③ 무사 사이에 부끄러움을 아는 마음이 매우 강하게 고루 퍼져 있었다.

이와 같은 이상한 예를 하나 들어서 그것을 근거로 무사도가 명예를 존중한다고 비난하는 것은 명백하게 불공평하다. 그것은 종교적 맹신이나 광신이 낳은 종교재판이나 위선 등을 근거로 그리스도의 가르침 그 자체를 심판하는 것과 같다.

그건 그렇다 치고 종교에 광신적인 사람에게도, 주정뱅이의 광태에서는 볼 수 없는 무언가 사람을 움직이는 고귀함이 있는 것처럼, 명예에 관한 무사의 극단적인 민감함 속에서 순수한 덕의 바탕이라고도 할 수 있는 것을 찾을 수 있지 않을까?

명예를 존중하는 섬세한 규범이 자칫 지나쳐지면 병적인 행위로 치달을 위험을 안고 있던 것은 사실이다. 그러나 그와 동시에 너그러움이나 인내를 가르침으로써 이와 같은 위험도 억제되고 균형을 유지했다. 하찮은 도발에 편승해 화를 내는 사람은 무사 사이에서는 '경솔하다'며 비웃음을 받았다. 누구나 알고 있는 격언에 '참기 어려운 것을 참는 것이야말로 진정으로 참는 것이다'라는 말이 있다.

위대한 인물이었던 도쿠가와 이에야스(德川家康)는 몇 가지 유훈을 남겼는데 그중에 다음과 같은 말이 있다. '사람의 일생은 무거운 짐을 지고 먼 길을 가는 것과 같다. 서두르지 말라…… 인내는 무사함의 기본…… 나 자신을 책망

해도 남을 책망하지 말라.'

이에야스는 자신의 삶으로 그 가르침을 실증했다. 어느 익살꾼이 일본 역사에서 저명한 세 인물의 특징을 다음과 같은 말로 표현했다.

오다 노부나가(織田信長)는 '울지 않는 새는 죽여버리자.'
도요토미 히데요시(豊臣秀吉)는 '울지 않는 새는 울게 만들자.'
도쿠가와 이에야스(德川家康)는 '울지 않는 새는 울 때까지 기다리자.'

맹자 또한 인내와 용서를 높이 평가했다. 이에 관해서 그가 가르친 말에 다음과 같은 의미의 것이 있다. '그대가 알몸으로 나를 모욕하려고 해도 나에겐 아무 일이 아니다. 난폭함이나 폭행으로 나를 더럽힐 수는 없다.'

맹자는 또 다른 곳에서 '하찮은 일에 화를 내는 것은 군자가 부끄럽게 여겨야 할 일, 그러나 대의를 위한 의분은 정당한 분노이다'라고 가르쳤다.

무사도에 철저한 사람들이 어떻게 투쟁본능이나 반항심을 극복하고 고도의 온유함에 이르렀는지를 그들의 입을 통한 말로 알 수 있다.

예를 들면 오가와 릿쇼(小河立所)[6]가 한 말, '남이 온갖 악담을 그대를 향해 말해도 악에 대해서 악으로 갚지 말라. 오히려 자신의 의무이행에서 진실치 못한 것이 없는지 반성하라.'

또 구마자와 반잔(熊澤蕃山)[7]이 한 말 '남이 비난해도 그들을 비난하지 말라. 남이 분노해도 분노로 응수하지 말라. 격정과 욕정이 사라짐으로써 비로소 마음은 평안해진다.'

더욱 또 하나의 예로서 사이고 난슈(西鄕南洲)의 말에서 인용해보자. '도는 천지자연의 것이므로 거기에 따라야 한다. 따라서 하늘을 경배함을 삶의 목적으로 삼아야 한다. 하늘은 남과 나를 똑같은 사랑으로 사랑한다. 따라서 나 자신을 사랑하는 사랑으로 남을 사랑해야 한다. 사람이 아닌 하늘을 상대하라. 하늘을 상대하면서 최선을 다해야 한다. 절대 남을 책망하지 마라. 오직 자신의 정성이 미치지 못함을 뒤돌아보아야 한다.'

이러한 말 가운데에는 우리에게 그리스도교의 교훈을 연상케 하는 바가 있

---

6) 1649~96. 교토의 유학자. 이토 진사이(伊藤仁齋)의 문하에서 의약에 통달했다.
7) 1619~91. 에도 중기의 양명학자. 막부의 정치를 비판해 유폐되어 병사.

노부나가의 후계자 히데요시. 히데요시는 노부나가의 부하 중에서 가장 능력이 뛰어났고 결국은 그의 후계자가 되었다. 히데요시가 부하들에게 성문 바깥에 잘 타는 물질들을 쌓으라고 명령하고 있다.

다. 동시에 실천도덕에 있어서는 자연종교도 얼마나 깊이 계시종교에 접근할 수 있는지를 말해준다.

여기에서 말하는 것은 단순히 말로서 뿐만 아니라 현실의 행위에서 구체화한 것임을 지나쳐서는 안 된다.

너그러움, 인내, 용서하는 것에서 이처럼 숭고한 성숙에 이를 수 있었던 자는 매우 소수에 지나지 않음을 인정해야 한다.

매우 유감스럽게도 명예를 구성하는 것이 무엇인가에 대해서 명백하고도 일반적인 가르침이 전혀 이루어지지 않았다. 명예는 '환경조건에 따라 생겨나는 것'이 아니고 제각기 그 본분을 다하는 데 있음을 아는 사람은 한정된 인물들뿐이었다.

청년들은 평소 한가할 때 맹자로부터 배운 것을 행동으로 옮기는 것을 깨끗이 잊어버리는 것이 상례였기 때문이다. 이 성인(맹자)은 이렇게 말했다. '명예를 사랑하는 마음은 모든 사람에게 평등하게 주어진 마음이다. 그러나 참으로 고귀한 것은 자신의 내부에 있고 밖에는 없다는 것을 사람은 꿈에도 모른다. 사람이 수여받은 명예는 좋은 명예가 아니다. 조대제(趙大帝)가 귀족의 반열에 올린 자는 조대제 손에 다시 천한 사람이 될 수 있다.'

대부분 모욕이 그 자리에서 분노를 유발해 죽음으로 보복한다. 이에 대해서는 뒤에 말하기로 하겠는데, 이에 반해서 명예는 비록 그것이 헛된 명성이나 일반대중에 대한 아부에 지나지 않더라도 이 세상에서 최고의 선으로 평가된다.

젊은이들이 추구해야 할 목표는 부나 지식이 아니고 명예였다. 많은 젊은이가 자기 집의 문지방을 넘으면 출세해서 이름을 알리기 전까지는 두 번 다시 이 문지방을 넘지 않겠다고 마음에 굳게 다짐한다. 또 많은 희망을 거는 어머니는 아들이 금의환향하지 못한다라면 두 번 다시 그 얼굴을 보지 않겠다고 마음으로 맹세한다.

부끄러움을 면하기 위해, 또 명예를 얻기 위해 무사의 아들들은 어떤 굶주림도 감수하고 육체적 어려움이건 정신적 고통이건 가장 냉혹한 시련을 자진해서 견디었다. 소년기에 쟁취한 명예는 나이와 함께 크게 성장한다는 것을 그들은 알고 있었다.

오사카(大阪) 겨울 전투에서 이에야스의 아들 '기이 요리노부(紀伊賴宣)'가

선봉에 서겠다고 간청했음에도 군의 후미에 배치되었다. 오사카성이 함락되었을 때 그는 매우 낙담해 심하게 울었다. 그러자 한 늙은 신하가 온갖 수단을 다해 달래려고 했다. '앞으로도 이런 기회는 얼마든지 있습니다. 너무 상심하지 마십시오'라고 이 노신(마쓰다이라 마사사쓰나 ; 松平正綱)은 말했다.

소년은 이 노신을 분노에 찬 눈으로 쏘아보면서 '한심하고 어리석은 말을 하는군, 14살은 다시 돌아오지 않는다!'라고 말했다.

만일 명예와 명성을 얻지 못한다면 목숨조차도 값싸다고 생각했다. 따라서 목숨보다도 소중한 일로 생각되는 사태가 발생하면 언제라도 조용히 그 자리에서 목숨을 버릴 수 있었다.

[해설]

어느 덕에나 참과 거짓의 구별이 있는 것 같다. 본디 신에게서 비롯되는 덕은 모두 참된 것이므로 거짓의 덕을 만드는 것은 사람이다. 생각해 보면 사람만큼 무서운 것은 없다.

거짓 사랑은 많고 참된 사랑은 적다. 친절도 대부분은 위선에 지나지 않고 많은 약한 사람이 그와 같은 위선에 희생이 되어 길을 잘못 들어선다.

명예도 그렇다. 이름을 귀하게 여기고 명예를 존중하는 것은 이 장에서 다루는 것처럼 도덕의 첫걸음이다. 그런데도 명예욕이 때때로 사람의 삶을 잘못 걷게 하는 원인이 되는 이유는 무엇일까? 거짓 명예가 사람의 마음을 흐리게 하기 때문이다.

명예를 주제로 하는 이 장에서 저자는 무사가 품은 명예심을 역사적으로 말하면서 그것들의 진위를 공정하게 판단해보였다. '명예'라는 번역어가 일반적으로 사용되기 이전에는 '이름을 귀하게 여긴다.' '체면을 유지한다.' '소문을 꺼린다'는 등의 표현이 많이 사용되었다. 신약성서의 〈사도행전〉 6장에 십이사도를 보조하는 7인의 제자가 선택되는 기사가 있다. 제자 전체를 모은 사도들은 이렇게 말했다.

'우리가 하느님의 말씀을 전하는 일은 제쳐 놓고 식량 배급에만 골몰하는 것은 옳지 못합니다. 그러니 형제 여러분, 여러분 가운데서 신망이 두텁고 성령과 지혜가 충만한 사람 일곱을 뽑아내시오.'

여기에서 '신망이 두텁다'고 번역이 된 말은 '틀림이 없다고 입증이 되는, 상찬이 되는' 또는 '정평이 난, 만인에게 추장되는' 등의 의미를 지닌 그리스어이고 일본어의 '신망이 두터운 사람'에 해당한다.

초대 크리스천도 이름을 아끼는 사람들이었음을 알 수 있다. 그들은 이름을 존중하는 교분을 쌓았다.

무사는 소년 때부터 염치를 아는 마음 즉 부끄러움을 아는 마음을 길렀다. 가난한 무사의 아들이었던 니토베 자신도 틀림없이 그랬을 것이다.

몽테스키외는 명예를 존중하는 마음이야말로 사회의 기초라고 통찰하고 발자크는 가족의 타락으로 인해 명예를 존중하지 않게 되고 그 결과 사회에 힘이 없어졌다고 지적했다. 니토베는 여기에 더해서 아담과 하와가 금단의 나무열매를 따 먹은 결과 인간은 부끄러움에 대해 눈뜨게 됐다고 통찰했는데 이는 인간의 본성을 꿰뚫은 것이라고 생각한다.

일본의 문화를 '부끄러움의 문화'로 파악하고 이를 서유럽의 '죄의 문화'와 대비시켜 일본인에게는 부끄러움의 의식은 있어도 죄에 대한 의식이 희박하다는 저서가 세상에 나와 순식간에 일본전국 지식인 사이에 크게 여론이 들끓었던 적이 있다.

아무튼 일본인은 외국, 그 가운데서도 서양으로부터의 비평에 신경이 예민한 경향이 강한 것 같다. 이 책이 팔린 그 무렵에는 온통 떠들썩해져서 '부끄러움은 안 된다'는 풍조가 퍼진 것은 실로 우스꽝스러운 얘기였다. 그 무렵 나는 내심 은밀하게 생각했다. 왜 부끄러움을 아는 것이 부끄러운 일인가? 부끄러움을 아는 것이야말로 도덕의 중요한 기초가 아닌가?

몇 해 전 모 교회에 초대를 받아 야외 파티에 참석한 적이 있는데, 때마침 스웨덴에서 온 젊은 여성이 소개되었다. 이분이 잔디 위에 얌전치 못하게 앉아서 담소하는 모습을 보고 나도 모르게 외면했다. 그러나 지금은 일본의 여성들도 공중 앞에서 예의범절을 안 지킨다는 점에서는 똑같다. 무언가를 먹으면서 걸어가는 풍습도 도시의 거리 풍경으로서는 낯설지 않게 되었다. 그러나 적어도 태평양전쟁 이전에는 이와 같은 풍경은 보려고 해도 볼 수 없었다.

일반 일본인의 마음에서 부끄러움을 아는 의식이 사라져버린 것일까? 그렇다면 《국화와 칼》의 저자는 틀림없이 만족했겠지만 몽테스키외나 발자크는 일본을 위해서도 또 서유럽을 위해서도 탄식하고 있지 않을까? '부끄러움은 온갖 도덕의 토양이다'라고 말한 칼라일이 지금은 그의 고향인 서유럽에서조차 읽히지 않게 되었으므로 어쩔 수 없는 일일지도 모른다.

저자는 오가와 릿쇼(小河立所), 구마자와 반잔(熊澤蕃山), 사이고 난슈(西鄕南洲) 등의 말을 인용해 '이들 중에는 그리스도교의 가르침을 연상시키는 것이 있다'고 말했다. 자칫 그리스도교도가 무시하는 경향이 있는 자연종교도 실천도덕에 비춰 본다면 얼마나 그런 것들이 계시종교에 접근할 수 있느냐 하는 사실을 지나쳐버리면 안 된다고 니토베는 역설한다.

말할 나위도 없이 계시종교란 그리스도교를 가리킨다. 일본에 들어올 그 무렵의 '서양 그리스도교'는 니토베가 말하려는 계시종교 부류에 들어가는지의 여부를 나는 니토베와 함께 의심스럽게 생각한다. 거기에 비하면 구마자와 반잔이나 사이고 난슈 등의 마음에 깃든 공자, 맹자의 도덕은 공평하게 보아 얼마나 뛰어난가?―하고 절실하게 느끼게 될 때가 가끔 있다.

사이고는 말한다. '도는 천지자연의 것이고 사람이 이를 행하는 이상 하늘을 공경함을 목적으로 한다. 하늘은 남이나 나나 동일하게 사랑하므로 나를 사랑하는 마음으로 남을 사랑해야 한다. 남을 상대하지 말고 하늘을 상대하라. 하늘을 상대로 해서 내가 할 일을 다 하고 남을 탓하지 말고 내 성의가 부족함을 물어야 한다.'

구마자와는 말했다. '사람은 꾸짖을 일도 꾸짖지 말고, 화낼 일에도 화내지 말고, 분노와 욕심을 버려야만 언제나 마음이 평안해진다.'

오가와는 말했다. '남이 모함하는 것(있지도 않은 일을 퍼뜨려 책하는 것)에 거스르지 말고 내 믿음이 모자람을 생각하라.'

저자는 이러한 성현의 가르침만이 귀하다고는 생각하지 않았다. 교실이라는 조용한 환경에서 배웠을 성현의 길도 젊은이들이 행동으로 기분이 들떴을 때는 잊어버리고 말 때가 많았던 것을 저자는 쓴웃음을 지으면서 인정했다. 자연종교의 한계를 저자는 어디까지나 냉정하게 바라보았다.

그러나 말하지 않은 부분에 계시종교의 실천면에서의 약점까지도 지적했다는 점을 간과해서는 안 된다. 그보다는 '계시종교의 약점'이 아니고 계시종교에 접해서 이를 생활의 장에 실천해서 사는 인간 측의 약점이라고 해야 할 것이다.

사도 바울이 로마의 크리스천에게 보낸 편지 속에서 발췌해 거론한 '율법과 복음의 문제'는 바로 이것과 연관이 있다. 갈라디아인들에게 보낸 편지 속에서 '나는 이미 율법의 손에 죽어서 율법의 지배에서 벗어나 하느님을 위하여 살게 되었다'고까지 바울은 말했다. 이 말을 할 수 있었던 사람으로서 비로소 '성령의 과실'을 도덕행위의 상위에 둘 수 있다고 말할 수 있다.

도덕은 본래 사람의 마음과 행위의 문제이다. 그러나 도덕가이기 위해 계율 즉 율법을 완벽히 지켜내는 것만을 목표로 하면 깨닫지 못하는 사이에 위선에 빠지고 말 위험이 뒤따른다. 즉 도덕에는 뜻하지 않은 함정이 있다고 한다. 종교의 계율 즉 율법도 포함해서 말할 수 있지만, '나는 이 계율을 지켰기 때문에 올바르다'고 마음속으로 생각하는 위험이 계율을 지키는 행위에는 끊임없이 뒤따른다는 것을 안 다음 언제나 자계(自戒)를 게을리하지 않는 것이 중요하다.

'성령의 과실'이란 다시 말해서 '신의 은총' 또는 '신의 은혜'에 의해서 생기는 결과이고 자신의 의욕과잉이라고도 말할 수 있는 도덕행위와는 별개의 것이다.

올바른 생활을 보내는 것은 중요하다. 동시에 '참으로 올바른 것'은 자신의 노력이나 행위가 결실을 가져오는 것이 아니고, 그 위에 '신의 은총'이 더해져야만 비로소 실현할 수 있는 것임을 깨달은 다음, 자신의 도덕을 자랑하는 마음을 버리고 겸손하게 자신의 모자람을 언제나 인정할 수 있는 경지가 남겨져 있지 않으면 도덕도 없는 거나 다름없다.

저자가 인용하는 맹자의 가르침은 이 장에서도 빛을 낸다.

명예는 태어난 자기나 문벌에 있는 것이 아니다. 사람 각자가 태어나면서부터 존귀함을 가지고 있다. 다만 본인이 그것을 깨닫지 못할 뿐이다. 참된 명예는 사람의 내부에 하늘에서 부여한 존귀함이 있음을 인정하는 데 있다. 다른 사람에게서 주어진 명예는 참된 명예가 아니다. 황제가 주는 명예는 그 황제에 의해서 다시 거두어질지도 모른다.

만일 계시종교에 의해서 공자나 맹자 위에 나오려고 생각한다면 '성령의 과실'에 참여하기 위해 성령이 깃든 자가 되지 않으면 안 된다. 그런데 세상의 많은 그리스도교 신자는 이 결정적인 문제에 생각이 미치지 못한 채 계시종교인 예수 그리스도의 길을 마치 자연종교의 하나인 것처럼 다루고, 자신의 도덕행위를 자랑하려는 위험을 깨닫지 못한 채 선행을 쌓음으로써 자신은 의인이라는 자각을 얻으려고 한다. 그 결과 그리스도교 신자임을 자칭하면서 죄의 용서를 은혜로써 수령하는 감동과는 거리가 먼 세계에 살게 된다. 그리스도교는 그와 같은 도덕가를 '스스로 의인인 체하는 사람'으로서 경계했으며, 그리스도교 신자 가운데에는 십자가에 의한 죄의 용서를 은혜로써 수령하는 감동과는 거리가 먼 곳에 몸을 두고 있는 사람들도 결코 적지 않은 것 같다.

니토베 이나조의 이 저서는 오래된 책이지만 현대를 실로 깊이 통찰해 우리가 나아갈 길을 비춰주고 있다고 믿기 때문에 나는 굳이 이를 세상에 소개하려고 했다.

다음 장에서는 '충실의 의무'에 대해서 배우게 된다.

제9장 충실의 의무

  그 일을 위해서는 목숨을 버려도 후회가 없다.—그렇게 생각하는 일 중에 충실의 의무가 있다.

  실은 이 충실의 의무가 '요체'가 되어 그 위에 봉건시대의 여러 가지 도덕으로 균형이 갖추어진 아치를 구성하고 있었다.

  이 밖의 덕목에 대해서 말한다면 봉건시대의 덕목이라고 해도 다른 윤리 체계나 다른 계급 사람들의 도덕과 특별한 차이는 없이 똑같이 존재했는데, 이 충실이란 덕목 즉 주군에 대한 예절과 충성의 의무만은 봉건시대의 도덕에 뚜렷하게 나타나는 특징이다.

  어느 부류의 사람이건 또 어떤 처지에 있는 사람이건 인간으로서의 충실함이 없으면 도덕적인 결합은 상실되고 만다. 나도 그 점은 잘 알고 있다고 자부한다

  소매치기 일당도 페이긴[1]에게 충성을 맹세한다. 그러나 무사들이 존중하는 명예의 규범 속에 있을 때야 비로소 충의는 가장 중요해진다.

  헤겔[2]은 봉건시대 가신의 충성심은 개인에 대한 의무이고 국가공동체에 대한 의무가 아니므로 완전히 부당한 원리 위에 세워진 속박이라고 비판했다[3]. 그럼에도 헤겔과 같은 나라 사람인 비스마르크는 '인격적인 충성이야말로 독일인의 덕이고 나는 그것을 자랑으로 삼는다'라고 말했다.

  비스마르크가 그와 같이 자랑스럽게 생각한 것은 근거가 있다. 그가 자랑스럽게 생각한 그 충성이 비스마르크의 조국 독일의 전유물이기 때문이라거나

---

1) 페이긴. 디킨스의 《올리버트위스트》(1838년)에 등장하는 소매치기 두목의 이름. 아이들을 이용해 소매치기를 하는 인물.
2) Friedrich Hegel(1770~1831). 독일의 철학자로 관념론 철학의 대가이다. 《논리학》《역사철학》 등 저서가 많다.
3) 헤겔 《철학사》 제4부 제2강 제1장.

성 공격(시즈가타케 전투). 오사카성박물관 소장.
성을 공격하려 용감한 무사들이 암벽을 기어오르
고 있고, 수비대가 성문으로 쏟아져 나오고 있다.

어느 한 국민, 한 민족만의 것이라는 말은 아니다.

그것은 이 기사도가 낳은 훌륭한 과실이 독일처럼 봉건제도가 가장 오래 지속된 국민 사이에 가장 늦게까지 오래 남아 있었기 때문이다.

그러나 미국에서는 다르다. '만인평등, 각자는 모두 타인과 동등하다'라고 주장하고 여기에 아일랜드인이 덧붙여 말하는 것처럼 '또한 남보다 뛰어나다'고 생각하는 미국에서는 우리 일본인이 주군에게 느끼는 것과 같은 높은 충실의 관념은 '일정한 한도 안에서는 뛰어나다고 해도 일본인 사이에서 장려될 정도로 찬양할 만한 것이 아닌 것'으로 판단된다.

일찍이 몽테스키외가 탄식해서 말한 적이 있다. 피레네산맥의 이쪽에서 올바른 것이 그 너머에서는 잘못이라고 말했다. 최근 일어난 드레퓌스 사건은 몽테스키외의 말이 정확했음을 입증했다. 게다가 프랑스의 정의를 찬성해주지 않는 사람들의 경계선이 피레네산맥만이 아니라는 것도 증명이 되었다.

이와 마찬가지로 일본인이 생각하는 것과 같은 충실은 이것에 찬성하는 사람을 타국에서는 거의 발견할 수 없을지도 모른다. 그렇다고 해서 일본인의 관념이 틀렸다고는 말할 수 없다. 어쩌면 다른 나라에서는 충실이 상실되었기 때문이고 또 우리가 다른 나라들에서는 이르지 않았던 높이까지 충실의 관념을 발달시켰기 때문이다.

윌리엄 엘리엇 그리피스[4]는 다음과 같이 말했다. 그 말은 완전히 올바르다고 생각한다. '중국에서는 유교가 부모에 대한 순종을 인간 제일의 의무라고 한데 비해서 일본에서는 충실이 그 위에 놓여 있었다.'[5]

모처럼 나의 저서를 읽어주는 선의의 독자에게 충격을 줄지도 모르지만 셰익스피어가 말한 것처럼 '영락한 주군에게 봉사해 고난을 함께 하고', 그 때문에 '이야기 속에 이름을 남기게' 된 어떤 인물에 대해서 이야기하려고 한다.

이 이야기는 일본 역사 가운데서 가장 순수한 인물로 지목되는 스가와라노 미치자네(管原道眞)에 대한 이야기가 담긴 《스가와라덴슈테나라이카가미(菅原傳授手習鑑)》[6]이다. 그는 자신을 시샘하는 인물 시헤이(時平)로부터 있지도 않

---

4) William Elliot Griffis(1843~1928). 1870년에 후쿠이번(福井藩)에 초빙되어 일본에 온 미국인 교사. 귀국 후 일본을 미국에 소개하였다.

5) 《일본의 종교》(1895년).

6) 인형 조루리(淨瑠璃)·가부키시대물. 스가와라노 미치자네에 얽힌 전설·민간전승을 바탕으

은 거짓으로 모함을 당해 결국 수도에서 추방되고 말았다. 무자비한 적은 그것만으로는 만족하지 않고 그의 일족을 몰살하려고 획책한다. 미치자네의 어린 아들의 행방을 엄중하게 탐색하고 드디어 미치자네의 옛 신하인 겐조(源藏)가 은밀히 자기 서당에 그 아이를 숨겨둔 것이 발각되고 만다.

어린 죄인의 목을 언제 몇 시까지 인도해야 한다는 훈령이 떨어지자 겐조의 머리에 적당한 대역을 찾아내자는 생각이 떠올랐다. 겐조는 서당의 아이들 이름을 생각해보고 서당으로 들어오는 아이들을 한 사람 한 사람 떠올리고는 생각에 잠겼다. 그러나 시골태생인 아이들 가운데에는 지켜주고 있는 어린 주군을 닮은 아이가 없었다.

그런데 겐조의 절망도 한순간이었다.

한 신입 아동이 얌전해 보이는 어머니의 손에 이끌려 오는 게 아닌가. 주군의 아들과 같은 또래의 기품 있는 아이였다. 어린 주군과 어린 가신—둘이 아주 닮았다는 것을 그 어머니도 또 그 아이 자신도 잘 알고 있었다. 깊숙한 안채에서 두 사람은 자신을 희생해 신불의 제단 위에 바칠 결심을 했다. 소년은 자신의 목숨을, 그리고 어머니는 그 마음을. 하지만 어머니와 아이는 그와 같은 각오를 털끝만치도 외부인에게 눈치를 채게 하는 일은 없었다.

어머니와 아들 사이에 어떤 말이 오갔는지는 알 길이 없으나, 그것을 겐조가 은밀히 원했던 것은 확실하다. 결국 이렇게 해서 산제물인 산양(山羊)을 얻게 되었다.

이 이야기의 후반을 간단히 말하겠다. 정해진 날이 되어 검시관리인 마쓰오마루(松王丸)가 어린아이의 머리를 가지러 왔다. 거짓 머리로 과연 관리를 기만할 수가 있을까?

다급해진 겐조의 손이 칼자루를 잡는다. 만일 검시에서 계략이 간파되는 날에는 검시하는 관리가 시퍼런 칼로 내리치거나, 때에 따라서는 나 자신이 자결해야 한다.

검시역인 마쓰오마루는 차마 눈뜨고 볼 수 없는 머리가 앞에 놓이자 조용히 이를 앞으로 당겨 검시를 마치고 차분하고 사무적인 목소리로 '틀림이 없다'라고 선언했다.

로 각색. 스가 승상과 좌대신 후지와라 시헤이의 대립, 승상의 유배를 배경으로 겐조부부의 고충과 활약을 묘사하였다.

그날 밤 쓸쓸한 집에 외롭게 기다리는 어머니의 모습이 있었다. 서당에 나타난 그 어머니이다. 자기 아들의 운명을 그녀는 알았는지 몰랐는지. 쪽문이 열리길 말없이 기다리는 어머니의 눈은 그러나 내 자식이 돌아오는 모습을 찾는 것은 아니었다. 그녀의 시아버지는 여러 해에 걸쳐 미치자네 공의 은혜를 입었다. 그런데 미치자네가 유배된 뒤 그 남편이 어쩔 수 없는 사정으로 일가의 은인에게 있어서는 원수에 해당하는 후지와라 시헤이(藤原時平)에게 봉사하는 곤란한 처지에 빠지고 만 것이다.

새롭게 봉사하게 된 잔인한 주군에게 감히 거역하는 불충은 허용이 되지 않았다. 그러나 그의 아들이 훌륭하게 조부의 주군에게 도움이 된 것은 허용이 되었다.

미치자네의 가족을 알았다는 점 때문에 어린 주군의 목을 검시하는 역할이 그 남편, 즉 대역이 되는 어린아이의 아버지 마쓰오마루에게 주어져 가엾은 내 자식의 목을 검시하지 않으면 안 될 입장에 서게 되고 말았다.

역할을 마친 마쓰오마루는 내 집 문지방을 넘자마자 아내에게 '우리의 철없는 아들이 훌륭하게 역할을 해냈소. 기뻐하구려, 여보!' 하고 외쳤다.

'이 무슨 잔인무도한 이야긴가?'라는 독자의 목소리가 들려오는 것 같다. '남의 아이를 구하기 위해 아무런 죄도 없는 내 자식을 부모가 의논해 희생시키다니!' 그러나 이 아이는 스스로 죽어야 할 이유를 알면서 자진해 희생된 것이다. 이것은 '대역의 죽음'을 이야기했다. 아브라함[7]이 자기 아들 이삭을 바치려고 했던 이야기와 똑같이 뜻이 깊은 이야기이고 또 그 이야기 이상으로 혐오감을 가져오게 하는 것도 아니다.

둘 다 눈에 보이는 천사가 주었는지, 보이지 않는 천사가 주었는지, 또는 육성으로 들었는지, 그렇지 않으면 마음의 귀로 들었는지 그것은 따지지 않겠지만 어쨌든 의무의 소명에 대한 순종, 하늘에서 내려보낸 명령에 대해서 절대 복종하는 성실한 마음이 존재했다는 것은 확실하다. 그러니 여기서 설교 따위

---

7) 아브라함은 이스라엘의 선조. 구약성서 〈창세기〉 22장의 고사(故事). 신에게 약속 받은 땅 가나안으로 가는 도중에 아브라함에게 외아들 이삭을 제물로 바치라는 하느님의 지시가 내린다. 그의 신앙을 확인하려고 한 하느님은 아브라함이 손에 든 단검이 이삭의 가슴을 찌르려고 할 때 바로 그 손을 막아 이삭을 구하고 아브라함의 하느님에 대한 믿음이 인정했다.

를 하는 것은 삼가자.

서양의 개인주의는 아버지와 아들, 남편과 아내에 대해서 제각기 개별적인 이해를 인정한다. 그 때문에 필연적으로 사람이 타인에게 지는 의무는 두드러지게 경감이 된다.

그러나 무사도에 있어서는 일족 전체의 이해와 가족 구성원 개개인의 이해는 완전히 한 몸이며 불가분한 관계이다. 이 이해는 애정과 결부되어 있다. 매우 자연스럽고 본능적이며 막기 어려운 애정으로 이런 것들을 결부시킨 것이 무사도였다.

그러므로 짐승조차도 지닌 자연스러운 사랑에 의해서 우리가 사랑하는 사람을 위해 죽는다고 한다면 그 이유는 무엇일까? '너희가 자기를 사랑하는 사람들만 사랑한다면 무슨 상을 받겠느냐? 세리들도 그만큼은 하지 않느냐?' 이것은 그리스도의 말[8]이다.

라이 산요(賴山陽)는 그의 저서 《일본외사(日本外史)》 가운데서 다이라노 시게모리(平重盛)가 아버지 기요모리(淸盛)의 상왕에 대한 반역행위에 관해서 가슴에 품은 심각한 고충을 소개하는데 이것은 독자의 심금을 울리는 말이다.

'충을 하고자 하면 불효가 되고 효를 하고자 하면 불충이 되는구나.'

아아, 시게모리! 우리는 그 뒤 시게모리가 엎드려 기도를 드리는 모습을 본다. 자비로운 하늘이 죽음을 내리듯이 순결도 정의도 도저히 살기 어려운 이이승에서 나를 풀어주길—시게모리는 심혈을 기울여 이같이 기도하였다.

시게모리와 같은 사람이 그 밖에도 많이 있어 의리와 인정 사이에서 이러지도 저러지도 못해 갈등을 겪었다. 일본인의 부모에 대한 존경하는 마음을 나타내는 '효'라는 말에 꼭 들어맞는 번역어는 셰익스피어에도 또 구약성서에도 포함되어 있지 않다. 그러나 무사도는 이와 같은 마음속의 갈등에 임해서 언제나 주저 없이 충의를 택했다.

부인들도 또 주군을 위해서는 모든 것을 희생하도록 가르쳐 내 자식을 격려했다. 영국 왕 찰스 1세의 신하였던 윈덤이 크롬웰의 군사와 싸워서 패해 그세 아들과 함께 전사했을 때 위로의 말을 건넨 사람에게 미망인이 '왕에게 봉사하는 자로서 세 아들도 아깝지 않습니다. 만일 다른 아들이 또 있다면 그마

---

8) 신약성서 〈마태복음〉 5장 46절.

저도 바치고 싶다'라고 대답한 이야기는 유명하다. 윈덤 부인 못지않게 무사의 아내는 충의를 위해서라면 언제나 의연하게 내 아들을 내놓을 결심이 서 있었다.

아리스토텔레스나, 근세의 2, 3명의 사회학자와 마찬가지로 국가[9]는 개인보다 먼저 존재하는 것으로 무사도는 생각했다. 개인은 국가를 구성하는 존재며 그 안에 그 부분으로서 낳게 된다. 그러므로 개인은 국가를 위해, 또는 그 합법적인 권위가 위임된 자를 위해 살고 또 죽는다고 무사도는 생각했다.

《크리톤》을 읽은 사람은 소크라테스[10]가 감옥에서 탈주하는 문제에 관해서 국가의 법률이 소크라테스와 논쟁을 벌일 때 소크라테스가 자신의 도주문제에 대해서 변론하는 것은 도시국가의 법률이라고 말한 것을 기억할 것으로 생각한다.

소크라테스는 법률 또는 국가를 의인화해 다음과 같이 말했다. '그대는 내 밑에서 태어나 양육되고 또한 교육을 받아왔는데 그대도 그리고 그대의 선조도 우리가 낳은 아들이 아니고 우리의 하인이 아니라고 감히 말할 생각인가?'

이런 말을 들어도 일본인은 조금도 기이하게 느끼지 않는다. 그 이유는 똑같은 일이 옛날부터 무사도를 통해서 전해져왔기 때문이다. 다만 일본인의 경우에는 국법과 국가가 인격을 지닌 자에 의해서 대표되고 있었다는 차이가 있을 뿐이다. 충의란 바로 이와 같은 정치논리 속에서 태어난 윤리이다.

나는 스펜서의 주장을 전혀 모르는 것이 아니다. 그에 따르면 충의란 정치적 복종이고 과도기적인 기능밖에 인정되지 않는다고 말한다.[11] 그럴지도 모른다. 덕이란 그날 하루만으로 충분해야 한다. 우리는 그것으로 만족해 그것을 되풀이하자. 특히 일본인에게 있어서는 '그날'이 실로 긴 기간이다. 일본의 국

---

9) 여기서 말하는 국가는 근대적 의미의 민족국가가 아니다. 무사도가 말하는 국가란 영주 밑에 존재하는 영국(領國)을 가리킨다. 아리스토텔레스나 소크라테스 등이 말하는 국가는 고대 그리스의 폴리스, 즉 도시국가를 의미하고 있음을 염두에 두지 않으면 안 된다.

10) Socrates(기원전 470쯤~399). 그리스의 철학자. 부당하게 사형선고를 받은 후, 국법에 따라 조용히 죽으려고 한다. 크리톤은 소크라테스의 오랜 친구이고 탈옥이라는 수단을 써서라도 생존할 것을 소크라테스에게 권고한다. 플라톤(기원전 427쯤~347쯤)의 초기 작품 《크리톤》은 《소크라테스의 변명》과 함께 은사 소크라테스의 위대한 모습을 지금도 전해준다. 《크리톤》은 소크라테스와 크리톤과의 대화형식으로 되어 있다.

11) 《윤리학원론》 제1권(1892년) 제2부 제10장.

가(國歌)가 말해주듯이 '조약돌이 바위가 되고 이끼가 낄 때까지'임을 믿기 때문이다.

이와 관련해서 상기할 때가 있다. 그것은 최근 M. 부토미가 다음과 같은 발언을 하는 것에 대해서이다. 그의 말에 따르면 영국인 정도 되는 민주적인 국민 사이에서조차 '어느 특정인에 대해서, 또 그 사람의 자손에 대해서 인간으로서 충성하는 감정을 안는 것은 그들의 선조인 게르만인이 그 수령에 대해서 안은 감정이고 이것이 많건 적건 오늘날까지 전해져 그들의 민족이라든가, 군주의 혈통에 대한 충실함이 왕실에 대한 그들의 비정상적인 애착이 되어 나타나고 있다'는 것이다.

'정치적 복종은 이윽고 양심의 명령에 대한 충성에 자리를 넘길 때가 올 것이다'라고 스펜서는 예언했다. 그의 추론이 실현된다고 가정해도 충의와 그것에 따른 경애의 사상이 영구히 사라질까?

한 주군으로부터 다른 주군으로, 더구나 그 어느 쪽에 대해서도 불충이 되지 않도록 우리가 안고 있는 충성심을 옮겨야 한다. 즉 일시적으로 이 세상의 주권을 장악한 통치자의 신하라는 것에서 우리 마음속의 지성소(至聖所)에서 옥좌에 있는 절대군주, 즉 신의 하인이 되어야 한다.

몇 년 전의 일인데 잘못된 길로 접어든 스펜서의 어리석은 제자들이 불러일으킨 매우 어리석은 논쟁이 일본 독서계에 큰 파문을 일으킨 적이 있었다. 그들은 황실에 대한 한결같은 충성이 지나쳐 크리스천이 그 주님인 그리스도에게 충성을 맹세했으니 반역의 우려가 있다고 비난하였다.

그들은 소피스트(궤변가)의 기지도 지니지 않은 채 소피스트적인 궤변을 늘어놓고 스콜라 학파가 지녀야 할 세련미도 없이 번잡한 스콜라적인 학설을 어리석게도 나열했다.

크리스천은 '카이사르의 것은 카이사르에게,[12] 하느님의 것은 하느님께'라는

---

12) 신약성서 〈마태복음〉 22장. 로마황제 카이사르 치하에 예수를 모함하려는 자들이 '카이사르에게 세금을 바치는 것이 옳은가, 옳지 않은가?'라고 질문했다. 예수는 바칠 세금을 가져오게 해 '이 초상과 글자는 누구의 것이냐?'라고 되묻는다. 카이사르의 것이라고 대답한 자에게 예수는 '카이사르의 것은 카이사르에게, 그리고 하느님의 것은 하느님에게 갚아라'고 말했다.

예수의 가르침에 따라서 어떤 의미에서는 '한쪽을 지지하고 다른 쪽을 비하하는 일없이 두 주인에 봉사하는' 것이 가능하다는 것을 그들은 몰랐다.

소크라테스는 어떠했을까? 그는 자신의 데몬(귀신)에 대한 충성은 조금도 양보하길 거부하고 아직도 동등한 충성과 평정을 유지하면서 지상의 왕자, 즉 국가의 명령에 복종했다.

소크라테스는 살아서는 자기 양심에 따르고 죽어서는 조국에 자신을 바쳤다. 국가가 너무나 강대해져 결국 그 시민으로부터 양심의 명령에 복종할 권리마저 빼앗는 날이 온다면 그보다 슬픈 일은 없다.

무사도는 사람의 양심을 주군이나 국왕의 노예로 삼으라고는 명령하지 않았다. 토머스 모브레이[13]가 읊은 다음과 같은 시가 있다. 이것이야말로 우리의 마음을 가장 잘 대변한 것이라고 말할 수 있다.

경외하는 주군에게 이 몸을 바칩니다
이 한목숨 주군이 명하시는 대로
하지만 내 이름에 부끄럽지 않게
목숨을 버리는 것은 내 의무일지언정
내 명예로운 이름만은 묘지 위에 살아서
불명예로 더럽혀지는 일이 없으리라.

주군의 변덕스러움이나 취광(醉狂), 아집(我執) 때문에 자신의 양심까지 희생한 자에 대해서 무사도의 평가는 냉혹했다. 그와 같은 인간은 '간신배' 곧 속이 검은 아첨으로 주군의 비위 맞추기에나 급급한 자들, 또는 '총신(寵臣)' 즉 비굴한 추종에 의해서 주군의 총애를 가로채려는 자로서 경멸했다. 이들 두 부류의 가신은 이아고가 말하는 내용과 꼭 일치한다.[14]

'총신'이란 순종이 장점이고 24시간 곁에서 떠나지 않는 시종이다. 목에 매인 밧줄까지도 고맙게 여기고 주인의 당나귀나 다름없이 아까운 일생을 낭비하

---

13) 모브레이는 1066년에 잉글랜드를 정복한 노르만인을 선조로 둔 귀족의 가계로, 존 모브레이(1328~68)는 노팅엄 백작이 되었는데 그 차남이 토머스 공작이다.

14) 이아고는 셰익스피어의 비극 《오셀로》에 등장하는 인물이다. 오셀로에게 아내를 질투하게 부추겨 결국 오셀로가 아내를 살해하도록 한다.

《헤이케 이야기(平家物語)》의 이치노다니 전투에서
의 다이라노 아쓰모리. 사키타마현립미술관 소장.

는 사람이다. 또 다른의 '간신'이란 행동이나 표정만은 자못 충성스럽게 보이는데 마음속으로는 자기 한 몸의 이익만을 생각하는 사람이다.

주군과 의견이 다를 때 그 가신이 취해야 할 충의의 길은 리어왕에게 봉사한 켄트처럼 온갖 수단과 방법을 다해 주군의 잘못을 간(諫)하는 일이었다. 그래도 받아들여지지 않으면 나머지는 주군의 의지대로 내 몸의 처리를 맡긴다.[15]

이런 경우에 주군의 예지(叡智)와 양심에 마지막 호소를 하기 위해 말로 해야 할 언어의 성실을 자신의 피로써 증명하는 것이 무사의 상례였다. 생명은 이것으로 주군에게 봉사하는 수단으로 생각되고 무사의 이상은 명예에 있다고 했다. 무사의 교육과 훈련은 모두 여기에 바탕을 두고 이루어진다.

[해설]

오래된 이야기 몇 가지에 관해서 설명한다.

드레퓌스사건—알프레드 드레퓌스(1859~1935)는 프랑스군의 장교였는데 유대인 부호 출신이었다. 1847년에 반역 혐의로 체포되어 군법회의에서 종신형이 선고되었다. 2년 뒤 그의 무고함을 믿은 정보국장이 진범을 지목, 상사에게 보고했으나 무시되었다. 이듬해 친형이 같은 증거를 가지고 재심을 청구했다. 이 사건은 반유대주의와 교회 성직자의 정치개입에 반대하는 세력 등을 끌어들여 그 뒤의 프랑스 역사를 좌우하는 대사건으로 발전했다. 문필활동을 통해서 드레퓌스의 옹호에 힘쓴 에밀 졸라가 영국으로 불가피하게 망명을 가게 되고 조르주 클레망소와 아나톨 프랑스 등까지 한통속으로 간주됐다. 1898년 앙리 대좌가 문제의 문서를 위조했다고 고백, 의문의 옥사를 한다. 최고법정이 재심을 명했으나 군법회의는 거듭 유죄를 결정하고 10년의 형이 선고된다. 은사(恩赦)가 베풀어졌지만 이후에도 무고함을 계속 주장해 1906년 최고법정은 그의 무죄를 결심 선고하고 그의 명예는 회복되었다. 그 뒤 교회주의와 군주제에 대한 불신이 높아져 종교와 정치, 교회와 국가를 분리하는 경향이 이 사건을 계기로 촉진하게 되었다. 피레네의 이쪽 즉 프랑스에서도 진실과 정의를 명확하게 관철하는 것이 얼마나 어려운 일인지를 말해준다.

---

15) 켄트는 셰익스피어의 비극 《리어왕》에 등장하는 인물. 왕의 사랑하는 딸 코델리아를 위해 목숨을 걸고 보호했지만 그 때문에 추방되었다.

스가와라노 미치자네(菅原道眞) — 조루리 기다이유(淨瑠璃義太夫)의 명작 《스가와라덴슈테나라이카가미(菅原傳授手習鑑)》 4단째 '서당(寺子屋)'은 해외에서도 번안됐다. 스가와라노 미치자네는 헤이안(平安) 시대의 정치가·학자이고 고보대사(弘法大師), 오노 미치카제(小野道風)와 함께 서도의 삼성(三聖)으로 손꼽혔는데, 좌대신 후지와라 시헤이(藤原時平)의 음모로 큐슈(九州)로 유배된다. 그러나 그 뒤에도 시헤이는 미치자네 일족을 근절하려고 그 외아들의 행방을 쫓지만 미치자네의 옛 신하 겐조가 이 어린 주군을 보호한다. 스가와라 집안에 은고(恩顧)가 있는 마쓰오마루는 얄궂게도 그 스가와라 집안의 원수가 되는 시헤이를 섬기는 몸이 되는데, 하필이면 어린 주군의 머리가 진짜인지 아닌지를 검증하는 역할을 맡고 만다. 마쓰오마루와 그의 아내 지요(千代)는 외아들 고타로(小太郎)에게 어린 주군을 대신하게 한다. 그것을 모르는 겐조 앞에서 자기 아이의 머리를 검시한다. 부자와 부부, 더욱이 군신의 정을 노래하는 이 가부키 시대물 3대 걸작을 생각할 때마다 나는 니토베 이나조가 구약성서에서 인용한 아브라함의 고사를 아울러 생각한다.

언젠가 일본의 극작가가 구약성서 〈창세기〉 22장에서 소재를 얻어 외아들 이삭을 아브라함이 신의 제단에 바치려는 그 장면을 각색해 가부키좌에서 상연할 날이 오지 않을까 은근히 기대하고 있다.

제10장 무사의 교육과 훈련

무사교육이 무엇보다도 첫째 목표로 내건 것—그것은 품성을 높이는 것이었다. 사려나 지성 또는 변론과 같은 부류의 것은 그다음이었다.

미적인 소양이 무사교육에 중요한 역할을 차지했다는 것은 앞서도 말했다. 교양이 있는 사람에게 그것은 빼놓을 수 없는 것이었지만 그렇다고 해서 무사교육에서 본질적인 것은 아니고 오히려 부수적인 것에 지나지 않았다.

무사도의 뼈대를 지탱한 '세 발 솥'(鼎)의 다리는 '지(智)·인(仁)·용(勇)' 즉 지혜와 자애와 용기라고 말했다. 무사는 본질적으로 행동하는 사람이고 학문은 무사의 행동 원리 범위 밖에 있었다.

무기를 들고 싸우는 것이 무사의 본분이므로 그것과 연관이 있는 한 무사는 학문을 이용했다. 종교와 신학은 승려에게 맡기고 무사는 오로지 용기를 함양하는 데 도움이 될 때만 그런 것을 접했을 뿐이다.

어느 영국의 시인은 이렇게 노래했다.

종교의 신앙조목이 사람을 구하는 것은 아니다.
오히려 신앙조목의 진가를 결정짓는 것은 사람이다.

무사도 이 시인과 똑같이 믿었다. 무사의 지적 훈육의 바탕을 이룬 것은 철학과 문학이었다. 그러나 그가 이러한 학습에서 추구한 것은 객관적 진리 그 자체는 아니었다.—문학은 주로 한가한 시간을 보내는 방도로써 배우고 또 철학은 군사문제나 정치문제를 해명하기 위해서가 아니라 품성을 형성하는 데 실전적 보조수단으로써 추구했다.

위에서 말해온 것으로 미루어 무사도교육의 커리큘럼이 주로 검술, 궁술, 유술(柔術), 마술, 창술, 병법, 서도, 윤리, 문학 및 역사 등으로 구성되었던 것을 보아도 별로 놀랍지 않다. 그 가운데 유술과 서도에 관해서는 설명이 조금

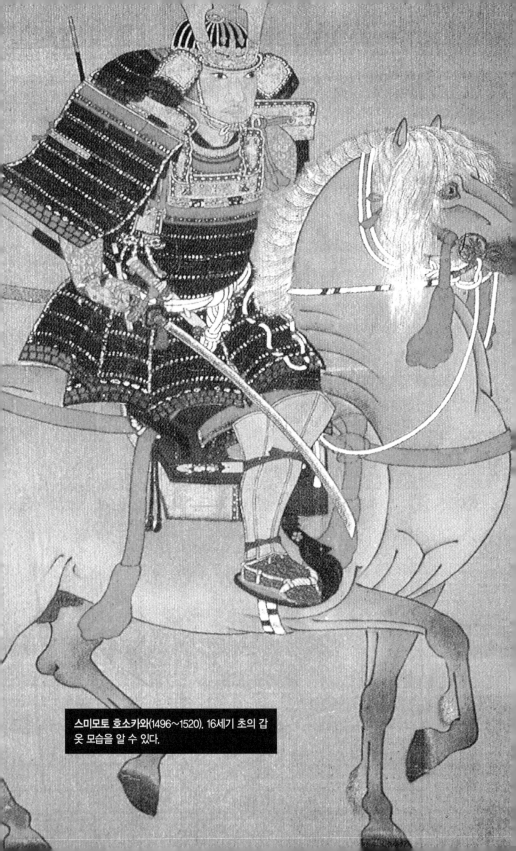

스미모토 호소카와(1496~1520). 16세기 초의 갑
옷 모습을 알 수 있다.

필요하다고 생각한다.

훌륭하게 글씨를 쓸 것을 매우 중시했다. 그것은 일본의 글자가 회화의 성질을 띠고 있어 예술적 가치를 지녔기 때문이다. 또 필적은 그 사람의 품격을 나타낸다고 믿었기 때문이다.

다음은 유술이다. 이를 요약해서 정의하면 공격과 방어의 목적에 해부학적 지식을 응용한 것이라고 말할 수 있다. 유술은 레슬링과는 다르다. 근육의 힘에 의존하지 않기 때문이다. 또 그것은 무기를 전혀 사용하지 않기 때문에 다른 공격법과도 다르게 되어 있다.

그 특색은 상대 몸의 급소를 파악하고 또는 침으로써 기절시켜 저항불능 상태로 빠뜨리게 하는 점에 있다. 유술의 목적은 죽이는 것이 아니고 상대를 일시적으로 저항할 수 없게 하는 데에 있다.

군사교육인 이상 무사도의 훈련과목 중에 당연히 포함되어 있어야 하는데도 빠져 있는 것이 수학이다. 수학이 포함되지 않은 것은 오히려 주목할 만한 일로 생각된다. 그러나 봉건시대의 전쟁은 과학적인 정확을 기해서 이루어지지는 않았다는 사실에 따라 적어도 부분적으로는 설명이 가능하다. 그뿐만 아니라 무사의 교육 전체가 수학 관념을 양성하기에는 적합하지 않았다.

무사도는 비경제적이다. 무사도는 곤궁과 결핍을 자랑한다. 무사도에서는 벤티디우스[1]가 말한 것처럼 '무인의 미덕인 공명심은 이익으로 치달아 이름을 더럽히기보다는 오히려 손실을 택하는 것'이다.

돈키호테는 황금이나 영지보다도 그의 벌겋게 녹슨 창이나 뼈만 앙상하게 마른 말에 대해서 더욱 깊은 긍지를 지녔다. 무사는 이 라만차의 동지가 발휘한 과대망상 모습에 진심으로 경의를 표한다.

무사는 금전 그 자체를 천하게 보았다. 돈벌이나 재물을 축적하는 데 뛰어난 것을 혐오했다. 금전은 무사에게 있어서 더럽고 부정한 부였다. 시대의 퇴폐를 탄식할 때 빠짐없이 사용하는 말에 '문신은 돈을 사랑하고 무신은 목숨을 아낀다'는 말이 있다. 그 반면에 그것들을 낭비하는 자가 칭송을 받았다. 잘 알려진 격언 가운데 '무엇보다도 사람 된 자는 금전에 욕심을 가져서는 안 된다. 지혜를 방해하는 것은 부이다.'

---

1) 기원전 1세기 로마의 장군.

그렇기 때문에 아이들은 경제를 완전히 무시하는 교육을 받았다. 금전에 대한 말을 입에 올리는 것은 하찮은 일로 생각되고, 각종 화폐의 교환가치를 모르는 것이 교육을 잘 받은 증거가 되었다.

수의 지식은 군의 병력을 모으거나, 은상이나 토지분배에 불가결했지만 금전계산에 관한 일은 하급관리의 손에 맡겨졌다. 대부분 번(藩)의 재정은 하급무사나 어린 승려의 임무로 되어 있었다. 사려 있는 무사는 누구나 군자금이 전력의 하나인 것쯤은 잘 알고 있었다. 금전의 귀함을 아는 것이 높은 덕에 견줄 만하다는 것에는 생각이 미치지 못했다.

무사도가 근검절약을 가르친 것은 사실이다. 그러나 그것도 경제적 이유에서가 아니라 금욕의 자기훈련을 목적으로 했다. 사치는 인격에서 가장 큰 위협으로 생각했기 때문에 무사계급에는 가장 엄격하게 검소함을 요구했고 많은 번(藩)에서 사치금지령을 엄격하게 이행했다.

고대 로마에서 세금징수인이나 그 밖에 재정업무에 종사하는 자들이 차츰 승진해서 기사계급이 되고 그 결과 국가는 그들의 직무뿐 아니라 금전 그 자체의 중요성을 인정하게 된 것은 우리가 역사에서 배워온 그대로이다. 이것이 로마인의 사치탐욕과 어떻게 밀접한 관계를 지녔는지는 쉽게 상상할 수 있다.

무사도에서는 그와 같은 일이 있을 수 없었다. 일본의 무사도는 재정경제를 무언가 한 단계 낮은 것—도덕적인, 지적인 직무에 비교해서 천한 것으로 간주하는 자세를 일관해서 계속 취해왔다.

이와 같이 무사도는 금전과 금전욕을 애써 무시하였다. 그 때문에 금전에 따른 수많은 폐해로부터 무사도는 장기간에 걸쳐서 자유로울 수 있었다. 일본의 공직에 종사하는 사람들이 오랜 기간 동안 부패와 상관 없는 곳에서 있었던 사실은 이러한 것으로 충분히 설명할 수 있다고 생각한다. 그러나 오늘날에 이르러 우리의 이 세대에서 금권정치가 얼마나 급속도로 확산하고 있는지 모른다.

현대에서는 주로 수학 학습으로 양성되는 부류의 지적 훈련이 그 무렵에는 문학적 강해(講解)와 윤리학상 토론으로 주어졌다.

앞에서도 말한 바와 같이 청소년 교육의 첫 번째 목적은 인격의 확립이란 점에 있었기 때문에 추상적인 과제가 젊은이들의 마음을 괴롭히는 일은 전혀 없었다. 다만 단순히 많은 지식정보를 주입해 박학하다는 것만으로는 남에게 존경을 받지 못했다.

프랜시스 베이컨[2]은 학문의 세 가지 효용을 들고 그것이 쾌락을 위한, 장식을 위한, 능력을 위한 것이라고 했다. 그런데 무사도는 그 마지막 것에 결정적으로 우선권을 주어 학문의 실용은 '판단과 실무처리'에 있다고 생각하였다.

공무 처리이건, 또는 자제심 단련이건, 교육은 언제나 실제적 목적을 안중에 두고 시행되었다. 공자는 '배워서 생각하지 않으면 어둡고, 생각해서 배우지 않으면 위험하다'[3]라고 말했다.

가르치는 자가 교육을 하고 계발하면서 단순한 지식이나 두뇌가 아니고 상대의 품성이나 영혼이야말로 자신이 기능할 수 있는 소재라고 생각할 때 스승으로서의 천직은 비로소 신성해진다. 이와 같은 사고가 있었기 때문에 스승이 받은 존경은 매우 높았다. 청년들로부터 이 정도의 신뢰와 존경하는 마음을 불러일으킬 만한 인물은 당연히 뛰어난 인격과 탁월한 학식을 갖추어야만 했다. 그는 아비 없는 자의 아버지이고 방황하는 자의 조언자였다. 일본의 격언에 다음과 같은 말이 있다.

'부모는 천지와 같고 스승은 일월과 같다.'《《실어교(實語敎)》》[4]

어떤 종류의 일이건 보수를 지불하는 현대의 방식은 무사도를 신봉하는 사람들 사이에서는 생각조차 못 했던 일이다. 참된 일은 금전을 빼고 가격이 없는 것—무사도는 그와 같이 무보수로 실천하는 일을 신봉했다. 승려가 하는 일이건 또는 스승이 하는 일이건 그와 같은 정신적인 노동은 금전으로 지불해야 할 일이 아니라고 간주해 왔다.

가치가 없기 때문이 아니라 그것이 평가를 초월한 것이기 때문이다. 이 점에서 무사도의 비타산적이라고도 말할 수 있는 명예본능은 근대적인 경제학을 훨씬 초월한 참된 가르침을 사람들에게 주었다.

임금이나 봉급은 일의 결과가 구체적, 확정적이고도 계량이 가능한 종류의

---

2) 1561~1626. 영국의 정치가·철학자.

3) 《논어》 제2 위정 '배우기만 하고 사색연구를 게을리하면 길에서 얻음이 없고, 사색할 뿐 배움이 없으면 마음에 평안이 없다'는 말.

4) 《실어교》는 가마쿠라(鎌倉) 초기에서 메이지(明治) 초기까지 사용된 교훈서. 선정한 이가 불확실한데 헤이안(平安) 말기 무렵에 선정한 것으로 추정된다. 불교·유교의 교전에서 선정한 문장을 통해서 어릴 적부터 학문이나 인간윤리에 마음을 돌리도록 짜였다. 에도시대에는 서당에서 사용되어 활발하게 간행되었다고 한다.

무사의 활. 무사가 처음 등장했을 때 가장 중요한 무기는 활이었다. 한 무사가 안뜰에서 용을 무찌르고 있다.

일에 대해서만 지불할 수 있다. 그런데 교육에서 이루어지는 최선의 일—즉 영혼의 계발(여기에는 교사·승려의 일도 포함된다)은 구체적이지도 않고 계량이 가능하지도 않다. 계량이 불가능하기 때문에 외견적·표면적 가치척도에 지나지 않는 화폐를 여기에 사용하는 것은 부적당하다.

제자들이 제각기 학년의 계절마다 스승에게 무언가 금품을 보내는 것은 관례로서 인정되었다. 이것은 지불이 아닌 어디까지나 감사의 선물이었다.

스승은 통상 어디까지나 엄정하고 덕이 높은 선비이고 자긍심이 높은 청빈한 선비이며 위엄이 높기 때문에 몸을 움직이는 직업은 적성에 맞지 않고 본래 자존심이 강해 구걸도 할 수 없는 사람들이었기 때문에 이와 같은 선물은 기꺼이 받아들이게 되었다.

이들 교사는 어떠한 역경에도 굽히지 않는 고매한 정신의, 이른바 위엄의 화신이라고도 할 수 있는 인물이었다. 그들이야말로 모든 학문이 지향하는 것을 구현하는 사람이고 온갖 단련 중에서도 최고의 것—즉 자제심의 살아 있는 모범이었다. 그리고 이 자제심—즉 극기는 무사가 보편적으로 단련하도록 요구되었다.

해설

옛 책을 읽는 이익은 여러 가지가 있다. 이 장은 이른바 교육론으로 교육만을 압축해 보아도 200년간의 논문에서보다 많은 이익을 얻을 수 있지 않을까?

사람의 생활은 시계추처럼 좌의 극과 우의 극 사이를 흔들리면서 시행착오를 되풀이해 왔다. 극단은 안 된다. 시계추는 언제까지나 한쪽 극에 머물러서는 안 된다. 머무는 것은 한순간이고 다시 추는 다른 극으로 움직이기 시작한다.

저자는 무사의 교육에 대해서 말했다. 어떤 의미에서 그것은 하나의 극단일지도 모른다. 예를 들어 단순한 지식은 이를 경멸하고, 어디까지나 학문 그 자체는 아니다. 실리실익을 무겁게 보고, 인격품성의 도야에 힘쓴다고 말한다. 싸움터에 서는 것이 일상인 무사이기 때문에 교육에서도 실질을 중요시했다. 그렇다고 해서 싸움터에서 문화는 태어나지 않는다. 문화의 모체는 평화이고 여유이다. 오래도록 전쟁에서 멀어져 평화가 지속되면 무사들도 그 정신의 추를 다른 극으로 움직여야만 한다. '무사도는 비경제적이다'라고 저자는 말한다. 여기에도 하나의 극단을 볼 수 있다. 비경제적인 일이 궁극의 선(善)으로는 인정되지 않는다.

그러나 20세기 초에 어느 저자가 '아아, 금권정치가 급속하게 확산했다!'라는 탄식을 듣고 지금 이 시점에 무사들이 보인 다른 극단인 '비경제적인 것'을 새삼 생각할 때 깊은 뜻이 있다고 나에겐 생각되었다.

여기에는 하나의 극단적인 스승상(像)이 서 있다. 추가 이쪽의 극단으로 와 있는 현시점에서는 사람들의 눈을 의심하게 하기에 족한 스승상일 것이다. 청빈고결을 지향하는 스승이 금품인 예물을 기쁘게 받는다면 오히려 그곳에서 위선의 냄새를 현대인은 맡게 된다. '먹지 않고 일할 수 있나?'라고 생각하기 때문이다. 그러나 그것은 이쪽의 극단에 서 있기 때문에 생기는 발상임을 깨달아야 한다.

고전 독자는 성급해서는 안 된다. 금전을 척도로 모든 것을 헤아리려 하는 현대에 자기가 있다는 것을 객관적으로 바라볼 필요가 있다.

교육의 세계만이 아니고 저자가 소개하는 것과 같은 '엄정하고 덕이 높은 선비, 긍지가 높은 청빈의 선비, 위엄이 높고 구걸하지 못하는 긍지가 높은 인물' 등은 이제 거의 그 모습이 사라지고 말았다. 여러 가지 생물이 절멸의 위기에 빠졌다는 경고가 나오고 있지만, 일종의 귀중한 인간도 절멸에 빠진 것을 이 고전에서 새삼 경고를 보내고 있는 것처럼 생각한다.

어느 직업을 업으로 삼아도 좋으니까 내가 하는 일에는 '금전으로는 계량이 안 되는 가치'를 지닌 부분이 있다는 것을 내심 은밀히 확신하면서 살고 싶다고 나는 생각한다. 그것이 긍지라는 것이 아닐까?

저자는 이와 같은 긍지를 일컬어 '무사도의 비타산적이라고도 할 수 있는 명예본능'이라고 표현했다. 우리도 똑같이 비타산적이라고도 할 수 있는 명예본능을 유지할 수 있는 자랑스러운 사무라이의 일원이 되고 싶다.

싸움터에 서는 것이 일상이었던 무사이므로 교육에서도 이처럼 실질을 중요시했다. 전쟁에서 멀어지고 평화가 지속될수록 무사들이 타락으로 향해 기울어져 갔던 것도 사실이다.

다르게 표현하자면 죽음을 눈앞에 바라보고 있는 것이 무사들의 정신을 더욱 높은 수준으로 유지하게 하였다. 그런데 이것은 무사에게만 한정된 것은 아니고 누구에게나 똑같이 적용할 수 있다. 어느 시대에서나 사람은 '죽어야 하는 것'이란 자각이 없으면 안 된다. 이 자각이 있느냐 없느냐—그것이 삶의 질을 결정한다.

일찍부터 뛰어난 삶을 산 인물은 대체로 인생의 빠른 시기에 죽음을 바라보고 인생의 무상함을 느끼면서 삶의 뜻을 심각하게 사색했다. 여기에서 《쓰레즈레구사(徒然草)》 가운데 한 편을 들어보고자 한다. 요시다 겐코는 그 제112단에서 다음과 같이 말했다.

내일 먼 나라로 여행을 떠날 예정인 사람에게 여유가 있을 때 해야 할 일로 말을 거는 자가 있을까? 다급한 용건만 처리하고 깊이 생각해야 하는 문제를 안고 있는 사람은 다른 일은 귀에 들어오지 않고 남의 기쁨과 슬픔에도 마음쓸 여유가 없다. 그것을 묻지 않는다고 원망하는 사람도 없다. 노경을 맞이해 몸도 병에 걸리고 출가해 세상을 등진 나와 같은 사람도 똑같지 않은가? 세간에서 이루어지는 의례적인 행사는 어느 것 하나 그대로 내버려둘 수 없는 것뿐이라고 생각하게 된다. 세속적인 관습을 하나도 무시할 수 없고 모든 것을 반드시 해야만 한다고 생각했다면 소망도 많고, 몸도 괴롭고, 마음의 여유도 없이 평생을 사소한 속된 일에 대한 의리를 지키는 일에 골몰하다가 허무하게 해가 지고 말 것이다.

해는 저물고 갈 길은 멀다. 내 삶은 이미 방해가 많아 뜻대로 나아가지 않는다. 모든 집착을 버려야 할 때이다.

이 기분을 이해하지 못하는 사람은 이런 나를 미쳤다고도, 제정신이 아니라고도, 인정이 없다고도 말할 것이다. 세상의 비난이나 칭찬하는 말에도 귀를 기울이지 않겠다.

겐코가 말하는 '내일은 먼 나라로 떠날 예정인 사람'이란 죽음을 바라보고 있는 그 자신을 말한다. '초미(焦眉)의 급(急)'이란 말이 있다. 눈썹에 불이 붙은 것 같은 긴급사태를 말한다. 사람의 삶을 바라보고, 죽음의 뜻을 알려고 사색하고, 더 나아가 그 죽음의 저편에서 참된 생명을 이으려고 마음을 먹은 사람은 자신의 삶을 급한 사태로 인식할 것이 틀림없다.

'날은 저물고 갈 길은 멀다. 내 삶도 이미 좌절뿐이고 뜻대로 앞으로 나아가지 않는다'고 겐코는 탄식했다. 그뿐 아니라 참된 구도자는 모두 당혹하고, 고뇌하고, 괴로워하면서 분투한다. 상쾌한 모습의 성인으로 서 있을 수는 없다.

'세례자 요한 때부터 지금까지 하늘나라는 폭행을 당해왔다. 폭력을 쓰는 사람들이 하늘나라를 빼앗으려고 한다.'(신약성서 〈마태복음〉 11장 12절)는 것은 그리스도의 말이다. 참으로 분투하는 구도자가 이 절망적인 세속을 벗어나 천국으로 들어가게 된다는 진리를 말했다 생각된다.

'인간의 의식은 사라지기 어렵다'고 겐코는 말한다. 세간에서 이루어지는 세세한 의례적 행사, 세간의 관습 하나하나는 어느 것도 무시할 수 없으며, 하지 않고 지나쳐버릴 수도 없다. 반드시 지키고 실행해야 하는 일로 다가온다.

겐코는 말한다. '세속의 지나쳐버리기 어려운 관습에 따라서 이를 반드시 실행하자면 소망도 많고 몸도 피곤하고 마음의 여유도 없이 삶은 잡다한 일에 묻혀 허무하게 지낼 것이다.'

한편 니토베는 무사도가 비경제적이라고 말한다. 극단으로 비경제적이어도 곤란하고 만사가 지나치게 경제적이어도 곤란하다. 굳이 말한다면 그런 것의 두 극단의 중심에서 조금 비경제적인 쪽으로 치우치는 것이 좋다고나 할까?

'신앙조목이 사람을 구하진 않는다. 그 신앙조목을 믿기에 충분하게 만드는 것이 오히려 사람이다'라는 시인의 말을 인용했다. '신앙조목'이란 여러 가지 종교단체나 조직이 문안을 짜내서 내거는 '교의(敎義)'이고 '종의(宗義)'로도 불린다. 그것들은 문장이었거나 또 복잡한 의식이나 전례였다. 어느 종교의 신자라도 이와 같은 신앙조목 위에 가볍게 손을 얹을 뿐이고, 실제 생활에서는 '죽어야 할 자'로서의 자각도 갖지 못하고 오로지 인생을 즐기는 것에만 빠져서 나날을 지내고 있다면 모든 종교는 아무런 실익도 없는 허무한 계율이나 율법에 지나지 않는 것에서 그치고 만다.

제11장 극기

무사도에는 한편으로 강직불굴의 정신이 있고 다른 한편으로는 예절의 가르침이 있었다. 강직불굴의 정신을 단련함으로써 불평불만을 말하지 않고 인내하도록 가르쳐 몸에 익히게 했고, 또 예절의 가르침에서는 자신의 슬픔이나 고통을 드러냄으로써 남의 기쁨이나 평안을 어지럽게 하는 일이 없도록 요구됐다.

이 두 가지가 하나가 되어 스토이시즘[1] 기풍을 낳고 결국에는 국민 전체가 정말로 금욕주의적 기질을 지닌 것 같은 고정관념이 생기기에 이르렀다.

나는 '정말로 금욕주의적 기질을 지닌 것 같은'이라고 말했는데 참된 뜻에서의 스토이시즘은 결코 한 국민 전체의 특성이 될 수 없음을 믿기 때문이다. 또 일본인의 습속이나 풍습 가운데에는 외국인이 보면 냉혹하고 무정하게 비치는 점도 있다고 생각하기 때문이다. 그러나 일본인은 지구상 어느 민족에도 뒤지지 않을 정도로 민감하고 부드러운 정서를 지닌 민족이다.

그리고 어떤 뜻에서는 일본인이 다른 민족보다도 훨씬 많이 몇 배는 더 민감한 마음을 지닌 것이 틀림없다고 생각한다. 왜냐하면 자연스러운 감정의 발로를 억제하려는 것 자체가 새로운 고통이 따르기 때문이다.

눈물을 흘리거나 신음을 내거나 하는 것에 감정의 분출구를 찾지 말라고 타일러 키워진 소년소녀들을 상상해보기 바란다. 이와 같은 노력이 그들의 신경을 빼앗고 마는 것일까? 그렇지 않으면 더욱 섬세하게 하는 것일까? 이것은 생리학상의 문제이다.

무사된 자가 감정을 얼굴에 드러내는 것은 사내답지 못하다고 생각되었다. '희로애락을 얼굴에 드러내지 않는다'는 말로 굳건한 인격을 표현했다. 가장 자

---

1) Stoicism. 스토아철학 또는 그 주의를 말하고 기원전 4세기에 나온 그리스의 철학자 제논이 원조이다. 고난을 초월한 금욕주의자를 말하고, 더 나아가 고락이나 명리 등에 무관심한 사람까지도 말한다.

산에서의 창 싸움. 아시카가 요시미쓰의 승리로 끝난 남북조 시기의 전쟁은 주로 숲과 산으로 뒤덮인 지역에서 많이 일어났다.

연스러운 애정조차 억제되었다. 아버지가 그 아들을 품에 안는 것조차 그 위엄을 손상하는 행동이었다. 남편은 자기 아내에게 입맞춤 같은 것을 하려고 하지 않았다. 아무튼 개인의 집에서는 몰라도 남이 보는 곳에서는 하지 않았다. 어느 청년이 적절한 말을 했다. 그것은 '미국인은 남이 보는 앞에서는 아내에게 키스하고 자기 집에서는 때린다. 그러나 일본인 남편은 남 앞에서 아내를 때려도 자기 집에서는 입을 맞춘다.' 전혀 엉뚱한 비유라고는 말할 수 없을지도 모른다.

침착한 행동거지, 마음의 온화함은 어떤 격정에도 흐트러져서는 안 된다. 최근인 청일전쟁 때의 일이다. 어느 연대가 출정하기에 앞서서 많은 군중이 역 앞에 모여 대장 이하 전 부대를 전송했을 때의 일을 나는 지금도 기억한다.

한 미국인 거주자가 열광적인 이별의 광경을 기대해 그 자리를 찾았다. 전 국민이 극도의 흥분에 휩싸여 있었고 군중 가운데에는 출정 병사들의 부모, 아내, 연인들이 뒤섞여 있었을 것이므로 그의 기대는 당연했다.

그런데 이 미국인의 기대는 어긋났다. 실망감에 휩싸였다. 그 이유는 기적이 울리면서 열차가 움직이기 시작하자 수천 명의 군중은 말없이 모자를 벗고 숙연하게 고개를 숙여 이별을 고하고, 손수건을 흔드는 자도 없이 한마디 말을 하는 자도 없고 깊은 침묵 속에 간간이 흐느끼는 소리만 들렸기 때문이다.

가정생활에서도 그랬다. 자식을 사랑하는 어버이 마음을 눈치채지 못하도록 병석에 누운 아들의 숨소리에 마음을 졸이면서 장지문 뒤에 밤새 서 있었던 아버지. 또 어느 어머니는 임종 때조차도 아들의 면학에 방해가 되지 않게 하려고 부르려는 것을 제지했다.

일본인의 역사나 일상생활에는 플루타르코스의 《영웅전》에 등장하는 가장 영웅적인 부인들의 실례가 많다. 현모의 전형으로서 그 작품 중에 마르겟 하우를 등장시킨 이안 매클래런은 일본 농민 중에 많은 마르겟 하우를 발견하게 될 것이 틀림없다.[2]

---

2) 존 왓슨(1850~1907)은 이안 매클래런의 필명이고 후반생에 저작활동을 해 유명해졌다. 그는 스코틀랜드계의 영국인. 리버풀 장로파 교회에서 25년간 목사로 지내고 리버풀 대학 창립자의 한 사람이 되었다. 스코틀랜드의 가난한 농민을 소재로 많은 소설을 발표하고 영미 양국에서 환영을 받았다. 문학사상 '채원파(菜園派)'로 불리는 일파를 형성, 스코틀랜드 방언을 많이 사용해 가난하면서도 용기와 예지가 풍부한 현모형의 부인을 등장시켰다. 마르겟 하우(Marget Howe)는 그 가운데 한 사람이다.

일본의 그리스도 교회에서 이른바 '신앙부흥운동'이 구미교회에서처럼 활발하게 이루어지지 않는 것도 위에서 보아 온 것과 같은 자기억제의 단련과 크게 연관이 있다고 생각해도 좋을 것으로 생각한다.

남자건 여자건 자기 영혼의 내면 깊숙이 감동할 때 맨 먼저 본능이 작용하고 그와 같은 감동이 외부로 드러나는 것을 조용히 억제한다. 자신의 힘으로는 도저히 억제할 수 없는 일종의 영적인 힘에 지배될 때가 있다. 그런 때에는 혀가 해방되어 성실하고 열성적인 말이 입에서 거침없이 쏟아져 나온다. 그러나 그와 같은 일은 늘 있는 일이 아니다.

영적인 경험을 입이 가벼운 사람에게 권해서는 안 된다. 그것은 '너희는 너희 하느님의 이름 야훼를 함부로 부르지 못한다'는 모세의 제3계를 거스르라고 장려금까지 대면서 권하는 것과 마찬가지다.

더할 나위 없이 신성한 말이나 마음의 가장 깊은 곳에 있는 신비적인 체험을 함부로 군중에게 들려주는 것이 일본인에게는 정말로 귀에 거슬린다.

'묘한 사상에 감동해 그대 영혼의 토양이 움직이는 것을 느끼는가? 그것은 씨앗이 싹틀 때이다. 말로 그것을 방해해서는 안 된다. 조용히 은밀하게 그것을 홀로 기능하게 하라.' 이것은 어느 청년 무사가 일기에 기록한 말이다.

사람의 가장 심오한 사상이나 감정을—그 가운데서도 특히 종교적인 사고나 생각을 장황하게 발표하는 것은 깊지도 않고 성실하지도 않다는 확실한 표시로 일본인은 받아들인다.

잘 알려진 속담 가운데

'입을 벌리니 장을 드러낸 석류구나.'

이런 말이 있다. 심금이 울리는 순간 그것을 숨기려고 곧 입을 다물고 마는 것은 결코 동양인의 마음이 비뚤어졌기 때문이 아니다. 말이 무엇인가를 정의해 '말이란 사상을 숨기는 기술이다'라고 말한 프랑스인이 있다. 일본인에게 말이란 때때로 그와 같다.

당신에게 일본인 벗이 있다면 그 사람이 가장 깊은 고뇌 속에 있을 때 찾아보기 바란다. 눈이 붉게 충혈되고 볼을 적시면서도 웃음까지 띠우며 여느 때와 다름없는 태도로 당신을 맞이할 것이다.

처음에는 이와 같은 일본인을 히스테릭하다고 생각할지도 모른다. 굳이 설명을 하자면 다음과 같은 단편적인 판에 박힌 말을 몇 가지 듣게 된다.

'인생무상(人生無常)'—인생에 슬픔은 따르기 마련이다
'생자필멸(生者必滅)'—생명이 있는 것은 반드시 끝이 있어 죽는다.
'회자정리(會者定離)'—만나는 자는 반드시 헤어진다
'죽은 아이의 나이를 헤아리는 것은 어리석은 일이건만 여자의 마음은 그 어리석음에 빠져든다.'

독일의 명문가인 호엔촐레른의 한 사람이 한 고귀한 말이 있다. '말하지 않고 견디는 것을 배우라'는 말이다. 그 말이 있기 전부터 일본인 사이에서는 이것에 공감하는 사람이 많이 있었다.

인간성의 약함이 가장 가혹한 시련에 직면했을 때 일본인은 언제나 미소를 떠올리는 경향이 있다. 일본인의 미소를 짓는 버릇에는 데모크리토스[3] 이상의 이유가 있다고 나는 생각한다.

왜냐하면 일본인의 웃음은 역경으로 흐트러진 마음의 균형을 회복하려는 노력을 남의 이목에 드러나지 않게 연막을 치는 것과 같기 때문이다. 참된 웃음은 슬픔이나 분노의 균형을 취하는 저울추 임무를 수행한다.

이와 같이 감정을 언제나 억제해야만 했기 때문에 그들은 안전판을 시가(詩歌)에서 찾았다. 10세기의 시인, 기노 쓰라유키(紀貫之)는 다음과 같은 말을 남겼다.

'일본에서나 중국에서나 사람의 마음이 슬픔을 느끼면 그 견딜 수 없는 비탄을 노래에 맡긴다.'

또 사랑하는 아들을 잃은 어머니가 그 슬픔을 이겨내기 위해, 오늘도 내 아이가 언제나 열중했던 잠자리 잡기에 나가 있느라 모습이 보이지 않는다고 상

---

3) Democritos(기원전 460쯤~370쯤). 그리스의 유물론 철학자이며 원자론의 완성자. 시끄러운 정치라든가 신들에 대한 두려움으로부터의 해방이 가져오는 영혼의 평안이야말로 최고의 선이라고 역설했다. 웃음을 사랑한 사람이었던 점에서 '웃음의 철학자'로 불리었다.

상한다. 그래서 다음의 노래를 불렀다.

　잠자리 잡으러 오늘은 어디까지 갔을까?

가가노 치요[4]

　다른 예를 더 들지 않겠다. 그 이유는 한 올 한 올 피를 토해내듯이 짜낸 고귀한 사상을 내가 감히 번역하려고 한다면 주옥같은 일본문학을 역으로 더럽히게 됨을 잘 알고 있기 때문이다.

　일본인 속마음의 움직임이 때때로 무정하고 차가운 것처럼, 또는 웃음과 우울의 히스테릭한 혼합물처럼 외견만으로 받아들여질 때가 있고 때로는 제정신이 아닌 것처럼 의심을 받을 때조차 있다. 그래서 나는 어느 정도 그것이 어떤 것인지를 표현할 수 있으면 하는 소망에서 이러한 예를 든 것에 지나지 않는다.

　일본인의 고통에 대한 강한 인내심, 또 죽음에 대한 대범함은 섬세한 신경이 빠져 있기 때문이라고 그럴싸하게 말하는 사람도 있다. 이것은 일단 당연한 의견이다. 그래서 다음의 문제는 이와 같다.―일본인의 신경은 왜 긴장이 되어 있지 않은가?

　일본의 기후풍토가 미국만큼 자극적이지 않은 것도 그 한 원인일 것이다. 일본의 군주제가 프랑스의 공화제만큼 국민을 흥분시키지 못하기 때문일지도 모른다. 일본인은 영국인만큼 열심히 《의상철학》[5]을 읽지 않기 때문인지도 모른다.

　일본인은 매우 마음이 격해지기 쉽고 또 매우 감정이 예민해 언제나 자제심을 발휘할 필요가 있음을 인정한 것이고 자기억제를 강하게 요구한다고 나 개인으로서는 그렇게 믿는다.

　그것은 그렇다 치고 어떻게 설명을 하건 극기의 단련이 긴 세월에 걸쳐서 축적된 전통을 고려하지 않는 한 모두 정확한 설명은 되지 않는다.

　극기의 단련은 자칫하면 도가 지나치게 되기 쉽다. 그것은 선천적인 순수함

---

4) 加賀の千代(1703~75). 일본 에도 중기의 시인.
5) 《의상철학》은 T. 칼라일의 저서. 원뜻은 '다시 고쳐 입은 양복'으로, 사람의 환경을 이루는 모든 사상(事象)을 의복으로 빗대어 설명했다.

을 억압해 버리기 쉽다. 또 부드러운 천성을 일그러지게 하거나 당치도 않은 괴물로 바꿔버리고 말 때도 있다. 그것은 성격을 비뚤어지게 하고 위선을 키우거나 때로는 정감을 둔화시키거나 한다.

아무리 고귀한 덕목이라도 반드시 그 부정적인 반면(反面)이 있고 그 가짜가 존재한다. 우리는 저마다 지닌 덕목에 그 자신의 적극적인 좋은 점을 인정하고 그 이상을 적극적으로 추구해야 한다.

자기 억제의 이상은 일본인의 표현으로 말한다면 내 마음을 평정하게 유지하는 데 있고 그리스어로 말한다면 데모크리토스가 궁극적인 선으로 부른 유쾌함(euthymia)의 상태⁶⁾에 이르는 것에 있다.

극기는 마침내 자살의 관행도 되고 거기에서 가장 좋은 실례를 찾아볼 수도 있다. 그 '자살 및 복수의 관행'에 대해서는 다음의 장에서 거론하기로 한다.

[해설]

어느 장례식장에서 가족이 슬픈 나머지 오열하고 관에 매달려 흐느껴 우는 것을 보고 나도 모르게 덩달아서 운 적이 있다.

만일 '눈물이 많은 편입니까?'라고 묻는다면 '글쎄요, 많은 편이겠죠'라고 대답하는 수밖에 없을 것이다. 이제까지 친한 벗의 장례를 몇 번 치렀지만 먼저 저세상으로 간 두 여동생, 한 남동생, 그리고 가장 사랑하는 아내의 장례를 치르게 되자 장수의 슬픔을 지겹도록 곱씹었다.

그러나 나의 눈물은 조용히 눈에 고이고 볼을 적시는 정도였다. 오열한 적이 없다고는 말하지 않겠다. 하지만 그런 것은 언제나 혼자 있을 때에 한한 일이었다.

'사내놈이 함부로 우는 게 아니야.' 아버지가 그렇게 꾸짖는 소리를 한두 번 들었던 게 아니다. 전쟁터로 떠나는 날에도 '너는 무사의 아들이다. 훌륭하게 싸우고 오라!'고 마지막으로 말한 아버지는 끝내 눈물을 보이지 않았다. 역에서의 이별에서도 나는 눈물을 보이지 않으려 했던 것을 기억하고 있다.

타인의 일을 이러니저러니 말할 자격이 나에게 있을 리가 없다고 생각한다.

---

6) 밝은 기쁨에 넘치는 모습.

막상 내 경우가 되면 어떻게 할까, 어떻게 될까, 전혀 짐작도 할 수 없기 때문이다. 그러나 나로서는 무슨 일이 있어도 타인 앞에서 사랑하는 사람의 유해에 매달려 오열하는 것만은 하고 싶지 않다.

그 사람이 죽었을 때 몹시 흐트러진 모습을 보이지 않도록 생전에 마음껏 감사를 표하고, 사랑을 쏟아 여한이 없도록 충분히 정의(情誼)를 다해 두는 것이 좋다고 다짐하면서 나날을 보내고 싶다.

사별의 슬픔은 생전의 사랑에 의한 교분의 질 및 그 정도로 균형이 잡힌 것이야말로 아름답다고 할 수 있다. 그 균형이 크게 흐트러지면 위선에 한없이 가까워지는 것이 아닐까?

이 장에서는 자기억제의 예절이 일본 가정의 전통이 되어 많은 일본인의 성격 형성에 그 영향이 강하게 나타났음을 지적했다.

물론 이 저서는 외국인이 읽을 수 있도록 영문으로 저술했으므로 일본인으로서는 익숙지 않은 외국인 철학자나 문학자, 또 외국의 문학 등을 인용했다. 그러나 그 내용에 대해서는 일본인도 이해가 불가능하지는 않고 이해할 수 있을 뿐만 아니라 오히려 매우 흥미 깊은 사상이기도 하다.

이 《무사도》가 세상에 나온 뒤 1세기 가까운 세월이 지나갔다. 그리고 그동안에 일본도 일본인도 상당히 변하였다. 이것을 읽으면서 우선 그 변화가 심함을 깨닫게 되고 이어서 그 변화가 바람직한 경향인지, 그렇지 않으면 기뻐할 수 없는 경향인지를 심각하게 생각하게 된다.

내가 거주하는 지방의 방송국은 현지 여성을 보조자로 채용하는데 그 사람들이 화면에 등장할 때마다 나는 쓴웃음을 짓고 만다. 그 이유는 그녀들이 무리하게 웃음을 지으려고 하기 때문이다. 상사로부터 웃어라, 미소를 지으라는 지도를 강하게 받은 탓일까? 그러나 윙크라든가, 미소 따위는 피부로만 연습한다고 누구나 할 수 있는 것이 아니다. 문화의 전통이 배경에 없으면 무리이다. 누군가의 웃음 띤 얼굴이 아름답게 느껴지려면 우선 그 사람의 정신적 내용이 문제가 된다. 안면의 긴장이 풀리는 순간에 그 인품이나 교양까지도 스며 나오게 된다. 그렇기 때문에 지레 앞서서 무리하게 웃지 않는 것이 좋다고 생각된다.

지금은 선거 포스터에서조차 미국인식으로 웃는 컬러 사진이 많아졌다. 일본의 정치가에게 웃는 표정에 호감이 가는 사람이 나타나려면 아직 상당히 오랜 시간이 필요하다. 거리의 경관을 해치는 것과 같은 웃는 표정의 포스터는 투표율을 떨어뜨리고 말지도 모른다.

사람은 감화되기 쉽다. 어느 민족이건, 국민이건 언제나 밖에서 들어오는 문화에 영향을 받기 쉽고 또 모르는 사이에 감화되고 변화한다. 다른 문화를 접하면 처음에는 문화충격을 일으키고 그 단계가 지나면 동경으로 바뀌어 모방의 단계로 접어든다. 이윽고 제3단계가 찾아든다. 그것은 반동과 반성의 시기이고 그런 것들을 거친 뒤에 새로운 가치를 낳는 단계를 맞이한다. 이것은 역사가 되풀이해 왔다.

언젠가는 일본인도 미국인처럼 능숙하게 윙크할 수 있게 될 것이다. 하지만 현 단계에서는 아직 그런 사람이 많지 않은 것 같다.

일본인이 '희로애락을 표정에 나타내지 않는 것'을 가지고 하나의 가치로 간주해 온 점을 지적한 니토베는 미국인과 달리 일본인은 남 앞에서 키스 따위는 하지 않는다고 말했다. 그러나 이 습관이 바뀔 날이 이제 올 것만 같은 생각이 든다. 나는 젊었을 적에도 아내와 팔짱을 낀 채 손을 잡고 길을 걸은 적이 없다. 하지만 요즘의 젊은이들은 서슴지 않고 그렇게 한다. 바뀌는 것이 있고 바뀌어서 좋은 것이 있다. 그 반면에 바뀌지 않는 것이 있고 바뀌어서는 안 될 일도 또 있다. 그런 것들을 식별해 통찰할 수 있는 사람이 되기 위해서라도 역사는 배워야 하고 또 철학도 유의해서 배워야 한다.

청일전쟁 때에 출정하는 병사를 전송하는 역 앞 광경이 너무나도 조용해 미국인이 의아하게 생각했다는 얘기를 소개한 니토베는 한마디 그리스도교에 대해서 말을 했다.

미국 교회에서는 리바이벌이란 말을 듣곤 한다. 이른바 현재 유행하는 각종 '이벤트'의 그리스도교 판이라고 생각해도 좋을 것이다. 신자를 배로 늘리자는 깃발을 내걸고 적당한 공연물을 짜 넣는 이름이 팔린 설교사를 초빙해 선정적인 분위기 속에서 입교하는 신자를 모집하는 것이 그리스도 교회가 말하는 이른바 '리바이벌(부흥회)'이다.

저자는 이와 같은 미국식의 전도방식이 일본인 혼의 토양에서 겉도는 것은 일본인의 정신적 체질에 맞지 않기 때문이라고 지적했다. 이것은 실로 날카로운 통찰이라고 생각한다.

하와이에서 본 알로하 셔츠는 대단히 아름답게 보였다. 상하(常夏)의 땅 하와이의 하늘 아래에서는 과연 잘 어울린다고 감탄했다. 그러나 그것을 사서 돌아와 눅눅한 일본의 기후 속에서 입게 되면 왠지 우스꽝스럽게 보인다.

일찍이 미국의 켄터키주에서 흑인과 백인이 뒤섞인 교회 집회에 참석한 적이 있었다. 강사인 나의 얘기가 끝난 뒤, 이어서 헌금을 걷는다는 안내방송이 있었고 올드 블랙 조가 노래 속에서 튀어나온 듯한 노인이 모자를 손에 들고 회중 사이를 한 바퀴 돌았다. 그러고는 이 노인은 미국인 특유의 환한 표정으로 이렇게 말했다.

'미처 내지 못한 분도 있을 것입니다. 더 냈어야만 했다고 후회하는 분도 있을 것입니다. 그런 분들을 위해 나는 다시 한번 돌겠습니다. 자, 어서.'

그러자 명랑한 웃음소리가 회장을 메우고 나의 놀라움과 곤혹스러움을 아랑곳하지 않고 그는 서슴없이 돌기 시작했다. 거기에는 조금도 분위기를 깨는 사람이 없고 구애됨도 볼 수 없었다. 미국인의 좋은 점을 나는 거기에서 발견한 것 같은 생각이 들었다.

'이것은 미국이기에 가능한 일이다. 그들이 하기에 어색하지 않다. 여기에서 보기 때문에 아름답고 온화하게도 보인다'라고 나는 마음속으로 중얼거렸다.

'마음속 깊이 있는 것을 군중 속에 내놓는 것이 일본인의 귀에는 거슬린다'라고 니토베는 말했다. 이 말은 지금도 전형적인 일본인의 마음을 대표한다고 나는 믿는다.

가톨릭은 예외로 하고 일본의 이른바 프로테스탄트 그리스도교의 여러 파, 그중에서도 복음파를 자칭하는 교파에서는 일본인의 성실한 마음을 거스르는 경박함이 전도라는 이름 아래 태연하게 이루어진다.

예를 들면 신자를 획득하는 수단은 때때로 방문판매 하는 세일즈맨과 다를 바가 없다. 아이를 데리고 있는 여성들이 책이나 팸플릿 강매를 집 앞에서 하거나 하고 있다. 나의 성서강의의 회장(會場)인 요코하마 집을 방문한 젊은 여성은 현관 앞에 나타난 나에게 당돌하게 이렇게 물었다. '당신께서는 성서를 알고 있습니까?'

리바이벌 집회로 불리는 캠페인 등에서는 '크리스천이 되고자 하는 분은 손을 들라!'는 것과 같은 권유도 때때로 이루어진다. 이렇게 해서 회장 분위기에 휩쓸리기 쉬운 사람들이 쉽게 크리스천이 된다. 더구나 그들은 그 경박함을 전혀 깨닫지 못한다. 그뿐 아니라 이와 같은 경박함을 거부할 수 있는 사람들을 접하면 일본인은 그리스도교에 맞지 않는다고 공언한다. 슬퍼해야 할 일이 아닌가?

'가톨릭교회는 예외로 하고' 나는 이렇게 말했다. 본디 그 예외에도 더욱 예외가 있는 것은 알고 있다. 어디까지나 일반론으로서의 의견이다. 가톨릭에는 일단 세계적인 조직의 배경과 서유럽에서의 오랜 역사적 배경이 있다. 문화의 뒤섞임, 인종적 차이의 복잡한 교착(交錯)을 보게 되는 그리스도교 조직이라고 하면 로마가톨릭교회를 능가하는 교파는 없을 것이다.

그런데 프로테스탄트 교회를 일컫는 교파 교단이 되면 그 수가 매우 많다. 그 가운데 미국 본국의 크리스천으로부터 금전적 지원을 받는 교파가 매우 많고, 미국인 선교사의 경영하에 있는 교단은 압도적인 점유율을 차지한다.

'경제적 독립이 없는 곳에 사상의 독립은 있을 수 없다'는 말처럼 프로테스탄트의 여러 교회, 여러 교단은 미국인의 그리스도교에서 형식적으로나 사상적으로도 설 수가 없게 되어 있는 경우가 많다.

왜 일본인 사이에 그리스도교는 확산이 안 되는 것일까. 왜 그리스도교는 일본인의 마음에 호소력을 갖지 못하는가?

이와 같은 물음이 일찍부터 많은 식자 사이에서 거론되고 있는 것을 나는 알고 있다. 이와 같은 의문의 모든 것에 대답할 수 있다는 둥, 내가 자만하는 것은 아니다. 다만 나 자신이 이런 점에서 위화감을 느끼고, 교회를 싫어하고, 목사를 싫어하고, 또 선교사 혐오에 젖어 있던 젊은 적부터, 이상하게 성서 그 자체의 매력에 이끌려 오늘에 이르렀다. 니토베 이나조의 말 가운데 자신을 두고 생각하면 나는 일본인 그대로 성서 그 자체에만 접하는 것이 허용된 것이다. 일본인의 결점과 장점을 고스란히 그대로 성서와 함께 살아가는 것을 나에게 허용한 것은 니토베 이나조와 그의 벗이었던 우치무라 간조 및 그 우치무라의 가장 좋은 것을 순순히 받아들여 나에게 전해준 야마모토 야스지로(山本泰次郎), 이들 세 선배 덕택이다.

매우 구체적이고 매우 사소한 것으로 압축해 내가 말하고 싶은 것의 일부를 말하려고 한다. 먼저 나는 켄터키주에서의 어느 집회 광경을 소개했다. 나는 내 성서집회에서는 집회 중에 헌금 모금은 하지 않았다. 새삼 내가 그렇게 하지 않은 것의 논거를 추구해 생각한 적은 없다. 다만 자연히 그렇게 하지 않고 반세기가 지나고 만 것뿐이다.

그러나 니토베 이나조의 영문을 번역하는 동안에 깨달은 것이 있다. 헌금 바구니로 불리는 소쿠리를 성서를 역설한 직후에 가지고 도는 것 따위는 나의 부끄러운 마음이 허용하지 않았다. 일본에서는 에도시대인 옛날부터 예인들이 연기를 한 후에 원숭이 등에 소쿠리를 얹어서 돈을 모은 습관이 있다. 내 안의 감정이 그와 같은 광경을 방불하게 해 나에게 그것이 부끄러운 일이라고 호소하고 있었는지도 모른다.

일본인의 마음에 고향과도 같이 뿌리내린 종교의 장, 예를 들어 신사라든가 절, 또는 길가나 산간에 홀로 서 있는 지장(地藏) 등에는 불전함이 조용히 놓여 있다. 참배하는 자는 언제나 단체로서가 아니고 어디까지나 한 개인으로서 마음에 간직한 감사나 소망을 담아 그 불전을 신불에게 바친다. 왠지 일본인은 몇 세기에 걸쳐서 그렇게 해왔다.

이것은 다만 한 예에 지나지 않는다. 일본인의 정신토양을 무시한 '서유럽식의 방법'이나 일본인의 마음을 거스르는 것과 같은 '미국적 관습'이 그리스도교회에는 많이 있다. 그런 것들에 오염되지 않고 있는, 순수하게 성서 그 자체만이 와서 만일 일본인의 혼의 토양에 씨를 뿌린다면 얼마나 훌륭한 결실이 그리스도의 가르침에서 태어날까?

그렇게 꿈꾸고 기원한 인물이 우치무라 간조나 니토베 이나조 등이었다.

제12장 자살, 원수를 갚는 제도

자살 제도란 '할복'을 말하고 또 원수를 갚는 제도란 '복수'를 말한다. 이들 두 제도에 대해서는 이미 많은 외국인 저술가가 상세하게 쓰고 있다.

우선 자살에 관해서 설명을 해보자. 그런데 미리 양해를 얻어둘 것이 있다. 그것은 아래에 내가 거론하는 것은 할복에 한해서란 것이다.

일반적으로 이것은 배를 가름으로써 자살함을 의미한다.

'배를 가르다니, 그런 어리석은 일이!' 처음 이를 듣는 사람은 그렇게 외칠 것이다. 할복 얘기를 들은 적이 없는 외국인에게는 그것이 터무니없이 기묘하게 들릴지도 모른다. 그러나 셰익스피어를 읽은 사람이라면 그것이 그다지 놀랄 일이 아니라고 생각한다.

셰익스피어는 브루투스의 입을 빌려 다음과 같이 말했다. '그대(카이사르)의 혼백이 나타나 내 검을 뒤로 돌려 내 배를 찌르는구나.'

현대 영국 시인인 한 사람은 《아시아의 빛》이란 시집 가운데서 검이 여왕의 복부를 관통했다고 노래했다. 더구나 그의 시를 듣고 누구 한 사람 야비한 영어이다. 예의를 모르는 시인이란 비난을 하지 않았다.

또 다른 예를 들어보자. 구에르치노[1]가 그린 '카토의 죽음'이란 회화(繪畵)를 보기 바란다. 그것은 제노아의 파라초 로사에 있다.

조지프 애디슨[2]이 쓴 《카토의 임종》을 읽은 독자는 그의 배에 꽂힌 검에 대

---

1) Guercino(1591~1666)는 이탈리아의 화가. 본명을 바르비에리라 하고 볼로냐 북방의 첸트 출신. 1621년부터 2년간 로마에서 바로크양식의 형성에 이바지하고 귀국 후에는 보다 억제된 작풍에 기운 것으로 알려졌다. 1642년 이후 볼로냐에서 살며 지도적 존재가 되었다.

2) Joseph Addison(1672~1719). 영국의 에세이스트·극작가·정치가. 부친 R. 애디슨은 왕당원 성직자이고 그 장남으로서 J. 애디슨이 태어났을 때는 밀스턴교구 목사였다. 좋은 가정환경에서 자란 그는 15세에 옥스퍼드의 퀸스 칼리지에 입학, 그 뒤 그 뛰어난 시재(詩才)로 주목을 모았다. 1702년에는 연극 '카토'의 제4막까지 쓰고 11년 후에 상연되어 주목을 받았다. 존슨 박사가 영문 스타일을 배우려고 지망하는 자의 본보기로 찬양한 것은 유명하다.

오시이 요시오의 할복. 47사(士)가 할복을 검시
(檢視)하고 있고, 옆 사람이 그의 목을 베려고 기
다리고 있다.

한 글을 그 안에서 읽어도 결코 비웃거나 하지 않는다. 일본인의 마음은 이와 같은 죽음 속에 가장 고결한 행위를 느끼거나 심금을 울리는 강한 비장감을 느낀다. 따라서 할복에 대해서 혐오감을 안거나 이를 비웃거나 하는 일은 생각조차 못 한다.

덕·위대함·자비는 실로 불가사의한 힘을 지니고 있어 가장 추악한 형식에 의한 죽음조차도 그 형질을 변용시켜 숭고함을 띠게 하고 더욱 새로운 생명의 상징이 되어 버린다. 그렇지 않다면 '콘스탄티누스 대제가 본 십자가의 표시'가 세계를 정복하는 일은 있을 수 없었을 것이다.

일본인의 마음이 할복에 대해서 조금의 불합리도 느끼지 않는 것은 외국에도 똑같은 사례가 있다는 연상 때문만은 아니다. 몸에서 특히 그 부분을 택해서 가르는 것은 그곳이 영혼과 애정이 깃드는 곳이라는 해부학적 신념이 일찍부터 있었기 때문이다.

이사야·예레미야도, 또 지난날 영감을 받은 사람들도 내장이 '떨린다'라고 말하거나 또는 마음이 '아프다'[3]라고 말했다.

그들은 모두 일본인 사이에 널리 믿던 '영혼이 배에 깃든다'는 심정과 일맥상통하는 바가 있다고 생각된다. 셈족은 간장과 신장 및 그것들 주위에 있는 지방(脂肪)을 감정과 생명이 깃드는 곳으로 전통적으로 불렀다.

일본어 '하라(腹)'라는 말은 그리스어의 프렌[4]이나 투모스[5]보다도 더욱 넓은 의미를 포함하고 있다. 일본인이나 그리스인이나 똑같이 인간의 영혼은 어딘가 이 언저리에 깃든다고 생각한 것이다.

이와 같은 관념은 결코 고대 민족에 국한한 것은 아니다.

프랑스의 가장 걸출한 철학자인 데카르트가 영혼은 송과체[6]에 있다는 학설을 주장했다. 그럼에도 프랑스인은 지금도 아직 방트르(ventre ; 배)라는 용어를 '용기'라는 의미로 사용한다. 이 용어는 해부학적으로 막연하게 지나쳐버

---

3) 구약성서 〈이사야〉 16장 11절에는 '모압 때문에 나의 내장은 수금처럼 떨리고' '예레미야' 31장 20절에는 '가엾은 생각에 내 마음은 아프기만 하였다'고 되어 있다.

4) phren. 해부학적으로는 횡격막을 가리키는 말. 정신, 마음, 사고방식, 생각 등을 의미한다.

5) thumos. 격한 감정, 분노 등을 나타낸다.

6) 송과선(松果腺)이라고도 한다. 척추동물의 간뇌상부에 있다. 솔방울 모양의 내분비기관의 하나.

려도 생리학적으로는 명확한 의미를 지닌다.

똑같은 프랑스어인 앙트레유(entrailles ; 내장복부)는 '애정'이라든가 '동정'이란 의미로도 사용된다. 이와 같은 신앙은 단순한 미신이 아닐 뿐 아니라 일반적으로 심장을 감정의 중추라고 하는 관념보다도 훨씬 과학적이다.

로미오는 수도사에게 '이 시체처럼 추한 몸의 어느 부분에 사람의 이름이 깃드느냐?'고 물었다. 그러나 일본인은 수도사에게 물을 것도 없이 잘 알고 있다. 오늘날의 신경학자는 복부뇌수(腹部腦髓)라든가 요부뇌수(腰部腦髓)라고 주장한다. 즉 이러한 부분의 교감신경중추가 여러 가지 정신작용에 의해서 매우 강한 자극을 받는다고 역설한다.

이와 같은 정신생리학설이 한번 인정되기만 하면 할복은 삼단논법으로서 쉽게 성립하게 된다.

'나는 내 영혼의 자리를 마련한다. 그리고 그것이 어떤 상태에 있는지를 보여주겠다. 당신 스스로 판단하기를 바란다. 그것이 더러운지, 깨끗한지를.'

자살을 종교적으로, 또는 도덕적으로 정당화할 수 있다고 주장하는 것처럼 이해되는 것은 본의가 아니다. 그러나 명예를 존중하는 생각이 높으면 높을수록 많은 사람이 자신의 생명을 끊을 결심할 만한 이유를 발견한다.

명예를 잃었을 때 죽음이야말로 확실한 구원이고
죽음이야말로 오명을 벗어나기 위한 확실한 피난처이다

이렇게 노래한 것은 새뮤얼 가스[7]였다. 얼마나 많은 사람들이 그의 생각에 공감하고 미소와 함께 목숨을 끊었을까?

명예에 관한 많은 복잡한 문제를 해결하는 열쇠로서 무사도는 죽음을 받아들였다. 공명심이 있는 무사들이 바람직한 최후로서 열심히 추구한 것은 다다미(疊) 위에서의 죽음 즉 자연사가 아니었다. 자연사는 무사에게 있어서 무기력한 죽음으로 생각되었기 때문이다. 굳이 말하자면 대부분의 선량한 크리스

---

7) Samuel Garth. 17세기 영국의 저명한 의사·시인.

천은 만일 정직하기만 하면 카토나, 브루투스, 그리고 페트로니우스,[8) 그 밖의 많은 옛 위인들이 자신의 지상적 존재를 스스로 끝낸 숭고한 태도에 대해서 적극적 상찬은 아니더라도 강하게 마음이 끌린다고 고백할 것이다.

철학의 시조 소크라테스의 죽음이 반은 자살이었다고 하면 지나친 말일까? 도망쳐 연명할 가능성이 있었음에도, 그 국가의 명령이 도덕적으로 잘못임을 소크라테스는 알고 있으면서도 그가 자진해서 복종하기에 이른 사정, 스스로 독배를 들이마신 장면은 그의 제자들이 상세하게 전하고 있다. 이를 그의 전체 행동과 태도에 비추어본다면 그곳에 명백히 자살행위를 인정할 수 있지 않을까?

보통 처형에 따르는 것과 같은 육체적인 강요는 없었을지라도 재판관들의 판결은 명백히 강제적이었다. 즉 '그대를 사형에 처한다. 그러나 그대 자신의 손으로 집행해야 한다'는 판결문이었다.

만일 자살이 자기 손에 의해서 죽는 것만을 의미한다면 소크라테스의 경우는 명백하게 자살이었다. 그런데도 아무도 소크라테스가 죄를 범했다고 책하지 않는다. 소크라테스의 제자이고 자살을 혐오했던 플라톤은 그 스승을 굳이 자살자로 부르려고 하지 않았다.

독자 여러분은 이제 할복이 단순한 자살방법이 아니었다고 이해할 수 있을 것으로 생각한다. 그것은 하나의 법 제도이고 또 의식전례의 제도였다. 중세에 발명된 이 제도는 무사가 그것에 의해서 자신의 죄를 보상하고, 잘못을 사과하고, 불명예에서 벗어나고, 벗에게 속죄하고, 또 자신의 성실함을 증명할 수 있는 방법이었다.

할복이 법률상의 형벌로서 명령되는 경우는 정해진 예식에 따라서 집행되었다. 할복은 세련된 우아한 자살이고 극도로 냉정하고도 침착한 자가 아니면 아무도 그것은 실행할 수 없었다. 이와 같은 이유에서 그것은 특히 무사에게 걸맞은 것이었다.

옛것을 좋아하는 취향에서 나온 호기심이라고도 하겠지만 그래도 상관 없다. 지금은 시대에 뒤떨어진 이 할복 예식을 여기에 묘사해보고 싶다. 그런데 나보다 훨씬 훌륭한 저자가 이를 묘사했다. 바로 이 글이다. 지금은 그다지 읽

---

8) 1세기 로마의 문필가이고 황제 네로의 측근이었는데 자살을 강요받았다.

는 사람이 없으므로 조금 길지만 꼭 여기에서 인용하고 싶다.

미트포드[9]는 그의 저서 《옛 일본의 이야기》 속에서 일본의 어느 귀중한 문서에서 할복에 관한 논문을 번역해서 실었다. 그 뒤에 저자 자신이 실제로 목격한 할복 광경을 다음과 같이 묘사했다.

우리(7명의 외국사절단)는 초청을 받아 일본 측 검시역(檢視役)의 선도로 본당 즉 의식이 집행되는 사원의 메인 홀에 안내되었다. 그것은 장엄하고도 잊을 수 없는 광경이었다. 본당은 거무스레한 나무기둥으로 받쳐진 지붕이 높은 큰 홀이고 천장에서는 불교사원 특유의 금빛 초롱과 장식품이 아래로 드리워져 있었다.

높은 불단 앞에는 바닥에서 3, 4치 높이로 희고 깨끗하게 씌운 다다미(疊)가 깔린 자리가 마련됐고 바닥에는 붉은 양탄자가 깔려있었다. 높은 촛대를 일정한 간격으로 배열해 의식이 진행되는 상황을 모두 확인하기에 부족함이 없도록 식장에 어스레한 신비적인 빛을 발하게 해 뒀다.

7명의 일본인 검시관은 높은 자리 왼쪽에, 7명의 외국인 검시역은 오른쪽에 제각각 자리를 잡았다. 그 밖에는 아무도 이곳에 입회한 사람이 없었다.

몇 분에 걸친 불안한 긴장이 지나고 다키 젠사부로[10]가 본당으로 들어왔다. 그는 나이가 32세, 기품이 있는 대장부였다. 격식을 차릴 때에 입는 마(麻)로 만든 윗도리와 아랫도리(특수한 날개 모양의 예복)를 입었다. 그에게는 가이샤쿠인(介錯人 ; 할복하는 사람의 목을 쳐주는 사람)과 금으로 자수를 놓은 전진용(戰陣用) 코트를 입은 3명의 관리가 뒤따랐다.

---

9) 미트포드(1837~1916). 막부 말부터 유신에 걸쳐서 영국 주일공사관 서기관이었던 인물. 그의 저서 가운데서 이른바 '고베사건'(1868) 할복 장면을 직접 검시(檢視)한 경험을 바탕으로 묘사했다.

10) 비젠오카야마 번사(備前岡山藩士) 다키 젠사부로 마사노부(瀧善三郎正信)는 게이오 4년 정월, 번의 가로(家老)로부터 행렬(行列)을 경비하라는 명령을 받고 외국인 거류지를 통과하고 있었다. 그때 두 프랑스인이 행렬을 가로지르려다 번의 무사들과 분쟁이 일어났다. 프랑스인이 단총을 손에 든 것을 본 다키 젠사부로는 예하 철포대에게 경비하는 진을 펴게 했는데 불행하게도 총격전이 벌어졌다. 이것이 이른바 고베사건으로 각국 정부의 강경한 항의에 굴복한 신정부는 가로에게는 근신, 대장인 다키에게는 할복을 명했다.

가이샤쿠란 영어로 처형인에 해당하는 말이 아님을 잘 알아둘 필요가 있다. 이 역할은 신사(紳士)가 맡는 역할이고 대부분 할복하는 사람의 근친 또는 벗이 맡게 된다.

두 사람 사이는 희생자와 처형인 사이가 아니고 오히려 주역과 조역 같은 관계이다. 이 경우 가이샤쿠인은 다키(瀧)의 제자이며 검도의 달인이기 때문에 많은 동료 가운데서 선발된 무사였다.

다키 젠사부로는 왼편에 가이샤쿠인을 대동하고 조용히 일본인 검시역에게로 나아가 그 앞에서 두 사람은 인사를 하고 이어서 외국인의 자리로 다가가 우리에게 더욱 정중하게 경례했다. 어느 때나 공손하게 답례가 이루어졌다.

조용히 주위를 압도하는 위풍을 유지하면서 다키 젠사부로는 높은 자리에 올라 불단 앞에 엎드려 절한 다음 불단을 등지고 양탄자위에 정좌했다.[11] 가이샤쿠인은 그의 왼쪽에 쪼그리고 앉았다.

세 보조역 가운데 한 사람이 여기서 앞으로 나왔다. 그 사람은 흰 종이에 싸인《와키자시(脇差)》를 얹은 삼보(三寶)를 쳐들고 있다. 삼보란 사원에서 공물을 바칠 때에 사용하는 일종의 받침대이며,《와키자시》란 일본의 단검, 또는 비수이며 길이는 9치 5푼(약 31㎝), 그 칼끝과 칼날은 면도날처럼 예리하다.

관리는 엎드려서 삼보를 건네고 다키는 이를 공손하게 받들어 두 손으로 머리높이까지 쳐든 뒤 그것을 자기 앞에 놓았다.

거듭 고개를 숙여 절을 한 다음 다키 젠사부로는 천천히 입을 열었다. 그 목소리에서 감정의 움직임과 머뭇거림이 희미하게 느껴졌다. 이제 곧 고통으로 가득 찬 고백을 하려는 자로서는 당연한 일이다. 그러나 마지막 진술을 하는 그의 얼굴이나 태도에는 조금도 흔들리는 빛이 없었다.

'이 몸은 독단으로 고베(神戶)에서 불법으로 외국인에게 발포명령을 내리고, 그들이 도망려고 하자 다시 이들에게 총격을 가했습니다. 그 책임을 지고 할복합니다. 검시관 여러분에게 폐가 많았습니다.'

---

11) '정좌(正坐)'란 일본식 예의범절이고 무릎과 발끝을 바닥에 대고 상체가 두 발뒤꿈치 위에 안정한다. 이 자세는 하나의 의례이고 다키 젠사부로는 죽을 때까지 이 자세를 취했다.

거듭 절을 하고 다키 젠사부로는 웃옷을 허리까지 벗어 상반신을 드러냈다. 그는 형식대로 양쪽 소맷자락을 주의 깊게 무릎 아래로 접어 넣었다. 이것은 뒤로 쓰러지는 것을 피하기 위해서이다. 신분이 높은 일본 무사는 앞으로 엎어져 죽어야 하기 때문이다.

잠시 생각에 잠긴 다음 그는 앞에 놓인 단도를 손에 잡고 그것을 한동안 지그시 바라보았다. 이 마지막 순간에 마음을 집중하는 듯했다. 이어서 그는 왼쪽 배를 깊게 찌르고 서서히 그 단도를 오른쪽으로 끌어 상처를 따라서 원위치로 돌려 살짝 찔러 넣었다. 기절할 것만 같은 격통 속에서 이루어진 이 동작 중에도 그는 얼굴의 근육 하나 움직이지 않았다. 그가 단도를 잡은 채 앞으로 수그려 목을 내밀자 비로소 고통스러운 빛이 얼굴을 스쳤다. 그는 전혀 소리를 내지 않았다.

이때까지 그의 곁에 쪼그리고 앉아 순간, 순간의 동작을 가만히 지켜보고 있었던 가이샤쿠는 그 순간 벌떡 일어나 칼을 번쩍 들어 올렸다. 석 자나 되는 시퍼런 슈스이[12] 칼날이 번쩍이자 둔탁한 소리와 함께 쿵 하고 쓰러지는 여운을 남기며 일격에 목과 동체는 분리됐다.

죽음의 정적이 주위를 감싸고 오직 우리 앞에는 죽은 자의 목이 내뿜는 선혈의 처참한 소리만이 귓전을 울렸다. 이 목의 주인공은 조금 전까지도 용감무쌍한 무사였는데 이럴 수가.

가이샤쿠는 엎드려 절을 하고 미리 준비한 흰 종이로 그 칼을 닦더니 높은 자리에서 내려왔다. 이어서 피로 물든 단도는 처형 현장의 증거로서 엄숙하게 다른 곳으로 옮겨졌다.

조정 정부의 관리 두 사람은 이때 자리에서 일어나 외국인 검시역 앞으로 발걸음을 옮겨 다키 젠사부로의 사형은 충실하게 집행되었으므로 검시를 바란다고 고했다. 의식은 끝나고 우리는 사원을 나섰다.

일본 문학작품이나 목격자 진술에서 '할복'의 정경 묘사를 인용하는 일은 자료가 많이 있어 쉽다. 또 하나만 예를 들면 충분할 것이다. 형제가 있었다. 형인 사콘(左近)은 24세, 동생인 나이키(內記)는 17세였다. 아버지의 원수를 갚

---

12) 秋水. 흐림이 없게 잘 갈아 시퍼렇게 날을 세운 칼.

기 위해 이에야스(家康)를 칠 결심을 하고 그 병영으로 잠입하려고 했으나 뜻을 이루지 못하고 잡히고 말았다. 노장군 이에야스는 자기 생명을 노린 젊은이들의 용기를 가상하게 여겨 명예롭게 죽을 수 있도록 하라고 지시를 내렸다. 일족의 남자 모두가 사형을 선고 받아 불과 8세인 막냇동생 하치마(八麿)도 같은 운명을 따르게 되었다.

이렇게 되자 그들 세 사람은 형이 집행되는 절로 연행되었다. 그 자리에 입회한 의사가 목격한 자초지종을 일기에 이렇게 남겼다.

최후의 시간을 맞이해 세 사람이 한 줄로 자리에 앉았을 때 사콘은 막내에게 말했다. '하치마부터 먼저 배를 가르라. 잘못 가르지 않도록 끝까지 지켜보겠다.' 어린 아우는 아직 할복을 본 적이 없어 형들이 하는 것을 보고 그 뒤를 잇겠다고 대답했다. 두 형은 눈물을 머금은 미소 띤 얼굴로 '잘 말했다. 훌륭하구나, 아우야! 그래야만 아버지 아들이지'라고 말했다.

막내 하치마를 두 사람 사이에 앉히고 사콘이 우선 배에 단도를 찔러 넣으며 '잘 보아라, 하치마. 자, 이제 알겠느냐. 너무 깊게 긋지 마라. 뒤로 쓰러진다. 앞으로 엎드려 무릎을 흩트리지 마라.'

나이키도 똑같이 배를 칼로 찌르면서 동생에게 말했다. '눈을 크게 떠라. 그렇게 하지 않으면 여인 같은 표정으로 죽는다. 칼끝이 창자에 닿아도, 힘이 빠져도 용기를 내서 그어야 한다.'

하치마는 번갈아 두 형을 보았다. 두 형이 할복하자, 하치마는 조용히 상반신 옷을 벗고 형들이 가르쳐준 모범에 따라서 태연하게 죽어갔다.

할복을 명예로 여겼기 때문에 필연적으로 그와 같은 일이 남용되는 결과를 낳게 되었다. 전혀 도리에 맞지 않는 일 때문에, 또는 전혀 죽을 만한 가치가 없는 이유로 혈기 왕성한 젊은이들이 불에 날아드는 불나방처럼 죽음을 서둘렀다. 혼란스럽고 모호한 동기가 무사를 할복으로 내몬 예는 비구니를 수도원으로 내몬 숫자보다도 더 많았다.

생명의 대가는 가벼웠다. 죽는 것이 세간의 명예기준으로 간주되었기 때문에 더더욱 생명이 경시되었다. 가장 슬퍼해야 할 일은 명예에도 언제나 타산과 계산이 따라붙는 점이었다. 그것도 반드시 순금은 아니고 열악한 금속을 혼입

(混入)해 주조되었다. 단테의《신곡》'지옥편'에서 그 제7권은 모든 자살자가 옥리에게 인도되기 위해 수용된 곳으로, 일본인이 가장 많이 수용된 곳을 따지자면 그것은 이 제7권일 것이다.

그러나 참된 무사는 무턱대고 죽음을 서두르거나 죽음을 동경하거나 하는 것은 똑같이 비겁한 행동으로 간주하였다.

여기에 한 전형적인 무사가 있다. 그는 싸움마다 패해 야산을 헤매고, 숲에서 동굴로 쫓겨 칼도 잃고 활도 부러져 어둑한 나무구멍에서 오직 혼자 굶주림에 허덕이는 자신을 돌아보고 있었다.

일찍이 필리피(Phlippi)에서 이와 똑같은 처지에 이르렀던 그 가장 고매한 로마인 브루투스조차도 비슷한 상황에서 자진했다. 하지만 이 무사는 이런 처지에서도 아직 죽는 것은 비겁하다고 생각해 크리스천 순교자에 못지않은 불굴의 정신으로 다음과 같은 즉흥시를 읊어 자신을 격려하였다.

슬픔이건 고통이건 오라
무거운 짐을 진 내 어깨에
더욱 무거운 짐을 지우고
나에게 힘이 남았는지
끝까지 시험하기 위해[13]

어떤 재앙, 어떤 역경에도 인내와 고결한 마음으로 맞서고 이를 견뎌내는 것, 이것이 무사도의 가르침이었다.

이것은 맹자가 가르친 내용과 똑같다.

'하늘은 사람에게 큰 임무를 맡길 때 우선 그 사람의 마음을 고난으로 훈련하고 노고로 그 근골(筋骨)을 훈련한다. 하늘은 그의 몸을 굶주림에 처하게 하고 그를 극빈으로 몰아넣어 그 계획을 교란한다. 이와 같은 것 하나하나가 그의 정신을 활발하게 해 그의 성질을 굳건하게 하고 자격이 미치지

---

13) 이 노래는 전국 말기 아마고 씨(尼子氏)에게 봉사한 무장 야마나카 시카노스케(山中鹿之介)가 쓴 것으로 알려져 있다. 노래의 번역은 저자가 의역한 것.

않는 곳을 보완한다.'[14]

참된 명예는 하늘이 명하는 사명을 수행하는 데에 있다. 천명을 수행하기 위해 목숨을 잃어도 그것은 불명예가 아니다. 그런데 하늘이 대비한 곳을 피해 그 때문에 목숨을 잃는다면 그것이야말로 비겁한 행동이다. 토머스 브라운 경[15]이 색다른 책을 썼다. 《릴리지오 메디치》(의도종교[醫道宗教])라는 책이다. 이 가운데서 저자는 일본의 무사도가 되풀이해서 가르쳐 온 것을 완전히 영어로 번역한 것이 아닌가 할 정도의 말을 남겼다. 그것을 인용해보자.

'죽음을 가볍게 여기는 것은 용감한 무용의 행위이다. 그러나 사는 것이 죽음보다 더 곤란한 경우에는 굳건히 사는 것이 참된 용기이다.'

17세기의 어느 유명한 스님은 풍자를 담아서 이런 말을 남겼다.

'입으로는 아무리 말해도 죽지 않는 무사는 유사시에는 숨어버린다.' 또 '가슴속 깊이 한 번 죽은 자는 사나다(眞田)의 창도, 다메토모(爲朝)의 화살도 이를 뚫지 못한다.'

'자기 목숨을 얻으려는 사람은 잃을 것이며 나를 위하여 자기 목숨을 잃는 사람은 얻을 것이다[16].'라고 가르친 위대한 예수가 세운 신전의 정면 현관에 일본인은 얼마나 가깝게 서 있는 것일까?
그리스도교도와 이교도의 차이를 가능한 한 넓히려고 안간힘을 다하는 사람이 있음에도 인류의 도덕적 기준은 그렇게 다르지 않고 오히려 일치한다는 사실을 확인하는 데 도움이 되는 수많은 예증이 있다. 여기에서 거론한 것은 그것들 가운데 서너 가지 예에 지나지 않는다.

---

14) '하늘이 어떤 사람에게 대임을 맡기려고 할 때는 반드시 우선 그 사람의 심신을 괴롭히고 궁핍한 처지에 두어 무엇을 하건 모두 그 사람이 행하려는 것에 역행하도록 해 시험을 한다.'
15) Sir Thomas Browne. 《의도종교(醫道宗教)》의 저자 토머스 브라운(1605~82)은 영국의 의학자. 저술가. 이 책은 1643년 간행.
16) 신약성서 〈마태복음〉 10장 39절.

이제까지 우리는 무사도에서의 자살제도는 그를 남용해도 언뜻 보기에 우리를 놀라게 할 정도로 불합리하지도 않고 또 야만적이지도 아님을 보아왔다.

그래서 다음에는 이 제도와는 자매 관계에 있다고 말할 수 있는 '앙갚음'으로 불리는 복수 제도에도 불명예 완화에 도움이 되는 의의나 아름다운 점이 조금이라도 있는지를 생각해보자.

나는 이 문제에 대해서는 그다지 많은 말이 필요치 않다고 생각한다. 왜냐하면 똑같은 제도는 ─ 또는 습관이라고 말하는 것이 좋다면 습관이라고 해도 좋다. 이것은 모든 민족 사이에 행해졌던 시대가 있었고 오늘날에도 완전히 쇠퇴한 것은 아니기 때문이다. 결투라든가 린치 등이 아직도 계속되는 사실이 이를 증명한다. 현실로 최근 어느 미국인 대위는 드레퓌스의 복수를 해야 한다고 말하고 에스테라지[17]에게 결투를 신청했다고 한다.

결혼제도란 것이 없던 미개부족 사이에서 간음은 죄로 간주하지 않고 다만 애인의 질투심만이 여성을 불륜으로부터 보호했다. 마찬가지로 형사 법정이 없던 시대에 살인은 범죄가 아니었기 때문에 그저 피해자와 혈연관계에 있는 자가 빈틈없이 노리는 복수에 의해 사회질서가 유지되었다.

'이 세상에서 가장 아름다운 것은 무엇일까?'라고 오시리스가 아들 호루스에게 물었다.[18] 그는 '부모의 원수를 갚는 것'이라고 대답했다. 일본인은 여기에 '주군의 원수'를 덧붙일 것이다.

복수에는 사람의 정의감을 만족시키는 무언가가 있는 것 같다. 원수를 갚으려는 사람은 이와 같이 이유를 내건다. 나의 아버지는 선량한 사람이고 살해될 이유가 전혀 없다. 아버지를 죽인 죄는 아주 큰 죄이다. 만일 아버지가 살아 있다면 아버지도 이와 같은 못된 짓을 허용하지는 않을 것이다. 하늘도 못된 짓을 증오한다. 악을 행하는 자에게 그 업(業)을 못 하도록 막는 것은 아버지의 의지이고 또 하늘의 의지이기도 하다. 그는 내 손으로 죽임을 당해야 한다. 왜냐하면 그는 내 아버지의 피를 흘리게 했으므로 아버지의 피를 이어받은 내가 이 살인자에게 피를 흘리게 해야 하기 때문이다. 나와 그는 하늘을 함께 떠받들 수 없는 사이이다.

---

17) Esterhazy. 제9장의 '충실의 의무'에서 쓴 드레퓌스 사건의 진범 에스테라지.

18) 《오시리스와 호루스》는 유명한 이집트 신화. 오시리스는 형인 신이고 동생인 세트에게 살해되었다. 아들인 호루스가 아버지 오시리스의 원수를 갚기 위해 세트를 친다.

이것은 매우 단순하고도 유치한 생각이다. 다 아는 바와 같이 햄릿조차도 이 이상으로 깊은 생각은 없었다. 그러나 단순하고 유치하다고는 해도 아직도 그 안에는 사람이 태어날 때부터 지닌 정확한 평형감각과 평등한 정의감이 표출되고 있는 것도 사실이다. '눈에는 눈을, 이에는 이를'이다. 인간이 지닌 복수의 마음은 수리능력처럼 정확하고 더구나 방정식의 양쪽 항이 만족할 때까지는 무언가 아직 하다 남았다는 느낌을 지울 수가 없다.

유대교는 '질투하는 신'을 믿고, 또 그리스 신화에서는 '인간의 교만함에 분노하고 벌주는 여신' 네메시스가 있다. 그와 같은 유대교나 그리스 신화 속이라면 복수는 초인간적인 존재에 맡겨 버릴 수가 있었을 것이다.[19]

그러나 무사도에서는 상식적으로 복수 제도를 유지하기로 했다. 그것이 일종의 도덕법정의 역할을 수행해 평등공정을 유지했고 보통의 법률로는 도저히 재판으로 돌릴 수 없는 사건을 이곳에 제소할 수 있게 했다.

그 47사(士)의 주군은 사형을 선고 받았다. 그는 공소하고 싶어도 상급 법원이 없었다. 그렇기 때문에 충성스러운 가신들은 그 무렵에 존재하는 유일한 최고법원인 '복수'라는 수단에 호소했다. 그런데 이번에는 그들 47사가 보통 법에 비추어 유죄 선고를 받았다. 하지만 민중에게는 민중의 본능적 직관이 있어 그들은 그것과는 다른 판결을 내렸다. 그렇기 때문에 센가쿠지(泉岳寺)에 있는 47사의 무덤에는 오늘날에도 향과 꽃이 끊인 적이 없고 그들의 이름도 또한 영원불멸, 민중의 기억 속에 계속 살아있다.

노자는 '해를 입으면 친절로 보답하라'고 가르쳤다.[20] 그러나 '해를 입으면 정의로 보상해야 한다'고 가르친 공자 쪽이 훨씬 환영을 받은 것 같다. 하지만 복수는 손윗사람이나 은혜를 입은 사람을 위해 결행했을 때만 정당한 것으로 간주한다.

나 자신이 입은 손해나 처자에게 가해진 위해는 한결같이 참고 견디면서 용서해야 했다. 그러므로 일본의 무사도는 맹세코 조국의 원수를 갚으

---

19) 구약성서 〈출애굽기〉 20장에 '너희는 위로 하늘이 있는 것이나 아래로 땅 위에 있는 것이나, 땅 아래 물속에 있는 어떤 것이든지 그 모양을 본따 생긴 우상을 섬기지 못한다. 나 야훼 너의 하느님은 질투하는 신이다'라고 되어 있다. 그리스신화의 여신 네메시스는 사람이 신에게 범한 죄에 대한 분노와 징벌을 신격화한 것.

20) 노자의 가르침은 '원한을 덕으로 갚는다.' 공자의 가르침은 '부당한 처사는 공정한 판단으로 대하고 덕으로 덕에 보답한다.'

려 했던 한니발의 뜻에는 진심으로 공감을 보내지만, 제임스 해밀턴(James Hamilton)[21]이 섭정 말레에 대해서 아내의 원수를 갚기로 맹세하고 죽은 아내의 무덤에서 한 줌의 흙을 띠 속에 숨겨서 복수의 뜻을 불태우려고 한 것은 경멸한다.

할복과 복수, 이 두 가지 제도는 근대형법이 발포(發布)되기에 이르자 모두 존재 이유를 잃었다. 아름다운 소녀가 부모의 원수를 찾아 변장하고 나그넷길을 떠난다는 열정적인 모험담은 이제 들을 수 없게 되었다. 가족의 원수를 갚는 비극을 더 이상 볼 수 없게 된 것이다.

미야모토 무사시(宮本武藏)의 무사수행도 오늘날에는 옛날얘기에 지나지 않게 되었다. 경찰이라는 엄정한 조직이 피해자를 위해 범인을 탐색하고, 법률이 정의가 바라는 요구를 충족시켜 주게 되었다.

국가사회 전체가 지켜보는 가운데 부정불법이 바로잡힌다. 정의감이 충족되기만 하면 '복수'할 필요는 없어지게 된다. 뉴잉글랜드의 어느 신학자가 말한 것처럼 '복수는 마음의 굶주림이고 희생자의 선혈로 그 굶주림을 채우려고 갈구하는 탐욕스러운 희망에 지나지 않는다면 형법의 불과 몇 개 조로 복수를 근절하지는 못했을 것이다.

'할복'은 이 또한 법 제도로서는 이미 존재하지 않는다. 그러나 지금도 가끔 할복한 사람이 있다는 이야기를 들을 때가 있고 과거가 모두 망각의 피안으로 모습을 지워버리지 않는 한 앞으로도 어쩌면 그것을 듣게 될지도 모른다.

자살 신봉자가 놀랄 만한 기세로 전 세계에서 늘어나고 있다고 하므로 심한 고통이 뒤따르지 않고 품이 들지 않는 자살 방법이 많이 유행하게 될 것이다. 그러나 E.A. 모르젤리 교수도 많은 자살방법 가운데서도 '할복'에 대해서는 귀족적 지위를 부여할 것이다. 왜냐하면 그는 다음과 같이 주장하기 때문이다. '자살이 매우 큰 고통이 따르는 방법으로 결행되거나 또는 장시간에 걸친 고뇌 끝에 수행되거나 할 경우에는 그 99%가 광신이나 광기, 또는 병적

---

21) 카르타고의 장군 한니발(기원전 247~183)은 조국의 숙적 로마에게 복수하기로 맹세하고 훨씬 강대한 로마군과 싸웠으나 불리해지자 독을 마시고 자살했다. 아내의 원한을 풀기 위해 고심한 해밀턴(1606~49)은 스코틀랜드의 정치가이며 군인이다. 부친 제2대 해밀턴 후작의 뒤를 이어 독일에 출정해 구스타프 2세를 돕고 찰스 1세의 스코틀랜드 관계사항의 조언자가 된다. 뒤에 공작이 되어 스코틀랜드군을 이끌고 잉글랜드에 침입했으나 크롬웰에게 패해 포로가 되고 재판 결과 처형되었다.

흥분상태로 야기된 정신착란의 행위로 간주할 수가 있다.'[22] 그러나 통상의 할복에는 광신도, 광기도, 또는 흥분 등은 전혀 느껴지지 않고 오히려 할복을 훌륭하게 끝내기 위해서는 완전한 냉정과 침착이 불가결했다.

스트라한 박사[23]는 합리적 또는 유사한 자살과 불합리한 또는 참된 자살 이렇게 두 가지로 분류했다. '할복'은 전자의 가장 좋은 예이다.

이러한 참혹한 제도로 보아도 또 무사도의 일반적 경향으로 보아도 도검이 사회의 규율 및 생활상에 중요한 역할을 수행한 것은 쉽게 미루어 알 수 있다.

'칼은 무사의 혼'이라는 것이 금언이 되기도 했다.

[해설]

이 장은 두 가지 화제를 다루기 때문에 다른 장에 비해서 두 배 가까운 분량이 되었다. 이 두 화제는 그러나 동일한 주제를 구성한다. 즉 '죽음의 문제' 또는 '삶과 죽음의 문제'라고 해도 좋다. 저자는 이 문제를 '할복'과 '복수'라는 무사도에서의 구체적인 두 제도로 압축해서 논했다.

이를 읽고 느낀 점은 저자의 판단과 비평이 실로 넓고 공정한 시야와 균형 잡힌 깊은 교양이 뒷받침되어 이야기됐다는 점이다. 저자는 무사의 아들이면서도 이 가운데서는 할복 예찬자가 아니며 문명인의 한 사람이 되어 복수를 야만시하지도 않았다. 할복과 복수—이 두 가지 오랜 습관의 근원을 파헤쳐 현대인에게 이렇게 묻는다. '할복도 복수도 초월해 그런 일들이 불필요해지는 것만큼 높은 것을 우리 문명인은 지닌 것일까?' 이 니토베 이나조의 논설에 비하면 '뉴잉글랜드의 어느 신학자'들은 얼마나 유치하고 천박한가?

저자는 구에르치노가 그린 《카토의 죽음》이라는 그림을 서양인 독자에게 상기시킨다. 카토(기원전 95~46)는 증조부가 '대 카토'로 불린 데 비해 '소 카토'로 알려진 고대 로마공화정 말기의 정치가이고 또한 스토아철학자이기도 하다. 공화정을 고수해 최고의 지위를 차지하면서도 뇌물을 거부해 표를 잃고 결국에는 카이사르와 대결, 아프리카로 나가 싸웠는데 불리해지자 자결했다.

22) E.A. 모르젤리 《자살론》 p.314.
23) S. A. K. 스트라한 《자살과 광기》.

죽음을 앞둔 카토는 철학을 화제로 벗들과의 만찬을 마친 다음 자기 방으로 물러가 《파이돈》[24]을 펼치고 불멸에 관한 플라톤의 철학을 읽었다. 그것을 다 읽은 다음 그는 스스로 할복했다. 소리에 잠이 깬 벗들이 달려가 상처를 처치하고 붕대를 감았다. 그러나 그는 그것을 계속 거부했고 의식을 회복하자 카토는 직접 그 붕대를 풀고 내장을 끄집어내 절명했다고 전해진다. 플루타르크가 카토의 전기를 저작에 남겼기 때문에 그 뒤 카토의 죽음은 여러 문학에 많은 소재를 제공해 왔다.

저자는 '그리스도 교도와 이교도 사이에는 커다란 차이가 있다고 말하고, 그 차이를 가능한 한 넓히려고 끊임없이 노력하는 사람이 있다'고 말했다. 실은 19세기부터 20세기에 걸쳐서 서양문명은 욱일승천(旭日昇天)의 기세로 전 세계를 석권해 마치 그리스도교 문명이 유일한 가치기준인 것처럼 선전하고 또 그렇게 신봉하는 인종이, 문명은 자기들만의 전매특허인 것처럼 멋대로 행동해 왔다. 니토베가 말하는 것은 바로 이와 같은 세계의 추세를 가리킨다.

어느 종교나 그런 것처럼 그리스도교도 예외는 아니다. 내 종교가 지닌 교의·사상·문화만이 보편적인 문명이고 절대적인 진리이며 다른 종교는 모두 이교이고 이교도는 모두 개종해서 이쪽으로 전향하든가, 가치 없는 야만적인 행동으로 매장이 되든가 그 어느 한쪽으로 단정할 정도로 우쭐대고 있다.

그리스도교 교도가 비그리스도교 교도를 한데 몰아서 이교도로 호칭하는 한 그들은 자신들이 떠받드는 그리스도교를 스스로 상대적 가치관계 속에 빠뜨리게 된다. 왜냐하면 이슬람을 신봉하는 이들에게는 그리스도교가 이교로 보이고, 불교를 신봉하는 이가 보기에는 그리스도교 교도 힌두교 교도도 이교도로밖에 보이지 않기 때문이다.

19세기의 서유럽인 그리스도교 선교사 대부분은 야만인·미개인·이교도를 유일한 문명인 그리스도교로 입교시키려는 동기로 조국을 떠났다. 이와 같은 그리스도교 선교사의 자기희생 정신과 봉사의 모습은 많은 미담을 남겼다. 머리를 사냥하는 족속의 만행을 말리기 위해 몇 명의 선교사가 귀한 목숨을 잃었는지 모른다. 어느 시대에나 또 어느 지역에서나 그리스도교가 선교사의 활동으로 야만이라는 암흑 속에 있던 사람들을 문명의 빛으로 인도한 것은

---

24) 플라톤에 의한 철학서.

엄연한 사실이다.

그러나 그 사실과는 반대로 이와 같은 미담과 역사적 실적의 마력에 의해서 그리스도교 그 자체가 내부에서 미묘하게 변형하기 시작해 본래 그 안에 잠재했던 '그리스도의 복음'이 어느샌가 희박해지고 차츰 그리스도교의 초점이 흐려져 다른 것으로 변질해갔던 것도 또한 엄연한 사실이다. 더구나 그 후자의 사실 쪽이 여러 가지 미담보다도 훨씬 중대하고도 심각한 문제이다.

그런데 이 장의 테마가 '삶과 죽음의 문제'인 점을 다시 한번 생각해 보자. 사람은 무엇으로 죽을 수 있을까? 사람은 무엇에 의해서 살 수 있는 것일까? 이것이 삶의 요점이 아닐까?

나는 그리스도교 신자라고 생각하는 분들에게 감히 묻고 싶다. '당신은 그 '그리스도교'로 정말로 죽을 수 있다고 생각하는가?'

문화나 문명, 또는 전통이라든가 관례 등에 의존해 죽어가는 사람도 없는 것은 아니다. 그러나 평범하게 살고 있고 평범하게 죽어가는 것이 아니라 적극적으로 불태우면서 살아 기쁨과 감동과 큰 희망조차 안고 이곳을 떠날 수 있는지 나는 그것을 문제로 삼고 싶다.

그리스도교는 한 문화에 지나지 않는 것은 아니다. 그리스도교는 단순한 문명도 아니다. 그것은 문화를 낳았다. 또 문명을 뒤에 남긴 것도 사실이다. 그러나 그런 것들은 마치 차 뒤에 남겨진 타이어의 흔적과도 같은 것에 지나지 않는다. 뒤에 남은 궤적은 결코 동력이 될 수 없다.

그렇기 때문에 궤적에만 마음을 빼앗겨서는 안 된다. 그 궤적을 낳은 원동력이 무엇인가에 깊은 관심을 쏟아야 한다. 일찍이 그곳을 달려서 빠져나간 것이 있음을 알았다면 그곳을 달려 나가게 한 힘이라든가 생명은 무엇이었는지에 대해서 생각하고 그만한 힘과 생명이 용솟음친 원천에 날카로운 시선을 쏟아야 한다.

할복과 복수가 습관으로서는 과거의 것이 되고만 시대가 지금 여기에 있다. 그러나 이 시대는 과연 그 시대보다도 뛰어난 시대라고 말할 수 있을까? 그 시대보다 한 단계 상위라고 단언할 수 있는 시대인가? 그런 습관을 야만적인 풍습이라고 웃어넘길 만한 시대라고 단언할 수 있을까?—저자의 마음은 이 문제를 지금 묻고 있는 것처럼 생각된다.

얘기는 바뀐다. 일찍이 공산주의자가 박해를 받던 시대가 있었다. 이른바

'빨갱이 사냥'이라고 해서 관헌의 탄압이 공산주의자 위에 사정없이 가해졌다. 그 탄압은 차츰 빨갱이뿐만 아니라 분홍이도 노랑이도 때에 따라서는 하양이까지도 찾아내어 말살했다. '일찍이……'라고 말했으나 미국에서 이루어진 빨갱이 사냥(레드 퍼지)은 매우 최근의 일이다.

베트남전쟁 때 공산주의자는 마치 사람이 아닌 것처럼 도살되었다. 걸프전쟁에서는 이라크 병사가 쿠웨이트 주민을, 또 그 뒤에는 이라크병사가 마치 인간이 아닌 것처럼 도살되고 생매장까지 되었다.

사람은 왜 다른 사람을 마치 사람이 아닌 것처럼 볼 수가 있는 것일까? 자기만이 사람이고 다른 말, 습관, 생활양식, 사고, 가치관 등을 지닌 자들은 사람이 아닌 것으로 보게 되는 것은 도대체 무엇 때문일까?

민족항쟁의 유혈이 끊일 줄 모르는 현대에 살면서 종교는 이에 대응할 만한 힘을 갖지 못했다. 왜냐하면 종교란 종교는 모두 이러한 항쟁과 증오를 조장하는 일은 있어도 그것들을 진정시킬 수가 없고 도리어 선동할 때가 많기 때문이다. 그들의 몽매함을 깨닫게 할 정도의 힘을 종교가 가져야 하는데도 교단 안에서 한 걸음도 밖으로 나오지 못하는 현세의 종교에는 왠지 그런 힘이 없다. 이 세상의 '그리스도교' 여러 파도 결코 예외는 아니다.

'덕·위대함·자비는 실로 불가사의한 힘을 지녀서 가장 추악한 형식에 의한 죽음조차도 그 형질을 변용시켜 숭고함을 띠게 하고 더욱 새로운 생명의 상징이 되어버리고 만다'고 니토베는 말한다.

이와 같이 저자가 말했을 때 그의 머릿속에는 '그리스도의 십자가'가 있었다고 나는 생각한다. 그 직후에 '그렇지 않으면 콘스탄티누스 대제가 본 십자가 표시가 세계를 정복하는 일은 있을 수 없었을 것이다'라고 말한 것은 그 때문이라고 느껴진다.

콘스탄티누스 대제란 로마 황제 콘스탄티누스 1세를 말한다. 그는 기원 306년부터 30년 동안 재위했다. 그런데 그 제위를 노리는 자가 많았다. 그 가운데 한 사람인 막센티우스와 312년 로마의 북쪽 밀비우스 다리에서 싸워 승리를 거두었다. 그때 하늘에 반짝이는 십자가와 '이제 이겼다'는 글자를 봤다고 전해진다.

이 승리로 제위를 확립한 그는 그 뒤에 '밀라노 칙령'을 내려 그리스도교를 공인 종교로 삼았다. 이윽고 그는 독재군주가 되고 전제군주제를 확립해 325

년에 유명한 니케아회의를 열고 그리스도교의 정통파를 결정했다. 이어서 이교적 전통이 강했던 로마에서 제국의 수도를 비잔틴(비잔티움)으로 옮겨 이곳을 콘스탄티노플로 개명하고 이곳에 그리스도교적 수도를 건설했다. 국가통일의 기초에 그리스도교를 둔 그는 임종 때에 세례를 받고 그리스도교 교도가 된 것으로 알려져 있다.

거기까지 역사를 거슬러 올라가 보면 어떤 절실한 물음이 우리의 마음에 던져지게 되는 것을 느낀다. 즉 그리스도교를 자신의 제국안정의 기초로 자리매김해 이를 공인종교로 삼은 콘스탄티누스 대제의 머리에 있었던 '그리스도교'로까지 거슬러 올라가 그 질 그대로의 그리스도교로 귀의하느냐 그렇지 않으면 타르수스의 바울이 고백한 예수 그리스도의 십자가 복음을 믿고 사는가의 물음이다.

여기에 완전히 이질적인 길이 두 방향으로 갈라져 존재하고 있다. 그 어느 쪽도 막연하게 같은 '그리스도교'라는 이름으로 불린다. 아무래도 상관이 없다고 무관심할 수 있을까? 그야말로 옥석이 뒤섞인 사태를 앞에 두고 생사문제가 달린 중요한 신앙에 대한 일을 그대로 방치해도 좋은 것일까?

같은 십자가라고는 하지만 나사렛예수의 십자가를 내 죄의 보속으로 고백하는 것과, 밀비우스 다리에서 중천에 빛나는 십자가를 보았다고 주장해 제국과 제위를 확립한 한 전제군주 정치가 이용한 십자가는 전혀 이질적인 것이라고 말하지 않을 수 없다.

그야말로 옥석이 뒤섞인 사태가 역사 속에 이어지고 있다. 무관심할 수는 없다. 이것이야말로 니토베가 생각하는 것처럼 생사문제가 걸린 중요한 신앙의 일, 내 혼의 일이다.

'가슴 속 깊이 한 번 죽은 자는 사나다(眞田)의 창도, 다메토모(爲朝)의 화살도 이를 뚫지 못한다'고 저자는 말했다. 이것이 무사도의 길이라면 사도 바울 또한 '그리스도의 무사'라고 말할 수 있을 것이다. 바울로도 아래와 같이 고백했기 때문이다.

'우리가 이미 죽어서 죄의 권세에서 벗어났는데 어떻게 그대로 죄를 지으며 살 수 있겠습니까?'[25]

---

25) 신약성서 〈로마서〉 6장 2절.

그리스도교 교회에서는 대체로 '세례'를 받은 사람을 신자로 간주한다. '세례를 받아야 크리스천이 된다'는 식이다. 그렇기 때문에 세례식은 교회원이 되기 위한 의식이 되었다.

그런데 그 세례도 교파 교단에 따라서 다양한 형식이 있고 그 형식에 얽매이기 때문에 다른 교단에서 세례를 받은 사람을 크리스천으로 인정하지 않는 사태를 언제나 일으키고 있는 것이 실정이다.

이와 같은 일은 세례가 의식으로서 정착하고 어디까지나 형식을 존중하기 때문에 생기는 이해할 수 없는 일이라고 하지 않을 수 없다. 그래서 바울의 말을 유념해서 생각해보고 싶다. '세례'를 성서의 원문에서는 '밥티스마(baptisma)'라고 한다.

여기에서는 세밀한 역사적 경위까지 파고드는 것은 피하겠으나, 유대교가 오랜 옛날부터 온몸을 물에 담그는 의식을 행했다고 많은 문헌이 말해준다.

바울은 그 편지를 썼을 때 이 말을 명확하게 원뜻대로 사용했다. 즉 오늘날과 같은 '교회 교단으로의 입문식'으로서가 아니라, 예수의 십자가 죽음과 함께 나 자신을 죄로 죽은 것으로 해 예수의 죽음과 함께 묻히기를 원하고 또 그 뜻을 표하기 위해 '몸을 물에 담근' 것이다.

'예수 그리스도의 죽음에 참여하기 위해 그와 함께 묻혔다'라고 말하는 바울은 '언제나 예수의 죽음을 몸으로 경험하고 있다'고까지 말했다[26]. 그렇기 때문에 그의 가슴속에는 오늘날의 교회 신자가 '세례를 받고 크리스천이 된다'는 정도의 내용밖에 갖지 못하게 된 의식의 개념 따위는 전혀 없었을 것이다.

니토베라면 주군 아사노 나가노리(浅野長矩)의 죽음을 짊어지고 간난신고 끝에 결국 소망을 성취한 아카호 의사(赤穂義士)처럼 주 예수 그리스도의 십자가 죽음을 몸으로 경험하고 산 인물이 바울이라고 말할 것이다.

예수 그리스도를 주군으로 여겨 그에게 충실하게 사는 그리스도의 무사를 바울 속에서 보는 것은 과연 나쁠까? 일본이 낳은 무사도는 '실체'에 대한 '그림자'이고 뒤에서 나타내야 하는 것의 '타입' 즉 원형이라고도 말할 수 있다고 니토베는 생각했다. 참된 무사도는 그리스도의 복음에 살고 죽음을 기

---

26) 신약성서 〈고린도후서〉 4장 10절.

뜸으로 여기는 새로운 무사들 사이에 지금도 살아 숨 쉬고 있다. 그리고 앞으로도 영원히 계속 살아 있을 것이 틀림없다. 저자가 이 장을 마련해 굳이 '죽음과 삶의 문제'를 물은 그 마음을 나는 이렇게 이해하고 싶다.

도쿠가와의 재판. 피고인은 그의 죄목이 낭독되는
동안 무릎을 꿇고 앉아 있다. 재판은 무사가 맡았다.

제13장 칼·무사의 혼

　칼을 무사의 혼으로 삼은 무사도는 이를 무사의 힘과 무용의 상징으로 여겼다.

　마호메트(무함마드)는 '검(劍)은 천국의 열쇠이기도 하고 또 지옥의 열쇠이기도 하다'고 선언했다. 그것도 일본인의 감정을 반영한 것에 지나지 않는다.

　무사는 어릴 적부터 칼을 다루는 법을 배웠다. 무사는 5세가 되면 중요한 전기를 맞이한다. 무사의 정장 한 벌을 몸에 걸친 다음 바둑판 위에 세워진다.[1] 이제까지 손에 잡고 놀던 완구인 작은 칼을 대신해 진짜 칼을 받고 이를 허리에 참으로써 비로소 무사의 대열에 끼도록 인정이 된다.

　무문(武門) 입문식이라고 할 수 있는 이 최초의 의식을 마치면 이제 신분의 상징인 칼을 차지 않고는 그 아이가 부모 집에서 밖으로 나오는 일은 있을 수 없다. 처음에 평소 허리에 차는 칼로는 은으로 칠한 목도를 대용으로 삼았다. 그러다가 2, 3년이 지나면 모조칼을 버리고 비록 둔도(鈍刀)지만 진짜 칼을 항상 차게 된다.

　처음에는 새롭게 받은 칼의 칼날보다도 기쁨에 넘쳐 집 밖으로 뛰쳐나가 나무나 돌을 향해 이 칼을 휘두른다.

　이윽고 15세의 겐부쿠(元服 ; 성인식)를 맞이해 성년에 이른 것이 인정되고 독립해서 행동을 할 자유가 허용이 되면, 그는 어떤 경우에 직면해도 도움이 되는 예리한 칼을 자랑스럽게 지닐 수 있다. 흉기로도 변할 수 있는 위험한 칼을 허리에 차는 것은 아울러 자존심이나 책임감을 동시에 부여한다.

　'멋으로 칼을 차지는 않는다.'

　그 허리에 차고 있는 것은 그가 마음에 간직한 그 충의와 명예의 상징이다.

---

1) 바둑은 때때로 일본의 체스로 소개된다. 그러나 일본의 이것은 영국의 체스보다도 훨씬 복잡하다. 바둑판에는 361개의 모눈이 있고 이 모눈들은 모두 싸움터를 의미한다. 바둑의 목적은 가능한 한 많은 영역을 점령하는 것이다.

대소 2개의 칼은 각각 큰 칼과 작은 칼 또는 와키자시(脇差)로 불리고, 무사는 켤코 신변에서 떼놓는 일이 없었다. 저택 안에 있을 때는 이 두 칼을 서원이나 객실의 가장 눈에 잘 띄는 곳에 소중하게 안치하고 밤에는 바로 손이 닿는 곳에 놓아 그 머리맡을 지킨다.

상주좌와(常住坐臥 ; 앉고 눕는 일상의 거동), 신변에 뒤따르는 반려로서 칼을 애용하고 고유한 애칭으로 부르기도 한다. 그 경애의 마음이 때로는 거의 숭배에 가까울 정도로 고조되기도 했다.

역사학의 원조로 불리는 헤로도토스는 산 제물을 바친 진기할 사례로 스키타이인이 반달형 철제도검에 산 제물을 바친 이야기를 그의 기록에 남겼다. 그런데 일본에서는 많은 신사와 절, 이름있는 집안에서 도검을 존경과 숭배의 대상으로 애장한다. 매우 흔한 단도조차도 그것에 걸맞은 경의를 표하는 것이 당연했고 칼에 대한 무례는 어떤 것이건 소유자에 대한 모욕으로 간주했다. 아아, 화를 자초하는구나. 바닥에 놓인 칼을 조심성 없게 넘어 다니다니!

칼은 이처럼 귀중한 것이므로 아무래도 공예가의 관심을 끌게 되어 그들은 그 숙련된 기술을 앞다투어 도검에 쏟지 않을 수 없었다. 또 그 이상으로 소유자의 허영심을 부추기게 되었다.

특히 태평한 세상에서는 더욱 그렇다. 주교 십자가 달린 지팡이를 손에 들고 국왕은 홀(笏)을 손에 든다. 칼의 패용도 평화로운 시기에는 실용이 따르지 않는 장식품이란 점에서 지팡이나 홀과 그다지 다를 바가 없었다.

자루는 상어가죽이나 최상의 비단으로 감고, 날 밑에는 금은을 아로새기고 칼집에는 다양한 색조로 칠을 했으므로, 이 무서운 무기도 그것에 얽힌 두려움의 태반은 이 덕분에 사라지고 만다. 그러나 이와 같은 여러 가지 장식은 부속물에 지나지 않고 도신(刀身) 그 자체에 비하면 완구에 지나지 않는다.

도공은 단순한 대장장이가 아니고 영감을 받은 공예가이며 그 작업장은 매우 성스러운 곳이었다. 매일 그는 신불에게 기도를 올리고 목욕재계한 다음에야 일을 시작했다. 즉 '그는 쇠를 달구고 단철(鍛鐵)할 때는 그 심혼과 기백을 이에 쏟은 것'이다. 큰 망치를 휘두르고 물에 담가 숫돌에 가는 그 하나하나가 중요하고 엄숙한 종교적 행위였다.

일본도에 이와 같이 예사롭지 않은 영기(靈氣)를 띠게 한 것은 도공의 영일까, 그렇지 않으면 그가 기도를 올린 신불의 영일까? 일본도는 예술작품으로서 완벽하고 톨레도나 다마스쿠스[2]의 명검조차 무색할 정도였다. 그러나 여기에는 예술이 줄 수 있는 그 이상의 무언가가 있었다.

그 얼음과 같은 칼날은 뽑으면 순식간에 대기 중의 수증기를 그 표면에 모은다. 한 점 흐림이 없는 그 날은 푸른색을 띤 빛을 발하고 비길 데 없는 칼날의 물결무늬에는 과거의 역사와 미래의 가능성이 간직되고, 그 휘어짐은 절묘한 우아함과 비교할 데 없는 힘을 결합하고 있다. 이런 모든 것이 힘과 아름다움, 외경의 마음과 두려움의 마음이 뒤섞인 불가사의한 감정을 우리에게 준다. 만일 도검이 단순히 미를 감상하고 즐기는 공예품에 그친다면 그 쓸모는 무해한 것으로 그칠 것이다.

그러나 실제로는 언제나 손에 닿는 곳에 있기 때문에 함부로 이를 휘두르고 싶다는 유혹도 컸다. 칼집에 넣어두면 평화로울 칼을 함부로 잡아 빼 밖으로 빛을 치닫게 한 일이 지나치게 많았다.

도검 남용의 극단적인 예로서는 새롭게 입수한 칼을 시험한다고 아무런 죄도 없는 사람의 목을 치는 자조차 나타났을 정도였다. 그러나 우리가 가장 깊은 관심을 두는 문제는 이것이다.─무사도는 칼의 무분별한 사용을 시인하는가.

그 대답은 명백하게 '아니다'이다. 무사도는 칼의 정당한 사용을 특히 중하게 여겼기 때문에 칼의 남용에 관해서는 강하게 이를 규탄하고 몹시 혐오했다.

칼을 빼지 말아야 할 경우에 칼을 휘두른 자는 얼빠진 자이거나 허세를 부리는 자로 비웃음을 받았다. 냉정하고 침착한 무사라면 칼을 빼야 할 때를 올바르게 분별하였고, 또 막상 그때를 맞닥뜨리는 일은 매우 드물었다.

가쓰 가이슈(勝海舟)의 말을 소개하자. 그는 일본 역사 속에서 가장 어수선했던 시대를 산 사람이다. 그 무렵에는 암살과 자살 그 밖의 여러 가지 피비린내 나는 사건이 일상다반사였다. 어느 한 시기 그는 거의 독재자나 다름없는 권력을 쥐고 있었기 때문에 암살의 표적이 되었다. 그러나 결코 자신의 칼을 피로 더럽히거나 하는 일은 하지 않았다.

가이슈는 어느 벗에게 회고담을 들려준 적이 있다. 자못 예스럽고 독특한

---

2) 톨레도는 에스파냐 중앙부 톨레도주의 주도. 톨레도검이라는 우수한 도검의 산지로서 유명하다. 다마스쿠스는 현존하는 세계에서 가장 오랜 도시로 시리아의 수도. 다마스쿠스 강(鋼)이 유명하다. 단단하고도 부드러운 도검이 된다.

평민적인 어조로 그는 다음과 같이 말하였다.

"나는 사람을 죽이는 것이 정말 싫었어. 그래서 이제까지 한 사람도 안 죽였어. 모두 놓아주고 죽여야만 할 자도 용서해주자며 풀어주었지. 가와카미 겐사이[3]가 가르쳐 주었지. '그대는 그렇게 사람을 죽이지 않는데 그래선 안 돼. 호박이든 가지든 따서 먹어야 해. 그자들은 그런 것들이야.' 그자들은 심한 놈들이었지. 그러나 가와카미는 살해되었어. 내가 살해되지 않았던 것은 죄도 없는 자를 죽이지 않았던 탓인지도 모르지. 칼도 튼튼하게 매어서 절대 빠지지 않도록 해두었지. 상대에게 베일지언정 나는 베지 않겠다는 각오였지. 벼룩이나 이 정도로 생각하면 돼. 어깨에 매달려 쿡쿡 찔러봤자 가려울 뿐이야. 생명에는 지장이 없거든."[4]

이것이 간난(艱難)과 승리가 맹렬한 기세로 타오르는 용광로 속에서 무사도 교육을 받은 사람의 말이다. 널리 알려진 격언에 '지는 것이 이긴다'는 말이 있다. 그것이 의미하는 바는 주먹을 휘두르는 적에게 저항하지 않는 것이야말로 참된 승리라는 것이다.

또 '피를 흘리지 않고 이기는 것이 최선의 승리'라든가 그밖에 같은 취지의 격언이 몇 개 있다. 이것은 요컨대 무사도의 궁극적인 이상은 모두가 평화롭다는 것을 말해주는 것이다.

이렇게도 고매한 이상인데 그것을 승려나 도덕가가 전문으로 역설하면 좋다고 말해 그들에게 맡겨 버리고 무사는 무예 단련에만 몸을 맡겨 무예 이야기로만 그치고 만 것은 참으로 아쉬운 일이었다. 그 결과 무사들은 결국 여성의 이상상을 아마존적인 색채[5] 즉 '여장부'의 모습으로 묘사하게 되었다. 화제가 여기까지 미치게 된 것을 기회삼아 다음에는 '여성의 교육과 지위'에 대해서 거론하고자 한다.

---

3) 河上彦齋(1834~71). 구마모토번(熊本藩)의 무사이고 막부 말의 지사. 사쿠마 쇼잔(佐久間象山)을 암살하는 등, '사람 잡는 겐사이'로 불리었다.

4) 《가이슈 좌담》.

5) 그리스 신화의 아마존족은 부족 전원이 여무사로 구성되었다. 남자는 모두 죽이거나 장애인으로 만들었다. 활을 당기는 데 오른쪽 가슴이 방해가 된다고 하며 베어냈다. 이 신화는 아마존의 '여무사·여장부'를 가리킨다.

이 장의 화제가 도검(刀劍)이므로 지금 세간을 떠들썩하게 하는 문제로 마음이 간다. 그것은 소년들 사이에 칼을 사용한 살상사건이 학교 안팎에서 많이 일어난 문제이다. 현장의 교사나 부모, 또는 교육행정에 관여하는 사람들 사이에서 활발한 논의가 이루어지고 있다. 학생들의 소지품 검사를 할지 말지를 거론하고 칼 제조업자에게도 책임을 물어 특수나이프 제조를 중지 내지는 자숙하도록 요구하자는 의견이 나오는 등, 언제 결말이 날지도 모르는 현상이다.

현상에만 매달려 있으면 좀처럼 좋은 생각이 떠오르지 않는다. 머리를 식혀서 옛날을, 그다지 먼 옛날이 아닌 우리가 어렸을 때를 뒤돌아보면 어떨까 하는 생각이 들기 시작했다.

손자가 보이스카우트에 입단했을 때 늠름한 제복을 입은 모습을 보고 기뻐한 나는 스위스 아미나이프를 선물했다. 지금은 중학생으로 성장한 그가 야영을 할 때만 소중하게 사용한다고 나에게 말해준 것이 매우 기쁘고 손자의 성장에 흐뭇했다.

최근의 소동에 휩쓸렸다면 나는 엉뚱한 짓을 한 할아버지로서 규탄받았을지도 모른다. 하지만 손자가 초·중학교를 통해서 칼을 남용하는 사건을 일으킨 적은 없었다.

왜 나는 손자에게 칼을 선물했을까 하고 이제 와서 생각해보니 나 자신이 칼에 친숙했기 때문이라고밖에 생각할 수 없다. 어릴 적에 주변에 나이프나 칼종류가 없었던 적이 없다.

누구나 학생이면 필통 속에 칼을 가지고 다니던 시대이다. 이것으로 연필 깎는 방법을 배우고 매일 학습 후에는 서너 개의 연필을 깎아서 가지런히 넣어두었다. 너는 연필을 잘 깎으니까 내 것도 깎아달라는 부탁에 벗의 것까지 깎아주었던 일을 기억한다.

초등학생 때 조각칼 세트를 받았을 때의 감동은 잊을 수 없다. 물론 그것은 교재의 일종이었으므로 학교에서도 사용하고 가정에서도 숙제용으로 사용했다.

필통 속의 칼은 아이들에겐 빼놓을 수 없는 물건이었다. 학용품이었을 뿐만 아니라 이것으로 나뭇가지를 잘라 깎아서는 칼싸움 놀이에 사용하는 칼을 만들기도 했다.

칼을 신변에 두어 때로는 피를 흘려서 아팠던 경험을 통해 칼의 무서움을 충분히 자각하면서 이를 잘 사용하는 시대에 자란 자신을 행복하게 생각했다.

연필깎이 등은 그 뒤 학용품이 되어 등장하고 차츰 간단하고도 편리한 모양으로 개량되고 결국엔 자동연필깎이가 등장해 가정이나 학교에 상비하게 되었다. 이것은 누가 나쁜 것도 아니고 문명진보의 은혜일 뿐이다.

다만 이 편리함이 문제이다. 생각해보면 모두가 편리하다거나 간편하기 때문에 새로운 연구가 이루어지고 신제품이 나타나고, 새로운 제도로 이행하고, 가정생활도 사회생활도 만사가 편리를 추구하는 방향으로 치닫고 만다.

편리한 생활이 어느덧 우리들의 인간성을 빼앗고 인간으로서 기본적인 능력의 귀중한 부분을 잇달아 갉아내고 말았다고 생각된다.

도시 점포에 서바이벌나이프를 팔아도 편리한 사회생활에 물들은 젊은이들이 그것을 허리에 차고 실제로 서바이벌라이프를 즐길 만큼 야성적인 환경 따위는 어디에도 보이지 않고 그런 기회도 전혀 없다.

지금의 아이들 가운데에는 캠프파이어를 하려고 해도 불을 피우는 방법조차 모르는 아이가 많다는 얘기를 교사로부터 들은 적이 있다. 아이들뿐만 아니라 어른들조차 무의식으로 그와 같은 감각 속에서 생활하고 있는 것이 아닐까?

'어릴 적부터 칼을 다루는 방법을 배운' 시대에 저자 자신은 자랐다. 더구나 그들 무사의 아들은 칼을 '무사의 혼'으로서 부여받고 교육을 받으며 실제로 그 칼의 무게를 체감하면서 다루는 법을 익혔다.

무사의 아이들이 받은 칼을 '무사도의 혼'으로서 평생 경애하고 진정한 마음을 담아 다루는 방법을 배운 것과 마찬가지로 현대의 아이들이 삶에 걸쳐서 애무하고 애장할 수 있는 물건이 과연 무엇 하나라도 있을까?

무사의 아들이 성년에 이른 것을 인정받기 위해 임하는 의식을 '겐부쿠(元服 ; 성인식)'로 저자는 소개했다. 나는 그것과 오늘날의 성인식을 비교하곤 한다. 현대인은 성인식을 겐부쿠보다 5년 늦추었다. 그 내용은 당사자의 자각에 대해서 말한다면 5년은커녕 10년은 더 넘게 뒤처져 있을 정도로 유치한 것이 아닌가 나에겐 생각이 된다.

저자는 도검이 태평한 세상으로 이행함에 따라서 미술공예품이 되어 귀중하게 다루어지기 시작해 승려나 국왕이 소장하는 '실용성이 없는 장식품'으로 전락하는 추이에 주목한다. 그와 동시에 일본도에는 즉 그 내용인 도신(刀身) 그 자체에 시대의 변천을 초월한 '공예품 이상의 무언가'가 있음을 지적하고자 한다. 그는 그 '무언가'를 일종의 '영기(靈氣)'라고 한 다음 이 영기는 도공이 '엄숙한 종교적 행위'를 통해서 '그의 심혼기백을 이에 쏟은' 결과 그것에 깃든 '도공의 영'이랄까 그렇지 않으면 '그가 기도한 신불의 영'일 것이라고 표현해 단정은 피했다.

이 화제에도 저자는 그 공정함을 보여줬다. 그는 도검애호가도 숭배자도 아님을 명확히 한 다음 무사도가 칼을 '무사의 혼'라고 말해 경애한 것은 좋은 일이다. 그는 궁극적인 이상으로 삼은 평화를 '승려나 도덕가가 전문적으로 설교하면 된다고 여기고 자신은 무예단련에만 지샌 것이 유감천만이다'라고 단언한다.

무사의 아들로 태어나 봉건시대를 거쳐온 아이이면서 근대를 산 저자가 도검담화를 통해서 평화라는 이상에 대해 이 정도의 통찰과 공정한 논의를 진행하게 된 것은 무엇에 힘입었기 때문일까?

니토베에게 이렇게 말할 수 있게 한 것이야말로 실은 성서이고 그리스도의 복음이 그에게 준 '그리스도의 평화'라고 나는 본다. 도검이 무사들의 손에서 흘린 수많은 선혈을, 드디어 신이 십자가 위에 흘리게 한 예수 그리스도의 피로 성취해 영원한 평화로의 길을 연 것이라고 니토베 이나조는 믿었기 때문에 도검을 화제로 삼으면서 독자들의 마음을 참된 평화로 이끌 수 있었다고 나는 생각한다.

에도의 미인. 기타가와 우타마로 그림. 1793년 작품. 지바시미술관 소장. 책을 읽는 여인을 그렸다.

제14장 여성의 교육과 지위

인류의 반을 차지하는 여성은 이제까지 자주 역설과 모순의 전형으로 치부됐다. 그 이유는 여성 마음의 직관적인 기능은 남성의 '계산적인 이해력'을 훨씬 초월하기 때문이다.

'신비적'이라든가, '불가지적(不可知的)'이란 느낌을 표현하는 '묘(妙)'라는 한자는 '젊다'는 의미의 '소(少)'와 '여(女)'라는 두 한자가 결합되어 있다. 이것은 여성이 지닌 신체적 아름다움과 섬세한 발상은 남성의 조잡한 심리적 이해력으로는 도저히 설명할 수 있는 것이 아니기 때문이다.

그러나 무사도가 이상으로 삼은 여성상에는 신비성이 전혀 없고 약간 외견적인 모순이 있는 데 지나지 않았다. 앞 장에서 나는 무사도가 묘사한 여성의 이상상은 아마존적이라고 말했다. 그것은 어디까지나 진실의 반면(半面)에 지나지 않는다.

한자에 관해서 말한다면 중국인은 '처(妻)'를 의미할 때 '빗자루(箒)를 든 여자(女)' 즉 '부(婦)'란 글자를 적용했다. 하지만 그 빗자루는 배우자에 대한 공격이나 방어를 위해 휘두르는 것이 목적이 아니고 또 마법을 걸기 위해서도 아니다. 최초로 비가 발명된 그 무렵 무해한 용도를 생각해서 만든 것임은 말할 것도 없다. 어쨌든 그 바탕에 잠재한 사상은 상당히 가정적이다.

영어에서 아내(와이프)는 '베를 짜는 사람' 즉 '위버(weaver)'를 어원으로 하고 또 딸(daughter)은 영어의 밀크메이드처럼 '젖을 짜는' 것을 의미하는 산스크리트어인 '두히타르(duhita)'를 어원으로 태어난 것과 마찬가지로 한자도 매우 가정적인 발상을 근원으로 한다.

독일 황제는 여성의 활동영역은 '부엌'과 '교회', '아이'에게 있다고 말했다. 무사도가 이상으로 여겼던 여성상은 독일황제처럼 세 가지로 한정은 하지 않았을지라도 뚜렷하게 가정적이었다.

한편으로는 가정적이고 다른 한편으로는 여장부이고 여걸이라고 하는 것은 언뜻 모순처럼 보인다. 그러나 두 가지 모두 무사도의 가르침에서는 양립할 수 있다. 아래에서는 이 점에 대해서 말하기로 한다.

무사도는 본디 남성을 위해 시작된 가르침이기 때문에 그것이 여성에게 요구한 미덕도 자연히 여성적인 것에서 동떨어진다.

'그리스 예술의 최고의 미는 여성적이기보다는 오히려 남성적이다'라고 빙켈만[1]은 말하였다. 레키는 이에 덧붙여서 '그리스인의 예술에 국한하지 않고 그 도덕관념에서도 똑같다[2]'고 말했다.

무사도도 마찬가지로 '여성의 특성인 연약함에서 벗어나 가장 강하고 가장 용감한 남성에게도 절대로 지지 않는 강인 불굴함을 발휘해 보인' 여성들을 칭송했다.

그러므로 젊은 여성들은 감정을 억제해 신경을 단련하고 무기, 특히 언월도(偃月刀)로 불리는 긴 자루가 달린 칼을 쓸 수 있도록, 그리고 뜻하지 않은 사태에 맞닥뜨려도 자기 몸을 지킬 수 있도록 훈련 받았다. 그러나 이와 같은 무예단련도 전쟁터에서 도움이 되게 하려는 것은 아니었다.

주된 목적은 두 가지이다. 하나는 자기 자신을 위해서이고 다른 하나는 가정을 위해서이다. 봉사해야 할 주군이 없는 여성은 자기 자신을 지키는 방법을 단련한다. 남편들이 주군을 위해 발휘한 충의에 지지 않는 열의를 가지고 여성은 그 손에 무기를 들어 내 몸을 지키고 또 자신의 신성한 영역인 가정을 지켰다.

여성이 받은 무예 단련은 자식들을 교육하는 데 중요했다. 이에 대해서는 나중에 말하기로 한다.

여성에게 가르친 검술과 그 밖의 무예는 실제 사용하는 일이 거의 없다고 해도, 일상적으로 정좌한 자세를 흐트리지 않는 생활습관을 지닌 여성들에게는 건강한 균형을 유지하는 데에도 효과가 있었다. 물론 이와 같은 무예 수련은 건강을 위해서만 실행한 것이 아니고 유사시에 크게 도움이 되었다. 소녀도 성인이 되면 '회검(懷劍)'이란 단도를 받고 덮치려는 자가 있으면 적의 가슴을 찌르고 때에 따라서는 자기 가슴을 찌르는 데 사용했다.

회검으로 자기 가슴을 찌르는 일이 때때로 있었다. 나는 그녀들을 책할 생각은 없다. 크리스천이 자살을 혐오하는 것은 알고 있지만, 자살한 펠라지아와

---

1) Johann Joachim Winckelmann(1717~68). 독일의 미술사가.
2) 레키 《유럽도덕사》 제2권 p.383.

돈나나[3]란 두 소녀가 순결과 신앙을 지킨 여성이란 점에서 뒤에 성인반열에 올랐다. 그렇다면 크리스천의 양심으로도 회검으로 자기 가슴을 찌른 일본여성을 책망할 수는 없다고 생각한다.

일본의 비르기니아[4]들은 정조를 잃을 위기에 직면했을 때 아버지의 검을 기다릴 것도 없이 언제나 가슴에 숨겨둔 자기 회검을 사용한다. 반드시 자해해야 할 때 그 사용법을 모른다는 것은 일본여성은 부끄러운 일로 간주했다. 예를 들어 해부학은 배우지 않아도 목의 어느 부분을 베야 하는지를 정확하게 알아야 했다.

죽음에 임해서 그 고통이 아무리 심해도 자결한 뒤에 발견되는 자신의 유해가 사지오체(四肢五體)에 흐트러짐이 없이 최고로 권위 있는 모습을 남기도록 허리띠를 사용해 자기 무릎을 확실하게 결박하는 방법도 터득해야 했다. 이와 같이 죽음에 임해서의 신중한 배려는 그 유명한 크리스천 페르페투아라든가 성처녀 코르넬리아의 죽음에 견줄 만했다.

일본인의 입욕습관이라든가 그 밖의 사소한 일에 관해서 일본인에게는 굳은 정조관념이 전혀 없다고 오해하는 사람들도 있으므로 조금 당돌하지만 위와 같은 물음을 던져보았다.[5]

그와 같은 오해와는 정반대로 정조야말로 무사된 자의 아내에게 가장 중요한 덕목이고 생명 이상으로 중하게 여겼다. 어느 젊은 여성이 적에게 붙잡혀 정조를 잃을 위험에 처하게 되었다. 그러자 그녀는 이렇게 제의했다.

'이 싸움으로 뿔뿔이 흩어진 동생들에게 우선 편지라도 쓰게 해주시오. 그러면 그대들의 뜻에 따르겠소.'

허락을 받고 편지를 다 쓰고 난 그녀는 몸을 날려 근처에 있는 우물에 몸을 던져 그 명예를 지켰다. 그녀가 남긴 편지는 다음과 같은 노래로 끝났다.[6]

---

3) 펠라지아와 돔니나는 4세기 안티오키아의 성녀. 자신의 정조를 지키기 위해 불과 15세에 적진에 몸을 던져 죽었다.
4) 독재자 클라우디우스가 비르기니아란 처녀의 미모에 반해 자기 노예로 삼으려고 했을 때 처녀의 아버지는 이 독재자와 민중 앞에서 스스로 딸을 찔러 죽였다. 이 사건으로 인해서 독재자는 멸망하게 된다. 기원전 450년의 일.
5) 나체, 입욕에 관한 이해있는 해설에 대해서는 핀크 《로터스 타임 인 재팬》 pp.286~297 참조.
6) 《일본 여성 인명사서》에 따르면 1573년 아사쿠라 요시카게(朝倉義景)가 노부나가(信長) 때문에 멸망되었을 때 도리이 요시치로(鳥居與七郎)의 아내가 부른 노래.

뭉게구름에 가려질지도 몰라
덧없는 이 세상에 빛을 보이고 싶을 뿐이라면
어서 서두르자 봉우리에 걸린 초승달아.

여성에 대한 일본인의 가장 높은 이상이 남자를 능가하는 여걸뿐이었다는 인상을 독자에게 준다고 한다면 본의가 아니다.

아름답고도 우아한 생활이 여성에게 있어서 필수적인 것이었다. 음곡, 가무, 또 문학이 존중되었다. 일본문학 중 가장 뛰어난 시가로 평가되는 몇 가지는 여성의 감정표현이었다. 사실, 여성은 일본의 '순문학' 사상에 중요한 역할을 수행해 왔다.

춤을 가르쳤다(이것은 무사계급의 딸에 대한 이야기이다. 나는 예인 얘기를 하는 것이 아니다). 그것은 단순히 그녀들의 행동거지를 매끄럽게 하기 위해서만 가르쳤다. 또 음곡 연습도 했다. 그것은 아버지나 남편의 피로를 덜어주기 위해서였다. 그러므로 그와 같은 연습은 반드시 기교나 예 그 자체를 목적으로 하진 않았다. 어디까지나 마음을 깨끗하게 하는 것이 궁극적인 목적이었다. 따라서 '마음이 편안하지 않으면 음도 조화가 되지 않았다(연주하는 자 자신이 마음속에 조화를 지니고 있지 않으면 음의 조화는 바랄 수도 없다)'고 했다.

앞서 청소년 교육에 대해서 살폈을 때 예도(藝道)의 성과 그 자체는 그다음이고 주된 목표는 언제나 도덕적 가치에 있음을 보아왔다. 그것과 똑같은 이념을 여성교육에서도 관철했다. 즉 예(藝)에 관한 것은 제각기 도덕적인 가치에 따라야 한다는 사고방식이다.

음곡이나 무용 등은 생활 속에 우아함과 밝음을 곁들여 주기만 하면 그것으로 충분하고 허영이나 사치의 온상이 되어서는 안 된다고 생각되었다.

페르시아 왕이 런던에서 무도회에 안내되어 그에게 댄스를 권유했을 때 그는 '우리 나라에서는 이와 같은 일을 직업으로 보여주는 여자들이 특별히 준비되어 있다'고 무뚝뚝하게 말했다고 한다. 페르시아 왕의 마음을 이해할 수 있을 것 같은 생각이 든다.

일본 여성의 연예도 남에게 보여주기 위한 것이나 그것으로 출세를 하기 위한 것은 아니었다. 그와 같은 연예는 어디까지나 가정 안의 기분전환이었다. 사교장에서 보여주는 일은 있었다고 해도 그것은 주부의 여흥으로서 하는 것이고, 다시 말해서 가족 모두가 손님을 대접하려는 사람의 취향 가운데 일부였다.

집안을 다스리는 것이 여성교육의 지도이념이었다. 옛날 일본 여성들은 문무 어느 쪽의 예능도 주로 가정을 위해 힘쓰는 것이었다고 말할 수 있다.

아무리 고향에서 멀리 떨어져 있어도 그녀들은 결코 '가족의 단란'을 중심으로 한 내 집을 잃거나 하는 일은 없었다. 옛날 일본여성들은 가족의 명예와 고결한 품위를 유지하기 위해 분골쇄신, 고역도 마다하지 않고 때로는 그 생명까지도 버렸다. 밤낮을 가리지 않고 그녀들이 그 작은 둥지에서 노래한 가락은 강하기도 하고 부드럽기도 하고, 씩씩하기도 하고 때로는 애절하기도 했다. 딸로서는 아버지를 위해, 또 아내로서는 남편을 위해, 그리고 어머니로서는 아들을 위해 그녀들은 자기 자신을 희생했다.

이처럼 어릴 적부터 그녀들은 자기부정을 배웠다. 그 삶은 자기 혼자의 삶이 아니고 서로 의지해야 할 봉사와 헌신의 삶이었다. 남자를 위해 '걸맞은 보조자'로서 만일 그 존재에 도움이 된다면 아내는 남편과 함께 무대에 서고 만일 남편의 일에 방해가 된다면 무대 뒤로 물러난다.

어느 젊은이가 한 처녀를 사랑하고 처녀도 또 그 젊은이에게 열애로 보답했다. 그러나 이윽고 처녀는 이 젊은이가 자기에 대한 사랑 때문에 의무를 게을리한다는 것을 깨닫는다. 그래서 그녀는 자기의 용모가 젊은이를 타락시켰다고 판단해 스스로 그 미모를 손상하는, 이와 같은 일이 일어나는 것이 절대 드물지 않았다.

무가의 자녀들이 이상적인 아내로서 마음에 그리는 '아내'인데, 어느 사내가 그녀를 짝사랑한 나머지 패거리를 짜 남편을 모살하려고 계획한다. 그녀는 그 흉계를 도와주는 시늉을 하면서 은밀하게 어둠을 틈타 남편을 대신해 선다. 그리고 자기에 대한 불륜에 미친 자객의 비수를 자기 목에 받고 여자의 정조를 지켜낸다.

어느 젊은 다이묘(大名 ; 기무라 시게나리 ; 木村重成)의 아내가 자결에 앞서 써서 남긴 다음과 같은 편지가 있다. 여기에는 아무런 주석도 필요치 않을 것이다.

이 덧없는 세상에서 여러 가지 사건들이 잇따라 일어나 아무도 그 흐름을 거스를 수는 없으며, 모든 것은 계획에 따라서 움직인다는 말을 자주 들었습니다.

같은 나뭇가지에 깃들어 같은 흐름 속에서 사는 것이 우리가 태어나기 훨씬 전부터 정해져 있었던 것 같습니다. 아직 겨우 2년밖에 되지 않았으나 우리가 부부로서 영원한 계약으로 맺어져 있고 제 마음은 항상 떨어지지 않아 당신을 따라서 오직 한 마음으로 사랑하고 사랑을 받아 떨어지는 일이 없었습니다.

그러나 최근 알게 된 일로, 다가오는 싸움이야말로 당신에게는 마지막 봉사, 죽음을 각오한 일로 알고 있습니다. 이제 사랑하는 반려자로서 작별의 인사를 드리고 싶습니다. 고대 중국의 대장군인 항우(項羽)는 총애하는 우미인(虞美人)과의 이별을 아쉬워한 나머지 싸움에 패했다고 들었습니다.[7]

또 기소 요시나카(木曾義仲)는 용사였는데 아내와의 이별을 아쉬워한 나머지 결국 참패하기에 이르렀다고 합니다. 이제 이승에 소망도 없고 즐거움도 없는 내가 이 이상 살아남아서 당신을 붙잡아 여한을 남겨서야 하겠습니까?

소원입니다. 아무쪼록 주군 히데요리(秀賴) 공으로부터 다년간 입은 은고를 절대 잊지 마시도록! 우리가 받은 은고는 바다보다도 깊고 산보다도 높습니다.

여성이 그 남편과 가정, 또는 가족을 위해 자기 목숨을 버리는 것은 사내가 주군과 국가를 위해 몸을 버리는 것과 마찬가지로 자신의 의지에 따른 것이고 또 명예로운 행위로 간주한다.

자기부정이 없으면 삶의 의문은 아무것도 해결할 수 없다.─자기부정은 사내에게 있어서 충의의 기조(基調)이고, 마찬가지로 가정이 제일이라는 신조로 사는 여성들에게도 그것이 삶의 기조였다. 남편이 주군의 노예가 아니었던 것

---

7) 항우(項羽 ; 기원전 232~202)는 중국의 진(秦)시대 말기의 무장. 그의 총희가 우미인(虞美人)으로 알려져 있다. 한(漢)의 유방(劉邦)과 정권을 다투고 있었는데 기원전 202년 패해서 적군에게 포위된다. 밤에 사방을 포위한 한군이 초의 노래를 부르는 소리를 듣고 고향 사람들이 모두 항복한 것을 깨닫고 진중에서 마지막 주연을 베푼 다음 우미인에게 석별의 시를 만들어 '우야 우야, 너를 어찌할꼬'라고 노래했다고 전해진다.

과 마찬가지로 아내들도 남편의 노예는 아니었다.

아내가 해야 할 역할은 '내조'에 있다고 생각되었다. 내조란 즉 '안에서의 도움'이다. 밖에서 하는 봉사에는 위로 이어지는 계단이 있다. 아내는 남편을 위해 자신을 희생해서 서고 그 위에 선 남편은 똑같이 자신을 희생해서 주군을 위해 서고 또 그 위에 서는 주군은 자신을 희생해 하늘에 따라서 서는 것이다.

이와 같은 가르침에도 약점이 있음을 나는 알고 있다. 또 그리스도교에 뛰어난 점이 있다고 한다면 그것은 살아있는 모든 것이 창조주인 신에 대해서 저마다 직접 의무를 져야 한다는 점에 있다는 것도 나는 물론 알고 있다.

그래도 아직 나는 '타에 봉사하는 가르침'에 구애된다. 자아의 이익보다도 위에 있는 무언가에 봉사하는 것, 독립적인 개인으로서의 자신조차 희생해서 봉사하는 것―이것은 그리스도가 가르치는 것 가운데서 가장 높은 가르침이고 그리스도가 짊어진 사명의 신성한 기조이다. 그리고 이렇게 말하는 한 무사도는 영원한 진리에 바탕을 두고 있는 것이라고 나는 말하고 싶다.

'노예처럼 자신의 의지마저도 포기한 복종을 마치 미덕인 것처럼 주장하는 부당한 편견의 소유자여!'라고 말하면서 나를 비난하지 말기 바란다.

역사란 자유의 전개 및 실현임은 헤겔이 넓은 학식을 깊은 사고로 추진하면서 논한 견해이다. 나는 큰 줄거리로 이를 받아들였다. 다만 내가 명확하게 밝히고 싶은 요점은 무사도의 가르침 전체가 자기희생의 정신으로 물들어 있고 또 그 정신은 여성뿐만 아니라 당연하게 남성에게도 요구되는 것이다.

그러므로 무사도의 감화가 완전히 사라져 버린다면 이야기는 달라진다. 그때까지 일본 사회는 다음과 같은 견해에는 갑자기 동조하지는 않을 것으로 생각한다. 그 견해란 어느 미국의 여성해방운동가가 경솔하게도 이렇게 외친 것이다. '일본의 전 여성들이여, 낡은 관습에 반항해 궐기하라!'

이와 같은 반역이 성공할 수 있을까? 그것은 여성의 지위향상에 도움이 될까? 이와 같은 난폭한 방법으로 그들이 획득하는 권리는 그 대신 잃게 되는 것을 생각할 때 과연 득이 될까? 과거로부터 물려받은 유산인 우아하고 온유한 성질이나 여성의 부드러운 행동을 다 버려도 그와 같은 손실을 메우고도 남는 것이 있다고 단언할 수 있을까?

로마제국의 주부들에게 가정본위의 정신이 사라지자마자 순식간에 이루 말할 수 없을 정도로 도덕적 퇴폐가 시작되지 않았는가?

미국의 유명한 해방운동가는 일본 여성에게 반란을 권고했지만, 과연 그 반란이 역사적 발전상 밟아야 할 올바른 단계라는 것을 그녀는 보증할 수 있을까? 이것은 심각한 큰 문제이다. 변화라는 것은 그와 같은 반대운동에 따르지 않아도 때가 오면 실현하는 것이고 또 변화란 사실 그런 것임을 믿는다.

무사도 제도하에서 여성의 지위는 과연 어떠했을까? 정말로 반란도 불사할 정도로 열악했는지 탐구해 보아야 한다.

유럽의 기사들이 '신과 숙녀'에게 바친 형식상의 존경에 대해서는 상당히 많이 들었으나—이 두 말 사이에 있는 불균형에는 기번[8]조차도 외면했다. 또 할람[9]은 기사도에서 말하는 도덕은 거칠고 세련되지 못하며, 그 여성에 대한 부드러움에는 불륜의 사랑이 숨겨져 있다고 단정했다.

기사도가 어떤 영향을 여성에게 미쳤는지에 대해서는 많은 철학자 사이에서 논의되어 왔다. 기조[10]는 봉건제도와 기사도는 여성에게 건전한 영향을 가져왔다고 주장했다.

이에 대해서 스펜서는 여성의 지위는 호전적인 군국사회에서는 필연적으로 낮고 그것이 개량되어 향상하는 것은 산업사회로 이행하는 데 따라서 볼 수 있다고 말하였다. 봉건사회는 스펜서가 말하는 군국사회에 해당하는 것이 아닐까?

그런데 기조와 스펜서 둘 가운데 어느 쪽 이론이 일본에 들어맞을까? 내가 보기에는 모두가 올바르다고 단언할 수 있다.

일본에서의 군인계급은 약 2백만이 넘는 무사들로 한정되어 있었다. 그 위에는 군사귀족인 다이묘(大名)와 궁정귀족인 고케(公家)가 있었다. 신분이 높은 이들 유한귀족은 사치스럽고 게으른 사람들이어서 이름뿐인 무가에 지나지 않았다.

무사계급 밑에는 일반서민, 즉 농업·공업·상업에 종사하는 사람들이 평화로운 생업으로 일상을 보냈다. 그렇기 때문에 허버트 스펜서가 군사형 사회에서 볼 수 있는 특색으로 거론하는 것이 일본에서는 오로지 무사계급에 한정

---

8) Edward Gibbon(1737~94). 영국의 역사가. 대저작 《로마제국쇠망사》는 유명하다.

9) Hallam(1777~1859). 영국의 역사가이며 유럽, 영국의 중세사에 관한 대가.

10) François Guizot(1787~1874). 프랑스의 저명한 역사가이며 정치가. 《영국혁명사》 《유럽문명사》 등의 저서가 있다.

되어 있고 또 이에 반해서 산업형 사회에서 볼 수 있는 특색은 그런 계급을 구성하는 상층과 하층에 들어맞는 것이었다.

그것은 여성의 지위에 잘 나타나 있다. 즉 여성들에게 가장 자유가 제한된 것은 무사의 세계였기 때문이다. 이상한 일은 아래 계급이 될수록 남편과 아내의 지위는 더욱더 평등해져 간다는 것이다. 예를 들면 영세한 수공업 일로 생계를 꾸려나가는 사람들이 그랬다. 또 신분이 높은 귀족 사이에서도 남녀 사이에 볼 수 있는 차별은 뚜렷한 것이 아니었다. 그 주된 이유는 유한귀족이 글자 그대로 여성화하고 말았기 때문에 눈에 띄게 남녀의 차이를 두드러지게 할 기회나 필요가 그다지 없었기 때문이다.

이와 같이 스펜서의 설은 '옛 일본'에서의 예에서 충분히 실증되었다고 말할 수 있다. 또 기조의 설인데 그가 봉건사회에 관해서 쓴 것을 읽은 사람은, 특히 신분이 높은 사람들에 대해서 살핀 것에 생각이 미칠 것이다. 따라서 그의 설은 '다이묘'나 '고케'에 대해서는 잘 들어맞는다.

만일 내가 말하는 것이 무사도 아래에서 여성의 지위가 매우 낮았다는 것과 같은 인상을 준다고 한다면 나는 역사상의 진실을 두드러지게 왜곡한 것이 된다.

처음부터 남성과 동등한 대우를 여성이 받지 않았던 것은 나도 확실하게 인정한다. 그러나 차이와 불평등을 확실하게 구별하는 법을 배워야 한다. 그렇지 않으면 이 문제에 연관된 잘못된 사고는 언제나 피할 수 없다.

예를 들면 남녀 사이에서조차 정말로 평등하다고 말할 수 있는 것은 기껏해야 법정에서나 선거의 투표 정도의 일이고 매우 한정된 경우에 지나지 않음을 아울러 생각한다면 남녀간의 평등에만 얽매여 논의해 보아도 이는 헛된 일로 생각된다.

미국의 독립선언이 '모든 인간은 평등하게 만들어져 있다'고 말하였다. 그것은 정신적 능력이나 육체적 능력에 관해서 말한 것은 아니다. 그것은 도미티우스 울피아누스[11]가 아주 옛날에 '법 앞에는 만인이 평등하다'고 선언한 것을 되풀이한 것에 지나지 않는다.

이 경우 법적 권리가 평등을 결정하는 기준이 되고 있다. 사회에서 여성의

---

11) 170~228. 로마의 법학자.

세 미인. 기타가와 우타마로 그림. 1793년 작품.
보스턴미술관 소장. 우타마로의 미인화 양식을 바
탕으로, 각 미인의 개성을 잘 나타내었다.

지위를 측정하는 데 법만이 유일한 척도라면 그 지위가 높고 낮음을 말하는 것은 그녀의 몸무게가 몇 파운드 몇 온스라는 것과 같은 정도로 간단한 일이다. 그러나 문제는 남녀의 상대적인 사회적 지위를 비교하는 데 정확한 기준이 있을 수 있는가이다.

여성의 지위를 남성의 그것과 비교하는 데 마치 은의 가치를 금의 가치와 비교하듯이 그 비율을 숫자로 표시하는 것이 과연 정당하고 충분한 것일까? 이와 같은 계산방법은 인간이 소유한 가장 소중한 가치, 즉 본질적인 가치를 고찰에서 제외하게 되고 만다.

남녀가 제각기 이 세상에서의 사명을 다하기 위해 다종다양한 요소를 갖추었음을 고려하면 남녀 양성의 상대적 지위를 측정할 때 사용되는 기준은 복합적인 성질의 것이여야 한다. 경제학 용어를 빌려 말한다면 그것은 '복본위제 (複本位制)'여야 한다.

무사도에는 그 자체의 본위제가 있었다. 그것은 '양본위제(兩本位制)'였다. 즉 여성의 가치를 싸움터와 가정의 양면에서 측정하려고 했다. 싸움터에서 여성의 평가는 낮고 역으로 가정에서는 완전하다고 평가되었다. 이 이중의 평가에 따라서 여성은 대우를 받았다. 사회적, 또는 정치적 존재로서는 중요하지 않지만 아내로서 또 어머니로서는 최고의 존경과 깊은 애정을 받았다.

그처럼 군사적 국민이었던 로마인 가운데서 여성들이 왜 그처럼 경애를 받았을까? 그녀들이 마트로네(matronae), 즉 어머니였기 때문이 아니었을까? 전사나 입법자로서가 아니고 어머니로서의 그녀들에게 사내는 모자를 벗고 그 앞에 고개를 숙였다. 일본에서도 그랬다. 아버지나 남편이 싸움터에 나가고 없을 때 가정을 꾸려나가는 일은 어머니나 아내에게 맡겨졌다. 자녀의 교육은 물론이고 집의 방위조차도 그녀들에게 맡겨졌다. 내가 앞서 말한 여성의 무예도 가정에서의 자녀교육을 확실하고 현명하게 실천해 나가기 위한 것이었다.

일본인 사이에서는 자신의 아내를 부를 때 보통 '우처(愚妻)'라는 말을 사용해 어설픈 지식으로 말하는 외국인 가운데에는 일본인은 아내를 소중하게 여기지 않고 오히려 대단히 경멸을 하는 것처럼 보는 피상적인 견해를 가진 자가 있다. 그러나 '우부(愚父)'나 '돈아(豚兒)', '졸자(拙者)' 등의 말도 일상적으로 사용된다는 사실을 알면 이미 그곳에 충분한 해답이 있는 것이 아닐까?

결혼관에 관해서는 일본인 쪽이 크리스천에 속한 사람들보다 어느 의미에서 훨씬 진보됐다고 생각된다. '남과 여는 한 몸이 되어야 한다'고 말한다.

앵글로색슨식의 개인주의는 남편과 아내가 두 사람이라는 관념에서 벗어나지 못해 서로 으르렁거릴 때는 별도의 권리가 인정되고 또 서로 화합할 때는 온갖 애칭과 무의미한 달콤한 말을 상대에게 퍼붓는다. 남편과 아내가 남에게 자신의 반신(半身)에 대한 것을, 그것이 좋은 반신인지 나쁜 반신인지는 별개로 치고 사랑스럽다거나 총명하다거나, 또는 상냥하다거나 말하는 것은 우리에게는 몹시 한심하게 들린다.

자기 자신을 가리켜 '총명한 나' 또는 '나의 사랑스러운 기질' 등으로 말하는 것은 듣기에도 민망하고 좋은 취향이라고는 말할 수 없다. 일본인이 자기 아내를 칭찬하는 것은 자신의 일부를 자랑하는 것과 같다고 생각한다. 이른바 자화자찬은 일본인에게는 악취미 이상의 아무것도 아니다. 나는 크리스천 국민 사이에서도 그것은 같을 것으로 기대한다.

자신의 배우자를 남 앞에서 예의로 낮추어 말하는 것은 무사 사이에서 통상 이루어진 관례였기 때문에 무심코 그 일에 지면을 쪼개어 옆길로 새고 말았다.

튜턴(Teutonic)인종[12]은 초기 단계에서 여성에 대해 미신적이라고도 할 수 있는 두려운 마음을 안고 있었다(독일에서는 이제 그것도 사라지고 있지만). 또 미국인은 여성의 수가 절대적으로 부족함을 통감하면서 그 사회생활을 시작했다(물론 오늘날에는 인구도 늘었고 식민지 시대의 어머니들이 누리던 위광도 급속하게 잃고 있는 것이 아닌가 하고 나는 두렵다).[13] 그런 이유로 남성이 여성에 대해서 존경의 뜻을 표하는 것이 서양문명에서는 중요한 도덕기준까지 되었다.

그러나 무사도 하에서의 무의 윤리에서 선과 악을 구분하는 분수령은 그것과는 별개의 곳에서 요구되었다. 즉 의무라는 선을 따라서 그 분수령은 달리고 있었다.

의무란 사람을 자기의 내적인 신성한 혼에 결부시키고 나아가 오륜의 도에 의해서 남의 혼과 결부된다는 의무연계의 길에 따라서 확인된 것을 말한다.

이 오륜의 길을 말했을 때 나는 그 가운데 하나인 충의, 즉 주군과 가신의

---

12) 독일·네덜란드·스칸디나비아 등의 북유럽인족, 특히 독일인.
13) 일찍이 영국에서 소녀들을 수입하고 막대한 담배생산 노동력으로 결혼을 시켰다고 전해지는 그 시대의 일을 나는 가리킨다.

관계에서의 충실에 대해서만 주목했고, 다른 점에 대해서는 기회 있을 때마다 부수적으로 말한 데 지나지 않았다. 그 이유는 그것들은 별도로 무사도에 특별한 것은 아니고, 어디까지나 가신과 주군의 관계야말로 무사도의 기본적 관계였기 때문이다.

그 밖의 관계는 자연의 감정에 따른 것이며 전 인류의 인간관계에 공통적인 것이었다. 다만 그 가운데 몇 가지는 무사도의 교훈에 의해서 감화되고 각별하게 강조되는 경우도 있긴 했다.

그것에 관련해서 내가 상기하고자 하는 것은 사내들 우정의 특별히 강함과 부드러움이다. 이와 같은 우정은 청년시대에 남녀가 별도로 분리되어 키워진 사정으로 인해서 애모의 마음이 한층 강해졌다. 그리고 형제의 의리에 신비적인 애모의 마음을 싹트게 했다.

서양의 기사도나 앵글로색슨 제국의 자유교류에는 애정이 자연스럽게 서로 통하는 채널이 열려 있었다. 그러나 일본에서는 이미 지적한 것처럼 남녀를 분리해 두는 습관 때문에 그 채널이 막히고 말았다.

다몬과 피티아스, 또는 아킬레우스와 파트로쿨로스 이야기의 일본판을 말함으로써 페이지를 메울 수도 있다. 또 다윗과 요나단을 결부시킨 우정에도 뒤지지 않을 정도의 깊은 우정의 유대를 무사도의 미담으로 이야기할 수도 있다.

그러나 무사도에 특유한 덕목이나 교훈이 무사계급 안의 것으로만 한정되지 않았다고 놀랄 필요는 없다. 그렇기 때문에 여기에서 무사도가 일반 국민에게 미친 감화에 관해서 꼭 말해야겠다는 마음이 앞선다.

[해설]

무사도 가운데서 태어나 자란 니토베 이나조로부터 가정의 소중함을 배우고 또 여성의 존귀함과 여성의 사명, 또는 이상적인 여성상 등에 대해서 듣게 되리라곤 현대의 일본인에겐 예상 밖의 일로 생각될지도 모른다.

그러나 그것은 중대한 오해 또는 편견에 따른 것이다. 이 장을 읽은 사람은 누구나 니토베 이나조에 대해서라기보다는 그를 키운 무사도를 조금이나마 오해하고 있었던 것을 깨닫고 지금까지의 편견을 고쳤으리라 믿는다.

글 가운데서 니토베는 일본인 여성을 위해 크게 변호했다. 일본인 독자에게 있어서는 익숙지 않은 크리스천 페르페투아와 코르넬리아 등이 인용된다.

페르페투아는 아프리카 태생의 크리스천 여성으로 순교자로서 전해져 온 사람이다. 기원후 202년에 로마황제 셉티미우스 세베루스가 그때까지는 그리스도교에 호의적이었던 방침을 파기하고 철저한 박해로 전환했다. 종전부터 있었던 그리스도교 금지령을 재확인해 부활시키고 알렉산드리아, 카르타고, 마다우라 등의 각지에 수많은 순교자를 내게 했다.

그때 페르페투아도 투옥되어 카르타고에서 순교했다고 전해진다. 일설에 의하면 로마에서 맹수와 싸우게 했다고도 한다. 그때 관리가 그녀의 옷을 벗기려고 하자 이를 거부하는 그녀에게 군중이 감동해 일제히 동정하는 소리를 높였기 때문에 관리도 그것을 중지하지 않을 수 없게 되었고, 결국 그녀는 옷을 걸친 채 맹수의 먹이가 되었다. 죽음에 직면하면서 맹수에게 찢긴 옷을 몸에 걸치고 그 몸을 가리려고 한 그녀의 다부진 모습이 후세에 오래도록 전해지고 있다.

성처녀 코르넬리아는 여신 베스타에 봉사하는 여섯 처녀 가운데 한 사람이었다. 이 여신은 로마신화에 등장하는 불의 신이다. 여신의 제단에 성화가 꺼지지 않도록 이를 지키는 것이 영원한 정결(貞潔)을 맹세하는 그녀들의 임무였다. 제단에 봉사는 그녀들에게는 커다란 특권이 부여되고 있었으며 동시에 처벌도 엄해 무언가 사소한 금기를 깬 자라도 생매장이 되었다. 처형될 때 코르넬리아는 흙에 닿아 흐트러지는 옷을 열심히 가다듬고 당당하게 땅속에 묻힌 것으로 전해진다.

오늘날 가정의 붕괴를 한탄하는 목소리는 세기말의 지구를 뒤덮고 있다. 일본을 비롯한 선진국으로 일컬어지는 나라들 모두에서 볼 수 있는 가정 붕괴와 그것에 뒤따르는 사회의 혼란, 문화의 난맥상, 문명의 위기는 인류 최대의 문제 가운데 하나라고 해도 지나친 말은 아니다.

이러한 위기는 몇 가지 유인(誘因)으로 인해서 나타난 것임은 확실하다. 그 유인 가운데 가장 큰 것이 남성과 여성의 관계에 얽힌 것임은 뜻있는 많은 사람들이 인식하고 있다.

평범한 일이지만 사내가 사내답다는 것, 동시에 여성이 여성답다는 것, 그리고 남녀가 가장 깊은 사랑과 높은 존경에 의해서 상호 신뢰관계를 구축하는 것이 가정의 성숙을 낳고 그 가정에서 태어나 자라는 아이들의 인간성을 견실하고도 풍부하게 해 그들이 담당하는 다음 사회의 안녕질서를 견지해 나가는 힘의 근원이 된다. 이것은 영원히 변하지 않는 원칙이고 또 진리이다.

이 진리를 깊은 곳에서 지탱하는 것은 남녀 간의 정조이고 의연한 지조를 통해서 유지되는 상호의 굳은 존경에 있다는 것도 또 영원히 변하지 않는 원칙이다. 저자는 코르넬리아나 페르페투아에 비교할 수 있는 여성이 일본에도 많이 존재함을 언급했다.

니토베는 일본의 여성들이 어릴 적부터 자기부정을 배우고 자랐다고 말했다. 그녀들의 삶은 자신만의 삶이 아니라 서로 의지해야 할 봉사와 헌신의 삶이었음을 소개하면서 저자는 성서 속의 한 마디를 인용했다.

그것은 '그의 일을 거들 짝'이라는 구약성서 〈창세기〉제2장에 있는 말이다. 거기에는 천지창조의 유래가 이야기했다. 우선 '사람(아담)을 진흙으로 빚어서' 만든 신은 '생명의 입김을 그 코로 불어넣고 거기에서 아담은 생명이 있는 자'가 된다. 그 뒤 아담은 에덴 동산에 놓여지는데 주이신 신은 이렇게 말했다. '아담이 혼자 있는 것은 좋지 않으니, 그의 일을 거들 짝을 만들어 주리라.'

그리고 그 뒤 신은 온갖 생물을 그를 위해 만들어주었다. 그런데 아담의 일을 거들 짝이 보이지 않았다. 그래서 야훼 하느님께서 아담을 깊이 잠들게 하신 다음, 아담의 갈빗대를 하나 뽑고 그 자리를 살로 메우시고는 그 갈빗대로 여자를 만드신 다음, 아담에게 데려오자 아담은 이렇게 외쳤다.

"드디어 나타났구나! 내 뼈에서 나온 뼈요,

내 살에서 나온 살이로구나.

지아비에게서 나왔으니

지어미라고 부르리라!"

성서는 이렇게 매듭을 짓는다. '이리하여 남자는 어버이를 떠나 아내와 어울려 한 몸이 되게 되었다.'

이것은 남녀탄생의 설화인데 그리스도교 결혼식 등에서 자주 인용되는 말이기도 하다. 여기에 기술된 '그의 일을 거들 짝'이란 말은 역사를 통해서 크리스천의 부부관에 깊은 감화를 줬다. 무사의 아내, 또 오랜 시대에 배양된 일본인의 부부관에는, 그들의 손에 성서는 없었음에도 성서적인 사고가 깊게 뿌리내렸음을 저자는 서유럽의 독자들에게 전하고 싶은 마음에서 굳이 이 인용을 성서에서 했을 것이다.

그는 일본인이라면 다 아는 얘기로서 기무라 시게나리(木村重成)의 아내에 대한 이야기를 말했다. 이 사람은 아즈치모모야마 시대(安土桃山時代)의 무장이다. 그의 어머니는 도요토미 히데요리의 유모였다는 점에서 시게나리는 어릴 적부터 히데요리(秀賴)에게 봉사했다. 6척 정도의 대장부이고 창의 명수로 전해지는 그는, 오사카(大阪) 겨울 전투와 여름 전투에서 크게 분전하고 마지막에는 이이 나오타카(井伊直孝)와 싸우고 전사했다.

그의 아내는 남편의 출진에 앞서 자결로 격려하였다. 그때 그녀는 18세. 시게나리도 또 명향(名香)을 갑주에 담아 출진하는 등, 많은 미담이 전해진다.

저자는 부부의 사랑과 함께 '여자의 사랑보다 더한' 사내의 우정에 대해서도 고대 그리스의 고사와 구약성서에서 인용했다.

다몬은 그리스의 시라쿠사 사람이었다. 둘도 없는 벗인 피티아스가 폭군 디오니시우스로부터 사형을 선고받았을 때 그는 이 벗을 위해 그를 대신해서 옥중에서 지냈다. 피티아스는 그 우정에 보답해 약속한 기한 안에 온갖 어려움을 무릅쓰고 돌아왔다. 두 사람의 참마음과 우정은 폭군의 마음을 크게 움직여 결국 다몬은 무죄방면이 되었다.

아킬레우스와 파트로클로스는 유명한 호메로스의 《일리아스》의 주인공으로 등장하는 인물이다. 트로이전쟁 때 이 두 사람의 활약으로 그리스군이 승리했다. 파트로클로스는 목숨을 버리고 벗의 위기를 구했다. 두 사람의 사후, 그들의 재가 하나로 섞인 것으로 전해진다.

다윗과 요나단의 우정 이야기는 구약성서 〈사무엘〉 상과 하에 씌어 있다. 다윗은 이스라엘의 왕 사울에게 발견되어 왕궁으로 들어가 왕에게 봉사하였다. 그 사울의 아들이 요나단이고 두 사람은 깊은 사랑과 우정으로 맺어진다. 그런데 다윗의 군공이 국민 사이에 인기가 있는 것을 시샘한 사울은 때때로 다윗을 죽이려고 한다. 요나단은 다윗의 위기를 구하기 위해 왕궁 안의 정보를 모두 그에게 전하고 또 망명 준비를 갖추어 벗 다윗을 탈출시켰다. 이 다윗의 망명 장면에서 두 사람 사이에 교환된 사랑과 신뢰의 말은 읽는 자로 하여금 모두 감동에 휩싸이게 하고 만다.

훗날 다윗이 왕조를 세우자 그는 젊은 날에 받은 요나단의 은혜에 보답하기 위해 약속대로 그 유복자를 찾아내 그를 왕궁으로 맞이해 후하게 대접한다.

페리시테인과의 싸움에서 요나단이 전사했다는 소식을 망명지에서 접했을 때 다윗이 읊은 진혼가《활의 노래》는 유명하다. 그 마지막 한 구절만을 여기에 싣는다.

> 아, 용사들이 싸움터에 쓰러졌구나
> 요나단이 산 위에서 죽었구나
> 나의 형 요나단, 형 생각에 나는 가슴이 미어지오
> 형은 나를 즐겁게 해주더니
> 형의 그 남다른 사랑
> 어느 여인의 사랑도 따를 수 없었는데
> 아, 용사들은 쓰러지고
> 무기는 사라졌구나.[14]

저자가 인용하고 싶었던 정경은 이 마지막 몇 절에 생생하게 노래된다.

이제 이 저서도 끝에 가까워졌다. 무사도 가운데서 여성의 지위와 평가가 어떤 것이었는지를 명확히 함으로써 저자는 일본뿐 아니라 전 인류를 향해 세기말을 넘어 멀리 저편에 높이 날개를 펼치는 정신적 에너지를 제공하려고 한다. 부디 마음을 열어 저자가 말하는 구체적인 뛰어난 학설에 마음을 집중해주기 바란다.

이 장에 와서 눈길을 끄는 것의 하나는 크리스천에 대한 발언이 잇따라 이루어지고 있다는 점이다.

앞의 장에서 할복에 관해 말한 '크리스천과 자살'의 문제는 여기에서도 일본인 여성의 자살로서 다루어지게 된다.

'크리스천이 자살을 싫어하는 것은 알고 있다'고 말한 저자는 서양의 역사에서, 또 일본인의 역사적 사실에서 자결한 여성의 실례를 매우 많이 소개했다. 그런 다음 '이와 같은 죽음을 택한 여성들을 꾸짖거나 비난하거나 하는 것은 아무리 크리스천이라고 해도 그 양심이 용서하지 않을 것'이라고 말하였다.

다 아는 바와 같이 그리스도교 신자는 자살을 할 수 없게 되어 있다. 이것은

---

14) 구약성서 〈사무엘하〉 1장 25절 이하.

일종의 계율과 같은 것으로서 철저하게 지켜져 왔다. 종교란 불가사의한 것이어서 한 번 계율이 되면 신자는 '무엇 때문인지, 왜 안 되는지' 속으로 자문하지도 않고 말없이 이를 피해 지나가는 일밖에 생각하지 않는다. 스키경기 대회전 코스 위에 세워진 깃발과 같다.

스키장의 깃발도 가지각색이다. 종교의 계율도 다채롭다. 자살 외에 흡연은 안 된다, 주류는 금지, 그리고 커피나 콜라는 안 된다, 육류도 소라면 괜찮은데 돼지는 먹어서는 안 된다는 등, 종교란 계율의 백화점과 같다.

모든 종교가 내포하고 있는 위험은 이 계율에 있다. 성서는 그것을 율법이라고 부른다. 엄밀하게 말해서 종교의 율법 그 자체가 위험한 것이 아니라 계율이나 율법에 접할 때의 사람에게 약점이 있다고 말해야 할 것이다.

고속철도를 이용해 여행할 때, 때로는 함께 탄 승객과 두서없이 얘기를 주고받을 때가 있다. 무언가가 계기가 되어 화제가 때마침 그리스도교에 미치거나 하면 '담배를 피우지 못하면 불편하겠군요.' 이 같은 말을 듣게 된다. 물론 매우 가벼운 의미로 상대가 그렇게 말하는 것이므로 이쪽에서도 가볍게 흘려버리게 되지만, 요컨대 세상 사람은 그리스도교라고 하면 술이나 담배를 못한다고 생각한다.

사람들은 종교라는 것을 계율로 인식하고 있음을 이것으로 알 수 있다. 그러나 그 일로 세상 사람들을 책할 수는 없다. 오히려 그 정도로 인식을 넓게 한 책임의 태반은 그리스도교도 쪽에 있다고 말해야 할 것이다.

그런데 계율이라든가 그것에 의거한 의식 등에는 전통이 있고 그것을 구축해 온 것은 각 민족이고 국민, 국가이다. 그 이유는 한 마디로 그리스도교라고 해도 영국인이 구축해 온 그리스도교가 있고 미국인이 전통으로 해 온 그리스도교가 있으며, 마찬가지로 북유럽의 그리스도교가 전통으로 간직해온 계율이나 관습이 있고, 아프리카라든가 남아메리카 각국에 전해져 온 그리스도교도 있음을 알아야 한다.

우리는 스코틀랜드의 그리스도교를 남아메리카에 그대로 옮기려고 해서는 안 되고 아프리카의 어느 민족 중에 토착화된 그리스도교를 일본인의 정신토양에 이식하려고 생각해서도 안 된다.

세계의 사람들이 그 영혼 깊숙한 곳에 맞이해야 할 것은 다른 곳에서 토착해 자라온 그리스도교가 전통 속에서 엮어진 결과인 계율이라든가 의식관습

등이 아니고 그 종교의 심장이라고도 할 수 있는 진리 그 자체—성서는 그것을 '그리스도의 복음'이라 부르지만 그 복음 그 자체를 심혼 속에 맞아들인 것이 아니면 안 된다.

우치무라 간조나 니토베 이나조 등이 최대의 관심을 보이고 주장한 것이 실은 이것이었다. 즉 '그리스도교 수용의 문제'이다.

어느 종교이건 그 종교가 눈으로 보이는 부분— 즉 교단조직이라든가, 전해지는 의식이나 전례, 교의가 되어 밖으로 나타난 규칙, 계율, 성직자 등의 신분제도 등이 아니고 눈으로 보이지 않는 부분—즉 진리 그 자체, 생명이라고 말할 수 있는 것에 마음을 쏟는 것이 중요하다.

메이지유신에서 오늘에 이르기까지 서유럽의 자본주의와 민주주의, 또는 공화정치의 이상 등을 일본인이 받아들여 왔다. 선인들의 노력은 존귀한 것이다. 그러나 일각이라도 빨리 서유럽화하지 않으면 외국이 무시하게 되고 결국에는 외국의 침략을 받아 일본이 망한다는 두려움에 내몰려 비록 졸속일지라도 문명개화를 형식상으로나마 조급하게 갖출 필요성이 절박했다.

껍데기만을 모방해 온 자본주의를 비롯한 민주주의, 근대적 교육제도와 설비, 그중에서도 도쿄제국대학을 정점으로 하는 엘리트관료의 양성제도 등이 중점적으로 시작됐다.

그 성과는 세계의 주목을 받고 때로는 두려움의 시선으로 보이거나 또 때로는 동경의 표적이 되었다. 그러나 성공에 도취한 일본인은 갖추어진 외형에 혼을 불어넣어야 할 때 이를 게을리해 결국에는 가장 중요한 마무리를 잊은 채 세계 제일을 자인하고 '교만해진 헤이케(平家)'의 전철을 밟을 때까지 이를 깨닫지 못했다.

태평양전쟁의 참화로 우리는 눈을 떴어야 했다. 그러나 일본인 특유의 지혜와 인내력이 힘이 되어 패전 그 자체의 참화에서 훌륭하게 재기했다. 그것이 화가 되어 오만한 콧대는 더욱 높아지고 말았다.

그 자랑이 참된 의미에서 일본 와해의 경계를 게으르게 해 다시 일본인 고래의 정신토양을 재음미할 기회를 날려버리고 말았다.

니토베 이나조는 이와 같은 '외형만의 모방' 속에 일본인의 그리스도교도 포함해서 통찰했다. 외국인 선교사가 제각기 조국에서 해온 그리스도교의 관습을 그대로 뿌리내리게 하려고 생각한 잘못을 지적함과 동시에 서유럽화의 물결을 타고 외국제의 그리스도교 형식을 그대로 모방해 만족하는 동포에 대해서 저자는 우국의 애정을 담아 경고하는 것이 아닐까? 우치무라 간조가 메이지기(明治期) 일본의 이사야라고 한다면 니토베 이나조는 일본에 재림한 예레미야로 나에게는 생각된다.

제15장 무사도의 감화

무사도의 덕목은 국민생활 전반의 도덕수준으로 볼 때 우뚝 솟은 산맥과도 같다. 이제까지 우리는 무사도의 여러 덕목 가운데서 특히 빼어나게 두각을 나타내고 있는 몇 개만을 살펴 온 것에 지나지 않는다.

태양이 떠오를 때 처음에는 최고봉의 정상을 붉게 물들이고 이어서 차례로 아래쪽 산허리나 골짜기로 그 빛이 퍼지듯이 최초에 무사계급을 빛으로 감싼 무사도의 도덕체계는 이윽고 시대의 추이와 함께 일반대중 속에도 여기에 마음을 두는 혼을 발견하기에 이르러 결국 무사계급 이외의 사람들 사이에도 그 신봉자를 낳게 되었다.

민주주의가 하늘이 내린 지도자를 키울 때가 있고 또 귀족제도가 민중의 마음에 군주와 같은 정신을 주입할 때도 있다. 미덕은 악덕 못지않게 전염되기 쉽다.

'동료 가운데 현자가 한 명만 있으면 된다. 그러면 모두가 현명해진다. 전염의 힘은 그처럼 빠르다'라고 말한 것은 에머슨이었다. 어떤 사회적 특권계급도 도덕적 감화가 확산하는 힘은 거스를 수 없다.

앵글로색슨족이 자유획득을 지향해 파죽지세로 승리해 진군하고 있다. 그 것에 대해서 크게 거론해도 좋을 것이다. 그러나 그 운동은 일반대중이 일으킨 운동의 고양에 따른 것은 거의 없었다. 그것은 오히려 향토계급이나 젠틀맨의 활동에 따른 것이었다.

'도버해협의 건너편 즉 영국에서 사용되는 이 3음절의 낱말 《젠틀맨》은 영국사회의 역사를 요약한 것이다'라고 이폴리트 텐은 말했다. 참으로 지당한 말이다. 이런 말을 들으면 민주주의는 자신감에 넘친 반박으로 이렇게 말할 것이다. '아담이 밭을 갈고 하와가 베를 짤 때 그 젠틀맨은 어디에 있었던 말인가?'

젠틀맨이 에덴동산에 한 사람도 없었다는 것은 참으로 유감스러운 일이다! 젠틀맨이 에덴동산에 없었기 때문에 인류의 시조인 부부는 대단한 고통을 맛

말 위의 무사. 《헤이케 이야기(平家物語)》의 그림.
약진하는 말의 모습이 당당하다.

보고 그 때문에 값비싼 대가를 지급하는 결과가 되었다.

만일 그곳에 신사가 있었다면 에덴동산은 더욱 풍요로움으로 가득 찬 곳으로 묘사되었을 것이다. 그뿐만 아니라 두 사람은 그와 같은 비통한 경험을 하지 않아도 야훼[1]에 대한 불순종은 불충이면서 불명예이고 배신이며 반역임을 배웠을 것이다.

일찍이 일본은 무사에게 모든 것을 떠맡게 하였다. 무사는 일본국민의 꽃이었을 뿐만 아니라 그 뿌리였다. 하늘이 준 온갖 좋은 선물은 무사들을 통해서 흘러나왔다. 무사들은 사회적으로 일반서민에 대해서 초월적인 지위에 서 있었고, 그들은 도덕의 규범을 정하고 스스로 모범이 되어 민중을 지도했다.

내가 보는 바로는 무사도에도 두 가지 면이 있었다. 즉 하나는 무사계급 자체에 대한 오의(奧義)라고도 할 수 있는 교훈과 그밖에는 국외자에게도 이해가 가능한 통속적인 교훈이다. 오의로서의 교훈이란 무사계급 자체가 실천해야 할 덕목을 강조하는 고도의 규율이고 거기에 대해서 통속적인 면이란 민중 전반의 번영과 행복을 추구하는 선의의 권고이다.

유럽에서 기사도가 가장 눈부셨던 시기에도 기사의 수는 총인구의 극히 일부에 지나지 않아 정말로 미미했다. 이것은 그러나 에머슨이 말하는 대로 '영문학에 대해서 말한다면 필립 시드니[2]에서 월터 스콧에 이르기까지 희곡의 반수와 산문의 모든 것이 이 젠틀맨인 인물을 묘사한 것'이다. 시드니나 스콧을 지카마쓰 몬자에몬(近松門左衛門)[3]이나 다키자와 바킨(瀧澤馬琴)으로 바꿔보면 일본문학사의 주된 특색이 간결명료하게 떠오르게 되지 않을까?

대중오락이나 민중교육에는 여러 가지 길이 있다. 이를테면 연극·만담·야담·조루리(淨瑠璃 ; 샤미센 가락에 맞추어 특수한 억양과 가락을 붙여나가는 이야기의 총칭), 또 소설책(읽기) 등, 이런 모든 것은 그 소재를 무사의 이야기에서 취하고 있다.

가난한 농민들은 초가지붕 오두막에서 화롯불을 둘러싸고 앉아, 미나모토 요시쓰네(源義經)와 벤케이(弁慶) 이야기나 용감한 소가(曾我) 형제 이야기를 질

---

1) 야훼는 이스라엘의 주님을 말한다.

2) Sir Philip Sidney(1554~86). 영국의 군인이고 정치가·시인. 엘리자베스 1세의 총애를 받았다. 은퇴 후에 《아카디아》를 발표해 유명해졌다.

3) 1653~1724. 에도(江戶) 중기의 조루리·가부키 작가.

리지도 않고 되풀이해서 들으며 재미에 푹 빠져들곤 했다. 검게 그을린 개구쟁이 소년도 입을 크게 벌린 채 귀를 기울여 타고 남은 숯이 어느새 재가 되고 화롯불이 꺼져 식어도 아이들은 방금 들은 얘기에 계속 마음을 불태웠다.

가게주인이나 점원은 하루 일을 마치고 가게 문을 닫으면 함께 모여서 노부나가(信長)나 히데요시(秀吉) 이야기에 열중해 밤이 새는 것도 잊고 어느새 졸음이 지친 몸에 엄습해 그들을 전쟁터로 옮겨 공을 세우는 것으로 꿈을 맺었다.

아장아장 걸음마를 갓 시작한 아기조차도 도깨비섬을 정복한 모모타로(桃太郞)의 모험담을 떠듬떠듬 중얼거리는 것을 배웠다. 여자아이마저도 무사의 덕이나 용기 있는 행위를 사모하는 마음이 대단해 무사에 관한 모험무용담에는 마치 데스데모나[4]처럼 귀가 솔깃해졌다.

무사는 민중 전체의 '아름다운 이상'이 되었다. '꽃은 벚꽃, 사람은 무사'란 노래까지 민중 사이에서 유행했다.

무사계급은 실제의 상행위로 영리를 추구하는 것이 엄하게 금지되어 있었기 때문에 상업에 직접 관여하는 일은 그다지 없었다. 그러나 사람의 어떤 활동도 또 사람의 어떤 사고방식도 무사에게서 어떠한 형태로든 자극을 받았다. 일본의 지성과 도덕은 직접적으로 또 간접적으로 무사도의 소산이었다고 말할 수 있다.

윌리엄 허렐 맬록[5]은 《귀족주의와 진화》라는 매우 시사성이 풍부한 저서를 썼다. 그는 그 가운데서 다음과 같은 명언을 남겼다. '사회 진화는 단순한 생물학적 진화와는 별개의 것이다. 그렇다면 사회 진화는 위인들의 적극적인 의지가 낳은 무의식의 행위가 가져온 결과라고 정의해도 좋다.'

또 이렇게도 말했다. '역사상 진보는 사회 전반에서의 생존경쟁에서 비롯된 것은 아니고, 오히려 사회 속의 소수가 대중을 최선의 길로 이끌고, 지배하고, 고용하려는 경쟁 속에서 생겨난다.'

맬록의 주장이 타당한지의 여부, 그것에 관한 논의라면 얼마든지 있지만 그것은 그렇다 치고 일본제국이 이제까지 보여 온 사회적 진보에서는 무사도가

---

4) Desdemona. 셰익스피어의 희곡 〈오셀로〉에 등장하는 인물이고 남편 오셀로의 무용담에 귀를 기울이는데 나중에 남편의 오해로 살해되었다.

5) William Hurrell Mallock(1849~1913). 영국의 시인·정치평론가.

큰 역할을 수행해 왔다는 역사적 사실이야말로 그의 주장을 충분히 실증해주고 있다고 생각한다.

무사도의 정신이 사회의 모든 계층으로 침투해 간 사실을 뒷받침하는 것으로서 또 하나 '오토코다테(男伊達)'란 이름으로 알려진 협객들의 존재가 있다. 그들은 민중 속에 발생한 민주주의의 천성 지도자들이고 의협심에 넘치는 자들로 머리 위에서 발끝까지 철두철미하게 호쾌한 사내다움이 충만해 있었다.

서민의 권리를 대변하는 자이고 경호원이 되기도 하는 우두머리들은 제각기 수백, 수천의 부하들을 거느리고, 그 부하들은 무사가 다이묘에 대해서 취한 것과 같은 태도로 언제나 '이 한목숨 바쳐 지상의 부도 명예도 모두 그 우두머리에게 다 바쳐' 기꺼이 봉사했다.

이른바 '하늘이 내린 우두머리'인 그들의 배후에는 많은 시정잡배인 거친 사내들의 지지가 있었기 때문에 무사계급의 전횡에 대해서 때로는 강력한 억제력이 되어 가로막을 수가 있었다.

무사도는 최초에 그 탄생의 모태였던 계급에서 다양한 길을 거쳐 흘러나와 대중 사이에서 이른바 효모균 역할을 수행하면서 일본인 전체에 하나의 도덕 기준을 부여하였다.

무사도의 가르침은 당초 엘리트의 영광에서 시작됐다. 이윽고 세월이 지남에 따라서 국민 전반이 동경하는 표적이 되고 영감의 근원이 되었다. 일반대중은 무사가 이른 도덕적 높이에는 이르지 못했다고 해도 '야마토다마시(大和魂)'는 드디어 이 섬나라 제국의 폴크스가이스트(민족정신)를 표출하기에 이르렀다.[6]

매슈 아널드[7]가 정의한 것처럼 만일 종교가 '감정에 의해서 촉발된 도덕'에 지나지 않는다고 한다면 무사도는 바로 종교 속에 그 이름을 올릴 자격을 지닌 도덕체계라고 해도 좋다.

모토오리 노리나가(本居宣長)는 다음과 같이 노래했다.

---

6) Volksgeist는 독일어이고 민족정신 또는 국민정신이라는 뜻. '국민도덕의 대상으로 사용할 경우에는 개인이 사회생활 또는 국민생활을 하기 위해 실현해야 할 국민생활의 이상을 말한다. 무사도 같은 것이다. 독일 낭만주의운동의 역사학파가 자연법의 개념을 초월해 역사발전의 민족적인 개별성을 있는 그대로 파악하려고 생각한 개념이기도 하다.
7) 1822~88. 영국의 시인. 문예평론가·사회비평가.

《헤이케 이야기(平家物語)》의 헤이시 난. 후지와
라노 노부요리·미나모토노 요시토모 군은 산조
도를 급습한다.

일본의 야마토다마시를 누가 묻는다면

아침 해에 향기를 내뿜는 산벚꽃.

벚꽃은 일찍부터 일본인이 사랑하는 꽃이고 일본 국민성의 표상이다. 특히 모토오리 노리나가가 읊은 '아침 해에 향기를 내뿜는 산벚꽃'이라는 구절에 주목하기를 바란다. 야마토다마시는 유약한 인공재배를 한 식물이 아니고 와일드―천연자생이란 의미의 야생식물이다.

벚꽃은 일본의 풍토에 자생하는 고유의 것이다. 이에 뒤따르는 성질을 살펴보면 다른 국토의 꽃과 공통적인 성질도 몇 가지 지니고 있기는 하지만 그 본질은 일본의 풍토에 자연발생한 고유의 것이다.

그러나 그것이 일본고유의 산물이라는 이유만으로 우리가 벚꽃을 사랑하는 것은 아니다. 벚꽃의 아름다움에는 기품이 있고 또 우아한 점이 다른 어느 꽃보다 뛰어나 일본인의 미적 감각에 호소하기 때문이다.

유럽인들은 장미꽃을 가장 좋아한다. 우리는 이에 동조하기 어렵다. 장미에는 벚꽃의 단순함이 결여되어 있다. 그리고 또 장미가 가시를 숨기고 있는 것, 장미가 고집스러울 정도로 생명에 집착하는 것, 때 없이 지기보다는 가지 위에서 썩는 것을 좋아하듯이 죽기를 싫어하고 두려워하는 것처럼 보이는 것, 과시하는 듯한 빛깔, 지나치게 짙은 향기―이와 같은 특성은 모두 일본의 벚꽃과는 뚜렷하게 이질적이다.

벚꽃은 그 아름다움 뒤에 독도 가시도 숨기지 않는다. 신의 뜻이라면 언제든 삶과 작별할 각오가 되어 있고 그 빛깔도 절대 화려하지 않으며 그 향기도 여려서 사람들을 싫증 나게 하지 않는다. 빛깔이나 형상의 미는 시각에만 호소할 뿐이고 그 종류에 고정된 성질이다. 그러나 꽃의 방향(芳香)에는 휘발성이 있고 마치 생명의 호흡처럼 향기롭다.

그 때문에 온갖 종교의식에 있어서는 유향이나 몰약[8]이 중요한 역할을 한다. 향기에는 무언가 정신에 작용하는 영적 작용이 있는 것 같다.

태양이 떠오를 때 우선 극동의 섬들을 비추고 벚꽃 향이 이른 새벽 대기를

---

8) 유향, 몰약이 성서에는 많이 등장하는데 거기에는 몇 종류가 포함된다. 미용, 외상용의 약품, 제사용 향 제작 등에 사용되었다. 많은 종교에서 유향은 신들, 영 또는 악령을 달래거나 멀리하거나 하는 데 효과가 있다고 한다.

향기롭게 감쌀 때, 이 아름다운 날의 숨결 그 자체라고 할 수 있는 영기(靈氣)를 가슴속으로 빨아들이는 것보다 나은 청량감과 상쾌함은 달리 또 없다.

창조주이신 신 자신이 향기로운 냄새를 맡고 마음에 새로운 결의를 다졌다는 이야기는 성서에도 묘사되어 있다.[9] 그것을 생각한다면 벚꽃이 흐드러지게 피는 계절이 전 국민을 그 작은 집에서 밖으로 내몬다고 해도 이상할 것은 없지 않은가?

비록 벚꽃에 취해 사람들이 잠시 노동을 잊고 가슴속의 고뇌나 슬픔을 푼다고 해도 그것은 책할 만한 일이 아니다. 짧은 즐거움의 시간이 지나면 사람은 다시 신선한 힘과 충실감으로 일상으로 돌아간다. 이렇게 보면 벚꽃이 일본국민의 꽃으로 사랑받는 이유는 결코 한두 가지에 그치는 것이 아님을 알 수 있다.

그러면 이처럼 아름답고 이처럼 덧없고, 바람 부는 대로 지고 마는 이 꽃, 잠깐 방향을 발산하고는 영원히 사라지고 마는 이 꽃이 '야마토다마시'의 전형이 아닐까? 일본의 혼은 이처럼 힘없이 사라지고 마는 숙명을 지고 있는 것일까?

해설

20세기를 맞이한 뒤부터 인류는 일찍이 없었던 큰 변혁을 잇달아 경험해 왔다. 아무튼 19세기와는 두드러지게 구분되는 새로운 시대로 나아가 때로는 인류가 성취한 위대한 성과가 각 분야에 겨루듯이 꽃피우는 것을 보면서 그와 같은 분야에서 사람이 만능이라고 거의 확신한 시기조차 있었다. 장밋빛 미래를 꿈보다도 확실한 것으로서 바라본 사람들도 많다.

그러나 수십 년 전에 품은 긍지는 시들해지고 인간의 만능은커녕 무능하고

---

9) 성서 이야기로서 유명한 노아의 홍수 뒤, '노아는 야훼 앞에 제단을 쌓고 모든 정한 들짐승과 정한 새 가운데서 제물을 골라 그 제단 위에 바쳤다. 야훼께서 그 향긋한 냄새를 맡으시고 속으로 다짐하셨다.

"사람은 어려서부터 악한 마음을 품게 마련,/다시는 사람 때문에 땅을 저주하지 않으리라./다시는 전처럼/모든 짐승을 없애버리지 않으리라./땅이 있는 한/뿌리는 때와 거두는 때,/추위와 더위, 여름과 겨울,/밤과 낮이 쉬지 않고 오리라.'"(구약성서 〈창세기〉 8장 20절 이하)

어리석은 면만이 구체적인 사상(事象)이 되어 폭로될 때마다 세계의 지도자들은 당황함을 감추지 못했다.

세기말에 가까워짐에 따라서 번영과 영광의 상징으로서 눈부시게 빛을 내야 할 위대한 성과가 잇따라 붕괴하는 것을 목격하고 우리는 이제 기본적인 것을 하나하나 재검토하지 않으면 안 된다는 것을 깨달았다.

즉 영원한 가치란 무엇인가? 참된 희망, 평화란 무엇인가? 생명의 존엄이란 무엇인가? 인간의 행복은 무엇으로 얻을 수 있는가? 더 나아가 참된 의미에서의 영원한 지배, 절대적인 힘, 또 변하지 않는 영광은 무엇이고 그것을 어디에서 추구하면 좋은가? 등등이다.

20세기에 인류가 진행해 온 것은 과학기술의 진전과 그것들에 바탕을 둔 지구 규모의 행복이었다. 세기말에 볼 수 있는 혼란은 국제사회에서의 혼란이건, 각 민족 속에서의 사회생활에서 볼 수 있는 혼란이건 과학에 대한 미망(迷妄), 맹신이 낳은 결과라는 점에서 일치하였다.

20세기를 통해서 거대해진 '악마'가 드디어 그 본성을 드러냈다. 이제까지 그가 사람의 귀에 속삭여 온 '행복'은 실은 새빨간 거짓이었다는 것을 세기말이 되어 단숨에 폭로해졌다는 느낌조차 든다.

'악마'는 애초 사람의 교만과 자존심을 교묘하게 유도하면서 어느새 이를 '과학의 노예'로서 그 발밑에 짓밟고 말았다. 과학이라고 해도 그 영역은 넓다. 자연과학, 인문과학, 그리고 사회과학으로 넓히면 사람의 생활은 모두 과학의 그물 속에 포괄되고 만다. 사람은 헤아릴 수 없을 정도로 많은 은혜를 과학으로부터 받아왔기 때문에 이 대은인의 정체에 가차 없이 칼을 대는 데 망설이게 된다.

가까운 예로 우리는 전기의 혜택을 일상적으로 받고 살아가기 때문에 아무래도 원자력 발전의 위험이나 해에 대해서 정확한 비판이나 반대는 표명하기 어렵다. 새삼스럽게 전기가 없는, 차가 없는 생활로 돌아갈 수 있을까?—이렇게 말하며 문제의 본질에서 벗어나고 만다.

갑자기 전기나 차가 없이 생활하기는 어려워도 그와 같은 눈앞의 혜택이 내포하고 있는 폐해에 대해서 공정하고도 냉정한 판단을 내려 이런 것들을 극복하는 노력을 시작하는 것은 지금 당장이라도 가능하지 않을까?

나는 18세기는 훌륭했다, 19세기는 좋았다는 따위의 말을 할 생각은 전혀 없다. 어느 시대에나 사악함은 있고 결함은 한없이 널려 있다. 지금보다 예전 시대에는 있다가 우리 시대가 되어 사라진 것도 수없이 많고, 그런 것들 가운데에는 매우 높은 가치가 인정되는 것도 적지 않으며 회복할 수 있다면 다시 일본 국민의 것으로 부활시키길 열망해 마지않는다.

민주주의란 정말로 매우 훌륭한 것인가? 그렇다면 어떤 의미에서 그렇게 말할 수 있는가? 봉건시대가 현대에 비해서 암흑시대였다는 편견은 없는가? 지금의 사람이 옛날 사람들보다 어느 정도로 광명—의 시대에 살고 있다고 가슴을 펴고 말할 수 있을까?—등등, 골치 아픈 문제가 산적해 있다.

프랑스 철학자 텐은 영국이 낳은 '신사'에서 영국 사회의 본질을 간파했다. 미국의 사상가 에머슨은 도덕적 감화의 전파가 힘찬 것임을 끝까지 믿었다. 영국의 위대한 사상가 로크는 대중 사이에서의 생존경쟁은 결코 참된 진보를 낳지 않는다고 단언하고 사회 속의 소수의 사람이 가치의 수준을 유지하고 선도해 빛을 비추는 것에서 진보는 시작된다고 역설했다.

이런 진리는 민주화라는 이름을 빌린 폭풍이 아무리 몰아쳐도 결코 사라지게 해서는 안 되는 것이 아닐까? 로크의 저서가 많다고는 해도 '인간사회의 진보는 생물의 진화와는 별개의 것이므로 위대한 인물의 적극적인 의지—즉 사상과 정신과 철학이 불가결한 것이다'라는 그의 한 마디에 모든 것이 요약된다.

위대함은 어느 세상에서나 '개체' 속에서만 발견되어야 하는 것이고 결코 '무리' 속에서는 발견할 수 없다.

제16장 무사도는 살아남아 있는가

무사도는 현실로 지금도 살아남아 있는가. 노도처럼 밀려온 서양문명의 세례를 받은 일본은 일찍부터 계승해 온 훈육의 모든 것을 뿌리째 뽑히고 만 것이 아닐까? 한 국민의 혼이 그처럼 빨리 사라지고 마는 것이라면 얼마나 슬픈 일일까? 밖으로부터의 영향에 노출되어 아주 쉽게 지고 마는 것이라면 그것은 정말로 빈약한 혼이다.

몇 개의 심리학적 구성요소가 응결해 하나의 국민성을 구성하고 있거니와 이것은 매우 끈질기다.

'물고기의 지느러미, 새의 부리, 육식동물의 어금니같이 그 종족에 있어서 최소한 필요하고 제거할 수 없는 요소'란 것이 있다. 그런 것과 이것은 마찬가지로 분리할 수 없다.

귀스타브 르 봉[1]의 최근 저서는 천박한 독단과 아울러 또 선명한 귀납으로 충만해 있다. 그 가운데서 그는 이렇게 말한다. '지성이 가져온 발견은 인류공동의 유산으로 성격의 장점 단점은 각 민족 고유의 유산이다. 그런 것들은 굳건한 바위와 같다. 밤낮없이 파도가 이를 씻겨도 외면의 약간 까칠까칠한 것을 깎아내는 데 몇 세기의 세월이 걸렸다.'[2]

이것은 강렬한 말이다. 만일 '각 민족 고유의 유산을 구성하는 성격'에 장점과 단점이 있다고 한다면 이것은 숙고할 만한 가치가 있는 말이다. 하지만 이같은 이른바 공식화하는 이론은 르 봉이 그 저서를 쓰기 시작하기 훨씬 전부터 주장되던 것이고 더구나 훨씬 옛날에 테오도어 바이츠[3]나 휴 머리[4] 등이

---

1) Gustave Le Bon(1841~1931). 프랑스의 사회심리학자. 흥분한 대도시의 대중을 관찰해 군중심리학 이론을 확립했다.
2) G. 르 봉 《민족심리학》 p.33.
3) Theodor Waitz(1821~64). 독일의 민족학자.
4) Hugh Murray(1779~1864). 영국의 지리학자.

16세기 외국 선교사들. 그림 앞쪽에는 예수회 일행과 두 명의 프란체스코회 수사의 모습이 보인다. 그림 뒤에는 한 성직자가 절을 개조한 듯한 곳에서 한 모임을 축하하고 있다.

이미 논파(論破)했다.

무사도에서 오랜 세월에 걸쳐서 낳게 된 덕목을 살피면서 비교나 예증을 유럽의 사례에서 찾아왔으나 무사도의 특질로 여겨지는 것이 모두 '무사도에만' 한정된 유산은 아니었다는 것을 알게 됐다.

몇 가지 도덕적 특성이 응축되고 합체해서 일종의 매우 독자적인 양상을 보이는 것은 사실이다. 에머슨이 '온갖 위대한 힘이 성분이 되어 잠입하는 하나의 복합적 산물'이라고 말한 것이야말로 실은 이 응결합성체를 가리킨다.

그러나 르 봉이 한 민족이나 한 국민의 고유한 유산이라고 한 데 대해서 콩코드의 철인으로 불린 에머슨은 그와 같은 것은 말하지 않고 도리어 '각국의 가장 유력한 인물을 결부시켜 서로 이해하고 의기투합하게 하는 요소이다. 또 그것은 개개인이 그 비밀결사의 암호를 잊어도 즉시 감지할 수 있을 정도로 명확한' 그 무엇이라고 말했다.

무사도가 일본 국민 특히 사무라이 위에 각인된 성격은 '종족에게 있어서 최소한 필요하고 제거할 수 없는 요소'를 이룬다고는 말할 수 없어도 무사도가 보유한 활력에 대해서라면 이것은 의문의 여지도 없다. 백 보를 양보해서 무사도가 육체적·물질적 힘이라고 해도 그것이 과거 700년 간 획득해온 운동량의 여세를 갑자기 멈추게 하는 것은 불가능하다.

만일 그것이 단순히 유전에 의해서 전해져 온 것에 지나지 않는다고 해도 그 영향은 드넓은 범위에 걸쳐서 침투하고 있는 데 지나지 않는다. 프랑스의 경제학자인 에밀 셰송[5]의 계산에 따르면 1세기에 3세대가 있는 것으로 가정해 '우리 개개인은 그 혈관 속에 적어도 기원후 천 년에 살아 있었던 2천만 명의 혈액을 지니고 있다'고 말한다.

'몇 세기 동안이나 무거운 짐에 짓눌려 허리가 휘어질' 정도로 땅을 일구어온 가난한 농부라도 그 혈관 속에는 몇 시대에 걸친 혈액이 흐르고 있으며 그는 '소'와 형제인 것 이상으로 우리들과도 형제이다.

무사도는 의식하건 말건 상관없이 도저히 저항할 수 없는 하나의 힘으로써 일본 국민을 또 그 한 사람 한 사람을 움직여왔다. 근대 일본의 가장 빛나는 선구자의 한 사람인 요시다 쇼인(吉田松陰)이 감옥에서 죽기 전날 읊은 다음의

---

5) 1836~1910. 프랑스의 경제학자. 인구문제를 연구해 가족과 개인의 권리를 존중해야 한다고 주장했다.

노래는 일본 민족의 거짓 없는 고백이기도 했다.[6]

　　그렇게 하면 그렇게 되는 줄 뻔히 알면서
　　어쩔 수 없는 야마토다마시.

　계통화되어 역설되는 것은 아닌데 무사도는 일본에 생기를 불어넣는 정신이고 또 운동력의 근원이며 현실로 지금도 그렇다. F.L. 랜섬[7]은 다음과 같이 말했다.

　'오늘날 세 일본이 어깨를 나란히 해 존재하고 있다. 우선 옛 일본으로, 이것은 아직 완전히 사라지지 않았다. 다음은 새로운 일본으로, 이것은 정신에 있어서 겨우 갓 태어난 것에 지나지 않는다. 그리고 과도기의 일본으로, 그것은 현재 가장 위험한 정신을 맛보고 있는 중이다.'

　랜섬의 말은 대부분 올바르다고 할 수 있다. 특히 구체적인 여러 제도에 관한 면에서는 정말로 핵심을 찔렀다고 생각한다. 그러나 기본적인 도덕관념에 이 견해를 적용하게 되면 조금 수정을 가할 필요가 있다. 왜냐하면 옛 일본의 건설자이면서 또 그 소산이기도 했던 무사도는 현실로, 지금도 과도기 일본의 지도원리이고 더 나아가 앞으로의 신시대를 형성하는 힘이 되어갈 것이 틀림없다고 생각하기 때문이다.

　왕정복고라는 폭풍과 국민적 유신의 대선풍이 휘몰아치는 가운데 일본호의 키를 잡은 대정치가들은 도덕적 교훈으로서는 무사도 이외에 아무것도 모르는 사람들이었다.

　그리스도교 선교사가 신일본 건설에 많은 공헌을 했다고 말해 그것을 실증

---

6) 저자는 원시(原詩)의 의미를 영어로 번역해 소개했다. 한편 요시다 쇼인(吉田松陰 ; 1830~59)은 막부 말, 조슈번(長州藩)의 사상가이고 에도(江戶)의 사쿠마 쇼잔(佐久間象山)에게 사사했다. 1854년 페리의 내항 때 밀항을 꾀하고 실패해 잡혀서 옥사했다. 그가 저택 안에 둔 숙(塾 : 학당)에서는 여명기 일본의 많은 인재를 배출했다.
　Full well I knew this course must end in death ;
　It was Yamato spirit urged me on
　To dare whate'er betide.

7) F.L. Ransom(1868~1935). 미국의 지리학자. 캘리포니아대학 특별연구원, 미합중국 지질조사부, 워싱턴 과학아카데미원장 등을 역임.

하려고 의도한 책이 근년에 몇 가지 출판되었다.[8]

나는 상찬할 만한 사람에게는 기꺼이 명예를 인정할 생각인데 그러나 이들 선량한 선교사들에게 이 점에 관한 명예를 부여하는 것이 지금 단계에서는 아직 어렵다고 생각한다. 근거가 되는 확실한 증거가 아무것도 없는데 굳이 명예를 요구하기보다는 '서로 명예를 양보하라'는 성서의 가르침에 따르는 것이 훨씬 선교사의 천직에 걸맞다.

나는 개인적으로 그리스도교 선교사가 일본을 위해 훌륭하게 공헌하고 있음을 믿는다. 교육 분야에서 그렇고 특히 도덕교육 분야에서 그렇다고 생각한다. 다만 성령의 활동은 확실함과 동시에 신비적인 것이므로 그들의 공헌으로써의 성과는 아직 신의 비밀 속에 가려져 있는 단계라고 생각한다. 선교사가 하는 일이 그 성과로서는 간접적인 것에 머물러 있다. 그리고 일본의 성격을 형성하는 데 그리스도교 전도가 눈에 띄게 공헌했다고 말할 수 있는 예가 현재로서는 거의 없다.

좋건 나쁘건 우리를 움직인 것으로 말하자면 순수하고도 단순한 무사도였다. 근대 일본을 건설한 인물, 이를테면 사쿠마 쇼잔(佐久間象山), 사이고 다카모리(西郷隆盛), 오쿠보 도시미치(大久保利通), 기도 다카요시(木戸孝允) 등의 전기를 비롯해서 현존하는 인물―이를테면 이토 히로부미(伊藤博文), 오쿠마 시게노부(大隈重信), 이타가키 다이스케(板垣退助) 등의 회고록을 펼쳐보기를 바란다. 그들이 생각하고 그것을 행동으로 옮기는 데는 언제나 무사도가 원동력이 되고 있음을 알 수 있다.

헨리 노먼은 극동 사정의 연구 관찰에 종사한 사람으로 그는 다음과 같이 말했다.

'일본이 다른 동양 전제군주 국가와 유일하게 다른 점은 인류가 일찍이 생각해 낸 것 가운데서 가장 엄격하고 가장 고상하고도 가장 굳건한 명예의 규범이 국민 사이에 지배적 영향력을 지닌 데에 있다.'[9]

이 말은 새로운 모습의 일본을 만들어낸 힘, 또 장래 있어야 할 모습을 이룩해나가는 원동력이 무엇인가를 탐색하는 것이라고 말할 수 있다. 일본의 변모

---

8) 스피어 《아시아에서의 선교와 정치》 제4강 pp.189~190. 데니스 《그리스도교 선교사와 사회 발전》 제1권 p.32, 제2권 p.70.
9) 헨리 노먼 《파이스트》 p.375.

는 전 세계에 엄연한 사실이다. 이처럼 거대한 사업에는 당연한 일이지만 각종의 동인(動因)이 뒤섞여 있다. 그러나 만일 그런 것 가운데서 주요한 힘이 무엇인지를 묻는다면 누구나 주저 없이 무사도라고 대답할 것이다.

일본이 외국무역으로 전국을 개방했을 때 또 가장 새로운 생활양식을 모든 분야에 도입했을 때, 그리고 또 서양의 정치라든가 과학 등을 배우기 시작했을 때 그것들을 추진한 동기는 물적 자원 개발이나 부의 증강 등이 아니었다. 하물며 서양의 습관을 피상적으로 모방하는 일은 절대로 하지 않았다.

동양의 여러 제도나 인종을 정밀하게 관찰하고 다음과 같은 문장을 쓴 사람이 있다.

우리는 유럽이 얼마나 일본에 영향을 주었느냐 하는 얘기만을 들어서 이 섬나라에서 일어난 변화가 완전히 자발적이었다는 것, 그리고 유럽인이 일본에 가르친 것이 아니라 일본이 자발적으로 유럽에서 문무 양면에 걸쳐 제도조직 방법을 배워 그것이 이제까지 보아온 것과 같은 성공을 거둔 것임을 잊기 쉽다. 일본이 유럽의 기계공학을 수입했으나 그것은 수년 전에 터키가 유럽의 대포를 수입한 것과 같다. 이것은 정확하게 말해서 영향을 주었다거나 받았다고 말해야만 할 것이 아니다.

이 저자는 계속해서 이렇게 묻는다.

작은 논법으로 말한다면 중국에서 차를 수입했다는 것만으로 영국이 중국으로부터 영향을 받았다고 할 수 있지 않을까? 유럽의 그리스도교 전도사이건 또는 철학자·정치가 치고 자신이 일본을 개조했다고 말할 수 있는 자가 과연 있을까?[10]

일본에 변화를 불러온 행동력의 원천이 모든 일본인 자신 안에 있었다는 것을 타운센드는 간파하였다. 그가 만일 더 나아가 일본인의 심리에까지 그 혜안을 쏟았다면 일본인의 행동력은 무사도 이외에 그 원천은 있을 수 없었다는

---

10) 메러디스 타운센드 《아시아와 유럽》 뉴욕, 1900년.

것을 그의 날카로운 통찰력이라면 쉽게 확인할 수 있다.

열등국이란 말로 비하되는 것은 견디기 힘든 일이라는 명예심, 이것이 가장 강렬한 동기였다. 식산(殖産)이라든가, 흥업 등과 같은 것은 변혁 과정에서 훗날 깨닫게 된 것에 지나지 않는다.

무사도의 감화는 아직도 확실하다. 누구에게서나 감지할 수 있을 정도로 확실하다. 일본인의 생활상을 힐끗 보기만 해도, 조깅 중인 사람에게서 알 수 있을 정도로 명백하다. 일본인의 마음을 가장 잘 대변해주고 또한 가장 충실하게 소개한 라프카디오 헌[11]을 읽어보기를 바란다. 헌은 일본인의 심정을 실로 잘 묘사했으며, 그것이 무사도가 작용한 한 예임은 잘 이해할 수 있다. 일본인 전체에서 예외 없이 보게 되는 예의바름은 어김없는 무사도의 유산이다. 새삼 되풀이할 필요조차 없을 정도로 다 아는 일이다.

작은 체격에 충만한 인내와 불요불굴(不撓不屈)의 정신, 그리고 용기는 청일전쟁에서 유감없이 발휘되었다.[12]

'일본인 이상으로 충의와 애국심이 많은 국민이 달리 있을까?'라고 많은 사람들이 질문하였을 때 만일 '그렇습니다. 달리 예가 없을 겁니다'라고 자랑스럽게 대답한다면 그것은 어디까지나 무사도의 덕택임을 잊어서는 안 된다.

그러나 그 반면에 우리 일본인의 결점과 약점에 대해서도 무사도는 커다란 책임이 있음을 인정해야 공평하다. 일본의 청년 중에는 과학적 연구에서 국제적으로 명성을 떨치는 자가 나오고 있다. 그러나 철학 영역에서는 아직 아무런 공헌도 하지 못하고 있다. 일본인이 형이상학 철학에서 무언가 부족한 것은 무사도의 교육제도가 형이상적 훈련을 소홀히 한 것에 원인이 있다.

우리 일본인이 느끼기 쉽고 격하기 쉬운 것은 명예욕 탓이다. 또 외국인으로부터 때때로 비난받는 일이지만 만일 우리에게 자부심이나 교만한 태도가 있다면 이것 또한 지나친 명예심의 병적 산물이다.

---

11) Lafcadio Hearn(1850~1904). 귀화해 일본명을 고이즈미 야쿠모(小泉八雲). 그리스 태생. 영국에서 교육을 마치고 미국으로 건너가 신문기자가 된다. 1890년(메이지 23년) 일본에 와서, 마쓰에중학교 영어교사가 되고 고이즈미 세쓰코와 결혼. 제5고등중학교, 도쿄대, 와세다대에서 가르치고 많은 작품을 남겼다. 마쓰에(松江)에 야쿠모기념관이 있다.
12) 이스트 레이크·야마다 공저 《히로익 재팬》.

일본을 여행한 외국인 독자는 머리를 길게 늘어뜨리고 초라한 옷차림에 큰 지팡나 책을 안고 이 세상의 속된 일 따위에는 무관심하다는 태도로 큰 거리를 비좁다는 듯이 활보하는 젊은이를 본 적이 있을 것이다. 그는 '서생(書生)'이다. 그에게 있어서 지구는 지나치게 작고 하늘도 낮기만 하다. 우주와 인생에 대해서 그는 독특한 이론을 가지고 있다. 그는 공중 누각에 살고 영묘한 지혜의 말로 살고 있다. 그의 안중에는 큰 뜻이 불길이 되어 번뜩이고 그 마음은 지식욕에 굶주렸다. 빈궁도 그에게는 아무런 방해도 되지 않고 오히려 온몸을 달아오르게 하는 자극에 지나지 않는다. 이 세상의 재보 따위는 인격 향상을 막는 속박으로 그는 보고 있다. 그는 충군애국의 화신이고 국민적 영예의 감시역을 맡고 나선 자이다. 그 미덕과 결점을 모두 포함해서 이 서생이야말로 무사도 최후의 잔재라고도 말할 수 있다.

무사도의 감화는 지금도 그 뿌리는 깊고 힘도 강한 바가 있다. 그러나 앞서 말한 것처럼 그것은 무의식적 감화, 침묵의 감화이다. 조상전래의 것으로서 계승해 온 심금에 울리는 것이 있으면 일본인은 비록 그 이유 따위는 명백하지 않아도 곧 그것에 반응한다. 따라서 같은 도덕관념이라도 새로운 번역용어로 제공되는 것과 낡은 무사도 용어로 표현되는 것 사이에는 상대의 반응에 막대한 차이가 생긴다.

신앙의 길에서 벗어나는 크리스천이 있었다. 목사가 아무리 설득해도 그 하락경향에서 그를 되돌리게 할 수는 없었다. 그런데 그가 한번 주님에게 맹세한 충실, 즉 그의 충성스러운 마음에 호소하는 말을 들은 순간, 이 사람은 신앙의 길로 복귀하지 않을 수 없었다.

그때까지 미지근한 물에 잠겨 있던 고귀한 감정이 '충의'라는 한 마디로 모두 부활하게 된다.

어느 대학에서 학생들의 파업이 장기화하고 있어 어떻게 손을 쓸 수 없는 상태였다. 원인은 한 교수에 대한 학생들의 불만이었다. 그런데 학장이 두 가지 단순한 물음을 던지자 이 파업은 순식간에 해결되었다.

학장의 제언은 '제군의 교수는 결점이 없는 완벽한 인물인가? 만일 그렇다면 제군은 그를 존경해 학교에 머물러야 한다. 그렇지 않다면 그는 약한 인간인가? 만일 그렇다면 쓰러지려는 사람을 차버리다니 사내답지 않다.'—는 것이었다.

분쟁의 발단은 그 교수의 학력 부족에 있었다. 학장이 시사한 도덕상의 문제와 비교할 때 그것은 시들해져 그다지 중대한 문제가 되지 않고 말았다. 무사도에 의해서 함양되어 온 감정을 되살아나게 함으로써 위대한 도덕적 혁신이 이루어졌다.

이제까지 그리스도교 전도가 일본에서 괄목할 만한 성과를 올리지 못하는 이유 중 하나는 선교사 대부분이 거의 일본의 역사에 대해서 무지하고 무관심하다는 것이다. '이교도의 사적 따위에 관심을 가져봤자 무슨 도움이 될까?' 라고 말하는 선교사도 있다. 그 결과 우리가 조상 대대로 수백 년에 걸쳐서 계승해 온 사고의 관습으로 볼 때 선교사들이 말하는 그리스도교가 소원(疎遠) 한 것, 익숙하지 않은 것으로 느끼게 된다.

한 나라의 역사를 무시하는 일이 허용되는 것일까? 어느 민족의 경력이건, 설사 기록 따위는 전혀 없는 가장 미개하다고 하는 아프리카의 한 민족의 발자취에서조차 신 자신의 손으로 쓴 인류사 속에서는 그 한 페이지를 장식하는 것임을 무시해서 좋은 것일까!

멸망한 종족조차도 혜안(慧眼)의 학자에게 있어서는 해독할 가치가 있는 고문서이다. 철학과 경건한 혼을 지닌 사람에게 있어서는 어느 인종이나 제각기 신의 글씨체를 이해할 수 있는 기호 그 자체이고, 그들의 피부색 그대로 어느 것은 검게, 어느 것은 희게, 명확하게 그 자취를 더듬을 수 있다. 만일 이 비유가 의미를 갖는다면 우선 황색인종은 금빛 상형문자로 기록된 귀중한 한 페이지를 이룬다.

한 국민의 과거 발자취를 무시한 채 선교사들은 자신이 가지고 들어온 그리스도교를 새로운 종교라고 주장한다. 그러나 내 마음에 그리스도교는 오히려 '아주 오래된 그리운 이야기'이고 만일 그리스도교가 각 국민에게 친숙해지기 쉬운 말로 제공된다면, 즉 사람들의 도덕적 성장의 수준을 고려해 설교한다면 인종이나 민족의 차이를 묻지 않고 그리스도교 그 자체는 누구의 마음에도 쉽게 깃들 것이다.

앵글로색슨인이 기교나 환상 따위를 들여와 창시자인 예수의 지순(至純)함과 사랑을 은폐하고 만 것이 미국적 그리스도교이고 영국적인 그리스도교다. 이와 같은 그리스도교는 무사도라는 줄기에 접붙이기에는 지나치게 빈약한 가지이다.

'새로운 신앙'의 포교자로 자처하는 선교사들은 줄기도 뿌리도 가지도 모두 송두리째 뽑아버린 뒤 황폐해진 대지에 복음의 씨앗을 뿌려야만 한다는 말인가.

그와 같은 만용이 예를 들어 하와이라면 통할지도 모른다. 하와이에서는 전투적인 교회가 토착자본 착취와 원주민 전멸로 완전한 성공을 거두었다는 보고가 이루어지고 있으니 말이다. 그러나 이와 같은 방법이 일본에서는 단연코 불가능하다.

그와 같은 방법은 예수 자신이 지상에 신의 왕국을 건설하게 되더라도 단연코 채용될 리가 없는 방법이다.

여기에 한 사람의 경건한 크리스천이 있다. 그는 성자이고 심원한 학자이기도 하다. 우리는 그가 한 다음의 말을 확실하게 명심할 필요가 있다.

'사람은 세계를 이교도와 그리스도교로 구분하면서 이교도 가운데 어느 정도의 선이 간직되어 있는지, 또 그리스도교도 중에 어느 정도의 악이 숨겨져 있는지를 생각해 보려고도 하지 않는다. 그들은 자신의 최선의 부분을 이웃 사람의 최악의 부분과 비교해 왔다. 즉 그리스도교의 이상을 그리스나 동양의 타락과 비교, 대조해 왔다.

그들은 공평무사를 취지로 하지 않고 오히려 자신의 종교에 대해서는 가능한 한 상찬을, 그리고 그리스도교 이외의 양식을 지닌 종교에 대해서는 가능한 한 비난을 거듭하는 것으로 만족해 왔다.[13]

그런데 개인적으로는 잘못이 있었다고 해도 그들이 신봉하는 '그리스도교의 근본원리'는 틀림없이 '영적인 힘 그 자체'이므로 무사도의 미래를 생각할 때 우리는 깊이 마음에 새겨둘 필요가 있다.

[해설]

맛있는 요리를 먹을 때 애당초 아마추어인 나는 감칠맛 따위는 알 리도 없고 오직 미각과 취각, 시각에만 의존해 맛에 취하는 수밖에 없다. 그래도 미각과 취각, 시각 등을 초월한 어딘가 저편에 무언가 맛을 지탱하고, 지키고, 존재

---

13) 벤저민 B. 조위트 설교집 《신앙과 교리》 2권. B. 조위트(1817~93)는 영국의 학자이고 교육자. 42년에 안수세례를 받고 55년에 옥스퍼드의 그리스어 강좌 담임교수가 되었다.

하게 하는 것이 어렴풋이 느껴져 간접적으로 맛을 즐기게 하고 있다고 생각할 때가 있다.

그런데 이 책의 제목은 '무사도'로 되어 있다. 물론 부제로 '일본인의 혼'도 있다. 또는 이를 '야마토고코로(大和心)'로 번역해도 틀림은 없다는 것도 읽어 나가는 동안에 알게 되었다.

어떻게 보면 이것은 요리의 이름이다. '무사도'란 요리를 맛볼 생각으로 읽기 시작해, '야마토고코로'란 부제에도 이해할 수 있게 되었다.

그러나 이제 마지막 장을 앞에 두고 이 장을 다 읽고 나자 계속 '무사도'에 대해서 읽기는 했는데 실은 이 '무사도'라는 화제 저편에 은은한 맛이 아닌 무언가가 있는 것처럼 생각된다. 은은한 감칠맛이라는 나의 비유가 반드시 적절치 않을지도 모른다. 그것은 그런대로 상관이 없다. 이 말에 너무 얽매이지 말기 바란다.

이미 깨달았을 것으로 생각하는데 이 장으로 접어든 뒤 '그리스도교'란 말이 빈번하게 나온다. 그래서 내가 일찍부터 느끼고 있었던 것을 여기에서 말해 두려고 한다.

소년시절부터 시작해서 이 책을 나는 몇 번이고 통독해 왔다. 특히 번역 일의 어려움을 통감하면서 숙독을 거듭해왔다.

내가 통찰한 바에 따르면 저자는 '무사도'를 소개하려는 것처럼 보이는데 다시 무사도를 옛날의 현역시절로 복귀시키려는 생각은 없어 보인다. 무사도에 대한 저자의 공정한 평가, 냉정한 분석, 어디까지나 엄격한 재단 등에서 독자 자신이 그것은 널리 인정할 것이다.

니토베 이나조는 이 '무사도'를 통해서 실은 '그리스도교 수용의 문제'를 뜻 있는 독자에게 호소하려는 것이 틀림없다고 나는 믿는다.

이 장에 다음과 같은 문장이 있었다. '앵글로색슨인이 기교나 환상 따위를 들여와 창시자인 예수의 지순함과 사랑을 가리고 만 것이 미국적 그리스도교 이고 영국적 그리스도교이다. 이와 같은 그리스도교는 무사도라는 줄기에 접 붙이기에는 지나치게 빈약한 가지이다.' '접붙임'의 비유는 바울이 신약성서 〈로마서〉 11장 16 이하 24절에서 이방인을 위한 복음을 역설하는 열쇠로써 사 용했다.

니토베가 말하는 '창시자인 예수의 지순함과 사랑'은 후세에 우상화된 그리스도상이 아니고 나사렛 사람인 예수에게 충만한 은혜와 청순함을 지적한 것이고, 이 말로 그는 '그리스도교 그 자체' 또는 '그리스도교의 중핵인 진리 그자체' 즉 '그리스도의 복음'을 가리켰다.

이 인용을 하기 조금 전에는 이렇게 말한다. '선교사들은 자신이 가지고 들어온 그리스도교를 '새로운 종교'라고 주장한다. 그러나 이 내 마음에 그리스도교는 오히려 '아주 오래된 그리운 이야기'이고…… 인종이나 민족의 차이를 묻지 않고 그리스도교 그 자체는 누구의 마음에도 쉽게 깃든다.'

여기에 있는 '아주 오래된 그리운 이야기'는 원문의 ' 올드 올드 스토리(old old story)'를 내가 의역한 것이다. 만일 이것을 '낡고 빛바랜 이야기' 정도로 해버리면 앞뒤의 의미가 완전히 불확실해지고 만다.

'일본에도 일찍부터 신이 부여한 구약이 있었다'고 주장하는 니코베는 '그리스도의 복음 그 자체는 일본인의 말로 전해지면 결코 충격을 느낄 만한 새로운 것은 아니다. 오히려 일본인의 마음에는 아주 오래된 그리운 것'으로서 받아들여질 내용'이라고 주장한다.

마지막 장은 '무사도의 미래'이다. 그러나 지금 말한 것처럼 저자의 관심은 무사도 그 자체의 번영 등에는 없다. 오히려 일본 혼의 가장 좋은 부분에 그리스도교의 외형이 아니고 '그리스도의 복음' 그 자체를 접붙이고 싶다. 거기에서 싹트는 새로운 생명에 일본의 장래를 맡기고 싶다는 뜨거운 염원을 여기에 토로한다.

이 장 마지막 말에 다시 한 번 주목하기 바란다.

'개인적으로는 잘못이 있었다고 해도 그들이 신봉하는 그리스도교의 근본 원리는 틀림없이 영적인 힘 그 자체이므로 무사도의 미래를 생각할 때 우리는 깊이 마음에 새겨둘 필요가 있다.'

제17장 무사도의 미래

　무사도는 이제 여명(餘命)이 얼마 남지 않은 것처럼 보인다. 그 장래를 예고하는 불길한 조짐이 하늘에 나타나고 있다. 조짐뿐만 아니라 무시할 수 없는 여러 세력이 무사도를 위협하려고 꿈틀대기 시작한다. 유럽의 기사도와 일본의 무사도 사이만큼 적절한 비교가 역사적으로 가능한 것은 달리 예를 볼 수 없다. 만일 역사가 되풀이되는 것이라면 기사도가 거쳐 온 운명을 무사도도 반드시 거치게 될 것이다.

　생 팔레는 기사도를 쇠퇴시킨 특수한 지방적 원인을 지적하였다. 그 원인이 모두 일본의 조건에 적용되는 것은 아니다. 그러나 중세 및 그 뒤에 기사와 기사도를 서서히 좀먹어 들어가 끝내 붕괴시키고 말게 된, 무엇보다 일반적이고 큰 원인으로 간주하는 것은 무사도의 쇠퇴경향에도 확실하게 작용하고 있다고 말할 수 있다.

　유럽의 경험과 일본의 경험 사이에는 하나의 두드러진 차이가 있다. 유럽에서는 기사도가 이유기(離乳期)를 맞이해 봉건제도에서 벗어났을 때, 이번에는 그리스도 교회의 양자로 새롭게 수명을 연장해 나갔다. 그런데 일본에서는 무사도의 양부(養父)가 될 정도의 큰 종교는 없었다.

　그런 이유로 모체인 봉건제도가 사라진 뒤 무사도는 고아 신세로 남겨져 어떻게든 자력으로 나아가는 수밖에 길이 없었다.

　현재라면 군대조직이 있으므로 그것이 무사조직을 인수해 그 보호 아래에 둘지도 모른다. 그러나 현대의 전쟁은 무사도가 성장을 계속해 갈 만한 조건 따위가 전혀 갖추어져 있지 않다.

　무사도가 유년기였을 때 이를 보육한 것은 신도(神道)였다. 그러나 그 신도는 이미 노화하고 말았다. 중국 고대의 성현들을 대신해서 이제는 제러미 벤담[1]

---

1) 1748~1832. 영국의 법학자·경제학자. 19세기 최대의 사상가 가운데 한 사람.

미나모토노 요시쓰네(1159~1189). 일본 역사상 최고 무사 중 한 사람. 일본인들의 마음속에 '비극적 영웅'으로 깊이 남겨져 있다.

이나 존 스튜어트 밀[2]과 같은 타입의 학자가 위세를 떨치고 있다.

오늘날의 시대는 편협한 호전적 배타주의로 기울고 있다. 여기에 영합하듯이 귀에 솔깃해지는 쾌락주의적인 도덕설이 발명되어 주장되면 그런 것들이 시대의 수요에 꼭 들어맞는다고 유행이 된다. 그러나 지금으로서는 그와 같은 요란한 외침이 이른바 속된 저널리즘을 극성스럽게 하는 데 지나지 않는다.

온갖 세력과 군세가 전열을 가다듬어 무사도에 반항하고 있다. 소스타인 B. 베블런[3]이 지적했듯이 이미 '사회의 기본산업에 종사하는 계급 사이에서 예의범절의 규범이 시들해지고 만 것, 다시 말해서 사회 전반에 침투한 천박하고 통속적인 풍조야말로 섬세한 감수성을 지닌 사람들이 보기에 문명의 말기적 증상의 하나'임은 명확하다.

민주주의의 도도한 흐름은 저항할 수 있는 것이 아니고 가까스로 남아 있는 무사도의 일면조차 남김없이 삼켜버리고 말 힘을 지니고 있다.

이 민주주의는 어떤 형식, 어떤 형태의 기업합동도 허용하지 않는다. 그런데 무사도는 지식이라든가 교양과 같은 '자본'을 독점적으로 보유한 사람들에 의해서 조직된 트러스트였다. 무사도는 또 도덕의 질에 관해서 등급이나 가치 등을 스스로 정하는 트러스트이기도 했다.

현대사회를 구성하는 여러 세력은 모두가 구구한 계급정신의 존재를 절대 용인하지 않는다. 그러나 에드워드 프리먼[4]이 냉혹하게 비판한 것처럼 기사도는 명백한 하나의 계급정신이다.

현대사회는 적어도 무언가 통합성을 간판으로 내거는 한 '특권계급의 이익을 위해 마련된 순수하게 개인적인 의무'를 용인할 수는 없다.

이에 더해서 보통교육이나 산업기술, 그런 것들이 가져오는 부나 도시생활 등의 발달이 급속하게 진전되고 있다. 이렇게 되면 더 이상 칼의 날카로움, 무사도가 자랑하는 최강의 활시위를 떠난 가장 예리한 화살도 완전히 속수무책임은 불을 보듯 뻔하다.

명예라는 바위 위에 세워져 명예에 의해서 방비를 굳히고 있는 국가―이를 '명예국가'라고나 불러야 할까―이치에 닿지 않는 무기를 휘둘러 궤변을 전문

---

2) 1773~1836. 영국의 역사가·경제학자·철학자.

3) 1857~1929. 노르웨이의 경제학자.

4) 1823~92. 영국의 역사가. 주요저서는 《노르만 정복사》 전5권.

적으로 내뱉는 법률가나 말장난만 일삼는 정치가들의 손안에 급속하게 떨어지고 있다.

어느 위대한 사상가가 일찍이 성 테레사와 안티고니에 대해서 '그녀들의 장렬한 행위를 낳은 시대적 환경은 영원히 사라졌다'고 말했다.[5] 지금 그 말은 그대로 고스란히 사무라이에게도 적용된다.

슬프구나, 무사의 덕이여! 슬프구나, 사무라이의 긍지여!

뿔피리와 북소리로 세상의 환영을 받았던 도덕이 '명군, 명장이 떠나자마자' 사라져갈 운명에 놓였다. 역사가 후세의 우리에게 무언가 교훈을 남긴다고 한다면 무덕(武德) 위에 건설된 국가는―스파르타와 같은 도시국가이건 로마와 같은 제국이건―이 지상에서는 결코 영원할 수 없다는 것이다.

사람 안에 있는 싸우려고 하는 본능은 보편적이고도 자연적이다. 또 그것이 고상한 감정이나 사내다운 덕성을 낳는 것도 확실하다. 그러나 그것만이 사람의 모든 것은 아니다. 투쟁본능 밑에 더욱 신성한 본능이 잠재하고 있기 때문이다. 그것은 즉 사랑하는 본능이다.

이제까지 보아 온 것처럼 신도(神道)도, 맹자도, 그리고 왕양명(王陽明)도 명백하게 그것을 가르친다. 그러나 가르치긴 했지만 무사도를 비롯해서 대체로 싸움에 무게를 두는 무력을 배경으로 한 파의 도덕은, 직접 눈앞에 있는 실제적 문제에만 마음을 빼앗겨 싸우는 본능 뒤에 존재하는 더욱 큰 '사랑하는 본능'을 경시해 올바르게 이를 받아들일 생각을 하지 않았던 것은 의심할 여지가 없다.

바야흐로 시대는 크게 변화해 생활에 여유가 생기고 삶은 일찍이 없었던 정도로 넓게 커졌다. 더욱 높게 더욱 넓은 사명으로 우리의 주의를 돌리지 않으면 안 될 시대가 오고 있다.

인생관이 더욱 확대되었다. 민주주의가 급속하게 성장을 이루고 있다. 또 타민족이나 타국민에 대한 지식 증대와 함께 공자가 가르친 인의 사상―또는

---

5) 마제파라는 폴란드의 용장은 17세기에 실재한 인물이다. 바이런은 《마제파》라는 시를 쓰고 그의 애인으로서 테레사를 등장시켰다. 소포클레스가 쓴 유명한 그리스 비극 《안티고네》의 주인공은 여자이면서 오빠 폴리네이케스의 유해를 법을 위반해 매장했기 때문에 지하감옥에 투옥되어 목을 매 죽었다(희곡)고도 하고 지하묘지에 생매장되어 스스로 목을 맸다고도 전해진다.

불교가 가르치는 자비의 사상이 여기에 포함되어도 좋다. 그리스도교의 사랑 관념으로 확대될 것이다.

바야흐로 사람은 신민(臣民) 이상이 되고 공민, 시민으로 불리는 존재로까지 성장했다. 사람은 더욱 시민(市民) 이상의 것, 즉 인간인 것이다. 현재 전운(戰雲)이 일본의 수평선상을 무겁게 가로지르고 있다. 평화의 천사가 그 날개로 이 암운을 걷어주길 믿어보자.

'온유한 사람은 행복하다. 그들은 땅을 차지할 것이다.'[6]라는 예언을 세계의 역사가 확증하고 있다. 평화의 상속권을 버리고 산업부흥의 제1선에서 물러나 침략주의 전략에 가담하는 국민은 참으로 한심한 거래를 하고 있다.

이제 사회정세는 크게 변화하고 말았다. 무사도에 반대하는 것만이 아니라 적의조차 표시하게 되었다. 지금은 무사도를 위해 명예롭게 장송(葬送) 준비를 해야 할 때이다.

기사도가 언제 발생했는지 정확한 시기를 정하기 어려운 것과 마찬가지로 그 사라질 때를 정확하게 결정하는 것도 어렵다. 밀러 박사는 프랑스의 앙리 2세가 창으로 말 위에서 싸운 무예시합에서 목숨을 잃었을 때 기사도는 공공연하게 폐지됐다고 말했다. 그것은 1559년의 일이었다.[7]

일본에서는 1870년(메이지 3년) 봉건제도를 폐지한다는 칙서가 내려졌다. 이것은 무사도에 조종(弔鐘)을 알리는 신호가 되었다.[8]

그 2년 뒤에 발포된 폐도령(廢刀令)은 구시대와 신시대를 가르기 위해 환송·환영의 종을 울린 셈이 된다.[9] 그 구시대란 '돈으론 살 수 없는 삶의 은총이 있었던 시대이고 국방에 돈이 들지 않는 시대, 그리고 사내다운 정서와 영웅적인 행위를 키운 보모(保母)의 시대'이며, 신시대라는 '궤변가, 재산축적 주의자, 계산이 빠른 자들의 시대'를 의미한다.

근년의 청일전쟁[10]에서 일본은 무라타 총과 크루프 총 덕택으로 승리를

---

6) 그리스도의 말. 신약성서 〈마태복음〉 5장 5절.
7) 앙리 2세는 재위 1547~59년. 에스파냐 왕과 싸우고 화해해 왕녀 엘리자베스를 에스파냐 왕 펠리페에게 시집보내고 그 축하 토너먼트, 즉 창 등을 무기로 말 위에서 싸우는 기사의 시합에서 중상을 입고 사망했다.
8) 폐번치현(廢藩置縣)의 칙서가 나온 것은 메이지 4년(1871) 7월 14일.
9) 폐도령은 정확하게 1876년(메이지 9년) 공포이므로 5년 후가 된다.
10) 청일전쟁은 조선의 지배권을 둘러싼 일본과 중국(청국)의 전쟁. 1894년(메이지27년) 조선 동

거둔 것으로 알려져 있다. 또 이 승리는 근대적인 학교제도의 덕택이라고도 한다.

그러나 이와 같은 의견은 진상의 반도 말해주지 않는다. 비록 엘바나 슈타인바이 등의 가장 좋은 피아노라도 명음악가의 손을 빌리지 않고도 리스트의 랩소디라든가, 베토벤의 소나타 등을 마음대로 연주할 수 있을까?

또 만일 총포가 전쟁에 이기는 것이라면 왜 루이 나폴레옹은 기관총으로 프로이센군을 격파하지 못했을까? 또는 기껏해야 구식인 레민턴 총 정도의 무장밖에 하지 못한 필리핀군을 모젤 총으로 무장한 에스파냐군이 왜 격파를 못했을까?

새삼 말할 것도 없이 활력을 가져오는 것은 정신이고 정신이 없으면 최선의 장비도 전혀 쓸모가 없게 된다. 최신식 총포도 스스로 불을 내뿜는 것은 아니다. 가장 진보된 근대적 교육제도일지라도 겁이 많은 자를 영웅으로 키울 수는 없다. 압록강이나 조선 및 만주[11] 등에서의 싸움을 승리로 이끈 것은 우리를 계속 격려하는 조상들의 영혼이다. 무용이 풍부한 선조의 영혼과 정신은 아직 죽지 않았다. 보는 눈이 있는 자에게는 명확하게 보인다.

가장 진보된 사상을 지닌 일본인일지라도 그 표피를 한 꺼풀 벗겨보면 그 피부밑에서 한 사람의 무사가 나타난다.

명예와 용기, 또 모든 무덕 따위와 같은 위대한 유산은 크램 교수가 적절하게 표현한 것처럼 '우리에게 맡겨진 신탁자산에 지나지 않고 죽은 자로부터, 또 장래의 자손들로부터도 빼앗을 수 없는 가록(家祿)'인 것이다.

현재 우리의 명제(命題)는 이 유산을 지켜내는 것, 그리고 예부터 전해져 내려온 정신을 그 한 점 한 획도 손상하지 않는 것이고 또 '미래'가 명하는 것은 그 범위를 확대해 삶의 온갖 행동 및 관계에 응용해 나가라는 것이다.

봉건일본의 도덕체계는 성곽이나 무구(武具)와 마찬가지로 무너져 내려 흙이 되어도 그 뒤에 새로운 도덕이 불사조처럼 벌떡 일어나 신생 일본을 진보로 이끌어줄 것이라고 예언한 자가 있었다. 그리고 과거 반세기의 사건에 의해 이 예언은 확증을 얻었다.

학농민운동에 중국이 출병, 이어서 일본도 출병해 개전이 된다. 황해해전에서 일본이 승리를 거두고 1895년(메이지 28년) 4월 시모노세키조약(下關條約)을 체결하였다.
11) 만주는 중국 북동부 일대의 옛 지명이고 흑룡강성, 길림성, 요녕성 등의 총칭이다.

이와 같은 예언의 성취는 바람직하고 또 확실하게 일어날 수 있는 일이기도 하다. 그러나 불사조는 나 자신의 잿더미 속에서만 재생하며, 철새가 아닐 뿐 아니라 또 다른 새의 날개를 타고 나는 것도 아님을 결코 잊어서는 안 된다.

'하느님 나라는 바로 너희 가운데 있다.'[12]

그 '하느님 나라'는 산이 아무리 높아도 그곳에서 굴러떨어지지 않고, 또 바다가 아무리 넓어도 바다 저쪽에서 밀려 들어오지 않는다.

'신은 각 나라의 국민에게 그 자신의 언어로 말하는 예언자를 주셨다'고 코란은 말한다.

신의 나라의 씨앗이 일본인 마음에 싹을 터 확증의 뿌리를 내리고 그 토양에 익숙해짐으로써 이해의 잎이 무성해지고 무사도 속에서 꽃을 피웠다. 다만 슬퍼해야 할 일은 앞으로 충분한 성숙기를 맞이하려는 참에 무사도에 일찌감치 황혼이 찾아들려고 한다는 것이다.

우리는 무사도 이외에 무언가 아름다움과 빛의, 또 힘과 위안의 원천은 없을까 하고 팔방으로 손을 써 추구했으나 아직도 무사도를 대신할 수 있는 것은 발견하지 못했다.

공리주의자나 유물론자들이 주장하는 손익계산의 철학은 혼이 반밖에 없는 것 같은 속 좁은 인간들의 마음에 쏙 들었다. 공리주의라든가 유물론을 상대로 해서 당당하게 싸울 수 있는 유일한 도덕체계는 그리스도교밖에 없다.

그리스도교에 비하면 무사도라고 할지라도 '꺼져가는 불씨'와 같은 것에 지나지 않음을 솔직하게 고백하지 않을 수 없다. 그러나 구세주 메시아는 부채질해서 불씨가 살아나 활활 타오르는 불길이 되도록 하겠다고 선언하셨다.

메시아의 선구자인 히브리의 예언자들, 그 가운데서도 이사야, 예레미야, 아모스, 하바쿡 등과 마찬가지로 무사도는 특히 지배적 지위에 서는 자, 공적인 입장에 서는 자와 국민 전반의 도덕적 행위에 중점을 둔다.

이에 대해서 그리스도의 도덕은 오로지 그리스도에 신종하는 사람 개인에 관한 것이므로 개인주의가 도덕의 요소로서 세력이 커짐에 따라서 더욱더 넓은 범위에서 실제로 적용되어 갈 것이다.

교만한 자아 중심적인 도덕을 니체는 '주인도덕'이라고 불렀으니 어느 의미

---

12) 신약성서 〈누가복음〉 17장 21절에 기록된 그리스도의 말.

《헤이케 이야기》의 야시마전투. 도쿄 나가세이문고
소장. 요시쓰네가 고쇼를 기습하였다.

에서 그것은 무사도에 가깝다고 말할 수 있다. 만일 내가 큰 잘못을 범하지 않았다면 니체가 병적인 곡해에서 나사렛예수의 겸허하고 자기부정적인 모습을 '노예도덕'이라고 이름 붙인 것이며, 니체가 그것에 대비해서 '주인도덕'으로 부른 것은 예수의 겸손한 자기부정의 모습에 이르기까지의 일종의 과도기적 현상이고 어쩌면 일시적인 반동의 결과로 나는 생각한다.

그리스도교와 유물론(공리주의를 포함한)은 세계를 양분할 것이다. 장래에 어쩌면 헤브라이즘과 헬레니즘(그리스주의)이라는 더욱 낡은 형식으로 환원될지도 모른다.

군소의 도덕체계는 저마다 자체의 존속을 도모하기 위해 양자가 어느 한쪽과 짜고 동맹을 맺으려 할 것이다.

무사도는 어느 쪽에 서게 될까?

지켜내지 않으면 안 될 체계적인 교의나 공식 등은 아무것도 없는 무사도이므로 한번 일어난 아침바람을 타고 덧없이 지고 마는 벚꽃처럼 '무사도'라는 모습으로 사라져가는 것에 아쉬움은 없다.

그러나 완전히 절멸하고 마는 것이 무사도의 운명이라고 한다면 그것은 당치도 않은 일이다.

스토이시즘 즉 금욕주의는 망하고 말았다고 누가 말할 수 있을까? 그것은 확실히 제도로서는 망했는지 몰라도 덕목으로서는 여전히 살아 있다. 금욕주의의 에너지와 활력은 오늘날에도 아직 삶의 모든 면에 살아 있다. 서양제국의 철학에서, 문명세계 구석구석의 법체계 속에서 금욕주의의 덕은 현실로 지금도 감지할 수 있다.

적어도 사람이 자기를 자기 이상의 것으로 높이려고 분투할 때 자기의 노력으로 그의 영혼이 그 육체를 지배하고 그 위에 서는 '주인'이고자 하는 한 그 제논[13]의 불멸의 교훈이 작용하고 있음을 보게 된다.

하나의 독립된 도덕의 규범으로서 무사도는 사라질지도 모른다. 그러나 그힘이 지상에서 완전히 사라지는 일은 없다.

무용이라든가 명예를 중히 여기고 사는 가르침도 무사도의 규범으로서는 해체될지도 모른다. 그러나 그 광명과 영예는 이들 폐허를 뛰어넘어 오래도록

---

13) Zenon(기원전 335~263). 그리스의 철학자. 키플로스 태생으로 스토아파 철학의 원조 즉 스토익주의라는 금욕주의를 창도한 인물.

살아남을 것이다. 무사도의 상징인 벚꽃처럼 바람에 날려 사방으로 진 뒤에도 삶을 풍요롭게 하는 향기를 내뿜어 인류를 계속 축복해 줄 것이다. 몇 세대의 세월이 흐르고 또 흐른 뒤 무사도의 습관 따위는 장사 지내어져 그 이름조차도 잊어버리고 말 날이 온다고 해도, 무사도의 향기는 '길가에 서서 아득히 먼 곳을 바라다보면' 눈에 보이지 않는 먼 언덕 저쪽에서 불어오는 바람을 타고 감돌게 될 것이다.

그때야말로 어느 퀘이커 시인이 아름다운 말로 노래했듯이.

The traveler owns the grateful sense
Of sweetness near, he knows not whence,
And, pausing, takes with forehead bare
The benediction of the air.
어디선지는 모르지만
주위에 감도는 향기 있어
나그네는 반갑고 기쁘구나
가는 걸음 멈추고 갓을 벗어
내리는 축복을 경건하게 받는구나.

해설

일찍이 어느 단체의 국제대회가 도쿄에서 열렸을 때 사무국 의뢰로 미국에서 방문하는 국제대표의 통역을 맡은 적이 있었다. 준비된 구단(九段)의 호텔을 향해 지하철을 내려서 걸어가자, 그것은 야스쿠니 신사(靖國神社) 앞을 지나 지도리가부치(千鳥淵)를 바라보는 언저리에 있었다. 흐드러지게 핀 벚꽃을 구경하는 사람들로 붐볐다. 가까스로 사람들 틈을 헤치듯이 호텔로 들어가 밖의 소음은 뒷전에 두고 쉬었다. 이튿날 아침 일찍 호텔을 나와 지하철역으로 발걸음을 서두는 도중 보기 민망한 난잡한 광경에 몹시 놀라고 말았다.

취객이 내뿜는 고약한 냄새, 발 디딜 틈도 없을 정도로 널려 있는 쓰레기, 가까스로 야스쿠니 신사에 이르자 그 난잡함은 경내 일대에까지 미쳐 전쟁 전부터 전쟁을 거쳐 온 내 마음은 표현하기 어려울 정도로 착잡한 생각에 시달렸다.

'야스쿠니 뜰에서 만나자'는 말이 전쟁에 내몰린 젊은이들 사이에 자연스럽게 통용되던 시대가 있었다. 그래도 많은 동료 전우가 입에 올리건 말건 그것은 별개로 치고 국가가 설영(設營)한 야스쿠니라는 제사의 장을 모두가 의식하는 것에 각별한 위화감은 느끼지 않았다.

믿지는 않아도 나의 의식 속에서 야스쿠니는 야스쿠니였던 것이다. 큰 기둥문을 지나 지하철역을 향해 걷는 동안, 내 안에 끓어오른 무어라 말할 수 없는 분노는 지금도 잊을 수가 없다. 만일 전사자를 생각하는 마음이 진실이고 전 국민의 진심이 전쟁희생자의 넋을 기리는 성역으로서 이 야스쿠니를 정했다라면, 꽃구경 뒤에 난잡하게 그 성역을 더럽히고도 태연할 수 있는 국민이란 도대체 무엇일까?

어쩌면 야스쿠니는 이미 일본국민의 진심에서 떠나고만 이른바 관제의 꼭두각시에 지나지 않을지도 모른다.

야스쿠니 신사는 씨족신의 후손이 없다. 국가가 '야스쿠니'의 신을 새롭게 만들어 전쟁으로 인한 죽음을 '일본국가융성'을 짊어진 것으로 뜻을 부여해 사자에게 보내는 유족의 심정을 국가라는 조직에 끌어들이기 위한 새 기구로서 일찍부터 있었던 초혼사(招魂社)를 야스쿠니신사로 개칭한 것이다. 그것은 메이지 12년(1879)의 일이었다.

전쟁을 거듭함에 따라서 군국주의가 자라기 시작해 전사자 수가 늘고 전사자의 유가족은 '야스쿠니의 신'을 배출한 야스쿠니 집안이라는 영예를 갖게 되었다.

내무성이 담당하는 일반 신사와 달리 야스쿠니 신사는 육군성, 해군성 및 내무성의 3성이 운영하는 별격의 신사였다. 그러나 제2차 세계대전에서 패한 뒤로는 신사 본청 아래의 한 종교법인으로서 존속하고 있다.

1955년부터 유족회가 중심이 되어 야스쿠니 신사 국가호지운동(國家護持運動)이 적극적으로 추진되고 있는 것은 다 아는 일이다. 전몰자에 대한 국민감정의 향방과 군국주의와 밀접한 관계를 맺는 존재 및 신앙의 자유에 대한 인식의 문제 등이 있어 전후 반세기를 거치고도 미해결인 채로 남아있다.

어느 날 아침, 내가 목격한 야스쿠니 신사 경내의 광경은 어쩌면 지금도 계속되고 있을 것이다. 그것은 신앙의 문제, 종교문제에 무관심한 우리의 국민성이 뜻하지 않게 노출한 광경일 수도 있지 않을까 생각한다.

학도병으로서 징집된 나는 아사부(麻布)의 근위보병연대에 입영하고 사단통신대에 배속되었다. 훈련은 보병과 똑같이 부과되어 상당히 가혹한 기합을 받으며 지냈다. 오래된 얘기지만 보병의 금장(襟章)은 벚꽃을 본뜬 빨강이었다. 그 보병 훈련에서 되풀이해서 부른 것이 '보병의 본령'이란 군가이다. 이상하게도 이 군가는 처음 5, 6절 정도까지는 지금도 술술 흥얼거리게 된다. 지긋지긋한 추억과 함께 깨끗이 씻은 듯이 잊어버리면 좋겠지만, 나도 알 수 없이 잊히지 않는 것이 이상하다.

잊기는커녕 괴로울 때 여기에서 분발해야 한다고 이를 악무는 것 같은 시련 속에서 왠지 이 노래가 입에 오른다. 군대에서의 나날이 내 삶에서 고통스러운 체험의 하나로 각인되어 무언가 어려운 일에 직면할 때마다 '그때 일을 생각하면 이 정도는' 하는 마음에 이 노래가 힘이 되어주는 것 같다.

특공대나 인간어뢰를 비롯해서 많은 젊은이가 전쟁의 희생이 되어 꽃잎처럼 져갔다.

경박한 군국주의자들이 이를 이용해 죽음을 서두르는 것이 마치 일본인의 정신인 것처럼 선전해 예부터 내려온 '야마토고코로(大和心)'를 크게 왜곡하고만 것은 참으로 유감스러운 일이다. 모토오리 노리나가의 마음에 담긴 '산벚꽃'은 만일 말을 할 수만 있다면 벚꽃의 오명을 씻기 위해 군국주의자들의 발상을 강하게 나무랄 것이다.

그런데 저자는 참된 의미에서의 세계평화 실현을 환상으로나마 묘사해 희구하는 것이 '온유한 사람은 행복하다. 그들은 땅을 차지할 것이다'라는 예수 그리스도의 정신이 이미 역사에 의해서 확증된 것까지 믿는다는 점에 잘 스며나와 있다.

그리스도의 이 말은 신약성서 〈마태복음〉 5장에서 인용한 것이고 태평양전쟁의 패전을 경험한 일본 국민에 대한 메시지이기도 하다. 현대의 우리는 저자가 말하는 '평화라는 맏아들의 상속권'을 매도하고 만 것이 아닐까?

'평화의 상속권'이란 구약성서 〈창세기〉 25장 이하에 기록된 에사오와 야곱 두 형제에 얽힌 고사에 따른 말이다.

'하루는 에사오가 허기져 들에서 돌아와 보니 야곱이 죽을 끓이고 있었다. 에사오가 야곱에게 "배고파 죽겠다. 그 붉은 죽 좀 먹자" 하였다. ……야곱이 형에게 당장 상속권을 팔라고 제안하자 에사오는 배고파 죽을 지경인데 상속권 따위가 무슨 소용이 있느냐고 하였다. 그러나 야곱은, 먼저 맹세부터 하라고 다그쳐 요구하였다. 에사오는 맹세하고 장자의 상속권을 야곱에게 팔아넘겼다.'

에사오는 경솔하게도 배고픈 탓에 참된 가치가 무엇인지를 망각하고 말았다. 영적 가치, 정신적 가치에 에사오는 평소에 무관심했다. 눈앞의 물적 가치로 치달은 에사오의 경솔함을 교훈으로 경계하는 이 성서의 기사는 지금의 우리 일본 국민에게 있어서 결코 무관한 가르침이 아니라고 생각한다.

본서의 '머리말' 가운데서 저자인 니토베 이나조가 야나기타 구니오(柳田國男)와 친교가 있던 것에 대해서 말하는 다케다 기요코(武田淸子) 씨의 말을 인용했는데 기억하는지. 그것은 메이지 43년(1910) 가을쯤, 니토베 이나조를 중심으로 '향토회'가 창립되어 니토베의 집에서 즐거운 모임을 가졌다는 얘기였다.

민속학자인 야나기타 구니오를 그의 제자인 오리구치 시노부(折口信夫)가 패전 후인 쇼와 24, 5년 봄에 방문했을 때의 일을 동행한 오리구치의 제자인 오카노 히로히코(岡野弘彦) 씨가 추억담으로서 상세하게 전해주었다.

그 부분을 인용한다.

……세이쇼 학원(成城學園) 동네에 있는 야나기타 구니오의 집을 오리구치 노부오가 방문했다. 사제는 함께 한 시간 정도 기타미 마을의 벚꽃을 구경하면서 걸은 뒤 또 야나기타의 일본민속학연구소로 돌아갔다. 그리고 야나기타가 말했다.

"오리구치 군, 전쟁 중에 우리 일본인은 벚꽃이 지듯이 깨끗이 죽는 것을 그처럼 대단한 일로 젊은이들에게 강요했네. 이렇게 죽는 것을 아름답다고 생각하는 민족은 전 세계 어디에도 없지 않은가? 아니 있었을지도 모르지만 그것은 아주 옛날에 없어지고 바다에게 보호받는 일본에만 남은 것이 아닌가. 그대는 이것을 어떻게 생각하나?"

이렇게 말하고 야나기타는 입을 다물었다. 오리구치도 말이 없었다. 두 사람은 한동안 무거운 침묵 속에 연구소 책장 앞에 마주 앉아 있었다.

이 문제는 오늘날에도 풀리지 않은 채 이어지고 있다. 자신의 생명을 가볍게 생각하는 자는 타인의 생명도 가볍게 생각한다……

위는 국학원 대학 명예교수 오카노 히로히코 씨가 수년 전에 NHK 연속강좌 가운데서 제11회 '벚꽃과 일본인'이란 소재로 얘기한 것의 기록에서 인용했다. 이 장면은 상당히 그의 인상에 강하게 남아 있었던지, 1998년부터 《주오고론(中央公論)》에 연재 중인 '오리구치 노부오 전—그 사상과 학문' 속에서도 회상했다.

이 '오리구치 노부오 전' 가운데서 오카노 히로히코 씨는 야나기타 구니오와 오리구치 노부오의 대화 부분에 이어서 다음과 같이 말했다.

그 같이 말한 채 야나기타는 시선을 바닥의 한 점에 집중해 가만히 팔짱을 끼고 있었다. 마주한 오리구치는 더욱 깊은 생각에 잠긴 채 한마디 말도 없이 고개를 숙이고 있었다. 서로 학설상으로 미묘한 차이가 있어 그것을 둘러싸고 때때로 가차 없는 날카로운 논쟁을 교환하면서 이 사제가 지향하는 학문의 궁극적인 목적, 일본인의 심의전승(心意傳承)을 명확히 하고자 하는 점에서는 훌륭하게 의기가 서로 통하였다. 그 두 사람의 뛰어난 학구, 일본 혼의 참된 추구자가 이 순간 숨을 죽이고 생각에 잠겨 있다.

연구소에는 다른 젊은 연구자가 몇 사람 더 있었을 것이다. 하지만 나의 기억으로는 햇빛이 차단된 것 같은 어둑한 느낌이 드는 방에서 실루엣처럼 꼼짝도 하지 않는 두 사람의 모습이 강한 인상으로 남아 있다. 오랜 침묵이었다. 오리구치는 결국 아무 말도 하지 않고 야나기타도 그 뒤로는 말하지 않았다.

끝없는 상념에서 몸을 털고 일어나듯이 야나기타는 루스 베네딕트의 《국화와 칼》 내용으로 화제를 옮겼다. 이 침묵의 시간에 야나기타의 가슴속을 오간 생각을 나는 확실하게 말할 수는 없다. 그러나 오리구치가 무슨 생각을 하고 있었는지 대체로 미루어 알 수가 있다. 역시 패전 후 그다지 시일이 지나지 않은 시기의 강연 때에 다음과 같은 말을 했다.

신도(神道)는 너무나도 광명·원만으로 가득한 아름다운 것만을 생각하고 있어 조금도 고뇌가 없다. 기기(記紀 ; 古事記와 日本書紀)를 보면 고대인의 고통을 알게 될 것이지만 일본인이 고통을 당한 생활을 생각하려고는 하지 않았다. 신도가 다른 종교와 다른 점은 그 안에 대한 관념이 없다는 것이다. 근년의 종파신도(宗派神道)에서는 이것이 약간 인정되나 이것도 적다고 말할 수 있다. 고사기(古事記)에 스사노오노미코토(素戔嗚尊)의 죄악에 대한 내용이 있는데, 그것은 너무나도 서사시적으로 나타나 있어 종교적인 죄악관념이 적다. 스사노오가 범한 죄는 그것을 보상하기 위해서 몸에 걸친 온갖 것을 다 충당해도 모자라 결국 추방된다. 이즈모(出雲)에서 검을 얻고 이를 하늘에 바침으로써 속죄가 된다. 이런 것들을 생각하면 스사노오노미코토를 대단히 단순화해서 오히려 우스꽝스럽게 생각하는 것은 신도에서 죄악에 대한 관념이 적었기 때문이다.

이 강연은 신사본청(神社本廳)창립 1주년 기념에서 행한 약 50분간의 강연내용을 매우 짧게 요약한 것이다. 신도에서 죄책감이 희박한 것에 대해서 말한 부분도 요점만을 기록해 이야기의 치밀함이 결여되어 있다. 내 기억으로는 특공대의 죽음도 마다하지 않는 떳떳한 심지에 대해 그러한 잔인한 계획을 군의 고위 참모나 사령관이 생각해내 젊은이들에게 강요한 것도, 당시의 젊은이와 일본인의 마음을 아프게 하면서 그것을 인정하고 받아들여 스스로 목숨을 사지에 버린 것도, 일본인이 치밀한 교의체계가 있는 종교를 낳지 못하고 죄책감을 갖지 못했던, 또는 죄책감이 취약했던 것에 따른 것임을 말했다. 같은 연배나 2, 3년 선배를 특공대로 죽게 한 내가 확실하게 마음에 새긴 것이므로 틀림은 없다.

그것을 아울러 생각할 때 야나기타 앞에서 말없이 고개를 숙이면서 스승의 절실한 물음에 대해서 가슴에 끓어오르던 생각도 거의 비슷한 내용이었을 것이다. 자기 아들 하루미를, 섬 전체가 포탄으로 초토화되고 유황냄새가 감도는 지하호가 폭약과 화염방사에 의해서 완전히 소탕되었다는 이오지마(硫黃島)에서 전사시킨 원통한 체험을 지닌 오리구치에게는 이 문제를 끝까지 파고들어 생각하지 않을 수 없는 절실한 동기가 있었다. 그리스도교 목사에게서 들었다는 십자군 병사들의 성지 팔레스티나 회복을 위한 종교적 열정 얘기보다 예전부터 전쟁 말기의 일본인이 믿는 힘을 상실한 나머지 저지른 행동에 대해서는 분노의 심통(心痛)을 거듭해 오고 있었다. 하루미가 죽은 섬의 물가에 맨손으로 싸울 방법이 아무것도 없는 몸이면서 하루미의 형에게 편지로 호소할 때의 오리구치는 종교를 갖지 않은 나라의 싸움으로 인한 많은 사망자의 진혼 문제를 절실하게 계속 생각하고 있었다.

오리구치 노부오가 아들을 이오지마에서 전사시킨 통한을 가슴에 품고 벚꽃에 비유해 스승이 물은 말에도 깊은 시름에 잠긴 표정으로 고개를 숙이고 있었던 장면은 오카노 히로히코 씨의 회상을 통해서 나의 가슴에도 강한 인상으로 남고 말았다. 많은 학우와 동기생을 전쟁터에서 잃은 나에게도 전쟁 문제, 야스쿠니 신사 문제, 무엇보다도 조국의 정신적 재건 문제 등은 묵직한 숙제로서 패전 후 반세기 동안 내 가슴 속에 꽉 찬 주제였다.

오카노 히로히코 씨는 오리구치 노부오의 제자로서, 민속학자로서 또 가인으로서 일본인의 마음을 골똘히 생각하는 분이다. 그리고 다행히 성서를 받은 일본인의 한 사람으로서 나는 같은 과제에 대해서 그리스도교 측에서 어떻게 조명할 수 있을지 계속 기도하면서 추구하는 한 사람이다.

오카노 씨의 다음 말은 나에게 강하게 격려해 주었다.

'이와 같은 문제도 일본의 신도에 종교적인 확고한 전통이 구축되어 있지 않기 때문에 생긴 근대의 조급한 신학화에 따른 흔들림이고, 오리구치가 우려한 대로 근대 70년의 속성 신학화는 국가가 패하고 천황이 인간임을 선언함과 동시에 그 뚜렷한 제사(祭祀)의 근거를 잃어 유족을 비롯한 뜻있는 자를 슬프게 하고 혼미하게 하는 사태를 낳고, 더 나아가 싸운 상대국과 피해를 미친 아시아 국가들의 강한 비난을 받는 사태에 이르렀다. 다시 한번 오랜 민속생활상의 신앙을 지키던 마음으로 되돌아가 싸움으로 인해서 생긴 호국의 영혼을 우리들 살아남은 자, 전후시대에 태어난 자로서 어떻게 모셔야 하는지 오직 종교적 열정으로 사고해야 할 때인데, 패전 후의 일본 국민은 해야 할 일을 하나도 하지 못하고 잊어서는 안 될 일을 오직 망연하게 잊으려는 것처럼 보인다.'

태평양전쟁 말기, 오키나와나 태평양 섬들에서 주민 전체를 휩쓴 비참한 초토전술이 시작되고 일본 전 국토가 바야흐로 그 광기에 뒤덮일 때였다. 이미 많은 청년이 몸을 폭탄과 함께 적함에 처박아 폭사하는 인간어뢰와 특공전술에 희생되었다. 일본의 전쟁 지도자들은 천황의 이름으로 이렇게 죽어가는 젊은이들의 원혼을 하룻밤에 군신(軍神)이란 칭호로 승화시키려고 했다. 오카노 씨는 '어느 시대의 일본인에게도 없었던 무서운 책략을 짜내는 데까지 스스로 몰고 간 일본인 전체의 정신구조'라고 지적하고 오리구치 노부오가 그것은 '어차피 일본인이 지닌 신앙이 종교로서 참된 힘을 갖지 못해서 생긴 전쟁 말기의 노악주의(露惡主義)'로까지 느꼈으며, 더욱이 '고대일본의 신앙에 관한 얘기를 들으려고 하는 그리스도교 목사들의 말에서 역으로 《신에 대해서 종교적인 열정을 지니고》 있는 일본인이 있다는 것이 암시된 것에 오리구치는 커다란 충격을 받았다'고 밝히고 있다.

패전에 임해서 일본인은 개인으로서 신에게 기도하고 신의 목소리에 심혼을 기울여 신으로부터의 영적 위로에 기대하는 것과 같은 종교심을 갖지 못한 것은 무엇 때문이었을까?

이 장에서 니토베는 '그리스도교에 비하면 무사도라고 할지라도 꺼져가는 불씨와 같은 것에 지나지 않음을 솔직하게 고백하지 않을 수 없다'고까지 말하였다. 그것은 비관적인 부정이 아니라 실로 적극적인 희망의 표명이다.

〈마태복음〉의 기자(記者)가 그 12장 18절 이하에서 인용하는 예언자 이사야의 유명한 말이 있다.

그는 소리치거나 고함을 지르지 않아
밖에서 그의 소리가 들리지 않는다.
갈대가 부러졌다고 하여 잘라 버리지 아니하고,
심지가 깜박거린다고 하여 등불을 꺼버리지 아니하며,
성실하게 바른 인생길만 펴리라.
그는 기가 꺾여 용기를 잃는 일 없이
끝까지 바른 인생길을 세상에 펴리라.
바닷가에 사는 주민들도 그의 가르침을 기다린다.[14]

저자도 애독했을 '이사야'의 정신은 니토베가 무사도로 비유하고 있는 '상한

---

14) 구약성서 〈이사야〉 42장 2절 이하.

갈대' 또 '꺼져가는 심지'를 신은 절대 버리지 않는다는 마음이다. 신에게 신뢰해 낙담하지 말고 이 국민 속에 희미하나마 '꺼져가는 희미한 불씨'를 신의 입김으로 되살리려고 그는 자신에게도 또 우리에게도 호소하는 것이 아닐까?

오리구치 노부오는 '근대 70년의 속성 신학화'라는 것을 말했다. 우리는 적어도 그 '근대 70년의 변질' 이전까지 거슬러 올라갈 필요가 있다.

모토오리 노리나가(本居宣長)를 말하려고 한 고바야시 히데오(小林秀雄)는 나카에 도주(中江藤樹)까지 거슬러 올라가 얘기를 시작했다. 이토 진사이(伊藤仁齋)나 오규 소라이(荻生徂徠) 속에 살아 있던 전통의 생태를 탐지한 뒤에 그는 다음과 같이 말했다.

그들이 이른바 박사 가문 또는 사범 가문에서 학문을 해방할 수 있었던 것은 그들이 오랜 학문의 대상을 바꾸거나 새로운 학문의 방법을 생각해냈기 때문이 아니다. 학문의 전통에 그들이 각성했기 때문이다. 과거의 학문적 유산이나 관가의 세습가업 중에 마치 재물처럼 전승되어 과거가 현재에 되살아나는 기회에는 절대 마주치지 않았다고 해도 좋다.

'고학(古學)' 운동이 결정적으로 이루어낸 것은 이 과거유산의 소생이다. 이른바 물적 유산을 정신적 유산으로 전환했다. 과거의 유산을 물품처럼 받는 대신에 과거의 사람이 호소하는 목소리를 듣고 여기에 현재의 자기가 대답해야 한다고 느낀 곳에 그들 학문의 새로운 기반을 성립했다. 오늘날의 역사의식이 그 추상성 때문에 상실하고 만 과거와의 구체적이라고 해도 좋은 친밀한 교류가 그들 의식의 근간을 이루고 있었다.[15]

고바야시 히데오는 '과거 유산의 소생'이라고 말했다. 우리에게 있어서 현재에도 아직 중요한 일은 확실히 '과거유산의 소생'이다. 그러기 위해서는 '과거의 유산을 물품처럼 받는 대신에 과거의 인간이 호소하는 목소리를 듣고 여기에 현재의 자기가 대답해야 한다고 느끼는 것'이 중요한 기반이 된다고도 가르친다.

니토베 이나조의 《무사도》를 다시 읽어보면 '과거와의 구체적이라고 해도 좋

---

15) 고바야시 히데오 《노리나가》 p.108 이하.

은 친밀한 교류'가 우리들 속에 생겨 이윽고 그것이 '의식의 근간을 이루게' 되길 오로지 기도해 마지않는다.

무사도―가 아닌 '무사도가 성장한 그 토양'이야말로 선인들에게서 과거의 유산으로서 물려받아야 한다고 생각하고 다시 이 토양에 씨앗을 뿌리는 마음가짐으로 노력해 나가야 한다. 이것은 이른바 존귀한 '영적 임업'이라고 믿는다. 21세기 말에는 푸른 잎이 무성한 나무가 힘차게 자라는 꿈을 가슴에 안고 사는 동포가 한 사람이라도 많이 배출되길 바라면서 이 작은 책이 뜻있는 분들 사이에서 활용되길 간절히 빈다.

《오륜서》의 혼

미야모토 무사시

미야모토 무사시. 우타가와 구니요시 그림. 쌍검술로 당대를 평정한 무사시의 모습을 잘 표현하고 있다.

머리말

격동의 시대를 살아가는 우리는 항상 마음이 편할 날이 없다. 초 단위로 움직인다고 해도 결코 과언이 아닌 우리는 마음을 의지할 곳을 어디에 두어야 하나? 여기에 절대 불패의 무예자(武藝者)가 있었다. 그것은 모든 안일무사를 버리고 오직 검에 산 미야모토 무사시(宮本武藏)였다. 무사시는 적을 '베는' 일에 필요 없는 것은 모두 버리고 철저한 실리주의와 합리주의에 살았다. 그의 말은 불안한 시대를 살아가는 우리에게, 삶의 벽에 맞서서 사는 방법을 가르쳐준다.

어떤 일이나 학문이나 예술도, 조금씩, 끊임없이 계속함으로써 큰 힘이 된다. 미야모토 무사시의 《오륜서》는 조단석련(朝鍛夕鍊)으로 연습하라고 말한다. '천일(千日)의 연습을 단(鍛)으로 삼고 만일(萬日)의 연습을 연(鍊)으로 삼는다'(물의 권)고 말한다. 더욱이 그 연습은 '천리의 길도 한 걸음씩 간다'가 되어야 한다. 단숨에 하라고 하면 사도(邪道)이며 한 걸음씩 연습을 쌓음으로써 차츰 도의 오의(奧義)를 터득하게 된다.

모양만 흉내 내는 것은, 눈썰미가 좋은 사람이라면 곧 익힐 수 있지만 절대로 단숨에 할 수 없는 것이 있다. 그것은 기(氣)의 움직임을 터득하는 일이다. 기는 자기 몸에서 나오는 것으로, 그것은 상대방의 기와 하나가 되어야 할 뿐 아니라 우주 기의 흐름과 일체가 되지 않으면 안 된다. 미야모토 무사시가 병법의 오의(奧義)로서 터득한 '만리일공(萬理一空)'은 간류섬(巖流島) 결투 후 30년의 세월을 거쳐 터득한 것이다.

이 책은 무사시의 병법의 오의나 인생관을 알고 싶은 사람들을 위해서 《오륜서》를 현대어로 풀이한 것이다. 무사시의 병법을 알고 싶어하는 사람들에게 조금이라도 도움이 되었으면 한다.

옮긴이

《오륜서》를 읽기 전에

고절(孤絶)의 풍광(風光)-독행도(獨行道)란

구마모토시(熊本市)의 서쪽 교외, 긴포산(金峰山) 기슭에 있는 운간사(雲巖寺)에 동굴이 하나 있다. 간에이(寬永) 20년(1643) 10월 10일 오전 4시, 한 무예자가 자기의 여명(餘命)이 얼마 남지 않은 것을 알고 그 동굴에 들어앉아 《오륜서》라고 하는 병법 지침서를 쓰기 시작하였다. 이것은 무예자로서 약 50년에 걸친 목숨을 건 수행의 총결산이라고 할 수 있는 병법의 오의서(奧義書)였다.

> 미망의 구름이 벗겨진 곳이야말로
> 참다운 공(空)이라고 알아야 한다.
> 공(空)을 도(道)로 하고 도를 공으로 보는 이유이다.[1]

이 말은 《오륜서(五倫書)》의 핵심이며 검의 구도자(求道者) 미야모토 무사시(宮本武藏)가 이른 궁극적인 경지이다.

미야모토 무사시는 《오륜서》의 완성에 2년이 걸렸고 완성 후 한 달쯤 지나서 죽었다고 한다. 그의 나이 62세였다.

게이초(慶長) 17년(1612) 4월 13일, 미야모토 무사시와 사사키 고지로(佐佐木小次郎)는 간몬(關門) 해협에 있는 한 작은 섬인 간류섬(巖流島)에서 대결하였다. 무사시는 배의 노로 만든 목도를 가지고 한 순간에 고지로를 무찔렀다고 전해진다.

미야모토 무사시는 결투 후 어찌 된 일인지 홀연히 모습을 감추고 말았다. 호소카와(細川) 54만 섬의 성시(城市) 구마모토에 모습을 나타낸 것은 간류섬

---

1) 공(空)의 권(卷).

결투로부터 28년이 지난 후였다.

공무(空無)의 세계에서 살게 된 무사시는 '투계도(鬪鷄圖)'나 '노안도(蘆雁圖)' 등 많은 예술 작품을 남겼다. 무사시는 《오륜서》의 첫 부분에서 다음과 같이 말했다. "28, 9세까지 60회 이상 승부를 겨뤘지만 한 번도 지는 일이 없었다. 그러나 이것은 병법의 도를 터득했기 때문에 이긴 것이 아니라 우연히 이치에 맞아 있었거나 상대방이 약했기 때문이었다. 그 후 어떻게든 이치를 깨닫기 위해 아침저녁으로 단련하여 50세가 되었을 무렵에 비로소 병법의 도에 이르게 되었다. 이것이 여러 예(藝)에도 통하는 길이 되었으며 나에게는 스승이라는 것이 없다"고.

무사시의 예술 활동에도 검법에도 스승은 없었다. 이렇게 해서 이른 독자적인 경지를 《오륜서》로써 표현하였다. 《오륜서》는 병법의 오의를 말한 것이고, 조목별로 간결하게 자신의 인생관을 말한 것은 《독행도(獨行道)》이다.

《독행도》를 쓴 것은 죽기 7일 전이었다. 무사시는 마지막 힘을 내어 자계(自戒)의 글인 《독행도》를 썼다. 이것은 무사시의 유언이라고도 할 수 있는 것으로, 그의 살아가는 방식의 참된 모습을 나타낸 것이었다.

이하 《오륜서》와 《독행도》 안에서 몇 가지 말을 골라 무사시가 살았던 모습을 살펴보기로 한다.

쓸모없는 일은 하지 않는다

《오륜서》의 〈땅의 권〉 끝부분에 무사시의 인생관을 나타내는 말이 열거되어 있는데 그 가운데에 주목할 만한 말이 있다.

다섯째, 사물의 손실과 이득을 분별할 것
아홉째, 쓸모없는 일은 하지 말 것

무사시는 이치에 닿는 일만 하였다. 합리적으로 이해와 손득(損得)을 구별한 것이다. 그것은 언뜻 보기에 실리주의 그 자체처럼 보이지만 이 실리주의는 실은 '(칼로) 베는' 일에 철저한 실리였다. 그것은 다음과 같은 《오륜서》〈물의 권〉의 말미에서 나타난다.

　우선 다치(太刀)를 든 다음은 어떻게 해서든지 적을 베겠다고 마음먹어야
한다. 적이 휘두르는 칼을 받거나, 맞서거나, 버티거나 하는 일이 모두 적을
베기 위한 수단임을 명심하라.

이것을 보면 무사시의 합리주의, 실리주의가 무엇인가를 분명히 알 수 있다.
병법은 적을 베는 것만이 그 목적이며 벨 수 없는 검은 쓸모없는 검이다.
　이것은 미야모토 무사시의 반생(半生)의 경험에서 나온 말이다. 검이 도(道)
라는 것을 터득한 시기는 무사시 만년의 일이었고 젊었을 때는 상대를 쓰러뜨
리거나 베는 일에 모든 것을 걸었다. 하나의 목적, 가치에 모든 것을 집중하는
무사시의 삶의 태도가 여기에 응집(凝集)되어 있다.
　이 무사시의 실리주의는 목숨을 건 실리주의였다. 오늘을 사는 우리가 일반
적으로 말하는 실리주의가 아니라 사느냐 죽느냐의 실리주의였다. 《독행도》에

　도(道)에서는 죽음도 마다하지 않는다.

라는 말이 있거니와 병법 수행에서는 죽는 것을 전혀 개의치 않는다. 언제
죽을지 알 수 없는 병법자의 각오이다.
　이와 같이 죽음도 개의치 않는 경지가 되기 위해서는 어떠한 수행을 해야
할까.《오륜서》의 〈물의 권〉에 다음과 같은 말이 있다.

　천리의 길도 한 걸음씩 걸어간다. ……
　천일(千日)의 연습을 단(鍛)이라 하고 만일(萬日)의 연습을 연(鍊)이라 한다.

단련이란 말이 있는데 단이란 천일의 연습을 말하고 연이란 만일의 연습을
말한다. 그것을 무사시는 '조단석련(朝鍛夕鍊)'이란 말로 나타낼 때도 있다. 아침
저녁의 끊임없는 단련으로 죽음을 개의치 않는 경지가 만들어진다.

헤어짐을 슬퍼하지 않는다

다음에 《독행도》의 말을 보기로 하자.

어느 도(道)에서나 헤어짐을 슬퍼하지 않는다.

삶이란 헤어짐의 연속이다. 오늘날 단신으로 부임하는 직장인은 부임할 때 처자와 아들하고 헤어져야 한다. 그러나 1주일이 지나면, 또는 한 달이 지나면 다시 만날 수 있다고 생각하니까 슬퍼하지 않고 헤어질 수 있다. 따라서 헤어짐을 그다지 슬퍼하지 않아도 좋지만 병법자는 그렇게 되지 않는다. 사람과 헤어진 후 시합하다가 언제 죽을지 모르기 때문이다. 내일 죽을지도 모르는 일이다. 따라서 사람과 헤어질 때는 이제 두 번 다시 만날 수 없다고 각오해야 한다.

벗과 헤어질 때는 담담하게 헤어질 수 있을지 모르나 사랑하는 처자와 헤어질 때는 미련이 남는 법이다. 해외 출장 갈 때 처자와 헤어져서 부임한다는 것은 역시 슬픈 법이다. 그러나 삶이라고 하는 것은 헤어짐이 된다. 죽을 때는 영원한 헤어짐이 된다. 다시 만날 수 없는 헤어짐이다. 유체(遺體)가 화장장에서 뼈가 되어 눈앞에 나타날 때를 보라. 이미 사랑하는 사람의 모습은 영원히 볼 수 없다.

헤어짐을 슬퍼하지 않던 무사시는 사랑하는 여자도 곁으로 가까이 오게 하지 않았다. 전설에 의하면 무사시를 사모했던 여자가 있었던 것 같다. 그러나 그 사랑은 이루어지지 못했다. 검의 도에 목숨을 건 무사시는 여성을 멀리하였다. 여성은 병법 수행에 방해가 되었으면 되었지 아무런 쓸모가 없었다. 강렬한 실리주의에 살았던 무사시는 사랑을 무용지물로 여겼다. 《독행도》에

연모(戀慕)에 끌리는 마음이 없다.

라고 적은 것은 그 때문이다. 여성을 사랑하거나 사모하는 마음이 전혀 없다는 것이다. 여성을 사랑함으로써 생각이 고양된다. 생각이라고 하는 것은 불교의 말로 하면 집착이 된다. 모든 집착을 끊는 것을 지향한 무사시는 여성을

사랑하는 마음도 끊었다. 오쓰(お通)가 아무리 무사시를 사랑하고 사모하며 쫓아다녀도 무사시는 그녀의 사랑을 받아들이지 않았다. 확실하게 한 가지 일을 성사하려고 하는 남자가 뜻을 세웠다면 여성은 방해만 될 뿐이다. 여성과 이야기를 나누거나 사랑하는 시간이 있으면 그 시간은 헛된 시간이다. 쓸데없는 일이다. 그 시간을 병법 단련에 충당할 필요가 있다.

사람은 홀로 태어나서 홀로 죽어갈 뿐이다. 태어나고 살고 죽는 데에 자기에게 반려가 되는 사람은 아무도 없다. 비록 부부라 해도 그러하다. 부부도 정사(情死)라도 하지 않는 한 죽을 때에는 혼자 죽을 수밖에 없다. 부부는 하나이고 사랑으로 맺어져 있다고 하는 것은 세상의 표면적인 도덕을 바탕으로 한 통념에 지나지 않는다.

제아무리 서로 사랑하는 두 사람도 만날 때는 혼자이고 헤어질 때 역시 혼자이다. 사람이란 언제, 어느 때나 혼자이다. 만날 때나 헤어졌을 때 고독을 느낀다는 것은 참다운 고절(孤絶)의 풍광을 본 사람만이 자각할 수 있다.

미야모토 무사시는 《독행도》에서 '헤어짐을 슬퍼하지 않는다'고 했다. 무사시가 걸어온 길은 바로 고절의 세계였다. 무사시가 어떠한 사람과도 헤어질 때 그 헤어짐을 슬퍼하지 않았던 것은 항상 혼자라는 것을 깊이 자각하고 있었기 때문이다.

무사와 구도자(求道者)는 죽음을 주위 사람에게 알리지 않는 것이 원칙이었다. 철저한 병법자를 자처했던 무사시는 레이간 동굴(靈巖洞) 안에서 죽기 직전에 관음보살에게 절하면서 죽음의 준비를 했다. 그리고 임종 때에는 호소카와 집안 사람들과 제자가 지켜보는 가운데에 삶을 마쳤다. 그것은 독행도를 걸어온 병법자에게 어울리는 쓸쓸한 최후였다.

모든 것을 후회하지 않는다

《독행도》 안에서 가장 유명한 말은

나, 일에서 후회하지 않는다.

이다. 평범한 사람들은 하루하루가 후회의 연속이다. 어젯밤에는 술을 너무

마시지 말았어야 했다고 이튿날 술이 덜 깼을 때 통절하게 후회하게 된다. 이 밖에 자기 행동을 후회하는 일이 얼마나 많은가? 그런데 무사시는 어떤 일이 있어도 후회하는 일이 없다고 한다.

무사시는 쓸모없는 일을 하지 않는다는 철저한 실리주의의 길을 걸었다. 그 때문에 후회하는 것은 헛된 일이라고 깊이 새겼다. 무사시는 비정한 합리주의 자였다.

삶은 후회해 보았자 아무 소용도 없다. 목숨을 걸고 살아가는 사람에게 후회는 필요가 없다.

에이로쿠(永禄) 3년(1560) 오다 노부나가(織田信長)는 오케하자마(桶狹間) 출진을 앞두고 기요스성(淸洲城)에서 고와카마이(幸若舞)의 아쓰모리(敦盛) 한 구절에 맞추어 춤을 추었다.

인간 50년
사람의 일 모든 것은 꿈과 같도다
한 번 삶을 얻은 자
멸하지 않는 자 어디 있는가?

기습에 성공해 이마가와 요시모토(今川義元)를 죽이고 역사적 역전극을 성공시킨 노부나가는 그로부터 22년 후인 1582년 혼노사(本能寺)에서 노래와 같이 50년(48세)으로 삶을 마감하였다.

인생 50년, 변화무쌍한 것이 그야말로 꿈과 같다. 생자필멸(生者必滅)의 도리는 불교에서 하는 말이다. 노부나가는 이 노래를 사랑했다. 노부나가는 순간순간 목숨을 걸었다. 목숨을 건 자는 살든 죽든 상관이 없다. 죽을 때에는 죽는다. 다만 그것뿐이었다. 노부나가는 삶을 꿈으로 보고 목숨을 걸고 살았다.

사람은 죽도록 운명이 지어져 있다. 그것뿐이다. 어머니의 태 안에서 태어난 사람은 그저 죽는다는 목표를 향해 살아갈 뿐이다. 노부나가에게도 죽는다는 것은 정해진 운명, 그것이 그의 모두였으며 천하와 같은 것은 아무것도 아니었다. 그는 언제 죽어도 좋았고 언제까지 살아도 좋았다. 무사시 또한 목숨을 건 병법자였다. 언제 적에게 죽임을 당해도 좋았다.

무사시가 전혀 후회하지 않는다고 하는 것은 병법에 목숨을 걸었기 때문이다. 철저한 합리주의자의 행동은 오히려 비합리적인 행동으로 보인다. 또 철저한 무신론자의 행동은 오히려 종교적일 수도 있다.

불신(佛神)에 의지하지 않는다

철저한 합리주의자였던 무사시는 철저한 무신론자이기도 하였다. 《독행도》의 다음과 같은 말을 보자.

> 불신은 귀한 존재이다, 그러나 불신에 의지하지 않는다.

무사시는 불신을 존경하였으나 불신에 의지하지는 않았다. 《오륜서》〈땅의 권〉 첫머리에서 그는 말했다.

> 지금 이 글을 쓰고 있지만 불법이나 유교의 옛말을 빌리거나, 군기(軍記) 군법(軍法)의 내용도 인용하지 않고 오직 참다운 견해와 마음을 밝히기 위하여 천도(天道)와 관세음을 거울삼아 10월 10일 밤 인시(寅時) 일천(一天)에 붓을 들어 쓰기 시작한다.

무사시는 《오륜서》를 쓸 때 불교나 유교의 군기, 병법 등에 나오는 기성관념이나 말을 사용하지 않았다. 니텐이치류(二天一流)의 생각하는 방식을 나타내는 데에 모든 것을 집중하였다. 집필할 때는 천도(天道)와 관음을 거울삼아 썼다.

무사시는 관음상을 새겼을 것이다. 불신을 거울삼았다고 하는 것은 불신을 존경한다는 말이 된다. 불신을 존경하기는 했지만 결코 불신에 의존하지는 않았다. 철저한 합리주의자이자 냉철한 병법자였던 무사시는 불신에 의지하지 않았다. 의지할 수 있는 것은 자기 자신뿐이었다. 물론 벗, 그 밖의 사람에게 의존하는 일도 없었다. 신에게도, 부처에게도 의존하지 않았다. 목숨을 걸고 살아가는 사람에게 신이나 부처는 필요가 없었다.

중국의 당나라 시대에 살았던 선승(禪僧) 임제(臨濟)는 "부처를 만나면 부처를 죽이고, 조상을 만나면 조상을 죽이고, 아라한(阿羅漢)을 만나면 아라한을 죽이고, 부모를 만나면 부모를 죽이고, 친족을 만나면 친족을 죽임으로써 비로소 해탈할 수 있다(임제록)"고 말하였다. 일반적인 불교도가 이런 말을 하면 그야말로 불벌(佛罰)을 당할 것이다. 그러나 그는 태연히 말한다. 그것은 부처와 같은 절대자를 세워서 거기에 의지하는 것이 아니라 그 무엇에도 사로잡히지 않는 자유로운 경지를 열어가야 한다는 뜻이다.

평범한 사람들은 어려운 처지에 놓였을 때 불신에 의존하고 싶어 한다. 그러나 그것은 참다운 종교가 아니다. 종교의 궁극적인 뜻은 무사시와 같은 경지이어야 한다. 불신은 존경하지만 결코 거기에 의존하지 않는다. 그렇다면 만년에 무사시가 이른 세계는 어떤 세계였을까?

무사시는 《오륜서》의 마지막(공의 권)에서 다음과 같이 말했다.

무사는 병법의 도를 정확히 깨닫고 그 밖의 여러 가지 무예를 잘 익혀서 무사로서 행하는 길이 조금도 흔들리지 않게 하고 마음의 미망 없이 조석으로 이를 게을리하지 않으며 심(心)과 의(意) 두 가지 마음을 닦고 관(觀)과 견(見)의 두 눈을 닦아 조금도 흐림이 없이 미망(迷妄)의 구름이 걷히는 곳이야말로 참된 '공(空)'이라는 것을 알아야 한다.

무사는 병법의 도에 통하는 것이 가장 중요하며 이를 위해 조단석련하는 것은 당연한 일이지만 더 나아가 '심(心)'과 의(意) 두 가지 마음을 닦고 관(觀)과 견(見)의 두 눈을 닦는 일'이 필요하다.

심(心)이란 제하단전(臍下丹田)[2]이다. 이 단전에서 상대방의 기가 어떻게 움직이는지 보는 것이다. 관의 눈으로 보는 일은 일조일석에 되는 것이 아니다. 오랫동안 조단석련한 결과 제하단전으로 볼 수 있게 되는 것이다.

마음으로 볼 수 있게 되면 '조금도 흐림이 없이 미망의 구름이 걷히는 곳이야말로 참된 공이라는 것을 알아야 한다'가 된다. 무사시가 궁극적으로 목표로 삼은 것은 미망의 구름이 걷힌 만리일공(萬理一空)의 경지였다. 거기에는 전

---

2) 배꼽 아래의 하복부에 해당하는 곳. 힘을 주면 건강과 용기를 얻는다고 한다.

혀 미망이 없다. 죽임을 당하거나 죽어도 미망은 없었다.

무사시는 만년에 레이간 동굴로 가서 좌선하였다. 좌선하고 있을 때 구름 사이에서 빛이 보였다. 그것은 부처의 광명 같았다. 무사시는 검을 빼어 그 빛을 잘랐다. 그때 부처를 죽인 것이다. 부처를 죽였을 때 무사시는 무엇을 보았을까? 그는 만리일공을 보았다. 미망의 구름이 걷힌 곳을 보았다. 그것이 무사시의 깨달음이었다. 이리하여 '불신은 소중하지만 불신을 의지하지 않는다'고 하는 《독행도》의 말이 생긴 것이다.

현대를 살아가는 우리는 배후에서 느닷없이 칼로 베는 사람은 없으나 회사원의 세계에서는 동료나 타인에게 지위나 마음을 살해당하는 일이 있을 수 있다. 무사시가 살아온 길이란 불신을 의지하지 않고 자기 자신만을 믿고 나의 온 힘을 다하여 개척한 경지였다. 그것은 모든 안일을 버리는 일이었다. 그것은 스스로에게 승부를 거는 세계였다.

이 무사시의 생존 방식은 현대에서도 그 모양을 바꾸어 활용해야 한다. 《독행도》에 '몸 하나에 미식(美食)을 바라지 않는다'라고 되어 있다. 특별히 미식을 하거나 좋은 도구를 가지거나 할 필요는 전혀 없다는 것이다. 병법의 도를 완성하기 위해 모든 것을 잘라내야 하기 때문이다. 무사시는 병법 수행에 쓸모없는 일을 전혀 하지 않았다. 바로 그것은 보통 사람으로서는 할 수 없는 일이지만 또한 무사시가 걸어온 길을 현대에 사는 우리도 배울 필요가 있다. 이것으로 삶의 어려움을 이겨낼 길을 찾을 수 있다고 생각한다.

무사시의 생애

미야모토 무사시의 생애는 분명치 않다. 무사시의 확실한 전기 자료는 무사시의 자필본인 《오륜서》의 머리말과 1654년 다이쇼사(泰勝寺)의 하루야마(春山) 스님이 짓고 미야모토 이오리(宮本伊織)가 세운 묘비명뿐이다. 《오륜서》의 머리말만으로는 무사시의 생애를 쓸 수 없으므로 다른 자료를 참고하여 살펴보기로 한다.

무사시는 미마사카국(美作國) 요시노군(吉野郡) 미야모토 마을(宮本村)에서 신멘 무니사이(新免無二齋)의 아들로 태어났다. 생년월일은 알 수 없지만 《오륜서》의 〈땅의 권〉의 머리말에 따르면 무사시가 태어난 해는 덴쇼(天正) 12년

(1584)이 된다. 13세 때 하리마(播磨)에서 신토류(新當流)의 명인인 아리마 기혜에(有馬喜兵衛)와 겨뤄서 이겼다고 한다〈니텐기(二天記)〉. 16세 때 다지마노국(但馬國)의 병법자 아키야마(秋山)라는 사람과 겨뤄서 승리를 얻었다. 세키가하라(關ヶ原) 싸움에 종군했다고 하지만 확증은 없다. 21세 때 교토(京都)의 쇼군(將軍) 집안의 병법 사범 요시오카 세이주로(吉岡淸十郎)를 일격으로 때려눕히고 또 동생 덴시치로(傳七郎)를 쓰러뜨렸다. 그 때문에 요시오카 문하생들과 이치조사(一乘寺) 구다리마쓰(下り松) 옆에서 결투한 것은 유명한 이야기이다.

그 뒤 창술로 유명한 호조원(寶藏院) 인에이(胤榮)의 제자 오쿠조인(奧藏院)과 맞서 이를 물리쳤다. 또 에도(江戶)로 나간 무사시는 무소 겐노스케(夢想權之助)와 겨뤘고 또 야규류(柳生流)의 검사들과도 맞서 승리를 거두었다고 한다.

무사시가 싸운 상대는 창이나 다치(太刀)뿐만이 아니었다. 이가국(伊賀國)에서는 시시도(宍戶)라고 하는 사슬낫의 명인과 맞섰다. 《오륜서》의 머리말에서 겨루기를 60회라고 스스로 기록한 바와 같이 무사시는 수많은 병법자와 싸운 것은 사실일 것이다. 더욱이 한 번도 진 적이 없었다.

게이초 17년(1612) 4월, 무사시는 교토에서 부젠(豊前) 고쿠라(小倉)로 왔다. 무사시의 아버지 신멘 무니사이의 문인이었던 고쿠라번(小倉藩 ; 번주 호소카와 타다오키(細川忠興))의 중신 사도 오키나가(佐渡興長)와의 인연을 찾아온 것이다. 그의 목적은 호소카와 집안에서 일하는 검명 높은 사사키 고지로(佐佐木小次郎)와의 승부를 겨루기 위해서였다. 시합은 고쿠라의 고도 후나섬(船島)에서 행하기로 되었다. 이것이 유명한 간류섬(巖流島) 시합이다.

오사카(大阪) 싸움 때 무사시는 오사카성으로 달려갔다고 하지만 분명치 않다. 그 후 무사시는 히타치국(常陸國), 데와국(出羽國)을 돌아 데와국의 세이호지가하라(正法寺ヶ原)에서 한 동자를 얻었다. 이 동자가 후년에 무사시의 양자가 된 미야모토 이오리라고 하는데 그 진위는 불분명하다. 무사시는 그 후 이즈모(出雲), 오와리(尾張), 나고야(名古屋) 여러 나라를 돌아 많은 병법자와 맞선 것 같으나 그 진상은 역시 분명치 않다.

1632년, 호소카와 다다토시(細川忠利)가 구마모토(熊本) 성주가 되고 고쿠라에는 오가사하라(小笠原)가 봉해졌다. 1634년 무사시는 고쿠라로 와서 몇 년 동안 머물다가 1637년 시마하라(島原)의 난이 일어나자 이오리와 함께 종군하였다. 1640년, 무사시는 호소카와 다다토시의 초청으로 구마모토로 들어가 손님 대우를 받았고 집도 하사받았다. 1641년 2월, 호소카와 공(公)의 명에 의하여 무사시는 《병법 35개 조》의 각서를 써서 이것을 호소카와 공에게 바쳤다. 이것이 니텐이치류(二天一流)의 무사시 병법을 기록한 최초이다. 무사시의 수제자 데라오(寺尾)에게도 자필로 쓴 《병법서론》 한 권을 전했다.

이 《병법 35개 조》를 받은 후 호소카와 다다토시 공은 54세로 죽었다. 무사시는 자기의 병법을 널리 전파하기 위해 다다토시 공을 의지하고 있었기 때문에 그 후의 무사시는 병법 지도 외에는 세상을 버리고 시가(詩歌)·차(茶)·서(書)·조각 등에 몰두하였다.

무사시는 구마모토로 온 후 다이쇼사(泰勝寺)의 스님과 친교를 맺어 선(禪)을 배웠다. 무사시는 가끔 이와도노산(岩殿山)의 레이간 동굴(靈巖洞)로 들어가 좌선 수도에 몰두하였다.

1645년 봄부터 무사시의 병은 차츰 깊어져서 4월이 되어 스스로 재기 불능이라는 것을 깨닫자 가로(家老)들에게 서면을 보냈다. 그 후 이와도노산의 레이간 동굴로 가서 조용히 죽음을 맞이하려 하였으나 성시(城市)의 자택으로 옮겨져서 병간호를 받았다. 병이 깊어진 5월 12일, 무사시는 나가오카(長岡寄之)와 사와무라(澤村友好)에게 유품으로써 허리칼과 안장을 보내고 데라오 가쓰노부(寺尾勝信)에게는 《오륜서》를, 데라오 노부유키(寺尾信行)에게는 《병법 35개 조》를 보냈다. 마지막으로 자계(自戒)의 문서로 《독행도》를 써서 이것으로 사세서(辭世書)를 삼았다. 5월 19일, 집에서 죽었다. 62세 또는 64세의 나이라고 하는데 62세가 아니었나 싶다. 유언에 따라 갑옷을 입고 무구(武具)로 몸을 갖춘 채 입관되어 매장되었다. 하루야마(春山) 스님이 사자에게 설법하였다. 이때 하늘이 느닷없이 흐려지고 우레가 울려 퍼졌다고 한다. 무사시의 죽음은 고쿠라의 미야모토 이오리에게 통보되었다. 1654년 이오리는 하루야마 스님에게 부탁하여 비문을 써서 이것을 고쿠라의 성시(城市)에 세웠다.

《오륜서》란

《오륜서》는 니텐이치류의 병법을 적은 것으로 이 책을 쓰게 된 까닭은 〈땅의 권〉의 첫머리에 적혀 있다. 그에 의하면 1643년 10월 10일 밤, 무사시는 이와토산(岩戸山)³⁾으로 올라가 하늘을 우러르고 관음에 절하고 쓴 것이 이 《오륜서》로 그때 무사시의 나이 60세였다.

무사시가 자기의 병법서를 처음으로 쓴 것은 60세가 되어서였다. 그 전후 몇 년 동안의 병법 단련을 하면서 스스로 생각해 낸 니텐이치류 병법의 본보기를 쓰고 싶은 마음이 생겼으리라. 더욱이 신불을 숭상하지만 신불에 의지하지 않았던 무사시가 하늘과 관음을 예배하고 부처 앞을 향하여 《오륜서》를 썼다.

이와토산 동굴 안에 단정하게 앉은 무사시는 자신의 생애를 조용히 회상했다. 13세 때부터 강력한 병법자와 승부를 겨루면서 사사키 고지로와 결투한 29세 무렵까지 60여 차례 승부를 겨루었으나 한 번도 진 일은 없었다.

간류섬 결투를 끝낸 무사시는 그 후 조단석련의 수행을 계속하여 50세 무렵 병법의 진수를 터득했다. 실로 20년 동안 악전고투한 단련이 열매를 맺었다. 이리하여 그 진수를 쓴 것이 이 《오륜서》이다.

《오륜서》 머리말 마지막에 이 《오륜서》를 집필하는 마음가짐을 적었다. 여기에서

불법·유교의 옛말을 빌리지 않고 군기나 군법의 내용을 인용하지 않았다.

고 말하였다. 이것 또한 중요하다.

책을 쓸 때 보통 사용하는 말은 자기가 과거에 습득한 기성 개념에 의지해 쓰게 된다. 예를 들어, 야규류 검법의 오의를 적은 《살인도(殺人刀)》만 해도 다쿠안 선사(澤庵禪師)에게 선을 배운 야규 무네노리(柳生宗矩)의 사상에는 아무래도 선의 언어가 많이 들어가게 된다. 잘못하면 그것은 빌린 말이 된다. 말로써만 장식한 것이 된다. 시험 삼아 다쿠안의 《부동지신묘록(不動智神妙錄)》과 《살인도》를 비교해 보라. 얼마나 많은 영향을 《부동지신묘록》에서 얻어왔는지 일목요연하다.

그런데 무사시는 불교나 유교의 말, 병법서인 군기(軍記) 군법의 말을 전혀 쓰지 않았다. 당시의 사상을 표현하는 것으로는 불교의 경전, 선의 어록, 유

---

3) 구마모토시 서쪽 긴포산 기슭.

가나 도가의 《논어》, 《중용》, 《노자》, 《장자》 등과 같은 것밖에 없었다. 이들 말로 무도의 오의를 말한다면 그것은 당연히 불가나 유가의 책처럼 되어 버린다. 무사시의 〈공의 권〉에서는 불교의 '공(空)'이나 '무(無)' 같은 말을 사용하긴 했지만 그 뜻은 전혀 다르다. '신불을 의지하지 않고' 하고 말한 무사시에게 부처는 문제가 되지 않았다. 부처나 관음보살을 존경하긴 했지만 그에 의지하거나 소원을 비는 마음이 없는 무사시에게 부처나 관음보살은 시계에 들어오지 않았다. '만리일조철(萬理一條鐵)'이란 선어(禪語)가 있지만 곧장 어디까지나 한 줄기로 계속되는 길에는 부처나 신은 필요하지 않았다. 아니, 무사시가 목표로 하는 것은 부처나 신을 초월하는 일이었다. 자비네, 사랑이네, 행복이나 현세의 이익을 말하는 부처나 신은 사람을 속이는 것에 지나지 않았다. 그것은 목숨을 걸고 수행하는 자의 장애에 지나지 않았다. 수도의 방해물이었다. 존재하는 것 자체가 방해물에 지나지 않았다.

이와 같은 무사시가 불교의 말이나 유가나 노장(老莊)의 말을 빌리지 않고 이 《오륜서》를 쓴다고 하는 것은 무사시의 결의를 훌륭하게 나타낸다. 그것은 자기의 체험으로 실증된 말에 의해 쓴다는 것을 뜻한다. 경험에 의해 뒷받침되지 않는 공허한 개념을 어디까지나 배제하고 스스로가 체험에 의해 확신한 진실만을 그는 쓰고 싶었다.

따라서 무사시가 《오륜서》에서 사용하는 유가(儒家)나 선이나 노장(老莊)의 말은 무사시의 체험을 통해서 적힌 말이고 원래의 유가나 노장의 말과는 전혀 인연이 없다. 아무래도 잘 표현이 되지 않아서 그 말을 사용했을 뿐이지 선이나 노장의 가르침을 《오륜서》가 말하는 것이 아니다. 다만 무사시가 체험에 의해서 얻은 삶과 세계의 진실을 말할 뿐이다. 그러한 자신감이 '지금 책을 쓰면서 불법·유교의 옛말을 빌리지 않고 군기나 군법의 내용을 인용하지 않았다'라고 하는 확고한 신념의 힘찬 흐름이 되었다. 따라서 《오륜서》 안의 불교 언어나 선어만을 들추어내어 무사시의 선 따위를 떠드는 학자는 《오륜서》의 참다운 성격을 모르는 사람이라고 말할 수 있다.

남의 말을 빌린 것은 박력이 없다. 이 《오륜서》의 전권은 무사시 자신의 말, 더욱이 강력한 체험이 뒷받침된 말에 의해 쓰였다. 자기의 체험만을 진실로 여기고 쓴 이 《오륜서》야말로 사상사에서 보기 드문 존재이다. 또 병법서 안에서 말의 수식이나 유가나 불교의 말을 빌려서 쓴 것과 비교하면 이《오륜서》야말로 가장 소박한 병법의 기본서라고 할 수 있다.

《오륜서》는 불교의 '지(地)·수(水)·화(火)·풍(風)·공(空)'이라는 말을 빌려 다섯 권으로 구성했다. 〈땅(地)의 권〉에서는 병법 니텐이치류의 개요를 말하고, 니텐이치류 병법의 이론적 근거를 밝힌다. 〈물(水)의 권〉에서는 니텐이치류라고 이름을 지은 이유와 니텐이치류의 칼 쓰는 솜씨의 개략을 적었다. 〈불(火)의 권〉에서는 병법의 실제 기법(技法)을 말하면서 적을 이기기 위한 기법을 27조에 걸쳐 논하여 병법의 실제를 분명히 밝혔다. 〈바람(風)의 권〉에서는 여러 유파 병법의 특징을 밝히고 니테이치류와 다른 유파와의 기법(技法)과 심법(心法)상의 차이를 9조에 걸쳐 논한 것이므로 니텐이치류의 병법 특징을 완전히 파악할 수 있다. 마지막의 〈공(空)의 권〉에서는 니텐이치류의 병법의 궁극인 '만리일공(萬理一空)'에 대해서 말하였다.

무사시의 선(禪)─만리일공(萬理一空)이란

무사시는 만년에 레이간 동굴(靈巖洞)에 들어앉아 좌선에 몰두하였다. 그것은 하루야마 스님과의 친교를 통해서 병법의 도와 선의 도의 궁극적인 경지에 이르기 위한 것이었다. 《오륜서》 안에서 "미망(迷妄)의 구름이 걷히는 곳이야말로 참된 '공'이라는 것을 알아야 한다"고 말했다. 여기에 '만리일공'이라고 하는 무사시의 선의 오도(悟道)가 나타나 있다.

전하는 바에 의하면 무사시는 '산수 삼천 세계를 만리일공에 넣어 만천지(滿天地)를 본다'라고 하는 마음을

건곤(乾坤)을 그대로 마당에서 볼 때
나는 천지 밖에서 있도다.

고 읊었다고 한다. 우주 건곤의 '끝없이 드넓음'을 그대로 자기 마당에서 보라는 것이다. 그러면 자기는 천지 밖에서 사는 것이 된다. 불자나 선자(禪者)라면 천지, 만물과 마찬가지라는 것을 깨닫지만 무사시는, 자기는 천지 밖에 살면서 무한한 우주와 천지를 깨닫고 마당에서 본다고 말한다. 이 노래에 나타

난 무사시의 경지는 선의 경지와는 다른 경지라 하겠다.

무사시는 하루야마 스님의 암시로 한결같이 좌선하였다. 이때 읊은 노래에

생각도 하지 않고 바닥에 앉아 좌선하여
오직 밤을 지새운다.

라는 것이 있다. 아마도 병이 심해져서 죽음을 깨달은 무사시가 레이간 동굴에서 조용히 앉아 좌선했으나 이미 생각은 하지 않고 오직 바닥에 앉아 있었던 것은 아닐까.

더욱이 '밤을 지새운다'에서도 알 수 있듯 철야로 좌선이 이루어지고 있었다. 이 노래는 어쩌면 몸이 건강했을 때의 노래였는지도 모른다. 무사시는 격렬한 기력을 충전해서 철야로 좌선에 도전했다. 좌선하면서 다치를 옆에 놓아두었을 것이다. 다음 노래를 보자.

머리 위로 쳐드는 다치 아래야말로 지옥
한 발 앞으로 가면 극락

무사시는 바위 위에서 철야로 좌선했다. 그는 부처가 되는 데에 온갖 정력을 기울였다. 밤하늘에는 가득히 별이 빛나고 있었다. 이 천지건곤의 대우주가 마당으로 보였다. 자신은 천지 밖에서 초연해 있다는 것을 깨달았다. 그러나 아직 부처의 모습은 보이지 않았다.

갑자기 암흑의 한 점에서 빛이 나와 무사시를 덮쳤다. 무사시는 순간 다치를 휘둘렀다. 다치의 바람이 빛을 베었다. 그러자 다시 암흑의 밤으로 되돌아갔다. 무사시는 부처를 베려고 하였다. 부처가 있으면 참다운 공(空)에 이를 수 없다고 생각하였다. 《독행도》 속에서 '신불을 의지하지 않고'라고 단언한 무사시는 신불에게 의존하는 일은 없었다. 신불의 모습을 보는 일도 없었다. 그러한 것이 존재한다고도 생각지 않았다.

무사시가 쳐든 다치 아래에는 지옥이 있을 뿐이었다. 무사시를 적대시하는 병법자는 무사시의 다치 아래 순간적으로 목숨을 잃었다. 그야말로 지옥으로

떨어져야 했다. 부처도 또한 무사시의 다치 아래 지옥으로 떨어져야 했다.

'한 발 앞으로 나아가면 극락'이라고 하는 것은 어떤 뜻인지 분명치 않으나 병법의 기법에서 말한다면 한 발 앞으로 나아감으로써 상대방의 목숨을 제압하는 것이 병법의 정도(定道)이다. 허리를 빼고 후퇴하는 것보다는 적 속으로 한 걸음 앞으로 나아가 강하고 매섭게 내리칠 때 적을 순간적으로 쓰러뜨릴 수 있다. 이와 같은 병법의 기법으로 이 노래가 쓰였다고 해석해도 좋으나 그 참다운 뜻은 그 같은 것을 말하는 것은 아니다.

선의 말에 '백척간두(百尺竿頭)에 한 발 앞으로 나아가 온 나라 사방에 온몸을 나타낸다'는 말이 있다. 무사시가 '한 발 나아가라'고 하는 것은 바로 백척간두에 서서 다시 한 발 앞으로 나아간다는 뜻이다. 생사의 갈림길에 서면서 그것을 다시 초월하는 것이다. 적의 다치 아래에 있더라도 생사를 초탈(超脫)하면 거기에는 지옥은 없다. 아니, 극락도 없다. 또 부처도 없다.

당나라의 임제의현(臨濟義玄)의 어록 《임제록》에서 임제는 모든 사물에 이것은 싫다고 해야 할 일들은 없다고 말하였다. 당신들이 만약 부처를 사랑한다고 해도 부처는 부처라는 이름에 지나지 않는다. 일반 수행자들은 오대산에 문수(文殊)보살이 있다고 생각하지만 어림없는 소리이다. 그는 오대산에 문수보살은 없다고 단언한다. 당신들은 문수를 알고 싶다고 생각하는가? 당신들이 아침부터 밤까지 일상생활에서 행주좌와(行住坐臥), 항상 자기에 철저하면 그것이 살아 있는 문수보살이다. 당신들의 모든 차별의 바닥에 평등을 보는 작용이야말로 참다운 보현(普賢)이다. 당신들의 일념(一念)이 환경에 속박을 받지 않고 도처에서 자유일 수 있으면 그것이 관음보살의 삼매(三昧)라고 하는 것이 임제의 부처나 문수, 보현, 관음에 대한 생각이다.

이 임제의 견해는 그대로 미야모토 무사시에게도 통한다.

무사시가 마지막으로 본 것은 공무(空無)였다. 맑은 하늘에 거울과 같은 반달이 눈부시게 빛나는 광경이었다. 거기에는 부처도 없고 문수보살도 없었다. 무사시가 평생 구해왔던 병법도 없었다. 거기에서 그는 '만리일공(萬理一空)'을 깨달았다.

미야모토 무사시. 우타가와 구니요시 그림. 무사
시가 검을 들고 자세를 취하고 있다.

땅의 권

내 병법의 도를 니텐이치류(二天一流)라고 이름 짓고 오랫동안 수행해 온 일을 처음 글로 쓰려고 생각하였다. 때는 간에이(寬永) 20년(1643) 10월 초순, 규슈 히고(肥後) 땅에 있는 이와토노산(岩戶山)에 올라 하늘을 우러러 절하고 관음을 예배하고 불전(佛前)을 향하였다.

하리마(播磨) 태생의 무사인 신멘 무사시노가미 후지와라 겐신(藤原玄信), 나이를 먹어 어느덧 60이 되었다. 나는 어려서부터 병법의 길에 뜻을 두어, 13세에 처음으로 결투 승부를 겨루게 되었다. 그동안에 신토류(新當流)의 아리마 기효에(有馬喜兵衛)라는 병법자를 이기고, 16세 때 다지마국(但馬國)의 아키야마(秋山)라는 빼어난 무예자와 겨루어 이겼다. 21세에 교토(京都)로 올라와 천하의 병법자를 만나 여러 차례 결투하였는데 패배한 적이 없었다. 그 후 여러 곳을 돌아다녀 여러 유파의 병법자들을 만나 60여 차례나 승부를 겨루었지만 단 한 번도 지는 일이 없었다. 이것은 13세부터 28, 9세까지의 일이었다.

내 나이 30을 넘어 과거를 돌이켜보니 이것들은 내가 병법에 능숙해서 이긴 것이 아니었다. 자연히 병법의 도가 작용하여 하늘의 원리를 떠나지 않았기 때문이었을까? 아니면 상대방의 병법에 결점이 있었기 때문이 아니었을까? 그 후 더욱 깊은 도리를 얻고자 조석으로 단련해보니 결국 내가 병법의 도에 마침내 들어맞게 된 것은 50세 무렵의 일이었다.

그 이후로는 더 이상 구명할 도도 없어져 세월을 보내고 있다. 병법의 이치에 따라 여러 예능의 길을 배워왔으므로 만사에 있어 나에게는 스승이 없다.

지금 이 글을 쓰고는 있지만 불법이나 유교의 옛말을 빌리거나, 군기(軍記) 군법(軍法)의 옛 사례를 사용하거나 하지는 않겠다. 오직 참다운 견해와 마음을 밝히기 위하여 천도(天道)와 관세음을 거울삼아 10월 10일 밤 인시(寅時) 일천(一天 : 오전 4시 무렵)에 붓을 들어 쓰기 시작한다.

《오륜서》 제1권. 지(地)·수(水)·화(火)·풍(風)·공(空)이라는 오온(五蘊)을 본떠서 이름을 지은 다섯 글 중 첫 글이다. 이 머리말 부분을 다섯 글 앞에 놓는 편집도 있으나 '자서(自序)'로서 독립된 문서는 없고 〈땅의 권〉 모두에 관련된 글이므로 여기서는 이에 따랐다.

신불에 의지하지 않고

'하늘을 우러러 절하고 관음을 예배하고 불전을 향하였다'—당시에는 천도(天道)라고 하는 생각이 사상계에 있었는데 하늘[天], 신(神), 불(佛)은 어떤 면에서 같은 뜻으로 사용되었다. 관음은 관세음보살이며 무사시가 만년에 불상을 조각했다는 사실이 알려져 있으므로 관음상 또한 자기가 새긴 것이리라. 하늘, 관음, 불은 말하자면 무사시에게는 절대자이지만 이것을 예배하고 《오륜서》를 쓴다는 것은 하늘이나 신불 앞에 무릎을 꿇고 이에 귀의해서 쓴다는 것을 의미하진 않는다. 무사시의 《독행도》의 가르침 속에 '불신은 숭배하되 불신을 의지하지 않고'라는 말을 볼 수 있듯이 무사시는 생애를 통틀어 불신에 의지한 일은 없었다. 온 힘을 다한 자기에게만 의지했지 절대자에게 소원을 빌거나 의지한 일도 없었다. 이 삼계(三界)에서 믿는 것은 자기뿐이었다. 더욱이 그 자기는 겉으로 보이는 자기, 만들어진 자기, 분식된 자기가 아니었다. 그것은 참된 자기였다. 그런데도 《오륜서》의 〈땅의 권〉 첫머리에서 구태여 하늘을 우러러 절하고 관음을 예배하고 불전을 향하여 이 《오륜서》를 쓰려고 한 이유는 무엇인가? 하늘이나 관음 앞에서라는 말은 자기의 진실을 이야기한다는 것을 뜻한다. 하늘이나 관음을 예배한다는 것은 자신이 무심(無心)이 된다는 뜻이다. 자신의 진실의 증거로서 자기가 지나온 병법의 도리를 여기에 적으려고 했다.

조단석련(朝鍛夕鍊)

무사시의 《오륜서》에는 조단석련이라는 말을 여러 곳에서 볼 수 있다. 이 《오륜서》 머리말 안에서도 '그 후 더욱 깊은 도리를 얻고자 조석으로 단련을 해 왔지만 결국 내가 병법의 도에 마침내 들어맞게 된 것은 내가 50세 무렵의 일이었다'는 말이 있다. 무사시가 사사키 고지로(佐佐木小次郞)와 결투를 한 것은 무사시의 나이 29세 때의 일이라고 전해진다. 30세 이후 50세에 이르기까지 무사시가 병법자와 결투했다는 이야기는 전혀 전해지지 않고 있다. '그 후 더욱 깊은 도리를 얻고자'라고 하는 것은 아마도 사사키 고지로와의 결투로 자기가 부족하다는 사실을 깨닫고 검의 기술을 넘어서 검의 도를 얻으려 했다는 것을 뜻한다. 야규류(柳生流) 식으로 말하자면 살인도(殺人刀)에서 활인도(活人刀)로 변신하기 위해 검의 도를 구한 것은 아닐까?

이를 위해 무사시는 여러 곳을 방랑하면서 검의 깊은 도리를 얻으려고 '조단석련'의 수행으로 들어갔다고 보아야 할 것이다. 다른 유파의 무예자와도 시합을 한 일도 있었을 것이고 인적이 드문 심산유곡에서 검의 마음을 연마한 일도 있었을 것이다.

더욱이 30세부터 50세에 이르는 수행은 '조단석련'의 수행이었다. 조단석련이란 매일 끊임없이 수행한다는 뜻이다.

나에게 스승은 없다

이 《오륜서》에는

> 병법의 이치에 따라 여러 예능의 길을 배워왔으므로 만사에 있어 나에게는 스승이 없다.

라는 말이 있다. 무사시가 목표로 한 것은 어디까지나 병법이었다. 검의 도를 구명하는 일만이 무사시에게는 도였다. 무사시는 그림을 잘 그리고 조각하고 서(書)에도 통했으나, 이것은 검의 도에 이른 사람이 자연히 그림을 그리고 서를 가까이한 것으로 그림을 그리고 글에 통하는 것을 지향한 것은 아니었다. 검의 도의 궁극에 오른 사람이 이를 수 있었던 경지에서 그림을 그리고 서를 즐긴 데에 지나지 않는다.

그러나 결론적으로 말하면 그러한 경지에 이르기까지는 대단한 고뇌가 있었을 것이다. 어쩌면 검의 도에 대한 한 점의 의문이 서나 그림으로 향하게 했는지도 모른다. 서도나 그림, 조각에 의해서 흩어진 마음, 흩어진 검을 억제할 수 있을지도 모른다고 생각했을지도 모른다. 그리하여 한결같이 서도와 그림으로 정진했지만 이것은 자신이 목숨을 걸 만한 일이 아니라고 생각했다. 무사시는 검의 도를 구명함으로써 하늘의 이치를 알고 그에 의해서 예술이나 처세의 모든 것을 끊는다는 사실을 안 것이 그의 나이 50세가 되어서가 아니었던가. 그 경지가 '병법의 이치에 따라 여러 예능의 길을 배워왔으므로 만사에 있어 나에게는 스승이 없다'라는 말을 쓰게 하지 않았을까?

특히 중요한 것은 '만사에 있어 나에게는 스승이 없다'는 말이다. 고립된 삶을 남과의 싸움, 다른 모든 것과의 싸움, 자기와의 싸움을 통해서 살아온 무사시에게 스승은 필요 없었다. 황야 속에서 태어난 무도의 행자(行者)는 스스로의 체험으로만 자기 무도의 지도(至道)를 밝혔다.

사람은 스승이 있으면 스승에게 의존한다. 스승의 권위를 자기 권위로 삼는다. 그것은 약한 인간의 어쩔 수 없는 생존방식이다. 스승 또한 제자를 가지려고 한다. 무사시처럼 스승도 없이 자기 혼자 살았던 강철 같은 의지를 가진 사람이라도 만년이 되자 이오리(伊織)를 양자로 맞아 제자로 삼고 자기 검법을 상속하려고 했다. 그러나 무사시는 그 잘못을 깨닫고 이오리는 후에 호소카와(細川) 집안의 중신까지 되었다. 사람은 나이가 들면 나이를 먹어감에 따라 갈피를 잡지 못한다. 무사시도 일시적으로는 자기 검법의 후계자를 강하게 바랐다. 그러나 그것은 자아와 욕심의 연장을 구한 데에 지나지 않았다.

'나에게는 스승이 없다'고 단언한 무사시의 태도는 결코 오만한 태도는 아니었다. 그것은 철저하게 자기만을 믿고 산 사나이의 목소리였다.

실(實)의 마음이란
무사시는 머리말 마지막에서

나는 이 유파의 생각이나 참된 마음을 명백히 밝히기 위하여 천도와 관세음을 거울삼아 지금 10월 10일 밤 인시(寅時) 일천(一天 : 오전 4시 무렵)에 붓을 들어 쓰기 시작한다.

고 맺었다. 천도와 관세음을 예배한다고 처음에 말한 것과 여기에서 '천도와 관세음을 거울삼아'라고 말한 것은 전적으로 같은 내용이다. 신불을 의지하지 않는다고 말한 무사시가 간단하게 신불을 예배하거나 거울로 삼을 리가 없다. 신불을 예배하거나 거울로 삼는다고 하는 것은 신불과 같은 경지에서 이 《오륜서》를 쓴다는 말이다.

그렇다면 신불과 같은 경지란 어떤 경지인가? 그것은 '나'가 없다는 이야기이다. 공정무사(公正無私)하다는 것이다. 거울 같이 밝고 맑다는 것이다. 무사시는 결코 거짓말은 쓰지 않는다. 스스로가 체험한 경지만으로 오직 검의 도로 타개한 길을 여기에서 적었을 뿐이다. 이렇게 보면 미야모토 무사시에 대해서 믿을 수 있는 것은 《오륜서》뿐이고, 무사시가 죽은 지 33년 후에 태어난 도요타 세이고(豊田正剛)가 3대에 걸쳐서 무사시의 제자가 나눈 담화를 기록하여 정리, 무사시 생애의 전기 체재를 취한 《니텐기(二天記)》 등도 믿을 수 있는 사실(史實)을 정확하게 전하지 않는다. 《오륜서》 속에서 무사시가 자기 일을 말하는 대목만이 무사시의 전기를 이해하는 으뜸 자료가 된다.

이리하여 무사시는 자기 전 생애의 사투를 건 수행에서 획득한 니텐이치류에 대한 생각을 참다운 마음으로 쓰려고 했다. 《병법 35개 조》를 쓰고 그것을 호소카와(細川忠利)에 헌상하여 니텐이치류의 오의를 남겼지만 《병법 35개 조》는 니텐이치류의 검의 오의를 다만 조목별로 적은 데에 지나지 않았다. 그것을 다시 무사시의 삶이나 세계에 대한 생각에 따라서 부연한 것이 《오륜서》이다.

병법이란 바로 무가(武家)의 법이다. 무장(武將)이 되는 자는 특히 이 법을 실행해야 하고 병졸된 자도 이 도(道)를 알아야 한다. 그러나 지금 세상에는 병법의 길을 확실하게 터득했다고 하는 무사는 거의 없다.

우선 도(道)로서 분명히 나타나 있는 것으로는 불법으로서 사람을 구하는 길, 유도(儒道)로서 글을 배우는 길, 의사로서 여러 병을 치료하는 길, 또는 가인(歌人)으로서 노래의 길을 가르치고 또는 다인(茶人), 궁도자(弓道者), 기타 여러 예능까지도 제각기 연습하고 깊이 심혈을 기울인다. 이에 비해 병법의 도에 심혈을 기울이는 사람은 드물다.

우선 무사는 문무이도(文武二道)라고 해서 문과 무라고 하는 두 가지 길에 소양을 쌓는 일이 중요하다. 비록 이 길에 재능이 없어도 무사된 자는 자기의 능력에 따라 병법을 수행하도록 노력해야 한다. 대체로 무사의 신념을 생각해 보면 무사는 평소 어떻게 훌륭하게 죽는가 하는 것쯤으로 여겨진다. 그러나 죽음을 각오하는 것은 무사에 한한 일이 아니다. 출가자도, 여자도, 농부 이하에 이르기까지, 의리를 알고 부끄러움을 생각하여 죽을 각오를 하는 데에는 조금도 다르지 않다.

무사가 병법을 행하는 길은 그 어떤 일에 있어서나 남을 이긴다는 것이 그 근본이며 어떤 경우에는 1대 1의 결투에 이기고 어떤 경우에는 다수인을 상대로 한 싸움에서 이기고, 주군을 위해서나 자기 자신을 위해서 이름을 높이고 출세하려고 생각하는 일이다. 이것이 병법의 공덕이다.

또 세상에는 병법의 도를 배웠어도 유사시에 쓸모가 있을 것 같지 않다고 생각하는 마음이 있을 것이다. 그 점에 대해서는 언제라도 쓸모가 있도록 연습해서 모든 일에 쓸모가 있도록 가르치는 것, 이것이 곧 병법의 참된 길이다.

주해

남을 이긴다

죽음을 각오하는 것은 무사뿐만이 아니다. 승려나 농부나 여자도 죽음을 각오할 수는 있다. 무사가 다른 일반 사람들과 다른 점은 무엇인가?

무사가 병법을 행하는 길은 매사에 있어서 남보다 뛰어나야 하며…….

라고 무사시가 말한 바와 같이 무사가 무예를 단련하는 것은 어떤 때나 남을 이기는 것을 근본으로 삼기 때문이다. 병법에서 무사는 패배가 허용되지 않는다. 진다는 것은 그대로 '죽음'으로 직결된다. 생과 사가 종이 한 장 차이인 것이 무사의 싸움이다. 따라서 그 어떤 경우에도 반드시 이겨야 한다. 이유 여하를 막론하고 이겨야 한다.

무사시는 그것을 구체적으로

어떤 경우에는 1대 1의 결투에 이기고 어떤 경우에는 여러 사람을 상대로 한 싸움에서 이기고, 주군을 위해서나 자기 자신을 위해서 이름을 높이고 출세하려고 생각할 것이다. 이것이 병법의 공덕이다.

라고 말했다. 병법자가 이기는 것은 여러 가지 경우가 있다. 1대 1로 서로 싸우는 때도 있다. 또 여러 사람과 싸우는 때도 있다. 한 사람이 여러 사람에게 이기는 것은 무사시가 자신과의 사투를 통해서 얻은 교훈이었다. 그것은 개(個)가 중(衆)에게 이긴다는 뜻이다. 개의 힘은 무한히 연장할 수 있다. 개의 힘을 연마함으로써 개는 개가 아니게 된다. 개는 무한의 힘을 갖춘 개가 되어간다. 이와 같은 개는 천지에 가득 충만한 개가 된다. 철학자가 '개(個) 즉 전(全)', 또는 '일(一) 즉 다(多)'라고 하는 것은 머리로 생각해 낸 농지거리에 지나지 않는다. 개는 심신 연마로 우주에 널리 꽉 찬 개가 된다. 그것은 우주의 기(氣)와 개의 기가 하나가 되기 때문이다. 이러한 점에서 《오륜서》는 '수인(數人)의 적을 이긴다'라고 말한다.

주군을 위해, 나를 위해 명성을 올리고 몸을 세우는 것이 병법의 공덕이라고 하는 것은 무사시가 세상 일반의 무예자에 대해서 하는 말이다. 이 《오륜서》는 자신의 병법을 세상에 전할 목적으로 쓰였기 때문에 세상 일반의 무예자의 공감을 얻을 필요도 있을 것이다. 무사시 자신도 거의 모든 삶이 병법으로 이름을 날리고 녹을 얻는 일, 즉 관직에 올라 입신출세를 꾀하는 일에 자신의 전 존재를 걸었다. 이 자기의 생각을 숨김없이 여기에 담담하게 적었을 뿐이다. 그러나 만년에 이르자 명성을 올리고 입신한다는 소원은 전혀 없었다. 명성을 올릴 필요가 없다고 생각한 무사시는 아마도 무예자로부터의 진검승부를 피한 일도 있었을 것이다. 승부를 피할 때 세상 사람들은 무사시는 겁쟁이가 되었다고 말할 것이다. 그러나 무사시의 만년은 세상의 비판을 전적으로 무시하였다. 아니, 무시할 필요도 없었다. 제아무리 욕을 먹어도 자신의 마음이 흔들리는 일은 없었다. 만리일공(萬理一空)의 자유무애(自由無礙)의 경지에 이른 무사시는 욕이나 평판의 세계를 초탈(超脫)했다. 세상 일반의 통념으로 입신양명(立身揚名)할 수 있는 것도 병법의 공덕이라 말한 데에 지나지 않았다.

남을 이긴다는 것은 자신을 이긴다는 것을 말한다. 그것에 이긴다는 것은 나의 욕심을 무로 돌리는 일이다. 진실로 이긴다는 것은 삶의 극한의 도리에 도전하는 일이다. 이에 도전하기로 마음먹은 자는 우선 하루의 시점(始點)에서 단좌정념(端坐正念)하여 오늘 하루를 이겨내기 위한 정신 자세를 확립할 필요가 있다. 보이지 않는 적에 대해서는 결정적인 일격을 가하는 기백을 아침의 자세로 삼을 필요가 있다.

모든 일에 쓸모가 있다는 것

병법은 실전에 쓸모가 있어야 한다. 무사시는 철저하게 합리성, 실리성에 투철했다. 그래서

> 또 세상에는 병법의 도를 배웠어도 유사시에 쓸모가 있을 것 같지 않다고 생각하는 마음이 있을 것이다. 그 점에 대해서는 언제라도 쓸모가 있도록 연습해서 모든 일에 쓸모가 있도록 가르치는 것, 이것이 바로 병법의 참된 길이다.

라고 말하였다. 어디까지나 실전을 가장 우선으로 생각해야 한다. 막상 승부를 가려야 할 때 전혀 쓸모가 없는 병법은 그 자체가 무의미하다. 이를 위해 연습과 또한 실제로 쓸모가 있도록 진지하게 연습해야 한다. '언제라도 쓸모가 있도록 연습해서 모든 일에 쓸모가 있도록 가르치는 것, 이것이 바로 병법의 참된 길이다'라고 한 이유가 여기에 있다.

우선 언제라도 쓸모가 있도록 연습하는 것이 중요하다. 연습은 실전에 따라서 연마해야 한다. '언제라도' 하는 것은 어떤 때라도라는 뜻이다. 예를 들어 칼을 차고 있지 않을 때, 자고 있을 때, 식사를 하고 있을 때, 어떤 때건 순간적으로 상대와 싸울 수 있는 연습을 쌓는다는 것은 쉬운 일이 아니다. 보통은 칼이 없으면 상대에게 당한다. 그러나 어떤 때나 칼이 없어도 상대와 싸울 수 있어야 한다.

야규류(柳生流)에서 말하는 무도(無刀)의 가르침도 그것을 의미한다. 결정적인 순간에 자기 옆에 있는 접부채든 무엇이든 그것을 바로 무기로 활용해야 한다. 그것이 언제라도 쓸모가 있도록 연습한다.

또 병법을 가르치는 쪽도 쓸모가 있도록 가르칠 필요가 있다. 쓸모가 없는 병법을 가르칠 이유는 하나도 없다. 어디까지나 쓸모가 있도록 가르쳐야 한다. 그러나 병법이 실제로 쓸모가 있도록 가르치려면 가르치는 쪽도 진지해져야 한다. 안이하게 가르치는 것은 실제 상황에서 쓸모가 없기 때문이다. 배우는 사람도 가르치는 사람도 실제로 쓸모가 있도록 연습하는 일이 중요하다는 것을 무사시는 말했다.

병법의 도

중국이나 일본에서도 이 도를 행하는 자를 병법에 통달한 자라고 일컬어왔다. 무사인 이상 이 법을 반드시 배워야 한다.

근년에 병법자라고 자칭하면서 세상을 살아가는 자가 있다. 이것은 검술밖에 할 수 없는 자들이다. 히타치국(常陸國)의 가시마섬(鹿島)·가토리(香取)의 신관(神官)들은 명신(明神)이 전한 것이라 하여 여러 유파를 세워 여러 지방을 돌아다니면서 사람들에게 전하고 있으나 이것은 최근의 일이다.

예부터 '10능(能) 7예(藝)'가 있으니 그중에서도 병법이란 이로움을 준다고 여겨져 왔다. 그러나 이로운 면이라면 검술에만 한정해서는 안 된다. 검술만의 이로움을 생각한다면 그 검술도 알기가 어렵다. 물론 병법 전반에는 도저히 이르지 못한다.

세상을 바라보건대 여러 예(藝)를 상품화하여 자기 자신을 파는 물건처럼 생각하고 여러 도구도 파는 물건으로 만들려는 마음이 있다. 꽃과 열매 두 가지를 놓고 볼 때 꽃보다 열매가 적다고 말할 수 있다. 특히 이 병법의 도를 화려하게 장식하고 기법을 사용하여 어떤 경우는 도장이라고 해서 이 도를 가르치고 또 이 도를 배워서 이득을 얻으려 한다면 세간에서 말하는 '서투른 병법을 사용하면 오히려 몸에 큰 해를 입는다'는 바로 이를 두고 한 말이다.

무릇 사람이 이 세상을 살아가는 데는 사농공상(土農工商)의 네 가지 길이 있다.

첫째는 농사의 도이다. 농민은 갖가지 농기구를 갖춰서 계절의 변화에 끊임없이 주의하면서 나날을 보낸다. 이것이 농사의 도이다.

둘째는 상업의 도이다. 술을 빚는 사람은 각가지 도구를 이용해 그 상품의 좋고 나쁨으로 이익을 얻어 세상을 살아간다. 모두가 각기 돈을 벌고 이 이익으로 세상을 살아간다. 이것이 상인의 도이다.

셋째는 무사의 도이다. 무사는 쓰임새에 따라 여러 무기를 만들고, 각 무기의 효능을 잘 아는 일이야말로 무사의 도라 할 수 있다. 무사이면서도 무기를 다루지 못하고 그 무기 하나하나의 효용을 깨닫지 못한다면 어찌 무사라고 하겠는가.

넷째는 장인(匠人)의 도이다. 예를 들어 목수의 도에 있어서는 다양한 연장을 만들어 그 연장의 특징을 잘 알아 사용법을 익히며 자로 설계를 검토하고 끊임없이 그 일을 해서 세상을 살아간다.

이것들이 '사·농·공·상'의 네 가지 도이다.

병법을 목수의 도에 비유해 보자. 목수에 비유하는 것은 집과 관련이 있기 때문이다. 구게(公家),[1] 부케(武家),[2] 시케(四家)[3] 등의 집이 망한다거나 존속한다거나, 무슨 유(流)니 풍(風)이니 무슨 집안이니 하여 집 가(家)자를 써서 표현하니 목수의 도에 비유했다.

목수가 크게 솜씨를 부린다고 한다면 병법의 도도 일종의 큰 기교라고 할 수 있으므로 목수에 비유해서 이를 표현했다. 싸움 법칙을 배우려 한다면 이 글을 잘 생각하여 스승은 바늘, 제자는 실이 되어 끊임없이 연습해야 한다.

병법의 도는 목수의 도와 같다

대장은 도목수와 같아서 천하의 척도를 알고 국가의 척도를 바로잡고 내 집의 척도를 알아야 한다. 도목수는 당탑가람(堂塔伽藍)의 척도를 익히고 궁전누각의 도면을 알고 사람들을 부려서 집을 세운다. 이는 도목수나 무가의 우두

---

1) 옛날 조정에서 정삼품·종삼품 이상의 벼슬을 한 귀족 집안.
2) 무사의 집안.
3) 源氏·平氏·藤原氏·橘氏의 네 집안.

머리나 마찬가지이다.

집을 지을 때는 '나무를 배치'한다. 재목이 곧고 마디가 없어서 보기 좋은 것은 앞쪽 기둥으로 삼고 마디가 약간 있어도 곧고 튼튼한 것은 뒷기둥으로 쓰고 조금 약하더라도 마디가 없이 보기 좋은 나무는 문지방·문미(門楣)·문짝·미닫이 등에 각각 쓰고 마디가 있거나 비틀어져 있어도 튼튼한 나무는 그 집의 강도(強度) 전반을 잘 살펴서 쓴다면 그 집은 오래갈 것이다. 또한 재목 중에서도 마디가 많고 비틀어지고 약한 것은 발판으로 사용하고 후에 땔감으로 쓰는 것이 좋다.

도목수가 목수를 사용하는 데도 그 솜씨의 상·중·하를 파악해서 솜씨에 따라 마루, 문, 미닫이, 또는 문지방, 문미 하는 식으로 솜씨에 따라 배치한다. 솜씨가 좋지 않은 목수는 장선(長線 ; 마루청 밑에 까는 횡목)을 깔게 하고 더 솜씨가 형편없는 자는 쐐기를 깎게 하는 등, 사람을 잘 분별해서 부리면 일의 능률이 올라 순조롭게 진행된다.

도목수는 일의 능률이 높고 솜씨가 좋고, 매사에 마음을 늦추지 않고, 중요한 대목을 알고, 기력의 상·중·하를 살피고, 일의 진도를 촉진하고, 무리한 일을 아는 것 등에 신경을 써야 한다.

병법의 도리 또한 이와 마찬가지이다.

병법의 도

병사는 목수와 같다. 목수는 자기 손으로 연장을 갈고, 자르고 깎기 위해 여러 가지로 연구한 공구를 만들어 그것을 연장통에 넣어서 도목수가 지시하는 바를 듣고 기둥·들보를 손자귀로 깎고, 바닥·선반을 대패로 깎으며 틈새를 잘 메우거나 손질해서 치수를 맞추고 손이 잘 안 가는 구석구석까지 훌륭하게 마무리한다. 목수의 기술을 손에 익히고 척도를 잘 읽으면 이윽고 도목수가 될 수 있다.

목수가 명심할 일은 잘 드는 연장을 가져야 하고 틈을 보아 이것을 손질하는 일이 중요하다. 그 연장을 사용해서 선반·책상·사방등·도마·냄비뚜껑까지도 잘 만들어낼 수 있는 것은 목수이기 때문이다. 병사된 자도 이렇게 되도록 잘 음미해야 한다.

목수가 명심할 일은 일이 뒤틀리지 않게 하고 모서리가 잘 맞게 하며 대패로 잘 깎고 함부로 깎지 않아야 하며 후에 뒤틀리지 않게 하는 것 등이 중요하다. 병법의 도를 배우려고 한다면 여기에 적은 하나하나를 명심해서 잘 음미해야 한다.

이 병법서는 다섯 권으로 구성

병법을 다섯 가지 도로 나누어 권마다 그 효용을 알리기 위해 땅〔地〕·물〔水〕·불〔火〕·바람〔風〕·공〔空〕의 다섯 권으로 적는다.

제1─〈땅〔地〕의 권〉. 병법의 도의 개략, 내 유파의 관점을 제시한다. 검술만 하다 보면 참된 검의 도를 터득할 수 없다. 큰 것에서 작은 것을 알고 얕은 곳에서 깊은 곳에 이른다. 곧장 뻗은 길을 지면에 그린다는 뜻으로 처음 책을 '땅의 권'이라고 이름 짓는다.

제2─〈물〔水〕의 권〉. 물을 거울삼아 마음을 물처럼 맑게 한다. 물이라고 하는 것은 네모난 그릇이나 동그란 그릇을 따라 그 모양을 바꾸기도 하고 한 방울이 되기도 하고 넓은 바다가 되기도 한다. 물에는 투명한 푸른 빛이 있다. 그 깨끗함을 사용하여 나의 니텐이치류에 대하여 적고자 한다.

검술의 도리를 분명히 터득해서 한 명의 적을 자유롭게 이길 수 있게 되면 세상 사람들 모두를 이길 수 있다. 남에게 이긴다는 것은 한 명의 적이건 천만 명의 적이건 마찬가지이다.

대장된 자의 병법에서 작은 것을 크게 행하는 것은 목수가 한 자의 틀로 큰 불상을 세우는 것과 같다. 이와 같은 일은 상세하게 표현할 수 있는 것은 아니지만 하나로써 만 가지를 깨우치는 것이 병법의 도리이다. 나의 유파를 이 '물의 권'에 적는 바이다.

제3─〈불〔火〕의 권〉. 이 권에서는 싸움에 대한 것을 적는다. 불은 커지기도 하고 작아지기도 하는 세찬 세력을 가지고 있으므로 이에 비유하여 싸움에 대하여 쓴다. 싸움의 도에서는 개인과 개인의 싸움도 만인과 만인의 싸움도 마찬가지 도이다. 마음을 크게 먹고 작은 것에 주의해서 잘 연구해 보아야 한다.

단, 큰 것은 잘 보이나 작은 것은 잘 보이지 않는다. 그 까닭은 많은 인원이 하는 일은 전술을 즉각 전환할 수 없다. 그러나 개인일 때는 그 사람의 마음 하나로 순간적으로 바뀌기 때문에 작은 곳은 오히려 알기가 어렵다. 이러한 점도 잘 연구할 일이다.

이 〈불의 권〉에서 말하는 것은 순간의 변화에 대한 것이므로 매일 잘 익혀서 평상심으로 대하도록 하는 것이 이 병법의 급소이다. 이러한 뜻에서 전투나 승부에 대한 일을 〈불의 권〉에서 기록한다.

제4—〈바람(風)의 권〉. 이 권에서는 니텐이치류뿐 아니라 세상의 여러 유파의 병법들을 적는다. 풍(風)이란 옛날의 풍, 지금의 풍, 가풍 등이 있으므로 세간의 병법에 대해서 각 유파의 내용을 명확히 적고자 한다. 이것이 풍이다.

남을 잘 알지 못하면 자신을 분명히 알 수 없다. 무슨 일을 하든 외도(外道)라는 것이 있다. 매일 그 길을 닦아도 그 본심이 도를 벗어나 있다면 자신은 좋은 도라고 생각해도 사실은 참된 도가 아니다. 참된 도를 구명하지 않으면 처음에 약간 어긋났던 마음이 후에 크게 어긋나게 된다. 꼼꼼하게 살펴보아야 한다.

다른 유파에서는, 병법이라고 하면 검술에 관한 것이라고만 생각한다. 그것은 잘못이다. 나의 병법에는 이들과는 다른 특별한 것이 있다. 세간의 병법이 어떠한 것인가를 가르치기 위해서 〈바람의 권〉으로써 다른 유파에 대해서도 적는 바이다.

제5—〈공(空)의 권〉. '공(空)'에는 안쪽이나 입구와 같은 구별이 없다. 도리를 터득하고 나면 도리를 떠나 자유로워진다. 병법의 도는 원래 자유로우며 자연히 나름대로 뛰어난 역량이 갖추어져 때가 오면 그 박자를 알고 저절로 적을 치게 되고 저절로 상대하게 된다. 이것이 모두 공의 도이다. 저절로 참된 길로 들어간다고 하는 것을 〈공의 권〉으로써 적는다.

공의 도란

〈공(空)의 권〉에 대해서 말하는 대목은 특히 중요하다. '공'이니까 안쪽도 입구도 없다고 했다. '공'이라고 해도 불교의 《반야심경》 등에서 말하는 '공'과는 달리 어디까지나 자재(自在)이며 집착이 없다는 것을 말한다. '도리를 얻은 후에는 도리를 떠나서'라는 말은 도리에 얽매이지 않는다는 것을 말한다. 틀에 박혀 틀에 얽매이지 않는다는 것이다.

마음이 한곳에 머무르지 않을 때 사람은 끝없는 역량을 발휘할 수 있다. 이것을 무사시는 '병법의 도는 원래 자유로우며 자연히 나름대로 뛰어난 역량이 갖추어져 때가 오면 그 박자를 알고 저절로 적을 치게 되고 저절로 상대하게 되는데 이것이 모두 공의 도이다'라고 말했다.

자유자재로 다루는 경지가 되었을 때 뛰어난 초인적인 힘이나 기교를 발휘할 수 있게 된다. 또 어떤 때, 어떤 순간에도 박자를 취할 수 있게 된다. 박자라고 하는 것은 석화(石火) 같은 순간, 간발의 순간이다.

간(間)이란 물건이 두 개 포개어진 사이에 머리카락 하나도 들어갈 틈이 없다는 뜻이다. 예를 들어 두 손을 딱하고 친 순간 소리가 난다. 치는 손과 나는 소리 사이에는 머리카락 하나도 들어갈 틈이 없다. 병법에서 말하자면 상대방이 쳐오는 칼에 구애된다면 틈이 생긴다. 그 틈에 이쪽의 간이 빠진다. 상대방이 쳐오는 칼과 이쪽 동작의 사이에 머리카락 하나도 들어가지 않게 한다면 상대방의 칼은 나의 칼이 되어 쳐들어갈 수 있다. 선(禪)에서도 사물에 마음을 빼앗겨서는 안 된다고 말한다. 병법에서도 그것은 마찬가지이다.

석화의 순간도 마찬가지이다. 돌을 탁하고 치면 그 순간 불이 난다. 치는 순간에 나는 불이므로 간도 틈도 없다. 그저 빠르다는 말이 아니다. 마음을 사물에 얽매이게 해서는 안 된다는 것이 중요하다.

이 유파를 니토류라고 일컫는다

니토류(二刀流)라고 부르는 이유는 무사라면 대장이든 병사이든 모두 니토

(二刀)를 허리에 차기 때문이다.

옛날에는 다치(太刀)와 가타나(刀)라고 했고 지금은 가타나(刀)와 와키자시(脇差)라고 한다. 무사가 이 두 칼을 허리에 차는 것은 새삼 말할 필요가 없는 일이다. 우리 나라에서 그 까닭을 알고 모르고 간에 두 개의 칼을 허리에 차는 것이 무사의 도이다. 이 두 개의 칼의 이점을 알리기 위해 '니토이치류(二刀一流)'라고 부른다.

창·나기나타(長刀) 이하, 활·말·봉(棒) 등도 싸움의 도구이지만 칼은 몸에 지니고 있다.

이 니토이치류의 도는 초심자라도 다치와 가타나를 양손에 들고 수련하는 것이 정도이다. 싸움에 임해 목숨을 버릴 때는 무기를 남김없이 활용하는 것이 바람직하지 않은가. 무기를 쓸모 있게 쓰지 않고 허리에 찬 채 죽는 것은 절대 바람직한 일이 아니다. 그러나 양손으로 물건을 가질 때 좌우로 자유롭게 사용하기란 어려운 일이다. 니토(二刀)를 가지고 다니는 것은 다치를 한 손으로도 사용할 수 있게 하기 위해서이다.

창·나기나타 같은 큰 무기는 어쩔 수 없지만 가타나나 와키자시 등은 얼마든지 한 손으로 들 수 있는 무기이다. 말 위에서나 달릴 때, 수렁, 진흙탕, 돌밭, 가파른 고개, 사람이 북적대는 곳에서는 다치를 두 손으로 잡으면 다루기가 어렵다. 또 왼손에 활·창, 그 밖의 도구를 들고 있을 때도 다치는 한 손으로 사용해야 하기 때문에 양손으로 하나의 다치를 잡는다는 것은 정상적인 방법이 아니기도 하다. 만약에 한 손으로 적을 무찌르기 힘든 경우에는 두 손으로 해치우면 된다. 시간이 더 걸리는 일도 아니다.

우선 한 손으로 다치를 다루기 위해 두 개의 칼을 지니고 다치를 한손으로 휘두르는 것이 중요하다.

누구나 처음으로 한 손으로 다치를 들면 무거워서 휘두르기가 어렵다. 무슨 일이나 처음 할 때는 활시위도 당기기 힘들고 나기나타도 휘두르기 어렵다. 어떤 무기라도 익숙해짐에 따라 활시위를 당기는 힘도 강해지고 다치도 힘을 얻어 휘두르기가 쉬워진다.

다치의 도는 빨리 휘두르는 것을 말하는 것이 아니다. 이것은 제2의 〈물의 권〉에서 적을 것이다. 다치는 넓은 곳에서 휘두르고 와카자시는 좁은 곳에서 휘두르는 것이 도의 근본이다.

이 니토이치류에서는 다치로도 이기고 와카자시로도 능히 이긴다. 그때문에 칼의 길고 짧음에 얽매이지 않고 어떤 무기로도 이길 수 있다는 정신, 이것이 니토이치류의 도이다.

다치를 하나만 지니는 것보다도 두 개를 지니는 편이 좋다고 하는 것은 여러 사람을 상대하여 싸울 때, 또 집안 등 좁은 곳에서 싸울 때 특히 이점이 있다.

이러한 일들은 여기에서 자세히 적을 필요도 없다. 한 가지 일을 가지고 만가지 일을 알아야 한다. 병법의 도를 터득하면 어떤 일도 보이지 않는 것은 없다. 잘 연구해야 할 일이다.

주해

무사시의 병법은 어디까지나 이기는 것을 목적으로 하기 때문에 어디까지나 합리성, 이(利)에 강한 것이 특징이다. 칼 하나보다도 두 개가 유리하므로 니토류(二刀流)를 생각해 냈다. 한 손으로 자유롭게 다치(太刀)를 휘두를 수 있기 때문에 두 칼을 사용한다. 그것은 왼손도 오른손과 마찬가지로 기능을 다하기 위한 훈련이다.

무도(武道)의 훈련을 쌓으면 오른손과 왼손을 모두 자유롭게 다룰 수 있게 된다. 양손, 양다리 모두의 기능을 발휘하는 것이 중요하다. 두 칼을 다루는 것도 그것을 노린 것이다.

병법이란 두 글자의 이점

이 도에서 세간에서는 다치를 다룰 수 있는 사람을 병법자라고 말한다. 무예의 도에서 활을 잘 쏘면 사수(射手), 총을 잘 쏘는 자는 포수, 창을 잘 다루는 자는 창잡이라 하고 나기나타에 능한 자는 나기나타잡이라 한다.

그렇다면 다치의 도를 익힌 자를 다치즈가이(太刀使い)나 와카자시즈카이(脇

差使い)라고 할 수 있을 것이다. 활·총·창·나기나타 등 모두 부케(武家)의 도구이므로 어느 것이나 병법의 도이다. 그런데도 굳이 다치의 도에 한해서만 병법이라 하는 데는 그 나름대로의 이유가 있다.

다치의 위덕(威德)으로 세상을 다스리고 나의 몸을 다스리므로 다치는 병법의 근본이다. 다치의 위덕을 몸에 지니면 한 사람이 열 사람을 이길 수 있다. 한 사람이 열 사람을 이기면 백 명이 천 명을 이기고, 천 명이 만 명을 이긴다. 따라서 나의 유파에서는 한 명이건 만 명이건 마찬가지라고 생각하고 무사가 인식해야 할 법을 모두 병법이라고 한다.

도로 말하자면 유학자·불자·풍류인·예법가·예능인 등의 도가 있으나 이와 같은 일들은 무사의 도가 아니다. 그러나 그 길이 아니더라도 도를 널리 알면 어떤 일에도 통하지 않는 일은 없다. 어느 것이나 사람으로서 각각의 도를 잘 연마하는 것이 중요하다.

주해

앞서 《오륜서》의 말에

싸움의 도는 개인과 개인의 싸움도 만인과 만인의 싸움도 마찬가지 도이다.

라는 말이 있었다. 여기에서도 한 사람이 열 사람에 이기는 길을 말했다. 이것은 무사시를 이해하는 데에 매우 중요하다.

이에 대하여 다쿠안(澤庵)은 그의 《부동지신묘록(不動智神妙錄)》에서 다음과 같이 말했다.

예를 들어 열 명이 한 번씩 쳐들어와도 그 하나하나를 받아넘기고 흔적에 마음을 쓰지 않고 차례로 흔적을 버리고 흔적을 쫓는다면 열 사람 모두에게 골고루 대응하게 된다. 열 사람에게 열 번 마음이 작용해도 어느 한 사람에게도 마음을 멈추지 않는다면 연이어 이에 응해도 움직임은 계속된다. 만약에 한 사람에게 마음이 멈춘다면 그 한 사람의 칼을 받아넘길 수는 있어도 두 사람째에는 움직임이 둔해지게 된다.

요컨대 열 사람과 싸워도 순간, 순간은 한 사람이며 한 사람과 싸우는 기술
에 철저함으로써 가지고 있는 힘을 충분히 발휘할 수 있다.

병법에서 무구의 이점

무구(武具)의 이점을 알면 그 어떤 도구라도 기회에 따라 때에 따라 이용할
수 있다.

와키자시는 좁은 곳에서 적에게 가까이 다가갔을 때 이점이 많다. 다치는
어느 곳에서나 대체로 유리하다.

나기나타는 전장에서 창보다는 못한 것 같다. 창은 선수를 쓸 수 있지만 나
기나타는 후수가 된다. 비슷한 수준으로 수련했다면 창 쪽이 약간 더 강하다.
창도 나기나타도 상황에 따라 좁은 곳에서는 이점이 적다. 적을 포위할 때도
불리하다. 오직 전장에서만 실력을 발휘하는 무기이다. 접전(接戰)에서는 중요
한 무기이다.

하지만 집안에서 연습을 쌓고 작은 일에 신경을 쓰고 참다운 도를 잊으면
쓸모가 없다. 활은 접전이 벌어졌을 때 군세의 진퇴에도 쓸모가 있고 창 부대
나 그 밖의 여러 부대와 연계 동작에서 그때그때 재빨리 쏠 수 있으므로 특히
야전에 알맞다. 그러나 공성(攻城)이나 적과의 거리가 20간[4]을 넘을 때는 적당
하지 않다.

오늘날 활은 물론 여러 무예가 겉만 화려하고 내용은 빈약하다. 그와 같은
무예나 기능은 실전 때 쓸모가 없고 이점도 적다.

성곽 안에서는 총포가 가장 유리하다. 야전 등에서도 아직 접전이 시작되기
전에는 이점이 많다. 접전이 되면 적당하지 않다. 활의 한 가지 장점은 쏜 화살
을 눈으로 확인할 수 있다는 점이다. 총알은 눈으로 볼 수 없다는 것이 결점이

---

4) 36m가량.

다. 이것은 충분한 검토가 필요하다.

말은 힘이 세고 내구력이 좋고 버릇이 없는 것이 중요하다. 어떤 무기도 그렇지만 말도 큰 것이 좋고, 다치, 와키자시, 창, 나기나타도 모양이 크고 잘 드는 것이 좋고 활, 총도 튼튼하고 부서지지 않는 것이 좋다. 무기를 비롯하여 특정한 것을, 어느 것만을 지나치게 좋아해서는 안 된다. 필요 이상으로 무기를 많이 지니면 모자란 거나 마찬가지이다. 다른 사람 흉내를 내지 말고 몸에 따라 무기는 사용하기 편해야 한다. 대장이나 병사나 특정한 것을 좋아하거나 싫어하는 것은 좋지 않다. 이 점을 명심할 필요가 있다.

병법의 박자에 대하여

모든 일에는 박자가 있는 법이다. 특히 병법의 박자는 단련 없이는 이루어지지 못한다.

세상사에서 박자가 눈에 잘 나타나는 것은 예능인의 춤이나 악인(樂人)의 음악 등이다. 이것들은 모두 잘 맞는 박자들이다.

무예의 도에서도 활을 당기고 총을 쏘고 말을 타는 것에도 박자와 리듬이 있는 법이다. 여러 가지 무예나 예능에서도 박자를 흐트러뜨리는 일이 있어서는 안 된다.

또 눈에 보이지 않는 것에도 박자가 있다. 무사의 몸에도 박자가 있어서 입신출세 때, 실패할 때, 의기가 투합될 때, 투합되지 않을 때, 모두 박자가 있다.

사물이 번창하는 박자와 쇠퇴하는 박자를 잘 구분해야 한다.

병법의 박자에도 여러 가지가 있다. 우선 맞는 박자를 알고 다음에는 맞지 않는 박자를 구분하고 크고 작거나 느리고 빠른 박자 중에서도 맞는 박자, 중간 박자, 역(逆)의 박자를 아는 것을 병법의 제1로 삼아야 한다. 특히 상대의 박자에 거스르는 방법을 모르면 확실한 병법이 되지 않는다.

전투에서는 적의 박자를 알고 적의 뜻하지 않은 박자를 가지고 승리를 이끌어내야 한다.

어느 권에서나 오직 박자에 대해서 적었다. 이 글을 잘 음미하여 충분히 단련해야 한다.

위에서 말한 니텐이치류(二天一流)의 도는 조석으로 애써 실천함으로써 자연히 넓은 마음이 되고 집단의, 또는 개인의 병법으로서 세상에 전해진다. 그것을 처음으로 글로써 나타낸 것이 땅[地]·물[水]·불[火]·바람[風]·공[空]의 5권이다.

나의 병법을 배우고자 하는 사람은 도를 행할 법칙이 있다.

첫째, 성실하고 정직한 올바른 길을 생각할 것
둘째, 도는 단련할 것
셋째, 널리 많은 예능을 접촉할 것
넷째, 널리 많은 직능의 도를 알 것
다섯째, 사물의 손실과 이득을 분별할 것
여섯째, 매사에 참을 판별하는 힘을 기를 것
일곱째, 눈에 보이지 않는 것을 깨달을 것
여덟째, 사소한 일에도 주의를 게을리하지 말 것
아홉째, 쓸모없는 일은 하지 말 것

대체로 이러한 원리를 명심하고 병법의 도를 단련해야 한다. 넓은 시야에 서서 참을 구명하지 않으면 병법의 달인이 될 수 없다. 이 원칙을 배우면 혼자서도 20명, 30명의 적과 싸워도 지는 법이 없다. 우선 무엇보다도 병법을 구명하고자 하는 기력을 충만시키고 오로지 정진하면, 우선 손으로 남을 이기고 보는 눈에서도 남을 이길 수 있다. 또 단련으로 전신을 마음대로 움직일 수 있게 되면 몸도 남보다 뛰어나고 더 나아가서 마음을 수련하면 정신적으로도 남을 이길 수 있게 된다. 마음과 기(技) 모든 면에서 뛰어난 경지에 이르면 어찌 남에게 질 수 있겠는가?

또 집단의 병법으로서는 훌륭한 인물을 부하로 갖는 데에 성공하고 많은 부하를 잘 쓰고 내 몸을 바르게 행하고 나를 올바르게 가지고 나라를 훌륭하게 다스리고 백성을 잘 돌보면 세상의 질서를 유지할 수 있다. 어떤 도이든 남

에게 지지 않을 자신이 생기며 스스로 이름을 높이는 것이 그대로 병법의 도
이다.

쇼호(正保) 2년(1645) 5월 12일

신멘 무사시(新免武藏)

미야모토 무사시. 우타가와 구니요시 그림. 1848
년 작품. 시마다미술관 소장. 두 개의 검으로 수련
하고 있다.

물의 권

병법 니텐이치류(二天一流)의 중심은 물을 본떠서 이익이 되는 방법을 실천하는 것이므로 이를 〈물[水]의 권〉이라 하여 내 유파의 다치(太刀)의 도를 적는다.

이 도는 모두 어느 것이나 자세히 마음대로 기록할 수는 없으나 비록 말을 통하지 않는다 해도 원리는 저절로 이해할 수 있을 것이다.

여기에 기록한 일은 한마디 한마디 한 자 한 자 깊이 생각해 주기 바란다. 안이한 생각으로 배우면 도와 어긋나는 일이 많다.

병법에 이기는 길에 대해서 1대 1의 승부로 기록해 놓았어도, 만인과 만인의 접전과 같은 방법이라고 크게 보는 것이 중요하다.

병법에 한해서 조금이라도 도를 잘못 알거나 헤매거나 하면 도에서 벗어나게 된다.

이 글을 그저 보기만 하면 병법의 진수(眞髓)를 구명할 수 없다.

이 글에 쓰여 있는 일을 자신을 위해 쓰여 있다고 생각하고 그저 보기만 하지 말고 배우기만 하지 말고 흉내를 내지 말고 진실로 자기가 발견한 이(利)로 삼도록 항상 그 입장이 되어 잘 연구할 일이다.

병법에서의 마음가짐

병법의 도에서 마음가짐은 평소 그대로의 마음과 달라서는 안 된다. 평상시나 싸움에 임해서나 조금도 다름없이 마음을 넓게 곧바로 하고 너무 긴장하지 말고 조금도 느슨해짐이 없고 마음이 치우치지 않도록 마음을 한가운데에 놓고 유동 자재한 상태로 유지하여 그 흐름이 한 순간도 멈추지 않도록 해야 한다.

몸이 쉴 때도 마음은 정지하지 않고 몸이 심하게 움직일 때도 마음을 평정(平靜)하게 유지하여 마음이 몸에 끌려가지 않고 몸이 마음에 사로잡히는 일이 없고 마음가짐에 신중히 배려하고 동작에 마음이 빼앗기지 않도록 한다. 겉보기에는 약해도 본심은 강하고 본심을 남이 알아채지 못하도록 한다.

몸이 작은 자는 몸이 큰 자의 상태를 잘 알고 몸이 큰 자는 몸이 작은 자의 상태를 잘 알아서 모두가 마음을 곧게 가지고 자신을 느슨한 눈으로 보지 않는 마음을 갖는 것이 중요하다.

마음속이 흐리지 않고 마음을 넓게 하고 사로잡히지 않는 입장에서 사물을 생각해야 한다. 지혜도 마음도 오직 단련하는 일이 중요하다.

지혜를 닦고 천하의 옳고 그름을 분별하고 사물의 선악을 알며 수많은 예능 각각의 도를 체험하고 세상 사람들에게 조금도 속지 않게끔 된 뒤에야 비로소 병법의 지혜가 된다.

전장에서 만사가 숨 가쁘게 돌아갈 때도 병법의 이치를 깨닫고 흔들리지 않는 정신을 유지할 수 있도록 잘 연구해야 한다.

병법에서 몸의 자세

몸의 자세는 얼굴은 숙이지 않고 쳐들지도 않고 기울이지 않고 비틀지도 않고 눈은 움직이지 않고 이마에 주름이 지게 하지 말고 미간에 주름을 만들어 눈동자를 움직이지 말고 깜박거리지 않는 기분으로 눈을 약간 가늘게 뜬다.

부드럽게 보이는 표정으로 콧대를 똑바로 하고 아래턱을 약간 기분상 내밀며 목은 뒤쪽 근육을 똑바로 하고 목덜미에 힘을 주고 양 어깨를 내리고 등줄기를 똑바로 펴고 엉덩이를 내밀지 말고 무릎에서 발끝까지 힘을 넣어 허리가 구부정해지지 않도록 배에 힘을 준다. 이것은 쐐기를 감춘다고 하여 와키자시에 배를 밀착시켜 허리띠가 느슨해지지 않도록 하라는 가르침이 있다.

요컨대, 병법의 자세는 평상시의 몸가짐을 전투태세와 같이 하고, 전투시의 몸 다루기를 평소와 다름없이 하는 것이 중요하다. 잘 연구해야 한다.

어떤 무예에서나 평상심이라는 것이 중요하다. 가슴에 아무것도 남기지 않고 흔적을 조금도 남기지 않는 일—그것이 바로 평상심이다. 평상심이야말로 무심(無心)이다. 사람들 앞에서 휘호(揮毫)를 부탁받았을 때 평상심이 없이 긴장하면 손이 떨리고, 여러 사람 앞에서 이야기하면 목소리가 떨리는 일이 있듯이 평상심을 잃으면 어떠한 일도 할 수 없게 된다.

이 평상심을 가지고 모든 일을 하는 사람을 '명인(名人)'이라고 한다. 어떠한 일을 하든 하려고 하는 마음을 밖으로 나타내지 않고 무엇인가를 잘 하려고 하는 마음도 없는 것이 평상심이다. 수행이 미숙한 동안에는 좋은 솜씨를 보여야겠다, 잘 움직여야겠다 하고 생각하기 때문에 오히려 잘할 수 없게 된다. 연습을 거듭하면 잘해야겠다, 솜씨 있게 해야겠다고 하는 마음은 멀어지고 어떤 일을 해도 무심(無心)하게 이것을 행할 수 있게 된다. 마음에 의식하거나 집착하는 일이 없이 자연스럽게 몸도 손도 발도 움직여갈 때 그 명인의 마음은 무심이며 평상심이다.

병법에서 기량이 결정되는 것은 무심 때이다. 무심이라고 말하면 일체 마음이 없다는 뜻이 아니다. 평상심을 유지하는 것이 무심이다.

병법의 승부를 겨루거나 활을 쏘거나 할 때 평상심을 유지할 필요가 있다. 마음이 흥분하거나 사심(邪心)이 생기거나 한곳에 머물거나 하면 이를 행할 수 없다. 평상심으로 활을 쏘고 평상심으로 병법을 행할 때 이 평상심이 바로 무심이다.

흔들리는 마음, 화가 난 마음, 승부를 겨루는 마음으로 하면 병법은 실패한다. 평상심, 즉 무심으로 할 때 비로소 참다운 기량을 끝없이 발휘할 수 있는 것이다.

도인(道人)의 마음을 거울처럼 유지하는 일은 바로 무심한 상태가 된다. 거울은 아름다운 꽃을 비춰도 거울 자체의 가치가 커지는 것이 아니라 변함이 없으며 더러운 것을 비춰도 거울 자체의 가치가 적어지진 않는다. 어떠한 것을 비춰도 거울은 그것을 비추면서도 자신을 바꾸는 일이 없다. 거울이야말로 참다운 무심이다.

무심은 마음이 없다는 뜻이 아니다. 있어도 흔들리지 않는다는 뜻이다. 거울과 같은 마음이 무심이며 그것은 그대로 평상심이다.

합기도의 기술을 행할 때도 이 무심의 경지가 중요하다. 어디까지나 흔들리지 않고 하나로 굳어지는 일이 없이 흐르는 물처럼 움직이되 움직이지 않는 마음을 가져야 한다.

무심이란 몸 전체에 퍼진 기(氣)를 말한다. 이 무심을 터득한 사람을 도인(道人)이라고 한다. 도인은 가슴에 아무것도 없는 사람이다. 가슴에 아무것도 없이 무심 상태에 있지만 어떠한 일도 이룰 수 있는 사람이다. 무심의 경지란 거울이 항상 맑고 아무런 모양도 비치지 않지만 거울 앞에 선 것의 모양은 어떤 것이라도 분명히 비추어내는 것과 같다. 도인의 가슴속도 바로 이 거울과 같아야 한다. 이 무심의 모습을 다른 말로 평상심이라고 한다.

그러나 무사시가 《오륜서》에서 말하는 평상심은 평상심이 아니라 평상신(平常身)이라는 것에 주의해야 한다.

평상심이 관념적인 데에 비해 평상신은 구체적이다. '평상시의 몸가짐을 전투태세와 같이 하고, 전투시의 몸 다루기를 평소와 다름없이' 하는 것이 가장 중요하다고 무사시는 말했다. 전장에서 평상신을 유지하기 위해서는 조단석련의 수행으로 몸을 단련시켜 놓아야 한다. 몸이 느끼고 몸이 마음먹은 대로 되지 않으면 무사시가 하는 말을 이해하지 못한다.

병법에서 눈의 자세

병법에서 눈은 크게 뜨고 넓게 보아야 한다. 눈에는 '관(觀)의 눈'과 '견(見)의 눈'이 있다. 관의 눈은 강하게 하고 견의 눈은 약하게 하여 떨어진 곳의 움직임을 분명히 파악하면서 가까운 곳의 움직임에 구애되지 말고 그것을 떼어놓고 보는 것이 병법상에서 가장 중요하다. 적의 다치의 움직임을 알되 조금도 이에 현혹되지 않는 것이 병법의 요점이다. 연구해야 한다.

이것은 개인의 싸움에서나 다수의 싸움에서나 똑같이 필요하다. 눈동자를 움직이지 않고 양옆을 보는 것이 중요하다.

이와 같은 일은 하루아침에 터득되는 것이 아니다. 이 글에 적은 것을 잘 외우고 항상 이와 같은 눈의 자세를 지니고 어떠한 일이 있어도 눈초리가 바뀌지 않도록 충분히 수련해야 한다.

주해

'관(觀)'이나 '견(見)'은 다 같이 본다는 뜻이지만 보는 방법이 다르다. '관'과 '견'을 가장 정확하게 파악한 것이 무사시가 아닌가 한다.

이것은 어떻게 다른가? '견'은 눈으로 보는 일이고 '관'은 마음으로 보는 일로 불교 용어로 말하자면 관지(觀智)다.

우리가 보통 보는 것은 '견의 눈'으로 본다. 듣는 것도 그렇지만 우리의 눈이나 귀는 우리가 좋아하는 것은 잘 보이고 또 잘 들린다는 것만으로 그것들은 모두 아견(我見)에 지나지 않는다. '에고(ego)'로 보고 듣는다. 따라서 우리는 눈이나 귀가 대상을 객관적으로 파악했다고 생각한다. 그러나 그것은 어림도 없는 일이다. 제아무리 보여도 들려도 관심이 없는 일은 눈에 들어오지 않고 귀에 들어오지 않는다. 그렇게 되면 보거나 듣는다고 하는 것이 올바르게 이루어졌다고는 말할 수 없다.

'관'은 매우 중요한 것으로 예부터 무도(武道)에서는 '관은 마음으로 듣는다'고 일컬어져 왔다. 보통 듣는다는 것은 귀로 듣지만 마음으로 듣는 것이 '관'이다. 마음은 제하단전(臍下丹田)에 있다. 이 단전에서 상대 기(氣)의 움직임을 듣는다. 듣는 것이므로 눈으로 볼 필요는 없다. 따라서 당연히 눈은 가리고 듣는다. 내부의 단전으로 본다. 내부의 마음으로 상대의 움직임을 느끼고 보는 것이 관(觀)이다. 관은 '뜻〔志〕'으로 보고 '본심'으로 본다.

관은 상대의 동작을 보는 것이 아니다. 상대 기의 움직임을 보는 것이다. 이에 반해 상대의 동작을 보는 것은 '견'이다.

합기도에서도 '관의 눈'과 '견의 눈'을 활용해야 한다. 제하단전에 모인 마음(본심)으로 상대 기의 움직임 전체를 본다. '배꼽'으로 보는 것이다. 눈으로 한 곳을 보는 것이 아니라 '관'으로 전체를 그대로 파악한다. 호흡이 나오는 바탕도 제하단전이고 '관의 눈'도 제하단전에 붙어 있다.

'관의 눈'을 쓰는 것은 일조일석으로는 되지 않는다. 오랜 기간의 조단석련의 결과 제하단전으로 보이게 된다. 마음으로 보는 것이 근본이고 눈으로 보는 것은 마음으로 본 후라야 한다. 마음으로 보는 것은 눈으로 보기 위한 것이고 마음으로 보는 단련을 할 필요가 있다.

더 중요한 일은 '먼 곳을 가깝게 보고 가까운 곳을 멀리 보는 일'이다. 멀리 떨어진 곳도 또렷하게 보는 연습을 해야 한다. 가까운 적의 움직임에만 정신이 팔리면 먼 곳은 보이지 않게 된다. 적의 움직임 전체를 파악하는 것이 중요하다. '가까운 곳을 멀리 보라'고 하는 것은 바로 앞의 움직임에 마음이 쏠리는 것을 막는 뜻으로 이렇게 말한다. 상대의 다치(太刀)가 상단에서 하단으로 바뀌면 그 변화에 모든 것이 빼앗기게 된다. 그러면 마음이 거기에 쏠려 그 밖의 전체 움직임이 보이지 않게 된다. '견의 눈'으로는 안 되고 '관의 눈'이 필요한 것은 이 때문이다.

다음으로, '적의 다치의 움직임을 알되 조금도 이에 현혹되지 않는 것'이 병법의 중요한 점이라고 무사시는 말한다. 적의 다치 움직임이나 다치를 쓰는 솜씨를 아는 것은 중요한 일이지만 적의 다치 움직임에 마음이 사로잡혀서는 안 된다. 다치의 움직임만을 '견의 눈'으로 따라가면 전체가 보이지 않게 된다. 이 것을 주의시킨다.

이것은 병법에 한한 일이 아니다. 어떤 일을 할 때에도 이것은 중요한 일이다. '견의 눈'으로만 보면 눈앞만 보인다. '관의 눈'을 연마할 때 비로소 먼 곳이 보이게 된다. 전체가 보인다. 미래가 보이는 것이다.

다치를 잡는 법

다치를 잡는 법은 엄지손가락과 집게손가락을 띄운다는 생각으로 잡고 가운뎃손가락은 조이지 않고 늦추지도 말고 넷째손가락과 새끼손가락은 조인다는 생각으로 잡는다. 손을 조이는 힘이 느슨하면 좋지 않다. 적을 베는 일을 염두에 두고 다치를 쥐어야 한다.

적을 벨 때도 손의 힘에 변함이 없어야 하고 손이 움츠러들어 움직임이 부자연스럽지 않게 잡아야 한다. 만약 적의 다치를 치거나 받거나 부딪치거나 누르거나 하는 일이 있어도 엄지손가락과 집게손가락의 힘을 약간 바꿀 정도,

즉 상대방을 벤다는 생각으로 다치를 잡아야 한다.

시험 삼아 벨 때나 진검으로 서로 싸울 경우에도 사람을 벤다는 점에서 그 손 모양은 다르지 않다.

다치의 움직임이나 손으로 잡는 방법이 고착되어 움직일 수 없으면 안 된다. 고착된다는 것은 죽음의 손이고 고착되지 않은 손은 삶의 손이다. 이것을 충분히 이해할 필요가 있다.

[주해]

여기서 중요한 것은 어떤 일이 있어도 베어야 한다고 생각하고 다치를 잡는 일이다. 무사시의 철저한 실리주의 입장으로 말하자면 다치는 상대를 베기 위해 있는 것이지 그 이외의 뜻은 없다.

또 다치를 잡는 방법도 고정되고 고착되어서는 안 된다. 고착되었을 때 그것은 죽음의 손이고 유동적일 때에는 삶의 손이 된다. 이것은 지극히 당연한 말이다. 다쿠안(澤庵)의 《부동지신묘록(不動智神妙錄)》에서는 마음이 하나로 고착되는 일을 강하게 타일렀다. 무사시는 다만 마음뿐만 아니라 다치도 손도 한곳에 정체되면 죽음의 길로 이어진다고 말한다. 이와 같은 유수(流水)의 상태로 다치를 유지하기 위해서는 조단석련의 수행이 없으면 도저히 이룰 수 없다.

발의 자세

발의 자세는 발끝을 약간 뜨게 하고 발뒤꿈치를 강하게 딛는다. 발의 자세는 때에 따라 대소지속(大小遲速)의 차이는 있으나 평소 걷는 것처럼 한다. 나는 것 같은 발, 들뜬 발, 땅에 고착된 것 같은 발은 좋지 않은 발이다.

발놀림에서는 음양의 이치가 중요하다. 음양의 발놀림이란 한쪽 발만을 움직이는 것이 아니라 벨 때, 물러설 때, 맞받을 때, 우좌(右左), 우좌로 발을 딛는 것이다. 거듭 말하지만 한쪽 발만 움직여서는 안 된다. 충분히 주의해야 한다.

오방의 자세

오방(五方)의 자세란 상단, 중단, 하단, 왼쪽 옆, 오른쪽 옆으로 자세를 취하는 것을 말한다.

자세는 다섯 가지로 나누지만 이것은 모두 사람을 베기 위한 것이다. 자세는 다섯 가지 자세 외에는 없으나 어느 자세나 자세에 구애되지 말고 무엇보다도 적을 벤다고 생각해야 한다.

자세의 크고 작음은 때에 따라 이로운 쪽을 택하면 된다. 상·중·하단의 자세는 기본자세이고 양옆 자세는 응용 자세이다. 좌우로 자세를 취하는 것은 위가 막히거나 한쪽 옆이 막힌 곳에서 취하는 자세이다. 좌우는 장소에 따라 판단하면 된다.

병법의 오의(奧義)에서 말하는 최선의 자세는 중단이라는 것을 명심하라. 중단이야말로 자세의 기본이다. 이것을 큰 전투에 비유해보라. 중단은 대장의 자리이다. 그 대장에 이어 그다음의 네 가지 자세가 있다. 잘 연구해야 한다.

다치의 도

다치(太刀)의 도를 안다는 것은 평소 자신이 차고 있는 다치를 두 손가락만으로 휘둘러도 다치를 어떻게 휘두를 것인가를 잘 알고 있으면 자유로 휘두를 수 있다.

다치를 빨리 휘두르려고 하기 때문에 다치의 도를 거슬러 자유롭게 휘두를 수 없게 된다. 다치는 휘두르기 좋게 조용히 휘두르겠다는 마음이 중요하다. 부채나 고가타나(小刀)를 사용하듯이 빨리 휘두르려고 하기 때문에 다치의 도가 잘못되어 휘두를 수 없게 된다. 이와 같은 방법은 실전에는 쓸모없는 고가타나의 '자잘한 칼질'이라고 해서 이렇게 되면 다치로 사람을 벨 수가 없다. 다치를 내리치면 들어올리기 쉬운 쪽으로 올리고 옆으로 휘둘렀을 때는 옆으로 되돌리기 쉬운 쪽으로 되돌리되 어느 때나 팔꿈치를 크게 뻗어 강하게 휘두르는 것, 이것이 다치를 쓰는 도이다.

내 병법의 다섯 가지 기본자세를 잘 익혀서 기억하면 다치를 휘두르는 도가 정해져서 휘두르기가 쉬워진다. 단련을 게을리하지 않도록 하라.

다섯 가지 공격 자세, 제1 — 중단세(中段勢)

첫 번째 자세는, 중단을 취하고 다치의 끝을 적의 얼굴에 댄다. 적을 만나 적이 다치를 휘둘러 올 때 다치를 오른쪽으로 비껴서 누른다. 또 적이 치고 올 때, 칼날을 돌려 되받아치고 쳐 내린 다치를 그대로 두었다가 적이 계속해서 공격해오면 아래에서 적의 손을 친다. 이것이 제1의 기본자세이다.

이 다섯 가지 기본형을 기록하는 그것만으로 이해가 되지 않을 것이다. 다섯 가지 기본형에 대해서는 다치를 직접 손에 잡고 연습해야 한다. 이 다섯 가지 운도(運刀)로 내 병법의 도를 터득하면 적이 어떻게 쳐들어오건 그 다치의 도를 분간할 수 있게 된다.

따라서 내 니토(二刀)의 다치 자세에는 다섯 가지 외에는 없다. 잘 단련해야 한다.

다섯 가지 기본자세, 제2 — 상단세(上段勢)

두 번째 다치를 쓰는 법은, 상단으로 칼을 겨누고 적이 공격해 올 때 단숨에 내려치는 것이다. 빗나갔을 경우에는 다치는 그대로 두고 적이 다시 치고 들어올 때 아래에서 위로 추어올리듯이 올려 친다. 다시 한번 칠 때도 마찬가지이다.

이 기본형에서 여러 가지 마음가짐이나 다양한 박자의 변화가 있으며 이 기본형으로 충분히 단련하면 다섯 가지 다치의 휘두르는 법을 자세히 알게 되어 어떤 상황에서도 승리하게 된다. 잘 연습해야 한다.

다섯 가지 기본자세, 제3-하단세(下段勢)

세 번째 자세는, 다치를 늘어뜨린다는 마음으로 하단으로 잡고 적이 공격해 올 때 밑에서 훑어 올리듯 손을 치는 것이다. 손을 칠 때 적은 다시 공격해 온다. 나의 다치를 쳐서 떨어뜨리려고 할 때 맞은 곳은 그대로 두고 적에게 좀 더 효과적인 곳을 친 후 적의 두 팔을 옆으로 벤다고 생각하며 친다. 하단으로 적이 쳐오는 것을 단숨에 치는 것이 요령이다.

하단 자세는 다치의 움직임을 수련할 때 초심자일 때나 충분히 단련한 뒤에도 때때로 만나게 된다. 다치를 가지고 단련해야 한다.

다섯 가지 기본자세, 제4-좌측양세(左側陽勢)

네 번째 자세는, 다치를 왼쪽 옆구리에 비켜 잡고 적이 공격해 온 손을 아래에서 쳐야 한다. 아래에서 치는 것을 적이 쳐서 떨어뜨리려고 할 때 적의 손을 치겠다는 생각으로 그대로 적의 다치를 받아 자기 어깨 위로 비스듬히 자른다. 이것이 다치를 휘두르는 요령이다.

또 적이 연거푸 공격해 올 때도 다치를 받아 이길 수 있는 방법이다. 충분히 연구해야 한다.

다섯 가지 기본자세, 제5-우측양세(右側陽勢)

다섯 번째 자세는, 다치를 자신의 오른쪽 옆구리 쪽에 비켜 잡고 적이 공격해 오는 데에 따라서 나의 다치를 아래 옆으로부터 비스듬히 상단으로 들어 올려 위에서 곧장 벤다.

이 휘두르는 법도 다치의 도를 잘 알기 위한 것이다. 이 기본으로 다치를 휘두르는 법이 단련되면 무거운 다치도 자유자재로 휘두를 수 있다.

위의 다섯 가지 자세에 관해서는 새삼 상세하게 기록하지는 않겠다. 나의 검법에서 다치를 휘두르는 법을 일단 알고 박자를 익혀 적의 칼이 오는 방향을 구별할 수 있도록 우선 이 다섯 가지 자세로 매일 기술을 연마하는 것이 중요하다.

적과 싸우는 동안에도 이 다치의 도를 잘 익혀 적의 마음을 꿰뚫어 여러 가지 박자로 어느 경우나 이길 수 있도록 해야 한다. 이를 잘 새겨라.

자세가 있으면서도 자세가 없다

이것은 다치를 틀에 박힌 형태로 자세를 취해서는 안 된다는 말이다. 그러나 다섯 가지 방향(상단, 중단, 하단, 우·좌 옆)을 다치의 검법 자세라고 한다면 나름대로 정해진 것이 있다고 말할 수도 있다.

다치는 적의 움직임을 잘 살펴서 그곳에 따라, 상황에 따라, 어떻게 자세를 가지든 간에 적을 베기 쉽게 하는 일이다. 예를 들어 상단도 때에 따라 다치를 약간 숙이면 중단이 되고 중단을 상황에 따라 약간 올리면 상단이 되고 하단도 때에 따라 약간 올리면 중단이 된다. 또 양 옆자세도 위치에 따라 약간 가운데로 내밀면 중단이나 하단이 된다. 따라서 자세라는 것은 있으면서도 없는 것이다.

다치를 든 다음은 어떻게든 적을 베는 것이 중요하다. 만약 적이 후려치는 다치를 받거나 치거나 맞서거나 버티거나 하는 일이 있어도 이들은 모두 적을 베기 위한 기회라는 것을 명심하라.

받는다, 친다, 맞선다, 버틴다에 정신을 쏟으면 적을 벨 수 없다. 매사가 베기 위한 기회라고 생각하는 것이 중요하다. 이것을 잘 검토해야 한다.

용병 규모가 큰 상황에 적용해 본다면 군세를 배치하는 것이 자세에 해당한다. 이 역시 접전에서 이기기 위한 수단이다.

정해진 모양에 사로잡히는 것은 안 좋다. 잘 연구해야 한다.

틀에 박혀서는 안 된다는 것을 말하고 있다. 일정한 틀에 따르는 것만을 생각하면 틀에 박혀서 움직임이 둔해진다. '자세가 있으면서도 자세가 없다'고 하면 선문답(禪問答)처럼 들리지만 이것은 선적(禪的)인 경지를 말하는 것이 아니다. 어디까지나 도법(刀法) 그 자체의 입장에서 이렇게 말하는 것이다. 다치 휘두르는 법, 쥐는 법을 조금만 바꿈으로써 상단으로도 중단으로도 하단으로도 된다는 것을 말한다. 또

다치를 든 다음은 어떻게든 적을 베는 것이 중요하다. 만약 적이 후려치는 다치를 받거나 치거나 맞서거나 버티거나 하는 일이 있어도 이들은 모두 적을 베기 위한 기회라는 것을 명심하라.

고 한 말을 보면 무사시의 철저한 실리주의 입장을 알 수 있다.

적을 칠 때—한 박자 치기

적을 치는 박자에 '한 박자 치기'라고 해서 적과 내가 다치가 닿는 위치를 잡고 적이 미처 판단을 내리지 못했을 때 내 몸을 움직이지 않고 어디에도 마음을 두지 않은 채 재빨리 단번에 치는 박자가 있다. 적이 다치를 빼거나 비키고 치려는 생각이 들기 전에 치는 박자가 한 박자이다.

이 박자를 잘 익혀 간격을 당겨서 재빨리 치는 단련을 해야 한다.

'석화(石火)의 찬스'라는 말이 있다. 돌을 치면 순간적으로 불꽃이 튄다. 틈도 사이도 없다는 뜻이다.

이에 대해 오해해서는 안 될 것은 다만 빠르다는 것만을 뜻하는 말이 아니라는 점이다. 마음이 한순간도 머물지 않는다는 뜻이다. 합기도로 말하자면

한순간도 기(氣)가 정체되지 않는다는 뜻이다. 단순히 빨리빨리 하고 서둔다는 말이 아니다. 합기도에서도 기(技)를 서두르는 나머지 기를 빨리 걸 필요는 하나도 없다. 기(氣)가 정체하지 않으면 되는 것이고 마음의 움직임이 한곳에 머무르지 않으면 되는 것이다. 빨리하겠다고 서두르면 그렇게 생각하는 마음에 기가 정체되어 거기에 틈이 생기기 때문이다.

'석화의 찬스'라고 하는 것은 예를 들어 '철수' 하고 불렀을 때 '네!' 하고 대답하는 작용을 말한다. 그 사이에는 발(髮)이 들어갈 틈이 없다. 철수가 '철수'라고 불리어 이것은 나를 부르는 것인가 하고 생각하고 그렇구나 하고 확인을 한 후에 '네' 하고 대답하는 사람이 있을까? '철수' 하면 '네' 하는 것이 '석화의 찬스'이다. 기의 흐름은 한순간도 정체되어서는 안 된다.

적을 칠 때—두 호흡 박자 치기

자기가 치고 나가려고 할 때, 적이 더 빨리 물러서려고 하거나 빨리 쳐들어오려고 할 때, 우선 치는 것처럼 하여 적이 긴장해서 잠깐 기가 느슨해졌을 때, 때를 놓치지 않고 치고 물러서서 기가 다시 느슨해졌을 때를 노려 친다. 이것이 두 호흡 박자 치기이다.

이 글을 읽는 것만으로는 쉽게 칠 수 없지만 가르침을 받으면 바로 이해가 갈 것이다.

적을 칠 때—무념무상 치기

적도 공격하려고 하고 나도 공격하려고 생각할 때 내 쪽에서 몸도 적을 치는 자세가 되고 정신 또한 적을 치는 마음이 되며 손은 저절로 공(空)이 되어 오직 마음이 명하는 대로 자기도 모르게 치는 것, 이것이 '무념무상 치기'이다. 이것은 매우 중요한 치기로 자주 겪게 되는 검법이다. 잘 익혀 단련해야 한다.

적을 칠 때—유수(流水) 치기

적과 내가 서로 비등한 실력으로 맞서고 있을 때 적이 서둘러 공격하려 들거나 재빨리 비키려고 하거나, 빨리 다치를 치려고 할 때 이쪽은 심신에 여유를 가지고 다치는 몸보다 늦게 천천히, 강물이 지체되어 일단 멈추는 것처럼 크고 세게 친다.

이 타격법은 익히면 확실하게 치기 쉬워진다. 이때 적의 위치를 잘 판별할 필요가 있다.

적을 칠 때—연속 치기

이쪽이 치고 나갈 때, 적이 이쪽을 치거나 튕기려고 할 때 이쪽에서는 일타(一打)로 적의 머리도 치고 손도 치고 다리도 친다.

다치의 법 하나로 어디든지 친다고 하는 것이 이 검법이다. 이것은 자주 만나는 치기이다. 이론보다는 실제로 자주 단련하면 이해가 갈 것이다.

적을 칠 때—석화(石火) 치기

적의 다치와 내 다치가 착 달라붙은 상태에서 나의 다치는 조금도 치켜들지 않고 아주 세게 치는 방법이다.

이를 위해서는 발도 몸도 손도 세게 단련해서 이 세 곳의 힘을 합해서 빨리 쳐야 한다. 이 치기는 자주 연습하지 않으면 칠 수 없다. 연습을 잘하면 세게 칠 수 있다.

적을 칠 때—홍엽(紅葉) 치기

적의 다치를 쳐서 떨어뜨리고 다치를 고쳐 잡는 일이다. 적이 내 앞에 다치를 겨누고 치거나 때리거나 맞받으려 할 때 자신은 무념무상 치기 또는 석화 치기 등으로 적의 다치를 세게 내려쳐서 그대로 적의 다치에 대고 쉽게 떨어지지 않겠다는 마음으로 칼끝을 아래로 내리누르면서 치면 적의 다치는 반드시 떨어진다.

이 타격을 단련하면 적의 다치를 쳐서 손쉽게 떨어뜨릴 수 있다. 열심히 연습해야 한다.

적을 칠 때―다치를 대신하는 몸

거꾸로 '몸을 대신하는 다치'라고 해도 좋다. 적을 칠 때 나의 다치도 나의 몸도 한꺼번에 움직여서는 칠 수 없는 법이다. 덤벼드는 적의 상태에 따라 우선 내 몸을 먼저 공격 자세로 잡고 다치는 이에 상관없이 적을 친다.

또는, 몸은 그대로 자세를 유지하고 우선 다치로 치는 일도 있으나 대부분은 몸을 먼저 치는 자세로 바꾼 후 다치는 이를 따라서 친다. 잘 연구해서 치는 연습을 쌓아야 한다.

적을 칠 때―치기와 부딪치기

'치기'와 '부딪치기'는 서로 다르다. '치기'는 앞으로 나아가 부딪친다는 마음으로 매우 세게 부딪쳐서 적이 곧 죽을 정도가 되어도 이것은 부딪친 것이다.

'부딪치기'는 의식적으로 치는 것을 말한다. 이 점을 잘 살펴보아야 한다.

적의 손이나 발에 부딪친다는 것은 우선 부딪친 후 세게 치기 위한 것이다. 부딪친다는 것은 스친다는 정도의 뜻이다. 잘 익히면 이것들은 서로 다르다는 것을 알게 된다. 잘 연구해야 할 일이다.

주해

여기까지는 다치로 적을 치는 기법을 9개 항에 걸쳐 설명했다. 이는 모두 무사시의 구체적인 체험에서 나온 것으로 이론을 위한 이론이 아니라 모두 그의 체험에서 얻어진 기법이라는 것을 알아야 한다.

특히 주목할 일은 몸을 내던지는 병법을 말하고 있다는 점이다. 몸이나 허리는 두려움에 사로잡히면 뒤로 빼게 된다. 그렇게 되면 적을 벨 수 없을 뿐만 아니라 자신이 죽고 만다.

몸을 다치보다도 먼저 앞으로 나아가게 하겠다는 마음으로 싸우지 않으면 사람은 벨 수 없다. 합기도 등에서도 우선 적 안에 몸, 특히 허리를 충분히 넣지 않으면 기(技)는 걸리지 않는 법이다.

적을 칠 때―슈고의 몸

슈고(秋猴 ; 팔이 짧은 원숭이)의 몸이란 적에게 나의 몸을 접근시킬 때 조금도 손을 내밀겠다는 마음을 가지지 않고 적이 치는 것보다 빨리 몸을 재빨리 접근시키는 것을 말한다.

손을 내밀려고 생각하면 반드시 몸은 멀어지게 되므로 팔을 내밀 생각을 하지 않고 온몸을 재빨리 적에게 밀어붙인다. 피차 손이 닿을 정도의 거리라면 몸도 바짝 접근시키기가 쉽다. 잘 살펴야 한다.

적을 칠 때―옻과 아교의 몸

옻과 아교로 붙인 것처럼 적에게 내 몸을 밀착시켜서 떨어지지 않는 것을 말한다. 적의 몸에 접근해 갈 때 머리도 몸도 다리도 모두 딱 밀착시킨다.

대부분 사람들은 얼굴이나 다리는 빨리 접근시켜도 몸은 뒤에 남는 일이 많다. 적에 나의 몸을 잘 붙여 몸에 조금이라도 틈이 없도록 붙인다. 잘 검토할 일이다.

적을 칠 때―키재기

키재기는 키를 겨룬다는 뜻이다. 적으로 쳐들어갈 때 내 몸이 움츠러들지 않도록 하여 다리도 허리도 목도 충분히 뻗고 힘차게 들어간다.

적의 얼굴과 나의 얼굴을 나란히 하여 키를 비교하여 키재기에서 이긴다는 마음으로 키를 높게 하여 세게 접근한다. 잘 연구해야 한다.

적을 칠 때―버티기

적도 치려고 하고 나도 치려고 할 때 나의 다치가 적을 받았을 때 나의 다치를 적의 다치에 붙여 떨어지지 않게 하고 버티겠다는 마음으로 들어간다.

버틴다고 하는 것은 자신의 다치가 적의 다치와 절대로 떨어지지 않게 한다는 마음으로 너무 힘을 주지 않고 들어간다. 적의 다치에 대고 버티고 들어갈 때 마음 놓고 조용히 몸을 접근시켜도 좋다. 버틴다고 하는 것과 얽힌다고 하는 것은 서로 다르며 버티는 것은 강하지만 얽히는 일은 약하다. 이것을 명심해야 한다.

적을 칠 때―몸으로 부딪치기

적의 직전으로 들어가서 몸을 날려 적에게 부딪치는 병법이다. 이때 내 얼굴을 약간 비키고 왼쪽 어깨를 앞으로 내고 적의 가슴에 부딪친다.

부딪칠 때는 있는 힘을 다해 힘껏 부딪치는데 호흡을 맞춰 탄력 있고 단호하게 적의 품으로 뛰어든다. 이렇게 들어가는 것을 연습하면 적을 2간[1]이나 3간[2]쯤 날려버릴 수 있을 만큼 강력한 것이 된다. 적이 죽을 정도가 되기까지 부딪친다. 잘 단련하도록 한다.

---

1) 3.6m가량.
2) 5.4m가량.

적을 칠 때—세 가지 방어법

우선 (첫째) 적에게 쳐들어가면서 적이 내리치는 다치를 받을 때는 내 다치로 적의 눈을 찌를 듯이 하여 적의 다치를 나의 오른쪽으로 비켜 받는다.

(둘째) 공격해오는 적의 칼을 적의 오른쪽 눈을 찌르는 것처럼 하여 적을 목을 끼는 것 같은 마음으로 찌르면서 적의 다치를 받는다.

(셋째) 적이 공격해올 때, 내가 짧은 다치로 들어갈 때 받는 다치는 그다지 신경 쓰지 않고 나의 왼손으로 적의 얼굴을 찌를 듯이 쳐들어간다.

위의 것이 세 가지 방어법이다. 어느 경우나 왼손 주먹을 쥐고 그 주먹으로 적의 얼굴을 찌르겠다는 마음으로 해야 한다. 잘 단련해야 할 것이다.

적을 칠 때—얼굴 찌르기

적의 실력과 나의 실력이 막상막하일 때 끊임없이 적의 얼굴을 나의 다치 끝으로 찌르겠다는 마음으로 있는 것이 중요하다.

적의 얼굴을 찌르려고 하는 마음가짐이 있으면 적은 얼굴도 몸도 뒤로 젖히게 되는 법이다. 적이 얼굴과 몸을 젖히면 여러 가지로 이점이 있다. 잘 연구하라.

싸우는 동안에 적이 몸을 뒤로 젖히는 상태가 되면 이미 이긴 것이나 다름 없다. 따라서 얼굴을 찌른다는 마음을 항상 잊어서는 안 된다. 병법을 연마하는 동안 이처럼 유리한 방법을 잘 단련시켜야 한다.

적을 칠 때—심장 찌르기

심장을 찌른다고 하는 것은 싸우는 동안 위가 막히고 옆도 막힌 곳에서 도저히 벨 수 없는 경우에 적을 찌르는 것을 말한다.

공격해 오는 적의 다치를 피하기 위해서는 자신의 다치 등을 똑바로 적에게 보이도록 다치 끝을 내리고 다치 끝이 휘지 않도록 앞으로 빼어 적의 심장을 찌른다. 만약 자신이 지치거나 다치가 들지 않을 때는 오직 이 방법을 사용하도록 한다. 잘 알고 있어야 한다.

적을 칠 때—가쓰·도쓰의 기합넣기

적을 공격해 적을 밀어붙이려고 할 때 적이 반격해 오는 것을 아래에서 찌르듯이 다치를 올리고 되돌리는 다치로 치는 것을 말한다. 어느 쪽이나 빠른 박자로, '가쓰(喝)·도쓰(咄)'라는 기합을 넣으며 친다. '가쓰' 하며 다치를 들어올리고 '도쓰' 하며 치는 요령이다. 이 박자는 서로 다치를 휘두를 때 곧잘 겪는 일이다.

'가쓰·도쓰'는 적을 찌른다고 생각하여 다치를 올림과 동시에 단숨에 치는 박자이다. 연습을 잘하여 음미해야 한다.

적을 칠 때—맞받기

적과 칼을 서로 휘두를 때 박자가 맞지 않은 상태가 되면 적이 쳐오는 것을 나의 다치로 털고 난 후 친다.

턴다는 것은 그다지 세게 터는 것도 아니고 또 받는 것도 아니다. 적이 쳐들어오는 다치에 따라 이를 털고 털자마자 적을 친다.

털어버림으로써 선수를 치고 선수를 쳐서 치는 것이 중요하다. 터는 박자가 능숙해지면 적이 아무리 세게 쳐도 조금이라도 털겠다는 마음이 있으면 이쪽 다치 끝이 떨어지는 일은 없다. 충분히 익혀서 살펴야 한다.

적을 칠 때―다적의 형세

이쪽은 혼자이고 많은 적과 싸울 때를 말한다. 나의 다치와 와키자시를 모두 뽑아 좌우로 넓게 들고 양옆으로 내려 자세를 취한다.

적이 사방에서 덤벼도 한쪽을 쫓겠다는 마음으로 싸운다. 적이 덤벼들 때 어느 적이 먼저이고 어느 적이 나중에 덤비는지 상황을 잘 파악해서 먼저 덤비는 적과 우선 싸우고 전체의 움직임을 살펴서 적이 쳐들어오는 위치를 알고 좌우의 다치를 단번에 교차시켜 적을 벤다. 다치를 교차시킨 상태로 유지하는 것은 좋지 않다. 재빨리 양옆의 태세로 자세를 잡고 적이 나왔을 때 강하게 공격해 들어가 그대로 밀어붙여 적의 태세를 무너뜨린다.

무엇보다도 중요한 것은 한쪽으로 고기 떼를 몰겠다는 마음가짐으로 덤벼 적의 대열이 흩어지거나 겹쳤다고 여겨지면 그대로 틈을 두지 않고 세게 치고 들어간다.

적이 몰려 있는 곳을 정면에서 쫓으면 오히려 상황이 불리해진다. 또 적이 나오기를 기다렸다가 치려고 하면 이쪽이 후수가 되어 일이 잘 풀리지 않는다. 적이 쳐들어오는 박자를 받아 무너지는 곳을 알고 승리를 얻는다.

기회 있을 때마다 상대를 유인하여 이를 몰아붙이는 방법을 잘 배워 그 핵심을 터득하면 한 사람의 적이나 열 사람, 스무 사람의 적과도 안심하고 싸울 수 있다. 잘 연습해서 살필 일이다.

적을 칠 때―되받아치기의 이점

이것은 '되받아치기'라는 것으로 병법에서 다치를 사용해서 승리를 얻는 이치를 스스로 터득한다. 이것은 자세히 쓸 수 있는 성질의 것이 아니다. 잘 연습해서 승리의 길을 알아야 한다. 모두 병법의 참다운 도를 구현하는 다치이다. 이는 구전(口傳)이다.

적을 칠 때—일격

이 '일격(一擊)'이라는 마음을 가지면 확실히 승리를 거둘 수 있다. 그러나 이것은 충분히 병법을 연마하지 않으면 그 도를 깨달을 수 없다. 이것을 잘 단련하면 병법을 내 마음대로 사용하여 생각한 대로 승리를 거둘 수 있다. 잘 연습해야 한다.

적을 칠 때—직통

직통(直通)의 마음이라고 하는 것은 니토이치류의 참된 오의(奧義)를 전하는 것이다. 잘 연마하여 이 병법에 몸을 익히는 것이 중요하다. 이는 구전이다.

위에 적은 것은 니텐이치류의 검술을 대략 기록한 것이다.

병법에서 다치를 잡고 상대를 이기는 길을 터득하기 위해서는 우선 다섯 가지 기본형으로 오방(五方)의 자세를 알고 다치를 사용하는 방법을 익히고 온몸이 유연해지고 마음의 작용이 기민해지고 병법의 박자를 알게 되고 저절로 다치를 사용하는 법도 세련되고 몸도 다리도 원하는 대로 원활하게 작용하여 자유자재가 된다. 이에 따라 한 사람에게 이기고 두 사람에게 이기고 병법에서의 선악을 알게 되고 이 글의 내용을 하나하나 연습하여 적과 싸워 차츰 병법의 도리를 터득하게 된다. 이것을 항상 유의하면서 서두는 일 없이 기회 있을 때마다 싸워서 그 요령을 알고 그 어떠한 사람과도 서로 싸워 상대방의 마음을 알아두는 것이다.

천 리 길도 한 걸음씩 가는 법이다. 느긋하게 마음먹고 이 병법의 도를 수행(修行)한다는 것은 무사의 책무라고 알고 오늘은 어제의 자기를 이기고 내일은 자기보다 못하는 사람에게 이기고 다음에는 자기보다 잘하는 사람에 이길 수 있다고 생각하고 이 글대로 단련을 쌓아서 조금이라도 옆길로 마음이 빼앗기지 않도록 명심하라.

비록 어떠한 적을 이기더라도 스승의 가르침에 어긋나는 승리는 참된 병법이라고 할 수 없다. 이 도리를 터득할 수 있으면 한 사람이 수십 명의 적도 이길 수 있는 도를 알 수 있다.

그렇게 되면 그 후에는 검술의 지식과 실천으로 다수일 때나 1대 1 싸움도 터득할 수 있게 된다. 천 일의 연습을 단(鍛)이라 하고 만 일의 연습을 연(鍊)이라 한다. 잘 음미해야 한다.

쇼호(正保) 2년 5월 12일
신멘 무사시(新免武藏)

불의 권

니토이치류(二刀一流) 병법에서는 싸움을 불의 기세로 판단해, 싸움의 승부에 관한 것을 〈불(火)의 권〉으로 해서 이 권에 적었다.

세상에서 병법자라고 불리는 자는 누구나 병법의 운용을 말초적인 기교에만 치달아, 어떤 자는 손끝의 운용으로 손목의 5치, 3치 정도의 운용을 알고, 어떤 자는 부채로 팔꿈치에서 앞의 전후 승부를 터득, 또는 죽도 등으로 약간 빠른 기법을 배워 손이나 발의 움직임을 연습해 손재주만을 얻으려 한다.

나의 병법에 있어서는 서너 번의 승부에 목숨을 걸어 싸워 죽느냐 사느냐의 도리를 알고, 다치(太刀)의 도를 배우고, 적이 내리친 다치의 강약을 알고, 다치를 쓰는 솜씨를 알고, 적을 쓰러뜨리는 단련을 하려고 하는데 이와 같은 잔재주뿐인 작고 나약한 기법으로는 도저히 문제가 되지 않는다. 특히 6구[1]로 철저하게 방어한 실전의 장 등에서는 잔재주에 의존하는 것은 생각할 수도 없다.

더욱이 목숨을 건 싸움에서 혼자서 다섯 명, 열 명과도 싸워서 확실하게 승리하는 도를 아는 것이 나의 병법이다. 따라서 혼자서 열 명에게 이기는 것도, 천 명으로 만 명을 이기는 것도 아무런 차이가 없는 도리이다. 이를 잘 살펴야 한다.

그러나 평소 훈련 때에 천 명이나 만 명을 모아서 싸움 훈련을 한다는 것은 가능한 일이 아니다. 비록 혼자서 다치를 잡아도 그때그때 적의 계략을 간파하고 적의 강약이나 수단을 알아차려 병법 지혜의 힘으로 만 명을 이기는 방법을 깊이 연구해 이 방면의 달인이 될 수가 있다.

나의 니토이치류 병법의 올바른 도리를 이 세상에서 누가 얻을 수 있을까.

---

1) 갑옷에 딸린 6종의 무구.

《일본의 108 영웅들》 중에서, 괴물 도마뱀을 물리치는 미야모토 무사시. 우타가와 구니요시 그림. 1834년 작품.

스스로 모두 깊이 연구하려고 굳게 다짐하고 아침저녁으로 단련을 쌓고 기법을 완전히 연마한 뒤에야 혼자서 뜻대로 자연스럽게 기묘한 힘을 얻고 자유자재의 신묘한 힘을 지닐 수 있게 된다. 이것이 무사로서 병법을 수행하는 기개(氣槪)이다.

장소를 정하는 이유

장소를 정하는 것의 좋고 나쁨을 판별하는 것이 중요하다. 위치를 점할 때 태양을 등질 때가 있다. 태양을 등지고 자세를 취한다. 만일 그 장소에 따라서 태양을 등질 수 없을 때는 태양을 오른쪽 옆에 두도록 하라.

객실 안에서도 등불을 뒤로, 또는 오른쪽 옆에 두는 것은 이와 같다. 또 자신의 뒤를 이용당하지 않도록 왼쪽을 넓게 여유가 있게 하고 오른쪽 옆의 사이를 좁혀서 자세를 취하는 것이 바람직하다. 밤이라도 적이 보이는 곳이라면 불을 뒤로 등지고 불빛을 오른쪽 옆에 두도록 같은 마음가짐으로 자세를 취해야 한다.

적을 내려다본다는 마음가짐으로 조금이라도 높은 곳에서 자세를 취하도록 하라. 객실에서는 상좌를 높은 곳이라고 생각해야 한다. 한편 싸움이 벌어져 적을 뒤쫓는 경우에는 적을 자기 왼쪽으로 두고 쫓겠다는 마음으로 난소(難所)가 적의 뒤에 오도록, 어떻게든 난소 쪽으로 뒤쫓는 것이 중요하다. 적이 난소에서 자리 위치를 볼 여유를 주지 말고 적이 주위를 둘러볼 수 없도록 방심하지 않으면서 막다른 곳까지 바싹 추격하는 것이다. 객실에서도, 문지방, 윗미닫이틀, 문의 칸막이, 툇마루, 또는 기둥 쪽으로 추격할 때 적에게 주위를 보지 못하게 하는 것은 같다.

어느 때라도 적을 추격하는 데는 발판이 나쁜 곳, 또는 곁에 장애물이 있는 곳 등, 모두 그 위치의 우위를 살려서 장소로 승리를 얻는 것이 중요하다. 잘 살펴서 단련해야 한다.

세 가지 선수

선수(先手)를 취하는 데 세 가지 경우가 있다.

하나는 우리 쪽에서 적을 공격하는 경우에 선수를 취하는 방법, 이를 '현(懸)의 선(先)'에 도전하는 선수라고 한다.

하나는 적이 공격해 왔을 경우 선수를 취하는 방법, 이를 '대(待)의 선'을 기다려서 취하는 선수라고 한다.

하나는 우리 쪽에서도 공격하고 적도 공격해오는 경우, 선수를 취하는 방법, 이것을 '체체(體體) 선'이라고 한다.

이것이 세 가지 경우이고 어느 싸움에서나 그 최초에는 이 세 가지 선수밖에는 없다. '선'을 취하는 방법에 따라서 일찌감치 승리를 거두는 것과 다름없으므로 이 '선'이란 것이 병법에서 첫째로 중요하다. 이 '선'의 내용에는 여러 가지가 있다. 그러므로 어느 선을 취할 것인지는 그때그때 이치에 맞는 것을 첫째로 하고 적의 의도를 간파해 자기 전법의 지혜로 승리를 거두는 것이므로 세밀하게 구분해서 적을 수는 없다.

첫째로 '현의 선'. 스스로 공격하려고 할 때 조용히 있다가 갑작스럽게 재빨리 공격을 가하는 수법이 있다. 또 몸의 움직임을 강하게 빠르게 하면서도 마음에 여유를 남기는 선수가 있다. 또 자기의 마음을 단단히 하고 걸음은 평소보다 약간 빠른 정도로 적에게 접근하자마자 단숨에 격렬하게 공격을 가하는 수법이 있다. 또 마음의 흐트러짐이 없이 처음부터 끝까지 일관해서 적을 압도하는 기세로 어디까지나 강한 마음으로 승리하는 수법이 있다. 이런 것들은 모두 '현의 선'이다.

둘째로 '대의 선'. 적이 이쪽으로 공격을 가해올 때 조금도 개의치 않고 약한 듯이 보이게 하다가 적이 다가오면 더욱 멀리 떨어지듯이 보이게 한 다음 적이 느슨해지는 것을 노려 단숨에 세게 나가 승리를 거두는 것. 이것이 하나이고, 또 적이 공격해 올 때 자신도 더욱 세게 나가 적이 공격해오는 리듬이 깨졌을 때를 파고들어 그대로 승리를 거두는 것, 이것이 '대의 선'의 도리이다.

셋째로 '체체의 선'. 적이 재빠르게 공격을 가해 올 때에 이쪽은 조용히 세게 공격하고 적이 접근해 왔을 때 살짝 과감한 태세가 되어 적이 해이해진 틈을 보일 때 단숨에 세게 공격해 승리를 거두는 것이다. 또 적이 조용히 공격해 올 때에는 내 몸을 띄워 약간 빠르게 공격하고 적이 가까워진 곳에서 엎치락 뒤치락 적의 양상에 따라서 세게 공격을 가해 승리를 거두는 것. 이것이 체체의 선이다.

이런 것들은 상세하게 구분해서 적을 수 없기 때문에 여기에서 말한 것으로 충분히 연구하기를 바란다. 이들 세 가지 선에 대해서는 그때의 사정이나 이(利)를 얻는 것에서 판단하므로 언제나 스스로 먼저 공격을 가하는 것은 아닌데 가능하면 먼저 공격을 가해 적을 둘러치고 다루어 승리를 거두어야 한다.

선수란 어떤 경우이건 병법의 지력으로 반드시 승리를 거두는 것이므로 잘 단련해야 한다.

베개 누르기

'베개 누르기'는 '고개를 들지 못하게' 한다는 것이다. 병법, 승부의 도에 있어서 상대에게 자신이 휘둘리고 뒤로 도는 것은 좋지 않다. 어떻게든 적을 뜻대로 둘러쳐야 한다.

따라서 상대도 그렇게 생각하고 자신도 그런 생각이 있게 마련이다. 이때 상대가 나오는 것을 알아차리지 못하면 선수를 취할 수 없다.

병법에서 적이 치는 것을 막고, 치는 것을 누르고, 달려드는 것을 비틀 듯이 떼어놓거나 해야 한다. '베개 누르기'는 자신이 병법의 요체를 터득해 적에게 맞설 때 적이 무엇이건 생각하는 의도를 사전에 간파해 적이 치려고 하면 최초에 저지해 기선을 제압하고 더 이상 덤비지 못하게 한다. 이것이 '베개 누르기'이다. 적이 자기에게 수를 걸어왔을 때 도움이 되지 않는 일은 적의 움직임대로 맡기고 중요한 것을 눌러 적에게 제동을 거는 것이 병법에서 특히 중요하다.

이것도 적에게 제동을 걸자, 걸자 생각하는 것은 후수(後手)이다. 우선 이쪽이 어떤 일이건 병법의 도에 맡겨 기법을 행하면 적도 기법을 쓰려고 한다. 그 콧대를 꺾어 적의 어떤 바람도 전혀 도움이 안 되도록 해 적을 마음대로 둘러

치는 것이야말로 참된 병법의 달인이라고 말할 수 있다. 이것은 단순한 단련의 결과이다. '베개 누르기'는 잘 살펴보아야 한다.

무슨 일에나 선수를 치는 것이 중요하다. 후수로 돈다면 뒤처지게 되는 것을 삶의 승부에서 때때로 보게 된다. '기선을 제압한다'는 말이 있다. 병법만이 아니고 어떤 일을 하건 선수로 도는 것은 필요하다.

선종(禪宗)의 문답 등에도 이와 비슷한 예는 얼마든지 있다. 예를 들어 《임제록(臨濟錄)》에는 아래와 같은 대화가 있다.

당에 올라 임제(臨濟)가 말했다. '이 적육단상(赤肉團上)에 한 무위(無位)의 진인(眞人)이 있어 늘 그대들의 면전을 드나들고 있다. 아직 이 진인을 확인하지 못한 자는 자 봐라! 자 봐라!' 그때 한 스님이 나와서 물었다. '그 무위의 진인이란 도대체 누구입니까?' 임제는 갑자기 자리에서 내려와 스님의 가슴팍을 잡고 '자 말하라! 자 말하라!'고 말했다. 그 스님은 의아했다. 임제는 스님을 밀치고 '이제 무위의 진인도 마른 똥이나 마찬가지야'라고 말하고 그대로 거실로 돌아가고 말았다. 이 주고받는 말에는 순간의 정체도 없고 임제는 바로 선수, 선수를 친 것이다.

건너기〔渡〕

'건너기〔渡〕'는 이를테면 바다를 건너는 것이다. 세토(瀬戸 ; 폭이 좁은 해협으로 항행이 어려운 곳)인 곳도 있고 또 400리, 500리(160, 200㎞가량)의 긴 해상을 건너는 것도 '도'라고 하는 식으로 어려운 곳(위기)을 극복한다는 정도의 의미이다. 사람이 세상을 살아가는 일생에도 위기를 극복하는 경우가 많다.

항로에서 '도'임을 알고, 배의 위치를 알고, 날씨의 좋고 나쁨을 잘 알고, 함께 가는 배도 없이 홀로 출항해 그때그때 상황에 따라서 또는 옆에서 불어오는 바람에 의지하고 또는 순풍을 받아, 만일 풍향이 바뀌어도 20리나 30리는 바람에 의지하지 않고 노를 저어서라도 항구에 닿겠다는 마음으로 배를 저어 '도(渡)'하는 것이다.

세상을 살아가는 데에도 이와 같은 마음가짐으로 온 힘을 다해 위기를 극복해야 한다.

병법, 싸움에도 물을 건너는 마음이 중요하다. 적의 수준을 알고 자기의 능력을 정확하게 판단해 병법의 도리에 따라서 위기를 극복한다는 것은 뛰어난 뱃사공이 바다를 건너는 것과 마찬가지이다.

위기를 극복하면 그 뒤에는 걱정이 없다. 도함으로써 적에게 약점이 생기고 자신은 우위에 설 수 있고 대부분 일찌감치 승리를 거둘 수 있다. 다수 병력의 싸움에서도 1대 1의 승부에서도 '도'를 건넌다는 것은 중요하다. 잘 살펴야 한다.

경기 보기

'경기(景氣) 보기'는 많은 병력 싸움에서 적의 의기(意氣)가 왕성한지, 또는 쇠퇴하는지를 알고, 상대의 인원수를 알고, 그 자리의 상황에 따라서 적의 상태를 잘 보아 이쪽의 병력을 어떻게 움직이고, 이 병법을 사용함으로써 확실히 승리할 수 있다는 확신을 가지고 앞의 상황을 꿰뚫어보아 싸우는 것을 말한다.

또 1대 1의 싸움에서도 적의 유파를 잘 구분하고, 상대의 기질을 잘 보고, 그 사람의 장단점을 확인해 의표를 찔러 완전히 리듬이 깨지도록 유도하고, 적의 상태의 상하를 잘 분별하고, 틈의 단락을 잘 알아서 선수를 쳐나가는 것이 중요하다.

사물의 '경기'란 자신의 지력만 뛰어나 있으면 반드시 보인다. 병법을 자유롭게 구사할 수 있게 되면 적의 마음속을 잘 알아차려 승리를 거둘 수단을 많이 발견할 수 있게 된다. 그러므로 충분히 연구해야 한다.

검 짓밟기

'검 짓밟기'는 오로지 병법에서 사용한다.

우선 많은 병력 싸움에서는 적이 활, 철포를 사용해 공격을 가해온다. 적은 우선 활, 철포를 쏜 다음 공격하는 것이므로 이쪽도 화살을 메기고 철포에 화약을 장전하고 있으면 적을 공격할 때 적진에 밀고 들어갈 수 없다.

이런 경우 적이 활, 철포 등을 쏘기 전에 재빨리 공격하도록 한다. 재빨리 공격하면 적은 활에 화살을 메기지도 철포를 쏠 수도 없을 것이다. 적이 공격해오는 것을 그대로 자연스럽게 막아내고 적의 공격을 비켜 승리한다.

1대 1의 싸움에서도 적이 내리치는 뒤를 치면 '순간, 순간'의 박자가 되어 진도가 쳐진다. 적이 내리치는 다치를 내딛겠다는 마음으로 내리치는 것을 치고 두 번째를 내리칠 수 없게 하라.

짓밟는 것은 발로 짓밟는 것만이 아니다. 몸으로도 짓밟고 마음으로도 짓밟고 물론 다치로도 짓밟아 두 번째를 적이 내리치지 못하도록 하라. 이것이 바로 사물의 선수를 친다는 것이다. 적이 공격해오는 것과 동시에 맞부딪치는 것이 아니고 그대로 뒤에 달라붙는 것이다. 잘 살펴야 한다.

무너짐을 안다

무너짐이란 무슨 일에나 있다. 집이 무너지는 것도 몸이 무너지는 것도, 적이 무너지는 것도 모두 그 시점에 박자가 흐트러지고 말아 무너진다.

많은 병력의 싸움에서도 적이 무너지는 순간을 포착해 그 틈을 놓치지 않도록 내모는 것이 중요하다. 무너지는 틈을 벗어나 버리면 만회하는 경우도 있다.

또 1대 1의 병법에서도 싸우는 사이에 적의 박자가 흐트러져 무너지는 틈이 생긴다. 그때 방심하면 적은 재기해 새로운 태세가 되어 막강해진다.

적이 무너지는 틈을 노려 재기할 수 없도록 확실하게 추격하는 것이 중요하다. 추격할 때는 단숨에 세게 친다. 적이 재기하지 못하도록 타격을 가한다. 이

타격을 잘 이해해야 한다. 타격을 가하지 않으면 꾸물거리기 쉽다. 잘 연구해야 한다.

적이 된다

'적이 된다'는 것은 내 몸을 적으로 바꾸어서 생각함을 말한다. 세상에서는 흔히 도적이 집 안에 있는 것을 매우 강한 적인 것처럼 생각하기 쉽다. 적의 몸이 되어 보면 세상 사람을 모두 상대로 해 숨어서는 스스로 옴짝달싹 못 하는 진퇴유곡(進退維谷)의 기분이 된다.

안에 틀어박혀 있는 것은 꿩이고, 잡으려고 노리고 있는 것은 매이다. 이것을 잘 연구해야 한다.

많은 병력의 싸움에서도 적이 강하다고 단정해 신중해져서 소극적으로 변한다. 그러나 충분한 병력에 병법의 도리를 잘 알고 적에게 승리를 거두는 방법을 잘 터득하고 있으면 걱정할 일은 아니다.

1대 1의 병법에서도 적의 입장이 되어 생각해 보라. 병법을 잘 터득하고 검리(劍理)에도 밝고, 무도에 뛰어난 자에게는 반드시 진다고 생각하는 것이다. 잘 연구해야 한다.

사수를 풀기

'사수(四手 ; 두 맞수의 팔이 서로 꽉 맞잡은 상태)를 풀기'는 적도 나도 같은 마음이 되어 서로 맞선 상태에서는 싸움이 진전 안 되므로 맞선 상태가 되어 있다고 생각하면 그 상태를 버리고 다른 방법으로 승리하는 방법을 알라는 것이다.

많은 병력의 싸움에서도 사수로 맞선 상황이 되면 결말이 나지 않고 아군의 병력을 많이 잃게 된다. 이런 경우에는 적의 의표를 찌르는 방법으로 이기는 것이 가장 중요하다.

또 1대 1의 병법에 있어서도 사수가 되었다고 느끼면 그대로 상황을 바꾸어 적의 정황을 살펴 여러 가지 다른 수단으로 승리를 거두는 것이 중요하다. 잘 생각해보자.

그림자 움직이기

'그림자 움직이기'는 적의 마음속 움직임을 분간할 수 없는 경우에 쓰는 방법이다. 아무래도 적의 상황을 알 수 없을 때는 이쪽에서 세게 공격하는 척하면서 적의 수단을 판별한다. 수단을 알게 되면 여러 가지 방법으로 승리하기 쉽다.

또 1대 1의 싸움에서도 적이 뒤로 다치를 잡는 자세를 취하거나 옆으로 자세를 취하거나 했을 때 갑자기 치려고 하면 적은 그 의도를 다치에 드러낸다. 적의 의도가 표출되어 알게 되었을 때는 이쪽은 거기에 상응한 방법을 취해 확실하게 승리를 차지할 수 있다. 이쪽이 방심하면 순간을 놓치고 만다. 잘 살펴야 한다.

그림자 누르기

'그림자 누르기'는 적이 공격을 가해오는 의도가 보였을 때 쓰는 방법이다.

많은 병력의 전투에서는 전법으로 공격해 오려는 것을 이쪽에서 그 전법을 누르는 상태를 강하게 보이면 적은 강한 태도에 눌려 방법을 바꾸게 된다. 이때 이쪽도 전법을 바꾸어 마음을 비우고 적의 선수를 쳐 승리를 거둔다.

1대 1의 싸움에서도 적에게 생기는 강한 기(氣)를 이쪽의 박자로 제압하고 기가 꺾인 순간에 이쪽은 승기를 잡아 선수를 쳐나간다. 잘 연구해야 한다.

옮기기

사물에는 옮기게 하는 것이 있다. 이를테면 잠 같은 것도 옮기고 하품 같은 것도 남에게 옮긴다. 때가 옮긴다는 것도 있다.

많은 병력의 전투에서 적이 안정이 안 되고 일을 서두르려는 기색이 보였을 때는 이쪽은 조금도 그것에 개의치 않는 듯이 하고 여유로운 태도를 보이면 적도 이쪽에 말려들어 기백이 느슨해지게 된다. 그와 같은 마음이 적에게 옮겨졌다고 생각했을 때 이쪽은 마음을 비우고 재빨리, 세게 공격을 가함으로써 승리를 얻을 수 있다.

개인의 싸움에서도 내 몸도 마음도 여유롭게 하고 적이 느슨해진 틈을 포착해 세게, 빠르게 선수를 쳐 승리하는 것이 중요하다.

또 취하게 한다고 해서 이와 비슷한 것이 있다. 하나는 마음에 싫증이 나는 것, 또 하나는 마음에 안정이 안 되는 것, 하나는 마음이 약해지는 것이고 이쪽의 마음에 상대를 끌어들이는 것이다. 잘 연구해보라.

마음을 흔든다

'마음을 흔든다'는 것은 여러 경우에 있다. 하나는 위험한 경우, 둘째는 무리한 경우, 셋째는 예측하지 않은 일이 일어난 경우이다. 이것을 잘 연구해야 한다.

많은 병력의 전투에서도 상대의 마음을 흔드는 것이 중요하다. 적이 예측하지 않은 곳에 격렬한 기세로 공격을 가해 적의 마음이 정해지기 전에 이쪽에 유리하도록 선수를 쳐 승리한다.

또 1대 1의 싸움에서도 처음에는 느긋하게 나가면서 갑자기 세게 공격을 가해 적의 마음 흔들림에 따라서 숨 돌릴 틈도 없이 이쪽에 유리한 대로 승리를 얻는 것이 중요하다. 잘 음미해야 한다.

위협을 가한다

위협을 가하는 일은 사물에 흔히 있는 것으로 뜻하지 않은 일에 겁을 먹게 된다.

많은 병력의 전투에서 적을 위협하는 것은 눈에 보이는 것만이 아니다. 사물의 소리로 위협하고, 또는 작은 병력을 크게 과장해 위협하고, 또는 옆에서 갑자기 위협하는 등, 모두가 위협을 가하는 것이다. 그리고 적이 겁먹은 순간을 포착해 유리하게 승기를 잡아야 한다.

1대 1의 싸움에서도 몸으로 위협하고, 다치로 위협하고, 목소리로 위협해 적이 생각지도 못한 곳에 갑자기 공격을 가하고, 적이 겁먹은 곳에 파고들어 그대로 승리를 거두는 것이 중요하다. 잘 곱씹어야 한다.

얽히기

'얽히기'는 적과 내가 근접해 서로 세게 맞붙어서 뜻대로 되지 않는다고 보면 그대로 적과 하나로 얽혀 싸우는 사이에 유리하게 이기는 것이 중요하다.

많은 병력의 싸움에서도, 적은 병력의 싸움에서도 피아가 갈라져 맞붙어서 승패가 정해지지 않을 때는 그대로 적과 얽혀 서로 피아를 구분할 수 없게 하고 그런 가운데서 유리한 방법을 포착해 승기를 잡는 방법을 발견해 반드시 이기는 것이 중요하다. 잘 살펴보기를 바란다.

모서리 치기

'모서리 치기'는 어떤 사물이건 센 것을 미는데 그대로 똑바로 미는 것이 쉽지 않다는 뜻이다.

많은 병력의 전투에서는 적의 병력을 잘 보고 세게 돌출한 곳을 공략해 우위에 설 수 있다. 돌출한 모서리가 줄면 전체도 기세가 꺾인다. 그 기세가 없어지는 가운데서도 나와 있는 곳을 공략해 승리를 얻는 것이 중요하다.

1대 1의 싸움에서도 적의 몸 모서리에 손상을 입히면 몸 전체가 차츰 약해져 무너지게 되면 쉽게 승리를 얻을 수 있다. 이 도리를 잘 검토해 승리를 거두는 것이 중요하다.

헷갈리게 한다

'헷갈리게 한다'는 것은 적에게 확신을 갖지 못하도록 하는 것이다.

많은 병력의 전투에서는 전장에서 적의 의도를 간파하고 병법의 지력(智力)으로 적의 마음을 여긴가 저긴가, 이건가 저건가 하고 헷갈리게 하거나, 느린가 빠른가 하고 헷갈리게 해 적이 당황하는 순간을 포착해서 확실하게 승리를 거두는 방법을 아는 것이다.

또 1대 1의 싸움에서도 자신은 기회를 포착해 여러 가지 전법을 구사한다. 위장전술을 써 적이 당황한 틈을 노려 뜻대로 승리를 거두는 것, 이것이 전투의 요체이다. 잘 검토해보라.

세 가지 목소리

'세 가지 목소리'란 초(初)·중(中)·후(後)의 목소리라고 해서 셋으로 나눔을 말한다. 때와 곳에 따라서 목소리를 내는 것이 중요하다. 목소리는 기세를 붙이는 것이므로 화재나 바람, 파도에 대해서도 낸다. 목소리는 일종의 기세를 나타낸다.

많은 병력의 전투에 있어서 전투 초에 지르는 목소리는 상대를 위압하듯이 크게 지른다. 또 전투 와중에 목소리는 박자를 낮게 하고 속에서 나오는 듯한 소리를 지른다. 싸움에 승리한 뒤에는 크고 세게 소리를 지른다. 이것이 세 가지 목소리이다.

1대 1의 전투에서도 적을 움직이게 하기 위해서는 치는 것으로 보이게 해 처음에 '에잇!' 하면서 소리를 지르고 목소리 뒤에 다치를 내리친다. 또 적을 격파한 뒤에 소리를 지르는 것은 승리를 알리는 목소리이다. 이를 '선후의 목소리'라고 한다.

다치를 내리치는 것과 동시에 크게 소리를 지를 필요는 없다. 만일 싸움 와중에 소리를 지른다면 순간을 포착하기 위한 소리로 낮게 지른다. 잘 살펴보기를 바란다.

잠입한다

'잠입한다'는 것은 많은 병력의 전투인 경우, 서로 맞서서 적이 강하다고 보일 때에는 혼동하게 한다고 해서 적의 한쪽을 공격해 적이 무너지는 것을 보았으면 즉시 이동해 다른 곳을 공격하는 것을 말한다. 이른바 구절양장(九折羊腸 ; 몇 번이고 구부러진 고갯길)처럼 공격하는 것이다.

혼자서 많은 수를 적으로 돌려 싸울 때도 이 마음가짐이 중요하다. 한쪽만을 이기는 것이 아니고 사방으로 도망가게 하면 이번에는 다른 센 쪽으로 공격의 방향을 돌려 적의 박자에 맞추어서 좌, 또는 우로 재빠르게 적의 상황을 가늠해 공격을 가해나간다. 적의 전력 정도를 확인해 공격해 들어갈 때는 한 치도 물러서지 않는 기백으로 강공을 펴 승리를 얻는다.

혼자일 때도 적중으로 공격해 들어가면서 적이 강할 때는 역시 이 마음가짐이 필요하다. 잠입한다는 것은 한 치도 물러섬을 모르고 잠입해 가는 것이다. 잘 이해하도록 하라.

압도한다

'압도한다'는 것은 이를테면 적을 약하게 보고 자신은 강한 기백으로 단숨에 무찌르는 것을 말한다.

많은 병력의 전투에 있어서는 적이 적은 병력임을 간파했을 때, 또는 비록 병력이 많아도 적이 당황하고 약점이 보이면 처음부터 우세를 틈타 완벽하게 무찌른다. 만일 단숨에 무찌르는 것이 약하면 만회하는 수 있다. 손안에 장악해 무찌르는 것을 잘 이해하기를 바란다.

또 1대 1의 싸움일 때에도 자신보다 미숙한 것, 또는 적의 전력이 흐트러졌을 때 물러날 상태가 보였을 때는 숨 돌릴 틈도 주지 말고 단숨에 무찌르는 것이 중요하다. 조금도 재기하지 못하게 하는 것이 중요하다. 잘 곱씹기를 바란다.

산해의 마음

'산해(山海)의 마음'이란 적과 싸우는 동안에 같은 것을 여러 번 되풀이하는 것은 나쁘다는 말이다.

같은 일을 두 번 되풀이하는 것은 어쩔 수 없지만 3번 되풀이해서는 안 된다. 적에게 수를 쓰면서 한 번에 성공하지 못할 때는 다시 한번 공격해도 그 효과는 없어진다. 전혀 다른 방법으로 적의 의표를 찔러 공격을 가하고 그래도 잘 안되면 다시 또 다른 방법을 써라.

이와 같이 적이 산으로 생각하면 바다, 바다로 생각하면 산으로 의표를 찔러 공격하는 것이 병법의 도이다. 잘 음미해야 한다.

바닥을 벗어난다

'바닥을 벗어난다'는 것은 적과 싸우는 사이에 병법의 수로 형식상으로는 적을 이긴 것처럼 보여도 적이 적개심을 지속하고 있으므로 표면으로는 지고 있어도 마음속으로는 지고 있지 않을 때가 있다. 그런 때에 이쪽은 재빠르게 바뀐 마음으로 적의 기력을 꺾고 적을 진정으로 무찌르고 만 것을 확인하는 것이 중요하다. 이렇게 해서 '바닥을 벗어나는' 것은 다치에 의해서도, 몸에 의해서도, 또 마음에 의해서도 벗어나는 경우가 있으나 이를 일률적으로 분별할 수는 없다.

적이 진정으로 망해버렸을 경우에는 이쪽도 마음을 남겨둘 필요는 없다. 그렇지 않을 때는 마음을 남겨두어야 한다. 적도 마음을 남겨두면 좀처럼 무너지지 않는다.

많은 병력의 싸움에도, 한 사람 한 사람의 싸움에도 이 바닥을 벗어난다는 것을 잘 단련해야 한다.

새롭게 된다

'새롭게 된다'는 것은 적이 자신과 싸웠을 때 꼬이는 상황이 되어 순조롭지 않을 때 자신의 의도를 버리고 새롭게 사물을 시작하는 마음으로 그 기세를 틈타 승기를 잡는 것이다.

새롭게 된다는 것은 언제나 적과 자신이 삐걱거리는 상황이 되었다고 생각하면 그대로 이쪽의 의지를 바꾸어 전혀 다른 방법으로 승리를 거두는 것이다.

많은 병력의 싸움에서도 새롭게 된다는 것을 분별하는 것이 중요하다. 병법에 이른 자의 지력으로 하면 쉽게 보인다. 잘 곱씹어 볼 일이다.

쥐의 머리, 소의 목

'쥐의 머리, 소의 목〔鼠頭牛首〕'이란 적과 싸우는 사이에 서로 세밀한 것에만 마음을 빼앗겨 뒤엉킨 상태가 되었을 때 병법의 도를 쥐의 머리에서 소의 목을 생각하듯이 세밀한 마음 씀씀이에서 순식간에 커다란 마음으로 바꾸어 국면의 전환을 꾀하는 것으로 병법의 하나이다.

무사 된 자는 평소에 사람의 마음도 '쥐의 머리, 소의 목'처럼 바뀐다고 생각하는 것이 중요하다. 많은 병력의 싸움, 개인의 싸움만 해도 이 마음가짐을 잊어서는 안 된다. 잘 곱씹어야 한다.

대장이 병사를 안다

'대장이 병사를 안다'는 것은 어느 싸움에서나 자기 뜻대로 되면 끊임없이 이 '대장이 병사를 아는' 방법을 행하여 병법의 지력을 얻고, 자기의 적이 되는 자를 모두 내 병사로 생각해 자기의 지시대로 따르게 할 수 있음을 알아 적을 자유롭게 휘두름을 말한다.

이렇게 되면 자신은 대장, 적은 병사가 된다. 잘 연구해 보라.

칼자루를 놓는다

'칼자루를 놓는다'는 것은 여러 가지 의미가 있다. 다치를 들지 않고도 이기는 도도 있고 또 다치를 들고도 이기지 못할 때도 있다. 여러 가지 의미가 있으므로 일일이 적어서 남길 수는 없다. 잘 단련하라.

바위의 몸

'바위의 몸'이란 병법의 도를 얻음으로써 순식간에 바위처럼 굳건해져 어떤 일이 있어도 베이지 않고 흔들리지 않게 된다는 것이다. 이는 구전이다.

위에 적은 것은 니텐이치류(二天一流)의 검술인 경우에 끊임없이 생각이 미치는 것만을 말해두는 것이다. 지금 처음으로 병법에 이기는 도를 적은 것이므로 전후의 문장이 혼란해 세밀하게 표현할 수 없다. 그러나 이 도를 배우려는 사람을 위해서는 이정표가 될 수 있다.

나는 젊어서부터 병법의 도에 심혈을 기울여 검술의 대강은 익히고, 몸을 단련하고, 여러 가지 수행을 쌓아 다른 유파를 보고 있으면 어느 것은 입에 발린 말로만 강석(講釋)을 하거나 또는 손끝으로 세밀한 기교를 구사해 남의 눈에는 그럴듯하게 보이지만 하나도 참된 내용이 있는 것은 없다.

물론 이와 같은 일을 언제까지나 하고 있으면 몸의 단련을 거듭해 마음의 수업을 쌓고 있다고는 생각하겠으나 이와 같은 화려한 검술은 병법의 길에 병폐가 되어 후세까지도 그 나쁜 영향이 사라지지 않고 병법의 올바른 도가 세상에서 스러져 병법이 쇠퇴하는 원인이 된다.

　　검술의 올바른 도란 적과 싸워서 이기는 것이고 이것이야말로 절대로 변하지 않는다. 내 병법의 지력(智力)을 얻어 올바른 병법의 도를 실천해 나가면 승리는 의심할 바가 없다.

쇼호(正保) 2년 5월 12일
신멘 무사시(新免武藏)

바람의 권

병법의 도에서는 다른 유파의 도를 아는 것이 중요하다고 생각해 다른 유파의 여러 가지 병법을 여기에 〈바람(風)의 권〉으로써 적었다.

다른 유파의 도를 모르면 니텐이치류(二天一流)의 도를 적확하게 알 수 없다.

다른 유파의 병법을 살펴보면 다치(太刀)를 사용하고 힘이 센 것만을 장점으로 해서 기법을 이루는 유파가 있다. 또는 짧은 다치를 사용해 병법에 전념하는 유파도 있다. 또 많은 다치를 연구해 다치의 자세를 정면이다, 안쪽이다 라고 일컬어 병법을 전하는 유파도 있다.

이런 것들이 모두 올바른 병법의 도가 아님을 이 권에서 확실하게 적어 병법의 옳고 그름을 명확하게 하고 싶다. 나의 니텐이치류의 병법은 그들과는 전혀 다르다.

다른 유파의 사람들은 무예의 도를 생계의 수단으로 삼아 현란한 기교를 구사함으로써 장삿거리로 삼으려는 것이고 병법의 올바른 도에서는 완전히 벗어났다. 또 세간의 병법에서는 검술에만 작게 한정하고 말아 다치를 휘두르는 훈련을 하고, 몸의 움직임을 배워 기교를 향상함으로써 승리하는 방법을 찾으려고 하는데 모두 올바른 도는 아니다.

여기에 다른 유파의 결점을 하나하나 적어둔다. 잘 곱씹어서 나의 니토이치류의 도리를 배우기를 바란다.

다른 유파에서 긴 다치를 드는 것

긴 다치를 선호하는 유파가 있다. 나의 니토이치류의 병법에서 보면 이 방식을 약자의 병법으로 본다.

《열맹전(列猛傳)》의 미야모토 무사시. 우타가와 구니요시 그림. 1848년 작품. 나고야시박물관 소장. 검은 연기가 꿈틀거리고 있다.

그 이유는 다른 방식으로는 어떤 경우에도 적을 이기는 도리를 모르기 때문에 다치의 길이를 장점으로 해서 적의 다치가 닿지 않는 곳에서 승리하려고 하기 때문에 긴 다치를 선호하는 것이다.

세간에서 '한 치라도 손이 길면 긴 것만큼 유리하다'고 말하는 것은 병법을 모르는 자의 변명에 지나지 않는다. 그러므로 병법의 도리를 터득하지 않고 다치의 길이에 따라서 먼 곳에서 승리를 거두려는 것은 마음이 약하기 때문이고 이를 약자의 병법으로 본다. 만일 적과 근접해서 서로 맞붙을 정도로 가까울 때는 칼이 길수록 칠 수 없고 다치를 자유롭게 휘두를 수도 없어 다치가 짐이 되어 와키자시를 휘두를 수밖에 없게 된다.

긴 다치를 선호하는 자에게는 그 나름대로 핑계는 있겠지만 그것은 독선적인 자기변명에 지나지 않는다. 세상의 올바른 도에서 보면 도리가 아니다. 만일 긴 다치 없이 짧은 다치를 사용할 때는 반드시 지지 않을 수 있지 않을까.

또 싸움의 장소에 따라서 상하좌우 등에 공간이 없거나, 또는 와키자시만을 사용할 수 있는 경우에도 긴 다치를 선호하는 마음이 있으면 그것은 병법에 대한 불신감으로 좋지 않다. 또 사람에 따라서는 힘이 약하고 긴 다치를 사용할 수 없는 자도 있다. 예부터 '큰것은 작은것을 겸한다'는 말이 있고 무턱대고 긴 다치를 싫어하는 것은 아니다. 다만 긴 다치에만 집착하는 마음을 혐오하는 것이다.

많은 병력의 전투에 적용해서 생각한다면 긴 다치는 많은 병력에 상당하고 짧은 다치는 적은 병력에 해당한다. 적은 병력과 많은 병력은 싸울 수 없는 것일까. 그렇지 않다. 적은 병력으로 많은 병력을 이긴 예는 얼마든지 있다.

나의 방식에서는 편파적인 좁은 사고를 혐오하는 것이다. 잘 곱씹어야 한다.

다른 유파에서 말하는 강한 다치

다치에 강한 다치, 약한 다치 따위가 있을 리 없다. 강한 마음으로 휘두르는 다치는 조잡한 것이 된다. 조잡한 다치만으로는 승리를 거두기 어렵다. 또 강한 다치라고 해도 사람을 벨 때 무리하게 세게 베려고 하면 도리어 베이지 않는다. 시험 삼아 베는 경우에도 세게 베려고 하는 것은 좋지 않다.

누구나 적과 싸울 때 세게 베려고 한다거나 약하게 베려고 생각하는 것은 아니다. 다만 적을 베어 죽이려고 생각할 때는 세게 베려고도 생각지 않고, 물론 약하게 베려고도 생각지 않는다. 어떻게 하면 적을 죽일 수 있을까 하는 생각뿐이다.

또 세게 힘을 넣은 다치로 상대의 다치를 세게 치면 힘이 넘쳐서 자세가 흐트러지고 결국 나쁜 결과가 생기고 만다. 적의 다치에 세게 맞부딪치면 내 다치도 그 때문에 부러지고 만다. 그렇기 때문에 강한 힘을 써서 휘두르는 다치란 있을 수 없다.

많은 병력의 전투에 적용해 보면 강력한 군세를 지니고 싸움에서 억지로 승리를 거두려고 할 때 적도 당연히 강력한 병력을 갖추어 격렬하게 싸우려 한다. 이것은 어느 쪽이나 같다.

싸움에 승리하려면 올바른 도리 없이는 이길 수 없다. 나의 니토이치류 병법의 도에서는 무리한 것은 조금도 생각지 않고 병법의 지력에 의해서 어떻게든 승리를 거두려고 한다. 잘 연구해보라.

다른 유파에서 짧은 다치를 사용하는 것

짧은 다치(太刀 ; 길이 1m이상의 칼)만을 사용해 이기려는 것은 올바른 방법이 아니다. 옛날부터 다치와 가타나(刀 ; 길이 약 66cm의 칼. 와키자시(脇差)는 길이 54cm 이내의 칼)는 긴 것과 짧은 것으로 구분한다. 일반적으로 힘이 센 자는 큰 다치도 가볍게 휘두를 수 있으므로 일부러 짧은 다치를 사용할 필요는 없다. 그 이유는 길이의 이점을 활용해 창이나 긴 다치를 사용하기 때문이다.

짧은 다치를 특히 애용하는 자는 적이 휘두르는 다치 사이를 누비고, 날고, 파고들려고 생각하고 이와 같이 마음이 치우친 것은 좋지 않다.

또 적이 빈틈을 보이기만을 노리면 모두 후수(後手)가 되고 적과도 뒤엉키게 되어서 좋지 않다. 그리고 또 짧은 다치로 적중에 파고들자, 한탕 하자는 방법은 큰 적 가운데서 통용되지 않는다.

짧은 다치만을 사용한 자는 많은 적에 대해서도 베어버리자, 자유롭게 튀자, 돌자고 생각해도 모두가 수세로 되어 적과 뒤엉키고 만다. 이는 확실한 병법의 정도가 될 수 없다. 이왕이면 내 몸은 강하게 똑바른 상태에서 적을 뒤쫓고 뿌리치고 당황하게 만들어 확실하게 승리를 거두는 것이 중요하다.

많은 병력의 싸움에서도 도리는 같다. 이왕이면 큰 병력으로 갑자기 적을 공략해 즉석에서 무찌르는 것이 병법의 요체이다.

세상 사람들이 병법을 배우는 데 있어서 늘, 수세로만 맞붙고 빠지고 잠입하는 등의 것만 배우면 이런 말초적인 것에 마음이 끌려 후수로 돌게 되어서 적에게 쫓기고 만다. 병법의 도는 올바르고 똑바른 것이므로 올바른 도리로 적을 뒤쫓고 상대를 제압해 나가는 것이 중요하다. 잘 곱씹어보자.

다른 유파에서 다치의 기술이 많은 것

다른 유파에서, 많은 다치의 기술을 사람들에게 전하는 것은, 병법을 장삿거리로 이용하여 다치의 기술을 많이 안다는 것을 초심자에게 감탄하게 하기 위함이다. 이것은 병법에서 가장 멀리 해야 할 일이다.

그 이유는 사람을 베는 데 다양한 방법이 있다고 생각하는 것이 잘못이기 때문이다. 사람을 벤다는 것에 변함은 없다. 병법을 아는 것도 모르는 것도 여자아이도 치고, 때리고, 벤다는 것에 많은 방법이 있을 리가 없다. 두들기고 벤다는 것 이외에는 치고, 후려치는 것이 있을 뿐이다. 아무튼 적을 베는 것이 병법의 도라면 그 방법에 많은 사용방법이 있을 리가 없다.

그러나 그 장소와 사정에 따라서 이를테면 위와 옆이 막혀 있는 곳에서는 다치를 쓸 수 없게 잡기 때문에 다치를 잡는 방법에는 오방(五方)이라고 해서 다섯 종류는 있을 수 있다. 그밖에 덧붙여서 손을 비튼다거나 몸을 뒤튼다거나, 뛰어서 벌리거나 해서 적을 베는 것은 올바른 병법의 도가 아니다. 사람을 베는 데 비틀거나 뒤틀거나 날거나, 벌리거나 해서 벨 수 있는 것은 아니다. 전혀 도움이 되지 않는다.

나의 병법에서는 몸도 마음도 똑바르게 해서 적을 구부리게 하고, 일그러지게 해 상대의 마음이 뒤틀려 평정함을 잃은 틈을 타 쳐서 승리를 거두는 것이 중요하다. 잘 곱씹도록 하라.

다른 유파에서 다치의 자세를 취하는 것

다치를 잡는 방법에 중점을 두는 것은 잘못된 생각이다. 일반적으로 세간에서 자세를 취하는 것은 적이 없는 경우의 일이다. 그 이유는 옛날부터의 선례나 요즘의 법이라는 등, 정해진 틀을 만드는 것은 승부의 도에 있을 수 없다. 상대에게 형편이 나쁘도록 짜는 것이다.

사물의 자세란 사물에 흔들리지 않는 확고한 태세를 취하기 위한 조심이다. 성을 쌓거나 진지를 쌓거나 하는 것은 남의 공격을 받아도 조금도 움직이지 않는 상태를 표현한다. 이것은 늘 있는 일이다. 그런데 병법승부의 도에서는 무엇이건 선수, 선수에 힘을 써야 한다. 이에 반해서 자세를 취한다는 것은 선수를 기다리는 상태이다. 잘 연구하라.

병법승부의 도에 있어서는 상대의 자세를 동요시켜 적이 생각지도 못한 곳에 공격을 가해 적을 당황하게 하고, 화나게 하고, 위협해 적이 혼란에 빠졌을 때를 틈타 승리를 거두는 것이므로 자세 등, 후수의 태도를 싫어한다. 따라서 나의 병법에서는 유구무구(有構無構), 즉 자세가 있는 듯 없다.

많은 병력의 싸움인 경우에도 적 병력의 다과를 알고 전장의 상태를 확인한 다음 아군의 병력 정도를 알고 그 장점을 살려서 병력을 정해 싸움을 시작하는 것이 전투에 가장 중요하다.

남에게 선수를 빼앗겼을 때와 자신이 공격을 가했을 때는 싸움의 이불리(利不利)가 곱절은 다르다. 다치를 잘 잡고 적의 다치를 잘 막고 잘 튕겼다고 해도 어차피 수세라는 것은 창이나 긴 다치와 같은 긴 것을 가지고 있어도 방어를 위해 설치한 목책 너머로 휘두르는 것과 같아서 정말로 적을 칠 수는 없다. 역으로 적을 공격할 때는 목책과 같은 것이라도 창이나 다치를 사용할 정도의 역할을 수행한다. 잘 음미해야 한다.

다른 유파에서의 초점

다른 유파에서는 초점이라고 해서 제각기 방식에 따라서 적의 다치에 초점을 두는 것, 손에 초점을 두는 것, 또는 얼굴에 초점을 두는 것, 다리 등에 초점을 두는 것 등이 있다. 이와 같이 특별히 초점을 두려고 하면 그것에 현혹되어 병법에 방해가 된다.

그 이유는 예를 들어 공을 차는 사람은 공에 초점을 두지 않아도 어려운 공차기인 휘어차기를 잘할 수 있다. 사물에 숙달되면 일일이 눈으로 볼 필요는 없다. 또 곡예 등을 하는 자의 기술에도 그 방면에 익숙해지면 문짝을 코 위에 세우거나 칼을 공기 돌리듯이 돌릴 때 사물에 일일이 초점을 맞추진 않는다. 언제나 손에 익숙하기 때문에 자연히 잘 보이게 된다.

병법의 도에서도 다치의 원근, 지속(遲速)까지도 모두 보인다. 병법의 초점은 상대의 마음에 초점을 맞추고 심안(心眼)으로 보아야 한다.

많은 병력의 싸움에서도 그 적군의 형세에 초점을 맞춰야 한다. 관(觀)과 견(見) 가운데 관의 눈을 세게 해 적의 마음이 어떻게 움직이는지 간파하고 그 장소의 상황을 보아서 대국으로 눈을 돌려 그 싸움의 형세를 보고 그때그때의 강약을 보아 확실하게 승기를 잡는 것이 필요하다.

많은 병력의 싸움에서도, 개인의 승부에서도, 세세한 부분에 눈을 빼앗겨서는 안 된다. 앞에서도 말한 바처럼 세세한 것에 초점을 맞춤으로써 대국을 잊고 마음에 헷갈림이 생겨 확실하게 승리를 잃게 된다. 이 도리를 잘 음미해 단련해야 한다.

다른 유파에서 발의 자세

발의 자세에는 뒤축이 들리는 발, 날아갈 듯한 발, 뛰어오르는 발, 짓밟으려는 발, 크게 좌우로 날아갈 듯한 발 등이라고 해서 여러 가지로 발을 빨리 사용하는 방법이 있다. 이런 것들은 나의 병법에서 본다면 모두가 불충분하게 생각된다.

뒤축이 들린 발을 싫어하는 이유는 싸움이 벌어지면 반드시 발은 뜨게 되므로 확실하게 발을 딛는 것이 중요하기 때문이다.

또 날아갈 듯한 발이 좋지 않은 것은 날아갈 듯한 발은 그것에 사로잡혀 다음 동작의 자유를 잃기 때문이다.

뛰어오르는 발은 뛰어오를 듯한 마음에서 승부를 내기 힘들다.

또 짓밟으려는 발은 사무라이의 걸음이라고 해서 적에게 선수를 빼앗기는 자세여서 특히 싫어한다.

그밖에 크게 좌우로 날아갈 듯한 발 등, 여러 가지 잰 발걸음이 있다. 때로는 늪지, 습지, 골짜기, 자갈밭, 샛길 등에서도 적과 싸울 때가 있으므로 그 장소에 따라서는 날아오르지도 못하고 잰걸음이 안 될 때도 있다.

나의 병법에서는 싸울 때도 발의 사용은 평상시와 다름이 없다. 평생 길을 걷듯이 적의 상황에 따라 서두를 때, 조용한 때와 몸의 상태에 맞추어서 모자람이 없이, 지나침이 없이, 발의 자세에 흐트러짐이 없도록 해야 한다.

많은 병력의 싸움에서도 발의 움직임은 중요하다. 그 이유는 적의 의도를 모르고 무턱대고 빨리 공격하면 상황이 어렵게 전개되어 승기를 잡을 수 없게 된다. 또 행동 개시가 늦어지면 적이 당황해서 무너지는 것을 발견하지 못해 승기를 놓쳐 빠르게 승부를 결정짓지 못하게 된다. 적이 당황해서 무너지는 상황을 잘 보고 조금도 적에게 여유를 주지 않도록 해 승리하는 것이 중요하다. 잘 단련하자.

다른 유파의 병법에서 재빠름

병법에서 검 다루기가 빠른 것을 존중하는 것은 옳지 않다. 빠르다는 것은 박자에 맞거나 맞지 않거나 함으로써 검 다루기에 지속(遲速)이 있는 것이다.

어떤 도라도 숙달하면 결코 빠르게는 보이지 않는다. 예를 들면 지름길이라고 해서 하루에 400리·500리나 가는 사람이 있는데 이것도 아침부터 밤까지 빠르게 달리는 것은 아니다. 미숙한 자는 하루 종일 달려도 그 성과는 오르지 않는다. 춤을 추는데 잘 부르는 노래에 서투른 사람이 따라서 부르면 뒤처지고 마음이 조급해지게 된다.

빨리 달리려고 하면 넘어지는 일이 많듯이 박자 사이에서 벗어나고 만다. 물론 느린 것도 좋지 않다. 잘하는 사람이 하는 것은 느긋해 보이지만 그렇다고 해서 얼빠지거나 하지 않는다. 여러 가지 일에 숙련이 된 사람이 하는 일은 좀스럽게 보이지 않는다. 이 비유로 이 도리를 알 수 있을 것이다.

특히 병법의 도에서 빠르다는 것은 좋지 않다. 그 이유는 장소에 따라서 늪지, 습지 등에서는 몸도 다리도 빨리 움직일 수 없다. 다치는 더더욱 빠르게 벨수 없다. 만일 빨리 베려고 하면 부채나 작은 다치를 사용할 수는 없으므로 손재주만으로 베면 조금도 베어지지 않을 것이다. 잘 생각해 보라.

많은 병력의 싸움에서도 빨리빨리 하면서 서두르는 마음은 좋지 않다. 베개를 누르는 정도의 마음가짐으로 임해도 전혀 늦지 않다.

또 상대가 이유도 없이 서두를 때는 이를 따르지 않겠다고 말하고 조용히 상대에게 끌려가지 않는 것이 중요하다. 이것을 연구 단련해야 한다.

다른 유파의 안과 겉

병법에서 무엇을 겉, 무엇을 안이라고 말할 수 있을까. 무예에 따라서는 때때로 비법, 비전 등이라고 해서 오의(奧義)로 통하는 입구가 있지만 막상 적과 맞붙을 때가 되면 겉으로 싸우고 안에서 베는 것이 아니다.

내 병법을 남에게 가르치는 경우에 처음으로 병법을 배우는 사람에게는 그 사람의 기량에 따라서 빨리할 수 있을 것 같은 것부터 배우게 하고 빨리 이해할 수 있는 도리를 먼저 가르쳐 이해하기 어려운 도리에 대해서는 그 사람의 이해력이 진전된 적기에 따라서 차츰 깊은 도리를 뒤에 가르쳐 나가도록 힘쓰고 있다. 그러나 대부분은 실제로 적과 맞붙을 때의 도리를 통해서 이해시키고 있는 것이므로 오의로 통하는 입구란 없다. 예를 들면 일반적으로 산의 깊은 곳으로 가려고 더욱 깊은 곳으로만 가면 끝내는 입구로 나오고 만다. 무슨 일의 도이건 오의가 도움이 될 때도 있고 또 겉을 이용해 효과적일 때도 있다.

이 병법의 도에 있어서는 무엇을 숨기고 무엇을 공개하는 것 따위는 있을 수 없다.

따라서 내 방식을 전하기 위해서 서사(誓詞) 따위는 사용하지 않는다. 배우는 사람의 지력을 보고 올바른 도를 가르쳐 병법을 배우는 사이에 몸에 붙는 여러 가지 결점을 배제하고 자연스럽게 무사도의 올바른 본연의 모습을 깨닫게 해 흔들림 없는 마음이 되도록 하는 것이 내 병법을 남에게 가르치는 길이다. 잘 단련해야 한다.

위의 글은 다른 유파의 병법을 9개 조로 해 〈바람의 권〉으로 해서 대략 적었다. 한 유파, 한 유파에 대해서 입구에서 오의까지를 상세하게 적어야 하는데, 일부러 무슨 유파의 무슨 비법이란 명칭을 붙이지는 않았다.

그 이유는 제각기 유파에 따른 견해, 이론은 그 사람들의 마음에 따라서 각자의 생각이 있으므로 같은 방식 가운데서도 다소는 견해의 차이가 있을 수 있어 어느 유파, 어느 다치 솜씨인지는 쓰지 않았다. 그래서 다른 유파를 대강 9개로 나누어 봤다. 세간의 올바른 도리에서 볼 때 긴 다치에 치우치고, 또는 짧은 다치를 선호하고, 강약에만 얽매이고, 대체적인 것, 또는 세밀한 것도 모두 치우친 도임을, 다른 유파의 입구나 오의에 대해 쓰지 않아도 모두 알 수 있을 것이다.

나의 니토이치류 병법에 있어서는 다치의 사용 방법에 초보도 오의도 없다. 비법의 자세 따위도 없다. 다만 마음의 올바른 움직임으로 병법의 덕을 판별하는 것이 가장 중요할 뿐이다.

쇼호(正保) 2년 5월 12일
신멘 무사시(新免武藏)

공의 권

니토이치류(二刀一流) 병법의 도를 〈공(空)의 권〉으로 적었다. 공(空)이란 정해진 형태가 없다는 것, 형태를 알 수 없는 것을 공으로 본다. 물론 공이란 아무것도 없다. 사물이 있음을 알고 비로소 없음을 알 수 있다. 이것이 즉 공이다.

세간의 일반적 속된 견해에서는 사물의 도리를 판별하지 않는 곳을 공이라고 한다. 이것은 올바른 공이 아니다. 그것은 모두 미망(迷妄)의 마음에 지나지 않는다.

이 병법의 도에서도 무사로서 도를 행하는 데 무사 본연의 자세를 터득하지 못한 자가 공이 되지 못하고 여러 가지로 헷갈려서 어찌 할 방법이 없는 곳을 공이라 일컫는다. 이것은 올바른 의미의 공이 아니다.

무사는 병법의 도를 분명히 깨닫고 그 밖의 여러 가지 무예를 잘 익혀서 무사로서 행하는 길이 조금도 흔들리지 않게 하고 마음의 미망(迷妄) 없이 조석으로 이를 게을리하지 않으며 마음(心)과 뜻(意)의 두 마음을 닦고, 관(觀)과 견(見)의 두 눈을 닦아 조금도 흐림이 없이 미망(迷妄)의 구름이 걷히는 곳이야말로 참된 공(空)이라는 것을 알아야 한다.

올바른 도를 깨닫기 전에는 불법(佛法)에 따르지도 않고, 세간의 법에도 따르지 않고 자기만으로 올바른 도로 단정해 좋은 일로 생각한다. 올바른 도에서 세간의 기준에 비추어 볼 때, 저마다 호의적인 마음이나 제각기 다른 견해에 따라서 올바른 도에서 벗어나 있다.

이 도리를 잘 판별해 똑바른 곳에 따라서 올바른 마음을 도로 삼아 병법의 도를 세상에 펴고, 올바르고 명확하게, 대국을 잘 파악해 모든 미망이 사라지고 만 공이야말로 궁극의 병법이며 병법의 도를 아침저녁으로 단련함으로써 공의 경지에 이를 수 있다.

공이란 것에는 선(善)만이 있고 악은 없다. 병법의 지혜, 병법의 도리, 병법의

닭싸움을 보고 있는 포대화상(布袋和尙). 미야모
토 무사시 그림. 무사다운 패기가 넘친다.

도가 모두 갖추어짐으로써 비로소 모든 망념(妄念)이 사라진 공의 경지에 이를 수 있다.

쇼호(正保) 2년 5월 12일

신멘 무사시(新免武藏)

독행도(獨行道)

- 세상의 도(道)를 거스르지 않는다.
- 몸의 편안함만을 꾀하지 않는다.
- 모든 일에 의지하는 마음을 갖지 않는다.
- 몸은 얕게 생각하고 세상일은 깊게 생각한다.
- 평생 욕심을 부리지 않는다.
- 나, 일에서 후회하지 않는다.
- 선악(善惡)으로 남을 시샘하지 않는다.
- 어느 도(道)에서나 헤어짐을 슬퍼하지 않는다.
- 자타 모두에게 원망하는 마음을 갖지 않는다.
- 연모(戀慕)에 끌리는 마음이 없다.
- 사물에 특별히 좋아하는 것이 없다.
- 내 집에서 바랄 것이 없다.
- 몸 하나에 미식(美食)을 바라지 않는다.
- 낡은 도구는 갖지 않는다.
- 나에게 금기(禁忌)란 없다.
- 무구(武具)에는 각별하고, 도구는 즐기지 않는다.
- 도에서는 죽음을 마다하지 않는다.
- 늙은 몸에게 재보와 영지(領地)의 욕심은 없다.
- 불신(佛神)은 귀한 존재이다. 그러나 불신에 의지하지 않는다.
- 몸은 버려도 명리(名利)는 버리지 않는다.
- 언제나 병법의 도에서 벗어나지 않는다.

쇼호(正保) 2년 5월 12일

신멘 무사시(新免武藏)

무사시는 병을 앓고 있었음에도 기력을 차려서 벌떡 일어나 거실의 문궤(文机)를 마주하고 단정하게 앉아 자애자계(自愛自戒)의 서이고 제자들에 대한 유훈(遺訓)이기도 한 이《독행도》를 써서 남겼다.

'대망'에서 읽는 무사도의 혼

세상을 보는 지혜

대망은 이렇게 시작한다.

다케다 신겐(武田信玄) 21살.

우에스기 겐신(上杉謙信) 12살.

오다 노부나가(織田信長) 8살.

뒷날 평민영웅 도요토미 히데요시(豊臣秀吉)는, 쪼글쪼글하게 여윈 때묻은 얼굴의 6살 개구쟁이였다.

이해, 덴분(天文) 10년—

바다 건너 저편은 명(明)나라 시대, 유럽에서는 카를 5세가 프랑수아 1세에게 선전포고하여 프랑스를 침입했고, 헨리 8세는 아일랜드 왕위에 올라 스코틀랜드왕 제임스를 제거하려 호시탐탐 발톱을 갈고 있던 서기 1541년.

동양 서양 모두 전국(戰國)의 풍운에 휩싸인 16세기 중엽, 산슈(三州) 오카자키(岡崎)성 안. 철은 겨울이지만 이미 해를 넘겨 정월이었으며 올해 날씨는 여느해보다 따뜻해 뜰의 귤나무 열매가 금빛으로 물들어 달콤한 향기를 사방에 자욱이 뿌리고 있었다.

《대망》은 일본 역사의 불가사의한 사건들이 집적(集積)된 인간경영사라 말할 수 있다. 역사의 명장면이 수억 점철, 토인비 등 세계 사학자들이 기적이라 평한 270년 일본 천지개벽이 펼쳐진다.

'소설적인 감흥'의 예상을 뛰어넘은 무궁무진한 인간문제 백과사전이 치국경세 및 입신출세 장대한 '인간치세의 경략서'라고 이야기할 수 있다. 자, 대망의 무사도 정신이 파란만장하게 펼쳐지는 역사의 현장을 들어가 보자.

대망의 무사도!

세상(世上)—그 냉혹한 도박장!

시대를 만드는 자는 권력 안배만으로는 안 된다.

정치란 만인의 희망을 못 따라가면 곧 패배한다. 이는 전쟁과 같은 것.

전쟁은 언제나 집단의 생명과 운명을 거는 냉혹한 도박이다.

사심을 떠나 자기를 무(無)로 해두지 않으면 사람은 모이지 않는다.

기회와 결단은 천하를 다스리는 자의 제1법칙.

천하의 주인이라면 물이 새는 배 안에 들어앉아 있는 마음가짐, 또는 불붙는 집 안에 들어앉아 있는 마음가짐을 잊어서는 안 된다.

인간(人間)—삶이란 명예와 섹스의 투쟁!

사나이란 책략이라는 가지 위에 계획과 야심의 둥지를 틀고 사는 동물.

그릇의 크기는 집착하는 대상에 정비례한다.

운(運)은 생명의 소장(消長)이다. 누구나 그 춘하추동을 거부 못한다.

갈망은 생존의 증거이며 불안의 싹이다.

하늘이 여자에게 준 세 가지 큰 힘이란, 첫째 색으로 사내를 사로잡는 것, 둘째 아내의 자리를 차지하고, 셋째 듬직하게 어머니의 자리에 앉는 것… 뛰어난 여자는 이 세 가지 힘을 하나로 하여 남자를 마음에서부터 손발까지 꽁꽁 묶어 버린다.

사람에게 이로운 일을 하는 자에게는 하늘이 그에게 행복을 갖다주고, 사람에게 해로운 일을 하는 자에게는 하늘이 그에게 화를 내린다.

처세(處世)—강한 자가 이긴다. 인내심 강한 자가!

모든 승패는 반반의 산율(算率)을 놓고 겨룬다.

현실의 싸움은 또 하나 화목이라는 타협의 길이 있으니 싸움만 계속해 가면 강자도 결국 패자가 된다.

지혜의 차이는 언제나 사람의 위치를 바꾸어 버린다.

인생의 큰 위기는 셋—성년이 될 무렵의 무분별한 색정, 장년기의 혈기 왕성한 투쟁심, 그리고 불혹을 넘어 자기완성 자만심.

일이란 그 전부를 해서는 안 되는 것.

8할쯤 고비를 넘기면 나머지 2할의 공은 타인에게 양보해야 현자.

매는 하늘을 날아야 제구실한다. 가마우지는 물속에 들어가야 제구실한다. 능력을 갖춘 사람들을 많이 얻었더라도 그중 한 사람에게만 모든 일을 맡기지 마라.

'사람을 어떻게 판단할 것인가'

기업이나 사업가에게 현대는 '전국 시대와 막부 말의 복합시대'라고들 말한다. 한쪽이 단일로 엄습해 온 시대는 이제까지 몇 번인가 있었으나 두 가지가 동시에 찾아온 적은 없다.

그런 만큼 기성 방법이 거의 쓸모가 없게 되어 결국은 '역시 사람이다'라는 결론에 이르게 된다. 그 때문에 인재발견이나 그 육성·활용이 이제는 어느 기업에서나 화두(話頭)가 되고 있다.

그러나 사람을 키우는 것은 식물을 키우는 것과 같아서 '이 나무는 무슨 나무인가?' '꽃을 피우는지? 열매를 맺는지?' 우선은 그 식물이 지닌 가능성을 확인해야 한다. 그렇게 하지 않으면 어떻게 비료를 주고 가지치기를 하며 접붙이기해야 하는지 짐작할 수 없기 때문이다. 사람의 경우 이 가능성이나 본질을 확인하는 것을 '사람을 본다'고 말한다. 인재를 발견·육성·활용하는 시작은 모두 이 '사람을 보는 것'에서부터 비롯된다. 그러나 사람을 본다고 해도 단순히 목적 없이 보아서는 아무 소용이 없다.

우선 '무엇 때문에'라는 '목적'을 확실하게 할 필요가 있다.

거기에서는 '간파되는 쪽'의 상태 이전에 '보는 쪽'의 상태가 문제가 된다. 즉 보는 쪽이 자기가 속해 있는 조직의 목적을 어떻게 인식하고 어떻게 이바지하려 하는가에 더해서 직무에 대한 열정이나 자기능력이 깊이 연관 있기 때문이다.

이 점을 생각하기 위해 같은 천하인으로 일컬어지면서도 목적이 다른 사업을 성취한 오다 노부나가(織田信長)·도요토미 히데요시(豊臣秀吉)·도쿠가와 이에야스(德川家康)의 '사람을 보는 법'을 탐지해보자. 우선 세 사람이 '사람을 볼 때' '잣대'로 한, '각자가 지닌 사업목적'이 무엇이었는지를 정리해보자.

노부나가·히데요시·이에야스의 역할분담

오다 노부나가·도요토미 히데요시·도쿠가와 이에야스의 세 천하인은 공교롭게도 똑같이 지금의 아이치현(愛知縣)에서 태어났다. 이것은 우연한 일이 아니다. 세 사람의 사업은 제각기 '계속성·연속성'이 있었기 때문이다. 전국 시대의 민중이라는 같은 시대의 수요를 충족시키기 위해 세 사람이 수행한 역할은 다음과 같다.

- 노부나가 : 낡은 가치관을 파괴한다
- 히데요시 : 새로운 가치사회를 건설한다
- 이에야스 : 새로운 가치사회를 수정 개량하면서 유지한다
다시 말해서
- 노부나가 : 파괴
- 히데요시 : 건설
- 이에야스 : 유지관리

이 같은 역할을 짊어졌다. 그렇게 되자 제각기 우두머리로서의 리더십도 달라진다. 노부나가는 노부나가 나름대로, 히데요시는 히데요시 나름대로, 이에야스는 이에야스 나름대로 '내 목적을 이룩하려면 어떤 부하가 필요한가?' 이같은 문제를 떠올리게 된다.

파괴를 담당하는 노부나가에게 필요한 것은 '시간과의 싸움이므로 능력을 존중하는' 부하로 정해진다. 건설을 담당하는 히데요시로서는 '팀워크를 존중하는 협동정신의 소유자'가 필요하다. 유지관리를 담당하는 이에야스에게 필요한 것은 '치밀한 배려로 수성(守成)을 중히 여기는 정신의 소유자'가 된다. 거기에서 이들 세 사람에게 가장 중요한 것이 '사람을 보는 눈'이었다. 그러면 저마다 '사람을 보는 눈'의 좋은 예를 들어보자.

사업에 따른 세 천하인의 척도

능력주의에 철저했던 노부나가

오다 노부나가가 기후(岐阜)에 거점을 정했던 무렵의 이야기이다. 두드러지게 두각을 나타내기 시작한 노부나가는 미노국(美濃國 ; 岐阜縣)에서 오미국(近江國 ; 滋賀縣)의 호족(豪族)들을 지배하기 시작했다. 호족들은 노부나가에게 아들을 인질로 보냈다. 많을 때는 백 명 가까운 인질이 있었다고 한다.

노부나가는 이런 소년들과 여러 가지로 얘기를 하거나 자신의 경험을 얘기하길 좋아했다. 하지만 그런 때에도 노부나가는 날카로운 눈으로 소년들의 자질을 간파하려고 했다. 이윽고 소년들도 노부나가의 의도를 알아차렸다. 그 때문에 노부나가가

'오늘은 이런 얘기를 들려주겠다'고 말해도 결코 노부나가의 말을 마냥 즐기고만 있을 수는 없었다.

'우리는 노부나가 님에게 시험받고 있다'는 긴장감을 지속하고 있었기 때문이다.

이런 시험을 받은 적이 있다.

"세 사람 모두 이리로 오너라."

노부나가는 인질이 있는 방에 대고 말을 걸었다. 세 소년이 나왔다. 그 가운데 오미국(近江國) 히노성주(日野城主)의 아들 가모 우지사토(蒲生氏鄕)가 끼어 있었다.

"욕실에 면도칼을 두고 왔다. 가지고 오너라."

노부나가는 그렇게 명했다. 그때 "단, 한 사람씩 가거라" 하고 덧붙여 명했다. 이윽고 세 사람이 돌아왔다. 갑이란 소년이 면도칼을 가지고 왔다. 자랑스러운 듯한 표정이다. 을이란 소년은 면목이 없는 듯 고개를 숙였다. 노부나가가 물었다.

"저마다 어떻게 찾았는지 말해보아라."

우선 을에게 시선을 돌렸다. 을은 머뭇거리면서 말한다.

"밤이라 욕실은 캄캄했습니다. 아무것도 보이질 않아 무서워서 곧 돌아왔습니다. 죄송합니다."

노부나가는 가모 우지사토에게 시선을 돌렸다.

"너는 어떻게 했느냐?"

"저는 맨 마지막에 욕실에 들어갔습니다. 등을 들고 구석구석 다 찾았는데 없었습니다. 그 이유는 갑이 이미 찾았기 때문입니다."

그같이 말했다. 거기에서 노부나가는 갑에게 물었다.

"너는 어떻게 면도칼을 찾았느냐?"

그러자 갑은 앞으로 나와서 이렇게 말했다.

"욕실에 갔는데 을이 말하는 것처럼 안은 캄캄했습니다. 그래서 저는 욕실의 깔판을 발끝으로 밟아 보았습니다. 그러자 어둠속에서 소리가 나고 면도칼이 튀어 오르면서 반짝였습니다. 그래서 그곳을 어림잡아 면도칼을 주웠습니다."

"과연, 상당히 지혜롭구나."

노부나가는 그렇게 말했다. 갑은 칭찬을 받았다고 생각해 의기양양하게 을과 가모 우지사토의 얼굴을 보았다.

"어떤가?"

우쭐대는 듯한 표정이다. 그런데 노부나가는 이렇게 논평했다.

"을은 겁쟁이다. 무사의 아들인 주제에 어둠이 무섭다는 둥 말한다면 장래 쓸모가 없다. 하지만 그렇다고 해서 갑이 현명하다고는 말할 수 없다. 말을 듣고 보니 갑은 등을 가지고 가지 않아 지혜를 살려서 발끝으로 깔판을 밟고 그 순간 튀어 오른 면도칼을 주웠다고 한다. 그러나 만일 면도칼이 멀리 있지 않고 네 발밑에 있었다면 어떻게 하나? 발을 베고 말 것이다. 그 방법은 결코 좋다고는 말할 수 없다. 그런데 우지사토는 신중하게 등을 들고 전체를 비추어 보면서 찾았다. 등이 있으면 설사 면도칼이 떨어져 있어도 베일 염려는 없다. 우지사토가 면도칼을 찾지 못한 것은 이미 갑이 가지고 간 뒤이기 때문이다. 나는 세 사람 가운데 우지사토를 높이 사겠다."

노부나가는 이런 식으로 '낡은 가치관을 깰 때 가장 필요한 것은 시간과의 싸움에 견딜 수 있는 재치이다. 인질 가운데서는 우지사토가 가장 똑똑하다'고 생각해 자신이 발견한 소년 가모 우지사토를 그 뒤 자신의 제자처럼 사랑해주었다.

기후에는 유명한 '낙시(樂市)·낙좌(樂座)'가 만들어졌다. 지금으로 말하면 규제 완화, 상업 자유화이다. 노부나가는 자신이 만든 이와 같은 상업 도시에 우지사토를 데리고 다녔다. 그리고 '낙시·낙좌'의 성격을 상세하게 설명했다. 이윽고 우지사토가 성인이 되자 노부나가는 자기의 딸을 우지사토에게 시집보냈다. 결국 우지사토는 노부나가의 사위가 됐다. 그만큼 노부나가는 우지사토에게 기대를 걸었다.

그러나 오다 노부나가가 죽은 뒤 가모 우지사토는 도요토미 히데요시의 가신이 된다. 그것은 우지사토가 '노부나가 공의 사업을 이어받을 천하인은 히데요시 나리이다'라고 생각하였기 때문이다.

따라서 우지사토는 '히데요시에게 봉사하는 것이 아니고 노부나가 공의 사업을 계승한 하시바(羽柴) 나리에게 봉사하는 것이다'라고 생각하였다.

이 점이 꽤씸했는지, 아니면 노부나가의 사위라는 우지사토의 입장이 언제나 의식에 방해가 되었는지, 이윽고 히데요시는 우지사토를 도호쿠(東北)의 아이즈(會津)로 전봉(轉封)시켰다. 그리고 우지사토는 갑자기 죽어버린다.

'가모 우지사토는 도요토미 히데요시가 독살했다'는 설이 남아 있다.

협동정신을 존중했던 히데요시

노부나가의 '낡은 가치관의 파괴'에 뒤이어 '새로운 가치사회의 건설'을 내건 히데요시는 당연히 '건설적 능력을 지닌 인간'을 요구했다. 그것이 그의 이른바 '사람을 보는 눈의 잣대'이다.

미노국은 일찍이 '국도(國盜)'로 일컬어졌던 사이토 도산(齋藤道三)이 지배하고 있었다. 도산은 아들에게 살해되었다. 도산의 딸이 노부나가의 아내가 되어 있었기 때문에 도산은 죽기 전에 '미노국은 너에게 준다'고 유언을 했다. 그래서 노부나가는 '장인의 원수를 갚는다'는 대의명분을 내세워 미노국으로 쳐들어가 사이토 씨를 멸망시켰다. 이 미노국을 공략할 때 스노마타(墨俣)라는 곳에 성을 구축했다. 옛날의 스노마타는 기소강과 나가라강, 이비강이 합류하는 지점이다. 또 작은 하천이 흘러들어 주변일대는 토사가 드러난 큰 주(洲)처럼 되어 있었다. 습지대이다. 따라서 성을 구축하기는 힘들었다.

이때 성을 구축하도록 명령을 받은 사람이 아직 기노시타 도키치로(木下藤

吉郎)로 불리던 도요토미 히데요시였다. 히데요시는 성 공사 명을 받자 기소강 일대를 돌아다녔다.

그는 남몰래 '오다가(家)'에 봉사해온 기술자로는 도저히 성은 만들 수 없다'는 생각을 했다.

지금의 고난시(江南市) 지역에서 히데요시는 하치스가 고로쿠(蜂須賀小六)란 호족을 만났다.

하치스가 고로쿠라고 하면 도적 떼의 두목이고 히데요시와 만난 것은 야하기강에 걸린 다리 위에서였다는 얘기도 있다. 그러나 그 무렵 이 강에 다리는 없었고 또 하치스가 고로쿠는 이 지역의 인물도 아니었다. 아이치현 북부의 기소강 유역 가까이에 있는 고난시 출신이다. 지금도 고로쿠의 저택 자리와 그가 보시한 신사 따위가 남아 있다. 따라서 하치스가 고로쿠의 거점은 기소강 왼쪽이다.

고로쿠는 도적이 아닌 훌륭한 기술자였다. 이 지역에는 수해로부터 마을을 지키기 위해 '둘레둑'이라는 것이 만들었다. 마을 주위를 높은 둑으로 둘러싸 물을 막는다. 안에 흙을 메워 주택을 짓는다. 그리고 농기구 등의 공동용구를 보관하는 창고는 '미즈야(水屋)'라고 해서 더욱 높은 곳에 지었다.

히데요시가 착안한 것이 이 둘레둑이다. 둘레둑에 착안했다기보다는 '둘레둑을 만드는 기술자라면 저 대습지대인 스노마타에도 성을 쌓을 수 있을 것으로' 생각했다.

수소문하고 다니던 끝에 히데요시는 하치스가 고로쿠란 이 지역의 호족을 만났다.

생각했던 대로 하치스가 고로쿠는 둘레둑을 만드는 일에 뛰어났다. 그러나 때로는 기소강을 오가는 배에 통행세를 물리는 일도 있었던 것 같다. 이 점이 '하치스가 고로쿠는 도적이다'라는 소문이 나돌게 된 이유일 것이다.

이야기를 하자 고로쿠는 히데요시의 제의를 흥미 깊게 들었다. 그러나 히데요시가

"그런 이유로 고로쿠 나리를 습지대에 성을 쌓는 책임자로서 노부나가님이 고용하고 싶다고 말씀하셨소."

라고 말하자 고개를 가로저었다. 히데요시가 "싫습니까?"라고 다시 물었다.

고로쿠는 이렇게 대답했다.

"나 혼자서는 안 되오. 부하도 모두 고용해주기 바라오."

"뭐요?"

히데요시는 놀랐다.

"고로쿠 나리의 부하도 모두 오다 집안의 부하로 삼으라는 거요?"

"그렇소."

고로쿠는 그 이유를 설명했다.

"우리 기술자는 집단으로 일을 하고 있소. 나 혼자서는 스노마타에 성 같은 걸 쌓을 수 없소. 성을 쌓으려면 여러 가지로 일을 분담해야 하오. 맡은 자들이 연계해야 비로소 일이 가능해지오. 따라서 나 한 사람만 고용해서는 도저히 성은 쌓을 수 없소. 고용할 바에는 전원을 모두 고용해주기 바라오."

히데요시는 잠시 생각에 잠겼다. 그것은 고로쿠의 제의가 부당하다고 생각한 것은 아니다. 고로쿠가 말했다.

"성을 쌓는다는 일은 모두가 분담하고 그것이 통합되었을 때 비로소 사업이 성립하는 것이오."

이 같은 이유이다. 이는 지금으로 말하면 '일은 팀워크로 하는 것이다'라는 사고방식을 말해준다. 전국 시대의 무사에게는 팀워크 따위는 그다지 필요치 않다.

'나야말로' 이 같은 개인단위로 무예를 겨루면서 살고 있다. 그것을 고로쿠는 '일은 집단으로 하는 것이다'라고 확실하게 단언했다. 히데요시는 감동했다. 그리고 '앞으로의 사업은 집단으로 하는 것이 능률이 오른다'고 느꼈다.

"일단 주군과 상의하겠소."

이 같은 말을 남기고 히데요시는 성으로 돌아가 이를 노부나가에게 보고했다. 노부나가는 화를 냈다.

"당치도 않은 말 하지 마라. 도적 떼를 모두 고용하다니 될 말인가. 고로쿠가 싫다면 다른 사람을 찾아봐."

말도 먹히지 않았다. 그러나 히데요시는 차근차근 노부나가를 설득했다.

"주군의 사업을 성공하려면 앞으로는 개인이 무예를 겨루는 것이 아니고 집단으로 사업을 할 필요가 있습니다. 스노마타성 축성은 그 실험입니다. 하치스가 고로쿠는 훌륭하게 수행할 것입니다. 부디 고로쿠만이 아니라 고로쿠의 부하까지도 모두 고용해주십시오.”

드물게 질긴 히데요시의 간청에 노부나가는 누그러졌다. 히데요시에게도 생각이 있음을 잘 알고 있었기 때문에 노부나가는 결국 승낙을 했다.

하치스가 고로쿠는 고마워했다. 그리고 히데요시의 기대에 호응해 훌륭하게 성을 쌓았다. 이때 히데요시는 고로쿠가 데리고 온 부하들을 세 부대로 나누었다. 한 부대는 성 만들기에 전념하게 한다. 또 한 부대는 적에 대비하게 한다. 그리고 나머지 부대는 휴식을 취하게 한다는 구조였다. 고로쿠는 감복했다.

“임자는 조직 만들기의 명인이다. 나에게도 이 정도의 지혜는 없었다.”

고로쿠는 히데요시가 노부나가에게 교섭해서 자기 부하 전원을 정식 가신으로 삼아준 데 대해서 감사했다.

‘비록 젊지만 이 기노시타 도키치로는 틀림없이 성공한다. 충절을 다하자’고 생각했다. 그 뒤의 하치스가 고로쿠는 마치 히데요시의 추종자처럼 충절로 일관한다. 그의 아들인 아하 도쿠시마(阿波德島)는 25만 섬의 다이묘로 천거되었다.

이때 히데요시의 ‘사람을 보는 눈’은 단순히 고로쿠의 기술만을 중요시한 것은 아니다. 기술자는 올곧은 면이 있다. 고로쿠가 “내 부하도 모두 부하로 삼아달라”고 말한 것은, 일은 조직으로 하는 것이니 그 우두머리로서 부하에게 깊은 애정을 지니고 있음을 말해주는 것이었다. 그것이 히데요시의 가슴에 와 닿았다. 고로쿠도 역시 자기의 소망을 노부나가에게 강하게 전달한 히데요시의 성의에 감동했다. 히데요시의 건설사업 밑바탕에는 이와 같은 ‘사람과 사람의 참된 교류’가 있었다.

결국 오다 노부나가는 아케치 미쓰히데(明智光秀)에게 살해되었다. 히데요시는 훗날 측근에게 이렇게 말하였다.

“노부나가 공은 용장이긴 하지만 양장(良將)은 아니다. 일단 부하에게 증오하는 마음을 가지면 그 증오는 오래 지속되었다. 그 때문에 부하 쪽도 노부나가 공을 늑대처럼 두려워했다. 늑대는 결국 살해된다.”

의미심장한 말이다. 그처럼 존경한 노부나가에 대해서도 히데요시는 이와 같은 차가운 눈으로 바라보았다. '빙긋이 웃고 부하의 어깨를 두들겨주며 확실하게 부탁하는 방법'과 상을 많이 주는 것이 자랑이었던 히데요시에게도 이와 같이 냉철하게 '사람을 보는 눈'이 있었다.

치밀함과 긴장감이 끊이지 않았던 이에야스

히데요시가 만들어낸 새 가치사회라고도 할 수 있는 일본의 국토를 물려받은 도쿠가와 이에야스에게는 유명한 인생훈이 있다.

'사람의 삶은 무거운 짐을 지고 먼 길을 가는 것과 같다. 서두르지 마라.'

이에야스가 왜 이렇게 인내심이 강한 인생관을 갖게 되었느냐 하면 그는 여섯 살 때부터 열여덟 살 때까지 오다 집안과 이마모토 집안의 인질로 잡혀 있었기 때문이다. 그가 태어난 마쓰다이라 집안은 오카자키(岡崎)에 거점을 두고 있었다. 그런데 서쪽의 오다와 동쪽의 이마모토의 협공으로 오늘날로 말하자면 언제 어느 때 M&A(합병 및 매수)될지 알 수 없었다. 그 무렵 약소 호족의 고민이었다. 그 때문에 어린 이에야스는 이쪽으로 보내졌다가 저쪽으로 보내지는 서글픈 인질생활을 했다.

이마가와 집안의 인질이었을 때 이에야스는 슨푸(駿府)에 살았다. 어느 날 누군가가 구관조(九官鳥)를 가지고 이에야스를 찾아왔다.

"이 새는 사람 목소리를 비롯한 여러 목소리 흉내를 냅니다. 위로가 될 것입니다."

그러나 이에야스는 거절했다. 새를 가지고 온 사람은

"왜 그러십니까?"

라고 다소 불쾌한 표정으로 물었다.

'모처럼의 호의로 재미있는 새를 가지고 왔는데.'

이 같은 표정이었다. 이에야스가 말했다.

"이 새에는 자기 목소리가 없다. 다만 흉내를 낼 뿐이다. 나에겐 내 목소리가 있다."

가지고 온 사람은 깜짝 놀랐다. 이에야스는 말을 이었다.

"이런 것을 전해주는 너도 구관조와 같다."

그 이후 두 번 다시 그 사람이 곁에 오지 못하게 했다. 이에야스의 사람을 보는 눈은 엄격했다. 그것은 오랜 인질생활이 언제나 긴장을 강요했기 때문이다.

또 근처의 아베강(安倍川)을 지나치던 어느 때 아이들이 돌싸움을 시작한 곳에 마주쳤다. 돌싸움이란 강 양쪽으로 갈라서서 돌을 던지는 놀이이다. 수행한 무사가

"주군께서는 어느 쪽이 이길 것으로 생각하십니까?"

라고 물었다. 두 강가로 갈라진 아이들은 한쪽이 인원이 많고 한쪽은 인원이 적다. 이에야스는

"저쪽이다."

라고 인원이 적은 쪽을 가리켰다. 수행무사는 웃었다.

"반대이겠죠. 돌싸움은 아무래도 인원이 많아야 합니다. 이쪽이 이깁니다."

"아니야, 그럴 리가 없다."

이에야스는 고집스럽게 인원이 적은 쪽이 이긴다고 주장했다. 싸움이 시작되었다. 그리고 결과는 이에야스의 말대로 인원이 적은 쪽이 이겼다. 수행무사는 놀랐다.

"어떻게 아셨습니까?"

이같이 묻는 무사에게 이에야스는 설명했다.

"사람이 많은 쪽은 방심했다. 그렇기 때문에 돌을 던질 때도 비록 자기가 던지지 않더라도 누군가가 던질 것이라고 어물어물 넘겨버린다. 그런데 인원이 적은 쪽에는 그런 방심은 전혀 없다. 자기가 던지지 않으면 지고 만다는 책임감에 가득 차 있다. 그것이 모두의 마음을 하나로 뭉치게 했다. 그렇기 때문에 결속력이 강하다. 인원이 적은 쪽이 반드시 이긴다고 생각한 것은 인원이 적은 쪽에 날카로운 기백이 넘쳤기 때문이다."

자신의 입장으로 바꾸어 이에야스는 이렇게 간파했다.

노부나가·히데요시란 두 선배가 남기고 간 천하를 오래도록 유지 관리하기 위해서는 '세밀하고도 치밀한 눈'뿐만 아니라 '끊이지 않는 긴장감'이 필요하였다. 그 긴장감을 언제나 이에야스가 지니고 있던 예로서 유명한 말이 있다.

'물은 배를 잘 띄우고 또 뒤집는다.'

'물'은 부하, '배'는 주인이라는 의미이다.

'부하는 물처럼 배를 잘 띄우기도 하지만 때로는 파도를 일게 하여 뒤집는 수도 있다.'는 뜻이다. 더욱 파고들면 '주인은 부하에게 전면적으로 마음을 열어 경계를 풀면 안 된다. 언제 배신당할지 모른다.'는 뜻이다. 따라서 이에야스는 기본적으로 '부하에 대한 불신감을 지니고 있었다. 그러나 그가 노부나가·히데요시가 행한 사업을 이어받아 260년의 오랜 기간 천하를 유지하는 기초를 다지기 위해서는 무엇보다도 이 긴장감이 필요했다. 따라서 그의 '사람을 보는 눈'은 이것이 잣대로 언제나 효력을 발휘했다.

이와 같이 노부나가·히데요시·이에야스의 세 천하인은 저마다 '목적에 부합하는 능력의 소유자'의 탐색을 잣대로 해서 '사람을 보는 눈'을 길렀다.

행렬 속의 노부나가(1534∼1582) 마에다 세이
손 그림. 1969년 작품. 야마다네미술관 소장.
그는 낡은 가치사회의 파괴자였다.

제1장 부하의 동기부여에 불을 댕긴다

 노부나가 **부하의 의식을 바꾼 인사개혁**

노부나가의 리더십

노부나가의 소년 시절에 이런 얘기가 있다. 그는 어릴 적부터 용감한 일을 좋아해 다른 아이들과 자주 싸웠다. 그 싸움도 혼자서 하는 것이 아니고 아이들을 모아 상대 그룹과 싸우게 하는 것이다. 하지만 노부나가의 그룹은 자주 졌다. 어느 날 노부나가는 그룹 가운데서 용감한 아이를 두세 사람 골라서 이렇게 말했다.

"나는 지금 돈을 5백 문 가지고 있는데 반을 주겠다."

선택된 아이들은 이상하다는 표정으로 얼굴을 마주 보았다. 노부나가는 말을 계속했다.

"만일 오늘의 싸움에서 이기면 나머지 반을 주겠다."

선발된 아이들은 기뻐했다. 그리고 그날은 이제까지와 다른 다양한 싸움 기술을 구사해 상대를 두들겨 팼다. 기뻐한 노부나가는 약속대로 나머지 돈을 주었다.

이를 근처 절의 스님이 보고 노부나가의 아버지 노부히데에게 말했다.

"노부나가 님은 성인이 되면 나리에게 뒤지지 않는 뛰어난 대장이 될 겁니다."

이 말을 들은 노부히데는 무척 기뻐했다고 한다.

이 일화에는 이미 노부나가의 용인(用人)의 편린(片鱗)이 잘 나타나 있다. 노부나가는 아이들 모두에게 돈을 주지 않았다. 힘이 셀 만한 놈을 골랐다. 즉 그의 용인에 관해서 말하자면 '능력'을 존중했다는 것이다.

더구나 비록 능력이 있어도 포상금을 처음부터 전액을 주지 않았다. 우선 반액으로 낚아두고 일을 시켜 성공한 뒤에 나머지 반액을 건네주는 등, 일을 지혜롭게 하였다. 능력주의를 취함과 동시에 반은 사람의 욕망을 간파하는 등, 비정하게 다루었다. 언제나 계산이 작용했다. 이 용인의 방법은 노부나가가 죽을 때까지 일관된 방법이었다.

노부나가의 리더십에 대해서는 다음과 같은 말이 흔히 거론된다.

- 능력주의
- 출신, 신분을 묻지 않는다
- 연공서열 무시
- 권한의 이양, 동시에 철저한 책임추궁
- 정보중요시
- 국제감각 중요시
- OA화, 기술혁신 실행
- 관리중추기능은 소수정예주의
- 솔선수범
- 신상필벌

이와 같은 요소에 입각한 노부나가의 용인에서 획기적인 것은 다음의 두 가지이다.

① 모든 부하의 의식개혁을 실현한 것
② 중간관리직 리더십을 뒤에 말하는 것처럼 종전 방법의 '이곳으로 오라'는 식에서 '그곳으로 가라'는 식으로 바꾸었다는 것.

그리고 그 전제로서 조직 그 자체를 고정한 피라미드형 권위체계가 아니고 요즘 말하는 태스크포스, 또는 프로젝트팀 방식으로 변질시킨 것이다.

즉 태스크포스나 프로젝트팀이란 목적이 발생했을 때 만들고 목적이 달성되면 해체하는 이른바 편성·해체가 자유로운 유연한 조직을 말하는데 노부나가는 이를 실행했다.

따라서 최상층·중간층·하층이란 3개의 계층이 언제나 움직이는 오다 군단을 만들어낸 것이다. 그렇게 되자 어느 층에 몸을 두고 있어도 언제나 불안정하다. 그리고 그 불안정감이야말로 오다 노부나가가 부하에게 지니도록 요구한 의식이었다.

낡은 가치관의 파괴

오다 노부나가가 역사적으로 수행한 역할은 '낡은 권위, 낡은 사고방식의 파괴'로 알려져 있다. 노부나가는 이 목적을 이룩하기 위해서는 '오다군단 그 자체가 우선 체질을 바꾸고 그 구성원이 의식을 변혁하지 않으면 안 된다'고 생각했다. 그러면 오다 노부나가가 표적으로 삼았던 일본의 낡은 권위, 또는 낡은 사고방식이란 도대체 무엇이었을까?

노부나가의 말을 빌리자면 그것은 그야말로 '목숨을 건 사상'이다. 목숨을 건다는 것은 중세의 장원제(莊園制)에서 비롯된 일본인의 가치관이다. 특히 무사는 토지를 급여로 받았기 때문에 이 사고방식이 뿌리 깊다. 목숨을 걸고 열심히, 즉 '내 땅을 한 곳이라도 더 늘리고 싶다. 만일 내 땅에 들어와 이것을 빼앗으려는 자가 있으면 목숨을 걸고 싸운다'는 사상이다.

재산으로서의 토지를 소중하게 여긴다는 사고는 노부나가도 이해한다. 그러나 직장에서 이 사고방식을 지속하면 결국은 언제까지나 낡은 일에 매달려 낡은 방식에 얽매이게 된다. 즉 발전성이 없다. 또 새로운 상황에 대응할 수 없게 된다. 그것을 노부나가는 깨뜨리려고 했다.

그러기 위해서는 일하는 모든 부하의 의식을 바꾸어 어떤 상황에 직면해도 곧 그것에 대응할 수 있는 유연성을 갖게 하는 것이 필요하다. 그렇게 하지 않으면 국제화의 거센 파도가 밀려들기 시작한 일본의 일각에서 도저히 기업으로서 생존할 수 없다고 생각했다. 그것은 특히 그가 그 무렵 친하게 지내던 외국에서 온 크리스트교 선교사를 통해 느꼈다.

기후성에 찾아온 루이스 프로이스란 선교사는 오다 노부나가에 대해서 이렇게 말하였다.

"그는 신도 부처도 두려워하지 않는다. 저세상도 믿지 않는다. 그리고 매우 자긍심이 강하고 또 교만하다. 자기 부하에게는 아무리 중요한 자리에 있는 자라도 언제나 위압적이다. 내려다보고 꾸짖듯이 말을 한다. 부하들은 아무리 중요한 자리에 있는 자라도 이 노부나가를 두려워했다."

잇따라 본사를 옮긴 의도

노부나가의 용인·비정한 기술은 오다 군단의 최상층·중간층·하층의 3계층을 향해 이루어졌다. 그리고 그 3개의 층이 몸을 두는 조직 그 자체를 언제나 유동적으로 해 불안정하게 했다. 이 '유동성'의 추구야말로 오다 노부나가가 '목숨을 건 사상'을 깨부수기 위해 둔 이념이다.

이런 얘기가 있다. 그만큼 거점을 계속해서 바꾼 전국의 다이묘(大名)는 없다. 지금의 기업으로 말한다면 본사의 위치를 잇달아 바꿔갔다. 오와리(尾張)에서는 나고야성(那古野城)에서 기요스성(淸洲城)으로, 그리고 고마키야마성(小牧山城)으로, 또 기후성(岐阜城), 그리고 아즈치성(安土城), 교토(京都)에 진출한다.

사실은 그 뒤 오사카(大阪)로 나가 이시야마(石山) 혼간지(本願寺)를 공략하고 오사카에 거점을 둘 생각이었다. 오사카에 거점을 둔다는 것은 노부나가의 눈이 이미 바다 저편을 보고 있었다는 것이다. 해외침략의 의도가 그에게는 있었다. 그 때문에 그의 본사는 언제나 한 곳에 안정되지 않았다. 잇따라 옮긴 것이다.

그러나 노부나가의 의식이 그렇더라도 부하들은 반드시 그럴 수는 없다. 그러므로 기후성으로 옮겼을 때도 노부나가의 부하 대부분은 아직 가족을 오와리에 두고 왔다. 결국 노부나가의 부하는 대부분 기후로 단신 부임해 있었던 것이다. 요즘 말하는 기러기 아빠인 셈이다. 노부나가는 이 가신들을 위해 사원주택을 지었다. 그리고 가족도 '불러들이라'라고 명했다. 그런데 부하들은 좀처럼 말을 듣지 않는다. 단신 부임해 자기들 멋대로 살고 있었다. 이것이 노부나가를 화나게 했다. 노부나가는 어느 날 직접 앞장서서 사원주택을 불태워버렸다. 놀란 것은 부하들이다. 노부나가에게 불만을 터뜨렸다.

"너무 비정한 일이 아닙니까?"

이에 노부나가는

"만일 내 말을 지켜서 가족이 집에 남아 있었다면 비록 그대들이 없어도 불이 났을 때 초기 진화를 할 수 있다. 그것을 그대들이 내 말을 듣지 않고 언제까지나 혼자 지냈기 때문에 이런 일이 벌어진 것이다. 나는 그대들에게 벌을 주기 위해 직접 집을 불태웠다"라고 말했다.

그리고 '이에 질렸다면 곧바로 가족을 불러들이라!'는 엄한 명령을 내렸다. 여기에서도 노부나가의 비정한 기술을 볼 수 있다. 그것은 역으로 생각하면 오와리에 남겨진 가족에게는 춤을 출 정도로 기쁜 일이었다. 남편과 함께 가족 모두가 함께 살 수 있게 됐다. 남편만 단신 부임해 가족을 방치하는 것에 오와리에 남겨진 가족들도 불만이 컸기 때문이다. 노부나가가 한 일은 단순히 비정한 기술만이 아니고 가족에 대한 깊은 애정이 뒷받침되었던 것이다.

무능한 임원의 인재도태(人材淘汰)

이와 같이 '본사는 언제나 일정한 위치에 존재하지 않는다'는 것을 모든 종업원에게 인식하게 한 뒤 노부나부는 최상층·중간층·하층의 각층에 걸친 인재혁명을 시작했다.

우선 톱 매니지먼트 그룹의 인재혁명에서는 무엇보다도 유연한 사고가 가능한 인물을 외부로부터 등용했다. 그 대표가 뒤에 도요토미 히데요시가 되는 기노시타 도키치로와 아케치 미쓰히데이다.

왜 노부나가는 이 두 사람을 톱 매니지먼트 그룹에 등용했느냐 하면 두 사람이 유동자(流動者) 출신이었기 때문이다. 이를 발탁한 이유에 대해서 노부나가는 '일본 여러 나라를 돌아다녔다는 것은 그것만으로도 여러 나라의 정보를 몸에 익혔다는 것이다. 동시에 자신의 거점이 되는 지역이나 토지라는 재산이 없다. 그들에게는 지켜야 할 재산이 없기 때문에 아무것도 두려워할 것이 없다. 즉 잃을 것이 없다. 이 사고는 지금의 오다 군단의 조직변혁에서 무엇보다도 필요하다'라고 생각했기 때문이다. 부패하기 시작한 오다 집안의 톱 매니지먼트 그룹에 큰 돌을 두 개 던졌다. 이윽고 노부나가는 여러 전략을 짜면서 오다 집안에 오랫동안 봉사해 온 시바타 가쓰이에(柴田勝家), 하야시 미치카쓰(林通勝), 니와 나가히데(丹羽長秀)보다도 오히려 히데요시나 미쓰히데를 중요시하게 된다. 이것은 히데요시와 미쓰히데가 지닌 유동정신(流動情神)과 풍부한 정보량, 그리고 재빠른 대응력을 높이 평가했기 때문이다.

이에 따라서 톱 매니지먼트는 완전히 활성화했다. 일찍부터 봉사해 온 중역들도 가만히 있을 수 없게 되었다. 즉 우선 톱 매니지먼트 그룹에서 노부나가는 능력주의를 채택하고 연공서열제를 파괴했다.

오다 노부나가를 가장 괴롭힌 잇코이키(一向一揆 ; 승려들의 종교폭동)의 최대 배후세력은 말할 것도 없이 이시야마 혼간지(石山本願寺)였다. 이 이시야마 혼간지를 포위해 1580년 윤3월 가까스로 화해가 성립했다. 그 조건으로 혼간지에 머물던 주지들은 기슈(紀州)로 퇴거하게 되었다. 이때 오다 측에서 여러 가지 교섭을 한 사자는 사쿠마 노부모리(佐久間信盛)였다. 오다 집안에 일찍부터 봉사해 온 임원이다. 그런데 혼간지 문제가 처리되자 오다 노부나가는 곧 사쿠마 노부모리와 그의 아들 노부히데(信榮)에 대한 징계를 발표하고 사쿠마 부자를 다카노야마(高野山)로 추방한다고 선언했다. 그러자 오다 집안에 있는 자들도 놀랐다. 사쿠마 부자에 대한 노부나가의 징계 사유는 길다. 그러나 그 가운데서 말하는 것은

'여러 해 오다 집안의 임원으로 있으면서 그대들은 공을 세운 것이 아무것도 없다. 혼간지를 포위했을 때도 하시바 히데요시(羽柴秀吉)는 아주 세밀한 보고를 했는데, 그대들은 한 번도 보고서를 올린 적이 없다. 전체적으로 직무태만이다. 오다 집안의 임원으로서 그대로 둘 수는 없다. 머리를 깎고 다카노야마로 들어가라.'

이와 같은 것이었다. 사쿠마 부자는 추방되었다. 결국 노부나가는 무능한 임원은 이런 꼴을 당한다는 것을 공개해 본보기를 보여줬다. 동시에 노부나가의 아버지 때부터 봉사해온 하야시 미치카쓰란 임원도 추방했다. 같은 임원인 니와 나가히데는 먼 간토의 나라로 영지를 바꾸게 했다. 이른바 좌천이다. 이것 역시 '여러 해에 걸쳐서 하나도 임원다운 일을 하지 않았다'는 것이 이유이다.

하야시 미치카쓰에 대해서는 오다 노부나가가 노부히데의 뒤를 이을 때 반대하고 노부나가의 동생 노부유키를 강하게 추천했던 적이 있었다. 그러나 그런 것은 몇십 년이나 전의 일이다. 그것을 노부나가는 잊지 않았던 것이다.

즉 노부나가는 자신이 반대를 무릅쓰고 등용한 하시바 히데요시나 아케치 미쓰히데의 우수함을 모두에게 심어주기 위해 무능한 톱 매니지먼트 그룹에

이와 같은 벌을 가했다. 다시 말해서 '나는 진심이다'라는 것을 보여줬다.

부하를 통해서 중간관리직을 키운다

중간층, 즉 중간관리직에 대한 인재혁명에도 노부나가는 잇따라 새로운 수법을 썼다. 종전까지의 중간관리직은 자신이 솔선해서 위험한 곳에 뛰어들어 부하에게 '이곳으로 오라'는 것이 좋은 리더로 알려져 왔다. 그러나 노부나가는 이를 보고 '이런 짓만 하고 있으면 중간 리더가 맨 먼저 모두 죽고 만다. 모처럼 키운 능력자들이 귀중한 생명을 잃는 것은 오다 집안의 인재 손실이다. 더욱 온존하지 않으면 안 된다'고 생각했다. 그 때문에 그는 '이곳으로 오라'는 식이 아니고 '그곳으로 가라'는 식의 리더십을 취하는 중간관리직을 중용하기 시작했다.

오케하자마(桶狹間) 전투에서의 야나다 마사쓰나(梁田政綱)를 '오늘의 전투에서 훈공 제1인자이다'라고 표창해 성 하나를 준 것도 이 생각에 따른 것이다. 오케하자마 전투는 스루가(駿河)의 이마가와 요시모토(今川義元)가 대군을 이끌고 교토로 향했을 때 일으킨 싸움이다. 오다 노부나가는 이때 병력 3천으로 대항했다. 승산은 없었다. 오다 집안은 전원이 옥쇄를 결의하였다. 노부나가는 어떻게든 혼자라도 이기고 싶었다.

이때 깊은 밤에 야나다 마사쓰나가 찾아와 이마가와 요시모토의 움직임을 상세하게 전했다. 노부나가는 기뻐했다. 그리고 '그 정보는 어떻게 얻었느냐?'고 물었다. 야나다는 '부하 가운데 첩자가 많아 이들의 활약에 따랐습니다. 제가 직접 움직인 것은 아닙니다'라고 대답했다.

노부나가는 마음속으로 '야나다 같은 중간 리더야말로 내가 추구하는 리더십의 발휘자이다. 즉 자신은 후방에 있고 나가라강의 가마우지잡이처럼 가마우지에 그물을 붙여 교묘하게 조종해 은어를 물어오게 한다. 이것이 장래의 진정한 중간 리더이다'라고 생각했다. 중간 리더가 바로 손을 대 '무엇을 하고 있나, 내가 하겠다'고 하는 솔선수범형으로는 부하를 키울 수 없다. 즉 부하의 가능성을 그 단계에서 망쳐버리고 만다. 부하 쪽에서도 이 리더는 무슨 일에나 손을 댄다. 정말 싫은 리더이다. '멋대로 하라'고 마음의 문을 닫고 만다. 노부나가는 그런 용인(用人)이 싫었다.

'부하 개개인이 나무이다. 제각기 가능성을 지녔다. 그것을 끌어내 키우는 것이 앞으로 중간 리더의 역할이다'라는 생각을 했다. 야나다 마사쓰나를 오케하자마 전투에서의 훈공 제1인자로 한 것은 그와 같은 의미도 있었다. 즉 '모든 관리직이 야나다처럼 되라. "이쪽으로 오라"는 것이 아니고 "저쪽으로 가라"는 형태로 바뀌어야 한다. 더구나 부하가 기꺼이 그곳으로 갈 수 있도록 사기를 북돋아주고 또 부하의 가능성을 끌어내도록 리더십을 발휘하라'는 것이다. 이것은 뒤에서도 말하게 되지만 이미 기요스성의 담 수리나 스노마타성 축성 때 그 무렵 아직 기노시타 도키치로라고 불리던 히데요시가 발휘한 리더십에도 나타나 있다. 히데요시라는 중간관리직은 말하지 않아도 계속 노부나가의 마음을 담아 사람을 쓰고 일을 진행했다. 노부나가는 그런 히데요시를 중용했다. 이것은 반대로 '중간관리직이 히데요시처럼 되어야 한다'는 것의 표출이기도 했다. 중간관리직도 방심하고 있을 수는 없다.

노부나가가 상대적으로 싫어한 것은 동작이 굼뜨고 미련하고 우유부단한 자들이다. 노부나가는 이런 자들은 계속 버렸다. 그는 성급했기 때문에 부하의 인재육성은 모두 중간관리직에 맡겼다. 따라서 관리직이 그런 부하를 키우지 못하면 이번에는 간부 그 자체를 추방하거나 벌을 주기도 했다.

현장의 부하를 장악한 '두려움'과 'OA화'

하층 즉 일반종업원에 대한 용인(用人), 또는 비정한 기술로 그는 우선 두려움을 심어주었다. 예를 들면 정월 주연을 베풀었을 때 그는 금가루를 칠한 3개의 해골을 술잔 대신으로 사용했다. 일찍이 노부나가에게 대적한 아사쿠라 요시카게(朝倉義景)와 아자이 히사마사(淺井久政), 나가마사(長政) 부자의 해골이었다. 두개골에 금박을 칠하고 잔 대신으로 썼다. 여기에는 오다 집안의 가신이 모두 부들부들 떨었다. 또 다케다 신겐(武田信玄)의 아들 가쓰요리(勝賴)를 멸망시켰을 때도 그는 자기 앞에 놓인 가쓰요리의 목을 갑자기 채찍으로 내리쳤다. 그리고 '나에게 끝까지 대들었기 때문에 이런 꼴을 당한 거다! 네 부친인 신겐이었다면 이런 바보 같은 짓은 하지 않았을 거다'라고 욕을 퍼부었다. 이때 곁에 있던 이는 도쿠가와 이에야스였는데 이에야스는 노부나가가 내리친 목을 조용히 집어 들어 대 위에 놓고 합장했다고 한다. 이것이 모든 장병에게

'노부나가와 이에야스는 다르다'는 생각을 갖게 했다고 한다.

또 노부나가는 교토로 갔을 때 규율을 엄하게 했다. 그리고 '시민의 집에서 물건이나 돈을 훔치거나 또는 여성을 가까이해서는 안 된다'고 엄명을 내렸다. 그런데 이 규율에 거스른 자가 있었다. 1전의 돈을 훔친 부하가 있었다. 노부나가는 이를 알자 순식간에 그 부하의 팔을 베어버렸다. 이렇게 하면 다시는 훔치지 못한다는 것이었다. 부하들은 '노부나가 님의 1전 베기'라고 하며 벌벌 떨었다.

또 술에 취한 부하가 두건을 쓴 여성에게 다가가 그 두건을 벗기고 얼굴을 보려고 했다. 이를 안 노부나가는 곧바로 그 부하를 베어 죽였다. 이것 역시 모든 부하를 떨게 했다. 이와 같이 노부나가는 '두려움'으로 현장의 부하를 관리하려고 했다.

그러나 반대의 일면도 있었다. 그것은 전투에서의 OA화이다. 즉 중간관리직이 부하에 대해서 '이곳으로 오라'는 식이 아니고 '저곳으로 가라'는 식으로 리더십을 바꾸는 것이라면 이번에는 현장의 부하가 맨 먼저 가장 위험한 곳으로 나가야 했다. 이렇게 되면 현장의 부하가 위축되고 만다.

그래서 노부나가는 현장에 있는 부하의 두려움을 씻기 위해 OA화, 즉 기술혁신을 생각해냈다. 철포를 도입한 것이다. 그리고 이것을 현장의 부하에게 나눠줬다. 노부나가는 '이제 칼이나 창의 시대가 아니다'라는 생각이었다. 노부나가는 언뜻 보기에 전쟁을 좋아한 것 같지만 결코 근본적으로 전란에 휩쌓인 세상을 바랐던 것은 아니다. 그는 천하를 빨리 평화롭게 하려고 했다. 그러나 천하를 빨리 평화롭게 하기 위해서는 전법에 과감한 개혁을 가해 살상력을 지닌 무기를 도입하는 것을 지름길로 생각했다. 그래서 오다군단의 현장 병사 대부분에게 철포를 나눠줬다. 이거라면 종전처럼 칼이나 창으로 적에게 다가가지 않아도 상대를 쓰러뜨릴 수 있다. 즉 부하는 안심하고 '그곳에 갈 수 있는 것'이다. 다시 말해서 노부나가는 인간이 짊어진 위험(리스크)을 기계로 대신하게 한 것이다. 현대에도 통하는 OA화의 올바른 정신이다.

이와 같이 노부나가는 자기 조직의 변혁, 더 나아가 조직구성원의 의식개혁에 대해서 최상층·중간층·하층의 각층에 대해서 과감한 용인, 또는 비정한 기술을 활용했다. 하지만 '인생은 50년이다'라고 삶을 서둘렀다. 치밀한 배려가 결여되었다. 그 때문에 루이스 프로이스가 간파한 것처럼 때때로 부하에 대해 인격모욕을 했다. 이것을 과잉으로 받아들여 반란을 일으킨 것이 아케치 미쓰히데였다. 모처럼 유동자의 대표로서 자기의 오른팔로 등용한 미쓰히데에게 그는 살해되고 말았다. 이 점이 오다 노부나가의 인재혁명의 한계이기도 하고 좀 더 배려가 있었더라면 하는 아쉬움을 갖게 하는 이유이다.

히데요시 '왜?'로부터 시작하는 인재 육성

부하를 이해시키는 세 가지 포인트

도요토미 히데요시는 전국 시대의 혼란기 속에서 '일은 개인으로 하는 것이 아니고 조직으로 행하는 것'임을 주장하고 그것을 실현한 톱 리더이다. 그는 정말로 '밑바닥'에서 시작했기 때문에 지금으로 말하면 하급 사업가의 고민이나 어려움을 잘 알고 있었고 피부로 그것을 느끼고 있었다. 그러므로 '내가 하급 사업가의 입장에 선다면' 하는 상정(想定)을 곧바로 할 수 있었다.

부하에게 필요한 것은

① 왜 이런 일을 하는가?
② 내가 하는 일이 조직에 얼마나 도움이 되는가?
③ 그것에 대해서 어떤 포상이 주어지는가?

이와 같은 세 조건이다. ①은 목적이고 ②는 기여도이며 ③은 평가이다. 이 세 조건이 갖추어짐으로써 부하는 이해한다. 즉 노동의 동기부여라는 것은 어디까지나 '이해'가 전제가 된다. 이것은 옛날부터 변함이 없다.

어떻게 부하의 주체적 행동을 끌어 낼 것인가

젊은 날의 히데요시에게 다음과 같은 유명한 얘기가 있다.

어느 날 태풍으로 기요스성의 담이 무너졌다. 전국 시대가 한창이었기 때문

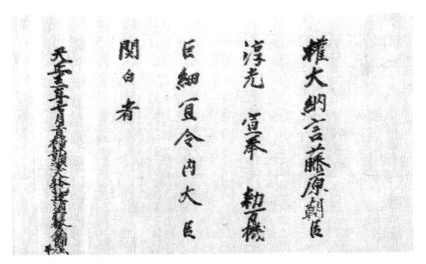

선지(宣旨) 1585년 7월 11일

에 '기요스성의 담이 무너진 것'을 알면 적이 일제히 공격을 가해올지도 모른다. 성주인 오다 노부나가는 걱정했다. 그래서 공사담당자를 불러 복구를 명했는데 이것이 좀처럼 진척이 되질 않는다. 화가 난 노부나가는 그 무렵 기노시타 도키치로라고 불리던 히데요시에게 '네가 복구하라'고 명했다. 히데요시는 이를 떠맡았다.

최초로 히데요시가 한 일은 무너진 곳의 점검이다. 그는 무슨 일에나 사전 조사를 반드시 했기 때문에 이때도 치밀하게 조사를 했다. 맡은 공사관계 작업자는 약 100명이었다. 그는 생각했다. 이윽고 술병을 들고 공사작업자를 모아 이렇게 말했다.

"오늘은 내가 한턱낸다. 우선 술을 마시고 그런 다음 일에 착수하자."

모두가 기뻐했다. 시끄럽게 떠들어대면서 술을 마셨다. 기회를 엿보던 히데요시가 말을 꺼내기 시작했다.

"공사 현장은 열 곳으로 나눈다. 또 너희들을 열 팀으로 나눈다. 어느 공사를 맡을 것인지, 또는 누가 그 팀에 들어갈 것인지는 그대들이 상의해서 정하라. 제비뽑기라도 상관이 없다. 정해졌으면 보고해라."

모두가 얼굴을 마주 보았다. 이런 일은 처음이었기 때문이다. 이제까지는 공사담당 부교가 하라는 대로 따르면 되었다. 그것으로 급여를 받을 수 있었다. 그런데 히데요시는 '누가 어느 팀에 들어갈 것인지, 어느 현장을 맡을 것인지는 스스로 정하라'고 명했다.

공사 인부들은 말하기 시작했다.

"왜 우두머리는 스스로 정하지 않는 거야?"

"공사 부교가 해야 할 일을 우리에게 떠넘기고 있네."

하면서 투덜댔다. 그러나 히데요시는 상관하지 않았다. 싱글싱글 웃으면서 '그 방법이 좋다'고 말했다. 어쩔 수 없이 공사 인부들은 상담했다. 우선 '누구와 누가 어느 팀에 들 것인지'를 정했다. 처음에는 혼란이 생겼다. 즉 '저놈과 같은 팀은 싫다'는 감정이 있는 자가 많았기 때문이다. 팀을 편성하는 사이에 공사 인부들은 히데요시가 자기들에게 '팀에 드는 것'을 왜 맡겼는지 그 이유를 알았다.

'우두머리는 우리들 사이에도 마음이 맞는 자와 맞지 않는 자가 있음을 알고 있다. 그렇기 때문에 누가 어느 팀에 들 것인지 모두가 상의해서 정하라고 한 것이다.'

과연 좋은 방법이라고 모두가 고개를 끄덕였다. 또 하나 '어느 팀이 어느 공사현장을 맡을 것인가?'는 제비뽑기로 했다. 이렇게 하면 공평하다. 거기에서 정해진 것을 히데요시에게 보고하러 가자 히데요시는 기쁜 듯이 웃었다. 그리고 "공사는 경쟁이다. 가장 먼저 공사를 마친 팀에는 내가 노부나가 님으로부터 포상을 받아주겠다"고 말했다. 모두가 믿지 않았다. 그 이유는 이제까지 노부나가가 공사현장에 관심을 두고 격려한 적이 한 번도 없었기 때문이다. 그렇기 때문에 공사 인부들은

'우리 나리님은 우리를 버러지만도 못하게 여긴다'고 비뚤어진 생각을 하고 있었다. 개중에는 증오하는 자도 있었다. 히데요시는 고생을 해본 사람이기 때문에 그 점을 잘 알고 있었다.

팀 편성과 공사현장 분담이 끝나자 히데요시는 '오늘 밤은 이제 돌아가 자라'고 말했다. 그리고 '나도 잔다. 일은 내일부터 시작하자.'─그렇게 말하고는 자기 집으로 돌아갔다.

남은 공사 인부들은 돌아가지 않았다. 그것은 그들 가슴에 제각기 '어느 팀

이 살짝 빠져 먼저 일을 시작하지 않을까?' 하는 경계와 불안감을 느끼기 시작했기 때문이다.

전투현장에서 '멋대로 적을 공격해서는 안 된다'는 명령을 받았음에도 '그런 것은 원칙이다. 남보다 먼저 공을 세워 상을 받자'는 동기로 아군 몰래 적진에 돌입해 가는 것과 같다. 똑같은 것이 공사 현장에서도 있을 수 있다고 공사 인부들은 생각하였다.

생각했던 대로 그런 일이 일어났다. 어느 팀이 살며시 담의 복구공사를 시작한 것이다. 눈치를 챈 다른 팀도 '차라리 오늘 밤부터 일을 시작하자'고 모두가 합의해 일을 시작했다. 결국 모든 팀이 일을 시작하게 되었다. 담의 수리는 하룻밤에 끝났다.

개개인을 하나의 팀으로 통합한다

이튿날 아침 히데요시가 어슬렁어슬렁 공사현장으로 왔다. 사실 그는 어젯밤 잠을 자지 않았다. 공사 인부들이 어떤 반응을 보이고 무엇을 할 것인가에 관심이 쏠렸다. 사람을 잘 아는 그는 그날 밤 공사 인부들이 무엇을 할 것인지 간파하고 있었다.

'그들은 절대로 집에는 돌아가지 않는다. 제각기 남아서 담의 수리를 시작할 것이다.'

이같이 생각했다. 그 예측은 적중했다. 어슬렁어슬렁 현장에 와보니 담의 수리는 이미 끝나 있었다. 히데요시는 "야, 담의 수리가 벌써 끝나고 말았군?"

이같이 놀라는 척했다. 모두가 싱글싱글 웃었다. 히데요시는 "곧 노부나가 님을 불러온다"고 말했다. 그러나 모두 반신반의했다.

"공연히 하는 소리야."

"평소에 우리를 거들떠보지도 않는 노부나가 님이 현장에 올 리가 없다"고 코웃음을 쳤다.

노부나가에게로 간 히데요시는 이런저런 이유를 들어가며 부탁했다. 노부나가는 고개를 젓는다. 히데요시는 뿌루퉁해졌다.

"좋습니다. 그럼 담을 한 번 더 부수겠습니다"고 말했다. 노부나가는 눈을 부라렸다.

"원숭이(히데요시의 별명), 네가 날 협박할 생각인가?"

"그럴 생각은 아닌데 그들은 노부나가 님의 말씀을 들으려고 밤에도 잠을 자지 않고 일했습니다. 거기에 대해서 '수고했다'는 한 마디쯤 해주는 것이 성주로서 당연한 일 아닙니까?"

"……."

노부나가도 생각했다. 듣고 보니 확실히 이제까지와 달리 히데요시는 하룻밤에 담을 수리하였다. 그 일을 한 것은 현장의 인부들이다. 노부나가도 바보는 아니다. 히데요시의 일하는 방법에 감탄했다.

'이놈은 전에 없던 새로운 방법을 시작했다.'

이 같은 생각을 하고 있었다. 히데요시가 시작한 일의 새로운 방법이란

- 공사현장을 열 곳으로 나누었다
- 그것을 수리하는 공사 인부도 열 팀으로 나누었다
- 제비뽑기로 공사 현장을 할당했다

즉 '일은 개인이 하는 것'이란 이제까지의 사고방식에서 벗어난 것이다. 요즘 말로 하자면 '일은 조직에서 행하는 것이고, 그것을 위해서는 팀워크가 필요하다'는 것이다. 그것을 계기로 해서 히데요시는 '왜?'부터 시작했다. 즉

- 왜 지금 바로 담을 수리해야 하는가?
- 나는 무엇을 하면 되는가?
- 수리가 끝났을 때 성주는 어떻게 포상할 것인가?

이런 식으로 목적, 기여도, 평가를 표시해 개인을 조직화하고 요즘 말하는 프로젝트팀을 만든 것이다.

두뇌회전이 빠른 노부나가는 히데요시의 방법을 앞으로의 전투에도 적용할 수 있다고 생각했다. 그리고 그런 방법을 취하는 것이 지금 동시대인이 열렬히 추구하는 '전국 시대를 빨리 끝내자'는 것에 도움이 될 것으로 믿었다. 그것은 전투의 방법을 칼이나 창을 휘두르는 개인전에서 집단으로 하는 전투법으로

바꾼다는 것이다.

'이것은 가능하다.'

노부나가는 그렇게 생각했다. 노부나가도 톱 리더이므로 이른바 중간관리직인 히데요시가 한 일이라도 좋은 것은 그대로 자기의 것으로 해 받아들인다.

"알았다."

노부나가는 고개를 끄덕였다. 그러고는 공사현장으로 가 인부들에게 "그대들이 밤새 담을 수리해 주어 이 성도 이제 편안해졌다. 수고했다. 고맙다"고 말했다. 공사 인부들은 일제히 "와—"하고 환성을 질렀다. 그리고 약속을 지킨 히데요시에게는 경애의 눈길을 보냈다.

히데요시는 모든 일을 지시하거나 명령하지 않고 일부를 일하는 자에게 생각하게 하는 방법을 택했다. 그 시작은 '왜?'라는 일에 대한 목적을 동료끼리 생각하게 하는 것에서 시작했다. 오다 군단이 전국 최강의 조직으로 키워진 계기는 히데요시의 이 기요스성 담수리에서부터 시작되었다.

 ## 이에야스 '생각하게 하는' 꾸짖는 요령

'꾸짖는' 것과 '노하는' 것의 차이

키우는 측이 키워지는 개체에 대해서 행하는 행위에 '꾸짖는' 것과 '노하는' 것이 있다. '꾸짖는' 다는 것은 '키워지는 측에 대한 애정이 있어 잠재능력을 끌어내기 위해 힌트를 주거나 따끔하게 자극이 되는 것을 말하는' 것이라고 한다.

한편 '노한다'는 것은 '키우는 측이 키워지는 측에 대한 악감정이 있어 그 감정을 그대로 드러내는 것이다. 즉 증오를 확실하게 표시해 애정은 털끝만치도 없는 것'이라고 자른다.

교육자에게 중요한 것은 무슨 일이 있어도 학생에 대해서 '꾸짖는' 태도를 견지해야 하고 절대로 '노하는' 일이 있어서는 안 된다고 흔히들 말한다.

다른 성향을 낳는 균형

도쿠가와 이에야스는 어릴 적부터 고생이 많았다. 미카와(三河)의 마쓰다이라(松平)에서 태어난 이에야스의 집안은 차츰 남하정책을 취해 오카자키(岡崎)에 거점을 마련했다. 이 무렵엔 아직 마쓰다이라 집안으로 알려져 있었다. 하지만 마쓰다이라 집안은 그 무렵으로서는 지역의 약소한 토호(土豪)였다. 동으로는 스루가(駿河 ; 靜岡縣)에 거점을 둔 이마가와 요시모토(今川義元), 그리고 서에는 오와리(尾張 ; 愛知縣 西部)에 거점을 둔 오다 노부히데(織田信秀)·노부나가 부자 사이에 끼어 있었다. 전국 시대에 이와 같은 약소 토호가 생존하기 위해서는 한쪽에 붙어 그 지시에 따라야 했다. 아버지의 대까지 이에야스의 집안은 오다 집안에 붙거나 이마가와 집안에 붙거나 했다. 그 때문에 아버지는 이에야스의 생모와 이혼을 하기도 했다.

그러나 이윽고 오케하자마의 전투로 오다 노부나가가 이마가와 요시모토를 살해했다. 그 무렵 이마가와 집안에 인질로 잡혀 있던 이에야스는 요시모토의 아들에게 '지원할 테니 노부나가를 멸망시키자'고 제의했다. 이마가와 집안의 아들은 무기력하게 이를 거절했다. 그래서 이에야스는 자신의 근거지인 오카자키로 돌아가 이번에는 오다 노부나가와 동맹을 맺기로 하였다.

이때 이에야스는 '우선 기반부터 다지자. 그러려면 이 오카자키에 사는 사람들을 위한 정치를 해야 한다'고 생각했다. 그는 오카자키의 성 주변에 새롭게 '마치부교(町奉行 ; 행정을 주관)'라는 직급을 두었다. 마치부교는 성 주변에 사는 사람들의 민정을 다스렸다. 재미있는 것은 이에야스가 이때 마치부교로 임명한 부교가 세 명이었다는 것이다. 그것도 성격이 다른 무사로 임명했다. 오카자키 사람들은 새롭게 임명된 세 마치부교를 '부처 고리키(高力), 무서운 사쿠자(作左), 이도 저도 아닌 아마노 사부로(天野三郎)'라고 했다. 부처란 부처님처럼 인자하고 배려가 있는 고리키 기요나가(高力淸長)란 무사를 말하고, 무서운 사쿠자란 성급한 혼다 사쿠자(本多作左)를 말한다. 이도저도 아닌 아마노 사부로는 '부처도 아니고 무섭지도 않고 그 중간인 인물' 아마노 사부로를 말한다. 이렇게 짜맞춘 것은 이에야스가 '주민의 호소를 듣거나 골치 아픈 일을 처리할 때는 부처님의 마음을 지닌 고리키와 무서운 혼다와 중립적인 입장에 서는 아마노 세 사람이 잘 상의해서 정하는 것이 중요하다'고 생각했기 때문이다.

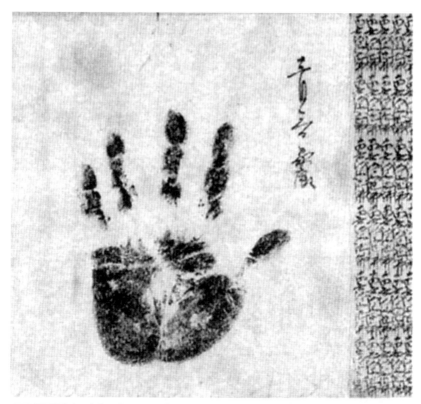

도쿠가와 이에야스의 손도장. 1612년 12월 3일. 도쿄 고도미술관 소장. 이에야스가 일과로서 염불 '나무 아미타불'을 쓰고, 그 끝에 찍은 것이다.

부하의 가슴을 꿰뚫는 꾸짖음

그 오카자키성에서 이에야스는 숙직제도를 마련했다. 이것도 대략 세 명의 무사가 교대로 성안에 머물러 무슨 일이 있을 때 대응한다.

어느 날 밤, 이에야스가 갑자기 숙직실로 찾아왔다.

'매일 밤 교대로 숙직하는 무사들은 수고가 많다. 한 번 위로를 해주자'고 생각했다. 그래서 들여보낼 음식을 준비해 왔다. 그런데 숙직실에 들어가자 묵고 있는 무사는 한 사람밖에 없었다. 무사는 이에야스를 보자 놀라서 그 자리에 엎드렸다. 이에야스는 "모두 어디 갔나?"라고 물었다. 남아 있던 무사는 난처했다. 그 이유는 다른 자들이 오카자키성 주변의 환락가로 놀러 갔기 때문이다.

'잘 부탁해' 하면서 나간 것이다. 매일 밤 똑같은 일이 벌어졌다. 그렇기 때문에 이날 묵은 무사도 대수롭지 않게 생각했다.

'어차피 아무 일도 일어나지 않는다. 세 사람씩 있는 것은 헛수고이다. 한 사람만 있어도 돼.'

이같이 말하고 다른 두 사람은 놀러 나가는 것이 습관이 되었다. 그런 것을 알 리 없는 이에야스는 두 사람의 행방을 캐물었다. 처음에는 '잠깐 밖에 나갔습니다'라고 대답했던 무사도 결국에는 더 이상 감쌀 수 없게 되고 말았다. 솔직하게 "실은 이런 곳에 놀러 갔습니다"라고 대답을 했다.

"뭐야?"

이에야스는 순간 표정이 험악해졌다. 남은 무사는 이에야스의 얼굴을 볼 수가 없어 고개를 숙였다. 이에야스는 이 무사를 노려보다가 이윽고 표정을 풀고 이렇게 말했다.

"너는 왜 함께 놀러 가지 않나?"

그 물음에 무사는 "저라도 남아 있지 않으면 언제 무슨 일이 일어날지 몰라서"라고 대답했다. 이에야스는 "그런가?"라고 고개를 끄덕인 다음 "넌 사람이 좋구나"라고 말했다. 그러고는 "지금도 늦지 않았다. 너도 당장 오카자키의 유곽으로 놀러 가라. 숙직은 내가 하겠다"고 말했다. 무사는 깜짝 놀랐다.

"당치도 않으신 말씀을! 도저히 그럴 수는 없습니다. 나리께서 숙직하시다니"라고 말했다. 이에야스는 싱글싱글 웃고는 "그런 것에 신경 쓰지 말라. 때로는 나도 숙직이라는 것이 어떤 것인지 경험해보고 싶다. 걱정 말고 빨리 가라"고 말했다. 무사는 난처했다. 명확하게 이에야스의 간접적인 꾸짖음을 느꼈기 때문이다. 상당한 변화구(變化球)이다. 그러나 이에야스의 말은 화살처럼 남은 무사의 가슴을 날카롭게 꿰뚫었다. 이에야스는 웃으면서 '빨리 가라'고 재촉한다. 아무래도 진심인 것 같았다. 무사는 어쩔 수 없이 "그럼 부탁드리겠습니다"라고 말하고 숙직실을 나섰다. 물론 놀러 가기 위해서가 아니다. 시급히 두 사람을 불러들이기 위해서이다.

유곽으로 간 무사는 먼저 놀러 와 있는 두 동료에게 이 이야기를 전했다. 두 사람 모두 새파랗게 질렸다.

"바로 돌아가자"고 한 사람이 말했다. 그러나 한 사람은 반대했다.

"그렇게 되면 우리는 벌을 받는다. 누군가 임원에게 부탁해 나리에게 용서를 빌자"고 말했다. 남아 있던 무사가 고개를 저었다.

"그런 임시변통의 방법으론 안 된다. 나리는 모든 것을 다 알고 계시다. 지금도 숙직실에 혼자 계시다. 그대로는 안 된다. 만일 나리가 숙직실에서 내일 아침까지 숙직하게 되는 일이 생기게 되면 그야말로 큰 죄가 된다. 어서 돌아가자. 돌아가서 사과를 드리자"라고 말했다. 그래서 반대했던 무사도 "그렇게 하지."

이같이 의견이 맞아 서둘러 성으로 돌아왔다.

충성심과 결속력을 싹트게 하는 의사소통

숙직실로 가니 아직 이에야스가 있었다. 돌아온 세 사람을 보자

"오오, 돌아들 왔나?"

그 같이 말하고 자신이 가지고 온 음식을 펼쳐 놓고 "자, 함께 먹자"고 말했다. 그리고 놀러 갔던 두 사람에게 "어땠나, 유곽은 재미가 있었나?"라고 물었다. 두 사람은 송구스러워서 아무 말도 못했다. 다다미에 얼굴을 비비면서 "면목이 없습니다. 어떤 벌이라도 달게 받겠습니다"라고 말했다. 이에야스는 "그렇게 거북하게 생각할 필요가 없다."

그 같이 말하고 자신도 음식을 같이 들면서 이런 얘기를 했다.

"새롭게 마치부교로 임명한 세 무사는 그대들의 선배다. 세 사람은 지금도 교대로 부교소에서 근무하고 있고 마을에서는 평판이 좋다. 성향이 다른 세 사람이 잘 상의해서 일을 정하는 것이 중요하다. 성 쪽에 숙직원을 둔 것은 만일 마을에서 무슨 일이 일어났을 때 부교에서 연락이 오고 당연히 나에게도 보고가 되겠지. 그 중개자로서 그대들에게 일을 맡긴 것이다. 매일 밤 아무 일도 없으면 한 사람 남겨두고 나머지 두 사람은 놀러 가도 괜찮겠지 하고 생각하는 것은 당연하다. 하지만 일이란 생각하기에 달렸다. 예를 들어 혼자 남아 있는데 마치부교에게서 보고가 왔다고 하자. 그런데 그 보고 내용도 세 사람이 있으면 이것도 아니고 저것도 아닌 여러 가지 논의를 해 여러 가지 견해가 가능하다. 마을에서 일어난 사건이란 그와 같은 복잡한 성격이 있다. 그런 때 혼자 있어도 된다고 해서 두 사람이 빠지면 그 일에 대한 견해가 일방적으로

되고 만다. 내가 걱정하는 것은 그와 같은 일이다. 부탁한다. 힘들겠지만 역시 헛수고라도 셋이 숙직을 해주기를 바란다."

이 말에 세 사람 모두 감복했다. 즉 주군인 이에야스가 그렇게까지 백성에 대해서 걱정하고 깊은 생각으로 3인제를 채택한 것을 생각하지 않았기 때문이다. 더구나 선배들이 하고 있는 마치부교의 일과 결부시켜서 이렇게까지 주민의 일을 생각하고 있다고는 미처 생각하지 못했다.

세 사람은 음식물이 목구멍에 넘어가지 않았다. 다시 한번 고개를 숙여 "참으로 면목이 없습니다"라고 사과했다. 이에야스는 싱글싱글 웃으면서 "이 일은 이것으로 그친다. 나도 아무에게 말하지 않는다. 너희들도 결코 남에게 말해서는 안 된다. 물론 상사에게도 해서는 안 돼"라고 못을 박았다. 전국 세상에서도 "이 나라를 위해서라면 목숨을 버린다 해도 아깝지 않다"는 충성심으로 결속력이 강했던 것은 이에야스의 부하들이었다고 한다. 그러나 그와 같은 충성심을 샘솟게 한 것도 이에야스가 평소에 '노하는' 일을 하지 않고 '꾸짖는' 일을 계속했기 때문이다. '노하고' '꾸짖는' 것의 차이는 어쩌면 '상대에게 생각하게 하는' 것인지도 모른다.

제2장 상사와 부하의 인간학

 노부나가 시대에 걸맞은 평가기준의 도입

조직 전체를 좌우하는 톱의 결단
일의 순서는 다음과 같이 이루어진다.

① 정보를 수집한다
② 수집한 정보를 분석한다
③ 분석한 정보 가운데서 문제점을 가려낸다
④ 문제점에 대해서 해결책을 고려한다
⑤ 해결책은 복수의 선택지(選擇肢)를 준비한다
⑥ 무언가 하나로 정한다
⑦ 실행한다
⑧ 진행관리를 한다
⑨ 나쁜 점이 있으면 방법의 일부를 수정한다
⑩ 완료한다
⑪ 성공 여부를 평가한다
⑫ 다음 일의 참고로 삼는다

이 가운데서 톱이 해야 할 일은 ⑥무언가 하나로 정한다는 것이다. 이를 '결정'이라 하고 결정하는 힘을 '결단력'이라고 말한다. 그리고 이 톱의 '결정에 대한 권한'은 양보할 수 없다. 즉 부하가 대신할 수는 없다. 결정권은 어디까지나 톱 한 사람의 것이다. 그렇게 되면 위기에 직면했을 때의 결정은 그 조직 전체

도요토미 히데요시(1536~1598) 그는 새로운
가치사회의 건설자였다.

에 커다란 영향을 미친다. 때에 따라서는 무너지고 만다.

오다 노부나가는 이른바 '오케하자마 전투' 때 이 최대의 위기에 휩싸였다.

오케하자마 전투는 스루가의 다이묘 이마가와 요시모토가 교토로 향해 진격을 시작한 것에서 비롯되었다. 이마가와 요시모토는 무로마치 쇼군(室町將軍) 아시카가 집안(足利家) 일족이고 아시카가 집안에 상속인이 끊긴 경우에는 대신 쇼군 자리에 오를 명문이었다. 무로마치 막부가 혼란해졌기 때문에 요시모토는 '무로마치 막부를 돕자. 때에 따라서는 내가 쇼군이 된다'는 생각으로 도카이도(東海道)로 진격했다. 전방에는 미카와국과 오와리국이 있다. 미카와국의 지배자 마쓰다이라 집안의 아들은 이미 인질로서 자신의 휘하에 두었다. 이 인질이 뒤의 도쿠가와 이에야스이다. 그 무렵은 마쓰다이라 모토야스라고 불렸다. 이번의 진군에서도 가장 선두에 세웠다. 요시모토는 인질을 가장 위험한 곳에 배치했다.

이마가와 집안의 총병력은 약 4만(실질적으로는 2만 5천)으로 알려졌다. 이를 맞이해 싸우는 오다 쪽은 불과 3천이나 5천에 지나지 않는다. 성 안에서 회의가 열렸다. 임원들은 입을 모아 "성을 베개 삼아 전사하자. 치고 나가 싸웠댔자 승산이 없으니까"라고 말했다. 노부나가는 말이 없었다. 불만이었다.

"사내들은 무사답게 전사할 수 있다. 하지만 남겨진 가족은 어떻게 되나? 여성은 끌려가고 사내아이는 노예가 되고 만다. 그래도 이놈들은 좋다는 것인가?"

노부나가는 사내들이 자기 가족에 대한 책임을 다하지 않는다고 생각했다. 그러나 노부나가에게도 뾰족한 수가 없다. 이대로 가만히 있으면 성에 틀어박혀 전사하거나 성에서 나와 들에서 죽는 것뿐이다.

'무슨 좋은 방법이 없을까……?'

오다 집안 최대의 위기에 노부나가는 초조했다.

단 하나의 정보가 궁지에서 벗어나게 한다

깊은 밤에 노부나가에게 한 무사가 찾아왔다. 야나다 마사쓰나(梁田政綱)란 토호이다.

"보고드릴 일이 있습니다."

"뭔가?"

"이마가와군의 움직임에 대해서입니다."

"말해보라."

"이마가와군은 두 방면으로 갈라졌습니다. 일부는 덴가쿠하자마(田樂狹間)에서 야영하고 있습니다. 그리고 다른 한 부대는 오케하자마에서 야영하고 있습니다."

"두 갈래로 갈라졌단 말인가?"

"네, 그렇습니다. 지금 부근의 마을에서 이마가와군을 위한 식사 준비를 하고 있는데 좀 묘한 점이 있습니다."

"묘한 점이라니?"

"오케하자마 쪽에서는 평상시와 다름없는 밥을 짓고 평범한 국을 끓이는데 덴가쿠하자마 쪽에서는 생선과 고급술을 요구했다고 합니다."

"뭐야?"

노부나가의 눈이 번쩍였다. 야나다의 눈을 뚫어지게 보면서 물었다.

"덴가쿠하자마와 오케하자마에서 이마가와군의 군량의 질이 서로 다르다는 것인가?"

"그렇습니다. 확실히 덴가쿠 쪽이 사치스러운 식사입니다."

노부나가의 눈이 번쩍였다. 이윽고 노부나가는 회심의 미소를 지었다.

"야나다!"

"네."

"그것이 사실이라면 이마가와 요시모토의 주요 가신은 덴가쿠하자마에서 야영하고 있다."

"저도 그렇게 생각합니다."

"그 정보를 좀 더 확인하라."

"잘 알겠습니다. 또 하나 보고드릴 게 있습니다."

"말하라."

"그 고장 사람의 정보에 따르면 오늘 밤의 기상 상황으로는 내일 낮쯤에 오케하자마 일대에 폭풍우가 있을 것이라 합니다."

"사실인가?"

오다 노부나가가 쓰던 철심(鐵鐔 : 칼날과 칼자루 사이에 끼우는 테). '영락통보
(永樂通寶)' 모양을 은상감하였다. 노부나가의 경제적 진취성을 읽을 수 있다.

"마을 사람들의 경험에서 온 것이므로 아마 틀림없을 것입니다."

"야나다, 대단한 것을 가르쳐주었다. 그 공은 잊지 않겠다."

노부나가는 야나다의 손을 잡고 고맙다고 말했다. 노부나가의 머릿속에서
는 이미 작전구도가 펼쳐지고 있었다.

- 야나다의 보고를 믿고 내일의 전투는 덴가쿠하자마만을 습격한다. 오케하
자마는 무시한다. 그 이유는 식사의 차이로 이마가와 요시모토를 비롯한 주요
대장이 야영한 곳은 덴가쿠하자마이기 때문이다.
- 낮쯤에 약간의 폭풍이 엄습하는 것은 하늘의 도움이다. 폭풍우가 지나가
기를 기다려 단숨에 덴가쿠하자마의 요시모토 진영을 공격한다.

• 오다군은 덴가쿠하자마 옆에 있는 작은 언덕 뒤에 숨어서 기회를 기다린다.

오다 노부나가는 군사전략의 천재이다. 야나다에게 들은 정보에 따라서 곧바로 이 같은 작전을 세웠다.

부하에게 요구되는 새로운 능력
오다 노부나가가 이때

사람 50년 속세는
꿈과 같고 한 번 태어나
망하지 않는 것이 있을까.

이 같은 아쓰모리(敦盛) 춤을 춘 얘기는 유명하다. 춤을 다 추고 나자
"밥(물에 만 밥)을 먹자!"
외치고 준비된 밥을 먹고 나자
"내 뒤를 따르라!"
말하고 말에 올라 내닫기 시작했다. 당황한 가신들은 그의 뒤를 따랐다.
야나다가 전한 정보는 확실했다. 이마가와군은 두 갈래로 나뉘어 대장인 요시모토를 비롯한 주요 무사들은 덴가쿠하자마에 있었다. 그 수는 2백이나 3백 정도였다. 이것은 하늘이 준 행운이었다.
그리고 또 하나의 정보대로 낮쯤에 폭풍우가 엄습했다. 폭풍우가 지날 때까지 노부나가는 부하 3천을 작은 언덕 뒤에 숨겨두었다. 그리고 폭풍우가 지난 직후 "돌격하라!"고 명했다. 갑작스럽게 허를 찔린 이마가와군은 갈팡질팡했다. 후쿠베, 모리라는 오다군의 무사 둘이 이마가와 요시모토의 목을 쳤다.
노부나가는 대승리를 거두었다.
진영으로 돌아온 뒤 노부나가는 부하들을 표창했다. 그리고 "논공행상의 결과 오늘의 일등 공신을 발표한다"고 말했다. 모두가 "누구일까?" 하고 궁금한 마음으로 발표를 기다렸다. 당시의 상식으로는 적의 대장 이마가와 요시모토

의 목을 친 후쿠베와 모리가 일등 공신이 될 게 틀림없다고 생각했다. 그런데 노부나가가 발표한 일등 공신은 야나다 마사쓰나였다.

모두가 놀랐다. 개중에는 "이유가 뭡니까?"라고 묻는 자도 있었다. 노부나가의 대답은 이렇다.

"다른 다이묘였다면 적의 대장 목을 친 후쿠베와 모리를 일등 공신으로 표창했을 것이다. 하지만 난 다르다. 왜냐하면 지금의 전국 시대에서 살아남기 위해서는 무엇보다도 정보가 중요하기 때문이다. 그것도 정확한 정보가 필요하다. 야나다 마사쓰나는 어젯밤 그 정확한 정보를 전했다. 오늘의 작전은 모두 야나다가 전해준 정보를 따랐다. 야나다의 정보는 나의 결단을 올바르게 해주었다. 앞으로도 오다 집안에서는 무엇보다도 정보를 중요시한다. 모두 그런 생각으로 사고방식을 바꾸기를 바란다."

이것은 '결단에 이르는 과정에는 정확한 정보가 필요하다. 특히 선택지(選擇肢)를 고려할 경우에 정보가 잘못되어 있으면 결단도 잘못되고 만다'는 의미이다.

이 때문에 노부나가가 부하에게 항상 요구한 것이 '시대상황을 잘 확인한 유동정신'이었다. 즉 '정확한 정보는 유연한 두뇌가 없으면 들어오지 않는다'는 것이다. 선례나 기성관념에 사로잡혀 정보를 취사선택하면 중요한 정보도 놓치고 만다.

"최신 정보를 얻기 위해서는 자신의 두뇌도 언제나 유연하게 시대에 걸맞게 해야 한다."

이것이 오다 집안에서 '부하에게 요구하는 새로운 능력'이었다.

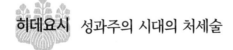

히데요시 성과주의 시대의 처세술

부하도 상사를 택한다

도요토미 히데요시는 젊어서 기노시타 도키치로라고 불렸다. 그 무렵에는 아직 오다 노부나가가 유명하지 않았기 때문에 스루가에 거점을 둔 이마가와 요시모토라는 대장을 의지하기로 했다. 하마마쓰(濱松) 언저리까지 왔을 때 이마가와 집안의 무장 한 사람을 만났다. 마쓰시타 가헤에(松下嘉兵衛)란 무사였다. 마쓰시타는 도키치로의 얼굴이 원숭이를 닮은 것이 재미있어 "나에게 와서 일을 도우라"고 말했다. 도키치로는 마쓰시타가 이마가와 집안의 부하란 말을 들었기 때문에 이마가와 집안에 봉사할 길이 열리게 될 것으로 생각해 따르기로 했다.

마쓰시타는 처음에 도키치로의 생김새가 재미있어 찾아오는 손님 접대를 시켰다. 그러나 그동안에 도키치로의 능력이 외모가 아니라 실은 뛰어난 경제 감각에 있다는 것을 알았다. 이것은 그 무렵으로서는 드문 능력이었다. 그래서 마쓰시타는 도키치로에게 자기 집의 회계를 맡게 했다.

이를 알고 도키치로를 질투한 것이 마쓰시타 집안에서 일찍부터 봉사하던 선배들이다. 선배들은 상의했다.

"기노시타 놈은 신참인 주제에 회계란 큰 임무를 맡았다. 마음에 안 든다. 한 번 기노시타 놈의 발목을 잡아 이 집에서 내쫓아버리자."

의견이 모아졌다. 여러 가지로 짓궂게 괴롭힌 나머지 이윽고 "도키치로는 마쓰시타 집안의 돈을 훔쳤다"라는 소문을 퍼뜨리기 시작했다. 마쓰시타는 난처했다. 도키치로가 그럴 사람이 아니라는 것은 마쓰시타 자신이 잘 알고 있다. 여러 가지로 선배들을 달랬으나 말을 듣지 않는다. 결국에는 "우리를 내쫓거나 그놈을 내쫓거나 양단간에 결정을 내려달라"고 반항적인 태도로 나왔다. 마쓰시타 가헤에는 결심하고 어느 날 도키치로를 불렀다.

"이 집에 일찍부터 봉사해온 선배들이 그대를 너무 미워한다. 그들은 무슨 일이 있을 때마다 나에게 불평한다. 그대가 있으면 말썽이 끊이질 않아 이 집안의 질서를 유지할 수 없다. 퇴직금을 많이 줄 터이니 이 집에서 나가 줄 수 없을까?"

"예?"

도키치로는 놀라서 마쓰시타의 얼굴을 쳐다보았다. 마쓰시타는 난처한 표정이었다. 도키치로는 한심하게 느껴졌다. 그리고 '이런 주인 밑에 언제까지 있어 보았자 소용이 없다'고 느꼈다. 그래서 "알겠습니다. 이 집에서 나가겠습니다"라고 대답했다.

"이해해 주어서 고맙군. 그러면 퇴직금을 주어야지" 하면서 서둘러 돈을 준비하려고 했다.

"퇴직금은 필요치 않습니다"라고 도카치로는 말했다. 마쓰시타는 놀랐다. 도키치로는 마쓰시타를 조용히 바라보면서 이같이 말을 이었다.

"주인에게 부하를 선택할 권리가 있는 것은 당연합니다. 그러나 지금은 전국(戰國)의 세상입니다. 전국의 세상에서는 주인이 부하를 택할 뿐만 아니라 부하에게도 주인을 택할 권리가 있습니다."

"뭐라고?"

"오늘 내가 이 마쓰시타 집안을 떠나는 것은 당신이 나를 버리는 것이 아니고 부하인 내가 당신을 버리는 것입니다. 왜냐하면 당신은 주인이 될 자격이 없기 때문입니다."

순간 마쓰시타의 얼굴에 분노의 빛이 스쳤다.

"네놈은 무슨 말을 하려는 건가!"

마쓰시타는 소리쳤다. 그러나 도키치로는 끄떡도 하지 않는다.

"기껏해야 몇 년 먼저 근무했다는 것뿐인 선배가 이런저런 말을 했다고 해서 당신은 바로 당황해 내가 돈을 훔칠 리가 없음을 알면서도 나를 내쫓으려 했습니다. 그것은 당신이 겁쟁이이고 그렇게 하면 집안이 원만하게 수습이 될 것이란 임시변통의 계산에서입니다. 그래서 나는 이 집을 나가기에 앞서 말했던 대로 부하인 내가 주인인 당신을 해고하는 것입니다. 이 점을 잘 생각하기를 바랍니다. 따라서 퇴직금은 전혀 필요치 않습니다."

도키치로는 그 같이 말하고 마쓰시타 집안을 떠났다.

스루가로는 가지 않았다. 도키치로는 '이런 마쓰시타 같은 놈을 관리직으로 삼은 이마가와 요시모토도 별 볼 일 없을 것이다'라고 생각했기 때문이다. 도키치로는 태어난 고향인 오와리로 돌아가 오다 노부나가에게 봉사했다. 이 결단은 그의 장래를 환하게 바꿔놓았다.

기노시타 도키치로가 뜻하지 않게 입 밖에 낸 "주인에게 부하를 택할 권리가 있는 것과 마찬가지로 부하에게도 주인을 택할 권리가 있다"는 말은 그대로 전국 세상의 논리였다. '하극상'의 사고방식을 보여주었다. 즉 "상사가 상사답지 않으면 부하도 부하답지 않게 행동하겠다"고 하는, 자격이나 능력이 결여된 관리직의 존재에 대한 부하 쪽의 논리를 확실히 제시해 실행한 것이다. 이 논리가 바로 전국 시대의 '능력주의'를 확립했다. 오다 노부나가는 바로 기노시타 도키치로가 추구하는 '능력주의'에 따라서 일을 진행하는 새로운 타입의 상사였다. 그 노부나가를 만난 것은 도키치로에게 있어서 그 뒤의 입신출세를 약속하는 것이었기 때문이다.

대출세의 폐해

기노시타 도키치로라고 불리던 젊은 날의 도요토미 히데요시가 처음으로 성의 주인이 된 것은 비와호반(琵琶湖畔)에서이다.

기타오미(北近江)의 아자이(淺井)와 이것과 연동(連動)하는 아사쿠라(朝倉)를 멸망시킨 오다 노부나가는 이 전투에서 큰 공을 세운 히데요시에게 "비와호반의 이마하마에 새로운 성을 쌓아라. 그곳을 주겠다"고 말했다. 히데요시는 기뻐했다. 곧바로 이마하마로 가 성을 쌓았다. 성을 쌓고 성 주변에 도시가 형성되자 그는 지명을 바꾸어 '나가하마(長濱)'라고 했다.

"이마하마를 왜 나가하마로 바꾸었나?"

노부나가가 물었다. 히데요시는 이마를 탁 치면서 대답했다.

"송구스럽습니다만 노부나가 님의 함자 하나를 빌렸습니다."

"뭐라고?"

노부나가는 눈을 부라렸다. 그러나 곧 빙긋이 웃었다.

"이놈이."

노부나가는 마음속으로 '원숭이 놈이 제법이다'라고 생각했다.

그런데 기노시타 도키치로를 새로운 성주로 세웠다는 말을 듣고 반대하는 임원이 있었다. 시바타 가쓰이에(柴田勝家)였다. 가쓰이에는 노부나가에게 불만을 말했다.

"기노시타 도키치로는 아직 신참입니다. 그보다 선배인 가신이 많이 있습니다. 공훈도 그 이상인 자가 있습니다."

가쓰이에는 노부나가의 아버지 때부터 있던 임원이다. 인망도 있다. 말하기 시작하면 좀처럼 굽히지 않는 고집스러움도 있었다. 노부나가는 약간 난처해졌다.

이것이 히데요시의 귀에 들어갔다. 히데요시는 생각했다. 자기를 새로운 성주로 삼겠다는 노부나가에게 찬성한 것은 니와 나가히데라는 임원이었다고 한다.

"시바타 가쓰이에 님과 니와 나가히데 님인가."

이윽고 생각에 잠겼던 히데요시는 어느 날 "그렇지!"라고 머릿속에 떠오르는 것이 있어 자기 무릎을 쳤다. 그는 노부나가가 있는 기후성으로 갔다.

히데요시가 찾아간 사람은 니와 나가히데와 시바타 가쓰이에였다. 히데요시는 니와 나가히데에게 인사를 했다.

"이번에 제가 나가하마성을 받은 것에 대해서 선배님의 추천을 진심으로 감사드립니다. 앞으로도 잘 이끌어주십시오."

이때 히데요시는 이런 말을 했다.

"새롭게 성을 받아 기노시타 도키치로라는 이름을 다이묘답게 고치려고 합니다. 그래서 니와 님의 함자를 한자 받고 싶습니다."

"내 이름을?"

니와 나가히데는 눈살을 찌푸렸다. 히데요시는 빙긋이 웃으면서 고개를 끄덕였다.

"그렇습니다. 꼭 받고 싶습니다."

"그것은 그렇다 치고 도대체 어떤 성으로 바꿀 생각인가?"

"하시바(羽柴)로 할 생각입니다."

"하시바?"

"네, 하시바(羽柴)의 하(羽)는 니와(丹羽) 님의 한 자를 받아서 부르게 해주셨으면 합니다."

"시바(柴)자는?"

"시바타 가쓰이에(柴田勝家) 님의 이름입니다."

"시바타의?"

나가히데는 놀랐다. 그 이유는 니와 나가히데도 시바타 가쓰이에가 큰 소리로

"기노시타 도키치로를 성주로 세우는 것은 아직 이르다. 그건 노부나가 님의 잘못이다. 그런 놈을 성주로 세우면 다른 선배들이 가만히 있지 않을 것이다.

나는 반대다."

라고 말하고 다니는 것을 잘 알고 있기 때문이다. 그 때문에 노부나가도 난처했다. 그런데도 이 기노시타 도키치로는 그런 것은 모른다는 듯이 태연하게

"시바타 님에게서도 함자를 하나 받을 생각으로 있습니다."

라고 말한다. 니와 나가히데는 쓴웃음을 지었다.

"시바타는 그대가 새로운 성주가 되는 것에 반대하고 있다. 잘 될까?"

히데요시는 빙긋이 웃고 나서

"이제부터 시바타 님을 찾아 뵙고 부탁을 드리겠습니다."

라고 말하고 이번에는 시바타 가쓰이에를 찾아갔다.

최대의 적을 내 편으로

"뭐야, 기노시타 도키치로가 왔다고? 도대체 무슨 용무래?"

방문자의 이름을 듣고 시바타 가쓰이에는 불쾌한 표정을 지었다. 그러나 "아무튼 만나보자. 들여보내라"고 말했다. 히데요시가 들어왔다. 입구 쪽에 정좌해 고개를 깊이 숙이고 절을 했다.

그리고 "이번에 제가 새로운 성의 주인이 되는 것에 대해서 여러 가지로 추천을 해주셔서 대단히 고맙습니다"라고 인사를 했다. 시바타 가쓰이에는 벌레를 씹은 듯한 표정이었다.

"그대를 추천한 적이 없다. 오히려 나는 반대하고 있다."

"그 일도 잘 알고 있습니다. 저와 같은 신참에게 성을 주시게 되면 선배님들이 얼마나 화를 내실지 잘 알고 있습니다. 그러나 저는 그런 선배님들의 분노를 가시게 하도록 하기 위해서라도 더욱 노력할 생각입니다. 부디 시바타 님께서도 힘을 보태주셨으면 합니다."

"오늘은 그런 일로 왔나?"

"아닙니다. 그렇지는 않습니다. 이번에 새로운 성의 주인이 됨에 따라서 이름을 고치려고 생각합니다. 이름을 하시바로 할 생각입니다. 이번에 오다 집안의 임원이신 대선배 시바타 님과 니와 님의 함자에서 한 자씩 받아 제 이름으로 할 수 있게 해주신다면 더 바랄 것이 없습니다."

"……."

시바타 가쓰이에는 질려서 할 말을 잃고 히데요시의 얼굴을 바라보았다. 그러나 시바타도 바보는 아니다. 자신도 모르게 '이놈, 보통이 아닌데' 하고 감탄했다.

그러고 보면 히데요시는 '호랑이 굴에 들어가야 호랑이 새끼를 얻는다'는 말을 글자 그대로 실천한 것이다.

히데요시는 시바타 가쓰이에가 앞장서서 자기의 새로운 성주 취임에 반대하는 것을 알고 있었다. 그러나 히데요시는 성격이 향일성(向日性)이다. 바이털리티(활력)도 있다. 말하자면 그는 해바라기이거나 호박줄기와 같다. 나아가는 방향에 반드시 햇빛이 비친다. 어쩌면 히데요시가

"나는 햇빛을 향해 나아가고 있는 것이 아니다. 내가 나아가는 방향에 햇빛이 비치는 것이다."

라는 등, 극락의 잠자리와 같은 것을 생각하였는지도 모른다. 어쨌든 그 자신감은 대단한 것이었다.

그렇다고 해서 그가 선배를 무시하고 잘난 체하고 나서는 일은 없었다.

'나에게 반대하는 시바타 님에게 적대해도 세론은 시바타 님 편이다. 나는 아직 신참이다. 신참인 내가 시바타 님과 사이좋게 지내려면 어떻게 해야 할 것인가. 오히려 시바타 님의 품 안으로 뛰어들어 이해를 얻는 것이 먼저다.'

그렇게 생각한 것이다. 글자 그대로 '호랑이 새끼를 얻기 위해 호랑이 굴에 뛰어들자'는 결단을 내렸다.

이 마음이 시바타 가쓰이에에게도 통했다. 가쓰이에는 떨떠름한 표정으로 "알았다. 이름을 한 자 주겠다"고 고개를 끄덕였다. 이날부터 기노시타 도키치로는 하시바 히데요시로 이름을 바꾸었다.

 이에야스 리더의 부하에 대한 배려

유행에 놀아나지 않는 도시이에의 통찰력

젊어서 불우한 경험을 한 마에다 도시이에(前田利家)는 다이묘가 된 후 '사

람을 만드는' 면에 있어서 '진짜와 가짜를 구분하는' 일에 힘을 쏟았다.

동시에 '아무리 모두에게 욕을 먹어도 사람에게는 반드시 한 곳 정도는 좋은 면이 있다'는 생각에, 장점인 한 점 집중주의에 철저했다. 그리고 '그 좋은 면은 그 사람 고유의 재산이고 타인이 이렇다 저렇다 말할 것이 아니다. 본인이 어디까지나 스스로 소중하게 여겨야 한다'고 말해주었다.

도요토미 히데요시의 인사관리법은 상대를 추켜 세우고 상을 많이 주는 것이라고 하는데, 현대에서는 그다지 통용이 되지 않는다. 히데요시는 그 밖에도 자기의 성을 퍼뜨리는 것으로 유명했다. 쓸 만하다고 주목한 부하에게는 '하시바'라는 옛 이름이나 새롭게 천황으로부터 받은 '도요토미'의 성도 아낌없이 퍼뜨렸다. 그렇기 때문에 그의 부하 다이묘 중에는 하시바나 도요토미란 성을 따른 무사가 많이 있었다. 도쿠가와 이에야스도 '도요토미'란 성을 받았다. 그러나 이에야스는 스스로 '도요토미 이에야스'라고 말한 적은 없다. 하지만 다른 다이묘들은 '나는 히데요시 공으로부터 하시바 성을 받았다. 하시바 아무개'라든가 '나는 도요토미 성을 받았다. 하시바라는 성보다도 격이 위다.'

이같이 서로 자랑했다.

그 가운데서도 심한 것은 우에스기(上杉)라는 다이묘의 부하로 나오에(直江)라는 가로(家老)가 있었으니, 히데요시는 이 나오에에게도 '하시바'라는 성을 주었다.

그 때문에 이번에는 히데요시 부하인 다이묘들이

"너에겐 내 성을 주겠다."

고 말해 제각기 자기의 성을 부하에게 주는 것이 유행하기 시작했다.

마에다 도시이에는 그런 유행을 달갑지 않게 생각하였다. 어느 날 다이묘 한 사람이 마에다 도시이에에게 이렇게 말했다.

"당신도 공을 세운 부하에게 마에다 성을 주는 것이 어떤가?"

그 말을 들은 도시이에는 웃었다.

도시이에 자신은 전에 오다 노부나가의 측근이었으나 지금은 도요토미 히데요시에게 봉사하고 있다. 그리고

"하시바 히데요시가 천하인이 되면 나는 그의 부하가 되어 그를 도와주겠다."

고 생각해 그대로 행동해왔다.

원래는 도시이에 쪽이 선배이므로 히데요시는 도시이에에게 감사하고 있었다. 그러나 도시이에는 히데요시가 공을 세운 무사들에게 자기의 성을 퍼뜨리는 모습을 보고 '마치 어린애 같다'고 웃었다. 그런 태도가 너무 드러나자 조언을 한 다이묘는 약간 화가 났다.

"그렇게 고집을 부리면 히데요시 공의 비위를 상하게 한다."

도시이에는 이렇게 대답했다.

"나에게도 그대의 부하처럼 공을 세운 부하들이 많이 있다. 그러나 그것은 부하 개개인이 자신의 장점을 살려서 자기 이름으로 세운 공이다. 거기에 대해서 주인이 자기의 성을 주고 공을 찬양한다는 것은 이상하다고 생각하지 않나. 본인으로서는 자기 이름으로 세운 공이다. 그것을 존중해야 하지 않을까. 더욱 말하자면 지금 유행하는 것처럼 다이묘가 자기의 성을 부하에게 주는 방식을 내가 하면 내 부하는 모두 마에다가 되고 말 것이다."

이 한 마디에 조언한 다이묘는 말을 잃었다. 도시이에의 말은

"나에게서 공을 세운 부하들에게 이름을 준다면 모두가 마에다 일색이 되고 만다. 그만큼 내 부하는 우수하다."

고 말하는 것이다.

이 마에다 도시이에의 태도를 바람직하게 바라본 사람이 도쿠가와 이에야스다.

천하태평 후에 찾아온 풍요로움

히데요시는 확실하게 천하를 통일했다. 천하는 평화로워졌다. 그렇게 되자 민중의 생활도 풍요로워졌다. 옛말에 '의식이 족해야 예절을 안다'는 것이 있다. 히데요시는 주인이었던 노부나가의 정책을 모방해 '의식주가 충족해야 문화를 안다'는 방침을 도입했다. 즉 '삶이 풍요로워졌으면 사람은 문화를 중요시해야 한다'는 것이다.

노부나가는 '아즈치 문화(安土文化)'를 출현시켰다.

히데요시도 그 방침을 이어받아 '모모야마 문화(桃山文化)'를 출현시켰다(본디 '모모야마 문화'란 잘못이다. 그 이유는 히데요시가 쌓은 성은 후시미성이고 모모야

마성이 아니다. 세키가하라의 전투 때 후시미성은 도요토미 쪽의 공격을 받아 불타고 그대로 방치되었다. 도쿠가와 시대로 접어들어 이웃 사람들이 이 성 자리에 복숭아나무를 심었다. 그것이 부근 주민의 모임의 장이 되었다. 이윽고 누구랄 것도 없이 이 성을 '모모야마성'으로 부르기 시작했다. 따라서 모모야마성으로 불린 것은 에도 시대로 접어든 뒤부터이다. 그렇기 때문에 정확하게 말해서 히데요시의 문화는 '후시미 문화'라고 해야 한다. 그러나 이런 것은 이야기의 본 줄거리가 아닌 이상 더 말하지 않겠다.)

천하인인 히데요시가 앞장서서 '정치의 문화화' 또는 '문화정책을 적극적으로 펴라'고 말하자 부하인 다이묘들도 모방했다. 많은 부하 다이묘들의 생활도 화려해졌다.

오다 노부나가건 도요토미 히데요시건 '문화정책'의 토대가 된 것은 다도(茶道)이다. 다도에 관계된 예술품이 잇따라 나타났다. 주택 건축도 바뀌었다. 정원을 꾸미는 것도 바뀌었다. 복장도 사치스러워졌다. 그리고 꽃 재배도 성행했다. 서화골동품 거래도 활발해졌다. 그런 방면의 예술가가 잇따라 탄생했다. 그들은 나름대로 사회적 대우를 받았다.

히데요시는 스스로 앞장서서 진귀한 예술품을 잇따라 수집했다. 사들인 것도 있고 강제로 거둬들인 것도 있다. 그는 도시이에가 말한 것처럼 '어린애와 같은 성격'을 지니고 있었기 때문에 다이묘들을 모아놓고는 보물을 자랑했다.

이에야스의 보물

어느 때 히데요시는 도쿠가와 이에야스를 보고 이런 말을 했다.

"나는 여기에 늘어놓은 보물을 애써 모았소. 도쿠가와 나리도 이젠 내대신이 되셨으니까 오죽이나 많은 보물을 모았겠소. 따로 보여줄 수는 없겠소?"

이에야스는 웃으면서 고개를 저었다.

"아직 재력이 충분치 못해 그런 보물은 별로 없습니다."

"숨기지 마시오. 그대의 보물에는 어떤 것이 있는지 가르쳐주어도 괜찮을 것이오."

히데요시는 집요했다. 이에야스는 옆에 많은 다이묘가 있어 약간 머뭇거렸으나 이윽고 이렇게 말했다.

"그렇게까지 말씀하신다면 확실히 저에게도 보물은 있습니다."

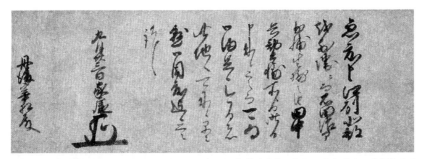

편지 1600년 9월 23일. 도쿄 나가세이 문고 소장. 도쿠가와 이에야스가 호소카와 다다오키에게 이시타 미쓰나리의 포박을 알리는 편지이다.

"어떤 보물이오?"

"제 부하입니다."

"아니."

히데요시는 놀랐다. 자신도 모르게 이에야스의 얼굴을 다시 보고 또 곁의 다이묘들 얼굴도 보았다. 곁에 있던 다이묘들은 모두 한결같이 미묘한 표정이었다. 히데요시에게 비위를 맞추는 듯한 웃음을 띠었다. 그러나 눈은 웃지 않고 긴장하였다. 그것은 이에야스의 지금의 한 마디로 모두가 충격을 받았기 때문이다.

"내 보물은 부하이다."

라고 말하는 것은 히데요시에 대한 통렬한 빈정거림이었다.

'히데요시 공은 화가 날 것이 틀림없다.'

그 분노로 인해서 도쿠가와 나리가 어떤 벌을 받게 될까 하고 다이묘들은 일제히 두려움에 휩싸였다.

한동안 히데요시는 멍한 표정으로 이에야스의 얼굴을 들여다보았다. 히데요시도 마음속으로 자신과 싸우고 있었다. 확실히 히데요시는 이에야스의 한 마디를 듣고 순간 화가 치밀었다.

'이 너구리가 잘도 말했다'고 느꼈다. 그러나 지금의 히데요시는 천하인이다. 이에야스의 도전을 받아내면 자신의 기량이 작아진다.

그래서 시간벌기로 히데요시는 멍한 표정을 계속 지었다. 이윽고 히데요시는 크게 웃었다.

"세간의 평판대로 도쿠가와 나리는 성실한 내대신이오. 지금의 그 말씀 잘 들었소. 이 히데요시 부끄럽게 생각하오."

그같이 말하고 또 크게 웃었다. 즉 웃음으로 얼버무린 것이다. 이것으로 다른 다이묘들도 안도했다. 다이묘들은 일제히 큰 소리로 웃었다. 그런 가운데 이에야스만은 쓴웃음을 지었다. 이윽고 웃음이 그치자 이에야스는

"주제넘은 말씀을 드려 무례를 저질렀습니다."

라고 말하고 히데요시에게 고개를 숙였다. 히데요시는 "별말씀을" 하면서 손을 흔들어 이에야스의 말을 부정했다.

"성실하신 이에야스 나리다운 말씀이오. 당신의 부하는 참으로 행복한 자들이오."

확실히 그랬다. 이에야스 자신은 자신의 저택으로 돌아와서도 그런 얘기를 부하들에게 하지 않았다. 그런데 다른 다이묘들로부터 흘러나와 이야기가 퍼졌다. 부하들은 놀랐다.

"우리 나리께서 그 같은 위험을 무릅쓰고 말씀하셨다는 건가?"

"만일 히데요시 공이 노하기라도 했다면 무슨 일이 벌어졌을까!"

부하들은 소곤거렸다. 그러나 이에야스가 '내 보물은 부하이다'라고 말해준 것은 도쿠가와 무사들의 용기를 북돋아주었다.

"나리님은 목숨을 걸고 우리를 보물로 생각해주셨다."

이 이야기가 고르게 퍼져 '이에야스 님을 위해서라면 목숨도 아깝지 않다'는 목소리가 더욱 확산하였다.

도쿠가와 이에야스는 자신의 옛 성 '마쓰다이라'라는 이름을 일부 친척에게 주었다. 그러나 그는 천하인이 됨과 동시에 역으로 이 마쓰다이라란 성을 줄여 나갔다. 히데요시를 모방해 자신의 성을 퍼뜨리는 일은 삼가려고 생각했기 때문이다. 그 점은 마에다 도시이에와 같았다. 그러고 보면 오늘날 "내 보물은 부하입니다"라고 단언할 만한 톱이 과연 얼마나 있을까?

제3장 대개혁을 가능케 한 리더의 예지

 노부나가 '천하평정'이란 이념에서 이룬 위업

노부나가의 사업실적

전국 시대는 '하극상(下剋上)의 시대'라고도 한다. 하극상이란 '아랫 사람이 윗사람을 꺾는다'는 의미이다. 그러나 일본 전국 시대의 하극상 사상이란 더욱 절실해 속된 표현으로 '주인이 어떻게 부하의 생활을 보장하느냐?' 하는 한 가지 점에 걸려 있었다. 따라서 에도 시대에 유교에 의해서 생긴 이른바 '무사도' 또는 '충의'의 마음은 없다. 전국 시대의 주종관계는 오늘날의 노동계약이고 '부하의 노동에 대한 대가로서 주인은 부하를 먹여 살리는 것'이다. 따라서 주인으로서의 책무를 다하지 못하는 사람은 부하 쪽에서 깨끗이 버리고 만다. 그렇기 때문에 하극상의 사상이란 '주인이 부하를 선택할 뿐만 아니라 부하도 주인을 선택하는 시대'였다고 해도 좋다.

그러나 그와 같은 상황 속에 살면서 '언제까지나 이런 상황으로 괜찮은 것일까?' 하고 의문을 품는 무장도 있었다. 바로 오다 노부나가이다. 노부나가가 행한 사업을 돌이켜보면 다음과 같이 말할 수 있지 않을까?

• 노부나가는 무질서, 무가치로 생각되는 전국 시대에 '이념'을 설정해 이를 추구했다. 그 이념이란 '천하'라는 용어에 보편적인 의미를 부여한 것이다. '천하'란 '동시대인(戰國의 민중) 욕구의 총화'이고 그것을 실현하는 존재가 '천하인'이라고 생각했다.

• 더 나아가 그는 동시대인의 욕구를 요즘 말하는 내셔널 미니멈(또는 스탠더드)과 '로컬 맥심(또는 스탠더드)'의 둘로 크게 나누었다. '내셔널 미니멈'이란 중

도쿠가와 이에야스(1542~1616) 도쿄 다이요사
소장. 그는 새로운 가치사회의 유지관리자였다.

앙집권 정부가 해야 할 일의 내용이고 '로컬 맥심'이란 요즘 말하는 지방분권으로서 지방의 지배자가 행하는 일의 내용이라고 한다.

노부나가가 장악한 동시대인의 욕구란

① 평화롭게 살고 싶다
② 풍요롭게 살고 싶다
③ 평등하게 살고 싶다
④ 올바르게 살고 싶다
⑤ 자기향상을 도모하고 싶다
⑥ 자아실현을 하고 싶다
⑦ 이러한 일들을 안정시키고 싶다

는 것 등이다.

오늘날에도 같은데 이러한 인간적 욕구에 한해서 '어디까지를 중앙정부가 할 것인가?' 그리고 '어디까지를 지방정부가 행할 것인가?' 하는 것이 즉 '내셔널 미니멈'과 '로컬 맥심'의 설정이다.

오다 노부나가가 이 동시대인의 욕구 가운데서 최초로 실행해야만 한다고 생각한 것이 '평화의 실현, 즉 전국 시대를 하루라도 빨리 끝내자'는 것이었다.

같은 시대를 사는 사람들에 대한 배려

왜 이와 같은 것을 쓰기 시작했느냐 하면 증거가 있기 때문이다. 그것은 오다 노부나가가 장인인 사이토 도산(齋籐道三)으로부터 물려받은 미노국(美濃國)을 지배했을 때 그는 그때까지 '이노구치(井之口)'라고 불리던 지역을 갑자기 '기후(岐阜)'로 명명했다. 여기에는 전해지는 설이 있으니 다쿠겐(澤彦)이라는 노부나가의 숨은 브레인이 지혜를 낸 것으로 알려져 있다. 아무튼 노부나가가 미노국의 이노구치를 기후로 개칭한 것은 명백히 중국의 고사(故事)에 바탕을 두고 있다.

중국 서북에 위수(渭水)라는 큰 강이 있다. 이 강가에 '기산(岐山)'이란 산이 있고 그 기슭에서 번성한 것이 '주(周)나라의 무왕(武王)'이다. 주나라의 무왕이

행한 업적은 '애민(愛民)'의 사상에 넘쳤고 지금껏 그 덕을 높게 평가한다. 공자와 맹자도 칭찬을 아끼지 않았다.

다쿠겐이 노부나가에게 지혜를 내준 이유는 이 '기산의 기슭에서 번성한 주나라 무왕'의 고사가 머릿속에 있었기 때문이다. 즉 다쿠겐이 노부나가에게 한 말은 '당신이 일본의 무왕이 돼라'는 것이다. 그것은 바로 '지금 동시대인으로서 고통을 당하고 있는 전국(戰國) 민중의 욕구를 실현하라'는 것이다. 이를 뒤집어서 말하면 '당신에게는 그만한 이념을 추구하는 열정과 실행력이 있을 것이다'라는 말이다. 이 말에 노부나가는 크게 고무되었다.

'좋다, 내가 일본의 무왕이 되자'는 뜻을 갖게 되었다. 그렇기 때문에 그 뒤 그가 사용한 인장에는 '천하포무(天下布武)'가 새겨져 있다. 천하포무란 '천하에 무제(武制)를 편다'는 의미이고 무가의 정권을 재구축한다는 것이다. 이 무렵 노부나가에게는 아직 문민사상 따위는 없었다. 따라서 문민정권의 실현까지는 생각하지 않았다. 당연하다. 그 무가정권이 무엇을 하느냐 하면 노부나가로서는 '동시대인이 지닌 7가지 소망을 실현하는 것'이다. 그러나 이 7가지를 갑자기 실현할 수는 없다. 요즘 말하는 '프라이오러티(우선순위)'를 매겨서 차례로 실현해 나간다는 것이다. 그리고 그 프라이오러티에서 최우선으로 실현해야 할 일이 '전국 시대를 하루라도 빨리 끝내는 것'이었다.

개혁을 가로막는 세 개의 벽

그렇게 되자 다음에 문제가 되는 것은 '어떻게 실현할 것인가?' 하는 방법론의 발견과 확립이다. 여기에는 지금의 전국 무장이 하고 있는 낡은 방법으로는 100년이 지나도 천하는 평화로워질 수 없다. 노부나가는 생각에 잠긴다.

개혁에 방해가 되는 장벽이 언제나 세 개 있다.

① 사물의 벽(물리적인 벽)
② 구조의 벽(제도적인 벽)
③ 마음의 벽(의식적인 벽)

이 무렵은 하극상의 시대이긴 했으나 일본인이 지닌 가치관은 중세 이래 계

편지 1577년. 마쓰나가 규히데를 공격할 때 오다 노부나가가 호소카와 다다오키에게 보낸 편지이다.

속 지속되어 왔다. 특히 토지를 가장 중요하게 생각했다.

'목숨을 건 사상'이 지배적이었다. 목숨을 건 사상이란 본래 자기 땅을 사랑하고 소중하게 여긴다는 것이고 '그것을 빼앗으려는 자에 대해서는 목숨을 걸고 싸운다'는 사고이다. 하지만 노부나가는 '토지를 소중하게 여기는 것은 좋다. 그러나 그것을 일에 끌어들이면 변혁을 싫어하는 얽매임의 정신으로 이어진다'고 생각했다. 노부나가가 이때 대치관념(對置觀念)으로서 중요시한 것이 '유동정신'이다. 이것은 그 뒤 그의 용인(用人)에서도 자주 나타난다. 예를 들면 그가 훗날 오른팔·왼팔로 중용한 것이 아케치 미쓰히데와 하시바 히데요시이다. 이 두 사람 모두 유동자 출신이고 그것은 바로 이 두 사람이 모두 '유동정신의 보유자'였음을 말해준다. 즉 '상황에 따라서 융통성이 있고 거칠 것이 없는 사고방식과 행동을 발휘할 수 있는 사람'이었다.

아버지의 시대부터 오다 집안에 봉사해온 중신들은 일에 대해서는 아직도 '목숨을 건 사상'을 지니고 있어 이에 얽매여 있다. 그렇기 때문에 변혁을 꺼린다.

'이렇게 되면 이 시대인의 욕구를 실현할 수 없다.'

전국 시대에는 공교롭게도 지금의 아이치현에서 세 천하인이 배출되었다. 오

다 노부나가·도요토미 히데요시·도쿠가와 이에야스이다. 이 세 사람의 출신성
분은 제각기 다르다. 그러나 행한 사업에 대해서는 명백히 '계속성·연속성'이
있다. 그 계속성·연속성이란 '노부나가가 실현하려고 했던 이념을 이어받았다'
는 것이다. 하극상의 시대에 갑자기 전국 민중의 욕구를 실현하기란 어렵다. 우
선 상황을 정리해야 한다. 노부나가가 우선 해야만 했던 일은 '이념추구를 방
해하는 세 벽에 대한 도전'이었다. 이 세 벽 가운데서도 가장 골치 아픈 것이
'의식적인 벽'이다. 의식변혁은 노부나가에게 있어서 최대의 공격목표가 되었다.

흔히 노부나가·히데요시·이에야스가 행한 사업을 '울지 않는 두견새를 어떻
게 할 것인가?'란 문제로 바꾼 풍자시로 비유하곤 한다.

> 울지 않으면 죽여 버려라 두견새(노부나가)
> 울지 않으면 울게 하라 두견새(히데요시)
> 울지 않으면 울 때까지 기다리자(이에야스)

보통 이것을 노부나가는 성급함, 히데요시는 자신감, 이에야스는 끈기·인내
라는 '세 사람의 성격을 가리킨 것이다'라고 말한다. 확실히 그와 같은 면도 있
다. 그러나 그것만은 아니다. 이것은 노부나가가 품은 이념추구에 대해서 세
천하인이 제각기 어떤 자세·각도에서 이에 대처하고 있었는지를 말해주는 것
이다. 즉 다음과 같이 생각할 수 있다.

- 노부나가—낡은 가치사회의 파괴
- 히데요시—새로운 가치사회의 건설
- 이에야스—새로운 가치사회의 장기 유지관리

속된 말로 노부나가는 '파괴자'이고 히데요시는 '건설자'이며 이에야스는 '수
호자'였다는 것이다. 그렇기 때문에 노부나가는 울지 않는 두견새를 죽이고,
히데요시는 울게 하고 이에야스는 울 때까지 기다렸다.

그런 의미에서 노부나가의 이념을 추구하는 계속성·연속성을 지니고 후배
인 두 사람이 나름대로 사업을 행하였다.

노부나가가 세 장벽에 도전해가는 과정에서 가장 절박했던 문제가 '오다 군단을 어떻게 변혁할 것인가?'였다.

즉 이념을 실현하기 위한 추진조직을 어떻게 개혁해 나가느냐가 문제다. 특히 세 장벽 가운데 '의식변혁'은 힘들다.

'낙시(樂市)·낙좌(樂座)'를 낳은 착안점

노부나가는 이를 다른 무장들의 방법에서 예를 들어 가르쳤다. 이를테면 다케다 신겐(武田信玄)과 우에스기 겐신(上杉謙信)은 모두 전국 시대의 명장이라고 불렸다. 그러나 노부나가는 이 평가에 의문을 품는다. 그 이유는 그 명장이라고 불린 다케다와 우에스기가 가와나카지마(川中島)에서 네다섯 번이나 전투했기 때문이다. 정보를 좋아하는 노부나가는 곧 첩자를 파견해 '두 명장이 가와나카지마에서 전투한 연월일을 조사해 오라'고 명했다. 첩자는 조사해서 보고를 올렸다. 보고서를 본 노부나가는 싱긋 웃는다.

'알았다'고 혼자 중얼거린다. 노부나가가 발견한 것은 다케다 신겐과 우에스기 겐신이 가와나카지마에서 전투하는 때는 언제나 '농한기'였다는 것이다. 여기에서 노부나가는 미루어 짐작한다.

'농번기가 되면 다케다군도 우에스기군도 제각기 가이와 에치고로 돌아간다. 이것은 신겐과 겐신이 동원하는 병력이 그대로 농민'이라는 것이다.

다케다 군단도 우에스기 군단도 '병농(兵農)이 아직 분리되지 않은 상태'에 있음을 간파했다.

'좋은 것을 발견했다.'

이같이 생각한 노부나가는 즉시 자기 군단의 개혁에 착수한다. 그것은 '병농분리'이다. 노부나가의 군단도 이제까지는 농촌에서 농민을 동원해 병력을 충당하고 있었다. 이것을 노부나가는

- 농민은 농촌에 정착해서 농업에 전념하라
- 병사는 성 주변에 살면서 전투에 프로가 되라

고 명한다. 농촌에서 농민을 병력으로 동원하려면 시간이 걸린다. 멀리 떨어

진 곳에서 느린 말을 타거나 자기발로 달려오거나 해도 역시 바로 모일 수는 없다. 성 주변에 살게 하면 동원은 짧은 시간에 가능하다. 하지만 그렇게 되면 이번에는 직업화된 병사의 생활을 돌봐줄 상인이 필요하게 된다.

그래서 노부나가는 '상인이여, 제국에서 내 성 주변으로 모이라. 이에 응해 온 상인들에 대해서는 상업의 자유를 보장하고 세금도 걷지 않겠다'고 선언한다. 즉 노부나가의 성 주변으로 모인 상인에 대해서는

• 조합 따위를 인정하지 않는다. 자유경쟁으로 한다.
• 연공(年貢) 등은 매기지 않는다. 요즘 말하는 사업세·법인세·소득세·소비세 등을 부과하지 않는다는 것이다. 물론 고정자산세도 부과하지 않는다.

이것이 이른바 '낙시(樂市)·낙좌(樂座)'가 된다. 왜 이런 일을 해야만 했느냐 하면 그 무렵 다이묘의 성 주변에 모이는 상인이 적었기 때문이다. 그 이유는 적이 쳐들어왔을 때는 항상 불을 질러 생명과 재산이 위험했기 때문이다. 노부나가의 성 주변이라고 해서 결코 안전이 보장된 것은 아니다. 노부나가가 취한 방책은 '안전보장은 아직 자신 있게 말할 수 없다. 그러나 만일 내 성 주변이 불타도 상인들이 도망갈 수 있다면 타국에서 바로 장사를 할 수 있게 자금이 풍부해지도록 조치를 해준다'는 것이었다.

노부나가는 뒤에 히에이산의 건조물에 불을 지르거나 승려를 죽이거나, 또는 잇코종(一向宗) 신자들을 불태워죽이거나 했으므로 '천마(天魔)'라든가 '귀신'으로 불리었다. 극악무도한 인간이라고도 했다. 그러나 한편 그런 노부나가의 잔학한 행위를 일반민중은 지지했다고도 씌어져 있다. 그 이유는 그 무렵의 승려가 너무나도 타락해 있었기 때문이다.

따라서 이 폭거도 생각하기에 따라서는 '낡은 가치관의 파괴'라는 노부나가의 사업목적 가운데 하나로 헤아릴 수 있다.

세 천하인의 특성을 살린 리더십을

노부나가는 민중의 욕구를 충족시키기 위해 자기 군단의 개혁을 단행했다. 지금으로 말하면 근대화·합리화·자동화 등이다. 노부나가가 자기 군단의

개혁 가운데서 지표로 삼은 것은 '일은 개인으로 할 수 있는 것이 아니다. 조직으로 행하는 것이다'라는 팀워크의 확립이었다. 그러나 도토리 키재기와 같은 팀을 만들었댔자 의미가 없다. 그래서 노부나가는 '조직 내의 특이한 재능이 있는 자의 육성'에 힘썼다. 이것이 그의 '능력존중주의'가 된다. 그러므로 노부나가 군단의 구성원은 '조직의 일원으로서 활동하거나 자기 안에 잠재한 특이한 능력을 발견해 그것을 키워서 조직 목적에 이바지하게' 된다. 노부나가는 일관해서 '신상필벌'의 평가방법을 지켰다.

이에 곁들여서 말하자면 히데요시의 부하관리법은 '고무와 포상의 남발에 의한 호감주의'였다.

그에 비해 이에야스는 '분단주의에 의한 긴장강요'였다.

이것은 히데요시가 '새로운 가치사회의 건설'이란 역할을 맡은 탓이고 이에야스는 '그 장기 유지관리'를 사명으로 했기 때문에 당연히 목적에 따른 인사관리 또는 리더십의 발휘가 되어 세 사람은 제각기 다른 통제력을 발휘했던 것이다. 오늘날에도 흔히 '톱 리더 본연의 자세'라든가 '이 시대에 어떤 리더십을 발휘해야 할 것인가?'가 논의된다. 간단히 생각하면 '지금 톱은 어떤 상황에 놓여 있는가?'라는 것에 생각이 미쳐 노부나가·히데요시·이에야스의

- 낡은 가치 파괴형
- 새로운 가치 건설형
- 새로운 가치 유지관리형

어느 것에 해당하는지를 탐지하면 얼마간의 답은 나오게 된다. 그러나 오늘날에는 개인적 견해인데 '세 가지를 병행해야 한다'고 생각한다. 그러므로 오늘날의 톱 리더는 '부수고·만들고·지키는' 리더십이 필요하다.

경영체 활성화 방법

노부나가는 우선 '천하를 평화롭게 하자'는 우선순위를 세우고 행동했다. 그렇다고 해서 다른 동시대인의 욕구를 소홀히 한 것은 아니다.

②의 '풍요롭게 살고 싶다'에서 ⑦의 '안정'은 그런대로 괜찮은데 ⑥의 '자아

실현'까지의 욕구를 생각해보면 이것은 상당히 현대적이기도 하다.

노부나가는 이 면에도 '손을 댈 수 있을 만큼 실현하자'고 생각했다. 즉 '사람의 사람다운 삶은 어떠해야 하느냐?'이다. 그리고 '그러려면 토지지상주의 일본인의 가치관을 문화로 전환하는 것이다'라고 생각했다. 즉 '가치관의 대폭적인 전환'이다. 그것은 말하자면 '토지에서 문화로 일본인의 가치관을 전환한다'는 과제가 된다. 동시에 노부나가는 '그 문화에 경제적 가치를 부여할 때 국민생활을 풍요롭게 한다'고 생각했다. 이를 실행한 것이 그가 추진한 '다도(茶道)의 산업화'이다. 단도직입적으로 말해서 '차에 연관이 있는 제품에 부가가치를 부여해 그것으로 경제를 발전시킨다'는 것이다. 그는 솔선해서 실천하기 시작했다. 이른바 명기(名器)로 일컬어지는 차 도구를 모조리 수집했다. 돈을 주고 산 것도 있고 빼앗은 것도 있다.

최고의 톱이 이와 같은 행동을 하기 시작하면 부하도 당연히 이에 따른다. 따라서 부하들도 노부나가로부터 받게 되는 은상으로써 토지뿐만 아니라 '차 도구나 예술품'을 찾게 되었다. 또는 다회(茶會)의 개최권 등을 나누어 받게 되었다. 다회는 노부나가가 허가권을 장악해 섣불리 그 개최를 인정하지 않았기 때문이다.

노부나가는 사카이(堺)라는 도시와 접촉함으로써 센노 리큐(千里休)라는 다도의 명인들을 알게 되었다. 노부나가가 센노 리큐 등에게서 발견한 것은 '시민정신'이다. 즉 '정치권력이란 다른 차원에 존재하는 고상한 가치'였다. 처음에는 화가 치밀었으나 접촉하는 사이에 '이런 삶을 사는 것이 진정한 사람이구나' 하는 생각을 갖게 되었다. 즉 전국(戰國)의 민중이 지닌 일곱 가지 욕구를 완전히 구현한 것이 센노 리큐였다.

민중이 모두 그렇게만 된다면 이보다 행복한 일은 없다.

노부나가에게 이런 얘기가 있다. 어느 때 전투에 출진하는 노부나가가 밭 한가운데를 지나갔다. 땅바닥에서 한 농부가 코를 골면서 자고 있었다. 분노한 부하가 말했다.

'영주가 전투하러 가시는데 저 농부는 태평하게 낮잠을 자고 있습니다. 베어버리겠습니다."

이를 듣고 노부나가는 말 위에서 웃었다.

"바보 같은 짓 하지 마라. 내 영내에서는 농민이 모두 저렇게 태평스럽게 잠을 잘 수 있는 나라를 만들고 싶은 것이다. 내버려두라."

이 에피소드는 노부나가가 '전국의 민중이 추구하는 것을 실현하는 것이 천하인이다'라는 인식에 이어지고 있음을 말해준다. 노부나가에게는 거의 사리사욕이 없었다.

노부나가의 다기를 비롯한 가치관의 전환은 차츰 성공을 거두었다. 다실이나 다실풍 건축을 존중하듯이 주택의 건축양식도 바뀌었다. 그 때문에 재목도 선별이 된다. 그렇게 되자 임업이 활발하게 이루어졌다. 서화골동품도 발달하고 예술가가 많이 키워졌다. 꽃의 재배도 이루어진다. 돌에도 가치가 부여되었다. 또는 의복의 디자인·염색 등도 고도화되었다. 많은 공예인이 탄생하고 직업을 얻었다. 민중의 생활은 차츰 풍요로워졌다.

이러한 과정을 통해서 사람들은 '자신의 천직을 찾고 그 선택한 직업으로 자아실현을 도모한다'는 것이 가능해졌다. 이것이 경제를 발전시켰다. 이 노부나가가 행한 문화산업정책을 '아즈치문화(安土文化)'라고 한다. 이를 계승한 히데요시의 문화산업정책을 '모모야마문화(桃山文化)'라고 한다. 그러나 두 문화 모두 '다도를 축으로 한 문화산업의 진흥'이다. 두 시대는 공전의 고도 경제성장을 가져왔다. 더구나 이것은 '내수뿐이고 수출은 전혀 관계가 없다'는 특성을 보였다.

이렇게 되면 오늘날에도 경영체가 활성화하기 위해서는

- 이념의 설정
- 그 추구
- 그것을 위한 추진조직의 변혁
- 그것을 위한 의식변혁의 중요시

등과 같은 것이 그대로 들어맞지 않을까.

히데요시 나가시노 전투의 이면에 있었던 경영의 합리화

노부나가와 히데요시의 밀담

오다 노부나가는 전국 시대에 출현한 군사의 천재이고 군단의 조직화·합리화·OA화에 힘쓴 사람이다. 그는

"이제 칼이나 창을 휘둘러 한 사람 한 사람이 개인전으로 승부를 가리는 시대가 아니다. 전투도 조직으로 이루어져야 한다."

고 주장하였다. 그 노부나가의 사고방식이 가장 뚜렷하게 표출된 것이 나가시노 전투였다.

나가시노 전투는 가이(甲斐)의 명문이었던 다케다 신겐의 아들 가쓰요리와 이루어진 것으로 노부나가는 이때 도쿠가와 이에야스와의 연합군을 편성하였다. 이 전투는 미카와국(三河國) 북방에 있는 시다라가하라(設樂原)에서 벌어졌다.

나가시노성은 도쿠가와 이에야스의 성이었는데 다케다 가쓰요리가 이곳을 공격했다. 적은 병력이 지키는 성을 대군으로 포위했다.

'급히 지원병을 보내달라'는 나가시노 성주로부터의 사자에 이에야스는 노부나가에게 구원을 청했다. 자기의 병력만으로는 다케다 가쓰요리를 이길 수 없다고 생각했기 때문이다. 노부나가는 승낙했다. 노부나가는 대군을 이끌고 이에야스가 있는 오카자키성으로 들어갔다. 그러나 좀처럼 움직이지 않는다. 우물쭈물 시간을 끌고 있다. 이에야스는 초조했다.

'빨리 나가시노성으로 달려가지 않으면 성병이 전멸하고 맙니다'라고 재촉했다. 하지만 노부나가는 '좀 더 기다려 달라'고 대답할 뿐이었다.

노부나가는 심복인 하시바 히데요시와 밀담을 나누고 있었다.

이때 오카자키성에서 노부나가와 히데요시가 상담한 것은

- 다케다 가쓰요리군과 싸울 동맹군의 편성을 어떻게 할 것인가?
- 현장에서의 대형을 어떻게 할 것인가?
- 필요한 기재의 운반을 어떻게 할 것인가?

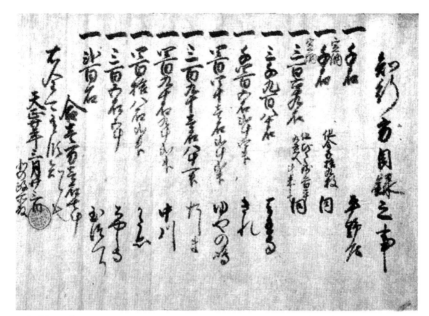

주인장(朱印狀) 1592년 3월 23일 도요토미 히데요시가 정실 기타노만도코로에게 1만 1석 7두의 지행(知行)을 주는 것을 기록한 목록이다.

등이었다.

노부나가는 이 전투에서 '오다 군단의 새로운 기축(機軸)을 확립할 생각'을 하고 있었다. 그래서 머뭇거리고 있었다.

히데요시가 보인 재치의 편린

하시바 히데요시는 기노시타 도키치로 시대에, 태풍으로 파괴된 기요스성의 담 수리와 기요스성에서 사용하는 연료 절약에 뛰어난 능력을 발휘한 적이 있다.

담 수리에서는 공사 장소를 열 곳으로 나누어 100명 정도의 공사 인부를 열 팀으로 나누었다. 그리고 수리에 경쟁을 시켜 가장 빨리 수리를 마친 팀에는 노부나가가 직접 칭찬하고 포상하게 했다.

연료 절약 때 히데요시는 직접 주방이나 난방용 연료를 태워보고 그 필요량을 세밀하게 계산했다. 노부나가가 '아무래도 성에서 사용하는 연료비가 늘어나서 곤란하다'고 말하였다. 히데요시가 조사해보니 연료가 원산지에서 성으로 운반되는 동안에 많은 중개인을 거쳐야 하는 것이 확인되었다. 히데요시는 원산지로 가서 말했다.

마을에는 고목이 많이 있다. 히데요시는 마을 책임자에게 '이 고목을 장작으로 해서 공짜로 성에 줄 수 없을까?'라고 말했다. 마을 책임자는 당혹스러운 표정을 지었다.

고목이라고 해서 장작으로 만든 다음 공짜로 운반한다면 정말 견딜 수 없다고 생각했기 때문이다. 이때 히데요시는 싱긋 웃고 이렇게 덧붙였다.

"그 대신 고목 하나에 새 묘목을 5개 준다."

이에 마을의 책임자도 표정이 환해졌다. 그러고는 '과연 머리가 좋으시다'고 칭찬했다. 히데요시의 이 방법으로 기요스성의 연료비는 전혀 들지 않았다. 즉 여러 마을의 고목을 번갈아 기부하게 했기 때문이다. 그 뒤의 녹화사업을 위해 고목 하나에 새로운 묘목 5개씩을 주었다. 따라서 연료비 지출은 사라졌지만 새로운 묘목 구입을 위해 얼마간 지출이 생겼다. 그러나 이제까지의 연료비에 비하면 문제가 되지 않았다. 따라서 전체의 비용은 대폭으로 삭감이 된 것이다.

그와 같은 일을 알고 있었기 때문에 노부나가는 '이번 전투에서는 오다 군단에 새로운 기축(機軸)을 확립하고 싶다. 그리고 전쟁 비용 절약도 꾀하고 싶다. 그런 모범을 다른 다이묘에게 보여주고 싶은 것이다'라고 말했다.

'원숭이, 지혜를 짜내라'고, 하시바 히데요시에게 어떻게 하면 좋을지 생각하게 했다.

비용 삭감의 마이너스를 플러스로 살린다

이때 히데요시는 이렇게 답했다.

"마바리를 폐지하는 것이 어떻겠습니까?"

"마바리를 폐지?"

노부나가가 되물었다. 군의 편성은 어느 다이묘이건 선봉, 본군, 마바리, 후미의 형태로 된다. 선봉은 본대의 앞에 나아가면서 전투가 벌어졌을 때는 맨 먼저 적과 싸운다. 후미는 역으로 후방으로 오는 적에 대응한다. 마바리는 수

송대를 말하는 것이다. 식량, 무기, 전투에 필요한 기재 운반을 담당한다. 따라서 마바리가 전장에 예정대로 도착하느냐 여부가 승패에 상당한 영향을 준다. 단순한 수송대라기보다는 전투 승패를 가름하는 중요한 수송대였다. 그것을 히데요시는 폐지하겠다고 한다.

"기재는 누가 운반하나?"

"전군(全軍)입니다."

"전군?"

노부나가는 눈이 휘둥그레졌다. 히데요시는 고개를 끄덕였다.

"이번의 전투는 노부나가 님이 이제까지 없었던 새로움을 발휘하는 장입니다. 그러기 위해서는 오다군 전원이 마음을 하나로 모아야 합니다. 즉 무엇을 위해 싸우는지, 그리고 자신의 역할이 어떤 것인지를 개개인이 인식할 필요가 있습니다."

히데요시의 말은 요즘 말로

- 무엇을 위한 일인가 하는 목적을 명확히 할 것
- 개개 병사가 한 일이 노부나가 군단의 목적에 얼마나 공헌했는지, 그 기여도를 명확히 한다.

히데요시는 말을 이었다.

"그리고 또 하나는 공을 세운 병사에게 어떤 포상을 하고 게으른 자에게 어떤 벌을 줄 것인지 그 평가를 명확히 하는 것입니다."

"과연."

노부나가의 머리 회전은 빠르다. 히데요시가 말하려는 것을 잘 이해했다. 즉 히데요시가 말하는 것은 '이번 전투의 목적을 전원에게 알리고 납득한 다음 일을 하자'는 것이다. 그리고 전투에 승리했을 때는 공훈에 따라서 포상하고 게으름을 피운 자에게는 나름대로 벌을 준다는 것이다. 요즘 말로 '목적·기여도·평가' 즉 일하는 자가 안게 되는 '왜 일하는가?'라는 의문에 대한 회답을 주고, 일하는 것에 동기부여를 확립하려는 것이다.

노부나가는 이미 이해했다.

'원숭이 놈은 그 목적·기여도를 모두에게 인식시키기 위해 기재를 짊어지게 하려는 것이다.'

그뿐만이 아니다. 전군이 기재를 나르게 되면 마바리는 필요 없게 된다. 마바리란 조직이 불필요하게 될 뿐만 아니라 그것을 위한 비용도 필요 없게 된다. 즉 크게 절약이 된다.

"잘 생각했다."

노부나가가 말했다. 히데요시는 '네' 하면서 신이 난 듯 코를 벌름거렸다.

이튿날 오다군은 전군이 통나무와 밧줄을 지고 출발했다. 이에야스는 이상하다는 표정이었다.

"그런 것을 짊어지고 무엇에 쓰려는 것입니까?"

노부나가에게 물었다. 노부나가는 웃었다.

"현지에 가면 알 수 있겠지."

물론 병사들도 투덜거렸다.

"이런 것을 우리에게 나르게 하다니 도대체 무슨 속셈이야?"

"기재 운반은 마바리의 역할이 아닌가?"

그러나 그런 불만이 일자 히데요시가 부지런히 돌아다니면서 설명했다. 시다라가하라에 닿기 전에 오다 군사들은 모두 '자기들이 왜 직접 통나무를 운반하는지?' 그 의문이 풀렸다.

그 통나무와 밧줄로 시다라가하라에는 마방책(馬防柵)을 만들었다. 즉 돌입해 오는 다케다군의 기마대를 막는 통나무 울타리이다. 이 통나무 울타리 사이에 철포대를 배치했다.

그리고 밀려오는 다케다의 기마대는 오다 철포대 앞에 힘없이 모두 쓰러졌다.

나가시노 전투로 단순히 노부나가·이에야스 군단의 근대화만 실현된 것이 아니다. 동시에 마바리 폐지라는 커다란 경영개혁도 이루어지게 되었다.

이에야스 260년 정권을 지켜 낸 교묘한 분단정책

양분화된 다이묘의 역할

도쿠가와 이에야스는 이른바 고산케(御三家)를 만들었다. 9남 요시나오(義直), 10남 요리노부(賴宣), 11남 요리후사(賴房)의 세 아들을 각각 오와리(尾張), 기슈(紀州), 미토(水戶)의 세 번(藩)에 배치하고 도쿠가와 집안이라 부르게 했다. 그러나 이것은 반드시 자기 아들을 신뢰해서 한 행위는 아니다. 도쿠가와 이에야스의 막부 창설과 그 운영방침은 '분단지배(分斷支配)'이다. 즉 조직을 세분화하고 각각 책임자를 두어 책임자끼리 경쟁시켜서 조직 전체를 활성화해 이를 유지하려는 사고방식이다. 그 큰 것이 다이묘를 우선 보대(譜代) 다이묘와 외양(外樣) 다이묘로 나눈 것이다. 보대 다이묘는 미카와국 이래 도쿠가와 집안이 아직 마쓰다이라 집안이라 불리던 당시부터 충절을 다해 온 무사가 다이묘로 된 그룹이다. 외양 다이묘란 일찍이 오다 노부나가나, 도요토미 히데요시의 부하였던 자가 세키가하라 전투나 오사카 전투 이후 도쿠가와 집안에 충절을 다하게 된 자들이다. 이에야스는 이런 전향자를 신용하지 않았다.

그렇기 때문에 260년간 메이지 유신까지 도쿠가와 정권의 정책 담당자는 모두 보대 다이묘이다. 외양 다이묘는 절대로 막부정치에 참여할 수 없었다. 언제나 정권의 장막 뒤에 두었다. 말하자면 보대 다이묘는 만년 여당이고 외양 다이묘는 만년 야당이었다.

그러나 이에야스의 분단정책은 이 다이묘의 양분화만이 아니다. 더욱 짓궂게 다루었다. 그것은 정권을 담당할 수 있는 보대 다이묘의 급여는 낮게 억제하고 역으로 정권 담당자가 될 수 없는 외양 다이묘의 급여는 막대하게 올려준 것이다. 가가 마에다 100만 섬, 사쓰마 시마즈 77만 섬, 센다이 다테 62만 섬, 히고 호소카와 55만 섬, 지쿠젠 구로다 52만 섬 등이 그 예이다. 그러나 그것은 단순히 높은 급여를 준 것이 아니라 참근교대(參勤交代)나 보조 등으로 이들 다이묘의 재정이 언제나 빠듯해지도록 했다. 이것도 분단정책의 하나이다.

직책을 복수제로 한 효과

또 도쿠가와 막부의 관리직 직책을 모두 복수제로 했다. 한 사람으로 한정하지 않았다. 로주(老中 ; 에도막부 쇼군 직속 정무담담 최고 책임자), 와카도시요리(若年寄 ; 에도막부 로주 다음의 직책), 오메쓰케(大目付 ; 로주 밑에서 다이묘의 행동을 감시하는 직책), 여러 부교(奉行), 모든 직책에 2명 이상의 사람을 배치한다. 그리고 '월번(月番)'이라고 해서 1개월 교대로 일을 시켰다. 주위에서 보면 제각기 일의 평가를 비교할 수 있다. 말하자면 이러한 직책에 오른 인물은 대중이 보는 가운데 경쟁을 하게 되었다. 개를 경주시킨 것과 같았다. 능력을 더욱 발휘해야 한다. 여기에도 이에야스의 예지가 있었다. 고산케(御三家)도 같다.

고산케를 만들었을 때 이에야스는 "도쿠가와 집안에 상속인이 끊겼을 때는 셋이 잘 상의해서 상속인을 정하라"고 말했다.

- 이에야스는 별도로 고산케에서 상속인을 내라고는 말하지 않았다.
- 설사 고산케 가운데서 후보자를 낸다고 해도 그 순위는 정해져 있지 않다.

모호한 것이었다. 이런 점은 이에야스 분단지배의 교묘한 면으로, 그는 언제나 이와 같은 불투명하고 모호한 부분을 남겼다. 그리고 당사자가 이것도 아니고 저것도 아니란 생각을 하길 기대한다. 짓궂은 것이다.

그러나 고산케측에서는 이윽고 '도쿠가와 집안에 상속인이 끊겼을 때는 고산케 가운데서 후보자를 낸다'는 것에 합의했다. 하지만 순위에 대해서는 별도로 정해진 것이 없다. 그 때문에 몇 번인가 다툼이 있었다. 특히 제8대 쇼군을 정할 때 오와리인가 기슈인가의 다툼은 절실해져 그 뒤 앙금을 남겼다.

그러나 이 고산케 제도는 오늘날에도 후계자를 결정할 때 흔히 문제가 되는 '혈통인가, 능력인가?'라는 문제를 '어디까지나 혈통을 존중한다'는 것으로 확정했다고 해도 좋다.

이 혈통 중시 방침은 그 뒤 몇 번인가 도쿠가와 집안에 상속인이 끊겼을 때 위기에 대응하는 유력한 논리로 통용했다. 5대 쇼군에서 6대 쇼군으로 이행할 때, 7대 쇼군에서 8대 쇼군으로 이행할 때, 그리고 10대 쇼군에서 11대 쇼군으로 이행할 때, 13대 쇼군에서 14대 쇼군으로 이행할 때 유감없이 발휘된다.

세계에 유례가 없는 효과적인 관리시스템

이 고산케제로 확립된 '혈통의 존중'을 가장 효과적인 논리로 내세운 것이 막부 말의 이이 나오스케(井伊直弼)이다. 이때도 열강의 개국 요구에 일본 국내는 시끄러워졌다. 유능한 쇼군이 나타나지 않으면 이 혼란은 수습할 수 없을 것으로 간주하였다. 그 때문에 이제까지 없었던 쇼군에 대한 기대조건으로서 '연장(年長)·영명(英明)·인망(人望)'의 세 가지 조건에 여론이 비등(沸騰)했다. 이 여론을 교토 조정도 지지했다.

위기를 느낀 이이 나오스케는 "쇼군을 누구로 할 것인가는 도쿠가와 집안 내부의 문제이다. 비록 어린 쇼군이 출현한다고 해도 그것을 위해 로주 이하 보좌역이 대기하고 있다. 도쿠가와 집안과 연관이 없는 인물이 무책임하게 누가 좋다는 등 말을 해서는 안 된다"고 말해 당시 '연장·영명·인망'의 세 조건을 충족했던 히토쓰바시 요시노부(一橋慶喜)를 옹립했던 자들을 모두 벌했다. 안세이(安政)의 대옥사이다. 따라서 도쿠가와 이에야스가 창시한 고산케 제도는 '도쿠가와 막부를 지휘하는 쇼군은 모두 도쿠가와 집안의 혈통을 잇는 세습제로 한다'는 것을 260년간 지켜 낸 것이다. 이이 나오스케가 주장한 것도 이 고산케 제도에 근거를 둔 논리이다.

그런 의미에서는 고산케뿐만 아니라 고산케를 둘러싸는 형태로 모든 직책, 또는 다이묘들에 대해서 분단지배의 그물을 빈틈없이 둘러친 도쿠가와 이에야스의 예지는 세계의 어느 나라에서도 유례를 찾아볼 수 없는 시스템을 창조했다고 해도 좋다.

그리고 더욱 이러한 무사의 논리를 관철하기 위해 사·농·공·상의 4계급으로 일본인을 분단한 신분제도는 여러 가지 문제를 낳는다. 이것은 눈에 보이지 않는 정신적인 면만이 아니다. 눈에 보이는 제도 면에서도, 예를 들면 여러 도시에서의 '기도(木戸 ; 시내의 요소에 설치한 경계를 위한 문)' 등으로 밤이 되면 그곳에 사는 주민이 완전히 우리 속에 살고 있는 것 같은 시스템이 고안되었다. 따라서 도쿠가와 막부의 관리는 인적으로나 물적으로나 현대에 말하는 '고밀도관리 사회'를 이미 실현했다고 말할 수 있다.

리더의 버팀목 명참모에게 배운다

일반상식에 얽매이지 않은 인재채용―가토 기요마사

세 사람의 재취직 희망자

가토 기요마사(加藤淸正)는 히고 구마모토(肥後熊本)의 성주이고 도요토미 히데요시의 총애를 받은 다이묘이다. 임진왜란의 조선출병 때 호랑이를 죽인 것으로 유명하다. 그러나 그는 단순히 용맹한 무사였던 것은 아니다.

'부하에 대해서 대단히 정이 많은 주인'이란 평판이 높았다. 동시에 '인사에 공정해 능력이 있는 자는 계속 등용하는' 것으로 알려져 있었다.

이 소문을 듣고 어느 날 세 무사가 구마모토성으로 찾아왔다. 고령자, 중년자, 젊은이의 3세대이다. 세 사람은 입을 모아 '가토 기요마사 공의 부하가 되고 싶다'고 말했다. 이런 사람들은 흔해서 임원이 구두시험을 보게 되었다. 기요마사도 입회했다.

임원들은 한 사람씩 불러내 물었다.

"왜 가토 집안에 취직을 희망하는가?"

맨 처음 불러들인 고령자는 이렇게 대답했다.

"저는 이제까지 많은 전투를 경험했습니다. 그러나 세상은 차츰 태평해져 전투도 적어졌습니다. 앞으로는 평화로운 국가 경영이 중요해지는데 그러나 평화로운 때도 반드시 어려운 일이 생기는 법입니다. 그런 때 제 경험을 차를 마시면서 들어주신다면 조금 참고가 되지 않을까 하는 생각에 가토 기요마사 님을 흠모해 찾아왔습니다."

임원들은 얼굴을 마주 보면서 눈짓했다.

"이 늙은이는 안 된다. 구마모토성에서 차를 마시면서 얘기나 하고 급여를 받으려 하다니 한가로운 생각이다."

"알았다. 대기실에서 기다리라."

이 말과 함께 고령자를 물러가게 했다. 다음으로 불러들인 것은 중년자이다. 중년자에게도 똑같은 질문을 했다.

"가토 집안에 근무하고 싶은 이유는?"

중년자는 이렇게 대답했다.

"세상이 태평해진 뒤로 이제는 능력이 아니라 처세술이 뛰어난 자가 출세하는 풍조가 버젓이 통하는 세상입니다. 제가 전에 봉사하던 다이묘 집안도 똑같았습니다. 저는 참을 수 없어 그 다이묘 집안에서 퇴직했습니다. 소문에 따르면 이 구마모토성에서는 가토 기요마사 님의 방침이 능력주의이고 어떤 인물이라도 능력이 있으면 등용이 된다고 알고 있습니다. 그래서 저는 이미 40이 넘은 중년이기는 하지만 다시 한번 능력을 발휘해 보려고 이렇게 찾아뵙게 되었습니다."

임원들은 또 얼굴을 마주 보았다.

'좋은 나이에 앞으로 공을 세워 출세하려는 집념에 사로잡힌 자는 이제 질색이다'라고 눈짓으로 말을 주고받았다. 그래서 '대기실로 내려가 기다리라'고 알리고 중년자를 물러가게 했다. 마지막으로 불러들인 것이 젊은이이다.

'왜 가토 집안을 희망하는가?'라고 틀에 박힌 질문을 했다. 젊은이는 싱글싱글 웃으면서 대답했다.

"이 성의 주인이신 가토 기요마사 님의 존함은 전 일본에 울려 퍼지고 있습니다. 명장으로 불리는 가토 기요마사 님 밑에서 제 실력을 발휘하고 싶은 생각에 찾아뵙게 되었습니다. 또 저와 같은 젊은이라도 기요마사 님이라면 여러 가지로 이끌어 주실 것으로 믿었기 때문입니다. 아직 뵌 적은 없으나 저에게 가토 기요마사 님은 동경하는 존재이고 전부터 마음의 주인으로 우러르고 있었습니다."

거침없이 청산유수와 같은 명쾌한 대답이었다. 중역들은 미소를 지었다. 모두가 '이 젊은이는 장래성이 있어 느낌이 좋다'고 생각했기 때문이다.

일에 대한 질문에도 젊은이는 알고 있는 한 시원스레 대답했다. 드물게 보는 인재이다. 임원들은 마음속으로 '이 젊은이를 채용하자'고 정했다.

'대기실로 가 기다리도록.'

중역의 말을 듣고 젊은이는 정중하게 인사를 하고 '면접을 해주셔 고맙습니다'라는 인사를 하고 밖으로 나왔다.

기요마사의 채용기준

한편 '누구를 채용할 것인가?' 하는 최종결정의 회의가 시작되었다.

가토 기요마사도 참석했다. 그는 "임원들의 생각을 말하시오"라고 말했다. 임원들은 제각기 "고령자는 제외합시다. 구마모토성내에서 매일 차나 마시고 있대서야 말이 됩니까? 그럴 여유는 없습니다. 그자는 안 됩니다."

"중년자도 안 됩니다. 이런 세상에서 아직도 입신출세나 하려는 인간으로는 성내의 질서가 흐트러집니다. 그자도 제외합시다."

그리고는 일제히 이렇게 말했다.

"믿음직스러운 것은 그 젊은이입니다. 그런 젊은이를 꼭 고용하고 싶습니다."

그때까지 말없이 듣고 있던 기요마사는 이 결정에 고개를 가로저었다.

"내 생각과는 다르오."

"예?"

중역들은 일제히 기요마사를 보았다. 기요마사는 이렇게 말했다.

"노인은 존귀하오. 그 이유는 노인은 주름과 주름 사이에 경험이란 보석을 지녔기 때문이오. '다스림에 있어 난(亂)을 잊지 않는다'는 말이 있소. 언제 무슨 일이 일어날지 모르오. 그런 위기가 일어났을 때 빠져나갈 수 있는 것은 아무래도 경험자의 지혜이오. 나는 그 노인을 고용하고 싶소. 그리고 장내의 각 담당부서를 돌아다니게 해 저마다 안고 있는 어려운 문제에 경험에서 우러나오는 지혜를 빌릴 수 있다면 어쩌면 그 어려운 문제를 해결할 수 있을지도 모르오. 지금 구마모토성에 필요한 것은 그와 같은 경험자이오. 노인을 고용합시다. 또 중년자도 고용합시다. 그 이유는 세상이 태평해져서 구마모토성내의 무사들도 차츰 규격화되거나 또는 일을 하는 방법이 타성적으로 되어가고 있소. 조금 자극이 필요하오. 다시 말해서 구마모토성내의 각 부서는 늪처럼 침체하고 있소. 거기에 의욕이 있는 중년자가 하나의 돌처럼 뛰어들면 못이나 늪에도 파문이 일고 새바람이 불어 잠자던 물고기들도 헤엄을 치기 시작할 것이오. 그 중년자는 구마모토성내의 자극제로서 매우 도움이 될 것이 틀림없소. 젊은

이는 고용하지 않겠소."

"왜 안 되는 것입니까? 그런 우수한 젊은이는 요즘 세상에 얻기 힘들다고 생각하는데……."

"그건 그렇소. 그자는 우수하오. 그러나 그는 아직 젊소. 그 정도로 우수하다면 어느 다이묘 집안으로 가도 고용해 줄 것이오. 노인이나 중년자는 그렇게는 안 되오. 그리고 또 하나 그 젊은이의 우수함은 지금 구마모토성내에 있는 젊은이들의 반발을 사게 되오. 나나 임원들은 구마모토성내의 젊은이들이 능력이 없어 저런 젊은이를 고용한 것이라고 생각할지도 모르오. 그렇게 되면 지금 성내에 있는 젊은이들의 기를 죽이게 되오. 일에 열의가 사라지게 되오. 나는 지금 구마모토성내에 있는 젊은이는 모두가 우수하다고 생각하고 있소. 다만 그 우수성을 끌어내는 임원들의 능력에 다소 문제가 있소. 그 젊은이를 고용하기보다는 오히려 성내의 임원들이 자기의 부하인 젊은이들로부터 잠재능력을 끌어내는 것이 선결문제이오. 이제 내 말을 이해하겠소?"

"……."

임원들은 일제히 얼굴을 마주 보았다. 반성하는 빛이 역력했다. 그 표정은 모두가 '나리의 말씀이 옳다'고 말하고 있었다. 이렇게 해서 노인과 중년자가 채용되고 젊은이는 채용되지 않았다.

사람을 보는 눈의 정확성

노인은 자리에서 헛되게 차만 마시고는 있지 않았다. 적극적으로 성 안을 돌아다녔다. 그리고 자진해서 '무언가 어려운 일이 있으면 이 늙은이에게 꼭 말해주기를 바라오. 경험상 조금의 지혜는 빌려줄 수 있을 것이오.'

요즘 말하는 상담사 역할을 맡고 나섰다. 시험 삼아 어느 부서에서 얘기를 해보자 노인은 즉시 '그것은 이렇게 하면 된다'고 명쾌한 해결방법을 제시했다. 그 노인이 말한 방법에 따르자 어려운 문제는 쉽게 해결이 되었다. 이것이 소문으로 퍼졌다. 그러자 이곳저곳의 부서에서 '노인의 얘기를 꼭 듣고 싶다'는 요청이 계속되어 노인은 몹시 바빠졌다.

'이쯤 되면 도저히 차를 마실 틈조차 없다'고 기쁜 비명을 지르고 있었다.

중년자도 도움이 되었다. 그의 입신출세욕은 결코 사리사욕이 아니었다.

'이렇게 하면 가토 집안은 더욱 좋아진다' '이렇게 하면 가토 집안의 무사는 전 다이묘 집안의 모범으로 칭송받게 된다'고 자기 뜻과 열정을 아낌없이 표시했다. 그가 성내를 걷고 있으면 반드시 그곳에 파문이 일었다. 회오리바람이 일었다.

'그자는 회오리바람이다'라는 소문이 퍼졌다. 그러나 그 회오리바람은 결코 불쾌하지는 않았다. 일종의 상쾌한 바람이 되어 구마모토성내에 휘몰아쳤다.

'그 사람이 온 덕택에 우리도 또 한 번 원점으로 돌아가 일을 생각하게 되었다'는 목소리가 여기저기에서 들려왔다. 중년자의 존재는 자극제로서 빼놓을 수 없게 되었다.

성안의 젊은이들도 더욱 결속했다. 새로운 활기가 넘쳤다. 그것은 기요마사가 임원들에게 말한 '나는 구마모토성 안의 젊은이는 모두 우수하다고 생각하고 있소. 다른 곳에서 유능한 젊은이를 고용할 필요는 전혀 없소'라고 말한 것이 널리 알려졌기 때문이다. 젊은이들은 감동했다.

'나리는 그렇게까지 우리를 신뢰하고 계시다.'

'그 신뢰에 보답하지 않으면 우리는 불충한 자들이다.'

이같이 모두 맹세했다. 그 맹세가 파워가 되어 성내를 활성화했다. 가토 기요마사가 명장으로 일컬어지는 이유는 이와 같이 '사람을 보는 눈과 그 등용 방법'이 실로 적확했기 때문이다.

'지(知)'와 '정(情)'에 의한 부하육성―가모 우지사토

히데요시를 두렵게 한 '용인(用人)'의 명인

천하를 쟁취한 뒤에 히데요시가 두려워한 다이묘가 한 사람 있었다. 가모 우지사토(蒲生氏郷)이다. 히데요시의 주변에서는 '히데요시 님 뒤의 천하인은 마에다 도시이에(前田利家)가 아니면 도쿠가와 이에야스이다'라는 소문이 나돌았다. 그러나 히데요시는 '아니다. 내 뒤 천하인의 자격이 있는 자는 가모 우지사토이다'라고 생각했다.

왜 히데요시는 그렇게 생각했을까?

가모 우지사토는 오다 노부나가의 총애를 받아 그의 딸을 아내로 삼았다. 즉 노부나가의 사위이다.

그래서 사정에 밝은 사람은 '오다 노부나가 님 뒤에는 가모 우지사토 님이 그 뒤를 이을지도 모른다'는 생각을 했다. 하지만 그렇게 되지 않고 히데요시가 후계자가 되었다. 히데요시가 우지사토를 은밀히 두려워하고 있던 것은 우지사토가 이 시대 제일의 '사람 만들기의 명인'이었기 때문이다. 더구나 우지사토의 사람 만들기는 '지(知)와 정(情)의 교묘한 혼합'에 의해서 이루어졌다.

우지사토는 오미(近江 ; 滋賀縣) 히노 성주 가모 집안에 태어나 소년 시절은 노부나가의 인질로 기후성에서 지냈다. 오와리에서 군사를 일으켜 미노를 공략하고 이노구치로 알려져 있던 지역을 기후(岐阜)로 고친 노부나가는 여기서부터 천하를 평정하기 시작했다. 미노나 오미 지방의 소 다이묘들은 노부나가에 대한 신종(臣從)을 표시하기 위해 자기 아이를 인질로 내놓았다. 노부나가의 성에는 이 인질 소년이 100명 가까이 있었다고 한다. 우지사토도 그 가운데 한 사람이었다. 그리고 우지사토는 모인 소년 가운데 뛰어나게 지혜와 재치가 있었다고 한다. 노부나가는 그 우지사토를 좋아해 자주 우지사토를 데리고는 기후성 주변을 걸었다. 그리고 '앞으로 나라 경영은 상인을 중요시해야 한다. 그것은 상업을 소중하게 다루는 것이다. 나는 병사와 농민을 구분해 병사는 모두 성 주변에 살도록 했다. 농민은 농촌에 정착해 농업에 전념한다. 그렇게 될 때 병사를 보살펴주는 상인들이 없으면 성 주변 도시 경영은 성립이 되지 않는다. 너도 그 점을 잘 터득해 두라'고 가르쳤다.

노부나가는 기후의 성 주변에 각지의 상인을 불러 모아 '기후에 온 상인에게는 세금을 물리지 않는다'는 이른바 '낙시(樂市)·낙좌(樂座)'의 시스템을 실행했다. 이렇게 해서 가모 우지사토는 노부나가에 의해서 '경영감각'을 마음껏 몸에 익힐 수 있게 되었다. 우지사토는 다이묘가 된 뒤에 오미 상인, 이세 마쓰자카 상인, 아이즈 상인 등을 키워나간다. 그것은 소년 시절에 노부나가로부터 배운 재치에 따른 것이다.

급여보다 나은 '가모목욕'이란 명예

그러나 가모 우지사토는 오다 노부나가로부터 '지적 재치'만을 배운 것은 아니다. 우지사토는 우지사토 나름대로 '노부나가 님은 두뇌가 우수하다. 감각도 예민하다. 그러나 정(情)의 면에서 조금 부족함이 있다'는 것을 느끼고 있었다. 우지사토는 어릴 적부터 인질 생활을 보내 고생했기 때문에 사람에게는 '지'뿐만 아니라 '정'도 필요하다고 생각하게 되었다.

우지사토의 말에 '부하를 육성하려면 지(知)만으로는 안 되고 정과 충분한 급여가 필요하다'는 것이 있다. 정신교육만으로는 안 된다는 것이다. 그 나름대로 대우해야 한다. 그 점은 상인을 키우고 있는 만큼 우지사토의 감각은 상당히 현실적이었다. 그러나 그렇게 생각해도 그것을 실현할 수 있는 경우와 안 되는 경우가 있다.

아직 가난한 다이묘였던 무렵, 우지사토의 사람 만들기에 대해서 이런 얘기가 있다. 우지사토는 젊어서부터 우수하다고 생각되는 사람은 계속해서 자기 부하로 삼았다. 그러나 충분한 급여를 줄 수 없었다. 주위에서는 이상하게 생각했다.

'가모 집안은 가난하다. 그런데 신분에 어울리지 않게 많은 부하를 안고 있다. 급여도 적다고 들었다. 그럼에도 부하들은 모두 기꺼이 우지사토에게 봉사하고 있다. 무언가 비결이라도 있는 것일까?'

실은 그 비결이 있었다. 우지사토도 주위에서 걱정하듯이 '내가 주는 급여로 부하들이 만족할 리가 없다'고 생각했다. 그는 여러 가지로 생각했다.

'그렇다고 해서 속이 뻔한 미소만으론 안 된다. 마음이 담겨 있지 않으면 부하는 곧 간파한다.'

이 같은 생각도 하고 있었다. 그래서 그는 공을 세운 부하에게 충분한 급여를 주지 못할 때는 자기 집으로 부르기로 했다.

'다음 휴일에 내 집으로 오라.'

부하는 반은 불안한 마음을 안고 우지사토의 집으로 찾아온다. 우지사토는 부하를 상좌에 앉게 하고 손을 잡아 '이번 전투에서는 수고가 많았다. 그러나 그대가 세운 공훈에 지금의 나는 충분히 보답할 수가 없다. 오늘은 마음으로만 대접한다. 그것으로 만족해주기 바란다'고 말하면 부하는 송구스럽게 여긴다.

'그렇게 하지 않으셔도 됩니다'라고 어쩔 줄 몰라 한다. 우지사토는 '식사 전에 목욕해라. 마침 목욕물을 데웠으니까'라고 말한다. 부하는 사양하는데 우지사토가 권하므로 욕실로 간다. 탕에 들어가자 갑자기 밖에서 '물의 온도는 어떻냐?'는 목소리가 들린다. 부하는 깜짝 놀랐다. 말을 건 것이 다름 아닌 우지사토였기 때문이다. 창으로 들여다보자 수건으로 얼굴을 가린 우지사토가 웅크리고 앉아 계속 불을 살피고 있었다. 부하는 놀라서 기절할 뻔했다. 우지사토는 창으로 들여다보는 부하를 깨닫고 싱긋 웃고는 '물이 미지근하면 사양하지 말고 말해. 더 불을 지필 테니까'라고 말했다.

부하는 갑자기 가슴속에서 뜨거운 것이 솟구쳐 눈시울을 적시고 그것이 눈물이 되어 흐르는 것을 느꼈다. 물에 몸을 담근 채 부하는 무어라 말할 수 없는 감동에 휩싸인다. 이 얘기는 우지사토의 욕실에 들어갔던 부하로부터 입소문으로 전해져 이윽고 '가모욕실(蒲生浴室)'로 불리게 되었다. 그리고 부하들 사이에서는 '상을 받기보다도 가모욕실에 들어가는 것이 명예다'라는 생각이 정착했다. 우지사토의 가신들은 '우지사토 님을 위해서라면 언제라도 죽는다'라는 마음이 굳어져 이것이 커다란 결속력이 되었다.

도요토미 히데요시는 가모 우지사토의 이 같은 사람 만들기를 두려워했다. 이윽고 우지사토는 도호쿠의 아이즈(會津)로 영지를 옮기게 된다. 히데요시는 교묘하게 우지사토를 자기 곁에서 멀리 떨어지게 한 것이다. 그러나 우지사토의 사람 만들기는 '전국의 세상에 드물게 보는 아름다운 얘기'로서 많은 기록에 남아 있다.

부드러움과 엄격함이 있는 부하 지도―호소카와 다다오키

취미를 통해서 키운 풍부한 마음

호소카와 다다오키(細川忠興)는 호소카와 유자이(細川幽齋)의 아들이다. 다다오키는 성미가 급해 자주 남에게 화를 냈다.

그런데 다다오키의 부친 유자이는 와카(和歌)의 명인이고 동시에 가학(歌學)에도 통달해 지식인으로부터 존경을 받았다. 세키가하라 전투가 벌어졌을 때 이시다 미쓰나리(石田三成)군이 공격을 가해 유자이가 버티고 있는 성이 포위

되었다. 유자이가 이끄는 병력은 5백, 이시다의 병력은 약 2만이다. 도저히 상대가 안 된다. 유자이는 '성과 함께 싸워서 죽겠다'고 선언했다.

이를 걱정한 것이 교토의 조정 고관들이었다. 특히 천황이 걱정했다. 그래서 천황은 사자를 보내 '성을 열라'고 유자이에게 명령했다. 그러나 유자이는 듣지 않았다.

'그렇게 되면 이시다에게 항복하는 것이 됩니다. 끝까지 성을 지키겠습니다'

천황은 난처했다. 그래서 이번에는 성을 포위하고 있는 이시다군에게 사자를 보냈다.

'호소카와 유자이는 가인으로서 유명하다. 특히 그가 이어받은 고금전수(古今傳授)를 다른 사람에게 전하지 못한 채 망하고 만다. 포위를 풀고 유자이를 무사히 그 성에서 나오게 하기 바란다.'

고민한 나머지 그것을 양해한 이시다군은 포위를 풀고 유자이는 성에서 나와 교토로 돌아갔다. 그로부터 며칠 지나기도 전에 세키가하라 전투에서 도쿠가와 이에야스가 승리를 거두었다. 이에야스는 유자이의 이 행위를 찬양해 '당신이 버텨준 덕택에 세키가하라 전투에서 승리할 수가 있었다. 그 이유는 2만이나 되는 병력이 당신을 포위해 이쪽에 오지 않았기 때문이다'라고 감사했다.

유자이는 때때로 아들인 다다오키에게 '네가 성미가 급한 것은 역시 일만하고 있기 때문이다. 조금은 취미를 가지고 마음에 여유를 갖도록 하라'고 타일렀다. 그러나 다다오키는 시큰둥했다.

'와카 따위의 도락에 쓸 시간이 없습니다. 지금은 천하를 위해 바빠서 저에게는 그럴 틈이 없습니다. 일 본위로 삽니다'라고 대응하였다. 하지만 그 뒤 세상이 조용해져 평화가 이어지게 되자 다다오키도 그렇게만 말할 수는 없었다. 더욱이 아버지가 세상을 떠나자 다다오키에게는 새삼 아버지의 '취미를 가져라. 마음을 풍요롭게 유지하라'는 가르침이 현실적으로 그에게 중요한 요소가 되었다. 그 뒤 다다오키는 다시 태어났다. 노력을 해 마음이 풍요로운 인물로 바뀐 것이다.

조직이란 네모진 상자에는 둥근 덮개를

호소카와 다다오키는 규슈의 다이묘이고 훌륭한 인물이라는 소문을 들은 것이 도쿠가와 2대 쇼군 히데타다(秀忠)였다. 히데타다는 이에야스의 아들로서 2대 쇼군이 되자 여러 가지로 고민했다. 그것은 무슨 일이 있을 때마다 선대인 이에야스와 비교되기 때문이었다. 히데타다는 인품이 매우 온후했기 때문에 사랑은 받았는데 한편 개중에는 나쁘게 말하는 자도 있었다.

"선대인 이에야스 님은 대단한 명군이고 결단력에도 뛰어났다. 그런데 2대째인 히데타다 님은 좀 모자란다."

이 같은 평판이다. 히데타다는 이를 분하게 생각했다. 그래서 같은 2대째라도 지방에서 명군이란 소문이 자자한 호소카와 다다오키에게 점을 찍었다. 다다오키가 에도에 왔을 때 자기 방으로 불러 이렇게 말했다.

"그대는 문화인 호소카와 유자이의 아들이면서 유자이 나리를 초월하는 높은 평판을 얻었소. 오늘은 그 비결을 가르쳐 주었으면 하오."

다다오키는 웃었다.

"그런 비결은 없습니다. 열심히 일했을 뿐입니다."

"아니요. 반드시 무언가 비결이 있는 게 틀림없소. 우선 묻고 싶소. 당신은 호소카와 집안이란 조직을 어떻게 생각하고 있소?"

다다오키는 이렇게 대답했다.

"부친 유자이로부터 배운 것은 조직이란 무거운 상자와 같은 것이다. 여러 가지의 것이 들어 있다. 그러나 뚜껑을 덮을 때는 꼭 들어맞는 네모진 덮개로 덮어서는 안 된다. 둥근 덮개로 하라는 것입니다."

히데타다는 이상하다는 표정을 지었다.

"네모진 무거운 상자에 둥근 덮개를 덮으면 네 모퉁이가 비고 마는데?"

"그렇습니다. 그러나 틈이 생겼기 때문에 안에 있는 것이 숨을 쉴 수가 있습니다. 꼭 맞는 덮개로 덮으면 안의 것들은 숨을 쉴 수 없게 되어 고통스럽게 됩니다."

"과연!"

히데타다는 고개를 끄덕였다.

부하는 장기 말처럼

히데타다는 다음에 이렇게 물었다.

"그러면 부하의 사람 만들기에 대해서 어떻게 배려하고 있소?"

"부친으로부터는 장기 말을 키우라고 배웠습니다. 비차(飛車)와 같은 명보좌역, 각(角)처럼 과감하게 일을 하는 간부, 금(金)이나 은(銀)처럼 왕(王)의 주위를 둘러싸는 충신, 계마(桂馬)나 향차(香車)처럼 현장에서 용기를 가지고 일을 하는 자, 등입니다. 하지만 부친이 이것만은 잊지 말라고 한 말이 있습니다."

"무엇이오?"

"보(步)를 소중히 하라는 것입니다. 부친은 자주 말했습니다. 보를 소중히 하지 않는 왕은 반드시 궁지에 빠진다고."

"과연."

히데타다의 눈이 빛을 발했다. 좋은 것을 들었다고 생각했기 때문이다. 마지막으로 이렇게 물었다.

"그건 그렇다 치고 그렇게 따뜻한 마음만으로 부하를 키울 수 있소? 듣기에는 호소카와 집안의 규율이 엄하다고 하던데……."

"그렇습니다. 지금 말씀드린 것처럼 장기 말에 비유해서 부하를 키우고는 있습니다만 하나의 규정이 있습니다. 그것은 두 번까지는 똑같은 것을 말하고 두 번까지는 똑같은 잘못을 용서합니다. 그러나 세 번 말해서 듣지 않는 경우, 또는 세 번 똑같은 잘못을 범한 경우에는 가차 없이 베어버립니다."

"……"

히데타다는 놀란 표정으로 다다오키의 얼굴을 보았다. 이 부드러운 표정의 다이묘의 가슴 속에 그처럼 무섭고 격한 감정이 있을까 생각했기 때문이다. 그러나 히데타다는 "오늘은 정말로 좋은 것을 가르쳐주었소. 깊이 감사하오"라고 말했다.

호소카와 집안은 문화인 다이묘 유자이로 시작해서 쇼군 아시카가 요시아키(足利義昭), 오다 노부나가, 도요토미 히데요시, 도쿠가와 이에야스에게 봉사했다. 변신이 빨라서 '호소카와 유자이는 처세술이 능란하다'는 말을 들었다. 그 아들 다다오키도, 오다 노부나가, 도요토미 히데요시, 도쿠가와 이에야스의 3대에 봉사했다.

그리고 여러 번 위기를 극복했다. 그의 아들 다다토시(忠利)는 그때까지 후젠고쿠라(豊前小倉)에서 히고 구마모토로 옮겨져 실로 54만 섬의 큰 다이묘로 출세했다. 호소카와 집안은 현재도 건재하다. 그러나 조상에게는 이와 같은 엄격한 조직관리와 사람 키우기가 있었다.

사람과 조직을 키우는 회의 ─ 구로다 조스이

지나치게 민주적인 회의의 폐해

일찍이 행정개혁에 엄격한 의견을 정리한 도코 도시오(土光敏夫)가 회의에 대해서 이런 말을 한 적이 있다.

'회의란 참석자가 자신의 모든 인격 모든 교양을 걸고 다투는 말에 의한 싸움의 장이다.'

그리고 도코는 '회의에 나와 남이 말하는 것에 대해서 말씀대로라든가, 누가 말한 대로라든가 하는 것은 잘못이다. 그런 말을 하는 자는 자신이 발언한 것이 부정되거나 비판받는 것을 싫어한다. 그런 회의에서는 결국 어정쩡한 합의가 되고 만다. 결과적으로 책임의 소재를 알 수 없게 된다. 회의란 고독한 싸움의 장이다'라고도 했다.

그것이 사실이라고 생각한다. 그런데 요즘은 이것이 너무나도 지나치게 민주적이어서 인재육성이란 관점에서 보면 의문으로 생각되는 것이 많이 있다.

구로다 조스이(黑田如水)는 전국 시대의 무장이다. 아들이 나가마사(長政)이다. 세키가하라 전투 때 아들 나가마사가 큰 공을 세웠기 때문에 도쿠가와 이에야스는 포상으로 나가마사에게 후쿠오카에서 50여 만 석의 영지를 주었다. 아버지인 조스이는 기꺼이 나가마사와 함께 후쿠오카성을 쌓았다. 조스이가 아들에게 말했다.

"나는 이제 은거한 몸이고 평화로운 시대에는 나의 재능을 발휘할 방법이 없다. 이제까지 나는 독단으로 모든 일을 해왔는데 평화로운 시대에는 모두의 의견을 듣는 것이 필요하게 된다. 후쿠오카성 안에 새롭게 '이견회(異見會)'를 만들어 네가 리더가 되어서 민주적으로 운영하라."

아들인 나가마사는 아버지의 말에 따랐다. 성안에 '이견회'를 만들고 규정을 마련했다.

- 누구든 참석해도 좋다
- 어떤 말을 하건 화를 내서는 안 된다
- 신분이나 직책은 잊는다

즉 모두가 평등한 입장에서 무엇이든 서로 말하라는 것이다. 어떤 말을 하건 화를 내서는 안 된다고 해서 이 모임은 '화를 내지 않는 모임'으로 불리게 되었다.

나가마사는 아버지의 말 뒤에 '바텀업(bottom up)을 중요시하라'는 의미를 이해했다. 그래서 무엇이건 누구에게나 평등하게 발언하게 했다. 그런데 폐해가 생겼다. 그것은 '이견회에 다녀오겠다'고 말하고 일을 게을리하는 사람이 나타났기 때문이다. 그 때문에 하급무사는 스트레스 해소나 또 사람에 따라서는 '이견회야말로 출세의 계기를 잡는 장이다'라는 식으로 악용하는 자도 나타났다. 따라서 이곳에서 이야기하는 내용은 제각각이어서 정리가 되지 않는다.

중간층이라고 해도 좋은 상급무사는 자신들의 책임을 회피하는 곳으로 삼았다. 즉 이곳에서 이루어지는 '무지갯빛 결정'이나 '적당한 합의'를 환영했다. 도코가 말한 '자신의 발언이 부정되거나 비판되지 않기 위해서는 남이 말한 것을 모두 존중하는' 적당주의가 버젓이 통했기 때문에 대립의견이란 거의 나오지 않는다.

'아무개의 말대로입니다'라든가 '그것에 덧붙여서 다소 제 의견을 말씀드리겠습니다.'

이 같은 추종식 논의가 이루어지는 타락한 회의가 되고 말았다. 그러나 의장인 나가마사는 그것도 민주성의 표출이라고 생각해 전혀 발언의 교통정리도 하지 않고 그대로 회의를 계속하였다. 그렇기 때문에 이견회가 열리는 날에는 대부분의 직장이 텅 비게 되고 제대로 일을 하는 자가 없었다. 모두가 이견회로 나가 자리가 없는 자는 복도에 선 채로 참석하였다.

더구나 나가마사가 아무리 하찮은 의견이라도, 또 새롭게 갓 들어온 무사가 하는 말이라도 '매우 좋은 의견입니다. 여러분 어떻습니까? 그의 의견에 따릅시다'라는 등의 말을 한다.

어느 날 이런 회의의 진행상황을 곁에서 보고 있던 조스이는 혀를 찼다.

'이렇게 되면 구로다 가는 망하고 만다.'

품의서에 도장을 찍는 책임

조스이는 나가마사를 불러 말했다.

"너의 이견회 운영방법은 잘못되고 있다."

나가마사는 뜻밖이란 표정으로 되물었다.

"무엇이 잘못되고 있습니까?"

"너무나 지나치게 민주적으로 회의를 운영하고 있어."

"그러나 아버지께서 독단으로 이제까지 해 오셨기 때문에 앞으로는 민주적으로 아랫사람의 의견도 들어야 한다고 말씀하셨습니다."

"그렇게 말은 했지만 그것은 네가 사물을 결정할 때 부하가 무엇을 생각하고 있는지를 알기 위해 말했을 뿐이다. 너는 의견을 듣는 것과 자신이 결정할 일을 혼동하고 있다."

"구체적으로 어떤 일을 했다는 겁니까?"

"예를 들면 너는 이견회를 사물의 결정기관으로 치부해버렸다. 그러나 그 회는 각자가 진정으로 구로다 집안을 위한 건설적인 의견을 내는 장이고 어느 의견을 채용할 것인지는 네가 결정하는 것이다. 그것을 너는 오늘처럼 그런 하찮은 의견에도 모두에게 여기에 따르자는 말을 한다. 톱이 부하의 의견에 따르자고 하는 것은 부하에게 결정권을 내주고 마는 것이다. 이와 같은 일을 하면 구로다 집안에서는 사람을 키울 수 없다. 모두가 제멋대로 말하고 이견회에 가면 일에 게으름을 피울 수 있다는 나쁜 습관이 생겨난다. 그렇기 때문에 결정된 일은 모두가 무지갯빛이고 애매모호하다. 무슨 일이 일어났을 때도 책임을 지는 자가 없다.그것은 누가 말한 것이라든가, 또는 자기는 그럴 생각으로 한 말이 아니라는 등 변명한다. 이럴 바에는 이견회 따위는 차라리 없는 것이 낫다."

그렇게 말한 뒤 조스이는 이런 말을 했다.

"너는 성안에서의 품의 제도를 알고 있나?"

"알고 있습니다. 일을 하기 전에 밑에서 안을 내게 해 잇따라 상급자가 날인을 해 결재하는 제도입니다."

"그렇다. 일은 모두 문서로 남겨두어야 한다. 그 경과를 거치기 위해 품의 제도가 이루어지고 있다. 즉 품의서를 작성해 상급자에게 날인을 받는다. 날인을 한다는 것은 그것을 결재한다는 뜻이다. 그러나 네가 착각하는 것은 최종 결정권은 어디까지나 너에게 있다는 것을 잊어버렸다는 것이다. 즉 네가 날인을 해 그 일을 결정했을 때는 이제까지 날인한 너의 부하에게는 모두 책임이 없어진다."

"네?"

당치도 않은 말을 들었다는 듯이 나가마사는 아버지를 뒤돌아보았다.

"그게 사실입니까?"

"사실이다. 너는 그 점을 확실하게 이해하지 않고 있다. 그렇기 때문에 요즘 보고 있으면 자기가 날인을 한 주제에 무슨 일이 생기면 바로 하급자에게 이것은 누가 생각해낸 일이냐라든가, 누가 했느냐는 등, 부하에게 책임을 추궁한다. 이는 잘못이다. 날인을 한 이상 모든 책임은 너에게 있다. 그런 마음가짐이 없기 때문에 이견회에서도 이것도 아니고 저것도 아닌 하찮은 의견에 시간을 낭비하고 번사(藩士)들의 기분전환의 장이 되어버린다. 그렇게 되면 내가 이견회를 만들라고 한 의도가 완전히 빗나가고 만다. 전혀 이해가 되지 않는 일이다. 내 말을 알겠나?"

나가마사는 생각에 잠겼다. '품의 제도에서는 상급자가 날인을 했을 때는 하급자의 책임은 없어진다. 하물며 톱이 날인을 했을 때는 거기에 이르기까지의 부하의 책임은 모두 사라진다'는 조스이의 말에 충격을 받았기 때문이다. 나가마사는 이제까지 그런 생각으로 날인을 해오지 않았다. 그로서는 이견회를 중요시해 이견회에서 합의된 것이 바로 구로다 집안의 결정사항이라고 단정해왔다. 그런 생각이었기 때문에 톱으로서 그는 마음이 편했다. 무슨 일이 있어도 '이것은 이견회에서 결정된 것이다'라고 피할 수 있다. 그래서 비교적 편안한 태도로 이견회를 운영해 '무슨 일이 정해져도 그것은 이견회 전원의 책임이다'라는 정도로밖에 생각하지 않았다.

그런데 아버지인 조스이는 달랐다.

- 일이란 절차를 밟아서 확실하게 기록문서를 남겨야 한다
- 거기에는 입안자가 우선 있고 안건을 생각해낸다
- 그것을 문서로 해서 결재를 받는다
- 최종 결정권자에 이르는 동안의 날인하는 직책에 있는 자는 그 단계에서 그 안건에 대해 전 책임을 지는 성격을 지닌다
- 따라서 만일 나가마사가 '이 건에 대해서는 너에게 맡긴다'는 식으로 어느 책임자에게 그 권한을 맡긴 경우에는 그 책임자가 나가마사와 같은 책임을 가져야 한다.

그와 같은 시스템이 있음에도 나가마사는 이를 무시해 이견회 만능으로 하고 말았다. 그 때문에 품의 제도가 유명무실해져 '날인을 하는 것뿐이고 별도로 책임을 묻는 일은 없다'는 풍조가 후쿠오카성 안에 만연하고 만 것이다.

'회의는 전쟁터이다'라는 엄격함을 지닌다

조스이는 말했다.

"이렇게 엄격하게 말하면 너는 또 옛날의 독단전횡 체제로 구로다 집안의 운영을 되돌리려는 것이 아닌가 생각할지도 모른다. 그러나 다르다. 나는 각 직층(職層)의 단계에서의 인재육성은 이와 같은 엄격한 절차를 거쳐야 한다고 생각한다. 너는 직책과 그 직책이 지닌 권한과 책임을 모두 어수선하게 하고 말았다. 지금의 구로다 집안은 무질서이다. 이것은 조직이 아니다. 상급자의 급여가 높은 것은 권한을 가지고 있기 때문이 아니라 무거운 책임을 지고 있기 때문이고 그 책임부담을 위해 높은 급여를 내주고 있다. 각 직층에서 인재를 육성하려면 이 사고방식을 버려서는 안 된다."

그때까지 나가마사는 조스이를 그렇게까지 생각하는 아버지로는 생각지 않았다.

즉 조스이는 전국시대를 살아온 리더이기 때문에 전국시대에 통용되었던 독단전횡의 리더십도, 또는 인재육성도 이 평화로운 시대에는 통용되지 않게

되었다. 그래서 '이견회를 만들어 민주적으로 사람을 키우라'고 말한 것으로만 생각해왔다. 그런데 달랐다. 조스이는 어디까지나 조직의 질서와 그 질서에 의거한 사람의 육성을 생각했다. 그 가운데서도 '최종결정권은 톱 이외에는 없다'는 지적은 절실하게 느껴졌다.

풀이 죽은 나가마사에게 조스이는 싱글싱글 웃으면서 말했다.

"네 지금의 머리를 시험해보자."

"예?"

나가마사는 의아한 표정으로 아버지를 바라보았다. 조스이는 짚신 한 짝과 나막신 한 짝을 보여주고

"여기에 짚신 한 짝과 나막신 한 짝이 있다. 여기에 무슨 의미가 있다고 생각하나?"

'짝이 없는 짚신과 나막신에 도대체 무슨 의미가 있다는 것일까?'

나가마사는 깊은 생각에 잠겼다. 한동안 지나자 조스이가 말했다.

"이 짚신과 나막신에는 아무런 의미도 없다."

"예?"

놀라서 고개를 든 나가마사는 자신도 모르게 화가 치밀어 아버지를 노려보았다.

"아무런 의미도 없는 짚신과 나막신을 한 짝씩 내놓고 저에게 헛된 생각을 시키신 겁니까?"

"그렇다."

웃으면서 조스이는 이렇게 말했다.

"말하자면 지금의 너는 그 이견회에서 악영향을 받았다. 아무런 의미도 없는 일에 모두의 머리를 짜게 하고 시간을 낭비하는 일만 하고 있다. 그렇기 때문에 이 짚신과 나막신을 보아도 머리가 날카로운 아버지가 낸 문제이므로 반드시 의미가 있는 것이 틀림없다고 단정한다. 그리고 의미가 없는 일을 생각하며 헛된 시간을 보내고 있다. 지금의 이견회는 네가 그런 마음가짐이기 때문에 헛된 논의가 많은 것이다.

이쯤에서 한번 마음을 가다듬어 네가 결정권을 행사할 때 참고가 되는 의견을 얼마나 그 회에서 들을 수 있을까 하는 방침으로 고치라. 그렇게 하면 자

연히 그 이견회에서 사람이 육성된다. 이견회에 가면 일에 게으름을 피울 수 있다는 마음가짐이 나쁜 자는 그 자리에 나올 수 없게 된다.

즉 내가 '의견(意見)'이 아닌 '이견(異見)'이란 말을 사용한 것은 남과는 다른 것을 얘기하길 바랐기 때문이다. 남과 똑같은 것을 말하고 나도 같습니다. 저분이 말하는 대로라는 것을 들을 정도라면 회의를 열 필요도 없다.

그 이견회에서는 반드시 남과 다른 것을 말하라고 알려라. 즉 이견회는 무사가 칼 대신에 말로 싸우는 곳으로 생각하게 하라. 의장인 네가 그 같은 엄격한 태도를 취하면 회의에 나오는 자도 반드시 긴장해서 자신의 말에 책임을 갖게 될 것이다. 자기 말에 책임을 갖는다는 것은 스스로 노력하는 것이다. 자기개혁을 하는 것이다. 그것으로 사람이 키워지게 된다. 이견회는 인재육성의 장이기도 하다. 알겠느냐?"

호되게 야단을 맞은 나가마사는 할 말을 잃었다.

그러나 그 뒤 나가마사는 과감한 의장이 되었다. 적당히 얼버무리는 발언은 허용하지 않았다. 반드시 '남과 다른 독창적인 의견을 말하라'고 했다. 나가마사의 변화에 후쿠오카성의 무사들은 놀랐다. 그리고 긴장했다. 이견회에 출석하는 자는 반드시 남과는 다른 건설적인 의견을 가지고 나오게 되었다.

리더에게 조언할 수 있는 명보좌역—도요토미 히데나가

히데나가는 형 히데요시의 명보조자

전기제품에 '서모스탯(thermostat)'이라는 것이 붙어 있다. 이른바 '자동제어장치'다. 전자공학에서 말하는 '출력의 일부를 입력으로 바꾸어 출력을 제어하는' 사고방식이다.

전기냉장고는 인간이 없을 때도 작동을 계속한다. 그러나 지나치게 냉각했을 경우에는 서모스탯이 자동으로 작동해 냉각하는 것을 멈춘다. 안이 따뜻해지면 다시 스위치가 들어와 냉각하기 시작한다. 이 작업을 행하는 것이 서모스탯이다.

도요토미 히데요시의 동생 히데나가는 바로 히데요시의 이 서모스탯이 아니었을까?

'도요토미 히데나가는 히데요시의 명보좌역이었다'고 흔히들 말한다. 특히 그 '2인자주의'가 평가를 받아 따뜻한 인품과 함께 '히데요시를 곁에서 보좌한 것'으로 알려져 있다. 그런 견해도 있을 것이다. 그러나 필자는 오히려 히데나가는 더욱 적극적으로 히데요시 심신의 일부가 될 정도로까지 히데요시 자신의 '서모스탯'으로 작용했다고 생각한다.

규슈 남쪽에 거점을 둔 시마즈(島津)가 규슈 전부를 장악하기 위해 북상한 적이 있다. 뒤쫓긴 것이 오토모 소린(大友宗麟)이다. 소린은 비명을 지르고 히데요시에게 지원을 요청했다. 이때 오사카로 온 소린을 따뜻하게 안내한 것이 히데나가이다. 소린은 처음으로 오사카성을 방문했는데 이때 하나의 강한 인상을 받았다. 그의 유명한 말이 있다.

"도요토미 집안에서는 표면상의 일은 모두 동생인 히데나가가 지배하고, 내면의 일은 센노 리큐라는 다두(茶頭)가 도맡아 관리하고 있다."

그 무렵 히데나가와 센노 리큐의 권세를 잘 말해준다.

히데나가는 1591년 1월 22일에 세상을 떠난다. 51세였다.

그런데 그 직후인 2월에 센노 리큐가 히데요시에게 할복 명령을 받는다.

'다도라는 예술 분야에서의 권세에 익숙해져 방자한 행위가 많다'는 것이 그 이유였다. 구체적으로는 교토 대덕사 산문에 자신의 목상을 안치하고 아래를 지나는 자의 머리를 짓밟은 것이 괘씸하다는 이유이다. 히데요시도 이 산문 아래를 지날 때는 리큐에게 머리를 밟히게 된다. 히데요시는 분노했고 할복한 센노 리큐의 유해를 교토의 거리에 전시한 다음 대덕사의 산문에서 목상을 끌어내 이 목상으로 리큐의 유해를 짓밟게 했다고 한다. 그야말로 폭거이다.

이와 같은 폭거는 바로 히데요시의 머릿속에서 서모스탯이 제거되었음을 말해준다. 이 히데요시의 머릿속에 있는 서모스탯은 바로 도요토미 히데나가라는 동생의 존재였다.

명보좌역, 명참모를 넘어

전국시대에는 명보좌역이라든가 명참모와 같은 존재가 여러 가지로 이야기 된다. 그리고 그들의 역할은 '톱의 이념추구 과정에서 그 능력이 부족한 부분을 보완하는 것'이라고 했다.

명참모, 명군사(軍師)로 일컬어진 존재는 많이 있다.

그러나 히데나가의 경우는 그보다도 한 걸음 앞서 있었다. 그 이유는 히데나가는 히데요시의 친동생이고 어릴 적부터 함께 자란 육친이었기 때문이다(히데나가는 이제까지 히데요시와 아버지가 다른 형제로 알려져 왔는데, 최근의 연구에서 아버지가 히데요시와 같다는 설이 유력해지고 있다).

형과 동생의 관계로 말하자면 명보좌역으로서 다케다 노부시게(武田信繁)가 있다. 다케다 신겐의 친동생이다. 신겐의 아버지 노부토라(信虎)는 장남인 신겐이 싫었다. 왠지 동생인 노부시게를 편애하고 '노부시게에게 내 뒤를 잇게 하겠다'고 확실하게 말했다. 노부시게는 영리해 그런 아버지의 태도에도 형에게는 깍듯이 봉사했다. 노부시게에게만 준 진귀한 물건이나 장난감도 받으면 곧바로 형에게로 가지고 갔다. 그리고 성인이 되자 신겐은 아버지를 추방했다. 그런데 보통 이런 때 형은 동생을 죽인다. 오다 노부나가나 다테 마사무네가 그좋은 예이다. 그러나 신겐은 동생 노부시게를 죽이지 않았다.

그 이유는 노부시게 쪽이 변신해 신겐에게 충절을 다하고 있었기 때문이다. 노부시게가 쓴 문서에 유명한 《고슈핫토노시다이(甲州法度之次第)》라는 것이 있다. 이것은

- 나 즉 다케다 노부시게는 다케다 신겐의 동생이 아닌 가신이다
- 따라서 노부시게 집안의 가족은 모두 신겐 공에 대해서 친척이라기보다도 가신이란 입장을 표시해야 한다
- 다케다 집안의 가신단도 모두 나를 따라서 신겐 공에게 충절을 다하라

라고 선언한 것이다. 즉 노부시게는 '나는 신겐의 동생이 아닌 부하'라는 것을 표시함으로써 몸의 안녕을 도모했다고 해도 좋다. 그 신겐도 이 노부시게의 적극적인 헌신에는 끼어들 틈이 없었다.

이 신겐과 노부시게의 관계를 도요토미 히데나가가 알고 있었는지는 알 수 없다. 그러나 히데나가는 '나는 히데요시 님과의 형제관계를 소중하게 여겨 형 몸의 일부가 되자'고 생각했다. 그의 히데요시에 대한 보좌는 히데나가라는

독립된 동생이 존재하는 것이 아니라, 오히려 히데요시 심신의 일부가 되어 히데요시의 행동을 돕자는 사고방식으로 일관한다.

히데나가는 히데요시가 공적을 세운 전투에는 거의 참여하였다. 스노마타 축성이나 이나바야마성 공략, 노부나가의 방침에 의한 주고쿠공략, 시고쿠 정벌, 규슈 정벌 등에 모두 참가하였다.

참가하지 못했던 것은 히데요시의 마지막 사업, 오다하라의 호조 정벌 때뿐이다. 이때 히데나가는 이미 병상에 있었다. 이 때문에 히데요시 천하평정의 실현을 보지 못하고 세상을 떠나고 말았다.

그러나 구체적인 전투—이를테면 주고쿠 공략에서 여러 방면의 정벌은 히데나가가 지휘를 잡고 행한 것이다. 시고쿠 정벌에 이르러서는 조소가베 씨(長宗我部氏)를 항복시킨 것이 히데나가 혼자의 힘이었다. 이 전투에 히데요시는 참여하지 않았다. 항복식이라는 뒤풀이에 출석했을 뿐이다. 규슈 정벌도 같다. 실질적으로 시마즈를 굴복시킨 것은 히데나가이다. 그리고 최종 장면인 화려한 뒤풀이에 형을 불러 공을 돌렸다.

이와 같이 히데나가는 단순히 히데요시의 참모로서 일을 했을 뿐만 아니라 현장의 사령관으로서 뛰어난 능력을 지니고 있었다. 즉 히데나가로서는

'내가 주고쿠 방면이나 시고쿠, 규슈를 평정하고 있는 것이 아니다. 형이 평정하는 것이다. 나는 형의 분신이고 그 일부일 뿐이다.'

이같이 생각했기 때문에 그는 마음껏 능력을 발휘할 수 있었다.

조직운영을 원활하게 하는 윤활유

전국시대에서 에도기에 걸친 여러 인물의 사적을 엮은 《명장언행록》이란 책이 있다. 이와 같은 이른바 이름 있는 명장의 열전에도 도요토미 히데나가의 이름은 나오지 않는다. 그처럼 눈에 띄지 않는 존재였다. 이 존재를 세상에 알린 것은 사카이야 다이치(堺屋太一) 씨의 뛰어난 업적이다.

그러나 히데나가는 왜 두각을 나타내지 않았을까? 그는 자기의 이른바 '2인자주의'에만 있지는 않았을 것이다. 2인자주의란 '톱 그룹에는 절대로 들어가지 않는다. 2번으로 철저히 달려간다'는 이른바 마라톤에서의 2번 그룹의 참가자를 말한다. 보통은 이 2번 그룹에서 톱 그룹으로 뛰어들어 마지막에 피치를

올려 톱이 되려는 움직임을 보이는 사람도 있다. 히데나가는 절대로 그렇게는 하지 않았다.

그의 경우 보기에 따라서는 이 '2번 그룹'에도 존재하지 않았다. 그 이유는 앞서 말한 대로 히데나가는 '형 히데요시의 일부가 되자'고 생각해 히데요시의 마음과 몸속에 잠복하고 말았기 때문이다. 즉 히데요시 심신의 일부가 되고 만 것이다.

그러나 히데요시 심신의 일부가 되었다는 것은 단순히 히데요시의 생각대로 되었다는 것은 아니다. 히데나가는 '형의 좋지 않은 언동에 대해서는 체크를 해 이를 교정해 나가자'고 생각했다. 그것이 '형의 일을 세상에 잘 보이는 것이 된다. 또 평가를 높이는 것도 된다'고 생각했다.

히데나가의 이 행동은 단순히 군사면에서 그 능력을 보인 것만이 아니다. 히데요시 군단을 원활하게 운영해 나가기 위한 윤활유가 되었다.

히데나가의 인격이 가져온 부하의 '일에 대한 납득'

히데요시의 리더십 발휘의 방법, 또는 관리 방법은 '고무(鼓舞)와 많은 포상'이라고 흔히들 말한다. 이 방법은 이른바 일본식 경영으로 일컬어져 오랫동안 유지되어 왔다. 그런데 최근 젊은이들의 의식변화에 따라서 그다지 통용하지 않게 되었다. 고무의 일환인 '오늘 밤 한잔할까?'라는 방법도 젊은 사람은 그다지 환영하지 않는다. 그보다 현재 필요한 것은 '일에 대한 납득'이라고 한다.

히데나가가 행한 것은 바로 '도요토미 군단원에 대한 납득 공작'이었다.

'무엇 때문인가?'를 빼고 '이봐, 잘 부탁해'라든가 '잘했다. 이것이 포상이다'라는 차원이 낮은 방법을 되풀이하고 있으면 비록 전국시대라도 조직구성원은 움직이지 않는다. 역으로 반발하는 경우도 있다.

'우리를 웃음과 돈만으로 움직이는 존재로 생각하나?'라고 알레르기를 일으킨다.

히데나가는 고생을 많이 한 사람이기 때문에 그런 점을 잘 알고 있었다. 히데나가는

'인품이 온화하고 마음이 따뜻하다. 누구에게나 자상하게 위로의 말을 건넨다. 절대로 화난 얼굴을 보이지 않는다.'

그 원만한 인격을 따랐다. 이것이 무기가 되었다.

히데요시 쪽은 고무와 많은 포상을 사람관리법의 일부로 구사하였다고는 하지만 역시 자신의 마음속에는 '출세하고 싶다. 천하인이 되고 싶다'는 성공 이야기의 주인공과 같은 면이 있었다. 이것이 절대로 남의 눈에 비치지 않는다고는 말할 수 없다. 그것을 간파하는 자도 많이 있었다. 따라서 방해하려는 자도 나타나게 된다. 그런 장애를 극복할 때 히데요시는 힘으로 밀어붙이려고 한다. 그런데 히데나가는 제동을 건다.

'힘으로 타파하기보다는 대화에 따르는 것이 좋다'고 말한다. 이렇게 주고받는 것이 바로 '히데요시의 일부가 된 동생 히데나가의 자동제어행위'가 되는 것이다. 히데나가는 히데요시가 경거망동하려고 할 때 잘 간한다.

"그런 일을 하면 본전도 찾지 못합니다."

"귀찮다. 동생인 주제에 일일이 내가 하는 일에 간섭하다니."

"그럼 생각대로 하십시오. 결과가 어떻게 되든 상관하지 않겠습니다."

이런 대화가 시종 이루어진다. 이것이 히데나가의 서모스탯인 이유이다. 히데요시도 바보는 아니므로 생각하게 된다. 이윽고 말한다.

"알았다. 분하지만 네 말대로 하자."

"그렇게 하는 것이 형님에게 득이 됩니다."

이렇게 결말을 지었을 것이다.

히데나가란 존재의 크기

히데요시 집안에서 무엇보다도 강력한 힘이 되었던 것은 '가족애'였다.

히데요시와 히데나가가 어릴 적에 어머니는 재혼했다. 그러나 어머니의 두 번째 남편과 히데요시와는 사이가 나빴다. 어머니는 난처해서 어느 날 히데요시를 불러 이렇게 말했다.

"네가 집에 있으면 아버지와의 사이에 분쟁이 끊이질 않는다. 안됐지만 돈을 줄 터이니 집에서 나가달라."

이것은 말하자면 어머니가 자신의 행복을 지키기 위해 맏아들을 내쫓는 것이다. 이런 입장에서 보통 소년이라면 빗나가게 된다. 그리고 어머니를 증오할 것이다. 그런데 히데요시에게는 그런 생각이 전혀 없었다. 오히려 그는 말했다.

"알았습니다. 집을 나가 출세해서 하루라도 빨리 어머니를 모시러 오겠습니다."

이렇게 건전한 마음을 지닌 소년이었다. 이 착한 마음은 히데요시의 가장 좋은 점이었다. 이 착한 마음은 어느 시기까지는 그를 계속 출세하게 한다. 즉 주변의 인간들에게 '히데요시 님을 위해서라면' 이 같은 마음을 안게 하는 동력이 되었다.

히데나가는 형의 그와 같은 좋은 성격을 잘 알고 있었다. 그러므로 자신이 히데요시의 심신 속으로 파고들어 그 일부가 되어서 히데요시에게 상당히 귀에 거슬리는 말을 해도 형은 결코 화를 내지 않을 것으로 생각하게 되었다. 그게 사실이었다. 형이 천하인이 된 후, 동생인 히데나가는 다이나곤(大納言 ; 대정관의 차관)이 되어 여전히 히데요시의 보조자로서 임무를 수행하였다.

그러나 히데나가가 죽고 히데요시의 몸 안에서 그 서모스탯을 잃게 된 때부터 히데요시의 폭거가 시작되었다. 히데요시는 자신감을 잃은 것이다. 자기 마음 한구석에서 부품 하나가 완전히 빠져버렸기 때문이다.

그런 의미에서 도요토미 히데나가는 전국시대의 다른 '명보좌역'과는 달리 더욱 한 걸음 앞서 나간 '톱 자신의 몸 안에서의 한 부품'이었다고 해도 좋다. 그러나 그 부품은 본체가 하는 대로 따라한 것이 아니라 본체가 잘못된 것을 하려고 할 때는 '그런 일을 해서는 안 된다'는 의견을 제시해 못하게 하는 힘을 지니고 있었다. 즉 '본체가 출력하는 일부를 반전시켜 출력하는 자신에 의해서 출력을 제어하는 힘'을 지니고 있었다. 도요토미 히데요시에게 있어서 동생 히데나가의 존재는 그렇게 생각해야 마땅하다.

무사도란 무엇인가

무사도란 무엇인가

1. 《무사도》에 대하여

〈무사도란 무엇인가〉로 시작되는 이 책은 그의 근원을 찾아 의(義)·용(勇)·인(仁)·예(禮)·성(誠)을 살핀다. 그리고 무사는 이를 통하여 무엇을 배우고 닦았는가를 제시한다. 〈사는 용기, 죽는 용기〉의 장에서는 할복(割腹)을 의식 전례로 들면서 '야마토 다마시(大和魂)'가 바로 일본 민족의 '아름다운 이상'임을 강조하고, 〈무사도는 되살아나는가〉·〈무사도의 유산에서 무엇을 배워야 할까〉로 마무리했다. 특히 마지막 대목에서 니토베는 간단 없는 추진력의 바탕은 바로 일본의 무사도이며, 그것은 명예와 용기, 그리고 소중한 무덕(武德)의 유산이기에 불멸의 교훈으로 삼아야 함을 강조한다.

불사조는 자기를 태운 재 속에서 되살아나는 것임을 설파하는 가운데 무사도는, 불멸의 교훈으로 시공을 넘어 일본 정신으로 이어져 갈 것까지도 내다보고 있다. 일본역사를 보면 이점 더욱 뚜렷이 드러난다. 이미 신화시대부터 일본역사는 태양신 '아마테라스'의 동생 '스사노오'를 무력의 신으로 묘사했다. 그가 지상에 내려와 토착세력들을 무찔러 나가면서 일본역사는 전개된다. 신화적 영웅 '야마토 다케루' 왕자도, 오늘의 규슈와 관동을 조정에 복속시킨 영웅으로 떠받드는 존재가 되었다. 신화시대를 벗어나 역사시대에 들어서서도 그 전개는 번득이는 칼날에 의해 좌우되었다. 천황가를 이끌던 백제계 호족 '소가' 일문을 제거하고, '다이카 개신'(大化改新)을 통해 왕권을 확립한다. 헤이안(平安) 귀족시대를 지나고 헤이시(平氏)와 겐지(源氏)의 두 세력이 부상해 겐지가 승리하면서 12세기 끝 무렵 가마쿠라 시대가 열린다. 14세기에 이르러 호조씨가 계승한 가마쿠라 막부를 아시카가 다카우지가 격파하고 무로마치 막부를 건설했다. 16세기 말 무로마치 막부가 무너지고 100여 년간의 '전국시대'

가 펼쳐진다. 다케다 신겐, 우에스기 겐신, 오다 노부나가, 도요토미 히데요시, 도쿠가와 이에야스 등이 이 시대의 영웅들이다. 오다가 승기를 잡고 도요토미가 승리를 이루고, 도쿠가와가 그 결실을 거둔다. 천하통일을 이룩한 도요토미의 후계세력을 완전히 제거하고 도쿠가와 막부를 건설한다. 이때가 1603년. 그리고 1867년 '대정봉환(太政奉還)'으로 천황제 메이지 근대국가가 건설될 때까지 도쿠가와의 정권은 270년간 이어졌다.

정서를 함양하는 무사도 정신

미적 감수성과 일본적 정서를 함양함과 동시에 인간에게는 일정한 정신의 틀(양식)이 필요하다. 논리라고 하는 것은 수학적으로 말하면 크기와 방향만으로 결정할 수 있는 벡터와 같은 것이기 때문에, 좌표축이 없으면 어디에 있는지 알 수 없게 된다. 인간에게 있어서 좌표축이라고 하는 것은 행동 기준, 판단 기준이 되는 정신의 틀(양식)로서 '무사도 정신'이 부활해야 한다고 20여 년 전부터 생각해 오고 있다.

무사도는 가마쿠라 막부(鎌倉幕府, 1192~1333)시대 이후 일본인의 행동 기준, 도덕 기준으로서 그 기능을 발휘해 왔다. 이 가운데에는 자애, 성실, 인내, 용기, 측은 등이 포함되어 있다. 측은이라고 하는 것은 타인의 불행에 대한 민감한 감정이다.

여기에 덧붙여서 '명예'와 '수치심'의 의식도 있다. 명예가 생명보다도 중요하다는 것은 실로 훌륭한 사고방식이다. 이 무사도 정신이 오랜 세월에 걸쳐서 일본의 도덕을 유지해 온 핵심을 이루었다.

일본의 풍토에 적합한 사상

무사도는 원래 가마쿠라 막부시대 '전투의 규칙'이었다. 즉, 전투가 벌어지는 전쟁터에서 페어플레이 정신을 강조했던 것이라고 할 수 있다.

그러나 260년 동안의 평화로운 에도시대(江戶時代)에 무사도는 무사도 정신으로 세련되어 모노가타리(物語, 이야기), 조루리(淨瑠璃, 낭송 대사곡), 가부키(歌舞伎, 전통 무대극), 강담(講談, 야담) 등의 예술 양식을 통해서 상인 계층인 초닌(町人)과 농민들에게까지 전해졌다. 무사 계급의 행동 규범이었던 무사도는 일본인 전체의 행동 규범으로 변모해 간 것이다.

최근 서구의 역사학자들 사이에 에도시대를 재조명하는 움직임이 활발해지고 있다. 그들이 흥미를 느끼고 있는 것은 에도시대의 높은 문화 수준과 당시에 형성된 생태학에 관한 것뿐만이 아니다. 유럽의 귀족은 지배자로서 권력, 교양, 부(富) 등의 세 가지 요소를 거의 독점하고 존경을 받아왔다. 그런 점에 비해서 서민들로부터 존경을 받아온 에도시대의 무사들은 권력과 교양은 거의 독점하고 있었지만, 전혀 돈이 없었다고 하는 것에 한결같이 놀랐다.

더구나 자신의 부하보다도 돈이 없었다고 하는 무사의 가난함에 대해서는, 이소다 미치후미(磯田道史)가 쓴 《무사의 가계부》에 상세하게 그려져 있다.

무사도에는 여러 가지 정신이 유입

무사는 무사도 정신이라고 하는 미덕을 가장 충실하게 실천한다는 점에서 사람들로부터 존경을 받았다. 말하자면 무사는 금전보다도 도덕적 가치를 우위에 두었으므로 평민들한테서 존경을 받았으며, 이것은 일본인의 고차원적인 정신성의 발로이다.

서양의 기사도는 기독교의 영향 아래 발생했는데, 말을 타고 싸울 수가 없게 되자 영국에서 다시 여러 가지 요소를 덧붙이고 내용을 심화시켜서 신사도로 탈바꿈되었다. 기사도와 마찬가지로 무사도에도 여러 가지 정신이 깃들어 있다.

우선 불교, 특히 선(禪)을 통해서 운명을 받아들이는 평정(平靜)한 감각과 삶을 가벼이 보고 죽음을 가까이 여기는 마음을 터득했다. 유교로부터는 군신유의(君臣有義), 부자유친(父子有親), 부부유별(夫婦有別), 장유유서(長幼有序), 붕우유신(朋友有信) 등 '오륜의 도'를 받아들였으며, 위정자들이 백성에 대해서 취해야 할 덕목인 '인자(仁慈)'를 받아들였다. 신도(神道)에서는 주군에 대한 충성, 조상에 대한 존경, 부모에 대한 효행 등의 미덕을 받아들였다.

그중에서 가장 중심에 있는 것은 오래전부터 존재해 있었던 토착적인 사상 체계이다. 일본인은 고대 국가에 해당하는 만요슈시대(万葉時代)는 물론이고, 석기시대에 해당하는 죠몬시대(縄文時代)에 있어서조차 '비겁한 일을 해서는 안 된다'고 했으며, '힘센 사람이 약한 자에게 해를 끼쳐서는 안 된다'고 하는 피부 감각적인 도덕관과 행동 기준을 가지고 있었던 것이 아닌가 하고 생각한다.

'선(禪)과 유교는 외국에서 들여온 제도가 아니냐?'라고 하는 사람이 있을지도 모른다. 물론 선은 중국에서 발생한 것이지만, 중국에서는 전혀 뿌리를 내리지 못했다. 그것이 일본에 와서 가마쿠라 막부시대(鎌倉幕府)에 비로소 빠르게 뿌리를 내렸다. 이것은 선이 중국인의 사고방식과는 서로 맞지 않는 것으로서 오히려 일본인이 다져 온 토착 사상과 적합성이 매우 높았다고 한다.

선과 유교는 일본인들 사이에 오래전부터 있었던 가치관이다. 이것을 이론화한 것은 중국인이라는 것이다. 그리고 언제나 그런 것처럼 일본인은 그것을 신도 등의 사상과 융합시키면서 일본적인 것으로 변화시켰고, 무사도 정신으로 승화시킨 것이다.

무사도 정신

무사도 정신은 전쟁이 끝난 1945년 이후부터 빠르게 쇠퇴해 버렸지만, 실은 이미 그에 앞서서 쇼와시대(1925~1989) 초기 무렵부터 조금씩 무너지기 시작했다. 그것이 원인이 되어 일본은 루거우차오사건(蘆溝橋事件, 1937) 이후의 중국 침략이라는 비겁한 행위를 하게 되었다. 또《나의 투쟁》을 저술한 히틀러와 동맹을 맺는다고 하는 어리석은 일을 자행한 것도 무사도 정신이 쇠퇴했기 때문에 발생한 일이다.

나는 러일전쟁과 태평양전쟁은 그 시기에 일본의 독립과 생존을 위해서 다른 방법이 없었다고 생각한다. 그와 같은 전쟁 이외에 별다른 방법이 없는 상황을 만들었던 것이 바람직하지 않았다.

그러나 중일전쟁은 다르다. 책략가인 스탈린과 모택동의 꾐에 빠져들었다고는 할지라도, 당시의 중국을 침략해 들어간 것은 전혀 무의미한 '약자에 대한 괴롭힘'이었다. 무사도 정신에 비추어보면 그것을 더욱더 수치스러운 일이었고 비겁한 행동이었다. 지금의 시점에서 헤아려 보면 에도시대는 점점 시간상으로 멀어지는 시대이고, 메이지 시대는 끝났으며, 무사도 정신은 쇠퇴해 버렸다.

도발의 여세를 몰아 당시의 중국으로 공격해 들어갔으면 패할 리는 없다. 그 당시 중국에는 공군조차도 거의 없었기 때문이다. 제공권을 장악한 일본이 우선 하늘에서 폭탄을 투하하고, 그 후에 육군을 투입해 공격해 들어가면 몇 차례의 공격으로 일본이 이기는 것은 뻔한 일이다. 일본은 약한 자를 괴롭히려는 전쟁을 치르고 있었기 때문에 육군 장비의 근대화가 늦어졌으며, '노몬한 사건(1939)'에서는 소련의 기갑사단에 형편없이 패해 버렸다. 그것은 무의미한 행위에 대해서 수치스럽게 여겨야 할 관동군의 폭주였다. 그렇기 때문에 천황, 정부, 육군의 모두가 필요 이상으로 깊숙이 관여하는 것을 반대했다.

이와 같이 약한 자를 괴롭혔다고 하는 것은 일본 역사에 오점을 남긴 것이다. 메이지시대 이후에 서구의 열강이 예외 없이 약한 자를 괴롭히는 비겁한 행동을 자행했다고 할지라도, 우리 일본마저 그것을 배웠다고 하는 것은 무사도 정신이 쇠퇴하고 있다는 것을 보여 주는 증거이다. 전후에는 벼랑에서 굴러떨어지는 것과 같이 무사도 정신은 사라져 버렸으나 아직 다소는 숨을 쉬고 있다. 지금이라도 무사도 정신을 일본인의 틀(양식)로서 회복시켜 나아가야 한다.

무사도의 여러 가지

무사도라고 하는 것에 대한 명확한 정의는 없다. 무사도 정신을 세계에 널리 알린 사람은, 1920년대에 국제연맹 사무차장을 역임한 적이 있는 교육자이자 외교가인 니토베 이나조(新渡戸稲造, 1862~1933)이다. 그는 유려한 영문으로 《Bushido : The Soul of Japan(무사도, 일본의 정신)》을 저술했는데, 이것은 외국인에게 일본인의 밑바탕에 깔린 틀(양식)을 해설하기 위해서 니토베 이나조가 해석을 곁들인 무사도이다. 이것은 1716년경에 저술된 무사의 덕목을 제시한 책으로써, 특히 "무사도라고 하는 것은 죽음이다."라는 표현으로 유명한 고전 《하가쿠레(葉隱)》 경우도, 야마모토 쓰네토모(山本常朝)라는 무사가 구술로 제시한 것을 기록한 책에 불과하다.

그래도 나는 역시 니토베 이나조의 《무사도》를 좋아한다. 내가 추천하는 '무사도 정신'도 대부분은 니토베의 해석에 근거하고 있다.

니토베의 무사도 해석에 기독교적인 사상이 들어가 있는 것은 확실하다. 그것이 원래의 가마쿠라시대의 전투 수칙으로서의 무사도와는 차이가 크다고 하는 설도 인정했다. 그러나 중요한 것은 무사도의 정의를 명확하게 하는 것뿐만이 아니라 '무사도 정신'을 회복시켰다는 점이다.

적어도 니토베의 무사도는 어렸을 때부터 접해왔던 행동 기준과 동일하다. 그런 의미에서 근대 무사도는 니토베의 책에 가장 잘 나타나 있다고 생각한다.

니토베 이나조

니토베 이나조는 남부 번(南部藩, 지금의 이와테현) 무사의 아들로 태어나서 홋카이도 대학의 전신이었던 삿포로농학교(札幌農學校)에서 농학을 공부한 후에, 미국으로 유학하러 가서 기독교 퀘이커파의 영향을 받았다. 이후에 귀국하여 삿포로농학교 교수, 대만에 설치되어 있던 대만총독부의 식산과장, 교토제국대학 교수, 제일고등학교 교장, 도쿄여자대학 초대 학장 등을 역임한 사람으로서, 전쟁이 발발하기 전부터 뛰어난 국제인이었다. 어느 날 그는 벨기에인 법학자와 산책하면서 "일본에는 종교 교육이 없다."고 하는 이야기를 했더니, "종교 없이 어떻게 도덕 교육이 이루어지느냐?"고 하면서 깜짝 놀랐다고 한다. 그래서 곰곰이 생각해 본 결과 자신의 정사 선악(正邪善惡)의 관념을 형성하는 것이 유소년기에 몸에 다져진 무사도였던 점을 깨닫게 되었다.

기독교 사상가이기도 하면서 성서학자이자 문학가인 우치무라 간조(內村鑑三, 1861~1930)라든가, 일본의 전통 미술의 가치를 드높이고자 활동한 미술 운동가인 오카쿠라 덴신(岡倉天心, 1862~1913)이라는 동시대인과도 공통적인 사상인데, 니토베는 일본인의 혼을 서양인에게 알리고 싶다는 뜨거운 열망을 품게 됐다. 그래서 그는 무사도에 대해서 영어로 소개할 것을 생각해 냈다. 서양인들도 알기 쉽게 에머슨이라든가 스펜서를 인용하기도 하고, 그리스 철학과 성서, 셰익스피어, 니체 등의 인물들과 비교하기도 했으며, 고전 연구가로서 일본의 역사서인 《고지키(古事記)》 등을 연구한 모토오리 노리나가(本居宣長)와 에도시대 말기의 사상가이자 병학자인 요시다 쇼인(吉田松陰, 1830~1859) 등의 인물들이 강조했던 내용을 인용하면서 무사도 정신의 본질에 대해서 써 내려갔다.

니토베 이나조가 무사도를 집필한 것은 메이지 32년으로 마침 청일전쟁(1894)과 러일전쟁(1904~5)의 사이에 해당하는 시기이다. 이 시기는 온 세계의 시선이 청나라를 물리친 신흥 국가 일본에 집중되면서 경계심도 갖기 시작한 시기에 해당한다.

1899년, 미국에서 《Bushido : The Soul of Japan(무사도, 일본의 정신)》이 출간되자 대대적인 칭찬을 받았다고 한다. 감격한 당시의 대통령 시어도어 루스벨트는 이 책을 수십 권이나 사서 자녀와 친구, 그리고 다른 나라의 수뇌들에게 증정했다고 한다.

스스로 무사도 정신을 실천

니토베 이나조는 흔히 '동양과 서양의 가교 역할자' 등으로 불리는데, 그의 눈은 서양에만 향하고 있었던 것은 아니었다. 《무사도》가 세계적으로 베스트셀러가 되었으며, 국제적인 명성을 얻은 뒤 니토베는 2년 후에 대만총독부의 식산과장으로 부임했다.

당시의 대만은 일본 식민지가 된 지 6년밖에 지나지 않았고, 말라리아, 콜레라 등의 전염병이 만연하는 미개의 땅이었다. 니토베의 위대함은 그곳에서 일개 과장으로서 최선을 다하여 대만의 농업을 개혁했으며 제당산업(製糖産業)을 부흥시켰던 데에 있다. 그 결과 대만의 제당산업을 쇼와시대 초기에는 하와이와 세계 제1위를 다툴 정도로 성장했다. 몸과 마음을 아끼지 않고 불도를 닦는다고 하는 불석신명(不惜身命)이나, '공(公)에 봉사한다'고 하는 무사도 정신을 그는 보기 좋게 실천했다.

니토베는 무사도의 최고 미덕으로서 '패자에 대한 공감', '약자에 대한 애정', '열등한 자에 대한 동정' 등을 열거했다. 그야말로 '측은'을 가장 중요시했다. 이러한 것들은 기독교 신자들에게는 받아들이기가 쉽다. 왜냐하면 이 덕목은 '자비심'에 가까운 개념이기 때문이다. 측은은 현재와 같은 시장 경제에 의한 약육강식의 세계에 있어서는 특히 중요한 덕목이라고 생각한다.

미의식의 기본

니토베는 일본인의 미의식에도 언급하고 있다. "무사도의 상징은 사쿠라꽃이다."라고 니토베는 말했다. 그리고 사쿠라와 서양인이 좋아하는 장미꽃을 대비해서 이렇게 언급했다.

"사쿠라꽃은 그 아름다움의 고아미려(高雅美麗)가 일본 국민의 미적 감각에 호소할 수 있는 점으로, 다른 어떠한 꽃도 비교할 바가 아니다. 장미에 대한 서양인들의 찬미를 일본인들은 따로 떼어서 생각할 수 없다."

그리고 모토오리 노리나가(本居宣長)의 유명한 시 구절을 인용했다.

깊은 산속 떠오르는
아침 햇살 받는 향기로운 사쿠라꽃이어라.

장미는 꽃의 색깔과 향기가 매우 짙고 아름답지만, 그 감미로운 꽃 아래에 가시를 숨기고 있다. 생명에 대한 강한 집착을 내보이는 것처럼 산뜻하게 꽃이 지지 않고 줄기에 매달린 채 색깔이 변하고 말라 간다. 여기에 비해서 일본의 사쿠라꽃은 향기가 연하고, 사람으로 하여금 싫증나게 하지 않으며, 자연의 순리대로 바람이 불면 깨끗하게 진다.

"태양이 동쪽에서 떠올라 아직 동쪽의 섬들을 비추고 있고, 사쿠라꽃의 향기가 아침 공기에 감돌고 있을 때, 이 아름다운 태양의 기운을 들이마시는 것보다 좋은 청징상쾌(淸澄爽快)한 감각은 없다."

이 청징상쾌한 감각이 일본 민족 마음의 본질이라고 니토베는 말한다.

니토베는 《무사도》에서 〈무사도의 미래〉라고 제목을 붙인 제일 마지막 장에서 이렇게 기록했다.

"무사도는 하나의 독립된 윤리적 규범으로서는 사라질지도 모른다. 그러나 그 힘은 이 지상에서 사라지지 않을 것이다. ……그 상징으로 삼은 사쿠라꽃처럼 사방에서 불어오는 바람에 흩날려 떨어진 후에도, 그 향기를 가지고 인생을 풍부하게 하며 인류를 축복할 것이다."

'무사도 정신'의 힘은 이 지상에서 없어지지 않는다. 우선 일본인이 이 정신을 부활시켜서 볼품없는 논리에만 의존하는 세계의 모든 사람들에게 전해주어야 한다고 생각한다.

2. 《오륜서》 무사시에 대하여

미야모토 무사시(宮本武藏). 에도시대초기의 검호. 니텐이치류(二天一流.엔묘 (円明)류, 무사시류라고도 함) 검법의 선조. 《오륜서》의 저자. 니텐이치라고 칭함. 일본 검도사상 가장 유명한 검호의 한 사람으로, 소설, 무대, 영화 등으로 만들어졌다. 하지만, 전기에 관해서는 확실치 않다. 출생지에 관해서도 하리마 (播磨, 兵庫縣)의 미야모토라는 설과 미마사카(美作, 岡山縣) 요시노(吉野)군 미야모토라는 설이 있다. 오륜서에서는 반슈(播州) 출생으로 되어 있다. 아버지는 신멘 무니사이(新免無二齊). 《오륜서》에 따르면 무사시는 유년시절부터 병법을 배웠고, 13세에 처음으로 시합에서 이겼다. 28~29세까지 60여 차례에 걸친 시합에서 한 번도 진 적이 없었다고 한다. 마지막 시합은 1612년(慶長 17) 무사시 29세 때로, "사사키 쇼지로(佐々木小次郎)와의 엄류도(嚴流島)에서의 결투였던 것 같다. 30세 이후에는, 오로지 검술 이론의 연구, 단련을 거듭하였고, 50세 무렵, 병법을 득도하였다고 한다. 40년(寛永 17) 57세 때, 구마모토성주 호소카와 다다토시(細川忠利)에게 초대되어 그곳의 객이 되었다. 다다토시의 요구에 따라, 니텐이치류병법을 《병법삼십오개조》에 정리하여 내었다. 43년 10월부터 죽기 직전까지, 이와토산에 들어가 《오륜서》를 완성했다고 한다. 45년(正保 2) 5월 19일, 그곳에서 죽었다.

무사시는 검 이외에도 책, 그림, 조각 등에 비범한 재능이 있었으며, 뛰어난 작품을 남겼다고 한다. 특히 수묵화에서는 사승(師承) 관계는 확실치 않으나, 기백이 담긴 예리한 표현이 특색이며, 무인화가의 마지막에 위치하는 화가로서 주목을 받는다. 동사권지원(東寺權智院)에 무사시 작으로 추정되는 수묵화인 후스마에(繪)가 내려오고 있으며, 무인의 기예를 넘어서는 본격적인 작품이다. 대표작으로는 《고목명격도(枯木鳴鵙圖)》 등이 있다.

3. 《대망》에 대하여

평생의 계속 패배를 단 한 번 마지막 대승부로 천하를 뒤엎은 사나이 도쿠가와 이에야스! 이 사나이만큼 승리를 잡는 순간까지 많은 땀과 눈물에 젖은 인물도 없다. 땅과 사람과 돈이 많았던 것도 아니다. 시대가 유리하게 작용한 것도 아니다. 사람으로서 도저히 참을 수 없는 일을 참고, 사람이 할 수 없는 일을 하는—이 고난과 위험 속에서 배가된 지혜, 판단력, 행동력이 이에야스를 천하인의 자리에 올려놓았다.

《대망》은 실록 대하소설의 종주로서, 평생 책을 손에 잡고 읽어본 일이 없던 사람들로부터 지식인 대학가 산업사회 경제계 정계 학계 등 이 사회의 구석구석까지 읽히며 독자를 넓혀 갔다.

《대망》은 도쿠가와 이에야스(德川家康)를 중심으로 도요토미 히데요시(豊臣秀吉), 오다 노부나가(織田信長) 등이 15세기 중엽에서 16세기 말엽에 걸친 일본의 전국난세를 평정하고 통일을 이뤄내는 파란만장한 역사에서 소재를 가져온, 야마오카 소하치(山岡莊八)의 대하소설 《도쿠가와 이에야스》 총26권을 완역한 것이다.

《대망》의 세 영웅!

도쿠가와 이에야스가 천황으로부터 세이이타이쇼군(征夷大將軍) 즉 절대 대권자로 임명된 게이초 8년(1603)이 에도 시대의 시작이다. 이 명칭은 권력의 중추기관인 막부가 에도에 있었기 때문에 붙여졌으며, 도쿠가와가가 권력을 장악하고 있었으므로 도쿠가와 시대라고도 한다.

전국시대, 아즈치 모모야마 시대, 에도 시대초기를 배경으로 오다 노부나가, 도요토미 히데요시, 도쿠가와 이에야스 세 사람이 날마다 싸움으로 지새우던 난세(亂世)를 끝내고 평화로운 세상을 이루어가는 이야기가 《대망》의 중심 줄거리이다. 이 세 인물은 생김새도 성품도 저마다 아주 다르다.

노부나가가 떡을 찧고 히데요시가 떡을 먹음직스럽게 빚어내고 이에야스가 그 떡을 먹는다. 이것은 천하통일의 과정을 비유한 것으로 일반적으로 알려진 이야기이다. 또한 세 사람의 성격을 나타내는 두견새를 예로 든 글도 있다.

저 두견새가 울지 않으면 죽여 버려라.(노부나가)

저 두견새가 울지 않으면 울게 하라.(히데요시)

저 두견새가 울지 않으면 울 때까지 기다려라.(이에야스)

도쿠토미 이치로(德富猪一郞)는 《근세일본국민사》에서 세 사람을 이렇게 평했다. '노부나가의 특기는 매사에 사람들이 예상하지 못한 일을 하는 것이었다. 이에야스의 특기는 사람의 마음속을 헤아려 맞추는 일이었다. 히데요시의 특기는 때에 따라 사람의 뜻을 알고 때에 따라 사람의 마음속을 읽고, 거의 짐작하기 어려운 데가 있었다.' 마음속을 맞춘다는 것은 사람의 마음을 읽고 빗나가지 않는 것을 말한다.

오다 노부나가 : 저 두견새가 울지 않으면 죽여라!

늘씬하게 큰 키에 잘생긴 오다 노부나가는 칼날 같은 성품을 지녔다. 그는 통일의 꿈을 품고 일어서 그 대망을 이루는 첫 번째 사람이 된다.

노부나가는 난세를 바로잡을 수 있는 것은 오로지 '힘'이라고 확신했다. 사람들이 저마다 사상과 행동의 기준을 갖지 못하고 우왕좌왕하는 시대가 난세이다. 그러므로 덕이란 무엇인가—라는 것을 상하가 똑똑히 알게 되면 난세는 끝이 난다. 그리하여 그는 모든 것을 힘으로 처리했다. 그의 일거수일투족은 사람의 의표를 찌르고 혈육도, 중신도 두려움으로 벌벌 떨게 만들어 굴복시켰다. 일단 좋고 나쁜 감정을 품으면 상대에게 집요하게 다가들어 구렁텅이에 빠뜨리는 노부나가—일어날 때까지는 냉정하게 계산을 되풀이하지만 막상 일어나면 여지없이 상대를 때려눕히는 잔혹하기 이를 데 없는 면을 지닌 노부나가였다. 그 때문에 결국 마음에 상처를 입은 측근 아케치 미쓰히데에 의해 49살로 덧없는 죽음을 맞는다.

인생 50년

돌고 도는 무한에 비한다면

덧없는 꿈과 같도다

한 번 태어나 죽지 않는 자 있으랴.

그가 늘 부르던 노래대로 인생 50의 고비를 넘기지 못하고 생을 마감한다.

도요토미 히데요시:저 두견새가 울지 않으면 울게 하라

노부나가의 죽음으로 그 대업을 이어받아 무력으로 전국을 통일한 도요토미 히데요시는 평민의 아들로 태어났다. 작은 몸집에 쪼글쪼글하게 못생긴 원숭이 얼굴을 한 히데요시는 그 생각하는 것이 언제나 천진난만했다. 여느 사람에게는 한낱 망상으로 그치거나 안개나 구름처럼 사라져버릴 일도 히데요시는 끈덕지게 그 착상을 갈고 다듬어 기어이 살려내는 천부적인 재능을 지녔다. 목소리를 듣거나 행동거지를 보면 조잡해 보이는 점이 없지 않지만, 그렇게 꾸며 보이는 게 히데요시의 처세철학 가운데 하나였다.

일찍이 사람과 대결하여 진 기억이 없을 만큼 그는 강하면 부드럽게, 부드러우면 강하게, 노하면 웃고, 울면 위로해서 반드시 상대를 마음먹은 대로 손아귀에 넣을 수 있다고 자신했다. 천하를 통일하고 온갖 부귀영화를 누리며 살았지만, 늘그막에 이르러 단 하나 그에게 없는 자식 복 때문에 눈물을 흘리고 두 번에 걸친 조선 출병의 뒤처리로 고초를 겪었다.

이슬로 태어나 이슬로 사라질 운명이던가.
나니와(오사카)의 영화는 꿈속의 또 꿈.

시 한 수를 남기고 63살에 눈을 감는다.

도쿠가와 이에야스:저 두견새가 울지 않으면 울 때까지 기다려라

그 뒤를 이은 도쿠가와 이에야스는 '사람의 일생은 무거운 짐을 지고 먼 길을 가는 것과 같다'라는 그의 말대로 온갖 고초와 어려움을 이겨낸 인종(忍從)의 삶을 살았다.

그의 할아버지는 마쓰다이라 기요야스(松平清康)로 미카와(三河)에서 상당한 세력을 갖고 있었다. 아버지는 히로타다(廣忠). 할아버지가 세상을 떠나자 24살의 젊은 나이에 살해당했다.

그때 이에야스는 겨우 8살 된 어린아이였다. 스루가(駿河)의 이마가와 요시모토(今川義元)의 세력에 눌려 미카와의 마쓰다이라 가문 영지는 요시모토에 의해 다스려졌다. 이에야스는 볼모가 되어 멀리 스루가로 유배되는 가엾은 신세가 되었다. 그의 참고 견디는 인종의 첫발은 이 볼모 시절에 시작되었다고 보아도 좋다.

이 시절에 그를 키워주려는 셋사이(雪齊) 선사의 도움으로 대장 훈련을 받는다.

"너는 대장이 되고 싶으냐, 부하가 되고 싶으냐? 부하는 마음이 편하다. 목숨도 입도 주인에게 맡기면 된다. 그러나 대장은 그럴 수 없다. …… 대장은 아지랑이를 먹고도 통통하게 살찌고 배에서 꼬르륵 소리가 나도 얼굴은 싱글벙글 웃고 있어야 한다."

이에야스는 성장하여 노련한 용사도 주저할 만한 싸움터로 보내져 멋지게 이겨냈다. 어떤 대군, 어떤 전략을 가졌다 할지라도 납득할 수 없는 상대에게는 결코 무릎을 꿇지 않았다.

오케하자마(桶狹間) 전투에서 이마가와 요시모토가 전사하자, 그는 드디어 미카와의 오카자키성으로 돌아가 독립할 수 있게 되었다. 그 뒤 미카와 지방을 통일한 다음, 오다 노부나가와 유대를 맺고 협력하며 다케다 신겐, 호조 우지야스(北條氏康)와 싸워 멸망시킴으로써 노부나가의 통일 위업을 도왔다.

이에야스는 늘 말했다.

"첫째도 대비, 둘째도 대비! 대비가 있으면 상대는 총부리를 겨누어오지 않는다."

'혼노사 정변'으로 노부나가가 죽은 다음, 문벌이나 실력으로 보아 마땅히 이에야스가 뒤를 이어야 했으나, 민첩한 히데요시에게 선수를 빼앗겼다. 그러나 그는 실망하지 않고 꾸준하고 착실하게 지반을 굳혀나갔다. 천하의 형세를 내다본 그는 자신을 억누르고 히데요시에게 굽히고 들어가 태평성세를 위해 일했다.

그리하여 히데요시가 죽은 뒤 자연스럽게 그 대업의 뒤를 이어받아 에도 막부를 설치하여 정치조직을 개선하고, 아들 히데타다(秀忠)에게 쇼군 직책을 물려준 다음, 오고쇼(大御所)로서 도쿠가와 가문의 정책을 총감독하며 300년 태평세월의 기틀을 마련했다.

용감무쌍한 무장에서 부처님 길을 걷는 인물로!

《대망》을 읽으면 도쿠가와 이에야스라는 하나의 완성된 인간에 맞닥뜨리는 숙연함을 느끼게 된다. 이에야스의 위대함은 평범한 사람으로서는 도저히 견뎌내지 못할 일들을 꾹 참고 견디어낸 데에 있다. 노부나가처럼 날카롭지 않고, 히데요시처럼 화려하지 않았으며, 둥글둥글한 생김새와 오로지 자신에게 주어진 운명을 마음으로 조용히 관조하였다. 그는 사소한 일들에 구애되지 않고 착실히 실력을 쌓아 성실하게 한 걸음 한 걸음 나아가 하늘의 뜻에 따라 유종의 미를 거두었다.

이에야스는 불언실행(不言實行)의 자세로 질소검약(質素儉約)을 권장했으며 사치를 훈계했다. 노자의 말에 '지족자부(知足者富)', 곧 '충분함을 알고 만족할 줄 아는 자가 부자'라는 말이 있다. 이에야스는 한평생 이 말을 굳게 지켰다. 늘 잡곡밥에 두서너 가지 반찬으로 식사했다.

이에야스가 거느린 미카와 무사들은 촌스럽지만 검소하고 강건하며 표리가 같고 의리 굳은 자들뿐이었는데, 그들을 더욱 굳건히 결속시킨 것은 이에야스의 소박함과 검소함이었다. 그는 결코 부하들 앞에서 사치하지 않았다.

이에야스 한평생의 간절한 소망은 오로지 싸움을 멈추고 평화를 이루는 것이었다. 사람은 서로 죽이고 죽기 위해 사는 게 아니라 서로 정답게 돕고 격려하면서 번영하기 위해 사는 것으로 생각했다. 그러므로 남을 미워하는 마음이 일어날 때는 악마가 고개를 쳐들었다며 깊이 부끄러워해야 한다고 여겼다.

그러나 세상의 화목이라는 열매는 하루아침에 열리는 게 아니다. 그 아래 깊은 자비의 뿌리가 없으면 안 된다. 늘 실력을 기르고, '물 새는 배, 불타는 집' 안에 들어앉은 사람처럼 모든 일에 치밀하게 두루 신경 쓰며 신불에게 간절히 기도하는 마음으로 온갖 일에 대처해 나가야 한다.

그의 부하들은 이에야스에 대해 이렇게 말한다.

"주군은 처음에 용감한 무장이셨다. 그러더니 사려 깊은 무장이 되고, 요즘은 부처님 길을 걷는 분이 되셨다. 부처님 길은 사람을 베는 게 아니고, 싸움을 잘하는 것도 아니며, 한 사람이라도 많이 살리는 것, 한 사람이라도 많이 키우는 것이라며, 강한 것만이 무장이 아니라고 말씀하신다."

덕이 먼저냐 법이 먼저냐!

"인간의 생애에는 중대한 위기가 세 번 있다. 아이에서 어른이 될 무렵의 무분별한 색정, 그리고 장년기의 혈기만 믿는 투쟁심, 불혹을 넘어서 자신이 이제 완성되었다고 생각하는 자만심."

그 깨달음으로 자신을 더욱 갈고 닦으며, '인생은 음미하는 것'—음미하면서 현실을 처리해 나가는 것이 살아 있는 정치라고 여겼다.

이에야스는 정치란 백성을 기쁘게 해주고 납득시키는 일이라고 생각했다. 이 세상의 역사는 그 누구도 가로막을 수 없는 힘으로 어떤 방향으로 나아간다. 이에야스는 그것을 '민심이 향하는 곳'이라고 표현했다.

그러므로 백성을 다스림에 있어 덕이 먼저냐, 법이 먼저냐를 단단히 머릿속에 넣어두지 않으면 잔인한 통치자가 되어버린다고 여겼다. 덕이 먼저이고, 법은 이를테면 모두가 납득하는 약속이라고 생각했다. 그 약속이 위신이나 강제로 이루어질 수밖에 없게 될 때는 악정(惡政)이 되고, 악정은 이윽고 난세로 통하게 된다. 그러므로 선정(善政)이란 반드시 백성들이 이해하는 데서 비롯된다.

세상이 올바로 다스려질 수 있도록 이에야스는 교학(敎學)에 힘썼다. 과일에 씨가 있듯이 사물에는 모두 중심이 있으므로 가장 중요한 것은 교학이라고 생각한 것이다. 이를 위해 퇴계의 경(敬) 사상 공부에 힘을 기울였다.

인간은 인간의 힘으로는 어떻게도 바꿀 수 없는 천명이 있다는 것을 깨달을 때 비로소 자신을 활용할 수 있게 된다. 내 천명은 무엇인가—천명은 자신에게 부여된 사명이기도 하다. 그것을 깨닫지 못하는 동안은 아무리 움직여도 헛일이 된다. 숙명의 테두리 안에서의 발버둥 외에 아무것도 아니다.

드디어 천수(天壽)를 다하여 운명하기에 이르러 이에야스는 후계자인 쇼군 히데타다에게 유언한다. 그의 나이 74살.

"이제 쇼군에게 모두 물려주지만, 쇼군의 것은 아니다. 그러므로 자신을 위해 써서는 안 된다. 알고 있겠지? 인간에게 나의 것이란 하나도 없다는 사실을, 내 몸도, 마음도. 물이며 빛이며 공기처럼 금은재화는 물론 내 아들, 내 손자까지 무엇하나 내 소유인 것은 없다. 이 세상 만물은 누구의 것도 아닌 모두의 것, 그 모두의 것을 신불로부터 잠시 맡아 있는 데 지나지 않는다. 그러니 내가 맡았던 것을 이제 쇼군이 맡아 앞으로 이 세상의 평화를 해치는 반역 무리가 나올 경우, 그들을 타도하는 군사비용과 흉년에 백성을 굶주리게 하지 않고 천재지변에 대비한 비용으로 쓰도록 하라. 너에게 건네기는 하나 네 것이 아니니 결코 사사로이 사용하면 안 된다."

이에야스가 남긴 이 유언은 파란만장한 인생에서 얻은 교훈들이다.

야마오카 소하치

《대망》을 쓴 야마오카 소하치는 1907년 일본의 니가타현(新潟縣)에서 태어났다. 고등학교에 다니다 우편강습소에서 공부한 다음 우편국원, 대중잡지 편집장을 지내며 국민문학의 거장 하세가와 신(長谷川伸)에게 가르침을 받았다. 1934년 〈선데이 매일〉에 《약속》이 입상되면서 본격적으로 소설을 쓰기 시작했다. 1942년 《해저전기(海底戰記)》로 제2회 노마(野間)문예상을 수상했고, 1950년부터 1967년에 걸쳐 도쿠가와 이에야스를 평화를 추구하는 합리적이고 이상적인 인물로 포착해 대하소설 《대망(도쿠가와 이에야스)》을 집필했다.

이 작품으로 요시카와 에이지(吉川英治) 문학상을 받았고 이는 《소설 메이지(明治) 천황(1963~1968)》《태평양전쟁(1962~1971)》과 더불어 일본의 특성을 찾는 3부작이 되었다. 미국과 전쟁 중 가고시마현(鹿兒島縣)의 가노야(鹿屋)에서 특공대에 참가한 체험이 그의 모든 작품의 원점을 형성하고 있다.

《대망》은 도쿠가와 이에야스를 전국시대를 평정하고 에도막부 정권을 열어 300년간 일본의 평화를 가져온 영웅으로 그리고 있다. 수차례 NHK대하드라마로 혹은 영화화되어 국민적 필독서 붐을 일으켰다. 야마오카 소하치는 늘 그막에 일본 수상들과 기업총수들의 사표(師表)로서 국가기업 경영전략에 대한 자문에 응했다. 1978년에 세상을 떠났으며, 《야마오카 소하치 전집》 전46권(1981~1984, 고단샤)이 발행되었다.

《대망》 이데올로기와 퇴계사상

"조선 퇴계 이황(退溪 李滉)의 경(敬) 사상은 일본 무사도와 도쿠가와 정권 이데올로기에 크게 영향을 주었다. 또한 메이지 유신(明治維新)의 원동력이 되었던 야마자키 안사이(山崎闇齋) 학파, 요코이 쇼난(橫井小楠) 등은 퇴계를 신처럼 존경했다. 이 사실을 오늘날 일본인들은 결코 잊어서는 안 될 것이다. 이를 잊 는다면 일본문화가 발 딛고 선 그 정신적 기반을 완전히 도외시해 버리는 게 되기 때문이다."

아베 요시오(阿部吉雄) 도쿄대 명예교수는 말하고 있다. 《대망》에서 발아 된 메이지 유신 '교육칙어'의 내용은 유교 윤리인 퇴계의 경 사상을 근간으로 하는 것이어서, 어디가 일본 고유 사상이며 또 어디가 유교 윤리인지 식별하 기 어려울 정도였다. '교육칙어'는 도덕운동이 성공한 모델 케이스로 간주되어 온 세계 칭송을 받았다. 다만 학교에서 시행하는 방법에 문제가 있고, 또 일본 이 차츰 군국주의화하면서 악용되어 그 내용까지 내쳐 버리고 말았지만, 본디 '교육칙어'는 일상적인 도덕을 보편적으로 풀어낸 것이며, 그것을 안팎으로 베 풀어 어긋남이 없도록 하려는 속 깊은 언어였다. 메이지 유신은 세계학자들이 '정치적 기적'으로 여기며 놀라워하는데, 이는 퇴계의 경(敬) 사상이 교육을 통 해 보급됨으로써 선각자들의 계몽운동이 성공했기 때문에 가능했다. 일본은 전국시대에 조선을 침략해 처참한 고통을 주었다. 그때 조선에서 잡혀간 강항 (姜沆)이 전수한 퇴계학으로 일본은 근대정신을 일깨웠다. 그리고 퇴계 이황의 경(敬) 사상은 도쿠가와 막부, 메이지 시대를 거쳐 오늘의 일본에까지 면면히 흐르는 《대망》 이데올로기 형성의 근간이 되었다. 오다 노부나가, 도요토미 히 데요시, 도쿠가와 이에야스는 이를 어떻게 생각할 것인가.

추영현

서울대사회학과 졸업. 조선일보·한국일보·동서문화 편집위원 역임. 옮긴책 야마
오카 쇼하치 《대망》 나카이 히데오 《허무에의 제물》 오구리 무시타로 《흑사관 살
인사건》 등이 있다.

세계사상전집101
武士道
무사도

니토베 이나조·미야모토 무사시 지음/추영현 옮김

1판 1쇄 발행/2007. 9. 20
2판 1쇄 발행/2024. 8. 1
발행인 고윤주
발행처 동서문화사
창업 1956. 12. 12. 등록 16-3799
서울 중구 마른내로 144 동서빌딩 3층
☎ 546-0331~2 Fax. 545-0331
www.dongsuhbook.com

사업자등록번호 211-87-75330
ISBN 978-89-497-1910-8 04080
ISBN 978-89-497-1909-2 (세트)